致一九七五

有时候觉得，只有经过回忆才能使生活获得灵魂。
同时还觉得，没有狂想的生活不值得一过。

林白　著

中国知青文库
生命之歌

武汉大学出版社
WUHAN UNIVERSITY PRESS

图书在版编目(CIP)数据

致一九七五/林白著.—武汉:武汉大学出版社,2013.5
中国知青文库生命之歌
ISBN 978-7-307-10680-2

Ⅰ.致…　Ⅱ.林…　Ⅲ.长篇小说—中国—当代　Ⅳ.I247.5

中国版本图书馆 CIP 数据核字(2013)第 070070 号

责任编辑:张福臣　　责任校对:王　建　　版式设计:马　佳

出版发行:武汉大学出版社　(430072　武昌　珞珈山)
(电子邮件:cbs22@ whu. edu. cn 网址:www. wdp. com. cn)
印刷:武汉中科兴业印务有限公司
开本:880×1230　1/32　印张:15.875　字数:360 千字
版次:2013 年 5 月第 1 版　　2013 年 5 月第 1 次印刷
ISBN 978-7-307-10680-2　　定价:30.00 元

总　　序

叶　辛

40 多年前，中国的大地上发生了一场波澜壮阔的知识青年上山下乡运动。“波澜壮阔”四个字，不是我特意选用的形容词，而是当年的习惯说法，广播里这么说，报纸的通栏大标题里这么写。知识青年上山下乡，当年还是毛泽东主席的伟大战略部署，是培养和造就千百万无产阶级革命事业接班人的百年大计，千年大计，万年大计。

这一说法，也不是我今天的特意强调，而是天天在我们耳边一再重复宣传的话，以至于老知青们今天聚在一起，讲起当年的话语，忆起当年的情形，唱起当年的歌，仍然会气氛热烈，情绪激烈，有说不完的话。

说“波澜壮阔”，还因为就是在“知识青年到农村去，接受贫下中农的再教育，很有必要”的指示和召唤之下，1600 多万大中城市毕业的知识青年，上山下乡，奔赴农村，奔赴边疆，奔赴草原、渔村、山乡、海岛，在大山深处，在戈壁荒原，在兵团、北大荒和西双版纳，开始了这一代人艰辛、平凡而又非凡的人生。

讲完这一段话，我还要作一番解释。首先，我们习惯上讲，中国上山下乡的知识青年，有 1700 万，我为什么用了 1600 万这个数字。其实，1700 万这个数字，是国务院知青办的权威统计，应该没有错。但是这个统计，是从 1955 年有知青下乡这件事开始算起的。研究中国知青史的中外专家都知道，从 1955 年到 1966 年“文革”初始，十多年的时间里，全国有100多万知青下乡，全国人民所熟知的一些知青先行者，都在这个阶段涌现出来，宣传开去。而发展到“文革”期间，特别是1968年12月21日夜间，毛主席的最新最高指示发表，知识青年上山下乡，掀起了一个前所未有的高潮。那个年头，毛主席的话，一句顶一万句；毛主席的指示，理解的要执行，不理解的也要执行，且落实毛主席的最新指示，要“不过夜”。于是乎全国城乡迅疾地行动起来，在随后的10年时间里，有1600万知青上山下乡。而在此之前，知识青年下乡去，习惯的说法是下乡上山。我最初到贵州山乡插队落户时，发给我们每个知青点集体户的那本小小的刊物，刊名也是《下乡上山》。在大规模的知青下乡形成波澜壮阔之势时，才逐渐规范成“上山下乡”的统一说法。

我还要说明的是，1700万知青上山下乡的数字，是国务院知青办根据大中城市上山下乡的实际数字统计的，比较准确。但是这个数字仍然是有争议的。

为什么呢？

因为国务院知青办统计的是大中城市上山下乡知青的数字，没有统计千百万回乡知青的数字。回乡知青，也被叫作本乡本土的知青，他们在县城中学读书，或者在县城下面的区、城镇、公社的中学读书，如果没有文化大革命，他们读到初中毕业，照样可以考高中；他们读到高中毕业，照样可以报考全国各地所有的大学，就像今天的情形一样，不会因为他们毕业于区级中学、县级中学不允许他们报考北大、清华、复旦、交大、武大、南大。只要成绩好，名牌大学照样录取他们。但是在上山下乡“一片红”的大形势之下，大中城市的毕业生都要汇入上山下乡的洪流，本乡本土的毕业生理所当然地也要回到自己的乡村里去。他们的回归对政府和国家来说，比较简单，就是回到自己出生的村寨上去，回到父母身边去，那里本来就是他们的家。学校和政府不需要为他们支付安置费，也不需要为他们安排交通，只要对他们说，大学停办了，你们毕业以后回到乡村，也像你们的父母一样参加农业劳动，自食其力。千千万万本乡本土的知青就这样回到了他们生于斯、长于斯的乡村里。他们的名字叫“回乡知青”，也是名副其实的知青。

而大中城市的上山下乡知青，和他们就不一样了。他们要离开从小生活的城市，迁出城市户口，注销粮油关系，而学校、政府、国家还要负责把他们送到农村这一“广阔天地”中去。离开城市去往乡村，要坐火车，要坐长途公共汽车，要坐轮船，像北京、上海、天津、广州、武汉、长沙的知青，有的往北去到“反修前哨”的黑龙江、内蒙古、新疆，有的往南到海南、西双版纳，路途相当遥远，所有知青的交通费用，都由国家和政府负担。而每一个插队到村庄、寨子里去的知青，还要为他们拨付安置费，下乡第一年的粮食和生活补贴。所有这一切必须要核对准确，做出计划和安排，国务院知青办统计离开大中城市上山下乡知青的人数，还是有其依据的。

其实我郑重其事写下的这一切，每一个回乡知青当年都是十分明白的。在我插队落户的公社里，我就经常遇到县中、区中毕业的回乡知青，他们和远方来的贵阳知青、上海知青的关系也都很好。

但是现在他们有想法了，他们说：我们也是知青呀！回乡知青怎么就不能算知青呢？不少人觉得他们的想法有道理。于是乎，关于中国知青总人数的说法，又有了新的版本，有的说是2000万，有的说是2400万，也有说3000万的。

看看，对于我们这些过来人来说，一个十分简单的统计数字，就要结合当年的时代背景、具体政策，费好多笔墨才能讲明白。而知识青年上山下乡运动中，还有多多少少类似的情形啊，诸如兵团知青、国营农场知青、插队知青、病退、顶替、老三届、工农兵大学生，等等等等，对于这些显而易见的字眼，今天的年轻一代，已经看不甚明白了。我就经常会碰到今天的中学生向我提出的种种问题：凭啥你们上山下乡一代人要称“老三届”？比你们早读书的人还多着呢，他们不是比你们更老吗？嗳，你们怎么那样笨，让你们下乡，你们完全可以不去啊，还非要争着去，那是你们活该……

有的问题我还能解答，有的问题我除了苦笑，一时间都无从答起。

从这个意义上来说，武汉大学出版社推出反映知青生活的“黄土地之歌”、“红土地之歌”和“黑土地之歌”系列作品这一大型项目，实在是一件大好事。既利于经历过那一时代的知青们回顾以往，理清脉络；又利于今天的年轻一代，懂得和理解他们的上一代人经历了一段什么样的岁月；还给历史留下了一份真切的记忆。

对于知青来说，无论你当年下放在哪个地方，无论你在乡间待过多长时间，无论你如今是取得了很大业绩还是默默无闻，从那一时期起，我们就有了一个共同的称呼：知青。这是时代给我们留下的抹不去的印记。

历史的巨轮带着我们来到了2012年，转眼间，距离那段已逝的岁月已40多年了。40多年啊，遗憾也好，感慨也罢，青春无悔也好，不堪回首也罢，我们已经无能为力了。

我们所拥有的只是我们人生的过程，40多年里的某年、某月、某一天，或将永久地铭记在我们的心中。

风雨如磐见真情，

岁月蹉跎志犹存。

正如出版者所言：1700万知青平凡而又非凡的人生，虽谈不上“感天动地”，但也是共和国同时代人的成长史。事是史之体，人是史之魂。1700万知青的成长史也是新中国历史的一部分，不可遗忘，不可断裂，亟求正确定位，给生者或者死者以安慰，给昨天、今天和明天一个交待。

是为序。

目录

Contents

上部

时光

回故乡之路，或屏风，或流水。

壹

再次回到故乡南流那年，我已经四十六岁了。

南流早已面目全非。我走在新的街道上，穿过陌生的街巷，走在陌生的人群里。而过去的南流，早已湮灭在时间的深处。

我走过东门口西门口，走过陵宁街水浸社火烧桥大兴街十二仓，还有我的沙街龙桥街灯光球场和县体育场，旧医院宿舍太平间留医部以及大园，我还走到遥远的纸厂，站在河边眺望陆地坡，对岸的船厂早已不在，沥青的气味也已消失。

雷红，雷朵，吕觉悟，这些我少年时代的女友早已远走他乡。雷朵有将近二十年没有联系了，她在社会之外，早已不跟任何人来往。她的生活是一个谜，一个黑洞。多年来，她抗拒着社会坚硬的车轮，我对此几乎一无所知。高中的同学，只有姚红果偶有短信，而她在N城，也很多年没回南流了。我给安凤美打过数次电话，每次都是电信局的录音，她的电话因欠费已被停机。

亮堂的高速公路崭新而陌生，两边没有旧时的房屋，不时看到新鲜裸露的泥土，有一种雨后的艳红，两旁的水泥加固网看上去像连续不断的大叉，生硬、粗暴、有力，泥土被隔成菱形，但仍散发出一阵又一阵的土腥气。

高速公路，这种逢山劈山，遇田平蹚的气概让我心里一震。九十年代有一次，我从南流坐汽车到 N 城，早上七点出发，晚上七点才到，风尘仆仆十二小时。从北京到南流县，则要整整三天三夜。现在已经不是那条旧路了，除了连绵的香蕉林、偶现的水塘和裸露的红土，就再也没有熟悉的房屋墟镇了。

一切陌生茫然，心里既空旷又拥塞，百感交集，一个过去的故乡高悬在回故乡的路上。

忽然想起一部越南电影的名字，《回故乡之路》。已经忘记多少年了？高中毕业三十年，初中毕业三十二年，一次都没有想起。一部黑白片，它说的是什么？

不记得了。回南流想要见到的人，同学，高中全班，初中全班，小学全班，还有，幼儿园全班，从来没有合影。早就烟消云散。

张英敏说，高中毕业二十年，我们大家都回来，到学校礼堂门口集合。她反复念叨："一定要记得呀！"现在毕业整整三十年了，有人还记得，但礼堂已拆，即使回来，也只能在废墟上集合。

没有拍全班毕业照，初中没有，小学也没有。幼儿园倒是有，那是我们的上一届，我和吕觉悟被老师从合影队伍里拉出来，大班只有我们两个人不到毕业年龄，不让毕业，要再读一年。我和吕觉悟先哭了一鼻子，又互相鼓励一番，然后就去后园捡尤加利花去了。吕觉悟说，明年我们再照也不迟。

第二年却没有照相，因为“文革”开始了。十年，小学初中高中，一九七六年，所有的人都在农村。七七年底，七八年，高考恢复，然后是落榜，大部分人落榜，我们班情况最好，六十四个人有四个人考上了大学。

是因为孙向明么？

孙向明不知今在何方？

孙向明，这个北京大学物理系毕业的外乡人，我们初二的时候，他来到了南流镇，带着湛江口音的普通话，降落在南流中学闷热局促的校园里。他的声音干净而有磁性，就像他本人在课堂上所讲的磁场、磁铁、磁粉、磁力线，等等，一切带有磁的东西。他的皮肤比当地人白且细，眼睛细长，单眼皮。这影响了全班女生对男性的审美，我们坚信，双眼皮大眼睛的男人是很难看的，只有像孙向明一样，单眼皮细长的眼睛才最好看。

此外，还有，他的洗得发白的军装——那个时代最时髦的衣服，圭江大木桥，运沙子，种花生，沼气池，插秧，割水稻，种红薯，种甘蔗，晒谷子。

排球、篮球、乒乓球。拔河。排练演出。

梅花党！这个最让人心醉神迷的字眼从茫无际涯的中学时代、最纷乱最无头绪的年月冲出来，像一把寒光闪闪的剑，一下就劈开了乱麻一样的三十年。梅花党的故事，是我们中学时代最传奇、最迷人的故事，它经由孙向明的嘴讲出来，带着他的湛江话的腔调，以及他北大毕业生的神秘感，以及沉浮在河边、沙子、菜地、稻田，绿色秧苗和金黄色稻谷之上的悬念，到来。

每次劳动，孙向明就讲梅花党的故事。下午，从学校出发，扛着锄头，或者推着一辆空木车，十几个女生前前后后，左左右右，挤着碰着，就像一堆蚂蚁，齐心协力运送一根骨头，专注而忘我。每个女生都仰着脸，左侧仰或右侧仰，或者，倒着走。

邱丽香紧挨在孙的左边。

她边走路边用右手拨着自己右边的辫子，辫梢在孙的肩膀上跳动，而她的肘弯也总是要碰到孙。她平淡的脸因为仰望孙向明而浮起一层淡淡的光泽，那是深怀爱情的人内心的光。她专注地盯着他的脸，嘴唇微微开着，随时准备呼应孙向明的每一句话。她说：哦，原来是这样。她拍拍胸口说：呀，吓死我了！她会咬牙切齿地指责故事中的某个人，好像跟她有着直接的杀父之仇。她惊呼兼安抚，并且总是一再追问：后来呢？后来呢？

她永远走在孙的左侧，好像那是她的专门位置，一个他人无法占领的王位。

邱丽香帮孙向明拿着一把铁锹，那是她视为圣物的东西，平时就放在孙向明宿舍的门背后。有时孙不在，门虚掩着，她就私自闯入，一个人在孙向明的宿舍里转来转去，东看看，西摸摸，床底的藤条箱子，脸盆架上的脸盆和毛巾，书架上的书，无非是物理教科书，毛泽东选集一到四卷，此外有一本全国交通地图册。邱丽香喜欢摸这些书，她用一根手指头，碰碰这本，又碰碰那本。

邱丽香打扮孙向明的铁锹，她在木把上缠上了好几道塑料绳，细细圆圆像粉丝那种，粉红色的细塑料绳子，邱丽香自己就爱用这种细绳子扎辫子。她把孙向明的铁锹打扮得像一个傻大姐，满心欢喜。然后她站在校门口，看到孙向明扛着铁锹走过来，她就抢过来，扛在了肩上。

只有她一个人扛着铁锹，人人都甩着手走路。很快她就跟不上了，她被挤到了一边，而她们，全都围着孙向明，挤着碰着他，他的后脑勺在她们的背影中越去越远。谁都不知道她被甩了后面。孙向明也不知道，他一点都不知道，他根本就把她忘了！邱丽香一下跑了起来，她冲进这片背影中，她肩上的锹撞到了别人，然后她就紧挨着孙，她的前面有铁锹把顶着，就都不能走别人了。

光着脚，南流镇从四月到十一月是夏天，大多数人都光着脚。梅花党，这样好听的故事，谁会留意脚下的路呢，总会有人踩着锋利的瓷片、玻璃、木刺、竹刺，或者，屎。鸡屎、鸭屎、狗屎，也有猪屎和牛屎。镇上的居民都养鸡，机关里也有人养。在南流的街巷，鸡屎鸭屎狗屎，随处都是。

连牛屎也都有。农民把牛从圭河对岸赶过来，过了桥就是公园路了。我们就是走这条路到十二仓气象站。我们从学校出发，如果是六月，校门口的一排凤凰树就会开满树艳红的花，地上有花瓣，我们光着脚踩在花瓣上，嘴上叽叽喳喳一眨眼就走到东门口，东门口通向五条路，最左边的那条就是公园路，路不宽，但安静，也干净，只是偶尔才会有牛屎。有一幢房子有点神秘，县文艺队经常在那里排练节目，有歌声传出，手风琴、二胡和笛子，它们交错传出，或者隐没在众声之中。我后来才知道，这房子最早的时候是教堂，后来拆掉了。

梅花党的故事总是走到这里才开始讲，因为东门口车太多，交通复杂。过了东门口，到公园路了，公园路安静人少，也没有车，好了，女生们一声紧一声地催，她们说：孙老师，快讲呀，快点讲吧！孙向明便说：好，讲。大家屏息凝神，紧盯着他的嘴。这嘴却闭着。大家又催说，讲呀讲呀，再不讲就造反了啊！孙向明这才问：上次讲到哪里了？马上有人答道：讲到王光美的旗袍上有一朵梅花。

王光美的旗袍上有一朵梅花，这样的情景太让人心驰神往了！多么奇异！又是多么神秘！它带着遥远而高贵的气息，降落在南流镇平凡的日子里。王光美，国家主席刘少奇的夫人，已经被批倒批臭了，在漫画里奇丑无比，又丑又妖，是全国最妖的一个形象，一个妖精，正因为其妖，像一朵有毒的花，我心里隐隐的有点喜欢她。在我看来，有一个妖精，政治漫画才变得不那么枯燥了。大家都知道她是美蒋特务，但她身上的旗袍有一朵梅花，真丝的旗袍，高洁的梅花，跟一个巨大的秘密有关，我们沉迷其中。

王光美、郭德洁，梅花。

郭德洁是谁？有人问。

你们连郭德洁都不知道吗？孙向明很吃惊，他看看我和雷红，我们是医院子弟，又看看吕觉悟，她爸爸是水利局干部，他又看张英敏和丁服，还有姚红果，她们脸上也是茫然。姚红果家在县委会大院，她爸爸是教育局副局长，她说：谁知道郭德洁啊，她又不是郭凤莲。

“那你们知道李宗仁吧？”孙问。一时也无人应对。孙正要说话，我和吕觉悟几乎同时说，我知道李宗仁。我们是在同一个地方听同一个人说的。小学我们两人同班，有一个女生被取了外号叫孙中山，女生说孙中山就孙中山，孙中山是好人，却有个男生说孙中山是坏人，女生不服，当即问班主任，班主任被问住了，她说，我下次再回答你们吧。女生抢白老师，说：毛主席还跟孙中山握过手呢！老师也不含糊，说：李宗仁也跟毛主席握过手，还上过天安门呢！说过她就开始上课了，上的是毛主席语录，“学制要缩短，教育要革命，资产阶级知识分子统治我们学校的现象，再也不能继续下去了”。

我们隐约觉得，孙中山可能是好人，李宗仁可能是坏人。

李宗仁是干什么的？不知道。

我们不知道的事情太多了。

如果有人踩到屎，那一定是邱丽香，如果有人扎了刺，也一定是邱丽香。邱丽香是一个大倒霉蛋么？是。她是一个容易被人捉弄的人么？

这是我和吕觉悟、雷红三个人的结论。

她踩到屎，我们不心疼她，她扎了刺在脚上，我们也不心疼她。我们每次去孙向明宿舍总是碰到她，她就是我们的敌人。她有点胖，她爸爸在猪仓当会计，经常要给收购的生猪过磅，小学的时候一放学她就到猪仓去，身上有一股永远洗不掉的猪屎味，于是，她的外号就叫猪仓。

再也没有一个女孩子的外号比这更难听的了！猪仓，猪的仓库。她还被叫过原子弹，还被叫过冲击波。冲击波这个外号还有点形象呢，不知是谁先叫出来的。邱丽香的乳房比一般女孩发育得大，她跑步和走路的时候，前面两团扑腾得厉害，她坐下来，前面则鼓鼓的让人脸红。她为什么会那么大呢，真难看，像个妇女！

冲击波的外号不记得是谁取的了，我们年幼无知，以给同学取外号为乐。

我们沿着东门口、公园路、水浸社、木器厂、石灰街、火烧桥、搬运社一直走到大兴街，大兴街上最著名的房子是俞家舍，那是一个大宅院，四进、有楼、回廊，有奇异的带圆柱的隔断，拱门和带花纹的台阶。二〇〇五年夏天，母亲告诉我，俞家舍就是我的出生地。

但三十年前我并不知道这个。我紧跟在孙向明的右侧，我的旁边是吕觉悟，我的前面是雷红。梅花，梅花暗道，旗袍上的梅花，王光美、郭德洁，它们交织在一起，成为一幅神秘的织锦，织锦在我们的头顶飘，五迷六道，走到哪里谁又知道呢！我们走过了俞家舍，走过了大兴街，但我们浑然不觉。只觉得刚刚出了校门不久，猛一抬头，怎么就到了十二仓，这么快！我们不想这么快。到了十二仓，再走一段土路就到气象站了，就得劳动，就得散开。

谁能舍得呢，我们的梅花党。

我愿意成为梅花党的一员，或者，侦破梅花党的一员，敌我双方我都愿意成为。我最愿意当王光美！万众侧目，在遥远的北京，化身为无数个妖精，旗袍飘飘，花环缭绕，隐蔽的梅花，像星星一样。当郭德洁也不错，郭长得什么样？她很漂亮吗？从海外归来，海外就是天外，让人无从想象。还是当王光美吧。当王光美！

多么反动！多么不可告人！

又是多么奇怪。小学的时候，女孩子之间吵架，最狠的一句骂人话就是：你是王光美！这意味着美蒋特务、永远跟大叛徒大内奸大工贼刘少奇连在一起，永世不得翻身，还要再踏上一只脚。但是时过境迁，革命时代已经到了末尾，已经很久没听见有人打倒王光美了，她消失已久，不知去向。忽然，孙向明的梅花党把她带来了，她出现在一朵梅花中，成为我的秘密。

怀有同样秘密的还有其他人么？那些生涩的女生，豆蔻年华，却像绿豆中的铁豆，煮多久都煮不开，白白受党教育多年，是非不分，脑袋里是一锅糨糊。

我们是爱王光美，还是爱孙向明呢？

贰

雷朵有许多年不见了。二十多年。没有任何联系。她自绝于社会，生活在正常的秩序之外。

高中二年级是我最孤独的一年，孙向明已调回他的家乡湛江，从此再也不能见到他。初中我跟吕觉悟、雷红同班，三人是死党，同进同出。但高中我跟她们不在同一个班。

没有孙向明，没有吕觉悟和雷红，没有考试，文艺队没有排练新节目，也没有排球赛。这一年我不再当班干部，被选掉了，因为我的日记不健康，被人偷看，之后公诸于众。在班上我没有朋友，我离群独处，不把自己当成班里的一员，对所有事情漠不关心。我脱离班集体，不在自己班的宿舍住，自作主张，搬到低一年级的雷朵她们班的宿舍。那一年，初中重新恢复三年制，我高二，雷朵初三。

我是怎么搬到雷朵她们班的宿舍住的呢？我已经不记得了。我在高中，她在初中，我们班的宿舍跟她们班的隔了两幢楼。不知为什么，没有人干涉我。

我对雷朵说：我们早上要起来跑步，要锻炼身体。六点半，你一定要起来！她很乖，她说好。早晨六点半，我们在街上跑步，一前一后。天刚蒙蒙亮，清洁工正在扫地，街上洒着水，尘埃扬起，我们跨越大大的竹扫帚，一跳一跳的，一直跑到人民饭店，那里热气腾腾，包子粽子油条馄饨豆浆，香气诱人，此起彼伏。如同听到号角，我们饥饿的胃开始苏醒，胃伸了个懒腰，像狗一样。我们的腿也开始灌铅了，灌的是铅字，印刷厂那种铅字模，一粒一粒的，是累字和饿字，咔嗒咔嗒往腿里灌。三分钱一碗，肉粥，一人一碗，然后溜达回学校。

还有散步，这个词如此文雅，代表着文明的生活方式，超越了南流镇的平常日子，这是我自少女时代始就一直热衷的事情。我总要叫上雷朵，我说，吃完饭散步去。她说好。我说一吃完就去。她说好。我说等太阳落山再去。她说好。她听我的，特别乖。我们不说话，一路走到东门口，过了东门口我就让她说说话，她问我：散步是要说话的么？不说话就不好吗？我说是。于是我们就开始说话。

东门口、西门口、新华书店、照相馆、文具店、百货公司、糖烟酒公司、服务公司、华侨大厦、工商联，转了一圈觉得差不多了，我们就从水浸社电影院这边转回来，或者从灯光球场工会那边回，有时也走到大兴街，但大兴街太远了，我们一般不去。宁可去沙街，去河边，但河边的路不好走，桥也不好走，走到半截，也就回来了。

长盛不衰的话题，是爱情。

雷朵的初恋。她的心上人。她饱含爱情的声音和面容，她的眼睛，波光潋滟。

雷红和雷朵，两姊妹都是美人，但在我看来，雷朵的美更单纯拔俗。她天生就适合当一个爱情对象，谁都会爱上她的。而一旦有人爱上她，她就被点着了，她的心一点点燃烧着，但她克制，不让蔓延成大火。内心的火光映照着她的脸，那是不可名状的光泽，就像另有一束月光，白天黑夜，单独笼罩着她，安静、温润，使她看上去就像一种稀世的花草。

在我们交往的七八年时间里，她爱过两个人。她爱上谁，就让谁来找我。她对我的判断力深信不疑。

先是文良波，后是喻章。

文良波和雷朵同班，全校画画最好，是未来的画家。他的连环画甚至出版过，他的目标是G省第某届美展。他的老师在N城，每个月他都要到N城见他的老师，他背着大大的画夹，带着一个月的习作，从南流镇赶往玉林，乘七个小时火车到省会N城。一天一夜，他再回来，带着老师的指点和作业，面容坚定，一往无前。

他还会拉二胡，是校文艺队的乐队成员。他个子高高的，身材修长，皮肤白净。他的字写得很好看，后来，雷朵的字跟他写得一模一样。他的信也写得很好，他含情脉脉，是个情种。一九七五年的春天，两人的地下恋情如火如荼。

我和雷朵在街上走，忽然，她紧张起来，她拉拉我的衣角，说，“他来了”。我问：“谁?”她小声说：“他。”文良波。说到文良波三个字的时候她的声音骤然虚弱下来，好像溺了水，奄奄一息。她紧紧挨着我，僵着脖子，目不斜视，走过了艰难的一段路程，直到文良波完全消失。到了西门口，她颤抖着声音问：“他走远没有？他回头没有?”然后她突然软下来，双手捂着胸口说：“我走不动了，我要歇会儿。”

她说：“爱一个人就会怕，越爱就越怕。”

她怕往回走会再碰到文良波，我们便决定既不往左拐走公园路，也不往右拐走灯光球场，而是一直走到大兴街，这与我们回家的方向完全相反。她抓着我的手，一直往前走，越走越远。我们不再讲话，她的心咚咚跳，快要跳出来了。她的心跳通过她的手传到我身上，我知道，这跳动就是一种叫爱情的东西。

既折磨，又享受，它盛开在雷朵身体的深处，隐秘、奇异，它浓烈的气息吹过我的少女时代，成为我生命中的光华。

她让文良波来找我。

文良波就来找我，他到我家，让我看他的画，他在一旁很斯文地坐着，很谦虚，也安静，他是一个好青年。他带来的画有写生，有素描，也有创作。他的素描不错，毕竟磨了许多年，从八岁就开始了。但他的创作平平，看不出有什么特点，在我看来，它们太平淡了，让我无从夸奖。不过还好，我是一个外行，对于外行的看法，完全可以不放在心上。文良波仍然微笑着，仍然谦虚，他跟我谈起了文学，认为只有通过文学才能提高自己，画出来的画才能有深度。他的老师也是这样说的。

然后他就走了。他一走雷朵就跑来问我：怎么样，他怎么样？她神情紧张，等着我的裁决。我说好，不错。

她便放心了，然后她就兴奋起来。他说他将来要做大画家，大画家的画特别贵，能卖很多很多钱，然后，她说，我们就会经常到国外去，还会有别墅，我跟他说我喜欢大海，他就说我们要在海边买一幢别墅。大海边，多好啊！我喜欢白色的房子，在悬崖上，太阳一照，闪闪发光！我从雷朵的眼睛里看到了我们都没有看到过的大海，看到了那幢当时不存在，将来也永远不会存在的房子，它就在那里，在雷朵的脸上，虚幻，浮动，像梦一样。

在一九七五年，这些都像痴人说梦，天方夜谭。在今天的雷朵看来，这一切都俗不可耐，但在一九七五年，它们遥不可及，因而带有一定的彼岸色彩。大海，我们只在电影和图片上见过，大海边的悬崖，海边白色的房子，我们对这一切的虚构就如同对天堂的虚构。

到达天堂的路口上有文良波，他白净，微笑着，谦虚。雷朵崇拜他，他们热恋。

恋人的神情永远藏不住。树叶不断地生长，花不断地开，没有什么能挡得住。他们的笑容跟别人不一样，迷迷蒙蒙的，把眼睫毛都打湿了，却不知道水珠是从哪里来的，他们带着笑意，却与旁人无关，嘴唇是红的，额头是亮的，眼睛更亮，声音柔软，接近音乐。

大家就都看出来了。

两个人像金童玉女，是上天特别关照的人，赏心悦目，真是天生就应该是一对，如果他们不是一对，可就辜负了天，也辜负了地。同学知道了，慢慢地，老师也知道了，到后来，家长便也知道了。没有什么不好啊，是有点早，但良性发展，健康，也没有出事，学习也没落下来。

但两人的恋情戛然而断，只停留在中学时代，所有的人都想不到。真是世事难料，变幻莫测。为什么会分手，是因为喻章么？文良波曾经痛心疾首么？雷朵曾经撕心裂肺么？所有人都不知道。我也不知道。我上了大学，雷朵上了师范学校，她的信无法描述，我给她的信也日益稀少。

喻章长得很像印度人。

黑肤，高鼻子深眼窝，神情严峻，对人有震慑力。很奇怪，他不是那里的人，他就是玉林人，而且不是某个大院的，就是玉林街巷里长大的孩子。你很难想象这个人怎么就是玉林本地的人，他很奇怪的，他应该来自远处，一个我们不能到达的地方，比如印度。但他就是玉林这个地方生长出来的。他以另一种风格来到了，不由分说，带着雷朵一生的命运，以及日后他们的孩子们的命运，以雷霆万钧之势到来。

雷霆万钧，我想到的就是这个词。

像风暴一样，他摧毁了雷朵原有的一切价值观，整个世界都改变了，原来有意义的不再有意义，艺术、工作、生活，成功和失败，生和死。

先是工作，雷朵师范毕业后当小学的美术老师，喻章不工作，她养着喻章。后来她有了孩子，她也辞职了。他们没有生活来源，但他们有一伙人，有饭大家吃。他们认为多食是一种愚蠢和浪费的行为，节食则可保持头脑清晰，增强精神。所以他们每天中午吃一顿饭，晚上只喝清水。有时喝一碗米汤。

雷朵后来又生了孩子。一九九八年我听说她有两个孩子，二〇〇五年夏天，雷红说雷朵有三个孩子了。雷朵和喻章两个人早就放弃了任何职业，三个孩子都不上学，由他们自己教育。早年他们在桂林的漓江边住着，很多年过去了，二〇〇五年夏天，我听雷红说，他们现在在昆明郊外生活。他们有饭吃。但我始终不知道他们靠什么为生。种菜？养鸡？还是养了猪呢？

脱离了现代社会，在乡下养一群猪，每天剁猪食，煮猪潲，还要清猪屎，这是我所想象的，一个反社会的人，一个离群索居的人所拥有的日子。不然就是养一群鸡，一只公鸡，十几只母鸡，或者更多。每天把鸡赶到山坡上，或田里，晚上再去赶回来。这是我三十年前插队的时候干过的事情。但喻章雷朵不杀生，他们不吃任何动物。那就让他们种一片玉米吧，纯粹的、美的、有益的植物。宽大的叶子，头顶着红缨，饱满而结实，甚至也是多情的，诗意的。整个山坡种满了玉米，不需要太多的劳作，却绿叶红缨，蔚为壮观。我的朋友雷朵，她头戴大草帽，站在玉米中。

她让人心疼。一个美好的女性，为了喻章——一个游手好闲的人，献出了自己。这是所有人的看法。

他们不会养猪，不会养鸡，也没有种一大片玉米。他们没有生活来源，但他们有饭吃。就是这样。

像邪教一样。

用了二十年时间，雷红终于接受了雷朵的生活方式。整个八十年代，整个九十年代，每次提到雷朵，她就说，太邪了，简直像邪教，好好的一个雷朵，为了一个喻章，不要工作，落到这个地步。二〇〇五年夏天，雷红终于说，雷朵比我们所有人都活得好。

一开始，喻章只有十八岁，他不是我们认为的邪教领袖（所谓邪教领袖，也只是雷红想出来的一个骂人的词，喻章抢走了她的妹妹，不如此不足以出一口恶气），他只是一个美术青年，像文良波一样，画素描，搞创作，画着油画。他的画上永远都是浓绿的森林，林中有一条小路，或者是山坡，色彩仍是各种绿。

他来到N城，把画拿给我看。他每隔一段时间就到N城，寻访同道和知音。我那时已经大学毕业，在N城工作，他和雷朵也从师范毕业，雷朵当上了小学教员。雷朵让他来找我，他看上去很沉静，却能说出许多自己的见解，那是文良波所没有的，而且一辈子都不会有。

八十年代风行现代派，现代派如同一匹猛兽疾驰过大地，文学、音乐、美术，一切艺术门类，无不以现代派为最高价值。但喻章喜欢俄罗斯巡回画派，他甘愿落伍，猛烈否定毕加索以来的各现代派画家，异常坚定自信。他一个中专生，没有多少学养和见识，却如此有主见，这使我刮目相看。第二次来，他不再带画，他谈宗教，却不是我们认识肤浅的那种。我只能听他说，基本无法对话。

后来他就不来了，我们也不再通音讯。

他带着我少女时代最珍贵的朋友，渐渐远去，头也不回。他们在这个社会失去了影踪，像两颗珍珠，沉入了大海。他们永远也不会再探出头来了。

二〇〇五年夏天我回到南流，清理旧物，发现了一封喻章写给我的信，那是二十多年前的信，用很黑的铅笔，写在一张十六开的白纸上，字很疏朗，天头地角都不留空，左右两边也都顶到头，没有任何东西能束缚他。他在信中说，艺术不是一种用来出人头地的东西，也不是荣华富贵的筹码，艺术存在于天地之间，源于自然，又归于自然。

有一段时间，我和雷朵互称姐妹。我们写信，她称我为飘扬姐姐，我则称她为雷朵妹妹。

一九七七年四月，我在六感插队，她在念高中二年级。我到玉林参加一个通讯员学习班，一日上午，忽然有人进来冲我说，那个，李飘扬，你的妹妹来了，他身后一闪，雷朵就蹦出来了，真像是从天上掉下来的。我吃惊至极，目瞪口呆，无论如何，太让人难以置信了！

她就在那里，门口，阳光明媚，从天而降，一个人。

我问她：你怎么来了？她说，我一想，我就来了。我又问：你一个人来的？自己坐班车？她点点头。又问：学校请假没有？她点点又摇摇头。她整个人光亮明媚，也如同阳光。

所有的人，也都脸上一亮，不知道从哪里蹦出这样一个女孩子，那样美好，那样不可思议。主事的是个老头子，他问雷朵：小家伙，你是从哪里来的？雷朵也不怕生，她落落大方说，我是李飘扬的妹妹。老头又问：叫个什么名字呢？她朗声应道：我叫雷朵，雷电的雷，云朵的朵。老头说：好，好，这名字真漂亮！又问：你也写东西吗？雷朵抿嘴一笑，说：我不写东西，我画画！老头连声说：好好好！好好画，好好画，哪天把你的画拿来我看。又连连差人叫来一个专职美编，把雷朵一番介绍。美编是个年轻小伙子，他没说什么，转身就回办公室找出一个厚厚的速写本，送给了雷朵。

一个十足专业的速写本，厚厚的纸张，宽大的开本，雷朵一遍遍摸着这本子，把它贴在脸上，又紧紧抱在怀里，她脸上笑成一朵花。

那是最灿烂的日子。空气中满是蜜蜂的声音，甜丝丝的，纯金般的音色终日缭绕。

我最后一次看见雷朵是一九八四年，我从N城回南流，路过玉林，到雷朵供职的小学去看她。她当时住在走廊尽头的一间房子里，室内陈设简单，仅一床一桌，有两只木箱。她和喻章已经结婚了，但房间里没有多少喻章的痕迹。她还没有辞职，她心态平和宁静。我说，在小学里当美术老师是很轻松的。她笑笑。

后来我就再也没有见过她。

我们两家都搬了，不再住医院的宿舍。有段时间她们家住在教育局的宿舍，在陆地坡那边，要过圭江大桥。每次回南流，我都要过桥去找她们，没有电话，只能碰。我没有碰到过她们一次，一次都没有。

她们的母亲是一个忧郁的大眼睛女人，神情淡漠。雷红不在，她说。雷朵呢？雷朵也不在。我以为过年，她们至少会回来。但她们一个都没回来。雷红当时正陷入一场昏天黑地的爱情，在八十年代，很是惊世骇俗，她爱上一个有妇之夫，两人私奔到外省，她放弃了稳定的职业、N 城的户口，与父母闹翻。

我一次也没有找到过她们。后来她们家就不知搬到哪里去了。

即使找到雷朵，我们精神上也早已远隔重洋。

雷朵啊，李飘扬，时光夺走的东西，就再也不会归还你们了。

叁

二〇〇五年夏天，我站在南流中学的水塔边，在八月的太阳下，与自己的少女时代迎面相撞。我看见十五岁的自己，在水塔边冲脚，她的脚沾满了沙子，水塔旁的木棉树正开花，肥厚浓红的花朵在蓝天下。

清凉的水流注在我的脚面上，水花四起。我穿着蓝裤子，光脚丫，地上有一层薄薄的水苔，我单腿站立，水花四起。水塔旁边就是孙向明宿舍，他的窗口正对着水塔，他就要来了，他将端着他的脸盆，那上面有大红的喜字，俗不可耐，这是南流百货公司里仅有的花色，他的毛巾是红白相间的彩条，他的拖鞋是人字拖，蓝色的。

再也没有比人字拖更性感的拖鞋了！本地的男人和女人都是穿木板拖鞋，老人和孩子，统统都穿木板鞋。用木头削成厚厚的鞋底，再钉上一条三指宽的胶带，黑色的，比汽车轮胎薄一点，里面织着棉线。我们管这叫木鞋。

木鞋拖在地上，发出嗒哆嗒哆的声音，清脆而嘹亮，有一种亚热带小镇的气象，喜庆、放荡、洒脱，我无比喜欢。我愿意此刻我的脚下就贴着某一双木板鞋，脚面光裸，脚底下的木板坚硬、平滑、微凉。我将穿着它，重新回到我的南流，拆掉的房屋将一一复原，我的凤凰树、我的沙街、我的码头，将像倒放胶带的电影，在时间中重新复活，所有的事物，在凤凰树叶和花瓣纷飞中，缓慢地站起来。

我或者在南流的上空行走，穿着过去岁月的木拖鞋，我听见自己脚下的木拖鞋击打在青石板上的声音，嘹亮而旷远。我从上空俯瞰南流镇，看见三十多年前的自己，站在木棉树旁的水龙头旁边，水花从脚背上飞起。

人字拖，像人字的拖鞋，简洁而性感，夹在脚拇指和二指之间，每走一步都要夹紧。那上面的脚白皙瘦削，棱角分明，有雕塑感。还有汗毛，使人无端心跳。孙向明的脚天生就是用来穿人字拖鞋的，再也没有人能把人字拖鞋穿得像他那样好看的了。

他就是在水塔边把我做的游标卡尺折断的。

我没有见过一个老师这么粗暴，我不明白，他凭什么。我完全懵了，意外、震惊、全身的血往头上冲。接着又像有人在后脑勺打了一闷棍，血一下子四处逃散，头脑一片空白。我不知道发生了什么事情，只感到水龙头开着，水哗哗地流，我不知道该拿它怎么办。

这把游标卡尺，是我们物理期终考试的考卷。书面考试废除了，强调实践，自己动手。

三合板是从哪里找来的呢？抑或是松木板？杉木板？母亲单位有木工房，永远都有，有一段时间，木工房就设在饭堂里。比正常条凳长两倍的长条凳，有两块砖头那么厚，上面布满了刀斧的痕迹，一头有一细铁条，绑着墨线，摇着墨盒的把柄，墨线就会不断地吐出来，再用手一弹，木头上就有一道笔直的墨线了。锯子吃进墨线，一进一出，锯末从窄小的缝隙漏下来，木头渐渐被锯开。有不同的锯子，齿疏的，齿密的，长短大小不一。还有刨，长刨、短刨、圆刨，斧头，凿，尺子，在工具箱里，闪闪发亮。

我喜欢看刨木板，比起锯木头的逼仄吃劲和断裂，刨木板有一种舒展，优美而从容。叉开腿骑在条凳上，本来不雅，但他伏在木板上，好像在倾听木头说话的声音，又像木头散发了一种隐秘的香气，他伏得这样低是要闻这气味。木头说了什么呢？我们不知道，但木工知道，他一下一下地推着刨子，把全身都送出去，一高一低，刨花又软又薄，曲着卷着，从刨子开口处滑出来，一片又一片，撒娇似的，带着好看的木纹，奇异，美妙，从不重复。木工有时也会迷进去，他小心地摸一摸光滑的木板，再刨几下，再摸一摸，它是谁呢？是他的老婆吗？大概，他有时就把木头当成他的老婆吧。

刨花堆积，木香弥漫。

在我十六岁的时候，我曾经在条凳上刨过一小条木板么？我是否找到过一块木质紧密花纹好看的木板，央求木工师傅帮忙刨光呢？我是那样重视这把卡尺，我希望做到最好。我希望把它拿给孙向明，我说，我来交卷了，他看到它，眼睛一亮。然后，我心里就能开出花来。我找了各种木板，松木、杉木、樟木、苦楝木，但我没有能力摆弄它们，刨子在木工手上很轻盈，到了我手上就很重，刨花不长，寸草不生。我只好找来三合板，用铅笔在上面画出卡尺的形状，用刀削，一点点的，又用砂纸打磨，粗砂纸磨三遍，细砂纸磨三遍。又仔细画上了刻度，又刷上了清漆，透明，油光水滑，对我来说，已经到顶了，要知道，我根本不是一个手巧的人。

孙向明对我太严苛了。

我无端觉得他应该宠着我，无论如何。

那个毫无道理的十六岁，一个傻女孩，她觉得人人都应该宠着她，事实上，她已经被宠坏了，她真是欠人当头一棒啊！她是不知道，生活迟早要教训她，晚教训不如早教训。

在这之前，已经交过两种作业，原子模型和化学反应炉剖面模型。反应炉模型两人一组，我和张英敏自由组合，两人找来硬纸壳，做了反应炉外壳，又在纸上画了焦炭和火，交上去，化学老师立即给了 A 等成绩。我的旧影集里还保存着一幅装模作样的照片，我和张英敏一人一边，反应炉模型在中间，是夏天，两人都穿着短袖衫，她的是格子的，我的是鸡蛋清的颜色，照片上看是白的，那是我母亲的衣服。我剪了短发，张英敏是小辫子，她永远都是细细的小辫子。两寸的黑白照，是到西门口的照相馆照的，花了七角六分钱。

照片上面还有游标卡尺，被我拿在手上。我们得意洋洋，手捧我们拙劣的杰作，在星期天的上午，从家里出发，从东门口走到西门口，凤凰树正在开花，在校门口和操场里，那花瓣真像凤凰的羽毛啊，艳丽的红色，映红了半边天。如果我们回头，就会看到这片红色，但我们头也不回，这是我们司空见惯的树，每到六月就会开花，我们从来不觉得它们有什么值得特别注意的。我们小时候它们就在那里，它们将永远在那里。只有被雷电劈中，它们才会死去。而雷电是不会劈它们的，因为它们从来没有做过坏事。难道不是吗?

我们头也不回，走得飞快。人在年轻的时候，总是走得飞快，时光从我们的耳边嗖嗖掠过，留下了那张两寸黑白照。

原子模型我是这样做的，找来铁丝，用乒乓球做了原子核，又用玻璃珠做电子，圆的底座，椭圆的轨道，看上去很不错。只有游标卡尺的事实在太糟，孙向明是这样不满意。他把我的游标卡尺折断之后，要求我重做，而且第二天就要交。我已尽最大努力，他却如此严苛，我难以承受。委屈，屈辱，不服。

我没有补做。我坚决不做。我愿意事情变得更糟糕，反正已经很糟了。

那段时间我状态不好，很多事情都让人不开心。就是那时候，我的日记被人偷看了。这事有些诡异，平时我的日记从不放在教室里，我放在宿舍，是雷朵她们班的宿舍，跟我们班的宿舍甚至不在同一幢楼。下午如果不劳动就会是自习课，没有多少作业可做，也不再考试，自习课漫长无聊，大家串位说话，我则喜欢在日记本上乱写。

这有什么不好吗？我没想过。潜伏在深处的文字很容易冒出来，像我不为人知的秘密友人，鱼贯而入，盘踞在我的本子里。它们悄悄吐气，喘息，却被人听见了，这个人，她哪里来的如此敏锐的嗅觉呢?

我不知道。

漫长的自习课之后，是体育活动时间，大家像一群抢谷子的鸡，铃声一响就扑向操场，我们抖动翅膀，脑袋在前，屁股在后，呼啦啦地冲到了空地上。排球在空中跳动，划出诱人的弧线，篮球拍在水泥地上的坚硬声音和乒乓球纤细的身影在我们眼角的余光中，不管什么球，它们全都是我们的谷子，我们像鸡看见谷子那样眼睛闪闪发光，一股热流从我们的脚底升起，幸福的时刻来到了!

幸福的时刻来到了！因为孙向明就在那里，他比我们早五分钟到操场，他穿着球衣站在操场中央，球衣是深蓝色的，半旧，但他穿在身上可真是好看。他一个人在垫排球，双手并在一起，一曲一伸，小臂往前一送，排球就弹到天上去了，再悠悠地落下来，像是长着眼睛，专门找孙向明的小臂呢，等到了跟前，他才轻轻一挺双臂，像是怕碰疼这球似的，排球却因为这一碰而有了力气，自己就弹到了空中。

他整个人，既柔软又有力量，人球合一，一下一下地，好像跟他打的球有着隐秘的亲切关系，不说什么，却情意绵绵。全体女生的魂都被勾去了。

女生的魂怎么不被勾去呢！我们听不到操场上沸腾的声音，它们不知被什么过滤掉了；也看不到别的活动，整个操场只有孙向明和他正在垫向空中的排球。我们不由自主地向他聚集，就像他在课堂上讲的铁粉向着磁铁。

大家又有些害羞，隔着一两米远，谁也不凑上去。如果有邱丽香在，她就会凑上去，她不怕，她说，孙老师，我跟你一块打吧！你教我！她把衣袖卷起来，再把裤子腿也卷起来，像是要下水田插秧。孙向明说好，我给你喂个球，你好好接着。他把球往跟前一抛，再一弹，球眼看着就要落到邱丽香怀里了，她还愣着，忽然她脖子一伸，球不偏不正，刚好打在了她的嘴巴上。如果围成一圈玩，或者分成两组赛球，邱丽香也都会很踊跃，但十有八九，球总会打到她头上，有时隔着两三个人，也会落到她头上。她不怕球，看见球就往前抢，但她的手总是碰不到球，球也像长了眼睛，不往别人头上砸，只喜欢砸她的头。

大家全都笑弯了腰。

中学女生是最爱笑的，过去是这样，现在和将来，也都会是这样。豆蔻年华，忍不住就要笑，没有可笑的事也要笑上半天呢，更何况看见一只排球追着邱丽香，有一次还打着了她的屁股，她捂着后面叉开腿还在找球。姚红果笑得岔了气，捂着肚子蹲在了地上，好像不是邱丽香而是她被球打中了。

所以邱丽香就不爱打排球。

没有人发现她不来，大家围成一圈，孙向明站在中间，他把球喂给每一个人，很准确，很公正，却也温情脉脉。我们怀着惆怅和暗暗的激动，等着排球来到自己的面前。球在空中飘荡，每个人都觉得那是孙向明对自己的情意，每个人都会得到一份情意，不用争抢，球就都落到你面前。他似乎看了你一眼，闪电般的一瞥，然后他双手把球一弹，你只需双臂一托送给他就行了，不管高了低了，正了偏了，他总有办法把它接着。然后，我们再安静地等着下一个，谁也不多说话，谁的心里不是满满的呢。

教室里空无一人。

我的日记本在我的书桌里。是谁，走回了教室里？这个人，她到走廊里朝操场上张望了么？她担心有人会突然回教室吗？她神色慌张手心出汗没有？她就这样走到我的座位。

我至今仍不知道这事是谁干的。

有关日记的事，不说也罢。

若拔河，邱丽香就很有用。尤其是和三班拔河。一班二班的教室离我们太远，所以我们觉得不关痛痒，那我们跟谁较劲呢？三班就在我们隔壁，我们就跟三班铆上劲了。

我们一定是要跟人较劲的。我们青春的热血噌噌地往上冒，热气在我们的头顶上飘，就像盛夏田野上的蒸汽，而我们从头到脚都是盛夏，郁郁葱葱，每分钟都在拔节，全身的细胞都鼓鼓的，血液一边奔跑一边高呼，哇哇哇，啦啦啦，但我们不知道我们的力气要往哪里使，任何话都能使我们热血沸腾，要批林，要批孔，林彪最坏，孔老二也最坏，修正主义、资产阶级也都是坏的，美帝、苏修，更是都要打倒的。当然最好是打仗，打大仗，第三次世界大战，那是多么壮丽的事情！我们看的电影也都是打仗的电影，银幕上的硝烟即将弥漫到校园里，真是过瘾啊。

第三次世界大战一时不会爆发，我们只有拔河，跟三班拼个你死我活。一边十个人，身体轻盈身手敏捷的在前，越重的越要靠后，最后一个，就是邱丽香，她坐落在绳子的尾部，是秤砣，压舱之物，胜利的保证。三班的人，要赢我们就先把邱丽香掀翻吧，邱丽香说，我死也不会松手的！她目光坚定，大义凛然，完全像即将上刑场的革命者，我们大家都很佩服邱丽香，我们就是喜欢那些为了集体作出牺牲的人。

一、二、三，哨子吹响了，红布在粗大的绳子中间抖擞，它往左一点点，又往右一点点，它上下跳动，左右摇摆，扭来扭去的，就像一个水性杨花的女子，不知她心里想些什么。她红着脸往我们这边蹭，慢吞吞的，却又停下了，扭过头，又照样红着脸往对方那边蹭。我们生着气，憋着劲，埋头使出了全身的力气。在绳子的两头，少女们全都成了龇牙咧嘴面部扭曲的一群幼兽，她们还发出了嗷嗷的叫声，每个人都光了脚，五个脚趾紧紧扣在泥地里，沙泥横飞，好好的泥地也不成了样子，像是有一个马队来回踩了一整天，草皮踩成了泥，泥踩成了泥屑，七零八落的。

每个人也都狼狈得很，裤子上全是泥，衣服上也是，因为要以躺倒的姿势战斗。最爱干净的女生也都在所不惜，我们的脸上沾着头发和草屑，汗流到了眼睛里，手掌火辣辣地疼，脚趾头也疼，整个人都快要抽筋了。

但是孙向明在，他在就是一切！

他就站在我们队伍的旁边，站得很近，他任指挥。他的指挥很有架势，他喊道：不要动，稳住，稳住，然后他双手弯曲，从前往后拔，喊道："一二，用力，一二，用力"，他的身体也一次次从左边倾斜到右边，看上去，像是使出了全身的力气。他的运动衣也汗湿了，汗的气息混合着他的体味一阵阵飘过来，扑到女生的脸上。女生们心跳如鼓，脸涨得更红，孙的气息在她们的身体里燃起了大火，力气就一下增加了三倍，一种叫荷尔蒙的东西正在绳子的一边弥漫，孙的声音越来越快，一二三，一二三，绳子在我们的手中似乎也增加了力气，我们拔，拔，拔，我们不停地拔，绳子上的红布呼呼地向着我方挺进，不再迟疑和反复，它像葵花向着太阳那样向着我们。突然，手上一阵轻松，我们呼啦一下全都摔到了地上，半边身子都摔到了泥地里，与此同时，我们意识到，我们胜利了，三班被我们打败了！于是我们跳起来，哇哇乱叫，来不及拍打身上的泥尘，就把我们最灿烂的笑容送给孙老师。

他也笑，咧着嘴，露出一口整齐的白牙齿。这口牙齿使我们再次怦然心动。

这时候，头号功臣邱丽香，她挤到了孙向明的跟前，她说：你看，你看，你看呀，她来回转着身子，挺着她的胸，她差点就碰到孙了，她说你看我全身都脏了。孙向明就说，邱丽香，多亏了你在后面压舱啊。邱丽香便笑得更忸怩了。

也有失败的时候。不管我们拼了多大的力气，孙向明的指挥喊得多大声，绳子中间的红布却翻脸不认人，它往这边逗我们一下，就头也不回地冲那边去了。等到最后，大势已去，我们决定放对方一个大屁股墩，九个人同时松了手，一瞬间，哗的一下，她们全队人马就翻了个七仰八叉。惨烈的是我方的邱丽香，她为了人在阵地在，一开始就把绳子的一头绕在了自己身上，我们松了手，她却松不开，她缠在绳子里，被对方拖出好远。

身上当然就被磨破了。有时是腿上，有时是胳膊肘，有一次裤子还拖出一个洞来，真是有一点壮烈呢，像革命者。大家围着她，纷纷喊道：孙老师孙老师，邱丽香，邱丽香受伤了。

邱丽香，她忍着身上的疼痛，等孙向明来看她，她想要让他仔细地看她，她等着。她承受了多少疼痛就是要等到这样的时刻，她用不着冲到孙向明跟前，也用不着嚷嚷，孙向明会自己到她面前来。她低眉顺眼，很安静地站着，脸有些红。孙向明果然三步两步就到了跟前，他仔细察看伤处，一边说，怎么搞的，怎么搞的。

真是幸福的时刻啊，孙向明带她到卫生室，看着校医给她涂上了红药水。邱丽香始终没有说一句话，她低着头，不看孙向明，像一只羊羔，乖巧，柔顺。

过了二十多年我才又见到了邱丽香。找了十几个女生和六七个男生，在圭江边喝茶。那是一处露天的茶摊，周围围着一圈红蓝相间的塑料编织袋，江风吹来，刮得编织袋晃荡不已，人太多，彼此隔膜，说话的声音也听不清，只是坐着，看看这个，又望望那人，笑着，却恍惚。终于到了十二点，散了，却又不甘，漏夜敲开了旧电影院旁边的一家照相馆，排成三排合了影，照片上邱丽香就坐在我旁边。

她没有更胖，也没有更瘦，她体面地坐着，她的工作也是体面的。有一半人下了岗，剩下的在车站当售票员，粮店卖米，商店站柜台。有人卖米粉，有人卖假药。邱丽香有体面的工作是因为她大胆，她敢去找人，她谁都敢找，她就去找了我们班的李卫星。

李卫星当年是班里的团支部书记，品学兼优的好学生，他当上了邻县的县委副书记，是魏嘉之外，我们班官当得最大的人。

邱丽香就去找李卫星，不知她是怎么找到的，那时候还没聚会，各人四散，邱丽香挖地三尺，把李卫星找到了。我们全班女生都胆小，没人敢去找当了官的旧日同学，只有邱丽香去了，李卫星给她写了条子，她拿了条子到地区电力局去，第二天就到电力局上班去了。

这个传说我们全班都知道，是真的，大家既佩服邱丽香的胆量，又夸奖李卫星苟富贵勿相忘。但是谁都没有学邱丽香，去给李卫星添麻烦。大家说，谁敢找啊，只有邱丽香敢找。

邱丽香果然是落落大方的，但她既然在玉林地区的机关工作，她就不再说南流土话，而说普通话和N城白话（类似广东白话，粤语，在G省，相当于官话），大家当她是公家人，也并不见怪。她问我，你看我的头发怎样？我说好啊，还像以前那样好，又黑又浓。她却说：是假的。

她平静地说，她戴的是假发套，她得了脑瘤，做了开颅手术，头发掉光了，现在南流养病。我顿时觉得她英勇无畏，心中佩服。

二〇〇五年八月我没有再见到她，在南流和玉林我分别见到了四个同学，玉林的同学说，有几年没有见到邱丽香了，听说她还活着，但已经说不出话。当年壮硕的少女，手举着荔枝，英勇无畏，满怀爱情，她的身体在拔河的操场上迅疾擦过，渗出鲜红的血珠。而一切都已过去。如此之快。

肆

孙向明是突然离开的，他再也没有回到我们班。事先一点迹象都没有，前一天的晚自习他还照常到班上转了一圈，布置了第二天的劳动。第二天是个雨天，深秋的雨，一下冷了起来，每个人都加了衣服，有人感冒了，不停地打喷嚏。学校安排高一高二全天劳动，就在学校的操场边挖地基，要抢建一幢两层的教学大楼。每个人都带了锄头或铁铲，大家坐在教室里，谁也不想讲话，空气滞重潮湿，云头压得更低了，雨密密地下，没有要停的样子。正不知是不是取消劳动，心存幻想，都在等着孙老师来。

孙老师没有来，来的是麦大安老师。

麦大安是科任语文老师，他满脸不情愿地走了进来。他说，从今天起我是你们的代理班主任，孙向明老师有事回湛江去了，等下我们要去挖地基，现在我来宣布安全事项。

一切太突然了，停了几秒钟，有几个人同时问：孙老师什么时候回来？麦说：什么时候回来学校没通知我，学校只通知我来代你们班的班主任。

这样冰冷的话让我们生气。我们本来就不喜欢麦大安，他跟我们不亲，我们跟他也不亲。我们跟麦大安的关系很是奇怪，按道理，我们班的语文水平全年级第一，高中语文组还组织别班的语文老师来听麦大安的课，我们课堂气氛活跃，回答问题有水平，很为麦争脸，但除了丁服，谁都不爱找麦大安。我们喜欢孙向明，不喜欢麦大安。

我们既然不喜欢麦大安，一般来说也就不会喜欢写作文，但恰恰相反，我们每个人都喜欢写作文，而且每个人都写得不错。直到现在，我们还认为，四班的作文全校无敌。

但我们同时认为，我们的作文好跟麦大安无关。

麦大安皱着眉头，看了我们一会儿。等我们不说了，他就说：不要以为我想当你们班主任，学校要我当，我没办法。既然我当了，我希望在我代理班主任期间，你们中的任何人，都不要出任何事情，不要擦破一块皮，不要锄伤一根脚趾头，也不要踩着瓦片玻璃，割伤脚得破伤风，别的就更不要说了。出意外是很容易的，上周围墙倒了还压死人了，谁能想到啊，谁也想不到。当班主任责任重大啊，你们知道吗！麦大安又沉痛又无奈，把我们说得安静起来。

雨在下，秋风一阵又一阵，我们想起了上周的事情，学校的围墙倒塌了，正好压着过路的两个人，是准备结婚的一对，女的当场死了，男的受了轻伤。出事的时候正在上课，后来封锁现场，不让学生靠近。只听说这两人进城买喜糖，女的口袋里还剩五块钱，她一被挖出来，男的就翻她的口袋找钱，而且，那男的没有哭。我们只看到围墙的一个大缺口，像战争片里被炸开的口子，狰狞，古怪，想到那儿曾经压死了一个准备结婚的女人，越发触目惊心。

我们本以为，学校的围墙是万古长存，永远不会倒塌的。它从来就在那里，从来没有倒塌过。我们小时候它就稳稳的，长大了它也很稳。那是很厚的砖墙，墙上有长年累月的灰尘和青苔，向着公路的那面多灰尘，向着学校那面多青苔，但两面都有墙缝长出草，有时是蒲公英，宽宽的叶子，毛茸茸的小球，很是好看，也有长出一小株木本小树的，这使围墙更加奇异了。

围墙一倒，还死了人，我们都受到了惊吓。看上去多坚固的围墙也有倒塌的一天，没有万古长存的东西，围墙是围墙自己的，它不是我们的，它想倒的时候可不会问我们愿意不愿意。世界不是我们的，孙向明老师也不是，他来南流教书，当我们的班主任，但他现在走了，回湛江，湛江才是他的，南流不是。我们好像明白了事理，却又心乱如麻，他家出了什么事呢，是他的父母出问题了吗？他为什么不跟我们说一声，为什么？为什么？

麦大安没有跟我们解释为什么，他没有这个义务。他看我们安静下来，就说，大家带上工具，就到工地去吧，以小组为单位，安全第一，能挖多少就算多少吧。

雨下着，我们失去了孙老师，这个念头既不准确又不吉利，但我们就是这样痛彻地感到，孙向明虽然还活着，但他突然就从我们中间消失了，他的身影和声音，他的旧军衣，他那把被邱丽香装扮过的铁铲，都不会出现了。

雨落在我们的脸上，我们不觉得凉，那是因为我们的心中有着空茫和不适，还有着疼痛。

我们预感到孙向明不会再回来当我们的班主任了。谁也不知道这预感从何而来，是从乌云还是从雨水，还是从倒塌的围墙。这一天，空气中布满了预感，像细小的针，肉眼看不见，但它们悄悄潜入我们的身体，每个人都感觉到了。每个人，包括最没心没肺的人，全都感到了不适和空茫。

邱丽香铲着土就哭了起来，她抽噎着，然后就呜呜哭出了声。大家听着她哭，看她把眼泪抹了摔在泥土里。没有人问她为什么。我觉得她是替大家哭，我们的泪水跑到她的眼睛里去了，它们从空中经过雨水转运，变得浩大，源源不断。我们仰头看雨，看到它们拼命飞奔，不管不顾地落到邱丽香的头上。

第二天中午，打饭的时候，丁服告诉姚红果，孙向明回家是因为他爱人生孩子了。姚红果饭都顾不上吃，一秒钟都没耽误，马上就把这消息告诉了每一个人。她在乱糟糟的饭堂里找到我们，饭堂里飘着煎鱼的香味，难得一遇，鱼是学校鱼塘养的，下雨涨水，鱼自己跑了出来。鱼香使我们更加饥肠辘辘，每个人都咽着口水，吸着鼻子，等着轮到自己。姚红果却找到了我们，她说，她知道孙向明为什么突然回湛江。为什么？因为，他爱人，生孩子了。

简直就是晴天霹雳。

四班的女生，站在学校的饭堂里，煎鱼的香味一阵又一阵，但她们闻不到，又有一大脸盆的煎鱼被端上了案台，香气更加浓郁，每人都有一条，但她们还是什么都没有闻到。她们的肚子也不饿了，她们的耳朵里听不到别的声音，满脑子只有姚红果没心没肺的话：孙向明的爱人生孩子了！

从来没有听说过他有爱人啊，没有任何人说过。我们都以为他没有结婚，他根本就是一副没结婚的样子，我们本来以为，世界上的事情，只要我们视而不见，那就是不存在的，我们不想让孙向明在湛江有一个妻子，他的妻子就是没有的。但姚红果却说，他的爱人生孩子了。

我们觉得，我们的心被人无端抓了一把，这个抓我们的人就是姚红果。姚红果啊姚红果，你的消息是从哪里来的？

姚红果比全班女生都小，小一到两岁，她最小，最活泼，最无辜。她把坏消息带给了我们，她饭面上的煎鱼都凉了。

那一顿饭，很多人饭盅里的煎鱼都凉了，学校的饭堂白白浪费了那么多的花生油，凉了的花生油蒙在鱼身上，像是蒙了一层膜，鱼也像是假的。我们的心思不在煎鱼上，鱼刺也知道了，我们的舌头在鱼肉上盲目地顶来顶去，顶了半天也顶不出鱼刺来，这些舌头不像是人的舌头，倒像是木的舌头。鱼刺顺利地通过舌头的封锁线，到达我们的喉咙，并停留在那里。那一顿饭，鱼刺卡住了不少人的喉咙。饭堂里一片咳刺的声音，难听之极。而另一种鱼刺，还要继续卡在我们的喉咙里。

在后来的日子里，姚红果还给大家带来过几次孙向明的消息，每次消息都使我们更加绝望，她说，孙老师的爱人生了个女孩。她又说，孙老师的爱人身体不好，是难产，最起码，这个学期孙老师不会回来了。

伍

现在我要告诉你有关安凤美的事情。她是高一下学期转学来的，从容县来。听说她有文艺特长，曾在容县文艺队呆过，但这种说法令人怀疑，因为学校文艺队一直没有吸收她，看她在班里表演的水平，也不像在专业团体干过的样子。但她身材高挑窈窕，作风也比较文艺，这又使人半信半疑。

她比我们大一岁，经历却比我们要复杂许多倍。她胆大妄为，经常旷课，动不动她的座位就是空的，我们不知道她上哪里去了，孙向明也不知道。找她到办公室谈话，话谈了，却没有任何效果，下周又照样有几天不见人。

有谁旷过课呢？像这样经常性的，不思改悔的，真是从来没有，何况还是这样一个漂亮的女生。说到底，我们都算是好学生，每天早上准时到学校来（有一半同学住家里，一半住校），不管天多冷多黑，我们六点半就要起床了，我们严守纪律，生怕迟到，睡前把闹钟放在床头，不管我们的睡眠多深，梦做得多香甜，只要闹钟一响，我们就如同听到绝对命令，身体和四肢，不等大脑清醒，就独自行动了，我们闭着眼穿上衣服，迷糊着去刷牙，等到洗脸的时候，冷水浇到脸上，我们才会真正清醒过来。

我们到学校去，让做操就做操，让跑步就跑步。有一个冬天，学校要求整个年级每天早上到县体育场跑步，期末男生测一千米，女生测八百米。那个冬天的每个早上，整个南流都奔跑着十六七岁的孩子，两百多个孩子从南流的各个角落跑到县体育场，在宽阔的场地上跑上两圈或三圈，然后再沿着公路回到学校。

让上课我们就上课，让劳动我们就劳动。在农忙假里，我们会一连劳动两个星期。没有人迟到早退，我们觉得这都是天经地义的。只有这个叫安凤美的女生，她是一个异数。

孙向明不得不在班上公开批评她。

批评的内容很奇怪，他说，有的女生太不知羞耻了，在外面留宿，跑到陆地坡过夜，还跟人家两口子住一个屋，这像什么样！人家是夫妻，你一个女生，一点都不难为情，脸皮太厚了！

真是奇怪，他不批评她旷课，倒批评起跟两口子睡一个屋子，难道这比旷课还严重么？这使我们糊涂，跟别的人住在同一个屋子里，和跟两口子住，这有什么区别么？孙向明痛心疾首的样子，使我们依稀感到，这其中似乎有着某种秘密。

安凤美的座位空着。

她不在，孙向明对着一个空位子批评。即使她在，她也会不在乎。

陆地坡在圭江河的对岸，岸边有大片马尾松林带，松林后面是更大片的萝卜地，那是萝卜的天堂，松爽疏朗的沙质土，河边充足的水分，每个萝卜都能长到最大，且汁液饱满，水分在萝卜里越积越多，最后总是裂开。裂开的萝卜是萝卜中等级最优秀的，最甜，最脆，水分最多。

有一天，安凤美就到陆地坡去了，她去看长脚，长脚是她爸爸的江湖朋友，能武功，会魔术。她过了大木桥，沿着河岸往河流的下游方向走。过了河，就像是另一个世界，马尾松林里有点暗，没有人，久久才有一头牛走过。地是沙地，很细的沙，还有干了的淤泥，脚容易累。在松林和萝卜地之间有小路，但也荒凉，大片大片的萝卜地，有一种非人间色彩。上课、老师、批评，这些东西就很远了。

她走在马尾松和萝卜之间，想着有一天也能学成一种武功，飞檐走壁，水泼不进，踩在火中和刀上。飞檐走壁是安凤美的幻想，水泼不进是她后来向我形容的她父亲舞剑的技艺，踩火和踩刀是翟青青的一手绝活，翟青青生于杂技世家。她的故事我下面再讲。

安凤美找长脚，就是想学武功和魔术。

她告诉我，长脚才是一个真正神奇的人，他能飞檐走壁，舞起剑来水泼不进，他还会耍魔术，他什么东西都能变。总有一天，长脚要把我们学校变没的，他要把全南流的学校，小学和中学，统统变到别的地方去，到时候，我们就不用上课了，也不用劳动，想干什么就干什么。她认真地跟我商量，变到哪里去好呢？我说，变到玉林去算了，谁让玉林人看不起我们南流的。安凤美一想，说，玉林太近了，搞不好我们都得到玉林上学，那不是更糟。按她的想法，学校应该变到更远的地方去，比如，N 城，家长总不会让我们坐七个小时火车去上学的。

大家认为安凤美是个异想天开满口谎言的人，她不过是在吹牛而已。但她说起长脚和魔术时，眼睛是亮的，又神往，又崇拜，她的脸也放着光，脸上细细的绒毛瞬间就沾上了一层金粉，她那样激动，却又侠义，她知道我想学手风琴，就严肃地发誓道，有朝一日，只要她学会魔术，第一件事就是给我变一把手风琴。

我觉得不会是真的，但陆地坡，那是奇怪的地方，也许就藏着世界的秘密呢。

有关安凤美的传说还有许多，有的真是稀奇古怪，说她的腰这么细，是因为她每天要拔自己的头发，然后把最靠近头皮的那点发根吃了，这样就会使腰又细又软。我想不清楚这里面的道理，但据说这是杂技世家的秘方之一。

杂技世家的秘密都是很神奇的，不由得我们不信。一个空中飞人离平常人有多远呢？比天还远，人是不能飞起来的，但他们能。他们的牙齿力大无穷，嘴里叼一根木把就能托起一张桌子，桌子上还能放两把椅子，有时放三把。他们的头也像是铁做的，顶一根竹竿，竹竿上还能弄两个大活人哪，一边一个，她们单手搂着竹竿，一边的胳臂和腿都张开着，迎风展翅。他们的神经真是坚强，没有系安全带就走钢丝了，在钢丝上劈腿，翻跟斗，全体观众一惊一乍人家都不会一惊一乍，因为一分心人就会掉下来。

杂技世家的女生腰都是很软的，像翟青青，她把腰从后面弯下来还能从两腿间伸出头来，而且嘴里叼着花。翟青青很白很瘦，她在文艺队里很少跟人讲话，有关走钢丝，她告诉我，找到重心就不难，重心在腰的下方。我不好问她是不是真的吃头发根就能把腰吃软，这个问题太傻了。

但邱丽香信。

她在上课的时候常常拔自己的头发，然后悄悄放进嘴里。到了晚上她就要量腰围，这个肉嘟嘟的女生太想让自己的腰变得细一些了，她脱掉长裤钻进蚊帐里，用一截毛线一次次圈自己的腰。她把床板弄得咯吱咯吱响，但腰还是跟原来那样粗。

邱丽香断断续续试验了一个多月，直到一个可怕的传说流传到学校里。

传说是这样的，镇上，或是玉林，或是容县，有一个女生，有一头很长的头发，她喜欢梳辫子，她用一种塑料绳子扎辫子。但是怪事发生了，早上起床，她经常找不到前一天扎辫子的塑料绳，她在枕头底下、床头床脚，床底下，椅子底下都找过了，连枕头套里面，被套里面都翻遍了，硬是没有，于是她就换了新的塑料绳。后来她干脆买了一小捆塑料绳回家放着备用，早上一找不着扎辫子的绳子，立即就换了新的。这样过了一段日子，她开始感到头晕，食欲不振，但她也没当回事。终于有一天，她在教室里晕倒了，送到医院抢救，这下才真相大白，她的头颅里塞满了塑料绳，一卷卷，一团团，黑乎乎的，头颅里一点空隙都没有，塞得满满的，塑料把她的脑浆吃掉了一大半。如果不是抢救及时，人就没救了。至于那些塑料绳子是怎样进入头颅的，没有人能说得清楚。

这个传说比鬼故事吓人。谁都没见过鬼，但女生每天都要扎辫子。真是有点人心惶惶的呢！宁可信其有，很多女生就剪了头发，留了运动头。少数几个不舍得剪的，就用毛线缠上橡皮筋再使，聪明的女生还发明了一种巧妙的办法，用发梢编成小辫扎住大辫子。

我看见翟青青的辫子就是这样扎的，看上去，她辫子的末梢就像落了两只黑色蝴蝶，人显得更加轻盈俏丽了。现在想起来，那个恶毒的传说大可怀疑，难说不是某个刁嚣的女生，嫉妒别人的长头发大辫子，故意编造出来的。

但大家都信了。

我们真是轻信啊！什么都信，有一年传说，如果不买五尺红布，家里就会有人遭殃。一时间，全南流的红布就脱销了。有一年，传说如果不吃绿豆，喉咙就会长毒疮，结果绿豆又抢光了。

有各种传说，有的是从N城传过来的，N城又是从广州或北京传过来的，那可真是了不得！全国都要盛行了，南流也不落后，先是甩手操，听说能治百病。县医院的李医生，是个得风气之先的人物，早就让他岳母每天甩手，结果一个月就治好了胃病。于是男女老少，有病没病的，便都甩手，据说甩手不但能治病，更能防病。之后又有喝鸡血，打鸡针，红茶菌，我们也都一一试了。

喝鸡血，那是多恶心的事情啊！打鸡针，简直恐怖，要从公鸡的血管里抽血，然后再注射到我们身上。医院的孩子们都打一打吧，别的人可没我们的条件，把公鸡的血注射到人体内，那是经过科学证明了的强身手段。有一天，我们医院的孩子就集中到了打乒乓球的大厅里，是工会老刘张罗的，那是星期天，他每家每户挨着通知，吃过中午饭，大小孩子十几个就都来了。

乒乓球桌上摆了注射器和消毒包，地上有几只公鸡，非常艳丽抢眼，脖子上尾巴上的羽毛墨黑金黄，身上则闪着红色的光泽，健康美好，但它们的双脚被捆住了，它们身强力壮，并不甘心，家里有多少明媚的母鸡在等着它们呐，它们拼命扑腾，细小的鸡绒毛和灰尘混在一起，还有鸡屎的味道，这一来，大厅就不像打针的地方，倒像一个大鸡窝。孩子们却都欢天喜地的，来了这么多鸡，这公鸡尾上的羽毛真是漂亮，他们摁住一只就拔了起来。拔了一只又拔一只，几下子就把几只公鸡的尾羽拔了个零落，孩子们举着羽毛追跑起来，公鸡的尾巴长到了孩子的手上，威风也长到了他们的身上，秃了尾巴的公鸡难看死了，它躺在地上，不再扑腾，哀莫大于心死。

大人们给心灰意冷的公鸡抽血，跟人一样，也涂上酒精消毒。广口的酒精瓶一打开，浓烈的酒精气味就弥漫了整个大厅，这种烈酒的气味公鸡很熟悉，过年，或是来了重要的客人，那就要杀了一只不会下蛋的老母鸡，鸡血和鸡屎的气味从厨房传过来，酒的气味也尾随而至。又一只母鸡不见了，多少青春好时光，变成了人肠子里的屎渣。公鸡没想到，这样的时刻也落到了自己头上，它威风凛凛，不可一世，以为自己是母鸡的神，永世长存，刀起刀落的事情永远轮不到自己，想不到，却是针起针落，血尽而死，死得难看。

一管鸡血沉甸甸，一根针尖亮晶晶，眼看就要打针了，孩子们吱哇乱叫，四处逃窜，比鸡飞得还快。医院的孩子们并不怕打针，他们身经百战，见过世面，并且热爱科学，但打鸡血这种事情实在太诡异离奇了，鸡的血，为什么要打到人的身上，难道要让人变成鸡吗？那是因为公鸡身体好，打了鸡血人的身体就会更好。那为什么不打牛血呢？牛的身体难道不是比鸡更好吗？孩子的问题是大人永远回答不出的，孩子就走光了，他们举着漂亮的羽毛，奔跑着，乒乓厅里就只剩下了大人。

红茶菌就好得多。

我喝过一次，就在南流镇最时尚的李医生家里。一九九八年十月，我回南流，特意去探望医院的旧宿舍，走到大门口，迎面看到当年放乒乓球桌的过厅，正对着过厅的那棵大芒果树，这树还在，至少有两百岁了，它当年挂满芒果的样子历历在目。我小时候它就在这里，现在它还在，树旁边的水龙头还滴着水，我蹲下来，伸出双手接着了水龙头的滴水，就像二十多年前那样。然后我走下台阶，走到对面的一排房子跟前，在走廊里我忽然想起了红茶菌。我先是感到嘴里一股津液往上涌，有点酸，又有点甜，有点像酸梅汤，却比酸梅汤淡，紧接着我就看到了一只玻璃杯，那上面印着一枝粉红的梅花，梅花和向日葵，那是七十年代的花呢，这只玻璃杯来自七十年代，盛着七十年代流行的红茶菌，那红色的液体，散发着七十年代的味道。门开了，那是当年的木门，吱呀一响，二十多年前的李医生，穿着浅灰色的的确良，他戴着眼镜，头发是卷的，他说，飘扬啊，你还没尝过红茶菌吧，回去跟你妈妈说，我可以给你家一点，用一只大玻璃瓶泡着就行了。他让我看他家的玻璃瓶，底部一层厚厚的红茶菌，上面是水红色的液体，他一摇晃，菌类在瓶中漂浮，很是奇异。

红茶菌今又在何方。

还是说安凤美。安凤美让我观察三班新转学来的一个女生，那女生的身材很像大人，看上去比我们大得多，但她跟我们到底有哪些不同，我却说不上来。安凤美让我看她脸上的绒毛，我们脸上有一层细细的绒毛，那女生没有，很光滑，像苹果。又让我看她的胸和腰，还有屁股，胸比一般女生高得多，腰是细的，屁股是翘的，裤子绷得很紧，我觉得这样并不好看。安凤美说，这女生的奶那么高，腰又这么细，肯定是给男人整过了，她跟邱丽香不同，邱也大奶，但邱的身材就是那样，全身都粗，水桶腰，不见得是男人摸过的。

话说得有点粗。

我们全体都粗俗，没有人例外。小时候我在沙街上长大，耳朵里装进过无数下流故事，也曾满嘴粗话，但我很早就自动改正了。许多人，一直延续到初中、高中，插队，直到当上了县长。南流的干部都是满口粗话的，他们认为这样生动，并且有气势，是一种自然的文化。

安凤美是工厂里长大的孩子，她的父亲安大炮，是一条江湖好汉，广交天下朋友，安凤美见多识广，对许多事情的看法与我很不相同。

她说，告诉你一个秘密，凡是从外地转学来的，都是出了事的。就是男女那种事。女生是被强迫的，男的被判了刑，弄得大家都知道了，只好转学。到新的地方，就谁都不知道了。

听安凤美这么一说，我首先想到的是她本人，她难道不正是从外地转学来的吗？而且，我发现，她的身材跟她说的女生差不多，胸部比较高，腰又细，难道她也被男人睡过了？这个念头使我心里一惊。安凤美就站在我的跟前，但她很可能跟男人睡过觉了，这觉是怎么睡的呢？男人压在她身上了？摸她哪儿了？想到这些，我的脸一下热了起来。我飞快地看了一眼她的乳房，脸上更热了。

安凤美瞟了我一眼，却毫不在乎，她说，我的事要吓死你呢，以后慢慢告诉你。

这话好像是安慰我，看我惊慌。可我不但没有平静，反而更惊慌了，“我的事要吓死你呢”把我吓得不轻，她的事情已经不少了，终日旷课，暗地里学武功杂技魔术，跟人家两口子睡在同一间屋子里，早已失身，这一切都还嫌少。

这使我感到，这个安凤美，她非同一般，妖气缭绕，不可捉摸。

妖气缭绕，这样的词用在这里不算太夸张，安凤美身上时不时的就会有一些奇怪的事，让人匪夷所思。这跟她学魔术有关系吗？想到魔术我一下就想起了公鸡，那只安凤美的公鸡，我差点忘记它了，三十年过去，这只奇怪的公鸡早已踪影全无，它掩埋在黑暗中，谁都不会记起它，但现在，安凤美来了，安凤美拨开时光，她把那只公鸡带到了我眼前。

现在，我越来越清楚地看到三十年前的时光了，那上头，走着安凤美和鸡。她十六七岁，身材高挑，腰肢柔软，穿着一身蓝色衣服走在河岸上。她的左边是一片萝卜地，右边是马尾松林带，她的身后跟着一只公鸡，全身金红，尾巴则红黑相间。鸡跟在她身后，有时在左，有时在右，也会跑到前面去，就像一条忠诚的狗。安凤美走快鸡也走快，安凤美走慢它也走慢，他们步调一致，就像两个好朋友。走过了圭江大桥头，那里有一棵大榕树，到了榕树跟前停下歇脚，公鸡准确地找到树洞旁边的一窝蚂蚁，安凤美，她坐在粗大的树根上。

对岸就是南流镇了，所以要停一下，是两个世界的交接仪式，那边有学校、街道、商店，这边没有。两边隔着圭江河，圭，是鬼的意思么？不知道。河水从上游流下来，日夜不息，有船，也有运货的船队，运陶瓷和水泥，水泥厂，那是安凤美的家。那里有安凤美的父亲安大炮，他舞起剑来水泼不进。

十六岁的少女带着一只公鸡走在大木桥上，脚下是滔滔河水，身后是大片马尾松林和萝卜，这样的景象使我感到神清气爽。他们过了桥，走到了南流街，一侧是公园，全镇最古老的树都在这里，有两棵大玉兰树，听说是苏东坡种的，有两棵鸡蛋花树，有一棵万寿果树，长着曲里拐弯的万寿果，还有红豆树（我们叫火水豆，扁扁的。拾到火水豆我们就带回家，放在煤油灯里）。

但安凤美对它们视而不见，她对树没感情。桥头的另一侧是县第二招待所，简称县二招，那是我们县里接待外来客人的唯一处所。二〇〇五年八月，我住在县二招四楼，窗口正对着桥头公园，鸡蛋花树砍掉了，玉兰树老死了一棵，别的树还在，全城的树都砍光，这里的树还会保存下来，它们是县二招的风水，南流镇的眉毛，谁会蠢到把自己的眉毛都拔了的？我透过窗口，看到万寿果树和红豆树，三十年过去，它们还在，它们绿叶映掩中，漂浮着安凤美，以及她那只形影不离的公鸡。

她昂着头走过了公园路，走过了电影院和少年之家，走过了县文艺队排练的教堂，走过东门口。在东门口的酸品摊前，她吸了吸鼻子，然后她就停了下来。那上头摆着一溜扁圆的玻璃缸，一缸一缸的盛着酸萝卜、酸木瓜、酸姜、酸梨、酸芥菜、酸黄瓜，安凤美是个馋嘴的女生，她一样一样看过去，每一样都那么诱人，值得拿上一只大搪瓷口盅，买上满满一盅带回宿舍。但她身上只有两分钱，她买了一块带缨的酸萝卜，沾上新鲜艳红的辣椒酱，又酸又辣又脆，有点甜，还有点甘，舌头一舔，舌头就笑起来了。多美妙的口感啊，此时此刻，那块带缨的酸萝卜从遥远的南流镇，穿过三十年，停留在我的口腔里，味蕾绽放，涎水奔涌，热泪盈眶。

但那只公鸡没有这样的感受。

鸡和人的感觉很不一样，它看见地上有一只苍蝇，比较肥，比较笨，它不费吹灰之力，就把这只苍蝇叮来吃了。一只苍蝇下肚，就跟安凤美一块酸萝卜下肚一样，公鸡感到美味缭绕。

就这样，这一人一鸡就到了校门口，人走进去，鸡也走进去。

有一种魔术，能从一顶空帽子里变出一只鸽子，他把帽子倒过来翻过去，又用棍子捅一捅，表示里面真的什么都没有，然后他往空中一抓，又再往帽子里一抓，这一下，竟抓出了一只活生生的鸽子，手再一送一抛，鸽子就飞了起来。鸽子在你的头顶飞，它的羽毛还会掉到你头上呢，是真的鸽子，它飞了一圈又回到了变戏法的人手上，他把它放到肩膀上，鞠躬。

但是有谁见过从帽子里变出大公鸡来的呢？公鸡比鸽子大好几倍，它是我们生活的一部分，不像鸽子，只是一种轻盈的奢侈品，从帽子里变出公鸡就跟变出孩子一样，它让我们难以置信。这个节目就是长脚创造的。他是一个奇怪的人，既会功夫，又会魔术，这两样行当本来水火不容，却在他身上奇妙地统一。他不光从帽子里变公鸡，还能变出一头小猪。如果他生在当今的纽约，我相信他轻而易举就能成为世界顶级的魔术师。

但长脚消失已经多年，他生不逢时，他诡异的戏法与公鸡和猪崽在一起，湮没在南中国乡村的晒谷场上，那里暮色四起，汽灯被点燃，黑暗中的蚊子与飞蛾追赶而至，就像汽灯戴上了一顶大檐帽。零零散散的孩子，端着板凳到晒场上，有唢呐声，但引不来多少人，节目也都古怪，叫三句半，快板书，群口词，有清唱样板戏唱段，二胡独奏和笛子独奏，最后是长脚的变戏法，他这样没有教育意义的节目是怎样混进来的，没有人知道。他提着一只箩筐就上来了，跟大家一样，穿着一双木板鞋，他像戽水那样舞动着箩筐，从左边戽到右边，又从右边戽到左边，然后让一个小孩上来摸一摸箩筐的里面，好了，小孩下去坐好，他就开始转圈，他先慢慢转，后来越转越快，越转越快，忽然停下，立定，手一伸，就从箩筐里掏出了·只大公鸡，公鸡的羽毛很漂亮，放到地上，还会叮落地的蛾子。大人小孩都很兴奋，拍手，说粗话，用脚跺地。这时长脚单手往空气中一抓，抓着了一个红布轴子，再一抓，又抓着了一个，他一手一个，高举过头，哗的一下展开，只见一个布轴上写着“向江青同志学习”，另一个则写“向江青同志致敬”。

我肯定没有见过长脚，我觉得他是一个瘦而高的人，长脸，肤色微黑。他的面容模糊，但那只公鸡则在汽灯的白光下异常清晰，它金红墨黑的羽毛，红润饱满的鸡冠，锋利坚硬的爪子，犹如一个京剧武生，披挂齐全，在鼓点声中步伐铿锵。

我记得这只公鸡是因为它在我们班宿舍呆过，安凤美把它抱在怀里，她把它叫做“二炮”，她用一只手指拨弄它的羽毛，嘴里唤着。在宿舍昏暗的光线下，它的眼睛像人一样。那时候我就隐约感到，公鸡二炮不同寻常。我外婆曾说，世界上有少数的鸡，少数的狗，少数的猪，是人变的，绝大多数人都不会看出来，只有少数的人能看出来。它们的爪子是五爪，它们的眼睛跟人一样。总而言之，公鸡二炮很可能有一个人的灵魂。

这个念头跟着我，像灰尘一样挥之不去。

公鸡的气味从我们班宿舍的床底下散发出来，整个屋子都能闻到鸡毛和鸡屎的气味，奇怪的是，没有人嫌弃它。姚红果对宿舍里多了一只鸡感到特别兴奋，她跑到食堂找到一只废弃的破箩筐，还找到了稻草垫着，有了鸡窝，鸡食就随便弄了，有时是剩饭，有时是新鲜的青菜叶子，姚红果还用木棍夹过一只虫子给它吃。鸡并不挑食，它很快就认识了姚红果。

姚红果发明了一种特别的叫唤，咕咕咕，咕咕咕，从来没有人像她这样叫唤一只鸡，好像她叫的不是鸡，而是一只鸟。但她特别高兴这种叫法，有时在教室里上着课，她嘴里不经意就会发出咕咕咕的声音，一只公鸡在她脑袋里站立着，她脸上笑着，一副心满意足的样子。她轻轻地叫唤着：咕咕咕，咕咕咕。

没人知道安凤美为什么叫它二炮，全班女生都认为这个名字太难听了，但安凤美就是叫它二炮。二炮二炮，她叫道。她坐在座位上，却心不在焉，她歪着头，一只手的食指绕着辫梢，绕着绕着她又咬手指头，她真是太不像个好学生了。

在鸡屎气味弥漫的宿舍里，我从未看见过安凤美训练公鸡，也从未看见过她练任何最简单的小魔术，以及她说的杂技，或者武功，一样都没见过。她就是说说而已，她从来不练，什么都不练，没有人知道她去陆地坡到底学到了些什么。她只是抱着鸡。她虽不练，但她不慌，她很自在，她在宿舍里抱着公鸡，一下又一下地摸着公鸡的羽毛。一边摸一边叫唤道：二炮，二炮。

一九九八年十月，我见到了安凤美。我们约好在西门口的文具店门口等。我和姚红果先到，等了有十几分钟。我陆续听姚红果说，安凤美跟李海军结婚了，生了一个孩子，李家安排她在糖烟酒公司上班，九十年代初我回南流镇，有一天偶尔看电视，一抬头恰好看到李海军因流氓罪被判入狱。

在文具店门口白花花的阳光下，我见到了安凤美，我没能想到，安凤美变成了这样，她的两颗门牙脱了，没去补，头发白了许多，而且稀，衣服是最过时的。豁着的门牙和花白稀疏的头发，真是触目惊心，让人不忍。但她不介意，她微笑着，她叫我的名字，她说：飘扬，你回来了。她的声音像从前那样，清澈，没有杂音。我说：安凤美，我以为你不会来的。她说我怎么会不来？

我们找一家饭馆吃饭，一路走到水浸社，这一带已经成了餐饮一条街，街边摆满了水产和蔬菜，塘角鱼、黑鱼，九里香、枸杞叶、酸菜、芥菜，砂锅和铁锅，一切都是外乡没有的。我觉得它们就是南流能吃进肚子里的那一部分，也是不能吃的那一部分，是学校的操场、水塔、厕所，是人，安凤美和姚红果，雷红雷朵吕觉悟，张英敏赵细兰邱丽香，孙向明梅花党腐殖酸铵，这一切的某一部分，那些遥远的事物，它们变成了这些菜和鱼，排列在这里。

这时候我闪电般地想起了二炮，一家饭馆门口，铁笼子里正关着几只鸡，二十多年前，安凤美怀抱公鸡的形象，十分鲜明地出现在我眼前，许多年过去，我竟把二炮忘得一干二净了。

那只羽毛华丽的公鸡，跟魔术有关，但它没有变回过去的青春和时光，它的痕迹消失得无影无踪。此刻如果我不写下它，它从前的体温，姚红果的咕咕声，它在我们宿舍床底的窝，那些从食堂偷来的剩饭和菜叶，以及在六感，它陪着安凤美整日闲逛的时光，竹林，毒药，一切，也就彻底坠入时间的深渊了。

那次的合影没有安凤美，在南流和玉林的同学，几乎都到齐了。一九九八年，二十三年没见，大家都很踊跃，半夜三更叫开了旧电影院旁边的一家照相馆，我们排成了三排，坐一排，站两排，邱丽香坐在我旁边，她戴着浓密的假发，微笑着。但是没有安凤美，穿得最不体面的陈良勇都来了，他穿着一件半旧的蓝色跨栏背心，看上去，跟一个搬运工差不多。但他不认为自己寒碜。

没有安凤美。后来曾想再去看她，又听说她家住得很偏，养了两只大狗，终于没有去成。

二〇〇五年夏天，我往安凤美家里打电话，传出的是电信局的录音，电话欠费，停机。

听黄文惠说，安凤美离婚了，李海军出狱后到了广东，伪造了一张医科大学的文凭，买通一家正规医院的院长，包下一间诊室专治肝病，用廉价的六味地黄丸包装成祖传秘方，三千元一个疗程。很快，就发了大财。他在外面有了女人，不止一个。离了婚，安凤美很惨，她不要李海军给她的钱，儿子也给李海军了，她没有工作，糖烟酒公司早就倒闭了，全国的糖烟酒公司都倒闭了，安凤美已经四十七岁，她找不到工作，没有饭吃。她的父亲早已过世，所幸母亲还在，她住在娘家，蹭饭吃。她连电话费都交不起了。没有人能联系上她。

陆

二〇〇五年夏天，我回到南流，南流已经不再是一个小镇子，旧的街道已经荡平，城区无限制地扩展，南流成了全地区最大的县级市。我住在县二招，心情沉郁。

一开始谁都找不到，姚红果在N城，她说到南流找刘国标就行了，刘却在广州。张英敏和吴一梅都在玉林，黄文惠的电话始终没人接。

高中毕业三十年了，离上一次见面也已过了七年，大家各自活着，活着活着，过去的人就慢慢不见了，过去的事也都没了影踪，经过的和没经过的，也都不知道了，高兴的和不高兴的，恨的和爱的，也都过去了。而人就都老了。就像刘国标说的，我们都四十七岁了呢。

连续几天，我吃完早餐就独自上街闲逛，我到县二招对面，旧电影院旁边吃米粉，旧电影院门口挂了一个牌子，上书“综合治理办公室”。米粉是现蒸的，有很好的咸卷，软嫩滑，是南流给我的安慰。

我从公园路到东门口，到沙街，沙街已经被拆得只剩一小段，它不再是街道了，也不再叫沙街。我从西河桥绕到老的龙桥街，龙桥街又细又长，有我的小学。那是星期天，没有多少人，旧舞台已经没有了，我上过课的教室也已拆掉，上一次，一九九八年，它们都还在。然后我往回走，到了防疫站旧址，我三到七岁就住在这里，四十年过去，它还在，是防疫站的房产，防疫站没有钱拆了盖新房，所以它还停在这里。每次回南流我都来看它，它一年比一年旧，积满了灰尘，正如一个老人，风烛残年。房子里住着人，是防疫站的职工，我对他们说，我一九六五年以前住在这里。他们说，喔啊，四十年了呢。我走到天井，看到了四十年前的旧水池，有人正在洗菜洗衣服，水龙头哗哗流着水，四十年前它就是这样流着水，在木盆里溅着水花，落在我小时候那件白底蓝点的衣服上。左边的一个天井也还在，那上面有一排房子，是化验室，那里面有一台显微镜，张英敏的妈妈整天对着显微镜看细菌。右边是办公室，没有住人，堆着旧桌椅，四十年前的一只白色的山羊躺在那上头，它被绑着四肢，大人抽它的血，一管又一管。我在宿舍那边听见羊的嘶叫声，由高到低，渐渐微弱，我躲在屋子里，不敢去看。英树带着英敏去看了，英敏每看到一个情况就跑过来告诉我，山羊哭了，山羊拉出了羊屎豆，山羊的嘴里出了很多白沫，山羊不会动了，山羊没气了。晚上食堂吃炖羊肉，香味弥漫了整个防疫站，每人都端了一盅羊肉汤，喜气洋洋。汤面上漂着几节甘蔗，用来去膻味。这是我童年时代惊心动魄的事件。

我沿着走廊走过我母亲的宿舍，我朝里张望，黑洞洞的，没有窗，母亲出差，我就一个人睡在这里，在食堂开半份菜，五分钱，屋檐下挂着腊肉，有我家的一挂，我让师傅割几片，放在我的饭盅里一起蒸。我嘴里含着腊肉的余香，走过当年的冲凉房和厕所，这些都没有了，后门，后门呢？

不再存在的后门无声地打开，四十年前的阳光照耀在龙眼树上，我和英树曾偷过那上面的龙眼果，他身手敏捷，纵身一跃，就抓着了一串果子。龙眼树多年前就已不在。张英树，我女童时代的白马王子，他比我大三岁，张英敏比我大一岁，他们来自北京，既会讲一口地道的南流话，又能讲一口标准的普通话。他们家订有《小朋友》、《红领巾》、《中国少年报》，我刚识字，他们就让我看这些南流罕见的杂志报纸，我穿着张英敏的小花连衣裙照了相，歪着头，编着两根小辫子，这张照片至今在我的影集里。他们的母亲带我去看电影，我和张英敏手牵着手走在公园路上，心里长满了鸡蛋花、玉兰花、万寿果和红色的火水豆。

后门的平台是我第一次知道日食的地方，灰砖之上，放着一盆水，那是张英树端来的，他在脸盆里滴了蓝墨水，墨水在水中像烟一样。他要在水里看日食。他蹲在水盆边等着，也让我蹲着。他手里还捏了一块玻璃，那是他事先用烟熏黑的。他抬起头，用烟玻璃挡着看太阳，忽然他一把拉起我，把烟玻璃按到我的眼睛上，他说，你快看快看。玻璃已被晒热，他的一只手碰到了我的脸颊，燃烧的太阳在烟玻璃里浮动，它的边缘缺了一小块。浮动着的还有张英树本人，他是我眼中全南流最英俊的男孩，剑眉，面部棱角分明，身材匀称挺拔，知识广泛，伶牙俐齿，我和女孩子跳房子，他在旁边看，我感到我和他之间有无限的默契。那就是我的幸福时光，它凝固在一块青花瓷片上，右脚缩起，左脚轻轻一踢，瓷片闪着白光呼啸而去。

二〇〇一年冬天，一个陌生女人给我打来电话，她说你可能不记得我了，我是你母亲的同事，在昌平搞了一个戒毒所。她说她医科大学毕业在北医三院干了几年，后来辞职去了海南，现在是做的私营戒毒所。她让我有空去看看。我始终想不起来她是谁，说的是普通话，声音似曾相识，又像是完全陌生。她是个聪明的女人，她说你还是没想起我来吧，那你记得张英树张英敏吗？还有吕虹、陈黎明，这几个跟你年龄不相上下，都是医院子弟。你肯定记得张英树，她说。张英树就像一道闪电，他瞬间照亮了这个女人，我想了起来，她叫曾仰红，当年卫校毕业，到医院实习，还带我和张英敏下圭江河游过泳。二〇〇四年十月，我和曾仰红约在王府井见面。三十年没见，我一眼就认出了她，除了略胖些，基本容颜未改。她衣着自然，穿着一双旅游鞋，没有任何矫饰，但我相信，她是一个人物，说得上是叱咤风云。她给我带了南方的水果：杨桃，大番石榴，芒果，都是南流镇常见的水果。我们说到了南流镇，医院、西门口、县委会，突然间就说到了张英树，她说张英树娶的老婆很犀利的，烫着满头小卷。

我没有说话。我看到过张英树和他满头小卷的妻子，一九九三年冬天，我站在南流县妇幼保健站的楼顶平台上看到了他们，那是我高中毕业后第一次看到他，我曾去过几次他家找张英敏，看到过他们年迈的父母，但一次都没有见到张英树。很多年来我一直没有忘记他，但从来遇不见他。他们家庭出身不好，地主成分，在六七十年代举步维艰。兄妹俩险些就没上成高中，英敏留了一级，辗转来到我们班，英树没能在南流城镇读高中，后来他到城镇附近的一个公社高中读了两年。

柳阿姨，他们的母亲，是我最佩服的女人，永远坚强乐观，永远自尊，她在家讲一口纯正的北京话，出门就在北京话里夹着南流话的某个词，听上去很古怪拗口，她就这样操着南腔北调跟南流镇上上下下的人打交道，很难想象，这样一个女人，她是怎样去跟公社下面的人交涉，让他的儿子读上高中的。她一生的英雄业绩之一，是改正兄妹俩的家庭出身。高中快毕业的时候，有一天，张英敏郑重其事地特意告诉我，她的家庭出身不是地主成分，已经改过来了，是中农成分。她说当初她爸爸稀里糊涂，在部队，组织上问他是什么出身，他说不知道，又问他家里有什么财产，他说有几间房子，组织上觉得他既然有几间房，就算有财产了，于是定了地主成分。她爸爸实在糊涂，不知道这是天大的事情。柳阿姨知道，这件事情不改过来，英敏英树将永无出头之日，她只身一人，长途跋涉，去到江苏农村老张的老家，疏通各种关系，到底开出了书面证明。因为有柳阿姨，英敏英树身心健康，性格完好。

一九九三年冬天，我在南流县妇幼保健站楼顶平台上看到了张英树，七岁以后我就很少看见他。一九七一年，我十二岁，从沙街搬到医院宿舍，防疫站、妇幼保健站、医院三家合并。我常常到张英敏家看书，我从家里出来，走过操场，穿过旧产科门前的空地，那里枇杷树和苦楝树枝叶映掩，然后到前面的院子，穿过放着乒乓球桌的过厅，在那棵大芒果树的右边，就是张英敏家。她家只有一间屋子，收拾得很干净。我有时会在她家看一整天书，但一整天都看不见英树。

英树会炒菜，我见过很多次，就在他家门口的过道上，放了一只炉子，他把烧残的蜂窝煤用火钳夹出来，再把新的蜂窝煤夹进去，我觉得他的动作很好看。他在烧得冒烟的铁镬里倒上油，吱的一声响，放上了姜末，嚓啦一下，倒进了切好的菜。他把镬铲炒得咣咣响，手势娴熟，热火朝天。我见过他做芥兰炒腊肉、西红柿炒鸡蛋、炒卷心菜、韭菜炒鸭蛋，每一种菜，它们的香味进入我的五脏六腑，长久地停留在那里。十二岁，我一直希望有一天能吃上张英树做的菜，但我至今也没有等到机会。他在过道里炒菜，他专注，英俊，只有十五岁。

我在平台上看他，那时他应该是三十八岁，他住在医院的旧留医部，医院的宿舍，他在洗衣服，他在水龙头旁接一桶水拎到洗衣台跟前，他的妻子站在一旁，一幅很家常的图景，他理着平头，有些发胖，但仍算得上匀称。他洗的是被套，夫妻两人齐心协力，一人拧一头。我一直看到他们把被子洗完晾好。我没有想到要去找他，只有一墙之隔，我下楼，出一个大门，再进另一个大门，最多五分钟，就能站在他的面前。张英树，他还记得我吗？

我没有去。

我在七岁的时候为自己找到的第一个白马王子，就这样失掉了。他近在咫尺，但已远隔千里万里。

柒

在我离开前的最后一天刘国标才赶回，他到县二招接我，开着一辆黑色的奥迪，新的，锃亮，很有些牛气。

刘国标开车七拐八拐，到了一条没有路灯的小路，看上去很偏。这是什么地方呢？车在上坡，路很小，没有任何标志。但我心里一动，脱口而出问：是不是旧县委会？

是的呢。这个旧县委会，是我童年时代最感辽阔的地方，它有半个南流镇那么大，里面有县幼儿园，有好几片很大的树林，树林深处有几棵特别粗特别高大的杨梅树，有无数幢小楼，白色的房子，像蘑菇一样，还有好些大楼，有大厅，县文艺队也曾在这里排练。姚红果姚红旗她们，曾经住在其中的一幢小楼里。还有白小玲，高二的时候转学到我们班的女生，她爸爸是县武装部部长，也住这里，我们去过她家，我在她父亲的书架上翻到一本《红楼梦人物论》，翻到其中的一篇，是《晴雯论》，心里震惊，大开眼界。

但这些，只是县委会带给我的过眼云烟的事物，偶尔想到，很快就会忘记。县委会，对我来说它不是县委会，无论它有多么辽阔，它始终就是一座幼儿园，以及树林深处那些高大的杨梅树。

一座幼儿园，粉红橘黄的墙壁，秋千、滑梯、风琴声，疯跑、尖叫，它如同一座天堂，在县委会那片浓密的树林之上升起。从滑梯上滑下来的，是吕觉悟、张冬妮、赵菊花，而我们的老师，林园长、郑老师、潘阿姨，她们就站在旁边，她们笑眯眯的，仿佛全世界都是蜜糖。幼儿园就是蜜糖做的，吕觉悟、张冬妮、赵菊花都是蜜糖做的，一个一个的小人儿，多少年想起来，都是那么不可思议，吕觉悟剃着光头，张冬妮爱笑，我爱哭，赵菊花周末经常留校。风琴声响起，风琴说：请坐好，我们大声唱答：坐好了。这是崭新的事物，激动人心，意味着科学、文明、新的秩序。在南流镇，一排小小的椅子上坐着小小的我们，我们学会了刷牙洗脸做早操，小小的漱口杯排成一排放在脸盆架上。画画唱歌搭积木，午睡，游戏，每天晚饭后吃水果，排着队去上厕所，排着队，让保育员摸额头，排着队到田野散步，手拉着手，有春游和秋游。讲卫生、守纪律、懂礼貌，这是我们一生中受到的最正规的教育。

那个潘阿姨呢？管我们洗澡的，大家光着身子站在屋子里，她一个个拖到跟前，想起她我身上马上就感到滑溜溜的。她最漂亮，但最凶。庞婶婶是洗衣服的，她胖胖的身影在晾衣场一闪一闪，床单如同连绵的波浪，散发出肥皂和太阳洁净的芬芳。会计室里有一个伯伯，他笑眯眯的，家长每个月都要到他那里交钱。

我们排练的节目可真是别出心裁啊，吕觉悟扮演坦克兵，她的坦克是小圆桌子的桌面做成的，画上履带和轮子，炮筒也是硬纸板。张冬妮当炊事员，她把锅勺敲得叮当响。我和赵菊花都是侦察兵，我们假装摸黑上路，踮着脚，左手在空气中抹一把，右手也在空气中抹一把，从这头到那头，从头到尾，只有一个动作。然后，正式的演出就开始了，我们涂上了红脸蛋，像一队苹果被带到了灯光球场，那里灯火明亮，有两排一百瓦的大灯泡，无比辉煌，半个南流镇都被照亮了呢！灯光之下，有我们的家长。

明亮的天堂就像烟花，顷刻间消散，一九六六年迎面来到，它像一个穿着斗篷的巨人，从南流镇闪身而过，很快，张冬妮、赵菊花都不见了，她们去哪里了呢？只剩下了吕觉悟。在那之后的十多年里，我和吕觉悟常常念叨这两个名字，好像她们是两种难得见到的糖果，我们把她们藏在秘密的地方，有空时偷偷舔上一舔，以便记起早已忘却的甜味。

张冬妮消失得无影无踪，赵菊花升到小学，跟我们同一个班，但她只待了两个月就转学走了，去的是一个叫做遵义的地方。那时我们还没有学会写信，赵菊花哭着对我们说，一定要写信啊！我们互相发誓，一定写信，保持联系，将来长大了，我们到遵义看她，她回南流镇看我们。一九八三年，我只身漫游大西南，火车路过遵义，广播刚一报出站名，赵菊花这个名字立即应声而起，她大概在遵义等了二十多年吧，她一定记得有一个李飘扬，一个吕觉悟，在七岁那年，三个人挥泪告别。但她在遵义的哪个角落呢？我必须超越自己的能力才能找到她。我必须，化身为一名女巫，行走在遵义城的上空，手持一枚有透视功能的放大镜，一寸一寸地搜索，这时候，赵菊花就会被我找到。她跟我一样大，都二十四岁了，说不定还结了婚，有了一个小赵菊花。火车离开遵义，头也不回，我再也找不到她了，永远也找不到。

现在我再次想起她，我想起她以便让自己在幼儿园多停留一会儿。赵菊花是一个经常留校的人，几乎每个周末她都留校。我们在园里全托，整整一星期回不了家，我们盼呀盼，终于盼到了星期六，我们兵分几路，排着队，手拉手，由老师带着，走出县委会的大门，走过自来水厂，然后西门口、东门口、龙桥街，一个个送回家。也有的时候由家长来接，我们在教室里等着，听着故事，心不在焉。有老师在门口说，某某某小朋友，家长来接了。某某某便变成了弹簧，一弹就到了门口。某某某在走廊里飞，孩子见到了家长就都飞了起来。在星期六，全园的孩子都成了小鸟，只有赵菊花，成为石头。

她是飞不走的，她说，我留校，我跟老师去看电影。这使我们特别羡慕她。她经常在周末跟黄老师去看电影，黄老师是外地人，周末也不回家，所以赵菊花由她负责。黄老师牵着她的手，走过自来水厂和西门口，走到公园路的电影院，她就像赵菊花的家长。赵菊花的家长跟所有人不同，不是她爸爸妈妈，也不是外公外婆，而是她的姐姐，叫赵兰花，已经读小学五年级了。她每周周末都会来看看赵菊花，给她捎点衣服，或者吃的，有时也跟着黄老师一块去看电影。但从来不接菊花回家。她难道没有家么？她的爸爸妈妈在哪里？为什么不来看她呢？这些问题在周末会像燕子一样飞来飞去，但是没有人说出来，它们一闪而过，因为大家的爸爸妈妈已经来了。赵菊花，她生来就是留校的，生来就该周末不回家。我们这样认为。

那该有多难挨啊！有一些孩子，他们连一个星期都挨不了呢。星期一才来，星期二就想着逃跑，星期三就开始了行动。

孩子真是智勇双全，知道从大门是出不去的，从教室走到大门，要经过开阔的操场呢，一眼就被发现了。孩子趁着上厕所，溜到了晾衣场，晾晒的衣物一排一排的，高过了头顶，跟电影里的青纱帐差不多，孩子往里一站，谁都看不见啦。中午时分，到处静悄悄的，人人都在打瞌睡，只有一两只蜻蜓在飞，好了，是时候了，孩子从晾衣场潜出，猫着腰，经过了走廊、洗澡间、厨房，就到了后门，后门虚掩着，一碰就开了，心里狂跳着，居然就到了园外，太顺利了！园外好像漫天都是知了，每一片树叶都站着一只似的，它们叫得震天响，炸雷似的齐声说：逃跑了！逃跑了！孩子听得心惊胆战，撒腿就跑，他气喘着跑下了坡，一抬头，却看到了县委会的大门，那里的门卫是解放军，腰上还别着驳壳枪。孩子就泄了气，不再往前走，他独自在大院的草丛里逮个蚂蚱，爬到树杈上坐一坐，到晚饭时间，肚子饿了，就回去了。也有孩子，愣头愣脑走到县委会大门的，他还没到门口，门卫老远就看到了，门卫笑眯眯地看着，这孩子傻头傻脑的东张张西望望就到了大门口，一到大门，孩子就成了小鸡，门卫则成了老鹰，老鹰抓起了小鸡，一路叼到幼儿园的后门。

也有一个胆识过人的孩子，他的壮举令老师们赞叹不已，她们说，不得了，这孩子不得了，他都走到自来水厂了。天知道他是怎么通过县委会大门的，那门口门卫森严，至少有三个人，传达室里一个，传达室外面的椅子上坐着一个，门口站岗的是解放军战士。他是怎么逃跑的？声东击西么？暗度陈仓么？他居然知道战略战术么？或者是，仅仅侥幸。没有人能回答这些问题，门卫说不清楚孩子是怎样出去的，他自己，则闭口不谈。

这个孩子就是李海军。

老师们私下里，纷纷表示佩服说，这个李海军，将来说不定能做成大事呢！到了课堂上，老师告诫我们，小朋友们不要想着逃跑，谁都逃不出去的，连李海军，到了自来水厂还被抓回来了呢。我和吕觉悟，我们都是好孩子，好孩子是喜欢幼儿园的，幼儿园有滑梯，家里有么？粉红橘黄的墙壁，全南流镇都没有，防疫站的黑屋子，潮湿阴暗，说不定藏着一个鬼！我宁愿像赵菊花那样，周末留校，跟黄老师去看电影。但我们也是喜欢园外的世界的，我和吕觉悟，一前一后，溜进了晾衣场，晾晒的衣服拍打在我们脸上，像虚拟的海浪，一浪又一浪。

我们一前一后，猫着腰，越过了走廊、洗澡间、厨房，就来到了后门，轻轻一碰，门开了，我们像侦察兵，机警敏捷，侧身闪过，园外的世界，哗啦一声，骤然落到了我们头上。阳光明亮，树木青葱，抬头仰望，几棵尤加利树是如此高大！知了的千军万马，原来你们就藏在这里！我们脚一蹬地，顿时飞到了空中，我们不朝大门口飞，那是傻瓜蛋干的事情，我们朝里飞，里面的树林才是我们真正的天堂。大院是如此辽阔，不飞怎么行呢。园墙后面不远处，有一小块地，我们劳动课里种下了玉米，每个人，发到了五颗玉米种子，玉米叶子已经长出来了，瘦瘦的，像全班最瘦的张冬妮。我们又贴地飞行，草地上有一些小黄花，指甲盖那么大，三角形的，多么奇异！我们蹲下来，一人摘了一把，我们认定这就是全世界我们最喜欢的花，最喜欢，也最秘密，因为谁都不知道。我们又要给它取名字，一取就取成了鸡冠花，它跟真正的鸡冠花有天壤之别。从此，世界上就有了一种鸡冠花，只有我和吕觉悟两个人知道，它是如此奇异，除了南流的旧县委会大院，我没有在别的地方看到过它。

看过了鸡冠花，隐藏在树林深处的杨梅就开始闪烁了，像星星一样，一样小，一样闪烁，一样布满天空似的布满了巨大的树盖，那是层层叠叠绿色的天空和小小的红色的杨梅。噗的一声，掉下来一颗，真让人惊喜啊！天上的东西掉到了地上。我们仰着脖子，等着它们继续掉下来，要知道，星星同时掉下来那就是流星雨啊。风从树间奔跑而过，树叶和杨梅阵阵摇曳，树叶追着杨梅，杨梅跑着跑着又掉过头。它们只在天上跑着，并不掉下来。我们仰酸了脖子，就想到要爬树，让我们追到天上去，看不把你捉住才怪！两个傻女孩，傻站在一棵大杨梅树下，她们光着脚，提着鞋，身上沾满了土，这样的画面浓缩了我童年时光的自由与幸福。

每次回南流我都要去看幼儿园，我要到那里去找到多年前的吕觉悟、张冬妮、赵菊花，还有林园长、郑老师、黄老师。她们都不在园里了，但幼儿园就是她们。我要特意去看看操场上的滑梯，教室里的风琴，晾衣场、厕所、洗澡间、厨房，还有院子里的苦楝树和木棉树，看到它们我就踏实了。然后，我不会忘记去看望鸡冠花，那是我和吕觉悟两个人的鸡冠花，它们仍开着指甲盖大小的黄色小花，安静地等着我。除了我，全世界就不会有人知道它们是鸡冠花了。看过了一切，就如同看到了赵菊花张冬妮，它们是我失散已久的亲朋好友。

一九八九年，一九九三年，一九九八年，还有从前的一些年份。它一次旧一点点，但是很好，一幢房子都没有拆，一排新房子都没有盖，多少年来就是这样。树也没有砍，经过几十年的时间，它们长得很高了，枝繁叶茂，高高大大，树底下也没有铺上水泥，依然有蚂蚁窝。一九九八年，我在园子里的教师宿舍看到了郑老师，她来串门，她早就退休搬走了，她站在一家的门外说话。第一眼就认了出来，我们看着对方笑，她说：飘扬啊，你来了。她又说，都三十多年啦。三十多年过去，郑老师容颜不改，她老了些，但我感到她容颜未改，她像孩子那样笑，天真、纯洁、灿烂，这是真的，我并没有夸张。幼儿园就是这样一个奇异的地方，它留存着所有人的童年，从而抵挡了时间锋利的长矛。

郑老师从提包里拿出了她的影集让我看，她让我选，我选了一张她坐在葡萄架下的。三十多年前，另一个老师，黄老师，曾经把她的半导体收音机放在这个葡萄架下面，让我们听中央人民广播电台：答滴答，答滴答，答滴答滴答，小喇叭现在开始广播了。她时髦的半导休，时髦的裙子，在一九六六年不知去向。

捌

二〇〇五年夏天我没有来得及回幼儿园。我坐在刘国标的轿车里，路过旧自来水厂，一路黑灯瞎火，我不知道到了什么地方。然后上坡，路很小，我闻到了一种我熟悉的气味，我意识到，那就是幼儿园的气味。微腥，有一丝奶香，微酸。最新鲜的生命聚集在一起，就会有这样的气味的吧。

二〇〇五年的旧县委会，左边依然是幼儿园，右边已新盖起一家高档宾馆，那里有全南流最豪华的KTV。高中毕业三十年，我在南流只见到了四个同学。包间里光线微弱，刘国标说，我们都四十七岁了呢。他陷在沙发上，他说，他的家族不长寿，他也不会活得太久。没有多少年了，他说，想玩什么就得趁早了。

潘智最先到，他一进门就自嘲，说自己囊中羞涩，两手空空。他跟一九九八年判若两人，那年他衣冠楚楚，意气飞扬，有一辆桑塔纳轿车。他向来不怵大地方，他去过几次北京，找到过某部的部长，曾在北京饭店贵宾楼请人吃过三千元一桌的饭，他承包公路，大开大合。但他现在不行了，车已经卖掉，连电话费都出不起了。同学聚会他一概不来，尤其回避姚红果，这其中的缘由无人得知。他说，风水轮流转，风水轮流转。然后就拿起了麦克风，他的歌唱得很好，曾得过全市第二名。他说：李飘扬，我唱一个歌，看你记不记得。他便唱：莽莽昆仑冰雪消融，滔滔江河流向海洋，我们伟大的祖国，雄伟壮丽的河山，到处都照耀着灿烂阳光。

不可能不记得，永远都记得。全校歌咏比赛，我们班合唱的歌曲，歌是我选的，没有人反对。但合唱总弄不好，太抒情了，有点唱不起来。我指挥打拍子，节奏也总是不对。但班干部们全都很来劲，李卫星、魏嘉等人绞尽脑汁设计了一个队形，由一个大弧形和两个小弧形组成，众人拍案叫绝，认为凭此队形就能夺冠。果然，我们班以全票获得冠军，每个人喜气洋洋。

莽莽昆仑冰雪消融，滔滔江河流向海洋。我相信，这首歌已经没有人记起，它不像那些成为红色经典的歌曲，仍在卡拉OK里被人传唱。一九七五年到现在，三十年，我从未听任何人唱过这首歌，它在无声的深渊中，越坠越深，没有人能拉得住它，我也不能。我希望我能活得久长，我们全班都能活得更久长，这首歌，它曾经在一九七五年，被我们全班六十三个人唱成了全校冠军，这是它此生最辉煌的时刻，它再也没有机会与六十三个中学生相遇了。我们全班六十三个人，已经有人不在人世。苏淑良，九十年代初死于车祸，是在广东出的事。还有一个男生，刚毕业就已病亡。下一个会是谁呢？

一九九八年，张飞燕专门到家里找到我，她给我带来一张座位表。我吃惊不已，从来想不到，二十多年过去，竟还有人保留着中学时代的座位表。她说，我给你抄了一份。十六开的白纸，用圆珠笔画了格子，每个人的名字用钢笔端正填上，用铅笔，在亡故的同学名字上画了框框。留着座位表，就意味着每一个人都在记忆中，六十三个人，一个都不会忘记。它是我们班的文物，价值连城。

二〇〇五年，纸上的六十三个名字，只有五个人坐在局促微暗的包房里。黄文惠和卢甲兰很晚才赶到。有人在玉林，有人在N城，有人第二天要起早上班，有人下岗了，要想尽办法挣钱养家。张飞燕，这个保留着全班座位表的人，她不在南流，她到广东当游医去了。她的姑妈治疗不孕症，她便也治疗不孕症。她没有上过专门学校，没有文凭和行医资格，但她治疗不孕症。这一切难以想象。

我想念座位表上的六十三个人，每一个人都使我百感交集。我也想念孙向明和麦大安，想念公鸡二炮，它斑斓的羽毛隐隐发光，在时间的深处和远处。唱完了莽莽昆仑我们的班歌，我就点了《怀念战友》。《冰山上的来客》是我们热爱的故事片，它所有的插曲都穿越了它诞生的时代来到了当今卡拉OK的曲目单上，《花儿为什么这样红》、《乌云不会笼罩着冰山》，我相信，不止有一亿人会唱，它的旋律和歌词，将在一亿人的喉咙里浩浩荡荡，像一条大江，奔向海洋。

“天山脚下是我可爱的家乡，
当我离开它的时候，
好像那哈密瓜，
断了瓜秧。
天山脚下住着我心上的姑娘，
当我和她分别后，
好像那都它尔，
悬挂在墙上。
瓜秧断了哈密瓜依然香甜，
琴师回来都它尔还会再响。
当我永别了战友的时候，
好像那雪崩飞滚万丈，
啊，亲爱的战友，
我再不能看见你雄伟的身影，
可爱的脸庞。”

玖

我不记得自己是否亲眼看到长脚表演的魔术，在晒谷场，汽灯的逆光中，长脚曾经拿着一只箩筐转圈吗？他从空箩筐里变出公鸡之后，又从空气中抓到两根竹轴，就手一展，一幅是“向江青同志学习”，一幅是“向江青同志致敬”。

这两幅标语我肯定是看到了，是在另一个节目里，红布的底，黄颜色的字，是用宣传画颜料写上去的，红布有点旧，也有点脏。这两幅标语被人用手举着，绕场一周，它在空中缓缓飘动，离地三尺。这么说来，它肯定不是被长脚举着的，而且，举着的人也不可能站在地上，她必须站在高处。

翟青青，这个名字，这个人，随着一辆独轮杂技车的晃动，停留在我面前。那两幅标语，正是她在独轮车上举着的。她瘦削、苍白，神情严肃，她穿着一件红色的演出服，两根长辫子在头顶绕了两个环。最让我难忘的是那双软底鞋，很像芭蕾舞的那种鞋，只是尖头没有硬壳。白色，瘦长，病态，神秘，超越了现实，却又因为与样板戏芭蕾舞《红色娘子军》、《白毛女》里的鞋子相似，而与现实保持了一种奇怪的联系。

我特别喜欢这双软底鞋。小学五年级，学校里排练《白毛女》第一场，林南宁，我们小学的文艺老师，极富热情和野心，私自带领五名学生去N城学舞，回来之后才让学校报销了路费，但住宿费等一概没有，她们住在亲戚家，到处钻墙打洞，挖空心思，一个星期回来，还买回了五双芭蕾舞鞋。一双是红色的，另四双则粉色，俱是缎子，闪闪发光。这可是震惊全南流镇的大事，芭蕾舞鞋，那么奇异，那么超凡脱俗，除了专业的县文艺队，哪里还会有呢！在我们凡俗庸常的生活之上，在南流镇的米粉和酸萝卜之上，在我们的头顶，闪耀着光芒的芭蕾舞鞋，它根本就不是人穿的，仙女的脚才能穿得进去呢！难以想象，它竟从天而降，落在我们小学里。《白毛女》第一场，《红色娘子军》的序幕和第一场，县文艺队还没演过呢，我们就演了。这是小学教师林南宁的杰作，是她一生中最辉煌的时刻。全南流的中学和小学，他们望尘莫及。林南宁，后来我还遇见到她，她是一个理想主义者，悲剧人物。

我太喜欢芭蕾舞鞋了，我把翟青青的软底鞋看成是芭蕾舞鞋的替身、影子和姐妹。我等在礼堂门口，我说，翟青青，把你的鞋给我看看吧。她有点舍不得，她看看我，又看看鞋。我拿过鞋摸了又摸，它不是缎子面的，足尖不硬，鞋底也没有牛皮，但它颜色素净，鞋形又是那样瘦削俏丽，有点像翟青青本人。我真想穿到脚上试试，翟青青好像知道我的心思，她一把就拿过去了。她把鞋抱在怀里，说，这鞋外面买不到，没有鞋，什么节目都做不了。我就问：这个鞋是从哪里找来的？

当然，是她家里的。不问也知道。一个杂技世家，跟杂技有关的一切她家都有。就如同她家有独轮车，有演火流星的碗盏，有走钢丝的钢丝，她家也有软底鞋。一九七四年她来到我们学校，在我的上一届。她并不引人注目，她穿着平淡，沉默、忧郁，眼睛从来不看人。她一个朋友都没有，她总是一个人走路，在勾肩搭背的女生中，她的身上有一种寂静空旷的气息。我们同在文艺队里，但我从没见她笑过。她不跟我们一起排练，她自己练，在家里，每次演出有她一个节目，插在我们中间。

她的身体极其柔软，向后仰头弯腰，一直弯下去，再从两腿间伸出头，嘴里咬着花，头上还能顶一只碗，像一株病态的植物，令人惊悚。没有人觉得翟青青是个妖精，她身怀绝技，但极其胆小。我们不明白一个身怀绝技的人为什么如此胆小，那是多么令人费解啊！任何人，任何事情好像都能使她受惊吓，她在人面前低眉顺眼，随时准备受伤害。她被什么事情吓坏了呢？

没有人知道。

有一天，文艺队集中开会，我一走进礼堂就感到气氛异常。礼堂很大，文艺队开会排练只占其中的一小个角落，但这帮人大多有表现欲，能把一个角落的动静弄到礼堂的外面去，那天很反常，那种安静非同一般，静得坚硬，带有重量，这种重量我一进门就感觉到了。

人比往常多，工宣队的几个领导都在，还有校团委书记，平时这些人也会来看排练，但只有在彩排的时候才会到齐。他们神情肃穆，好像已经进入临战状态。肯定是有什么事情发生了。我发现旁边的一把椅子上坐着一位中年女同志，她剪着短发，样子干练。我不认识她，但她从容地坐着，并不像是客人。

团委书记说开会了，他先给大家介绍新来的工宣队队长徐同志徐队长，就是这位女同志，以后文艺队就由徐同志直接领导。接着是徐同志讲话，她说她先来宣布一个组织上的决定，原工宣队队长刘某某同志犯了生活作风错误，经研究，撤销其驻校工宣队队长职务，留校劳动改造，以观后效。

一时更加安静，这安静像座山压在头顶上，谁都说不出话来。

太突然了，工宣队刘队长，那是跟校革委会主任有着一样权力和威严的人，相当于现在的校长，跟校长并列执政，甚至更有权威。他背着手，在校园里走来走去，可不是个亲切的人。他极其严肃，时不时地到礼堂看我们排练，但他并不说什么。生活作风错误，令人震惊，我看不出，他不像。在我眼里，犯这种错误的人都是色迷迷的，看见好看的女生就两眼放光。他不是。他来看我们排练，背着手，脸上像铁板一样严谨。

像铁板一样严谨的人犯了生活错误，是真的吗？组织上又是怎么知道的呢？千真万确，刘队长没有到场，他已经到学校食堂劳动去了。在后来的日子里，我看见过他，他戴着旧草帽，骑着旧自行车，车后驮着一只大箩筐。他当了食堂的采购员，专门买米买菜。

另一个人是谁呢？那个受害者。

徐同志没有说，她声明的是这件事的错误程度，她说在这个生活作风的错误里，他们发生了不正常的男女关系，但经组织上证实，没有发生性关系。她强调了两遍，没有发生性的关系，没有性关系，所以从轻处理。

这是我第一次听到性关系这个词。从来都是说男女关系，搞男女关系。性关系跟不正常的男女关系又是什么关系呢？这个问题太令人费解了。男生女生们个个低着头，不敢看别人，每个人心里乱糟糟的，既困惑，又惶恐，好像到了一个又陌生又危险的地方，不知怎么办才好。

这个事件之后翟青青就不见了，文艺队演出的节目里，也就没有了杂技。翟青青去哪里了，没有人知道，没有人议论她，她本来就不是我们中间的，她不是南流镇人，她讲的一口白话既不是广东的，也不是N城的。从口音到肤色，到她的身怀绝技，她的软底鞋，都不能使我们有同类感。谁会对她有持久的兴趣呢？

很多年后，一九九八年，我回南流，路过N城，和旧日的朋友吃饭，一家文学刊物的编辑突然提起了这个名字，翟青青。你还记得翟青青吗？他问，她说是你的中学同学。翟青青，这是二十多年来第一次有人提起她，十分意外，朋友说翟青青多年来一直从事文学写作。南流镇是一个离文学特别遥远的地方，很多年里买不到像样的文学刊物和书籍，我的所有同学，幼儿园、小学、初中、高中，没有人阅读文学书籍，更没有人写作。在整个南流镇，我没有听说有人写作并坚持二十年。

他说翟青青一直在写，有很长时间没有生活来源，但她一直在写。她曾上过北大作家班，只去了一个月。后来写了一部长篇小说《寂静与芬芳》，他曾看到过稿子，小说不合常规，没有完整的结构和扎实的人物，但句式奇异，感情痛切，读过的人都会心有所动。小说没能出版，无论书商还是出版社，都嫌无利可图。翟青青没有知名度，年纪也大了，她的小说可能没有机会出版了。他又说，现在她可能还在北京当北漂。

我会遇到翟青青么？

G省的文学北漂，绝少有能熬过三年的。他们在北京的各文化单位打工，文学杂志、文化杂志、时尚杂志、房地产杂志，各类出版社、电台电视台、网站，各种写作班研究班，到处都有他们的身影。他们拿最低的工资，住地下室，吃方便面，夜晚写作到深夜。他们参加各种文学活动，也看画展，看地下电影和戏剧，出席颁奖仪式，聚会，故宫和长城，也都趁机去了。有人写出了作品，发表了，又写了作品，又发表了。他们一边写作一边寻找爱情，找到了，两人就住到郊区县的便宜房子里，就算留下来了。找不到的，热情就消退了，爱情也跟文学一样，令人难以捉摸。而文学又是多么无用的一件事，既不能当饭吃，又不能带来荣耀，仍然要住地下室吃方便面。就这样，他们消耗了青春期的热情，觉得自己老了，于是他们就回到了故乡。有的人，觉得当过了北漂，就算实现了梦想，总算按照自己的心愿生活过了，没有像白痴一样，一辈子，都过着上班下班的单调生活。

北漂生涯是他们一生中的华彩，或者说，是一次大学，一个人生的台阶。他们回到 N 城，找到了工作，结了婚。面对新的朋友或工作对象，如果有人提起北京，他们就会漫不经心地说，我在北京待过两三年呢！那地方风沙大，太干燥，经常流鼻血，很难适应。

翟青青会是这样的么？很难想象。此刻我仿佛看到她，在某一次活动，人不算多，但也不少，三五成群的，人和人扎着堆，但翟青青只有一个人，她脸色苍白，就像没有吃早饭。她的辫子早就不编了，头发中分，在脑后扎成一把，她拎着一只牛皮纸口袋，上面印着某某出版社字样，那是某一次新书发布会得到的。现在她拎着它，里面装着通讯录、笔记本、书、杂志，还有伞、太阳镜等乱七八糟的东西，她不跟人搭话，也没有人注意她，她走来走去，慌乱，茫然。她太想看到一个熟人了，但是没有，她孤零零地走来走去，不时地翻翻纸口袋里的东西，那里面其实没有什么要她折腾的。

多半会是这样。她使我想起林多米，落落寡合，在人群之中也如同在人群之外。也很难想象她嫁人，我宁愿她不嫁，她不适合家庭。总有一小部分女人是不适合家庭的。这类女人无处可去，我们这块土地没有修道院，如有，也许翟青青会喜欢。她身材瘦削，面容圣洁，没有邪念。为了自己的理想，能义无反顾，献出自己。

但她现在在哪里呢？

我希望有一天，会有一本叫做《寂静与芬芳》的书，出现在书店里，署名翟青青。它不合常规，没有完整的结构和扎实的人物，但句式奇异，感情痛切，我读过之后将会流下眼泪。那个二十多年前的翟青青，在文学中潜伏了这么多年，她终于来到我的跟前，在纸上。

拾

回南流的第一天我去了沙街，沙街上曾经走着吕觉悟，她就住在我的隔壁。我们住的房子像旧时代的客栈，多少年来，每当我看到客栈这个词，就会想起沙街我住过的房子。门前有骑楼，窄而深，有三进天井，有三层楼，一楼有一间房，很暗，二楼也有一间房，采光不错，隔着天井与一楼的房间相对，我小时候曾住在这里。三楼有两间房，客人来了就住那。一九六六年，我的姐姐住在那，我的表姐们，她们也曾住在那里。没有人住的时候我经常听见三楼有窃窃的语声，我觉得那是鬼，母亲说，那是风的声音。

我住过好几间屋子，除了二楼，我还住在楼下，靠近第二个天井的房间，那个天井晾衣服，站在天井里曾看见父母睡午觉，在夏天，他们穿很少的衣服，光裸的腿搭在一起，在大床上。这个房间门口对面有楼梯，能上阁楼。阁楼很矮，地板不平整，一面没有墙。阁楼上曾经堆放过许多生殖器模型，塑料的肉色，是用来做计划生育宣传的；还堆着我舅舅的旧书，《物理》、《化学》，以及《古丽雅的道路》、《第四高度》，这两本书对我的精神影响至深。我还住过靠近第三个天井的房间，这个房间当过新娘房，母亲的同事邹洁阿姨，她和张叔叔在这间房子结婚，他们的婚礼在医院的大厅里，每个小孩都分到了饼干、糖果和甘蔗。

我盖过他们结婚用的喜被。缎面的新棉被，一床绿色，上面有尾巴长长弯弯的凤凰；一床大红，有瞪着眼睛的龙。我盖着那张新的绿缎被子在新床上睡了一夜，表姐则盖了大红的。柔软光滑的缎子在皮肤上的快感令人战栗，多少年过去，这战栗仍从沙街的旧房子里传来，它没有消失，仍保存在那里，在空气中，而这所房子早已不在。邹洁阿姨还在这里生了她的第一个孩子，那是我第一次看见新生婴儿，生下三天，脸上皱皱的，红的，眼睛闭着，两只小手紧紧握着拳头，身上用旧布裹着，小脚露出来，红彤彤的，五只小脚趾挤成一团，上面还有趾甲呢。我们参观这个婴儿，摸摸手和脚，闻闻他脸上的气味，一股奶腥。而这婴儿如今已有四十岁。

天井，公共厨房，水龙头下放着大水缸。茶麸水和空心菜，是跟水缸联系最紧密的两样东西，它们在水缸的旁边。

空心菜叶子细长，生长在水里。它脾气古怪，不能用刀切，它伤刀，伤得厉害，用刀切了空心菜就会变得很难吃，必须手摘。手摘空心菜有一种特殊的快感，即使看别人摘，也有快感，摘成一段一段的，手上握了一把，一捏，一种柔软的暴力使空心的菜茎破裂并发出“嗻嗻”的声音，既欢快又呻吟，既像撒娇又像欢呼。有一次我看一个老妓女摘空心菜，看得入了迷，她已有七十岁，手指却白皙修长，而且十分灵活，这双手如长在一个小姐身上，是要在钢琴上飞来飞去的。南流镇管妓女叫老举，老妓女叫老举婆，我觉得老举不如妓女好听。

我蹲在地上看老妓女摘空心菜，她把一篮菜都摘完了，隔壁的女人来跟她说话，菜是别人的，她们一人坐在一张竹椅上，我光着脚蹲在地上，像一朵蘑菇。老妓女的手在绿色的菜梗上滑动，像细长的兰花与绿叶，菜梗断裂的声音弄得我心里痒极了。看了老妓女摘菜后我就爱上了这件事，她把摘菜的美表现得淋漓尽致，我完全被迷住了。

一篮菜，一根一根的空心菜，经过了老妓女白皙柔软的手，变成了一截一截的，篮子里的菜越来越少，终于空了。她们说着话，不理我。我怀着极大的失落，从沙街头走回家。这时候，奇迹出现了，一担菜正停在我们妇幼站的骑楼下，我远远就看见了，我不顾腿麻，奔跑起来，越来越近，果然，我看到这个菜担子的一头正是空心菜，它们细叶薄壳，形状婀娜，在全世界都找不到！现在，它们就停在了我家的大门口，湿淋淋的，刚从地里摘下来，整齐地码着，长长的薄壳的梗，光滑明亮，它们将要发出那种悦耳的断裂声，然后，在清水里晃一晃，炒菜的铁镬热了，镬底下木柴的火焰在跳动，倒上花生油，油在镬头里也冒出了烟，丢进两颗拍开的大蒜米，“吱”一声，浓烈的蒜香炸开，白色的蒜米即刻变得焦黄，一切都迫在眉睫，箭在弦上，说时迟那时快“嚓”的一声倒进洗好的空心菜，水汽上升，一片迷蒙，动作要快，翻两下，再翻两下，菜就软了，撒上盐，拍一拍，赶紧出锅，一秒钟都不能耽误，多一秒钟都会老了，炒一盘空心菜不能超过一分钟，从头到尾，在一分钟内，一大筲空心菜迅速缩小，成为一盘，碧绿油滑，落到饭桌的中间。

说到厨房，我就想起了吃。在沙街吃的东西比在别的地方有着更诱人的记忆。在龙桥街防疫站，我的记忆是食堂的饭菜和我家的腊肉，住医院宿舍时，也是食堂的饭菜，以及我家的葱煎鸭蛋、水滑豆腐和苦麦菜。在沙街有两年我吃得很差，只吃咸萝卜干。南流镇的咸萝卜有很多种，湿一点的和干一点的，有一种是带缨的小萝卜棍，全须全尾地用盐腌，并不晒干，湿漉漉的就可以吃了，微酸，很脆，切成片，用肥肉炒，放一点酱油和少量的糖，非常下饭。这种带缨的小萝卜南流镇叫“死老鼠”，我已经很多年没有吃到了。小时候在沙街我吃的那种，是普通的咸萝卜干，斜刀切，小火烤干，放上花生油，或者跟肥肉一起炒，也是很好吃的。不过我不炒，我自己一个人在家，十岁，我不开火。我用清水洗干净两根咸萝卜，放在碗里用开水烫一会儿，觉得就可以了。每顿都是这样，两根咸萝卜，我从来没有吃腻过。

不开火是因为有一次差点酿成火灾，我一个人在家玩火，一不小心，火势就蔓延开来，废报纸和木柴堆在一起，它们互相激发，纸的火轻盈跳动，忽左忽右，短暂，木柴刚开始稳稳的，它被纸燃烧着的火烤得发热，但它忍着，纸的火太旺了，烧掉了一张，紧挨着的一张又着了，我看得很入迷。一张纸烧着了是很好看的，很无趣的纸，烧着了就会变成火焰，像一朵花一样，金黄色，它是气体，又是烫的，抓又抓不着，赶又赶不走，它是不会离开那张纸的，纸烧尽了，火焰就灭了，纸和火就像一对恋人，然后它们一起变成灰烬，灰色片状的东西，它经不起手一碰，更经不起风吹，风一吹，就消散了，不知飞到哪里去了。

有一次钻到床底下，用火柴点着了两张纸，那纸有点潮，又是下雨天，我用掉了半盒火柴才把它们点着，却很快就灭了，潮纸就像两个老人，没有热情。

经常独自在厨房里，那里有劈好的木柴，还有用来引火的松明，南流镇管松明叫松光，松光聚集着最多的松脂，有着红铜的颜色和光泽，散发出浓烈的松香味，是柴中的诗人，一点就燃，冒着油，冒着浓黑的烟，发出　的叫声。松光引火最好使，它们很珍贵，被劈成筷子般大小或更小，另外放着。厨房就是我玩火的天堂，我喜欢把旧报纸撕下一块，揉皱，再点火，或者举着一张纸的一角，让它在手上燃烧，烧到最后才撒手。那一天玩大了，我同时点着了好几张纸，它们烧着了木柴，木柴的火坚忍而持久，它又烧着了更多的纸，不好了！这回真的着火了，我奔向水缸，用水勺一勺一勺地救火，水都浇不灭，火像是更大了，这边刚浇灭那边又起来，我慌了，即使喊救火也没人听得见。我后背一下出了汗，并蔓延到额头和手心，坏了坏了坏了，我眼前出现了满屋子的火光，这火光冲出屋的瓦顶，升到沙街的上空。我的心狂跳着，一边扔了水勺，端起洗菜用的瓦盆，一气泼了好几盆水，这才把火扑灭了。

这样惊心动魄的事情从未跟人讲，玩火玩水的事，都是母亲不喜欢的，她知道了要关黑屋子。这场大火我早就忘记了，多少年都没有想起，原来它也没有消失，就藏在这里。

跟厨房有关的东西太多了，我的舅舅从城市回到南流镇，他带着他的新婚妻子，美丽的舅妈，归国华侨，她的嘴唇上方有一颗美人痣。他们在厨房里，灶旁边就是我家的饭桌，他们坐在矮凳上就着辣椒喝粥。辣椒是生的，绿白色，切成一圈一圈，撒了盐。舅舅对我说：飘扬，这种辣椒是甜的，不信你尝尝。我知道世界上的辣椒都是辣的，尤其是这种尖尖的绿辣椒，叫朝天椒。但舅舅说肯定是甜的，一点都不辣，他示范给我看，夹了一大筷子放进自己嘴里，有滋有味地嚼着，很不像是辣的样子。他说他保证是甜的。我就上当了，夹了一小圈辣椒放进嘴里，马上就辣出了眼泪。

好吃的菜记得更长久，它们的滋味停留在舌头上，覆盖了辣椒的味道。在我熬过了只吃咸萝卜下饭的日子后，家里就出现了很多好吃的菜，因为母亲怀孕了，不再下乡，又因为有了新的父亲，每星期，他都提回家一大兜活的泥鳅或活的塘角鱼。塘角鱼，在我看来是全世界最好吃的鱼，扁扁的头，在头和身过渡处有一对锋利的角，头顶有两根须。塘角鱼是最难杀的，要紧紧卡住它的角，一不小心就会被戳伤，它很滑，跟泥鳅一样，而且极有爆发力，要掰断它的头太难了。但它肉质鲜嫩，极香，除中间一根骨头外再无别的骨头。它滑溜溜的，你要按住它的角，把它的头掰断，然后放上姜酒和一点酱油。

在锅里蒸，加两根木柴，火烧得大大的，沸水顶得水里的碗嗒嗒响，锅盖也噗噗响，沸水在锅里扭来扭去，蒸气越来越多，鱼的腥气就变成了香气，混合着姜和酒的气味，高亢而热烈，人的口水是阻挡不住的，我感到自己口腔里的涎水奔涌而出，向着塘角鱼的香味奔跑，就像听到了起跑信号的运动员。我对塘角鱼的热情至今没有消散。泥鳅则每次都是煎来吃，连头带尾。它们跟手指一样大小，在竹筲里一跳一跳的，下油锅，小火，变成坚硬的金黄。

黄豆炖猪脚，萝卜炖骨头，有时是花生炖骨头。

我是否在这个厨房里吃过一次老鼠肉？像炒鸡肉那样好吃，只吃过一块，是邹洁阿姨家的保姆炒的。我仿佛看见一只又大又肥的老鼠，它从第二个天井飞跑而过，一眨眼消失在墙缝里。保姆飞快拿来稻草堵上，她点上了火，潮湿的稻草浓烟滚滚，她又用葵扇使劲扇烟，一只粗肥的老鼠就被保姆拿在手上了。她拎着老鼠尾巴，意得志满。她大概就是蹲在水缸旁边，割掉老鼠的头，整只鼠皮剥光，再切成一小块一小块的。她用了我家的砧板吗？用了我家的菜刀吗？我没有看见这个场面。

除了老鼠，还有胎盘。胎盘汤很甘甜，脐带最好吃，用剪刀剪成一小截一小截的，入口既柔韧又有一点脆。胎盘体本身并不好吃，有点像猪肺，太脬，口感很差。我经常把脐带挑出吃完，再喝一点汤。我身体差，母亲每隔一段时间就带一只胎盘回家，她在饭桌上说，今天这个产妇很健康，又年轻，还是头胎，这个胎盘最靓了。她总是说，飘扬太弱了，要补一补。我母亲从自行车上下来，她推车进屋，车头上挂着一只小菜筐，她把医用的托盘带回来，那种腰子形状的托盘，白色的搪瓷，深蓝色的边，有盖。里面的胎盘显得特别清洁、科学和文明。

胎盘在中药里叫什么？是紫河车吗？这个名字真是美丽。

胎盘和老鼠肉，永别了。

厨房的灶边上还放着茶麸，圆的，很坚硬，被烟熏得很黑，每周我就用茶麸水洗头发。我找来脸盆和菜刀，脸盆放在地上，茶麸竖立放在矮凳上，用菜刀一下下地砍成条屑。有一小捧就够了，用水泡上，过半个小时或一两个小时，泡出黄色的汁，再用毛巾或纱布，把渣滤掉，冲上热水。

我的长发泡在黄浆似的茶麸水里，头发变得光滑柔顺。再用清水过两遍，过不干净也不要紧，茶麸水一点都不伤头皮。小时候，每次就是这样洗头的，如此复杂、漫长，带着菜刀、烟和茶油的气味，亲切、遥远，令人难以置信。有人用香皂洗头，那很奢侈，但头发并不喜欢，香皂洗了头发，顿时变得干涩纠缠，梳都梳不通。一九七一年，海鸥洗发水开始在机关里风行，褐色的小瓶，小口，倒一点点在手心里，就够了。很香，头发也喜欢的，如此方便。茶麸渐行渐远，慢慢就找不到了。

它渐行渐远，它的身影又圆又黑，它的片状弯而长，带着菜刀、烟和茶油的气味，亲切、遥远，令人难以置信。在上个世纪七十年代我们抛弃了它，直到本世纪，三十年过去，我们意识到，茶麸这种东西，正是纯天然的洗发水，与我们的头皮、头发、毛孔，我们的嗅觉皮肤最亲和。但它已经没有了。

永别了，茶麸水。

拾壹

在两间有采光的屋子之间有一间黑屋子，非常黑，一点光都没有，开着门的时候也黑，因而走廊里白天也要开灯。这间屋子门口的墙上有一个电灯开关，装得很矮，我伸手就能够着。一个深褐色的圆形盒子，比小镜子还小，下方有一个小小的孔，伸出一根绳子，一拉电灯就亮了，一拉电灯又灭了。大人反复告诫，这是不能拧开不能摸的，否则就会触电，触电是要电死人的。

漫长的午后，整幢房子空无一人，别的人到哪里去了呢？不知道，我小时候总是不知道别人到哪里去了，大人、小孩、老人、保姆，我不知道他们统统都到哪里去了，总之是没有人。我一个人走来走去，从第一个天井走到第二个天井，再走到第三个天井，我走过每一个房间时都拍拍门，然后我就停在那间黑屋子的门口了。

我拉亮灯，又拉灭，褐色的圆形盒子里不知有什么，我伸手就把盖子拧开了。盒子的内脏出现在我眼前，两片闪亮的金属片，很简单，令人失望。

它们能电死人么？人碰一下就会死么？我怀着好奇和恐惧，伸出了自己的手。我两边看看，空无一人，走廊潮湿而阴暗，整个世界都在远处。我毫不犹豫，用食指飞快地朝那金属片戳去，突然，我的后脑勺被人狠狠地敲了一棒，我一声惊叫，眼冒金星。

我回过头，没有看见任何人，也没看见我想象中的那根又粗又硬的大棒。到底是谁呢？难道是鬼吗？鬼把我敲了一记又溜到阁楼上去了吗？四处很安静，头顶的阁楼连鬼的脚步声都没有。我愣了好一会儿，忽然明白，这种后脑勺被猛击一下的感觉就是触电的感觉。

我忽然怕死又忽然不怕，忽然胆大又忽然胆小。我既恐惧又要向着恐惧一脚踩去。太匪夷所思了！我站在河水中，河水只有我齐腰深，我穿着长衣长裤，双脚站在泥沙里，两手作划水状，其实我根本就不会游泳，从来就没有真正会过。河中央水很深，有无数的大木船从河的中央驶过，它们浩浩荡荡，从上游顺流而下。我对水深的地方向来心存敬畏。但我忽然就要试一试，我壮着胆，头皮麻着，全身肌肉紧缩，一个胆小的人就向着深水的地方探过脚去了。我慢慢挪着步子，水慢慢从我的胸部到肩再到颈，我越来越紧张，开始犹豫，忽然，一脚踩空，河水和恐惧一齐没过头顶，我想完了，这下，马上就要死了。我十分不甘，四肢拼命挣扎，脖子冒出水面的时候我喊道：救命！声音很小，没有人听见，我还想喊，却发现双脚已经踩到底了。我惊魂未定，但知道，这下不会死了，阳光照在河面上，白花花一片，是下午四五点。

我没有告诉母亲，所有惊心动魄的事情我都没有告诉过她，包括那次失火，还有，我被一只狗追赶，掉进石灰池。

在沙街发生的事情真是太奇怪了，偏偏有一个石灰池，临时砌的，还有一只狗。我掉进石灰池的时候是晚上八点多钟，天已经黑了，沙街上的邻居闲人围过来，有十几个，大人小孩，男的女的，他们对我表示了深切的关怀。我全身都沾上了石灰，衣服和头发梢都是白的，他们纷纷说，快下河洗洗，快下河洗洗。几个女孩子自告奋勇陪我去，天很黑，但圭江河就在跟前，走几分钟就到了，我们走下码头，我全身湿漉漉的，滴着石灰浆，我往河里一跳，全身一片冰凉。我站在河水里，头顶是星星，码头上没有灯，她们蹲在码头的边沿，伸手就能摸着我，但我看不清她们的脸，她们说，洗干净一点，要不衣服会烧坏的。又说，幸亏是熟石灰，要是生石灰，你皮都会烧脱。我站在齐腰的河水里，水是黑的，又是清的，我一边洗，一边感到水还是很清的，因为我慢慢看见了身上的石灰在水里变成了一股浊流。

我全身湿淋淋地跑回保健站，吕觉悟送我到门口。家里还是没有人，整座房子都没有人，我换上干衣服，躺在黑暗中，再次看见那只狗，一只白狗，脸很长，既像狼，又像狐狸，看见它我就跑，它疾跑如飞，如同一道闪电就扑到了我跟前，我身子一歪，就倒在石灰池里，我躺在床上，再次闻到了石灰浆苦涩清凉的气味。

石灰池是水利局的，还是供电所的，抑或是农业局的呢？任何单位化石灰都是在门口围上一个池子，生石灰，像西瓜大小，保持着石头形状，它们被投入清水里，发出嗞嗞声，浓烈的白烟升起，伴随着生涩的气味。也见过一堆生石灰在池子里，再用水管子浇水，水浇到哪里，哪里就会发出嗞嗞声并升起浓烟，好像生石灰的肚子里憋了一肚子火，非得用水才能把它发出来。它把火气发出来，发出来它就好了，就变软了，变成了一摊石灰浆，而不再是坚硬白色的石头。

我第一次爬树爬的就是水利局的槐树。我双手抱紧树干，吕觉悟在我身后。她刚刚爬了上去，在树杈上坐了一小会儿。我说我也要上，但很费劲，整个身子往下掉，双手吃不住劲。吕觉悟跳下树，她托住我的屁股，我手忙脚乱才终于上去，十分狼狈。我坐在树杈上，看到水利局院子里左侧的一排冲凉房，还有一排砖房，其中有一间，门上贴着两个喜字，窗上也贴了喜字，我知道，这就是新娘房。一男一女走进去，关上了门，他们要干什么呢？张二梅说，他们要脱光衣服，两个人抱在一起，男的在上面，女的在下面。她和农业局的小孩偷看过，但没看清楚。我也想看，我伸着脖子，一只手抱着树干，另一只手搭凉篷，像孙悟空。可惜没有火眼金睛，看不见，大中午，外面亮，屋子里暗，一点都看不见。就算了。

那排槐树有好几棵，四五月开着白色的小花，有人用竹竿打下来，拿来晒干收购作药。沙街和龙桥街，经常会看到谁家的门口晒着东西，一摊一摊的，一摊橘子皮，一摊蚯蚓，一摊骨头，一摊龙眼核或荔枝核，或者什么草的根茎。收购站是我们生活的重要组成部分，一支牙膏皮能卖两分钱，一只鸡肶皮能卖三分钱，杀鸡的时候要小心翻过来，不能弄碎，这叫鸡内金，治小孩积食的。骨头、头发、橘子皮，都能卖，是不少人家的重要经济来源。

我曾经用旧报纸包着剪掉的头发，兴冲冲地走过东门口、西门口、灯光球场，来到西河边的收购站。然后，手里拿着卖头发得来的五角钱的巨款，一路买着零食吃回来。话梅、酸萝卜、饼干、粽子、炸糕、花生米、白鸽糖，它们缭绕着我的童年时光，像星星一样遥远。我在路过西门口的时候停下来，停在照相馆的门口，那是我特别喜欢停留的地方。我热爱照相，我感到时光一去不复返，我要让它停留在相纸上。从十二岁开始，我每年生日都要来给自己照相，三角八分钱，一寸照。七到十二岁，住在沙街的五年里，我没有照过相，我不知道那时候自己是什么样的，梳什么样的头发，穿什么样的衣服，有多瘦，一概不记得了。

我真愿意补回来，愿意有那样一张照片，我神情严肃，扎着辫子，穿着一件粉底浅蓝碎花上衣。

那件衣服，粉底、浅蓝色的碎花，我把它看成是一个奇迹，它曾被河水冲走了，第二年，它又神奇地回到了我手上，我永远记得它。那年夏天，我蹲在河边洗衣服，一松手，衣服就被河水带走了，它越漂越远，我够不着，眼看着它漂到了我看不见的地方。这是一件新衣服，我刚刚穿了一两次。我懊恼，又担心挨骂，不久也就忘了。第二年夏天，中午时分，沙街的几个女孩兴冲冲地跑到我家，她们叫道：飘扬，飘扬，你看看，这件衣服是你的呢！我不相信，但它真的又回来了，色彩鲜艳，像是新的，经过了一年的时间，它没有变黄变旧，甚至干净得像刚刚洗过。我认领了它。我想它肯定是被沙子埋住了，在密封中，不见阳光，没有磨损。

拾贰

张大梅，张二梅，张三梅，张四梅，张五梅，看到农业局我就会想起她们。二〇〇三年秋天，我和张大梅在北京十三陵水库公园的一个公共厕所里相遇，我们已经有三十年没见过了，中间没有过任何联系，却在这样一个地方碰上，完全不可思议。那天我带母亲去看八达岭长城，坐旅游大巴，每人五十元车费，发一个胸章，每到一个旅游点，下车，规定几点几分集合，再到下一个点，这就是广大人民群众的旅游方式，很适合我们。就这样到了十三陵水库，逛了一圈，在水边拍了照，然后上厕所。我刚进去，正要开水龙头洗手，就听见后脑勺有一个声音问：是李飘扬是吗？我一震，猛然回过头，我一眼就认出了她，张大梅。

她容颜未改。她说我出去了，又折回来，觉得像你，真的就是你，我一眼就认出你来了。她的儿子考上了北京的大学，她和丈夫一起送儿子来北京，顺便玩一玩，明天晚上就回去了。我们连连说，太巧了，太巧了。这是我第一次到十三陵水库，她也是，三十年了，想不到在这里碰见。我们还拍了照，由她丈夫用我和她的相机分别拍了两三张，然后心满意足，回各自的车上集合去了。

相片印出来，我看到了那天我们两个人的模样。我穿着一件深蓝色的短袖 T 恤，腰间扎着脱下来的纯棉格子衬衣，头发乱七八糟。张大梅完全不同，她很整齐，银盘大脸，头发往后梳，一丝不乱，衣服穿得时髦、高档，有一番讲究，显得幸福富足。愿她青春永不老，愿再过十年或二十年，我还会在十三陵水库公园的公共厕所遇见她，她的声音再次在我的后脑勺响起。

张大梅曾经是我早年的一面旗帜，她的舞蹈天才令我难以企及。我梦想着一夜之间，自己就能像张大梅那样，成为文艺队里的绝对主角。她高出所有的人，没有人能和她相比，她一开始就很好，无师自通。很短的时间就能跳芭蕾舞，红色缎面的芭蕾舞鞋，在遥远的黑暗中缓缓移出它的碎步，追光，一身红色绸衣的吴清华，倒踢金冠，迎风展翅，飞快地旋转，左右地跳跃，足尖在地板上移动，摄人心魂。她的辫子又长又黑，是接上去的。文艺队的道具里有八根辫子，她的那根最完美。她把辫子一甩，明眸皓齿，光芒四射。她不说话，站在幕侧，灯暗了，舞台中间的一圈又亮了，音乐响起，“北风那个吹，雪花那个飘”，唱到“雪花”的时候张大梅手持灯盏出来，这回她演的是《白毛女》里的喜儿，穿着条纹的裤子，红色的上衣有一块补丁。她舞姿婀娜，腰很柔软，腿举得很高。

因为张大梅，我们很为自己的节目骄傲，自以为跟城市的中学比也不差。那年转学来两个女生，均来自省会N城，一个杨海燕，一个王雪，两人很拔尖，长相身材一流，讲一口N城白话，也讲一口标准的普通话，跟中央人民广播电台那么标准。两人一来就到了校文艺队，在我们南流镇，她们鹤立鸡群。王雪嗓子好，就报幕和独唱，杨海燕则在一个新排的舞蹈里当领舞，叫《井冈山上采杨梅》，我至今记得那旋律，“一采杨梅松木岭，攀上崖头百丈冰，当年红军岭上走，当年深山路不平”，杨海燕的舞分很多，她需要一个人先攀上悬崖，然后再招呼众姐妹上来。她迎风展翅，大劈腿，旋转，倒踢金冠，跌倒了又爬起，真是好看啊，到底是N城来的。但她还是比不过张大梅，她就是少一点味道，你觉得她是在做动作，动作做得到位，技巧很好，但缺少一种感人至深的情感，或者叫，灵魂。随便叫什么吧，张大梅的命是在舞里的，杨海燕的命是在舞蹈之外。

一个活着的，就在我们眼前的，身姿婀娜的喜儿，一个活着的，在黑沉沉的椰林里奋力一跃的吴清华，红色的绸衣在燃烧，那是张大梅的心魂变成的。我常常在幕侧目睹这样的时刻，以幕侧为界，那是张大梅的天堂，她一步跨过去，整个人就会飞升，她身体里的物质会在瞬间变化，肌肉、骨头、血液，无声地重新组合，身体的比例仿佛也发生了变化，她的精神更是如此。她的肉身化成了舞蹈的精神，舞蹈又飞升了她的肉身，她在舞台上光芒四射，成为无数人黑暗的青春期中无比耀眼的光影。

有多少人感到困惑啊，张大梅身材并不好，最多算一个中等，如果苛刻一点，她甚至算得上是五短身材。从小学到中学，隔年就有省里的艺术团体来招学员，每次每次，张大梅总是一目测就被淘汰，她被淘汰了多少次，又再被推荐上去多少次，最后又还是被淘汰了。她的专业梦想永无实现之日，她天才的足尖，在南流镇自生自灭。我感到痛心。我听说，张大梅为了练芭蕾舞，右脚五个脚趾有三个都发黑变形了。我没有亲眼看到。

在我的幻觉中，这三只黑脚趾，经常会出现在红缎面的芭蕾舞鞋的旁边，像影子一样，在舞台的追光下，走到哪就跟到哪，就像那只红缎舞鞋的残骸。或者相反，红缎舞鞋是它们的影子，虚幻，不真实，而它们，是现实的人生，残酷，真实，无可安慰和改变。

张大梅比我高两届，她的妹妹张二梅跟我小学同班，资质平平，我不知道一个人的天赋是从哪里来的，是哪一种力量，哪一道闪电，哪一阵神秘的风，进入了张大梅的身体里，使她贮存了舞蹈的能量与灵魂。

大梅一毕业，整个文艺队就塌下来了，没有了激情，人人都无精打采，连文艺老师都没了心思，开学一个多月都没召集我们。要不是县里要搞汇演，校文艺队大概就此解散，也说不定。什么叫做灵魂人物呢？这就是。

新找了一个喜儿，童小萌，她从未进过文艺队，没有任何舞蹈基本功，她的所有动作都是软塌塌的，好像被人抽了筋，看着就让人着急。但她是全校的大美人，也是全南流镇的大美人，再也找不出第二个了，她身材修长，曲线非常优美，眼睛脉脉含情，皮肤又白又细，白里透红，毫无疑问，真正的仙女就是童小萌这样的。她是从哪里来的呢？南流镇会生长出这样的女儿吗？当然是不能，童小萌是我们的小学校长抱养的女儿，是从很远的地方抱来的。对于小萌，我们是不挑剔的，我们甚至有点怜惜她，一个仙女似的美人，风一吹就破，她不知道自己的生身父母，兄弟姐妹，莫名其妙就生长在南流镇这样一个粗陋的地方，让我们心疼她吧，就让她软塌塌地出现在舞台上，软塌塌地《北风吹》吧。

但我想念张大梅，我希望童小萌和张大梅合而为一，张大梅的激情和力量，舞蹈中燃烧的天赋，童小萌仙女般的身材和容貌。

我想当太上老君，把这两个人放进炼丹炉里炼上三天三夜，一个张童二人的集合体跃然而出，她伴随着一股浓白的水汽，从天而降，她先出现在我们学校礼堂的舞台上，然后出现在县礼堂的舞台上，然后，地区、省城、中央，她将横扫全中国的舞台，比中芭的薛菁华，上芭的茅惠芳、石钟琴更璀璨夺目。每有排练或演出，这个念头就会像一团光影出现在我的头顶，我不由得向上仰望，期待奇迹来临。北风那个吹啊，雪花那个飘啊，我站在幕侧，想入非非。

上天永远不会让人如愿以偿的，张大梅一次次同她的梦想擦肩而过，她带着不甘下乡插队去了，她坚持练功，每年出现在地区知青汇演的舞台上，后来进了卫校，又在省城一家大医院当上了化验员。她的一生就这样走下来了，她很满足，她银盘似的脸上没有一丝皱纹，她的头发依然像当年那样向后梳着，纹丝不乱。童小萌，在校文艺队跳了一年软塌塌的喜儿之后，一毕业就到县文艺队当专业演员了，不费吹灰之力。唯有羡慕，没有嫉妒，谁会嫉妒一个仙女呢。所有人高中毕业都要上山下乡，即使因病照顾，也不会安排工作，即使安排工作，也只能在工厂或服务行业。一毕业就当上了专业演员，毫无疑问，是老天爷本人直接爱上了童小萌。

爱上童小萌的人还有李永青，跟她同台演大春的男生。一对金童玉女，无比匹配。令人难以置信，这两个人，后来真的结了婚，成了两口子。我们见多了金童玉女各奔东西，或者是，金童玉女结了婚就不再是金童玉女，就像姚琼，成了卖咸鱼的女人。但童小萌不是，她的生命，情感，容貌，体态，无一不完好如初，成为藏在人间的极少数仙女。

我专门去看过几次童小萌的演出。

坐在前排，很近地看。一个节目没有她，两个节目也没有她，很多节目都没有她，我们的仙女哪里去了？迷惑间，出来一排女演员，共八个，花布大襟衫，又粗又长的独辫子，额前一排整齐刘海，每人手里拿着一只碟子和一根筷子，另一根筷子夹在碟子的下方。这个节目叫桂林渔鼓。她们动作整齐地敲起来，边敲边唱。这里面，难道，还没有童小萌吗？我一个个仔细看过去，这才发现其中一个有点像她，已经不太像了，但确实就是她，她在舞台上很黯淡，比台下难看一倍。

一个人化了妆比不化要难看，我不明白这里面的道理。其余七人都比她有光彩，她们眉眼活泛，表情生动，像一树花，不断地招来蝴蝶，只有童小萌，像一根木头。她目光空茫，跟任何方向都没有交流，动作都做了，嘴里也在卖力地唱，却是乏味。舞台就快要把童小萌毁掉了，她不喜欢。

于是，老天爷就把她送到了图书馆，她改行了。她柔弱无骨的身体就是要藏起来的，正如月光藏在黑夜。她跟书在一起，很安静，好像她天生就是长在这里的，就像玉兰花应该长在玉兰树上而不是长在荔枝树上。八十年代我回南流镇，曾到图书馆看过她，她还是那样白里透红，眼含秋波。她跟李永青真的结婚了，喜儿跟大春结婚，人人欢喜。她生了一个女儿，很漂亮。一九九三年我回南流镇，又意外见到了她，是在她家里。我母亲要给全镇的产妇作随访，我跟着去。来到花果山的一幢新房子，我意外地发现，躺在床上坐月子的正是童小萌，她这次生了一个儿子，气色润泽，奶水充盈。我没想到会见到这样一幅图景，真正是花好月圆，现世安稳。同是一代人，所有人都在地里的泥水里滚过，唯童小萌例外，她来自天上，落在地上也还是在天上，任何风雨，污泥浊水，都到不了她身上。有一只天上的眼睛在看着她，眼都不眨一下。

拾叁

我是历届文艺队员中资质最差的一个。每个学期开始，我都不知道自己是否还能留在文艺队里。以下同学下午第二节课后在校礼堂集中，我最喜欢听到这样的通知。

校广播站女生的声音朗朗地响起在每一个教室里，有线广播的播音器悬挂在教室黑板的侧面，像一个陈旧的月饼盒子，这盒子播送学校通知，或者表扬稿，傍晚七点到七点半，会放革命歌曲，《我爱五指山，我爱万泉河》、《大红枣儿甜又香》、《红灯记》唱段。学期开学的头一周，在某一天中午，它就会说：现在广播校文艺队的通知，以下同学请在今天下午第二节课后到学校礼堂集中：张大梅、杨海燕、王雪、李永青，这样的广播使我全身紧张。一个只能演群舞的人，个子太矮，这次还会有我吗？张大梅，她的名字一出现，我的心脏就像被猫抓一样，她的名字就是猫的利爪，利爪之上，站立着全身着红的吴清华，她纵身一跃，闪电般掠过黑沉沉的椰林，她的足尖无与伦比，她的衣襟像风一样。

我怀着绝望倾听着，张大梅、杨海燕、王雪、李永青，他们是全校的偶像，我将不能再跟他们一起排练了么？当音乐声从礼堂传出，我只能在远处听着，或者，只能挤在门口看了么？我提前感到了这情形，眼泪也快要提前掉下来了。我绝望着让自己继续听广播里的名字，凌玲、李小宇、周青、李飘扬，李飘扬！我听到了自己的名字，犹如晴天霹雳，这个名字从广播里砸下来，它坚硬地从我的头顶进入，进到我的五脏六腑里，这个坚硬的东西一进到我的体内它就变软了，我感到自己僵硬的血液和肌肉在松弛，我一下坐在了座位上。我听见姚红果说：李飘扬，文艺队叫你去呢！

我到礼堂去，见到了张大梅、凌玲、周青、李小宇她们，文艺老师、工宣队长、乐队，都齐全了，有久别重逢之感，温暖、振奋，看到她们，觉得一个个的都很好看，简直是明眸皓齿呢。好了，发剧本，人手一册。剧本是一台节目的合订本，从大合唱开始，有舞蹈、独奏、样板戏清唱、样板戏选段。

这种程式不知是从哪里来的，所有的文艺团体到南流演出，也都是这样的程式，不管来自何方，第一个节目统统都是大合唱。

大幕一拉，全部人马出场亮相，排成三排或四排，乐队在第一排坐着，第二排是女演员，第三排是男演员。这是给观众看人的，哪个高些，哪个矮些，谁最漂亮，黑的白的，胖的瘦的，统统站得好好地给人看。我们看到漂亮的女演员立即眼睛一亮，这样漂亮的女人在大街上是看不到的，看到了也不能盯着看。现在好了，她正对着你唱歌呢，一动不动的，但她旁边那个女子也是很好看的，另一种好看，让人不得不看。第三个，第四个，一个个看过去，这里面，有一个或两个尤其美丽，有三四个很漂亮，其余的都好看。但是大合唱就要唱完了，一眨眼，舞台就空了。

我们就怀了期待，等着那个我们看中的女子出来，她是一定会演主角的吧。但她一等不出来，二等也不出来，好像专门要吊我们的胃口。等到终于出来了，却是夹在群舞当中，她的舞姿一般，她的美就减弱了一半。这时我们的目光就集中到了领舞的身上，领舞肯定不是最漂亮的，但她有着良好的舞蹈感觉，她用另一种语言告诉你另一种美，她搅动了空气，带着群舞飞升，她既柔软又有力，既像火又像水，她已经超出了人间，成为了精灵。这时我们意识到，这个女子才更好看些。美就这样被转换了，不是么？

校文艺队也大合唱，每人发的剧本首个节目就是它，一支新歌，印着简谱，又有舞蹈，又有器乐独奏，最重头的是样板戏选场，有两个选场压轴，一台晚会的节目就下来了。《白毛女》第一幕和第三幕，《红色娘子军》序幕和第一幕。北风那个吹，雪花那个飘，张大梅手持灯盏，独自出现在舞台，窗花舞四女伴，周青、凌玲、李小宇，还有一个是谁呢，大概就是杨海燕。她们头扎长辫子，身穿带花的大襟衫，每人手里拿着两张红窗花。《红色娘子军》的序幕是在土牢里，张大梅和周青，她们光裸的手臂被化妆颜料画了一道道伤痕，但她们怒目而视，然后张大梅就从土牢里逃跑了。第一幕开始是黑沉沉的椰林，吴清华一番独舞，旋转、跳跃，倒踢金冠，但她又被南霸天的狗腿子抓到了，南霸天出场，他身后跟着四个丫环，穿着淡绿的宽腿裤，深绿的大襟无袖背心。吴清华遭受毒打，众丫环做感同身受状，南霸天走了，丫环们对躺在地上的吴清华做依依不舍的动作，她们在台上只停留几分钟，地位微弱。

这四个丫环中有一个就是我。我还会有两个舞蹈节目，群舞，或者是藏族姑娘，或者是为前线士兵纳鞋底的村妇，大红枣儿送亲人，丰收舞或插秧舞。我热爱这些舞蹈，它们健康而欢快，坚强，明朗，我们的舞姿和灯光融为一体，红妆、红衣、手中的花篮或鞋底，在某一个夜晚，在某一处舞台。我们脱离了单调平凡的日常生活，飞升到了这个舞台上。举目都是黑沉沉的，唯有舞台明亮如仙境。仙境早已下凡，它就是遍布在九百六十平方公里的舞台，大大小小，虚幻而短暂，俗艳、生硬、别扭，而又生机勃勃，坚硬有力。

它是艺术吗？不知道。我们认为它就是艺术。

校文艺队到处演出，各公社、各工厂，林场、农场、五七干校。农忙假，各班下生产队干活，插秧或割稻子，文艺队集中在礼堂里，白天排练，晚上演出。整座校园空而静，教室没有人，操场也没有人，唯有这二十几人，在空荡荡的校园里，且歌且舞。

如此奢侈，又如此无辜。

四点半化妆，五点钟出发。我们在礼堂的楼台上，先往脸上抹一层凡士林，再抹一层肉色的彩底，扑上腮红，又用粉定妆，那粉扑跟扑爽身粉的一样，弄到脸上痒痒的，好了，画眼影和眉毛，用一支细细扁扁的毛笔，沾上油彩，先用红色，再用一点黑色，画成的眉毛又弯又长，眼皮上的眼影是锐利的，犹如一根小小的长矛，整个眉眼看上去极不真实的，既像古装戏里的旦角，又像别的什么。但我们觉得很好看呢，又画上唇线，在改变了形状的嘴唇上涂上朱红色，这样就更好看了，眉目分明，腮圆唇红，在灯光下更显柔和美好，连我们自己都有点认不出了呢。我们对镜顾盼，左看右看。楼台上没有灯，光线有些暗，我们靠在栏杆上，还是有点暗，一抬头，天已经灰了。乐队的男生陆续装车，他们拎着手风琴二胡，拎到停在校门口的大卡车上，乐谱架、服装、道具，码得结结实实的，用绳子固定好。

再也没有比坐上大卡车更威风的了。七十年代的南流镇没有别的车，医院里的救护车、车站的长途客车、偶尔停在县委门口的吉普车，这些不算，它们跟我们没有关系，它们是南流镇的大熊猫，是用来观赏的。唯有大卡车，是我们最热切的运输工具，它与我们肌肤相亲。解放牌厚重，东风牌轻灵，是一对兄弟，各有优点。我们对解放牌更熟一点，它停在校门口，就像我们的兄长。我们七手八脚四面攀爬，很不好上，颇有难度，但我们已经轻车熟路，脚蹬大轮胎，双手抓挡板，一使劲就上去了，活像一群国民党逃兵。

我们化着浓重的妆，接上了长辫子，里面还穿着鲜亮的演出服，这样的一车人装在卡车厢里，颇像大木箱里养的一箱花草，奇里古怪，煞是好看。

豆腐社和红旗旅社，时不时地有人出来看，这两处就在学校的斜对面。有一次，李玉琪站在豆腐社门口，大卡车一开动，她就冲我们一车人喊道：预祝你们演出成功！这使我大为意外。这样有水平的话本应由校领导说的，李玉琪，她在我们班什么都不是，从来不是班干部，连小组长都没干过，而且她也不在县委大院长大，不过是豆腐社的孩子，她却冲着一车文艺队说了如此有气派的话，真让人不得不另眼看待。

我们站在卡车里，敞着篷，大声唱歌，大声说笑，总之是兴奋的。豆腐社、红旗旅社，大园、医院宿舍、门诊、太平间、留医部、妇产科，它们纷纷扬扬，向后退去，马上，前面就是大片稻田了。那都是我们小学的时候拾过稻穗的，田中间有一眼水井，田那边有一棵龙眼树。农机厂简陋的大门一闪而过，坡上农科所的平房像童话一样遥遥在望，一眨眼就越过去了。大下坡！大下坡转眼来到，一个男生高喊：逸逸桥——车身随即飞快下降，车上的人，从浪尖跌下浪底，顷刻失重，心脏一高又一低，女生尖叫，男生粗嚎，一片混乱，又一片热闹，甚是刺激。这是我们特别熟悉的下坡，早已被男生命名为“逸逸桥”。

逸逸桥是我们的最后一道化妆品，是文艺队的重要成员，经过了逸逸桥，男生变得多话有趣，女生则脸蛋涨红而益发妩媚，全体都心跳加快。如果有晚霞，就更完美了，站在敞篷卡车上，一眼望到天边，没有房屋，晚霞就在田野上燃烧，离我们真是近啊，一伸手就能碰着。金红和浅红，层层叠叠，有时特别明亮，映照着一车人，把这一车疯疯癫癫的人也都变成了晚霞。

脸上还悬挂着逸逸桥卡车就停下来了，八分钟，从学校到水泥厂，这个距离真是天造地设，逸逸桥的兴奋还挂在脸上，又加了一点晚霞的恍惚，这样一副神情最适合上舞台！我们恍惚并且兴奋着，被水泥厂的文艺干事引进后台，那里灯光明亮，大家更衣压腿，对镜修补妆容。文艺干事是一个颇有风度的女同志，她指出，我们的眉毛画得不够自然，像贴上去的，应该眉头和眉尾淡一点，不要一样深浅。但已经来不及改了，乐队在校音，灯光已经调好，大幕马上就要拉开。

水泥厂虽在南流县，却是地区级的，叫地区水泥厂，气势很大，厂区和设备都一流，人多，礼堂大，更重要的是，我们学校的工宣队就是水泥厂派出的，学校由工宣队领导，也就是由水泥厂领导。每学期排好一台节目，首先就要到水泥厂汇报演出，这是政治任务呢，学校和厂里都很重视。水泥厂，我们来了许多次，路已经烂熟，逸逸桥也烂熟，更加烂熟的是水泥厂的食堂，演出结束后的夜宵，最令人振奋。

竟然会有鸡肉粥，难以置信，南流镇的居民，过年才杀鸡呢，地区水泥厂的豪阔真是罕见。鸡肉粥的香气钻进鼻子，五脏六腑都在颤动，热气腾腾，鸡肉和米粥交融在一起，又刚刚撒了新鲜的葱花和生姜末，碧绿和淡黄，更觉丰饶。用大碗盛好，摆成两排，每人端上，边暖手，边吹气，吸溜着，半碗鸡肉粥下了肚，全身暖洋洋的，我们太爱水泥厂了。正享受着，一大盆米粉又端了上来，冒着更浓烈的热气，散发着另一种香味，又软又滑柔情似水的米粉，荡在肉汤里。顿时，我们头脑一片空白，谁能想到会有两种夜宵的呢？从未听说。

如果到瓷厂、农机厂、大风门水泥厂，或者大容山林场，或者上河公社、香塘公社、民乐公社，都只有一种夜宵，那也是好的，有夜宵就都是好的。回想我们的文艺队时光，除了舞台，点缀其中的就是一顿又一顿的夜宵，工厂多是米粉和面条，放了猪肉或者鸡蛋，油水很足，还有酱油和葱花，全都是很香的。经常，我在谢幕的时候就开始神往，味蕾长了眼睛，看到了远处食堂里的大镬，那里正冒着热气，肉汤翻滚，竹筛里的米粉就要倒下去了，切好的葱花和姜末就放在灶沿上，还有一大碗盐，一切历历在目，口腔里，涎水直冒，味蕾开出了花，我们一边咽口水一边微笑鼓掌，而汤米粉正在起锅，很快，它们就在一只大铝盆里等我们了。我们来不及卸妆，顶着满脸的油彩，一个跟一个，像游击队，在当地群众带领下，摸黑走过一些台阶、泥地、走廊，来到烟火缭绕的食堂。大的食堂有饭桌凳子，小的食堂就没有，我们就站着，端着碗。条件艰苦的地方是白米粥，白米粥也是很好的，因为有炒得很香的咸萝卜干，里面放了青蒜和猪油。还有一次是糖粥，放了黄糖，粥也是浅棕色的，这样简陋的粥我也觉得好。

一边走路一边卸妆，人人都拿着东西往脸上擦。我们会围着李小宇，她有一只雪花膏的小盒子，万紫千红的牌子，那上面的花密集而鲜艳，一打开，里面全是浸泡了花生油的棉球。这种棉球很好用，一个就足够，比凡士林还好，很滑溜，而凡士林是干的。棉球擦在脸上，凉冰冰，一股花生油的气味从各人的脸上散发出来，像是打翻了油瓶。

拾肆

高二那年是奇怪的一年，文艺队一下没有了人，张大梅早就毕业，童小萌周青凌玲她们也毕业了，礼堂空空荡荡的。而群众文艺正如火如荼，专业团体的人到公园、广场教群众唱演样板戏，也到学校来，就在操场上。工宣队说，全校同学，不管是谁，都可以去学，就用上课时间。

这一年，数学课已经变成了打算盘，物理课是安装电灯，化学课走得更远，是在厕所旁边挖坑，再从纸厂挑来废水，要搞一种化肥。我们就在操场上学革命舞蹈，有《唱支山歌给党听》、《红棉花开红万里》、《阿佤人民唱新歌》和《八月桂花遍地开》。

那个教我们的县文艺队员，是位舞蹈尖子，相当于我们的张大梅，当然比张大梅更棒，我们知道她叫张逸宁，玉林人。

张逸宁气质很好，业务精到，却不高傲。我喜欢她。却未能想到，八年后，我会在N城图书馆，我的宿舍，见到张逸宁。很有些凑巧，她跟我的一个文友成了一对恋人，快要结婚了。文友叫黎力，写诗。张逸宁一九七七年从南流县文艺队考上了玉林师专艺术系，琵琶专业。然后她就分在了文化馆，黎力是玉林师专的校园诗人，她崇拜黎力，爱上了他，她比他大两岁，但她死心塌地爱上了他。

我从食堂打来三份饭菜，又炒了鸡蛋西红柿，腊肉青蒜。三个人挤在我的小屋子里，菜摆在椅子上，黎力坐唯一的一张矮凳，我和张逸宁坐床沿。与黎力相比，我更喜欢张逸宁，我给她夹菜，回顾八年前她到学校来教我们革命舞蹈，但张逸宁几乎没有印象了。对她而言，南流县是玉林的地区所属县，是她最终要离开的地方，她在南流县待了三年，但她的心是玉林的，她记起的，全都是玉林的人和事，她曾到南流镇的中学教过舞蹈么？似乎是有这回事吧。南流县的三年，一闪而过，早就混沌不清了。

她仍然好看。在我看来，她是黎力的公主，他应该把她捧在手心里。事实却完全相反，张逸宁很殷勤，很乖，很不把自己当回事，一吃完饭她就要收拾碗筷，是决意收拾，并不是做样子。她一定要洗碗，她说她喜欢洗碗。我便领她到冲凉房，那里有一个水龙头。她把碗放在地上，蹲着就洗起来，冲凉房很小，没有光，我背对着门口站在她身后，她蹲着的样子很好看，有着专业舞蹈演员的身形，腰小而柔软，臀部滚圆饱满。她很认真地洗着碗，一只一只冲干净，又一只一只擦干，八年前南流镇中学的篮球场上，冬天的阳光在照耀，我们排成两排，张逸宁，那个我们只能远远观看的人，来到了我们的面前，她一个动作一个动作做示范，八月——桂花——遍地开——那个时刻，我们全都成了桂花，盛开在冬天，她纠正我们的动作，手高一点，下巴低一点，桂花开在了我们的手和下巴上，香气馥郁，弥漫到八年后，而这个让桂花开放的人，她正蹲在冲凉房洗碗，光线昏暗。生活使一切面目全非，过去的时光已全部消失。

那两个学期，校文艺队活动衰微，改为以班为单位排练节目，两个班联合起来去工厂演出。样板戏已经普及，又盛行样板戏移植到地方剧种，几乎人人都有了机会。《红灯记》，它就这样来到了我们班，安凤美，赵细兰，马远征，三人排练一出《痛说革命家史》。

安凤美这个人，她对一切皆能从容，演一个李铁梅，对她来说不过是一件好玩的事，她的一招一式也都像模像样，不必费心。赵细兰则不同，她是镇上平常居民的孩子，善良，但胆小，长得不错，却从来没有真正的机会。二〇〇五年八月，我在玉林见到了她，赵细兰，她和蒋锦一人骑了一辆旧自行车，穿越大半个玉林，到我住的地方来看我。说起境况，仍不好，下岗已有几年，又重新找了工作，蒋锦在一家仓库当保管员，赵细兰又找到了一家粮店卖米。这是赵细兰一生中经常要碰到的职业，在我的记忆中，她永远都在卖米，她的一生就是在不同地方卖米组成的。上个世纪八十年代初，有一天，我意外地收到赵细兰的信，高中毕业后我们各自插队，不通音讯已有五六年，但我收到了她的信，她用工整的字迹告诉我，她有工作了，是在南部公社石窝的粮店里。石窝是离南流镇最远的一个公社，山区，到南流镇要坐半天的汽车。但赵细兰知足、喜悦，她把这件喜事告诉我。又过了几年，我回南流镇，我到大兴街赵细兰家找她，她正好在，喜气洋洋，她说她刚刚从石窝调回县城，也在粮店工作。她那时已经不爱写信了，再后来，便音讯全无。

赵细兰说，飘扬，你又找到我们了，三十年了呢。她们很晚才到，找了很久才找到这家偏僻的、新开的宾馆，又找放自行车的地方，说一会话照了相她们就要回去了，还要起早上班。我送她们下电梯，她们却客气，在大堂里又要告别，显得生分。

我跟着她们从侧门走到后面的空地上，那里黑黢黢的没有灯，地上还积了雨水，她们的自行车就停在那里，有点孤零零的，还淋了雨。我伸手摸了摸赵细兰的车座，觉得像是自己多年前的自行车，多年前，它跟我肌肤相亲，风雨同舟。赵细兰开锁推车，她和蒋锦来到了大街上，沿着现在的时间，两人的身影消失在马路的那头。

如果我是赵细兰，我会觉得一九七五年是我最辉煌的日子么？她给我写信，是把我看成是她最珍贵日子的见证人么？

那一年，一个孩子上了舞台，平淡的生活中降落了一大块光斑。她把脸涂红，换上戏装，舞台的强光照耀着，底下好几百双眼睛在看，赵细兰心里是欢喜的。一个人，如果她一辈子在粮店卖米，但她中学时代曾经演过戏，她会认为，那是她值得珍藏的日子。我就是这样想的。赵细兰细声细气的，并不适合演李奶奶，但她只能演李奶奶，演一个老人，光彩夺目的李铁梅是安凤美来演。

她很认真，也积极，尽力做得像，但她忽然就哭了。

谁也不知道为什么。但她当着大家就哭了，我们问，怎么了？怎么了？她拼命摇头，好像她自己也不知道为什么会哭。既然哭了，她就决定不演了。我和丁服轮番做工作，但她说什么都不愿意了。换人已经来不及，改别的节目更来不及，丁服费尽脑汁，想出了权宜之计，实在不行，到时就由安凤美清唱一段《仇恨入心要发芽》。离晚会还有三四天，我们完全放弃了希望，赵细兰忽然又愿意了。

世界上的事情真是奇怪，赵细兰也是奇怪的。她又镇定地排练了，好像从来没有哭过，也没说过她坚决不演。她细细的声音说着台词：爹，不是你的亲—爹，奶奶，也不是你的亲—奶—奶—，安凤美扑到她的怀里，然后两人共同举起信号灯。就到演出的日子了，各班找自己的服装道具，各班自己化妆。赵细兰自己找来了灰布的大襟衫，还有裤子，还有鞋。我给她化妆，她仰着脸，呼出的气息到达我脸上的绒毛，有一点痒。她的脸上没有绒毛，细而光滑，我在那上头抹上底色，手指碰在她的皮肤上，有一点异样，她脸上隐隐一颤，随即不动了。她闭着眼睛，微张着嘴，很享受的样子。我给她画眉毛，画眼线，上唇色，又要她睁眼，又要她闭眼，再又张嘴，又闭嘴。也都一概享受。她不说话，很安静，但眼睛里放出光。天黑了，灯早就亮了，礼堂里坐满了人。我们班是第八个节目，我们抓紧时间又排了一次，然后，我站在幕侧，手心出汗，他们三人则一咬牙出场了。

拾伍

姚红旗、罗慕霞、郑放歌，她们分别是一班、二班、三班的吴清华。

最后一个学期，上面要移植样板戏，原本的芭蕾舞剧《红色娘子军》，在我们省移植成了彩调剧，高中各班，每个班级都排演同样的彩调剧《红色娘子军》第一场《常青指路》，是校团委的思路，群众运动的意思。

但谁都不知道彩调剧是什么东西，连听都没听说过。彩调，多么生疏而又生涩的一个词啊，像一块奇怪的石头。到了操场上，由培训过的老师一句一句教，十几个吴清华和十几个洪常青在下面学，“昏沉沉，只觉得，天旋地转”校园里一时满是这样的唱腔，彩调原来就是这样的啊，这就叫做彩调啊，很好听的呢，有一点像京剧，甚至跟京剧差不多，我们分辨不出彩调跟京剧有什么不同，便又糊涂了。糊涂着却仍然认真唱着“昏沉沉，只觉得天旋地转”，并做着昏沉和眩晕状，一律动作夸张，表情过火。

姚红旗，姚红果的姐姐，小学跟我同班。她处处要拔尖，如果要在一班找一个吴清华，毫无疑问，应该找张二梅，想想张大梅吧，不找二梅找谁呢！却是姚红旗。二班的罗慕霞是转学来的，人很闷，听说学习不错。她是二班的吴清华。

三班，全年级最活跃，人才济济。他们自己排练了《白毛女》序曲《在人间》，半个班都上去了。他们的歌声响彻在走廊，浩浩荡荡进入我们的窗口：“看人间，哪一片土地不是我们开，哪一片山林不是我们栽，哪一片房屋不是我们盖，哪一片庄稼不是我们血汗灌溉。可恨，地主狗狼豺，土地他霸占，庄稼是私财，又逼租子，又放高利贷！”我们坐在自己班的教室里，心怀向往。

三班的罗明艳，长得有点像波姬小丝。小学五年级，林南宁曾找她演喜儿，是首选，但她有两个很大的问题，一是太高，没有那么高的大春，二是脚太大，不可能穿进芭蕾舞鞋。练了一天，淘汰了。此后再无机会。

罗明艳一直不服气，早操列队，队还没排好，罗明艳会忽然走到谁的跟前，飞快地用食指和拇指在某个女生的脖子上比画一下，接着又在自己脖子上比画一下，她跟旁边的人说，你看，她的颈不够我长呢。神情颇为骄傲。多年以后才知道，颈的长短，原来是美女的重要标志！罗明艳的脖子颀长、圆润、优美，而且她腿长上身短，脸圆而不肉，眉毛很浓，眼睛很大，眼睫毛黑而长，垂下眼皮是一层阴影，顾盼则生辉，嘴唇是厚的，性感。总而言之，罗明艳是一个大美人。

但无人能识。罗明艳走在南流街上，鹤立鸡群，她像天鹅一样，走路仰着头，抬着下巴，但她在学校里没有任何风光，她是街上居民的孩子，就住在大园。每天傍晚，她都要到学校门口的水井，去挑水。她总是穿着一身蓝布衣服，用木桶，她不停地换肩，桶里的水是满的。到后来，我才隐约明白，进学校文艺队的，几乎全是县委机关或县直属单位的子弟，街上居民的孩子，只有极少数，一个吹笛子的男生，一个能在敲扬琴的同时唱歌的女生，还有，就是杂技世家的翟青青。

罗明艳注定被忽略了。她想念林南宁。她在家里关起门来自己练舞蹈，幻想林南宁调到镇中学当文艺老师，再次看中她，让她扮演吴清华，而她将穿上红色的绸衣，出现在黑暗的椰林中，让所有的人惊艳。罗明艳不甘心，每次，文艺队在本校汇报演出，她总要看到谢幕的时候，所有的人哗哗往外走，她不走，她站在中间，望着台上。曾经有传说林南宁要调到镇中学管文艺队，但没有真的调来，一个中学为什么要调一个小学老师呢。她没有来，罗明艳站在台下，罗明艳精彩的人生还没有开始，她没有想到，多年以后，她会成为南流街上所向披靡的女人，她的情史也同样振聋发聩。

二〇〇四年冬天，她从南流给我打来电话，她说："我是罗明艳"。她在电话里没有说什么，只是说很多年没见了，问我什么时候回南流。挂机之后我才想起，我忘了问她的电话，再回南流，我到哪里找她呢？二〇〇五年夏天我回南流，没有找到她。但我再次听到了关于她的传说，是那样令我震动，始料未及。

一九七五年，罗明艳的人生无比平淡，班级排练彩调剧《红色娘子军》第一场，罗明艳还是不能演吴清华。在三班，吴清华是郑放歌。

郑放歌现在N城，已是G省大学土木工程学院副院长，全年级女生她学历最高。她一九七七年高考上了名牌大学，毕业分回N城，结婚，生子，到四十岁又只身北上念博士。我和雷红吕觉悟都说她不要命了，但她好好的，拿了博士学位，回到G省大学，学校里给了大房子，可观的科研资金，她勇往直前，在业界声望日隆。

二〇〇三年秋天，我们约在王府井见了面。她没有变，穿得很整齐，没有发胖。我们在东安市场五层吃了快餐，她要了牛肉面，我要了桂林米粉。然后又到地下一层喝茶说话，却没什么话说，我提到陈黎明，我们医院的子弟，她G省大学土木工程系的同事，十几年来她们关系一直很僵。她认为陈黎明不值一提。我们不再说话，只喝茶，看着购物的人走来走去，空气沉闷而混浊，我知道，我和郑放歌的话就快要说完了。我知道，我们的话迟早是要说完的。

她忽然说，我觉得，你要写点反映女科研人员生活的东西，这方面，我们国家很少。这个话题我没有兴趣。她说：现在看不到写女科研人员的小说和电视电影，这么大个国家，怎么就没人写呢。她说着就有一点兴奋，像是发现了一个科研上的空白。我没有回应她。她便终于也扫了兴。

我和郑放歌的关系很奇怪，我们永远不能谈心，怎么都找不到一个契合点，但我们陆陆续续一直有联系，从一九七五年，她从南部公社转学，到现在。三十年了。我们是最后一个学期文艺队的队友，插队的时候她跟雷红同在一个生产队，她跟我们一直是朋友。

那一次，雷红跟一名有妇之夫热恋，眼看就要私奔，郑放歌却跑来，劝雷红在本院找一个青年医生，好好恋爱结婚。雷红对青年医生很不屑，她转述给我听，说郑放歌劝她抓紧时间找一个青年医生，真可笑。郑放歌真诚、善良，充满好意，却被我们这些不知天高地厚的女文学青年认为可笑。她真冤枉，不值。

过了两年，我准备离婚，郑放歌又特意从西塘赶来，她那时正准备考同济大学的硕士研究生，又要讲课，又要搞科研，但她坐上公共汽车，横跨半个 N 城来到我的宿舍。那是夏天，她爬上四楼，脸上冒着油汗，我只有白开水给她，开水很烫，她吹着喝。我在地上铺了一张草席，我们就坐在席子上。当时说了什么我已全无印象，好像什么都没有说下去，我心怀鬼胎，说不出一定要离婚的理由，她便说她一定要考研究生，她跟陈黎明住一间宿舍，两人太别扭，待不下去。

她只劝我，知足者常乐，不要离。我们坐在草席上度过了 N 城一个炎热的下午，然后她就回去了，没有吃晚饭。

雷红没有劝我，吕觉悟也没有劝我，我认为她们懂我。郑放歌劝我知足常乐，我觉得她太不知我心了，我忽略了她对我的深情厚谊，把她的话当成平庸的笑料。

我对不起她。

八十年代，我和雷红都是狂妄的女文青，盲目热情，向往一种别样的人生，那里风生水起，风云浩荡。我们都不愿意过平凡的家庭生活，尤其不愿当贤惠的家庭妇女，生孩子、买菜做饭洗衣服，这种日子不值一过。我们喜欢激荡的爱情，喜欢文学艺术在爱情中穿越缠绕。我特别羡慕雷红，因为她真的私奔了，跟一个有名的剧作家。她抛掉了职业、城市户口和家庭，而她的恋人跟她有着同样的勇气，他们乘风而去，远走高飞。我恨不得揪着自己的头发也私奔一把，但没有人跟我私奔，我只能写诗。

多年以后，雷红回到 N 城，她失去了丈夫，没有工作，身无分文，我意识到，当年郑放歌劝我们好好过日子，真是怀有最大的善意，若能听进一句，我们的生活就不至于如此颠沛流离，无所依傍，我们将拥有平安踏实的一生，像吕觉悟和郑放歌那样。

一九七五年，郑放歌不演吴清华又谁来演呢！

她刚刚转学来，她并不拔尖，但她是郑怀民的小女儿。郑怀民是新来的校革委会主任，一把手，他的大女儿郑里冰一到县城就进县文艺队了，她长得很好看。郑放歌不如她姐姐，但她不骄纵，她很努力，也单纯、天真、热情，不招人厌烦。我们甚至是喜欢她的，她常常让我们到她家去，给我们吃她家的花生，还告诉我们，她妈妈和爸爸吵架了，妈妈脖子太粗，脾气不好，爱吵架，一吵架脖子就会更粗更红。

她家就在校内。我们穿过操场，走过长长的走廊和医务室，下台阶，又走过两个教室，就到了。原来郑放歌家就在这里啊，就在初中教室旁边，门口空地的拐弯处是当年我和雷红吕觉悟的据点，议论孙向明，或闲站着，看本班女生用一只松果踢足球。那时候没有郑放歌，现在她忽然就来了，像是从地里钻出来。她原来在石窝，那是南部的公社，南流街上的人眼中的十万大山，山高水远的蛮荒之地。

郑放歌，她忽然就从地里冒出来，她站在几盆指甲花旁边说，嘿，我家到了。她天真单纯，她的热情是跳跃着的，像一只鹿，她的动作也是有点像鹿的。她从舞台上碎步走过，舞台上就出现了一个鹿一样的吴清华，这只鹿很认真，从舞台的这头跳跃到那头，虽然不像吴清华，但像鹿，也是不错的。

她踮起脚取下她家的糖果盒，圆的，比大海碗还大，上有暗红的漆，盖上还用金边描了花，里面装着玻璃纸包的水果糖，糖果圆圆的有红的绿的，甚是稀罕。郑放歌一人发一颗，她又在米缸盖上找到了装花生的夹箩，她大把抓着花生，让我们在嘴里含着糖的时候嚼花生，那样特别香，等于吃花生糖。见我们都听话地把花生和糖果同时放进了嘴里，放歌就很高兴，她端着夹箩高举过头，飞快地转了一圈，那是《大红枣儿送亲人》里的动作，当时我们正在排练这个舞蹈。

那段时间校文艺队不活动，校礼堂不再传出歌声和器乐声，我无比失落。我想念张大梅、周青、凌玲、李小宇，也想念童小萌和李永青。校文艺队的鼎盛期，像一锅汤，热气腾腾。

但是汤凉了，来了另外一些人，宁夏女篮和山西男排，他们来自遥远的北方，到我们亚热带的南流镇冬训。他们体格高大，简直比我们高一倍，不可思议，目瞪口呆，而他们就在我们眼前，就在我们学校，就在我们的礼堂打球。真是天外奇观啊！我们每到下课就到礼堂看他们训练，真是很好看的。什么叫国家水平呢，看看宁夏女篮和山西男排吧，他们一跳就跳得那么高，不跳也高，投篮进去总是空心的，所有的姿势是又帅又透着洋气，哪里像我们这些土番薯。

宁夏女篮是第二次来。

那十几个人我们个个都认识，还给人家取了外号，一个最矮的，叫矮婆，是五号，年纪偏大，听说都有二十四五岁了，比别人矮一截。我们以为她不会再来了，结果她又来了，她技术超好，作风顽强，体力充沛，每场比赛她都打满全场，她像一只母老虎，威风，神气，统领全队，她是女篮队长。另有一个，九号，全队最漂亮，很白，腰细，我们管她叫小姐。小姐技术也过硬，但她慵懒，训练不积极，上场也不爱跑动，场上场下都像游魂一样，心不在焉。她很绝，球一到她手里，她立马就醒了，漂亮转身，迅速投篮，两分！这次她又来了，仍懒散，也漂亮，但瘦弱了些，更白了，姚红果主张叫她白骨精，没叫开，大家心疼她，仍称她小姐。十三号，一看就是农村姑娘，朴实，健康，剪着齐耳短发，皮肤黑黑的，黑里透红，刚下地回来就是这样的。她只有十八岁，圆脸，一笑一口整齐的白牙，耀眼迷人。我们叫她白牙。白牙这次也来了，我们一看她就很高兴，她长大了，高了点，明显胖了，举手投足，像了一个成熟的球员。这真让我们高兴，白牙简直就是我们看着长大的呢！我们跟她最亲。吕觉悟说，我喜欢白牙。我说，我也是。

白牙、矮婆和小姐，她们让人惦记。我们跟到灯光球场看她们比赛，就像宁夏女篮是我们南流中学的校队。

文艺队、演出、舞台，俱往矣。仿佛校礼堂天生就是用来练球的，好像宁夏女篮就是在我们的礼堂里长出来的。矮婆、小姐和白牙，她们迅速成为了我们的偶像，张大梅、杨海燕、王雪，她们的身影正在淡去。

县里忽然又要汇演，队伍重新聚集，文艺老师，工宣队长，乐队，结构依旧，人马早已翻新。郑放歌、姚红旗、罗慕霞都进来了，还有雷朵。又要排《白毛女》第一场，这样一支队伍，稀里哗啦的，芭蕾舞的功夫谁都没有，我们穿着上一届的芭蕾舞鞋，立不起足尖，一试就扭了脚。喜儿也没有，无人堪此重任。

他们找到了崔鸽子，她来演喜儿。我们多年不见，本来幼儿园同班，后来不见了，原来是跟父母下放公社，现在她又回来了。她跟来路不明的童小萌不同，她就是我们南流街上长出来的喜儿，童小萌的皮肤是白的，她来自天上，崔鸽子长着黑皮肤，她是地里的。我喜欢长得黑一点的人，无论男女，结实、弹性、有健康的光泽。

崔鸽子，她端着灯盏就出来了，北风那个吹，雪花那个飘。但她跟童小萌一样，动作软塌塌的，比童小萌还要软。郑放歌、姚红旗、罗慕霞和我，我们四个人跳窗花舞，谁也不比谁更好。整个文艺队稀里哗啦的，低水平，破罐子破摔，文艺老师也没了心思，就让我们自己练。乐队本来就不齐全，干脆放录音。后来加上雷朵，六个人排了一个舞蹈《大红枣儿送亲人》，一字排开，穿插，围成圆形，转圈，每人手里端着一只空篮子。

有一天，要拍学校的宣传照。化妆，穿上演出服，在一间空教室，新建的教学楼，尚未启用，白色的墙，没有黑板和桌椅，窗户还没装上玻璃，光线空荡荡的。我们穿着花布大襟衫，腰上扎着黑绒小方围裙，头上接上长辫子，手上拿了花篮。

这张照片至今还在我的影集里，六个人排成一排，踮着脚，花篮举在腰部的左边，窗户的光线只到达腰间，把每个人的身体分成了两半，上身是黑的，脸也是。

拍完后大家意犹未尽，决定上街，到照相馆。

大白天，光天化日，脸上顶着浓妆，一咬牙就走出了校门口。又是六月份，快要毕业了，凤凰花正在开，走出校门，走过东门口和陵宁街。新华书店、文具店、照相馆。我们七手八脚开票，五六个人乱糟糟的，拿着票上二楼，脱衣服穿衣服，盘头发照镜子，我们要照一个藏族姑娘的，把辫子盘在头顶上，再轮流穿上一件毛背心，面带微笑，心满意足。

拾陆

农业局的院子里有很多橘子树，矮矮的，比我们略高。还有扶桑树，也是矮的。有一种甲壳虫，我们管它叫黄虫，是棕色。有蝴蝶的幼虫，跟蚕蛆长得一样，却鲜艳，身上一道明亮的黄色，一道细细的黑色，一道绿色，身体的两边还长着一簇簇毛，细而尖而硬。它们从树上掉下来，叭嗒一下。明明是从别的树上掉下来的，不知为何却叫樟木蛆。

它们都是我们玩过家家的良好食物，足够奢侈。

我们不叫过家家，叫“做灶”。这个词，只有用南流话说出来才娇憨，才会有味道。灶，音调上扬，念豆的音，它是一群小小女孩歪着头说出来的词。做灶，我不会用普通话说出这个词，那会使这件事本身变得坚硬、实用、毫无诗意。

张二梅、张三梅、张四梅，五梅还小呢，只有三岁，二梅不带她玩。我和吕觉悟，我们走进农业局的院子，一进大门就冲橘子树张望，玉白色的，闭得紧紧，一点都没开的花苞，那就是我们的菜，假装它们是鸡，八角钱一斤。但是，很快，我们就不想把橘子花苞叫做鸡了，因为前面出现了扶桑树，扶桑花的花苞更值得叫做鸡，它又大又红，有着鸡冠的颜色，它纹理清晰，闪着光泽，有一个绿色的柄托着，好极了。我们一摘摘了七八个，满满地捧在手上，一前一后去到张二梅家。她家门口有一个很宽的骑楼，有一间房那么大，是正方形的。房间里很空，墙上挂着她爸爸穿着军装的照片，戴着大檐帽，很威武。她家大人经常不在家，偶尔在家，也很和气，她爸爸讲一口北方话，妈妈是南流人，在服务公司卖馒头和豆浆，两夫妻一心一意想生个儿子，对女儿们并不介意。她们姐妹五人，五朵金花，一朵接一朵地生出来。

我们到院子里，在一块空地上各自划定自己的家。我找了一块井盖，吕觉悟找了一块大石头，二梅三梅用树枝拦了地盘。纷纷捡了瓦片假装是锅碗盆瓢，大大小小的，摆了一地。要买菜！要有集市！不知是谁如此雄才大略，一下子就开阔了思路，她站在高处振臂一呼，我们狭隘腻熟的游戏一下就具有了规模。真是激动人心啊，我们在农业局的院子里开辟了一个虚拟的菜市，各种卖菜的摊子摆了三尺长！

这个雄才大略的人就是张二梅。

摘了树叶假装是青菜，拔了青草假装是韭菜，扶桑花蕾是鸡，橘子花当什么呢？就当竹丝鸡好了，那种长着白丝羽毛，骨头是黑色的鸡，价钱最贵，开刀动手术的人才买来吃的。又捧来沙子，当大米，用口盅装上自来水，是油，或者酱油，石子当鸡蛋是不用说的了，管它圆还是不圆，统统五角钱一斤。吕觉悟不怕虫子，她抓来黄虫当鸭子，又弄了两条樟木蛆摆上，说是鱼。大家把纸撕成一片一片的，充当钱，小的一角，大的五角。

菜市就开张了！大家既当卖主又当买主，一会守着摊子，一会又窜出来买菜。讨价还价，你来我往，真是新鲜热闹。大家买了鸡又买了鱼，买了鸡蛋又买了青菜，一个个心满意足。回到石块围着的家里，切的切，炒的炒，添上油加上盐，又盛在瓦片上，越来越像真的了，比真的更加丰盛诱人。

张二梅却不让我们过上小康的日子，她说：要大修水利！她脱下木屐在水龙头和空地之间画了一道线，我们用木棍或瓦片，挖的挖戳的戳，开出了一道手拇指深的浅沟。水却没有引来，在中间就泛滥了，淹了一地，每人一脚烂泥。

张二梅又说，“要学大寨，搞农业”。仍然是木棍和瓦片，挖了土，种上草，假装是水稻。

一九六九年，张二梅十岁，她说：“深挖洞，广积粮”。当然这话不是张二梅说的，是伟大领袖说的，大人们在会上反复学习，大标语刷在墙壁上，“深挖洞，广积粮，不称霸”，鲜红的大字随处可见。一时间，机关学校工厂，全民开挖防空洞，随时准备苏修的飞机来轰炸。

我们的游戏还没开始就结束了，真正的防空洞在南流的丘陵山坡日日掘进，新鲜的土腥气弥漫在南流，铁铲锄头携带着山上的气味停留在每一个家庭的门背后。山坡被挖开了，就像一只巨大的鸡被开了膛，露出了红色的内脏。小学生挖战壕，大人们挖防空洞，我们看见了浅处的棺材，深处的白骨，盛放骨头的坛子被打碎，白色的骨头废弃在山坡上，零散而阴森。棺材坑里植物茂盛，旁边生长的粘子果又红又大，充满诱人的危险。

还有过很多政治化的游戏，两军对垒的"摸电"，刘胡兰就义，白毛女在娘娘庙等等，都是在农业局的院子里，我们的游戏如同橘子树和扶桑花，郁郁葱葱，带着美艳的颜色，以及夏天的气息，停留在一九六九年。它们繁花似锦，仍未褪色，但已跟随一九六九年远去。一九六九年，疏散城镇人口，我离开南流，到老家农村，一切游戏就在这一年结束了。

有关农业局，我还看见过新娘和棺材。新娘已不知去向，棺材依稀，是真的见过，或是只存在于传说中？死去的人是农业局的局长，我见到过他的妻子，她从农业局的小门出来，走下码头，去洗衣服。她戴着我们南流的笠帽，在阴天也戴着，听说她被剪了阴阳头，笠帽是用来遮住头发的。我跟他的女儿玩过一次，在沙滩上挖地道，他女儿讲一口 N 城话，声音和语调像后来的杨海燕、王雪，洋派，与南流镇很不谐调。他们全家来自 N 城，我们眼中的大城市。

张二梅告诉我们，局长老婆生活讲究，连小便都要用草纸擦屁股，她亲眼看到过。那黄色的草纸剪成四四方方的，巴掌那么大。真的是太讲究了，南流镇上的人没有这么浪费的。最小的卫生习惯，在张二梅看来是那么刺眼，局长一被批斗她就管局长的妻子叫王光美。

那一天上午，天很阴，沙街上有人说，农业局死人了，被斗死的，吊了整整一夜，绑着拇指吊，手都快断了，有人踢他，他五十岁了，受不了折磨，就死了。

他的妻子没有哭，她仍戴着南流的笠帽，到河边的码头去。她跟谁都不说话。

水运合作社是另一个部落，它在沙街上，但它的根基是在水中。它是许多船组成的，船从不知什么地方来，它们停在沙街的码头上，船上的人走下来，在水运社里住上一夜，第二天他们就走了。

水运社就像一个客栈，一间大屋子里有许多床，是架床。屋子暗而潮湿，有一些神色木然的人坐在里面，床上放着包袱。

船上下来的人，都是有些木然，她们不笑，没有表情，似乎庄严却又木讷，不知道该跟她们说什么，而她们是绝不会主动跟你说话的。船上的女人梳着一根独辫子，既古老又古怪，她们光着脚走过跳板，走在沙街上。

女孩子们从船上下来，她们不梳一根辫子，梳两根。她们是江河的孩子，不是圭江河，而是所有的河，她们的船在世界的河流里漂荡，她们是水上的花。她们说的话不是南流的口音，哪里的口音都不是，她们的语言是水上的语言。

船上的女孩子下来就不回去了，她们要到我们的学校上学，水运社就是她们的家，父母上船走了，她们互相便都是姐妹，大的照顾小的，同进同出。她们如同踩水而来的一群小动物，浑身湿漉漉的，有着同样的举止和声音，眼神机警戒备，随时准备迎接挑战。

船队再次来到就是她们的节日，笑容在水运社门口停留，一直铺展到码头。踏上跳板的独木桥，如履平地。来到船舱，油光水滑，一尘不染，摆着大红的被子。母亲坐在舱里，父兄站在船沿外。他们在船上做饭、吃饭、睡觉、洗澡和拉屎，在船沿上围上篾席，水花飞溅。

那是另一种生活，有着陌生的尊严。人和船都如同流水，唯有水运社，如一块巨石，留在沙街。

永远不走的只有老人，他们经过了世界上所有的水，比南流镇上的老人更老，皮肤黑而厚，有着更多的皱纹。他们每天都在水运社的门口，在骑楼下，那里有一台绞绳机，两三个人一组，把粗麻绞成绳子，不停地摇着铁把手，轮换着摇。其余的人在破竹削篾，要编成竹篾席。

老人也像一些石头，留在了沙街。

拾柒

我走在沙街上，走在沙街上的还有吕觉悟，她额头突出，喜欢穿背带裤。我告诉她我们保健站这边有鬼，我有时会听见鬼的脚步声，她说她家没有鬼。

吕觉悟她父母双全，有弟弟妹妹，还有一个外婆。她家和我家隔着一堵墙，墙上长着厚厚的硝土，听说她家的房子从前是盐仓，堆着许许多多的盐。

她说她家没有鬼，她爸爸讲科学，不相信有鬼，经常教育她世界上根本就没有鬼，要破除迷信。她爸爸知道的事情特别多，我们问，大海有多深？他说，有十几塘路那么深。我们问，月亮上有什么呢？他说，有很多沙子，还有凹形山。

我小的时候有浪漫情怀，经常想念月亮上明亮的沙子，我担心那些沙子会掉下来。还有那些凹形山，玉兔们成群结队，进进出出，它们身披玉色的光芒，奔跑在沙子的原野上，太阳落山的时候，它们回到凹形山的洞穴里，那里面全是月亮的光，像宫殿一样，那里的桌子和椅子，床和秋千，全都是月亮的颜色。桂花树就在凹形山的外面，它又高又粗，满树都是桂花，整个月亮都是桂花的香气。在满月的夜晚玉兔们围着桂花树唱歌跳舞，它们也演侦察兵吗？也演白毛女吗？嫦娥从夜空中飘来，她长长的袖子一甩，又一甩，我等着她从月亮上飞下来。

吕觉悟就坐在我身旁的矮凳上，她跟我并排坐着，啃着一只煮熟的番薯，热气和甜香从我左边的脸颊飘过来。我跟觉悟说，长大以后第一件事是要去看大海，第二件事是要去看月亮。吕觉悟不吭声，继续啃着她的番薯。夜气开始有点凉，我又跟觉悟说，听说月亮上很冷，从现在开始我们就要开始准备衣服。

觉悟相信科学，理性清朗，她吃完了番薯才发表意见。她说大海不难去，她爸爸说的，大海到处都有，但是月亮肯定去不了，月亮上也没有兔子桂花树和嫦娥。

这是我和吕觉悟最大的一次分歧。我说有，她说没有。我说就是有，她说就是没有。我们终于吵翻了，各自搬了小凳子回家。我们三天没说话，到了第四天，我们各自站在自家的骑楼下，她看看我，我看看她，又各自走到柱子跟前，又再你看看我，我看看你，然后我们就又说话了。

从此我和吕觉悟再也没有争吵，她在任何时候都支持我。她家后来搬到了五金厂，再后来又搬到水电局宿舍。吕觉悟告诉我和雷红，世界上最高的奖叫诺贝尔奖，我们决定，长大后除了去看大海和北京，还要努力获得诺贝尔奖。我家搬到医院宿舍，从旧车站到旧门诊，再到妇幼站宿舍，再到秋风垌，只要在南流，我总要去吕觉悟家。然后我去六感，去南宁，再去武汉，再去北京，我和吕觉悟的联系也从未中断。二〇〇五年八月我在N城再次见到了吕觉悟，距离一九六五年的幼儿园大班，已经整整四十年。

拾捌

罗明艳出现在公路上，公路立即生动起来。是玉梧公路的一小段，通向梧州和广州。它是国道吗？不知道，但我们知道梧州相当于广州，是个繁华之地，那里的人讲广州话，吃广州菜。

公路旁边有我们的宿舍，有操场。牵了许多晾衣服的绳子，有一个篮球架，贴地长了一种草叫老鼠脚迹，叶子跟绿豆那么大，像一只小小的脚印。一九九八年我回到这个操场，看到老鼠脚迹还在，顿生故人相逢之感。但二〇〇五年回来这个操场就没有了，盖上了两层的楼房，把当年的平房宿舍完全挡住了。

但我仍看到它们，看到七十年代，那些墙皮剥落的泥砖墙，房间里的泥地，没有铺上砖，也没有铺水泥，就是土地本身。公用的大厨房有一面是用篾席围起来的，我再也没有机会玩火，而且我长大了，我蹲在厨房的台阶下劈柴，那里有一块青石。在冬天，我喜欢劈柴胜过洗菜。

上厕所要穿过玉梧公路，衣袋里揣着纸，从家里出来，半分钟穿过操场走到马路边，迅速朝两边看，穿过马路，下一个斜坡，就到了公共厕所。一边写着男，一边写着女，男女各只有一个坑，房子矮且窄，有大半在公路以下，像一个碉堡，差劲、不堪一击。

无论冬夏，我都不愿上这个厕所，我宁愿走更远的路，上我们医院自己的厕所。

揣着大便纸，穿过操场，走过旧产科门前的空地，走到另一个院子，那里有放着乒乓球台的门厅，有大芒果树，有许多台阶上上下下，有走廊和阁楼，有天井，有会议厅，有推笼门和月门，我一一经过它们，我还要经过我的数学老师的家，他的妻子是医院的护士长，他有时在吃饭，我要像闪电那样飞快地穿越他的家门，如同穿越敌方封锁线。

越往前方，福尔马林的气味就越浓，越来越浓，终于，我们的厕所到了。厕所地形奇特，三面环山，当然山不是山，而是留医部、太平间和晾衣场。留医部大门没有门扇，永远不关，那是一个危险的禁区，一门之隔，有无数细菌，细菌们爬满了留医部的树木、篱笆、石桌椅、门窗和地上，它们还在空气中飞来飞去，谁也看不见它们。但我能看见，我不用显微镜也能看见，它们有时像针尖那么大，有时又像老鼠那么大，母亲说，结核病菌最难缠，因此我看见它们一个个瞪着眼睛，面露凶光。我路过留医部门口的时候连看都不看一眼，我感到张望一下都有危险。我屏住气，不呼吸，飞快地冲过去，站在厕所门口心里总是怦怦跳，吸进一大口气，福尔马林消毒水的味道顷刻进入五脏六腑，厕所里的那个大水缸，一缸乳白色的消毒水里浮着一只长把木勺，如同定海神针。

神未定，洗衣场那边的气味已传过来，混合着蒸气和肥皂的气味，在左边。大木盆大木桶，全都是病人穿脏的衣服和床单，细菌堆积，连蒸气和肥皂和消毒水都是脏的。细菌怕蒸气吗？怕碱吗？怕专门杀它们的消毒水吗？它们什么都不怕，成堆成团，所向披靡，洗衣场也许正是它们的天堂呢！那里的草特别茂盛，比人还高。

比起太平间的尸体，细菌虽可怕，但从未现身，因而，甚至，带有某种童话色彩。太平间则不同，它阴森、恐怖，跟鬼连在一起却又比鬼更具现实性。活生生的人死了，变成了尸体，永远也活不过来了，他躺在太平间里，面色发青，一动不动。他将被放在棺材里，埋在地下，肉身会腐烂，骨头会留下来，留下来的骨头将会被亲人捡到坛子里，第二次埋葬。他的灵魂变成鬼，在世界上飘呀飘。

太平间就对着我的后脑勺。

它在厕所的后面，是一间平房，也刷了石灰浆，也脱了墙皮，露出里面的泥砖，像一个恶人龇着牙。它其实不紧挨着厕所，单独围了一个很大的园子，园子里有一棵木瓜树，高而瘦，在马路上就能看见，那上面常年结着一圈木瓜，但没有人捅来吃。里边还种了菜，在离太平间最远的一角，贴着墙根。有两垄地，种的是芥菜呢，还是白菜，隔着老远看不清楚。总之是绿色的，高的高，矮的矮。

那是赖二种的，他不怕死人，他是医院里的杂役，专门埋死人的。他埋得最多的是婴儿，他用一只长把锄头，单头挑着一只竹筐，筐里就装着死孩子，死孩子是用复纸裹着的，复纸是南流的草纸，鲜黄色，很厚，像布匹一样大匹。

他像赶墟一样挑着筐，动作从容流畅，脚步悠柔，如果不看他筐里的黄色复纸，谁都会相信他是去赶墟的。但他跟菜行墟市走的是相反的方向，他是到山上去。山是田螺岭，与留医部只隔一条马路。

赖二天蒙蒙亮就推开了太平间的门，他把死孩子放进竹筐里，扛着锄头就上了田螺岭。山上没有人，只有满山的尤加利树，一棵一棵的，海碗那么粗。浓郁的泥土气味和尤加利树的桉叶气味混合在一起，赖二很欢喜，他大口吸气，嗓子凉凉的，他想唱歌，唱《大海航行靠舵手》，刚一开口，突兀的声音把自己吓了一跳，《大海航行靠舵手》，这首歌是有些怪怪的，而且大海跟天那么远。他又决定唱《东方红》，他把死孩子放下来，看看四处无人，正要唱，心里却一阵慌乱，赶紧扶住了一棵树。他开始唱：东方红，太阳升，他只唱了一句就不唱了，他觉得自己的声音有些古怪，但他很满足，他小声哼着东方红太阳升东方红太阳升，很快就找到了一块空地。

挖了一个坑，不算深，但也不算浅，再深他就没力气了，而且也没工夫，他还要回去帮张婶洗病人的衣服。埋好了孩子他就歇上一小会儿，兴致好时，他会掰一根树枝插在坟头上。

他没有女人，没人愿意跟他。他母亲着急，他不急，他已经四十岁了。他亲手埋过的孩子无数，他就当他的老婆还没长大就没了，有时他会可惜他埋掉的某个女婴，长长的眼睫毛，圆圆的脸，他就破例给她多裹一张复纸，挖她的坑也挖得更深，还特意压上几块大石头，以免野狗把她刨出来吃掉。狗吃死孩子的事情是常有的，吃了就吃了，赖二也没有办法。

赖二是个孝子，他平时不说话不笑，见了三婆才咧开嘴。三婆是他母亲，跟我们住同一排平房，三婆认为自己拖累了儿子，执意要回乡下，她跟大家告别，她执着刘雅琴的手说：我再也见不到你们了。她的眼睛里含着泪，太阳照在她的脸上，她已经很老了。过了两年，赖二还是没找着女人，三婆又来了，她还能走路，拄着拐棍，慢慢蹭着，她说，我又来了，赖二让我来。赖二很高兴，他的头顶稀疏多了，但他欢喜着，好像没找到老婆是一件如愿以偿的事情。

罗明艳从公共厕所旁边的小路出来，她肩上挑着一对空水桶，两手抓在桶把上，摇晃着。一身蓝色的衣服，袅袅婷婷。她穿过荔枝树和杨桃树，从厕所边的小路上了斜坡，她扭着腰，两手抓着桶把摇呀摇。罗明艳家用的水全是她一个人挑的，她弟弟比她还高，但从没挑过一次水，给宠坏了。

罗明艳家在大园深处，她家的房子是自己的私房。此外还有果树，也是自家的。好几棵老荔枝树，还有番石榴树和杨桃树。所以，罗明艳有时候还要上街卖果子。

星期日，一个小美人上街了，她挎上一篮果子，拿着一杆秤就上街了。她走到东门口，坐在民警队门口的街沿上，她对面是酸萝卜摊、杂货店和米粉铺。她正对着那几个玻璃缸，里面的酸萝卜酸姜酸黄瓜和酸木瓜，把她弄得口水直流，杂货店里还有话梅冬瓜糖和漂亮糖纸包着的硬糖，一分钱一颗。隔壁又有米粉铺，蒸米粉的蒸笼就摆在门口，浓白的蒸气升上来，在蒸气升起的地方，是又白又软又薄的米粉。它躺在笼屉里。看着它起锅，看着它被撩起来，卷上炒熟的肉末和咸菜丁，浇上用猪油炼过的酱油，撒上葱花，罗明艳真想用一担荔枝来换啊！或者，把卷粉快刀切成条，下到浓汤翻滚的锅里，最好放几片肉，不放也可以，多放一点猪油，又放一点酱油，就起锅，也洒上葱花。罗明艳，坐在街沿上，米粉的香气隔街飘过来，从头到尾裹住了她，臆想中的米粉滑溜溜地从她的喉咙进入到她的肚子，她的全身一阵充实又一阵空虚。

八分钱一碗。有四个荔枝就够了，有十个番石榴也够了。她才不喜欢荔枝和番石榴呢，她想吃米粉，她馋，女生都是馋的。罗明艳坐在街沿上，汹涌的口水挡也挡不住，她的果子快要卖完了！她的米粉就要来到了！汹涌的口水快要平缓了，口水正如看到了曙光的劳苦大众，准备好了秧歌和锣鼓，在罗明艳的身体里，鼓点已经敲响，秧歌的大红绸子拂到她的嗓子眼了。

但是罗明亮忽然出现了，他好像是从天上掉下来的。他站在罗明艳跟前，他说婆让你把钱给我买炮仗，他边说边掏他姐姐的口袋，一眨眼，卖果子的钱就到了罗明亮手里，他像一只猫，呼地一下就跑掉了。

罗明艳全家重男轻女，她阿婆说，妹仔是很贱的，没用，赔钱货，又脏，身上要出血，长大了是人家的人，是贼。女人用过的东西也是脏的，坐过的凳子，盖过的被子，用过的毛巾，全都是脏的，不光脏，还衰得很。

罗明艳不服，她明明看见罗明亮比她脏，比她没用，人也赖唧唧的，她干净利落，而且美丽，她是像模像样的，她长大后一定要有大出息，她要比罗明亮出息一百倍呢。

二〇〇五年八月，在我耳边震荡着的罗明艳是一个嘹亮的名字，她风生水起，腾云驾雾，拥有一家大规模的陶瓷厂，一幢有电梯的五层楼，一个带有水塘和假山的花园，一部车，一个丈夫和一个情人。她们说，罗明艳一点都不老，也不胖，打扮得最时髦，比她小十岁的人也比不过她。她穿着红色的套裙，还有高统皮靴，她的耳饰和项链都是钻石的，在南流街的阳光下无比耀眼，她从东门口走到西门口，又从电影院那边转回来，她喜欢在南流街上逛，那是从小烂熟的街道，但她早已变了一个新人，时光流转，就是为她累积的，她走在南流的街道上，特别有成就感。她喜气洋洋的，脸上放着光彩，身上的红衣映衬着她的气色，她正像一朵南流街上的富贵牡丹花呢！

我没有见到她，但她从艳丽的牡丹花中探出头来，她的故事使人震撼，传奇就在眼前，罗明艳，这个南流街上长大的女人，她活得可真是痛快啊，用南流的话讲，叫极爽。罗明艳有一个很大的花园，里面摆满了根雕，她的丈夫是搞根雕的。罗明艳养着他，让他花大把的钱买各种奇奇怪怪的树根。但她又找了一个情人，也不藏着，透明化生活，丈夫跟她也不吵架，也不离婚，宽容更兼纵容。她两头住，跟情人怀了孕，却仍旧不离婚，生下私生子，给丈夫的母亲带着。没有人告她重婚罪，三人关系之好，胜过旧时男人的一妻一妾。

走遍祖国大地，再也没有比这更离奇的事了，我深有感慨，大大佩服。罗明艳，我们南流街上的杰出人物，就这样走在时代的最前列，她英勇无畏，轻而易举就破除了一夫一妻制，女权、前卫，为我们创造了传奇。

一九七五年，那时她身穿一身蓝衣服，挑着一担水，从公路边的厕所旁走下坡。她走过杨桃树，又走过荔枝树，再走过人面果树，过一个地坪，就到家了。她把水倒进水缸，水缸未满，但她决定这是最后一担水。然后她走上阁楼，那里有一只大木箱，里面整整齐齐装着一箱书，《野火春风斗古城》、《林海雪原》、《青春之歌》、《苦菜花》，这些书名让人心惊肉跳，那都是著名的黄书，有男女之情，在一个禁欲的时代，危险而诱惑。她坐在教室的最后一排，她永远不听课，永远低着头看课外书。她的书每本都包着同样的牛皮纸，她的母亲就在生产这种牛皮纸的纸厂上班。

我穿过杨桃树荔枝树和人面果树的林子去找罗明艳，我想找她借书，那些厚厚的小说，隐藏着爱情和故事，青春和战火，远处的人生和梦想，激情，沮丧和义无反顾，它们像一条河流在暗中流淌。学校的图书室里只有《雷锋的故事》、《刘胡兰的故事》、《红旗飘飘》，单调、重复，难以真正喜欢。我想看好的小说，它们却像一些秘密，流散在各处，谁也不知道在哪里可以找到，它们在这个人手里闪一下，又在那个人手里闪一下，闪一下就不见了，不知道它们又到哪里去了。如同一些神秘的宝石，长着脚，在暗中奔跑。

我看到自己跟随着这些暗中的光，那是一本《青春之歌》，它从罗明艳阁楼的木箱里腾空而起，越过杨桃树荔枝树人面果树到达我的手里。我不知道这是不是真的，事实上，我从罗明艳手里借到的书非常少，木箱平时上着锁，需要偷她母亲藏起来的钥匙。事实上，《青春之歌》、《苦菜花》、《林海雪原》、《野火春风斗古城》我都是借的别人的，事实上，我穿过大园的老果树去找罗明艳，几乎没有直接到她的阁楼上。

我站在她家的堂屋里，她说哎呀你来了等我一下，她飞快地干着什么，堂屋的墙上挂着毛主席像，桌上有一盏煤油灯和一把算盘。然后我们跨出她家高高的门槛来到地坪，那里晒着劈柴和树根，也有柴草。

看到一头猪躺在地坪上让我大吃一惊，它四脚朝天，充了气似的涨大无比，像一个赤身裸体的人仰面躺着，却又比人大数倍，夸张怪诞，又恐怖又滑稽。是罗明艳的邻居在杀猪。我第一次知道杀猪是要吹气的，叫吹猪，从猪脚开一个小口，插进一根竹管，把猪吹得全身胀鼓鼓的才好刮毛。罗明艳说她家也养了一头猪，要到过年才能杀。

贴着墙根还有一只又高又大的水缸，她说这是咸菜缸，我走到跟前，咸菜的气味从稻草下面升上来，是梅菜。又有猪栏和菜园，菜园里种着萝卜大蒜和葱姜，罗明艳不带我看，我却要看。罗明艳有一点虚荣心，她认为让我看她家里养的猪和种的菜是一件不够光彩的事情，很不文雅。

她带我下塘。水塘就在她家的旁边，十步之遥，有半个操场那么大，塘边有几棵老荔枝树，我问她，这口塘是你家的吗？她说塘不是，但荔枝树是。水很浅，不到大腿，也浊，比起圭江河差远了，是浑黄的颜色，有点脏，但不是很脏。

又要摸石螺。她说石螺粥很好吃，炒石螺也很好吃。我没有吃过石螺，也没有见过，但我热爱田螺。罗明艳说石螺跟田螺差不多，石螺就是田螺，只不过石螺比田螺瘦长一点，田螺长在田里，石螺长在塘里。

既如此，我马上把借书的事忘了，一只大木盆越过水塘出现在我的面前，那盆里躺着许多田螺，青褐色的壳，在水里闪着光，每只田螺不论大小，曲线完全相同，从一个点伸向一个大口，口上长了一只盖子。我蹲在木盆边观看它们，它们看不见我，以为没有人，就都打开了自己的盖子，伸出壳里的软体，像鼻涕虫那样，顶上长着两根小小的触角，我用指尖去碰，一碰它就缩了回去，别的田螺感到了动静，第一时间纷纷关紧了自己的盖子，怎么抠都抠不开，越抠越缩得紧。

木盆里还有一把菜刀，是我外婆放进去的，她说田螺喜欢吃铁锈。我总是过一会儿就把菜刀拿起来看看，铁锈依然如故。田螺要在盆里泡上三天泥腥才能淡些，泡上五六天更好，但谁都等不及，外婆坐在矮凳上，拿火钳夹田螺的尾巴，这个动作相当于杀鱼，杀田螺是杀它的尾巴，真是奇怪！尾巴的壳里不是别的，全是泥，它的心脏呢？它的胆呢？外婆说田螺是没有心的，也没有胆，它不怕痛，它的尾壳被火钳夹碎了，流出了泥汤，也有怀孕的田螺里肚子里小小的田螺，小如芝麻，大如绿豆，这样小，却也有壳。然后所有的田螺连壳倒在大镬里，加一点水，放几块姜，还要紫苏和薄荷。

紫苏和薄荷，这两样香草是专门陪伴田螺的，它们是田螺的死党。它们生在厨房天井的角落，在瓦盆里，我奉命去摘取，又眼看着它们被放进铁镬里，一个浓紫，一个碧绿，跟田螺们混在一起闯世界，轰轰烈烈，不计生死。

奇异的浓香就升起来了，从每一只田螺壳的深处升上来，一直升到厨房屋顶的亮瓦处，香气也同时升起在荔枝树下的水塘上方，我一边闻着它们一边弯腰摸水里的石螺。石螺和田螺果然是不同的，石螺瘦长，田螺肥短，石螺的螺壳颜色深，近于黑，田螺的颜色是一种美丽而深厚的青褐色。石螺壳厚，田螺壳薄。

我弯腰的功夫不如罗明艳，她埋头猛捞，竹篮里已经有一大捧。我认为石螺暗地里长了眼睛和鼻子，或者脚，它们在水底下看见了罗明艳，这个荔枝和番石榴的公主，它们就在塘底下趟着泥水奔向她，泥水哗啦哗啦的，变得更浊了。而我心不在焉，我站在水塘里，不可救药地闻到紫苏和薄荷的气味，我想念田螺，惦记着，如何拿起一只炒熟的田螺，先把壳上的汁舔干净，然后对着尾部猛吸一口，再倒过来，猛吸前面，嘘的一下，田螺肉被我完整吸出来。我是食螺高手，无师自通，只要看到别人用牙签或缝被针挑田螺肉的艰难样子，我就会产生巨大的自我满足，我梦想着有朝一日全运会上能设立一项吸田螺大赛，这样我就可以代表南流去省城比赛，我将坐汽车到玉林，再从玉林坐火车到N城。

我做梦都想坐火车去一次N城。站在水塘里想起田螺，我觉得我的理想有实现的可能，如果能夺得全省冠军，是否就能到北京去呢？我心里一阵狂跳，那是颂歌里唱的地方，遥不可及，远在天上，金碧辉煌层层叠叠的屋檐在云端若隐若现。我壮着胆，坚信自己将坐上三天三夜火车到北京去。我心潮起伏，狂想无边，但是罗明艳说：够了。她直起腰，往我这边望过来。她走近我，让我看她的竹篮，又黑又硬的石螺，盛了有半篮，她说肯定够两碗螺肉了，一碗用来煮粥，一碗炒来做菜。

我如梦初醒，却也欢喜。

这时我眼前出现了一碗热气腾腾的石螺粥，虽从未尝过，但也能想象它的鲜美。南流镇的美味尽在粥里。有鸡蛋粥，皮蛋粥，猪肝粥，瘦肉粥，猪肝瘦肉粥，鱼片粥，鸡肉粥，青菜粥，绿豆粥，红豆粥，花生粥，还有葱姜粥，把姜捣烂，葱切成葱花，用盐拌一下，放进滚烫的白粥里，就好了，是伤风的时候用来发汗的。

所有的粥我都熟悉。唯有胭蚌粥最麻烦，只有指甲盖那么大的胭蚌，闭得紧紧的，用刀片都撬不开，我们该拿它们怎么办呢？却有办法，哗的一下倒进一大锅煮沸的水里，几分钟，就全都开了，蚌壳支棱着，一小团肉在中间，就像某种奇异的花。蚌壳都扔掉，浅米色的蚌肉，黄豆那么大小，它们来到我们的粥里。鱼是腥的，但蚌蛤不腥，它们沉在河的底部，藏在坚硬的壳里，兼有水和沙和泥和水草的营养，味道比鱼醇厚，加入姜末，更加鲜美。

我跟罗明艳回家，她家的厨房跟猪栏挨着，听见猪的喘息声，我跑过去看，是一只中等大小的猪，背上有几团黑斑，是一只结实漂亮的花猪，它站在木栏前，使劲冲我喷鼻子。我又跟她到屋后的菜园，采了紫苏和薄荷。石螺也在沸水里滚过，用针挑螺肉，有满满的一碗。她说，粥就要好了。但我听见她父母回来的动静，那是两个生硬的人，一点也不好玩。我飞快地跟罗明艳招呼了一声，像兔子一样溜走了。

罗明艳追出来，她说哎哎哎，粥已经好了哎，李飘扬——

她的声音在树间缭绕，穿过荔枝树人面果树番石榴树和杨桃树，尾随在我的身后，直到今天。而南流的水果纷飞，荔枝们布满了大园的天空，它们和水塘、石螺、猪、菜园和肩膀上摇晃着的水桶，和三十年前的罗明艳一起，成为某种超现实的记忆，鲜明而恍惚，坚硬而虚空。

拾玖

使用同一个水龙头的人是那么多，我不能不想起他们。泥砖的平房，县医院的宿舍。

医院令人有优越感，但这排泥砖平房没有。公共厕所、厨房、七八户人家共用的水龙头，都没有优越感。但水龙头还是好的，不然我们就得像居民那样挑水。

雷红有时来挑水，水管瘦而长，只有一个水龙头，大家都在等。她们三户人家比我们离水龙头更远，雷红家，老郭家，大枝她们家，三家同一个门进去，一条黑而小的走廊，六间房，每户两间。住得很挤，每家都有五口人以上。

每家都是很奇怪的，每个人也都奇怪。

雷红的妈妈比她爸爸老很多，但是五官长得美，她忧郁，不爱说话，也不怎么干家务活，吃完饭就躺在躺椅上看小说。她爸爸年轻、健康，看上去很有文化，却是在供销社当采购员，后来才知道，他原来在教育局，右派，后来又平反回教育局了。雷红家的活都是她爸爸和她两个人干，挑水做饭洗衣服，给雷鸣洗澡。雷鸣是雷家唯一的男孩，生下来，刚满月全身就长满了疮，满头满脸都是，遍寻百药都治不好。

雷红雷朵雷茉，三姐妹都如花似玉，弟弟非但其貌不扬，还满身长疮，人皆称奇。雷鸣的病极其罕见，全世界少有，无法治好，寿命最长超不过二十岁。据说这种怪病叫苯丙酮尿症，全国只有十几例。雷鸣活到了十九岁，在县医院咽下最后一口气，雷红把他送上山埋葬。她告诉我，父母是不能送儿女的。

在医院宿舍的漫长岁月里，雷红常常为弟弟洗澡，那时她十四五岁，雷鸣六七岁。不知从哪里弄来的树叶，或者树根，或者草，她家的大锅整日熬着草药，浓厚的药味充满了整个走廊。雷红挑着一对白铁皮桶走过来，雷鸣端着板凳夹着衣服跟在后面。小半桶黄褐色的药汤，冒着热气，兑一点水。雷红以命令的口气对雷鸣说：快脱衣服！雷鸣就脱衣服。她又说：蹲下。雷鸣就乖乖蹲下。雷红就用毛巾沾上药汤在雷鸣身上轻轻拍摁，毛巾早就染成了药黄色，是硬的，雷鸣一缩脖子说：痒。雷红就横他：痒什么痒，忍着！雷鸣就不吭声了。雷鸣身上的疮真是多啊，一个叠一个，又红又肿，身上一寸好皮肤都找不到，看着就感到头晕。但雷红不急不躁，她要把每个疮都洗到，她翻开弟弟的头发，找头上的疮，又抓着他的脚，弄脚后跟的疮，神情专注。龙头旁边的水泥地是斜的，黄褐色的药汤顺着斜坡流走，像一条又长又老的蛇。洗这样一个澡太漫长了。

这样一个雷红，如此有责任，如此有母性和牺牲精神，谁又能想得到，她日后竟会私奔，那样惊天动地，不顾后果。没有人能想到，连老天都不会想到。

在下午，太阳还没落山，屋后的人面树浓荫密布，遮住了洗衣服的青石板，但空地上有一小块还有阳光，雷红和弟弟就在那一小块阳光里，药汤的水雾升上来罩着了姐弟俩，他们在光雾中，背对着水龙头，好像跟别人不在同一个空间里。水龙头的水哗哗响，有人洗菜洗衣或挑水，他们好像一点都听不见，什么声音都传不到光雾之中。雷红连我也看不见，她熟视无睹。我在厨房前的空地破柴，很窄的地方，她擦着我的后背走过。有时候我洗菜，或洗衣服，我们相隔三五尺，但不说话，就像我们从来不认识。我听见她说，脱衣服，蹲下，蹲好一点。而阳光在移动。

大枝二枝她们家也奇怪。

她们家有四个女孩，大枝二枝三枝四枝，没有男孩，但她们家的墙壁上却挂着一个很大的相框，里面装一幅彩色照片，是一个男婴，脸圆圆的，带着绒线帽。据说是她们家的头生子，不满周岁就死了。她们的妈妈单玉环，长得傲慢，说话也刻薄，跟谁都合不来。在运动中单玉环被斗争，但她不服，她仍骄傲，她挺着肚子走来走去，她好像一直都在怀孕，她立志生一个男孩。

没有人到单玉环家玩，她从不主动跟别人说话。她丈夫身材高大，她娇小玲珑，两人走在一起反差很大。但他们不走在一起。传说单玉环家有一大箱小说，什么小说都有，甚至有外国小说。本本都是新的，但她不会借给任何人。她在门诊部打针，打得很疼，医院的小孩都不愿叫她打。

还有谁家呢？陈真金家。有人叫真金，我觉得奇怪，但陈真金就叫真金，他是一个特别矮的男人，长得很怪。他是老郭的丈夫。老郭也是医院里的杂役，跟赖二相仿，但她以洗衣为主，洗留医部病人的床单衣服。她整日穿着一双黑色的橡胶雨鞋，有时会挑着一根空扁担，她走过操场，穿过旧产科前的空地走进旧门诊，她的水鞋吱吱响，她走过乒乓球台、芒果树、旧药房、水龙头，上了台阶又上台阶，过了一个天井又一个天井，就到了厕所，厕所的旁边就是洗衣场了。白色的床单衣服堆成了山，一盆盆一缸缸，差不多就是老郭一个人对付下来的，她动作麻利，拿着一根大木棒使劲捶。有时她会跟赖二两人拉着一辆木板车到圭江河去，板车上堆着衣物，两人一个拉车，一个在后面跟着。我小时候常常看到他们站在码头上，面对面扯着一床被单拧水，看上去很像两口子。

老郭有时也埋死婴。她也一样扛一柄锄头，一头挂一个竹箕，死婴用整匹的复纸裹着。她喜欢穿着工作服，那是一件白色的上衣，胸前印着“南流县人民医院”的字样。这件衣服是很荣耀的。她还喜欢在中午上山，太阳正照在头顶上，竹箕里的黄色复纸明晃晃的。老郭走路没有赖二轻盈，她有点像一只鸭子。

埋死孩子的事忽然就变成陈真金的了。陈真金不是医院的人，无业，他是靠老郭养着他吗？连同他的母亲？陈真金的母亲是很叹的，叹就是叹世界，叹世界就是享福的意思。她在南流漫长的夏日里穿着香云纱，端着银制的水烟壶，还摇着一把羽毛扇。她端庄、白皙、富态，她不干任何活，绝不做饭洗衣服，绝不洗菜劈柴，绝不带孩子。她的外号叫地主婆。她的样子看上去真像。

地主婆有一个孙女一个孙子，孙女叫阿枇，孙子叫哭猪。阿枇叫枇杷，因为产科门口有两棵枇杷树。老郭她经常对着操场大声喊道：阿枇——回家吃饭——阿枇喜欢蹲在操场的一角，用自己的尿来淋草，她背对着马路脱下裤子，草挡住了她的小屁股，尿水汪着不渗下去，她就用树枝把土挖松。那一小片草长年都是焦黄焦黄的，尿水的肥力太足，烧过头了。如果她把尿尿在尿缸里，放一段时间，再用水兑淡一点，草就能长好，但阿枇不知道，她只有四岁，她的尿要等天来替她兑淡。天有时候是很好的，下一点小雨，那一小片草就郁郁葱葱，饱满、润泽，喜气洋洋。这时候阿枇就特别高兴，她揪下老鼠脚迹的叶子，又揪车前草的叶子，用大叶子包裹小叶子，做成她的粽子。她每天都玩得很开心。

哭猪也是一个好孩子，他有点脏，鼻涕就挂在脸上，快掉到嘴里的时候他就用袖口蹭一下。他不玩尿，他玩脏水。我们房子的门前是一条水沟，明的，只有一拃深，每天早上，大家在水沟前刷牙，晚上就把洗脚水倒在沟里，白天有洗碗洗锅水。脏水不多，水沟常日是干的。

下雨的时候水沟就满了，有泥和草根，水是浊的，下水的地方也有点堵，哭猪就有事情干了。他不知从哪里弄来一只拖鞋，让它在水沟里漂，拖鞋常常是不漂的，哭猪就用手拨着它，他踩进水沟里，裤腿湿到膝盖，衣袖也是湿的，滴着水，仔细一看，连胳肢窝都湿了。有时也玩火柴盒，空盒子在水面上漂着，哭猪就用手指摁它，摁下去它又浮起来，哭猪找来一块石头压着，终于就上不来了。他家的地主婆端着水烟壶走到门口，她看了看雨，又看了看哭猪，然后她就回去了。

她身上的香云纱是黑色，做工精细，剪裁合身，看得出，地主婆年轻的时候身材不错。我小时候不知道香云纱，只感到那是一种奇怪的衣料，是地主穿的。很多年后，我才知道，香云纱是一种手工制作的特殊的贵重真丝，它的工艺如今快要失传了。

还听说她有一颗金牙，但我没有见过。金牙、银质水烟壶、香云纱和羽毛扇，无一不远离七十年代南流的日常生活，既奇怪又奢侈，她不是地主婆那谁又是呢？电影和小说里的坏人都是镶金牙的，就像《林海雪原》里的蝴蝶迷，但她肯定比蝴蝶迷优雅。如果她穿着香云纱的旗袍，摇着羽毛扇，又让我想起电影里的姨太太。没有人知道她曾经是谁，但她现在是陈真金的母亲，陈真金就像她的私生子，他太矮了，又太白了，白得一点血色都没有，他头发卷曲高鼻深目，统统不像他母亲，这里头有什么秘密呢？

陈真金身上有一种妖氛，他没有镶金牙，也不穿香云纱，没有水烟壶和羽毛扇，但他身上就是有一种妖氛。我再也没有见过比他更妖的男人了，阴气森森，大热的天看见他我都会后背发凉，我看见他身上冒出一阵阵冷气，就好像他是一块冰。他本人不是冰，但他的眼睛是冰，他的目光里全是对世界的仇恨，他的仇恨使他超越道德英勇无畏，他是全南流街最有名的咸湿佬。咸湿佬是岭南地区的方言，即好色之徒，淫棍。

陈真金虽咸湿却不猥琐，他昂首挺胸，理所当然似的。他昂着头挺着腰在南流街上走着，他从东门口走到西门口，又走到菜市，他要往人多的地方去。

他看女人，看女人的奶子和屁股，但他的目光并不色迷迷的，色迷迷是一种欲望，黏稠、热切，但陈真金的目光是冷的，甚至有一种凛然，像钻石一样明亮。他在人群中，一道冷光嗖嗖弯曲前行，落在女人的奶子和屁股上，那就是陈真金。他冷冷地挤到跟前去，伸手往那温软饱满的地方猛地一捏，女人尖叫，人群爆炸，无数目光紧急搜索，陈真金正气凛然，他镇静，纹丝不动，迎着所有人的目光。他的位置最可疑，女人说：就是你！他看着女人，他不说话，也不动。他像一块石头在人群中。

听说他被判过刑。医院宿舍的女孩子们都怕他，他对她们连看都不看一眼。

他就住在我们这幢平房里，这排平房的隔墙封不到顶，房间的顶部是相通的。夜晚躺在床上，望着空荡荡的墙头，我总担心陈真金会翻过墙来。他身上莫名的妖氛在墙那边，像蛇一样流动。

陈真金一脚踢开太平间的门，用复纸裹着死孩子往竹箕里一扔，然后扛上锄头过马路。玉梧公路上来往车辆有很多，他不看车，他走在马路的中间。在山上他挖最浅的坑，洒最薄的一层土，复纸都要露出来了。刮一阵小风，下一点小雨，复纸就出来了，黄色的，很鲜亮，远远就能看见。善良的人常常担心，如果他心情恶劣，会不会连坑都不挖，把死孩子往树根一放就下山了？没有人知道。在他看来，挖不挖坑，野狗都会把死孩子刨出来的。

大人们说：前世不修啊，前世不修。

不知是说谁前世不修，是陈真金呢，还是那些早夭的孩子，抑或是，两者都前世没修好，今生才如此糟糕。

前世不修的事情经常在留医部那边发生。常有家属委托陈真金看护临终病人，让他守夜，他就守，他到床前看一眼，又在病房门口站几分钟，然后他就到房子的外面游逛。

他在冬青树、苦楝树之间逛荡，他身轻如燕，没有重量，好像就要飘起来了，在淡蓝的夜气中他飘呀飘的，模糊的影子一会儿在树上，一会儿在地上，忽快忽慢，忽明忽暗。这时候他一点都不像人，而像一个鬼，这个鬼来自阴间，知道阴间的所有消息。而鬼是不负责任的，他飘过窗口的时候望一眼病床上的人，那个人的脸上落了一层蚊子，他不管，他就等着这个人咽气。在夏天，陈真金整个晚上都在留医部的院子里逛荡，他的身上和头发上落了一层水汽，阴气逼人。

他还收养弃婴。他的收养前世不修。

那个木笼子就放在我家的窗子底下，阴间的气息和弃婴的屎尿混合在一起，弥漫了整幢房子。白天陈真金把木笼子放在屋背后的人面树底下，笼子里的弃婴身有残疾，形容古怪，身上发出一阵阵恶臭，弃婴是从县民政局领来的，收养人由民政局每月发给五元钱。那孩子长年不洗澡不换衣，木笼子只放着一碗米汤，搪瓷碗掉了几大块皮，也脏，跟喂猫的碗差不多。哭猪没事玩的时候就到人面树根看那孩子，他用树枝捅她的肚子，因为那里总是鼓鼓的，他又从地上捡了人面果塞到孩子的嘴里，人面果又酸又硬，孩子吐掉了。

到晚上陈真金就把木笼子放到旧车站的骑楼下，难闻的气味整夜弥漫，像太平间的气味，却又不像，比太平间留医部和厕所的气味加起来还要难闻。味很浓，密不透风，像一块厚厚的粗布，把人照头照脑罩住。第二天起得早，会看到窗下放着那只木笼，笼子里的孩子半死不活的，她的脸上落了两只苍蝇。

陈真金领养的弃婴都是活不长的，换了别人也活不长，那都是些有缺陷的孩子，连父母都不要他们了。谁又能责怪陈真金呢！

一九九八年我回南流，听说陈真金发了，他成立了一个殡葬公司，实行一条龙服务，从临终陪护，到擦洗穿衣化妆，到亲人告别追悼会，火化，墓地，只要把钱往陈真金手里一交，一切都不用操心了。陈真金雇了几个廉价的强劳力，一个是哑巴，一个是半聋，还有一个是轻微弱智。他们都比陈真金高一个头以上，身强力壮，沉默，简单，有红烧肉吃就很满足。他们崇拜陈真金，听陈真金的话。陈真金还联系了一支吹鼓手队伍，主要是三个吹唢呐的，是祖孙二人加一个独眼龙，三个人的唢呐吹得各有千秋，听起来像是有十个人在吹，热闹得不像出葬，倒像娶新娘。陈真金是南流街上最早有手机的人之一，他站在操场的篮球架下接电话，那时候操场上盖了一幢水泥房子，只留下了篮球架周围的一小块空地，陈真金挺着胸仰着头，往手机里大声喊道：又有一个了，你喊独眼龙一起来，迟了就不要来了！

赖二不干了，赖二的母亲赖三婆也早就不在了。

贰拾

刘雅琴，住在赖三婆的隔壁，我和雷红雷朵参加了她的追悼会。一九七五年，有一天中午雷朵跑来告诉我，说刘同志死了。我大吃一惊，不能想象一个每天在眼前走来走去的活人怎么就死了。刘同志，大人小孩都这样称呼她，其实她跟同志这个称呼相去甚远，她是旧时代培养的助产士，是旧社会过来的人，她懂科学，讲文明，有礼貌，是旧时代的先锋，新社会的边缘人。

她独身，但有一个儿子，早已长大工作，很少来。她驼背得厉害，差不多九十度了，走路困难，但她慢慢走，一步一步地，很认真。她洁净、助人、乐天、平静。她在医院宿舍里，硕果仅存。她们是上个世纪四十年代风华正茂的女子，她们，刘雅琴，蔡星，还有我大姨婆陈玉婵。蔡星是我母亲的偶像，在漫长的日子里，我经常听母亲念叨这个名字，但我始终也没有见过她本人。二〇〇五年八月我回南流，母亲给我看南流县人民医院成立五十周年的合影，我在照片上看到了蔡星，她那时候已经七十多岁，穿着一件浅灰色的布旗袍，中袖，气度非凡，有一种旧时代的端庄和蕴藉，在人群中极其醒目。她甚至使我想起了史良，但她比史良更苗条。母亲说蔡星也读文学书，兴趣广泛。

蔡星这个名字在她们那代人里很奇怪，人也如此。她们退休后便烟消云散了，唯有刘雅琴，住在了医院宿舍。

刘雅琴，刘同志，她就住在我家隔壁。

两间鸽子笼那么小的房间，她和赖三婆一人一间，但她比赖三婆吃得还要节省。让人匪夷所思，她一个退休助产士，难道比一个埋死孩子的杂役的母亲更缺钱花吗？她几乎不买菜，连几分钱一斤的青菜都不买。她每天到医院食堂帮忙干活，主要是帮摘菜，她会干上整整一天的活，刮土豆皮或萝卜皮，摘空心菜或苋菜，也洗菜切菜，她个子太矮，够不着水池和案台，她就让人把砧板放到地上，她坐在矮凳上切。她认真、勤恳，摘菜摘得最仔细，洗菜洗得最干净。她总在干活，不停下来。

她也不吃食堂的东西。碰到炒花生黄豆，一人抓上一把，刘同志不抓，有煮红薯，一人吃上一个，她也不吃。她微笑着，很安静，坐在她的矮凳上。她像上班一样，每天准点来，到点才走，下雨她也来，打着一把油纸伞，伞很旧了，但保养得好，用得小心，一点都没破。平日她走路就很慢，下雨就走得更慢了。

雨落在操场上，一片迷蒙，老鼠脚迹和车前草都挺起身了，水沟里有了水，哭猪捧着一只木屐出来了，刘同志拿着纸伞出了门，她慢慢挪下脚，再挪一下脚，下了门前的两级台阶，然后沿着走廊和水沟，走到尽头。她撑开伞，走进枇杷树和苦楝树的空地，雨水落在油纸伞上，发出清脆的声音。她脚下穿了一双雨鞋，鞋不跟脚，她走得真是吃力。她吃力地走过太平房和留医部，再过马路，过了马路就到食堂了。食堂和妇产科和外科病房在一起，没有传染病，很安全。

刘同志到食堂干活是义务劳动，她只是把拣剩的菜头菜根带回家，每天当菜吃。

茄子的柄，白菜头，卷心菜菜头，苋菜梗，空心菜梗，都是食堂不要的，谁家都不会要，但是刘同志要。她放在布袋里带回来，放在她的砧板上。

她把白菜头的老皮削掉，把里面的菜心切成一片一片的，放上油盐炒，也一样清爽可口。苋菜梗也撕掉皮，掰成一截截的，用盐拌一下，再炒，拍两瓣大蒜，比苋菜更脆。空心菜梗则是斜刀切，炒的时候放上酱油、糖、醋、大蒜、辣椒，整个厨房都酸甜香辣。茄子头就差一点，剥了柄切成小块烧，也放酱油调料，也费柴火也吃不少油，看上去却是硬的。我还看见她把茄子的柄也切成小块一起烧，这就更不好吃了。

刘同志说，茄子里头的紫色有一种特殊的营养，虽不好吃也要吃一点。她是很懂得营养的，她认为政府应该奖励种大豆，广泛宣传，让大家都吃豆制品。但我很少看见刘同志吃豆腐。

她还用西瓜皮做菜。把那层青的硬皮削掉，切成片，看上去有点像冬瓜片，也用酱油、糖、醋、大蒜、辣椒炒，也是很好吃的。我们家也吃。大家都吃。但大家是吃自己吃掉的西瓜皮，刘同志做菜的西瓜皮是我们给她的，她说她吃不了西瓜，太凉性。

她也吃柚子皮。柚子皮，这在南流街可是好东西，每家每户都要把柚子皮留下来做菜吃的。街上还会有剥了柚果的柚子皮卖。也有人为了吃柚子皮专门去买一只柚子来吃。

（柚子皮，在我的返乡之路上它闪耀着青黄色的光泽，我看见它最外层的硬皮正在被我削去，每削一片，它表皮上的颗粒都会滋出醇厚的柚香，一直沁入到肺部，闻到这种气味我会微笑，它温和、抚慰，使我喜悦和宁静，它是慌乱的岁月里最妥帖的事物之一。我不知道它是怎样长成的，一棵柚子树，硕大的柚子挂在上面，不成比例，并不美，但喜气洋洋，而特殊的香气在暗中堆积。我把柚子皮切成一片片，放齐面的水烧开，五分钟，然后捞出来，把水挤干，在清水里泡，苦味就去掉了。镬头烧热，用锅铲铲上一点猪油，把柚子皮放进去，加上水煮，热气腾腾的时候放进酱油和盐，再加一点猪油，起锅的时候再放上一点葱花。

我对柚子皮的热爱胜过柚子本身，我不知道何以如此。在八十年代的 N 城图书馆宿舍，我曾经用清水煮过两只柚子皮吃。真是骇人听闻，连我自己都感到荒唐。我用一只洗脸盆作炊具，两只柚子皮在脸盆里有足足大半盆，它们像海绵一样泡足了水。我把烧开水的电热器直接放进脸盆里，八百瓦的电热器，环形的导热管裸着，我就把它放进柚子皮的中间。我守着脸盆，耐心地看着导热管上的水泡一个个地上升，热能在柚子皮的内部聚集，脸盆的外壁开始热了，热气开始升上来，我心里无比踏实。没有猪油，也没有酱油和葱花，只有盐。仍觉得好吃。

在物质渐已丰富的八十年代，一个人吃光了一脸盆清水煮柚子皮，这一情形比较古怪。这种热爱很难说不是怪癖。它根深蒂固，是南流给我的馈赠。)

刘同志常年吃菜头也是怪癖么？没有人这样认为。她也愿意吃好一点的菜。有一次食堂加菜，梅菜扣肉，她要了一份带回来。连续两三天，她每顿都在饭面上蒸扣肉吃，每次蒸一片。她吃得很惬意，有一种过节的喜悦。她喜欢她的儿子，儿子高大、体面，但还没有结婚，谈过女朋友，没有谈成。刘同志要把所有的退休金存起来，给儿子娶老婆。三转一响，衣柜和床。三转一响是个奇怪的词，不知是谁发明的，三转是自行车、缝纫机、手表，一响是收音机。

经常谈论营养的刘同志就这样去世了，她长年吃菜头，但她的儿子很少来看她。我只见过他一次，他严肃、沉默，长得完全不像刘同志。追悼会开在旧产科，那里做了广播室和阅览室。桌子上靠墙放着刘同志的遗像，是黑白半身像，那时她并不驼背，神情端庄安详。她的儿子来过又走了，他带走了刘同志的所有遗物。房子一下空了。

还有谁呢？

旧车站砖房里住有学术叔和罗华年阿姨。李学术在 X 光室搞透视，但他无所不能，他是七十年代的玩主。星期六学术叔是要去打鸟的，也要去钓鱼，也养了花，花不是什么稀罕品种，是寻常的指甲花和鸡冠花，就放在天井边上，用普通的瓦盆，瓦盆壁长了青苔，很好看。

打鸟是打麻雀，用气枪，要去很远。学术叔就全副武装，换一套旧衣，饭盒装饭放在网兜里，挎上行军壶，灌满白开水，壶上的帆布带都打湿了，还有气枪，擦得锃亮。他上夜班的下午就会在厅里摆弄他的宝贝，他坐在一张竹椅上，脚边的机油、抹布、棉花、油纸散了一圈，他抱着气枪，鼻子顶到了枪管，好像那不是铁做的，倒是红烧肉做的。铁的气味从厅里直传到厨房，又传到骑楼，孩子们都知道，天上飞的麻雀快要被学术叔打下来了，他是神枪手，一枪一只，他跟《江姐》里的双枪老太婆的区别在于，他用气枪，双枪老太婆用手枪。

他又把电筒系了带子，斜挎在身上。他身上披挂的东西真是多，人却是更精神了，像是电影里的特种兵，要单枪匹马深入敌营。听说他是从部队转业的呢，神枪手原来是有来头的。他肤黑而结实，动作敏捷，一飞身就上了自行车，两只车轴也被他上了油，轮子无比轻快，一下就滑出了老远。

从早上到中午，从中午又到了下午，学术叔还没有回来，他是去大容山吗？那是最远的山，有许多树，有林场。那实在是太远了，远到难以想象，远到所有的鸟都藏在那里。那里的树木一棵挨着一棵，靠得紧紧的，就像大年初一的西门口，那里的鸟密密麻麻，飞起来遮天蔽日，像乌云一样，地上的鸟屎有一尺厚。学术叔蹑手蹑脚，无声地行走在林子里，他的头像梅花鹿，他的四肢像豹子，但他比鹿和豹更厉害，因为他手上握着一杆枪。他躲在树后头，眯起了一只眼。

天色已黑，学术叔在树林里，他更像一只豹子了，他的眼睛发出了淡淡的光，电筒就在身上，但他不必打开，他的夜视功能超一流。远近的树，树上的枝杈树叶，地上的草和树根，一样一样他都看得清清楚楚，他甚至看到了它们在白天的颜色，有的绿，有的黄，有的则是土褐色。站在树杈上的一排麻雀，他也看到了它们，它们一只只都胖胖的，吃足了虫子，心满意足地歪着头。学术叔心里笑了起来，他眯起了一只眼，他的眼睛在夜晚发光。

学术叔到深夜还没有回来，华年阿姨就睡觉了，她星期一要上班，她是妇产科最优秀的医生。这时候学术叔正在大容山上捡麻雀，他的战利品真是太多了，尸横遍野。他用电筒照，一只一只的捡进网兜里，前所未有的多，简直就像用机关枪扫射的。他的手黏糊糊的，带血的鸟毛沾了一手。

一共有一百余只，两只网兜沉甸甸，红旗插上大别山，踏平东海万顷浪，学术叔意气风发，他心里面插满了红旗，车头上挂着两兜麻雀，一路下坡，单车飙着滑行，空了的行军壶拍打着他的腰，风扬起了他的头发。天已经亮了，水沟前大家正在刷牙，一阵铃声，学术叔已到了骑楼下。他把麻雀放在地上，说，大家分来吃把。他拧开龙头哗哗洗手，洗完手不吃东西就进屋睡觉了。他补休。

我们吃麻雀粥，跟鸡肉粥差不多，更甜。甜是南流街对美味的顶级称赞，跟糖的甜不是一个意思。做麻雀粥是很麻烦的，比小鸡还小的麻雀，要一个个拔毛，开膛剖肚，取出内脏，去头除脚。但麻雀肉粥真的很甜，加上白酒和生姜，味道鲜美。

钓鱼的时候更多，他拎着一只小铁桶，里面装着一坨泥和几根蚯蚓。蚯蚓容易搞到，泼一勺茶麸水在屋后的泥地里，不一会就有蚯蚓拱出来。鱼却难钓，学术叔戴上草帽，在圭江河边坐上整整一天，只能钓上两三尾很小的鲫鱼。他不着急，下次他又去。

他们家有书，是新书，《红旗插上大别山》、《踏平东海万顷浪》、《欧阳海之歌》。华年阿姨还兼管过医院图书室，借给我《放歌集》、《红卫兵之歌》、《金光大道》，她步履轻捷，昂着头走过操场，她要到广播室放广播，我央求她：再放一遍《红色娘子军》吧。我站在枇杷树下，头顶的枇杷正在开花。

贰拾壹

我看见一排白铁皮桶排在洗身房前的空地上，盛夏午后的太阳正晒到水里，桶壁上有一层小小的水泡，它们接到了太阳的热能，慢慢破裂，桶里的水也一点点变暖。在夏天，那是我们的洗澡水。晒过的水在太阳落山之前用来洗澡，落在皮肤上是温的。如果不晒，直接用自来水，就算在最热的暑天也会起一层鸡皮疙瘩。

一九七五年，烧水用木柴，或者用蜂窝煤。或者用木糠筑紧，中间留一个孔。在里面放一点揉皱的废报纸，点上火，木糠就着了，火是旺的，黄色的火，它不会是蓝色的。过了一会儿，火势弱了，用一只铁钩，钩一下，火就又起来了。食堂有一段时间烧谷壳，有一间屋子专门用来放谷壳，它没有窗户，常日不关门，半屋子谷壳散发出呛人的气味。食堂里的火灶里灶火正旺，灶门很陡，谷壳在里面一层层地燃烧，火势比木糠饱满明亮，燃得有快感。烧火的人用簸箕铲上满满一簸谷壳，嗖的一下往灶门猛一送，新到的谷壳盖在快要燃尽的谷壳上，像接力赛。

我家搬来的时候食堂已经迁走了，谷壳房和灶间都作了宿舍。谷壳房住着退休的陈会计，他六十多岁了，没有老伴，一个人住在这间没有窗子的谷壳房里。站在洗衣台跟前洗衣服，侧头看到他的房间，他坐在靠门的地方抽竹筒烟，里面黑洞洞的，只隐约看到一张床。

他有一个儿子，是个工人，很神气，在柳州钢铁厂，那是大工厂，足以使人骄傲。儿子每年有十二天探亲假，到时间他就回来了，穿得很体面，他的旅行包印着上海两个字，有着大地方的气息。回到南流他每天都到街上逛，陈会计说他二十七八了还没对象，有喜欢他的他看不上，他看上的人家又不喜欢他。逛过十二天他就走了，他给陈会计的钱正好花完。

冬天快到了，人面果树叶纷纷吹落，每天都是一地。陈会计早早起来扫落叶，刘雅琴也扫，一个人一头，落叶正好堆在了过道的中间。人面树叶不能当柴火，只好装在竹筐里，倒垃圾。

用药渣做成蜂窝煤不知是谁的发明，骑楼底下一地都是，那就是我家的。药渣跟木糠差不多，比木糠更复杂，各种树皮草根，在制剂室的大铁锅里熬上几天几夜，它们分解、疲软、松散，一败涂地。它们就倒在制剂室的地坪上。是谁第一个把它们制成蜂窝煤的呢？这个第一个吃螃蟹的人，真是太有想象力了！

张司机家住在从前食堂的米房里。从前那里有很多大缸，地上堆着番薯芋头，缸里有半缸咸萝卜，是用来吃早餐的。也有腊肉，挂在墙上，也有花生和黄豆。地上还放有南瓜和冬瓜，南瓜金红圆大，喜气洋洋，冬瓜挂满了白霜。丝瓜是老的，用来留种和洗碗，已经很干了，拿起来摇，会听见丝瓜子在瓜瓤里发出清脆的响声。

从前的米房真是老鼠的天堂啊！老鼠喜欢！它们成群结队地跑来，来了再也不走了，它们就待在天井的下水道里，它们的毛是湿的，又黑又亮，它们已经吃肥了，跑起来有点笨。又肥又笨的老鼠不爱搬家，米房搬走了它们还留下来。张司机见到肥老鼠很高兴，他是鼠肉爱好者，有一只经久耐用的老鼠夹子。在夜晚，铁夹子像一只猫，蹲守在要塞，它一动不动老谋深算，笨老鼠一失足就掉进铁猫的嘴里了。张司机家里常日有炒鸡的香味，大兰二兰三兰和四兰，她们每人能分到两块香喷喷的老鼠肉。

大兰二兰三兰和四兰，她们最懂事，最团结，吃过比鸡肉还好吃的老鼠肉她们就更团结了。她们跟大枝二枝三枝四枝吵架，她们说，你妈再生，就生一个五枝！大枝二枝气道：你妈再生，就生一个五兰！这是两家人最厉害的骂人话，相当于诅咒。这两家的人口结构太相像了，都立志要生一个男孩，而计划生育的风声越来越紧，生第五胎越来越冒险。希望渺茫，但不甘心，生男生女是这两家人共同的痛处，不能提，一提就要跳起来。两家的女孩子，小小年纪就知道男孩子金贵。

药渣蜂窝煤摆在台阶上，晾干了，天快要下雨了，大兰二兰三兰和四兰，她们要把药煤搬到屋檐下，大的九岁，小的三岁，她们小手小脚地忙着。妈妈坐在屋檐下打毛衣，她已经怀孕。

我们有时候会到医院本部的食堂挑热水洗澡，我、雷红、还有老郭，学术叔和华年阿姨。在天气晴朗的冬天，白铁皮桶在我们的肩上晃荡着，我们走过操场，走过旧产科的空地，就到了马路上，太平间院子的门敞开着，我要在到达太平间门口之前过马路对面，过了马路我也不朝那个门口张望。但如果关着门我就要看，院门紧闭，一棵木瓜高而瘦，它的脖子结了有一圈木瓜，先是绿的，后来黄了。

走过门诊部、制剂室、供应室，就到食堂了。从窗口看到外科病人躺在病床上，百无聊赖，他们打着石膏，或者脖子上吊着绑带。有人趴在窗口看这边，这边人气鼎沸，做好的饭菜摆在大案桌上，热气腾腾，打饭的人进进出出，手里端着饭盒或饭盅。也有人端着饭边走边吃，菜在饭面上，那是萝卜丝炒猪肉，萝卜丝又细又长，温润柔软，萝卜汁泡在饭里，甜丝丝的，那人吸了一大口，发出惬意的咂咂声，萝卜丝上还有两块炒猪肉，放了豉油，是金黄色的，有皮，半截肥半截瘦，香极了，他舍不得吃完，要留到最后。我从端着饭菜的人身边走过，接到了滚热的洗澡水。

洗澡水使我想起酒厂，在沙街时我曾到那儿洗澡。酒厂里的热水里有很浓的酒糟味，一分钱一桶。我和吕觉悟一人挎着一只桶奔赴圭江河下游的酒厂，我们在干爽的桶里放上毛巾和换洗衣服，穿着木鞋。下午五点，太阳正高，我们从沙街出发，走过供电所和龙桥街口，在街口我们遇见了刘三姐的妹妹，刘三姐是多年前的业余演员，听说红遍南流街，但我们无从知晓。她不叫刘三姐，她姓孙。她的妹妹孙美丽，外号孙拐，她从小得了小儿麻痹症，走路不稳，但能骑自行车。她有一辆女式自行车！崭新的凤凰牌，擦得一尘不染，前面的三脚架是斜的，坐鞍很矮。那是全南流第一辆女式自行车，不得了，简直就是女皇的坐骑！我们第一次知道，自行车也是分男女的。这种玲珑娇小的单车是从哪里买来的呢？它就像是从天外来，它好得不像是南流街上的人所能拥有的。听说只有在北京上海那样的大地方才会有。我和吕觉悟想象着那些遥远的大城市，那里的女人骑着美好的女式自行车，滑行在高楼下宽阔的大街上，那里的女车满街都是，不是凤凰牌就是永久牌，还有一些飞鸽牌，这些顶级的自行车满街都是，闪闪发亮。如果我们长大后能到北京上海工作，那就能骑上女式自行车了。

但我们还住在沙街，小学四年级，我们为了洗上便宜的热水澡，长途跋涉。我们走过供电所，在龙桥街口看到了孙美丽，她一拐一拐地推着那辆全南流第一的女式自行车出现在门口，我们停下来，目送着她，她和她的车闪闪发光地消失在东门口，她骑进一片明亮的光晕里了。我们继续往前走，走进龙桥街的青石板路，我们的木鞋击打在青石上发出响亮的声音。走过防疫站，走过戚八的酸萝卜摊和郑婆晒蚯蚓的篾席，就到了南流镇小学。那是我们的学校，我们担心遇见老师，那是很害羞的。校门口空荡荡，我们快步走，木鞋的声音一片混乱，就像一支丢盔弃甲的部队。白铁桶撞着我们的身体，打得屁股生痛。又到了环城大队，又到了猪仓，猪仓是邱丽香爸爸工作的地方，我们经常来这里拾肥，是学校给的任务。猪仓已经很远了，酒厂比猪仓更远，但是它到了。酒糟的气味扑面而来，热水在一只大池子里冒着气。

有时候我们也沿着河边走一段，从沙街码头的左边过独石桥。这座桥是全南流最难过的桥，红色的朱砂石条，中间由青石砌的桥墩支撑，桥面只有两米宽，没有护栏，过这座桥要屏住气，把心放在喉咙里，到了桥墩才能松一口气。平日里水很小，桥面很高，下有乱石，让人心惊胆战。发大水的时候这里是西河水汇入主江河的入河口，大水汹涌，漩涡迅猛，水面虽低，更觉惊心动魄。

我一直怕过这座桥。吕觉悟在前面走，她拎着白铁皮桶，穿着一件绿色的花布衫。我把木鞋脱下来拿在手上，我要光着脚心里才踏实，穿木鞋过桥就像踩高跷，难度更大。吕觉悟让我不要低头看河水，要看着她的后背，但也不能光看她后背，还要看脚下。

如果还害怕，那就要默念毛主席语录，下定决心，不怕牺牲，排除万难，去争取胜利。但这条语录太枯燥了，它像一些沙子，不能够激荡我。我觉得《七律长征》更有诗意，它能进入我的内心并在那里起作用。于是在沙街码头一拐弯我就唱了起来，“红军不怕远征难，万水千山只等闲，五岭逶迤腾细浪，乌蒙磅礴走泥丸”。我唱得很慢，但是颇有壮志，或者说，我的壮志被自己的歌声鼓动起来了。吕觉悟也扭过头来说，飘扬我觉得你唱歌比张大梅好听。好了，刚刚唱完乌蒙磅礴走泥丸，独石桥就到了，红色狭长的朱砂石就在眼前，我小心翼翼地走过去，很顺利，腿也没有软，心也没有跳，过完之后我就接着唱：“金沙水拍云崖暖，大渡桥横铁索寒，更喜岷山千里雪，三军过后尽开颜。”

我光着脚走在河岸上，细细的河沙贴着脚窝和脚背，那是我和这河肌肤相亲的时刻。从四月到十一月，我常年光着脚，水泥路、土路、青石板路子我都走腻了，唯有走在细沙上，脚底会一阵酥痒，酥痒沿着细小的血管迅速爬行，一下传遍了全身，指尖和额头，甚至头发，甚至指甲盖，全都酥松了。身上软软的，却又硬朗着，全身的毛孔张开，呼尽了体内的浊气，又吸进了河流湿润的气息。走在细沙上，我觉得自己像一棵树，树上长满了花，花开了。而我和吕觉悟正走在树下，树是尤加利，米色的花柄落在沙地上，像漏斗，小小的，只有黄豆大，那是我们拣来做手镯和项链的，拣上几十个，用针串起来。也可以用指甲花染红，戴在手腕上或颈上。

一路走，左边是房屋，是防疫站、戚八、郑婆、小学、环城大队和猪仓，右边是河。河岸与龙桥街平行，所有房子的后门都通向河边。

下河太容易了！常常是姚红旗或张二梅说：过河吧。四五个或七八个女生就下河了。姚红旗和张二梅分别是我们班女生的大王，她们有时对立，有时联合，最后是姚红旗占了上风。下午三点多就放学了，无事可干，姚红旗说：过河吧！正中我们下怀。

把裤脚卷到大腿上，光脚一下就探到了水里，水有点凉，即使是夏天也是凉的，脚碰到水心里一紧，全身也跟着一紧，但立即就松了。第二只脚踩下去，我们就站在了水里。一点一点往前探，河原来是很浅的呀，我们兴奋着往深处走，水浸到了腿肚子，又浸到了膝盖。到了膝盖就感到河水的阻力了，腿重着，身体是轻的，步子迈出去有点站不稳。大家又都停住了，河水亮汪汪的，不紧不慢地流着，而前面就是河中央了，对面有马尾松林带，右边远处是圭江桥，而太阳差不多还在头顶。又往前走了一点，但水马上深了，一下就到了大腿。河心的水是阴沉的，我们不再往前走。我们在浅水里捞沙，捞上来胭蚌，圆的和扁的石头，还捞上来小酒杯，还有比酒杯略大一点点的小碗，还有小碟，它们完整、光滑，一点都没有破，真让人欢喜。据说是别人拜山（即扫墓）用过的东西，是敬给死人的。

我们不管，我们的眼里没有山岭和墓地，只有眼前的大河，它浩浩荡荡，水流清亮。我们都还小呢！死人的事情无比遥远，我们日夜兼程都不会走到那里去的，就让墓地在天远的地方待着吧！我们从河沙里捞起来这些酒杯和小碗碟，它们在沙里埋了许久，它们经过了无尽的水，把前世的事情全都忘光了，一旦碰到我们的手，就一一再生。它们出水了，全身湿淋淋洁净无比，天日重见，光芒润泽。它们是河流给我们的宝贝。

走过小学的河岸我和吕觉悟就拐进去，重新穿上木鞋，经过环城大队和猪仓，到达酒厂。二万五千里长征，终于到达延安了，“毛主席窗前一盏灯，春夏秋冬夜长明”，另外一首歌有时候会出其不意地冒出来，但它很快就被中断了，酒糟的气味扑面而来，酒厂里热气弥漫。我们用一分钱买到了一张两指宽的热水票，热水注满了白铁皮桶。

酒厂为什么会有这么多热水，我现在也没明白。

去酒厂洗澡的日子已经远去，一九七五年，我在县医院食堂接满两桶滚热的水，然后挑在肩上，沿着供应室制剂室门诊部旧产科回来，我穿过操场，跨过水沟，走过刘雅琴的门口，走过篾席遮拦的厨房和人面树浓荫掩映的过道，把担子放在了洗衣台旁边的空地上。水还在冒着热气。

贰拾贰

二〇〇五年八月我回到南流，一个崭新的南流横亘在我的额顶，我成日在街上游逛，想要看到南流的底部，那里埋藏着陈年的房屋、树木和人，在那里，消失已久的凤凰花映红了天空，巨大的豆荚簌簌作响，那里的房屋黑瓦白墙，门口有两只高大的石狮子，那里的公园地上落满了红豆和万寿果，而电影院里正放映着十六毫米黑白片《智取威虎山》。

华侨电影院，这几个字的浮雕依然如故，但我们有时叫它礼堂，那是南流的政治文化中心之一。白天礼堂是县机关听报告的地方，到了晚上，便有文艺演出，或者电影。《西哈努克亲王访问沈阳》、第某届世乒赛，日本名古屋，浅灰色的西服，他们面带微笑，传播友谊，行走在樱花下，在电影里我们还看到了富士山，这样的画面赏心悦目，这样的纪录片我也是喜欢的。学校也要包场，每个人五分钱。

《万紫千红》，我总是想到这个片名，还有里面的一首歌，“歌如潮，花如海，欢迎朋友四方来”。一个纪录片，关于国庆节，有鲜花，花团锦簇，色彩浓厚亮丽，生平第一次看到彩色电影，从长年《地道战》、《地雷战》、《南征北战》的黑白片中钻出来，一下看到彩色的《万紫千红》，眼前大亮，精神振奋。那里有首都，宽阔的街道，天安门，白色的台布，透明的酒杯，还有女作家谢冰心。我喜欢这个片子，它是我中学生涯的一片亮光，如同在日常的生活中看到天空中的繁花，它像油画，有一种难以名状的厚度和美感。它的歌声萦绕不已，从天空中降落，越过灰色和黑暗，落到夜晚的窗口。

彩色的电影，三十前我如此热爱你们，正如三十年后我热爱黑白片。《火红的年代》、《艳阳天》、《春苗》、《第二个春天》，所有这些，七十年代中期的国产片，艺术上那么粗糙生硬，充满了可笑而奇怪的政治，当时的有识之士和现在的人们，一眼就看出这是垃圾，但我为什么不知道呢？我喜欢这些垃圾，我觉得它们生机勃勃，它们生长在我十四五岁的日子里，被青春赋予了光芒，年轻的沃土肥力无穷，一片塑料都能生长出森林和原野。我认为李秀明和张金玲都是很好看的。

什么叫做过路电影？如果不解释就没有人知道。

一部电影的胶片，装在一只圆形的铁盒子里，从一地运到另一地，但是路太远了，一天不能到，要在中途的某地停留一晚。好了，过路片来了，这是南流街的盛大节日，胶带盒还在路上滚动着，有电影过路的消息就已经在空气中散布出来。事实上，消息是从电话线传来的，事实上，我们觉得它不是封在铁盒子里的什么东西，而是一队盛装的人马，沿着玉梧公路，吹吹打打，声势浩大。

消息从下午开始就传遍了整个南流街，机关、商店、学校、街道，所有的人，全都知道过路片来了，不知道这消息是通过什么渠道散布的。每家，每一个人，都兴奋起来。要知道，一部片子先要在省城放，再在地区放，再到县城，但现在，我们一下子就跨越了地区，跟省城平起平坐了。过路片像一份丰盛的菜，停留在每家的饭桌上，每个人，吃得又兴奋又快捷，稀里哗啦，一扫而光，然后，就来到了县礼堂门口。

第一场六点四十分，第二场八点半，第三场十点十五分。第一场已经在放映了，全南流镇的人都聚集在礼堂门口，人头攒动，一片鼎沸。有票的没票的都来了，这是南流盛大的社交，纷纷是大声打招呼的声音，全镇都是熟人，某某住在水浸社，某某住大兴街，某某住电影院隔壁的那条巷子，大家都知道。我一抬头，就会看到潘智或黄文慧，或者吴一梅，或者姚红果，或者罗明艳，拄着拐的孙美丽也在人群里呢，她是很爱看电影的，场场都有她。也有张大梅童小萌周青凌玲李小宇，她们像花朵插在人群中。

哗的一下人流往外涌，第一场散场了，里面的人从正门和两边的侧门分三股涌出来，他们从人群让出的空道中走出，如同接受夹道欢迎，他们从黑暗中走出来，脸上挂着梦游的神情，有一种飘忽的幸福，虚无而动荡。他们看不见近在咫尺的熟人，因为他们的眼睛还停留在银幕上。在涌出的人群里我看到了学术叔和华年阿姨，还看到了郑放歌和她母亲，他们原来都是第一场。我们羡慕着，但第二场就要进场了，幸福马上轮到我们。

好了，现在轮到我们了，我们坐在黑暗中，灯光已暗，整个世界都退到远处，我们屏息凝神如同坐在了封闭的船舱里，而飞船就要启动，飞往无人的月球。有关电影，我曾经写到过：

> “多年以后，我还在等待电影院的那道开始的铃声。我们在黑暗中屏息凝神，等待这道神秘的铃声，这是一根时空的魔杖，又长又细，悬在我们头顶，它的声音在空气中颤动，在黑暗中打开了一道神秘的大门。铃声一停，我们就进入了一处更为幽暗的处所，我们不知身在何处，只有听任幽暗的指引，我们不禁直起了腰，收缩了毛孔，紧张地等候事物的降临。
>
> 这时我们脑后的上方突然亮起了一道灰白的光柱，它毫不犹豫地直抵我们的眼前，我们的眼前顿时就有了四四方方的雪白的空间，我们紧盯着这空间，这是我们的新世界，唯一的幻想，唯一的天堂或梦乡，我们无限信赖地望着这个前方。这时候音乐骤然响起，梦乡的大门隆隆启开，我们灵魂出窍，我们的身体留在原地，我们的灵魂跟随这道银白的光柱，这唯一的通道，梦乡之舟，进入另一个世界。”

音乐骤然响起，过路片的音乐吱吱呀呀的，好像有人在里面做了手脚，画面也不够清楚，有许多斑点，是谁在那上面撒了一把灰呢。十六毫米的胶卷，画面小小的，看得有些吃力。但我们知道这是

《智取威虎山》，那是第一批样板戏的舞台片，虽然只是十六毫米的小电影，同样足够激动人心。我们仰着头，坐在过道的加座上，全神贯注，生怕看漏一丁点。

如果有大型演出，工人纠察队就要出场了，他们戴着红色的袖标，站在门口的两旁，一边三人，谁也别想冲进去，熟人也别想混进去。他们威风凛凛，连门口的空气都因此而变重。

这样的阵势使我害怕。

有很多次，我站在礼堂门口，梦想自己变成一只蜜蜂或一只蚊子，我将叮在姚琼的衣领上，不是因为她的衣领有特殊的汗香，而是因为她是南流县的一号女主角，最严实的门她都能如履平地，全南流，任何人来当守门的工人纠察队，都不会不放她进去。她走过人群，大家都看她，往后退，闪出一条路，她穿着一件掐腰的上衣，身材很好看，她的脸也很好看。工人纠察队也看她，看到她很兴奋，回到家要对邻舍说，昨晚看到姚琼了，她带一个女孩子进去的。

那个女孩子就是我。

六个工人纠察队守在门口，他们虎视眈眈令人生畏，我几乎就要逃走，但我太想进去了，那是地区文工团来演全本京剧《智取威虎山》，只演一个晚上。我从来没有看过真人演出完整的全剧，只看过第三场“深山问苦”和第七场“发动群众”。我壮着胆，紧跟着姚琼，我差点就要揪着她的衣角了。她一把抓着我的手，我的手心冒着汗，心提在喉咙里，被姚琼拉着越过了封锁线。“穿林海，跨雪原，气冲霄汉”，《智取威虎山》，我是如此爱你！大幕拉开，中国人民解放军军歌的乐曲响起，“向前向前，我们的队伍向太阳，脚踏着祖国的大地，肩负着人民的期望”，这个开场真是太响亮了！剿匪小分队全体人员踏歌而来，每个人，身披白色的披风，头部捂在白色的风帽里，风雪弥漫，披风高扬，风声一阵又一阵，而雪花，就落在了眼前。南方的孩子见到了雪花真是激动，那是在梦里也难以出现的东西，永世不能见到，但它就在了眼前，伸手就能接着。

北风呼啸，雪花飞旋，就这样成为我的天籁，带着神奇的美色，停留在南流县礼堂的舞台上。

这样的雪花还飘落在歌剧《白毛女》的舞台上，“风雪漫天，喜儿在深山，怀念众乡亲，心灵受熬煎”，姚琼白衣白裤，在风雪中走过，她披散着长发，脸是红的，真是好看极了。在终年不落雪的南流镇，我感到灯光下那一小片风雪弥漫真是太令人神往了。什么时候我才能看见真正的雪呢？

回想少年时光，舞台上的风雪总是和喜儿的灯盏紧密相连，对，听到《北风吹》我就想起那盏道具灯，它是木头做的，涂上铁的灰黑色，它不能装上煤油，永远都不能点亮，它不是一把真正的灯，正如从头顶飘下来的雪花，是纸屑做的，由一个人爬上天棚的木架，趴在那里一点点往下撒。我坐在第一排，我一仰头就能清楚看见那个人，但我不看，我愿意相信这就是雪花。那盏道具灯就是我的门票，我早早吃完了晚饭，赶到县文艺队看她们化妆，她们抹红了脸，画眉点唇，换上演出服，她们每人披上一件深蓝色的棉大衣就出发了。她们步行，我也跟着步行，就像她们的尾巴。天还大亮，守门口的就站在那里了，哎呀，你怎么办呢？喜儿说，她一侧身，就把手上那盏道具灯塞给了我。就那样，我高举着道具灯，骄傲地走进了县礼堂。

电影院门口的空地是历届知青出发的地方，在礼堂里开过了誓师大会，表过了决心，戴上了大红花，门口的锣鼓就敲响了，锣鼓喧天红旗招展说的就是这个时候。红旗插在解放牌大卡车的两边，没有风，太阳白晃晃的，蝉喳喳猛叫，但锣鼓一阵一阵把蝉叫压下去了。各人的行李已经放在卡车上，用毛笔写上了姓名地址，戴着红花的人上了车，我们站在欢送的队伍里，手上拿着红绸子或者纸做的红花，随着鼓点一阵挥舞。

蝉声如雨，我们总是站在欢送的队伍里，从小学到中学，锣鼓喧天红旗招展，我们欢送去五七干校的干部，城镇下放的居民，入伍的新兵，三线的民工，一届又一届毕业的中学生。我们目送着他们黑色的头发在红花和红旗中消失于东门口的拐弯处。

很快就要轮到我们了。

贰拾叁

灯光球场和体育场，它们在很多时候是重叠的，所不同的是，一个小，一个大；一个能打篮球，在夜晚灯火通明；另一个不能打篮球，却能开运动会，但夜晚是黑的。两个地方都开批判大会、公审大会、誓师大会，都放露天电影，都能演出。有关在体育场看电影，我曾经这样写道：

> “我的眼前永远是一片开阔之地，白色的四方布幕在空地的中间高高竖起，既像船帆又像旗帜，场地周围是高大的尤加利树，它们紧密环绕，风从树干的空隙长驱直入，像无形的波浪涌向空地中间的布幕，布幕呼应着鼓荡起来，鼓荡起来的布幕又加

倍召唤着四面的风，如同召唤着四面走来的人，人们从空地下面上升，他们走上平地，一眼就看到了高高鼓荡着的银幕，他们亮着眼睛仰着头，朝着这面旗帜快步走去。人们围绕着银幕的正面与反面，如同上了一艘大船，等待起锚远行。”

就是那片开阔之地，南流最辽阔的地方，电影刚刚开始，“新闻简报”正在放映，在远处银幕依稀的亮光下，我们和吕觉悟相遇了。体育场是如此辽阔，天已黑尽，人流如潮，人影重叠，根本看不清楚谁是谁。但我们与吕觉悟遇见了！

在光线朦胧中，每个人看上去都一样，我心里想着，说不定吕觉悟也会来呢，忽然就听见有人喊我们的名字。我一回头，真的看见了她，她拿着一只小矮凳站在我们的身后。一个普通的巧遇，但我坚信那是奇迹，我想世界是多么神奇啊，如此辽阔的体育场，黑暗中几百上千的人，我念叨谁，谁就从天上掉下来，难道老天爷知道我的心思吗？

我特别兴奋，心情无比的好，我说我们别看电影了，到一边说话去。我们离开人群找到一块空地，一坐下来就急忙说起插队的事，好像不说就来不及了。

三个人，纷纷抢着说，插队好，农村的空气比工厂好，干农活也不怕，就当锻炼身体。还可以自学，白天干活，晚上就看书。我们抢着说话，兴奋、有把握、跃跃欲试，好像不是去插队，而是去远处上大学。我们真想马上就去，学校整日都是劳动，还不如早些去乡下，家里的大人也已经很烦了，去插队就是远走高飞呢，十六七岁，正是最不愿意待在家里的年龄。

有插队这件事简直太好了，它就是我们远走高飞的翅膀，是伟大领袖从北京插到我们身上的，谁阻拦谁就是落后分子，更何况，不去插队就不会有任何出路，只能在南流街吃闲饭，当散仙。

风从尤加利树的后面吹过来，银幕飘动，幕上的人物歪歪扭扭的，像一些没有力气站稳的假人，它们已经完全不能吸引我们了，就像一些陈旧的日子，被我们抛弃。而天空明净，满天的星辰也在飘动。

告别的夜晚就这样提前到来，我们将不会再到这里来开会了，永远不会，也不会再到这里看电影，看演出，也不会再到这里跑步开运动会。再见了你的辽阔，你的沙土跑道，你永远稀薄的草地，还有你边缘的尤加利树，尤加利树后面的黄泥坡。要到多年以后，我们才能重新怀念戏台，和两面能看的电影，万人大会的欢庆、誓师和公判。

隔着三十年，在那片广大的黑暗中远远发光的戏台犹如神话，像黑暗中放置的一块方形玻璃，它发着光，里面有舞动的人物。记忆就是这样奇怪，体育场的戏台一会儿变得很小，像一只桌子，一会儿又变得很大，如同整个体育场。就是这样。有时我坐在最远的地方看它，远到上面的人只有手指那么大，看不清他们的脸，也听不清他们说的和唱的，高音喇叭的声音嗡嗡地在远处响着，上来一拨人又下去了，又上来一拨人，有时是一拨女的，穿着红色的斜襟上衣，有时是一拨男的，穿着绿军装，也有男男女女一大帮，都穿着白衬衣蓝裤子。也有单个，站在话筒跟着唱，或坐着拉二胡。有一个女声，从高音喇叭里传出来，高而尖，时而咬牙切齿，那是我们医院的实习生黎桂女，她来自桂林，后来她留了下来，在手术室。她住在有着圆形窗户的阁楼上，张英敏带我去玩过，张英敏跟她讲普通话，她们是普通话阶层。这时候她唱的是《红灯记》里李铁梅的唱段《仇恨入心要发芽》，“咬住仇，咬住恨，仇恨入心要发芽”，她唱得很投入，我好像听见了她牙齿嘎嘎响的声音，我从远处奔跑过去，看到她接上了一根长辫子，她把长辫子一甩，就像一条黑色发亮的响尾蛇消失在她身后。

戏台变大的时候就是我已经站在了它的中间，体育场的戏台比礼堂的大很多，因为太大了，它永远没有幕，前面是空的，正规的演出以灯黑为落幕，灯亮为拉开大幕。县文艺队曾在这里演《槐树庄》，每一幕结束的时候就是灯暗。但多数时候是不黑灯的，群众性的演出，排着队就走上台去，或者双手握拳放在腰间一溜小跑，或者一边跳着舞蹈出台来。结束的时候台风各有不同，有人拖着步子往两边走，走几步就坚持不住了，一溜烟往里跑，像是做了贼。也有一结束就作鸟兽散的，几个往左，几个往右，谁也顾不上谁，跑得丢盔弃甲，就像有人在中间掷了一枚炸弹，跑慢可就炸着了。

就这样我们几个就站在了台上，是班级的节目，代表学校演出，叫《毛主席夸咱女民兵》，节目一点都不好，一首普通的歌，六个人，排成一排，跳完就拉倒。群众文艺就是这样低水平的，大家都不介意。姚红果、张英敏、安凤美、赵细兰、白小玲、吴一梅和我，是丁服选出来的我们班的文艺骨干，高的高，矮的矮，胖的胖，瘦的瘦，我们就站在了体育场的台子上。“毛主席夸咱女民兵，夸咱女民兵”，我们开口唱了起来，边唱边跳，我们参照海岛女民兵的样子穿上了斜襟衫，腰间扎了宽皮带，皮带是标准的武装带，是家在人武部的白小玲借来的。六个人的声音这么小，我完全没有想到，我几乎听不到自己的声音，台下的人黑压压的，戏台有两个教室那么大，六个人站在台上犹如六粒盐掉进了大水缸，戏台又高，台上台下一样空旷，我们对着空气唱，一阵风就把我们的声音吞掉了。我们草草表演，自己已经知道镇不住台，越发潦草，这支歌真是长啊，其实只有八分钟。丁服在旁边喊：行礼谢幕啊——她的声音有点变，听起来像是喊救命。但姚红果呼地一下就跑了起来，赵细兰也跟着跑，剩下的我们坚持着，但戏台实在太大了，怎么都走不到头似的，有人说，算了，快跑吧。我们四个人就都跑了起来。

体育场搭起两个帐篷的时候有点像草原，草很低，贴着地爬，帐篷是白色的，如果不是有红十字的标志，那就更像草原了。红十字是我们医院的标志，是临时救护站，医院的人背着药箱在里面等候着。

白色的帐篷升起来，洪水般的人流从体育场的两个开口涌入，一浪接一浪。最早到来的是工厂里的工人，南流有地区水泥厂、县水泥厂、氮肥厂、磷肥厂、瓷厂、农机厂、纸厂、酒厂，又有大容山林场和荔枝场；有小学，南流镇小学、东方红小学、城南小学；有各种机关，县委机关人武部、农业局林业局粮食局水利局、商业局二轻局工商局、教育局文化局卫生局、供电所百货公司服务公司，南流的人真是多啊，一浪高过一浪，人民群众的汪洋大海就这样汪在了体育场上。红旗招展，锣鼓喧天，每个单位一副锣鼓，震耳欲聋，好像连草，连尤加利树叶都学会了敲锣；红旗更是不得了，每个单位有一半人撑红旗，那种长方形的，用竹竿串着的红旗。另一半人则人手一把纸红旗，是小的，三角形。

万人大会，红旗的海洋，烈日，用红旗挡着太阳，黑色头发和红色的光，眼花缭乱，有人中暑了，被搀到帐篷里，帐篷周围散发着浓厚的十滴水的气味。没有中暑的人口干舌燥，人人皱着眉头，主席台上说的是什么，一点都听不进去，只盼着《大海航行靠舵手》的乐曲响起。多年来，一听到《大海航行靠舵手》，就会有一种散场的感觉，散场、散伙、如获大赦、久旱逢甘露、暑天吹来凉爽的风。661233——255——3276521——，就像一扇大门，吱呀一声打开了，每个人心里舒出一口气，红旗不用再举着，可以扛在肩上了，三角纸旗也不必拿在手上，有人扔掉了，有人拿回家当柴烧。312353213——612137655——，这个曲子真是悠扬，连尤加利树叶也跟着悠扬起来，它扇了一丝风进来，黑压压的体育场松开了，散会的人如潮水般往外涌，没有人敲锣鼓了，“大海航行靠舵手，万物生长靠太阳，雨露滋润禾苗壮，干革命靠的是毛泽东思想。鱼儿离不开水呀，瓜儿离不开秧，革命群众离不开共产党，毛泽东思想是不落的太阳”，这时的毛泽东思想是轻松的，因为它让人回家了。

我参加的第一个万人大会是欢送五七战士到五七干校去，体育场的跑道上排起了方阵，要下放的干部戴着笠帽，背着黄绿色的帆布挎包，上面印着红色的“为人民服务”，张二梅的爸爸、姚红果的爸爸、我们医院吕虹和陈黎明的爸爸都在队伍里，他们要下放到干校去，但干校在哪里，谁也不知道。

忽然队伍的最前头跳起了表忠舞，是县文艺队在跳，他们边唱边跳边行进，像在表演，“敬爱的毛主席敬爱的毛主席，您是我们心中的红太阳，您是我们心中的红太阳。我们有多少贴心的话要对您讲，我们有多少热情的歌儿要对您唱，千万颗红心，向着北京，千万张笑脸迎着红太阳，祝福您老人家万寿无疆！祝福您老人家，万寿无疆！”县文艺队的女演员一个个的都很好看，她们跳得就是比我们好，她们不跳舞光走路就好看。我一眼就看到了姚琼，她就在队伍里，也跳着表忠舞。她的衣服掐着腰，胸高腰细，但她就要下放了么？难道连姚琼也要下放么？难道全体县文艺队员都要下放么？我心里一惊，也替县礼堂的舞台一惊，没有了县文艺队，那个辽阔的舞台就要荒凉了吧，《白毛女》谁来演呢？北风吹谁来唱呢？但姚琼就在下放的队伍里，她们从主席台前跳着行进的表忠舞走过去，跑道在她们的脚下越来越短，很快，就到出口的下坡了。下坡的时候她们停下了表演，我跟着她们的队伍，目送她们消失在卡车里。

我记不清了，更早那次似乎是欢庆“九大”。是夜晚，红旗招展，锣鼓喧天，有许多纸做的葵花在晃动，高音喇叭里有强劲的歌声。“长江滚滚向东方，葵花朵朵向太阳，满怀激情迎九大，迎九大，我们放声来歌唱，我们放声来歌唱。”一圈圈的人，坐在草地上，有的人堆唱歌跳舞，大多数就待着，锣鼓远远近近地响，不时有人流涌入，听说要搞一个通宵的欢庆。我是怎么来的，已经记不起来，总之就到了体育场上，没有老师，也没有学校的组织，身边有同班的十几个人，到了体育场就渐渐散了，只剩了六七个，听说要通宵，人人都兴奋。我到了十一点多就困得顶不住，一个人回了家，家里是空的，父母邻居都在欢庆的人群中。

我是否在体育场听到过枪声？打靶，或是枪决犯人。早年体育场一带是刑场，那是一个山坡，草高树密，犯人背对远处的南流街，面向缸瓦窑方向，他们被五花大绑跪在泥地上。有一次公判大会结束，当场实行枪决，有很多人挤着上去看，我奔跑着，背着现场，向着下坡的出口方向没命地飞跑，我跑得上气不接下气，生怕听见处决的枪响。

但打靶我一点不怕。方形的木靶竖在体育场的左侧，一共有三个，我趴在对面的草地上，眯着左眼，瞄准，三点成一线。实弹射击不在体育场，在河对岸的陆地坡。

有一个数字跟这些词联系在一起，叫“九二九”，类似的数字还有许多，是毛主席指示发表的日期，五七指示、五二三讲话、六二六指示、七二〇声明、七二一指示、九二六指示这些数字在我脑子里出现的时候是用阿拉伯数字排列的，5·7 指示、5·23 讲话、6·26 指示、7·20 声明、7·21 指示、9·26 指示，等等，排在一起很像细菌工程的代号，虽然事过境迁，但无论如何还是觉得不妥，换回中国字才感到舒服了。后来五七指示变成了五七道路和五七干校，六二六指示变成了赤脚医生，七二一指示则成为了工厂里的七二一工人大学。五七指示有关学生的那段我背得滚瓜烂熟，估计到了老年痴呆症那天还能想起来，我躺在床上，或者坐在街心公园晒太阳，脸上布满皱纹，手背上全是老年斑，我不知道自己是否吃过饭或喝过水，大脑一片空白，孙向明、张英树、张英敏、姚红果、丁服、安凤美、郑放歌、张大梅、罗明艳这些名字是早就忘得干干净净，吕觉悟和雷红也都不记得了。我一会儿糊涂，一会儿清醒，这个时候，如果五和七这两个质数同时出现在我面前，我就会在第一时间以南流话的朗读腔念出以下语录：**学生也是这样，以学为主，兼学别样，即不但学文，也要学工、学农、学军，也要批判资产阶级。学制要缩短，教育要革**

命，资产阶级知识分子统治我们学校的现象，再也不能继续下去了。

至于什么是九二九指示，我一点都想不起来了，但它跟打枪有关，是“射击”、“实弹”、“步枪”、“冲锋枪”、“轻机枪”、“打靶”、“瞄准”、“卧倒”、“民兵”的总和还要大，总而言之，九二九那天我们就到陆地坡实弹射击，我们都是十六岁，班主任说，十六岁以上全是基干民兵。于是上完下午第二节课，我们就分组过河打靶。在这之前我们在学校操场上练习瞄准，像猫头鹰那样把一只眼睛闭得紧紧的，三点成一线。

实弹射击使我兴奋，在去陆地坡的路上我提前认为自己是神枪手，我把桥上的木板踩得咚咚响，气势如虹、胸有成竹。

然后，我趴在草地上，右手一扣扳机，耳边一声巨大的闷响，我本能地感到不对头。人武部的同志拿过枪看了看，说：连发了。他弄了一下什么机关，说，下面的打点射吧。他替我装子弹，看靶的老师过来告诉我，刚才我虽然只扣了一下扳机，由于打的是连发，所以属于我的三颗子弹一下子全打掉了。不用说，连发很容易打飞，三发子弹一齐出去，我一共只打了三环。我的神枪手美梦就这样破灭了。

贰拾肆

二○○五年八月，我在电影院旁边的少年之家门口吃了一碗汤米粉，之后就动身到大兴街去。有关少年之家，我要告诉你，那是南流县最有政治荣誉的一个地方，是南流的骄傲。南流的骄傲还有瓷器、荔枝以及一种奇怪的鱼，这种鱼生存在民谚中，说的是“南流鱼，陆川猪，博白蕹菜，永顺大番薯”，据说这种鱼只生长在一口塘里，叫鸭塘，鱼刺是软的，样子奇异与众不同，颜色是粉红的，半透明，说得跟仙女一样，但我从未见过。南流漫山遍野都是荔枝，全国荔枝会议喜欢在南流开，我的几个舅舅也都成了荔枝专业户。荔枝的荣耀看来不是虚的。

瓷器也如此，南流人最喜欢说，南流三观口的瓷器是送到北京中南海给毛主席用的，不信就看毛主席喝茶的杯子，那底下就写着南流制造。七十年代的新闻纪录片常看到毛泽东接见外国首脑，我们瞪大眼睛，想要看到杯子的底部，我们希望毛主席仰着脖子喝茶，像喝酒那样一饮而尽，好让他的杯子底暴露在我们的眼前。但总是不能如愿以偿。不过也没关系，我们要送给客人一套瓷器，为了抬高瓷器的身价我们总是要说，南流的瓷器是给中南海用的。客人们见多识广，他们私下跟我说，你们南流的瓷器还是太土了。

但南流的少年之家就不是你们所能褒贬的了，它早已湮没，它的光辉岁月埋藏在旧照片里，早已不知去向。

六十年代的南流少年之家是一颗明星，团中央的领导胡耀邦曾经亲临视察，我看到过照片上的少先队员坐在船上，手持木桨，她们戴着太阳帽，穿着格子的背带式连衣裙，总而言之，她们就像在电影里看到的一样。像电影一样意味着超越了南流的日常生活，南流的女孩日常是不穿裙子的，即使偶尔穿，也没有背带裙。我们也不用木桨，圭江河里的船都是用竹竿撑的，长而粗的竹竿，探进水里，身体倾斜用力撑，再拔出来。

划船和木桨都是遥远的事物，是北方，大城市，让人想到《让我们荡起双桨》这样的歌。这种歌离我们也是很遥远的，“小船儿轻轻，飘荡在水中”，这种诗意很隔膜，在我们眼里，小船从来都不会轻轻飘荡在水中，它从上游顺流而下，顺着水流往下游走，一下它就走远了。

大城市的木桨和小船降落在南流的河里，这是真的，又像是假的，但它成为了我们的荣誉。少年之家曾经有歌舞团，有生物组，养了一只猴子和一条大蟒蛇，有图书室和旱冰鞋。少年之家的负责人叫什么珍我忘记了，依稀记得她的圆脸和短发，她戴着红领巾和胡耀邦的合影肯定是有的，但我没有看到，我跟少年之家相遇只有半年。小学一年级，我去看书，有大量小人书，看了一本又一本，太晚了，八点半了，要关门了，我最后一个还书，然后独自回家。

我还溜旱冰，鞋轮在斜坡上飞快滚动，我尖叫着呼啸而去，而夏日傍晚的晚霞还未褪尽。

县二招门口的高士路不知为何改成了永安路，如此滥俗。但岔往石灰街的路口摆的菜还是三十年前一样的菜，七里香、枸杞菜、南瓜花、石灰瓜，还有那种叫死老鼠的咸萝卜，我已经很久没有吃到了，它们待在菜篮里，完好无损。

我一路走一路回忆枸杞菜的味道。枸杞菜，它的梗上长着刺，从刺根上长出叶子，要把叶子摘下来煮汤吃，那真是太有难度了，每一片叶子都有一根刺守着，好像它不是一片叶子，而是一个处女。

枸杞菜是明目的，我经常吃，视力很好。我看到自己三十年前的眼睛像豹子一样，在黑暗中发出神奇的绿光，这是我为之自我陶醉的东西。枸杞菜，我不能不想起它，它水淋淋的时候，它的刺，它在鸡蛋汤里，猪肝汤里，瘦肉汤里，它特殊的味道在我舌头上。

但是大兴街快到了。大兴街这个街名毫不像南流镇街道的名字，它像随便任何一个地方的地名，唯独不像南流的。像南流街名的有以下这些：沙街、龙桥街、水浸社、石灰街、陵城街、火烧桥。

大兴街的俞家舍，是我的出生地。

大兴街一七七号，俞家舍，它在南流非同小可，曾是新中国成立前全南流最好的私宅，做过地下党的活动据点，后来用作商业系统的宿舍。当年我的生父在商业局，母亲怀上我的时候还住俞家舍二楼的一间向阳的房间，我出生前不久，父亲犯了右倾，降了工资，搬到了一楼的一间很阴的小房子里。我落生后就住在那里，不满周岁就搬走了。几十年来我从未去过俞家舍，母亲提起过，但我充耳不闻。它的名字对我不起作用，它的门口也太平淡，我多次路过，从未意识到这就是我母亲念念不忘的俞家舍。

俞家舍这个名字，在二〇〇五年夏天，再次出现在我的耳边，我的母亲说，你生下来就是住在俞家舍的。这时的俞家舍就苏醒了，四十多年，它第一次苏醒，它从地上坐起来，带领我一路走到它跟前。大兴街这个名字这样新，但它的确是一条老街，它浓荫密布，整条街都没有酷暑。它还有一棵老榕树，一棵老木棉树，一棵老鸡蛋花树，但我不记得以前曾经看到过它们了。一九七三年我们经常走这条路，我，雷红，吕觉悟，邱丽香，等等，我们围着孙向明，我们听梅花党的故事，扑朔迷离，所有的树木都不在我们的视线中。

看到这些老树我确认大兴街就是我们南流的街，是老街，旧的，一点点从很多年前生长出来的，我对那些加速度冒出来的新街有一种不适，它们那样新，那样假，那样缺乏温婉的气息。我还看到了搬运社，它跟沙街上的水运社太像了，很宽的骑楼，木门，大门洞开，门口的墙上钉着一块方形的牌子，刷了白漆，用红漆写了字。上面写着：南流镇合作搬运社。二〇〇五年还有搬运社，令人惊奇喜悦，如同一个熟人，你以为他早就不在人世，有一天你却看到他迎面走来。门口有七八个男人坐着，大多数老了，抽着竹筒烟，他们抱着扁担，朝街上张望。

俞家舍，也是宽的骑楼木的门，它这样普通我很意外，听说这是后门，它的背面还有一个正门。

更奇怪的是，大门大开着，里面一个人都没有，是空的，而且荒凉，偌大的宅子，多进的天井，拱门，楼阁，回廊，廊椅，廊柱，一个人都没有，真是诡异！我一直走到推笼门那头，推笼的每一根圆木都积满了灰尘，这种推笼门我小时看到很多，现在几乎没有了，甚至推笼这个名称也是想了很久才想起来。

地上除了灰尘还有垃圾，纸箱板，墙根的青苔一直长到二楼。没有居家的气息，空气中混合着灰尘和青苔的气味，天井的草长出来，润泽而茂盛。我绕着宅子走了一圈，又上楼，木楼梯磨损得厉害，四十多年前，我的父母就走着这个楼梯，他们抱着我，走过大兴街的榕树木棉树和鸡蛋花树，到西门口的照相馆照相，我三个月大的那张照片就是这个时候照的，穿着一件白色的圆领衫，开裆的花裤子，坐着，头发稀疏，额头倒是饱满。想起这张照片我对俞家舍就有了感觉，它不再诡异，我看到两根廊柱间拉了一根铁线，上面晾了一块彩条毛巾，栏台上还有一盆虎皮掌和一盆栀枝花。暗红色的木隔断无端浮动，我年轻的母亲从这个隔断里出来，她拎着一只白铁皮桶，把我的尿片晾在了这根铁线上。

我站在空无一人的俞家舍，闻着四十多年前自己的尿骚味。据说时间是可逆的，现代物理学对此已有理论。我觉得，就在这种旧老无人的空宅子里，最容易存在某种隐秘通道，它通往可逆的时光，我侧身进入其中，与我逝去多年的生父，我年轻时分的母亲，和婴儿时的我自己迎面相遇。我的父亲会回来，我和张英树再次隔着熏黑的玻璃看天上的日食，再一次，在过去的时光里，光着脚和吕觉悟走在尤加利树下，失散多年的赵菊花和宋冬妮重又回到幼儿园，而全南流被砍掉的树木，奇迹般死而复生。

贰拾伍

沿着大兴街我越走越远，就到了十二仓。

十二仓，这个地名使我想起秧苗、气象站、孙向明和梅花党、姚红果、张英敏和一首叫做《拖拉机进苗寨》的歌，女声齐唱，声音嘹亮而清脆，它跟春天的秧苗在一起，有点凉，却又是热情的，有点喧闹，却又辽远。

我不知道这个印象从何而来，但歌声已经从我的手指上升，不能停止。“拖拉机，进苗寨，姑娘坐在驾驶台，禾苗迎风点头笑，柳树摆头把手摇”，我不记得其他词了，要找《战地新歌》，而这些歌词写在这里，是这样虚假浮饰，浅薄而可笑，它能给我带来什么美感呢？但我觉得它是如此好听，如此令人难以忘怀。现在我仍觉得它是好听的，因为它把一九七四年春天的风直接吹到我的额头上，而别的什么经典名曲，说到底还是隔膜的。

我们把歌词改成“拖拉机，进贼寨，姑娘坐在驾驶台”，秧田不远处的山腰上有一个用石头垒起来的圆堡，叫贼佬寨，是多年前贼人安营扎寨的地方。真是刺激新奇。大家想着，哪一次劳动休息的时候就要爬上去看看，它是那样近，低头插着秧，一抬头就能看到，那圆堡上的石头是土色带黑，大大小小垒在一起，有一个洞眼，黑幽幽的，里面还会有人吗？孙向明也说要跟我们一起爬，那就太好了。可我们最终没有上去，没有上去让我更加念念不忘，那些土色发黑的石头，它们仍在我抬头即见的地方。

“拖拉机，进苗寨，姑娘坐在驾驶台，禾苗迎风点头笑，柳树摆头把手摇”我仍觉得唱成进苗寨比较妥当，进贼寨的贼字音韵在这里不对，怎么听都不顺耳，它不像《红灯记》里贼鸠山听上去那么铿锵。我哼唱着拖拉机进苗寨的歌一路走在通向十二仓那边的路上。

十二仓两边是水田，路窄，是土路，但很直很长，还要过一个水塘。这个水塘我记忆犹新，历历在目，它边缘的几株水草太高了，有半人高，还有两棵水芋，宽大的叶子像如今人家里的龟背竹。塘边的草极其茂密，姚红果哎呀一声就冲进了塘里，她骑的是一辆高大的永久牌自行车，车技半生不熟，谁的自行车都是才学的，但姚红果最大胆也最慌张，她一慌张就没有刹闸，连人带车就都跌下塘了。水却不深，只到腰，吴一梅刚要喊人来救，姚红果就从水里站起来了，她全身湿透，头发滴着水，人是笑嘻嘻的。她觉得掉进塘里比不掉进去更好玩。

而我还在路上走着，张英敏陪我走，她不忍看我一个人独自走那么远的路，她陪我。全班有三分之二多的人学会骑单车了，有的还会带人。我觉得我也会了，但我没有真的会，一到街上就会慌，车太高，我太矮，心一慌就摔下来。有一次骑车到环城二队装电灯，在公路摔倒，身后的大卡车急刹车，碰到了我的后轮，险些就完蛋了！我又去体育场练车，在自行车的后架绑上一根扁担，无论从哪一边摔倒，扁担都会撑在地上。这是南流的奇观，绑着扁担的自行车像蜻蜓，又像土法制造的单人飞机，两边的翅膀又细又硬，却满怀幼稚的梦想。

巨大的蜻蜓或微小的飞机在体育场的跑道上滑动，天空布满了晚霞，蝉在叫，尤加利落叶和枯干的杂草在树下堆成堆，浓烟从草叶堆的内部升上来，变成细细的一缕。桉叶浓郁的气味弥漫。而我在高高的单车上，我飞快地蹬着车轮，如同哪吒登上了风火轮，我越骑越快，车轮的气很足，朝着晚霞飞奔，我快要骑到天上去了！我下了车，把绑在后架的扁担解开，我不要扁担了，只有不要扁担才能证明我真的会骑车。车子没有了依傍，我有片刻的虚空，但我毫不迟疑上了车，我像狗撒尿那样坐上了坐鞍，样子难看，要到六感之后，我才把狗撒尿的上车姿势修炼成优美的迎风展翅。

车身轻盈，我再次登上风火轮向着晚霞飞奔，但在跑道拐弯的地方我唰的一下就摔倒了，猝不及防，跑道上的砂粒嵌入手臂肘和膝盖，血渗出来，阵阵火烧似的辣痛。一九七四年到一九七五年，我在县体育场练车，我以为车技早已过关，但一上路就会险象环生。家里不让我骑车，也没有多余的自行车让我骑，我是少数的步行族之一，我从医院宿舍走到东门口，到电影院水浸社大兴街十二仓，我走在去环城大队第二生产队的路上，张英敏陪着我。

我们空着手，只戴了笠帽，午饭是生产队提供，生产队长年轻英俊，听说是高中毕业回乡的知识青年，他黧黑结实，五官有力，但他神情忧郁，眼睛里甚至有一种绝望。他站在我们吃饭的祠堂里，他说：谢谢同学们来支援春插，大家请用饭。

那是我第一次听到有人说“用饭”这个词，都是说吃饭，在书本上也没有见到过“用饭”，它像一个远方的客人，来自城市，是那样文雅，文明，衣着讲究，那样一尘不染。同时又那样突兀，是个不速之客，不合时宜。我们卷着裤腿，脚下的泥踩在厅堂里，我隐约感到，同是高中生，我们的知识是很浅的，连用饭都没听说过。但生产队里的人已经把木饭桶拎上来了，黑棕色的木桶，有稀粥，也有干饭，粥和饭都热腾腾的，散发着好闻的木香。有条凳，但大家站着，方桌上脸盆盛了一大盆炒咸萝卜，有肥猪肉，金黄色的，还放了青蒜，非常非常好吃。

最后一顿是酸菜鱼，简直是盛宴，这是过节才能吃到的菜，酸菜是芥菜做的，梗颇肥厚，脆脆爽爽，酸菜叶子浸透了鱼汁，味道奇好，鱼就更好了，大概就是从姚红果掉下去的那口塘捞的鱼，煎成两面黄，又加上酸菜一起，和酸菜的味道互相穿插，成为真正的美味，永难忘怀。

此外还有争风吃醋，女生对孙向明跟哪个小组劳动极度敏感，尤其是丁服和邱丽香，她们认为孙向明喜欢跟着某某某所在的第二组，有一天她们终于爆发，那天她们插秧到两点还没有人来通知吃午饭。丁服生气，在女生中说孙向明太不像话，只跟着某某某。姚红果立即把话传遍了全班，众人气极。但我认为，孙向明完全是随机跟组的，他对所有女生一视同仁，哪怕是外貌和学习都不出众的邱丽香。但我们都暗恋孙，包括我。我插秧的时候感到孙向明在身后，他挑着一担秧苗走过来，田塍又窄又滑，我觉得自己看见了他光着的脚，白皙的脚趾紧扣在泥里，让我怦然心动。他挑着秧，从田塍下了水田，他把装满了秧苗的秧桶放在我身后几尺远的地方，把快要碰到我脚后跟的空秧桶拖走。

我感到幸福无比，我不能跟他说话，也不能看他，而且永远不能让他知道我暗中的迷恋，我忍受着，感到内心充盈，饱满异常，全身好像灌注了一种奇怪的气体，它既是轻的，又是重的，一会儿轻，一会儿重，轻时像全身插满了羽毛，有一股气流托着我飞升，重时感到沉甸甸的，好像自己早已是一枚熟透的果子，就等着掉到地上，掉进土地深而温暖的地方。

但我不知道自己暗恋他。

一九七四年后我再也没有见到过孙向明，他的梅花党只是一个普通的离奇故事，不足以给我精神上的启示，他也不是我的指路明灯，但他这个人，以一种难以言说的气质，唤起了我隐秘的热情，可以称之为爱。这最初的爱恋，纯洁而浓厚。

现在我愿意再次光着脚走在田塍上。

多年前我曾经写过以下文字：田塍柔软而湿润，它将水汪汪空白的稻田分割成块状。我光脚走在上面，草尖神秘地触碰到脚窝，像是诱惑，又像指引，我于是举起一只脚在草蓬中来回掠动，密集的草叶顷刻充满了整个脚窝，有一种辉煌的酥麻从脚底传遍了全身。惊喜过后，脚面一片冰凉，草叶上的露水尽落到了脚面上，把脚也变成了草。这时候，双脚与田塍已融为一体，刚下脚时的那种陌生、警惕、小心翼翼的感觉消失了。然后我就来到了水田边，水的下面是一层精耕细作的泥土，它们经过了成百上千年的耕作成了熟田。我放下脚，碰到了另一种冰凉，它猝不及防，跟田塍浅表的湿润毫不相同，这种冰凉以它滑腻、黏稠的泥质一下贴住了我，有一种被彻底封死、全部占领的感觉。这种感觉与其说是快感，不如说是震惊。

只有震惊这个词才能准确地形容我的感觉，它使我在心里惊呼，这是一种由简单的感官刺激导致的具有深度和广度的情感，我对它的记忆绵延至今。经过浸泡的光滑细腻的泥土犹如大地的肌肤，它们与我短兵相接。如此之近的距离，如此之近的拥贴，与我在别的时候看到它们的感觉完全不同。正是从这个时候起我才真正发现了“切肤”这个词的丰满含义。冰凉的震惊感只停留在两种肌肤刚刚相接的那个瞬间，这个瞬间之后冰凉就缓解了，它一点点变暖，最后同我的体温一样，我在其中再也不会有异样的感觉，快感和不适都已消失，水田里的湿泥变成了我的另一双奇妙的鞋子。有时我想重新召回那种奇异的感受，就把脚取出来，再放进去，再取出来，再放进去，一会儿凉丝丝一会儿温呼呼的，如同踏着一只双温的轮子，但那种震惊感没有了。

这时我站在水田中，近处和远处的水亮令我眼花缭乱，水田在阳光下一片一片，广阔而夺目，泥土的气息和水一起蒸腾，沿着田塍飞奔，在即将生长水稻的田野上交汇。秧苗递送到我高挽着的手臂上，我托着它们，把它们一兜兜插入水田里，碧绿、俊逸、苗条的秧苗一兜兜地挺立在水中，它们均匀地漫布在水田里。它们渐渐在我的眼前伸延，这时候时间变成了水稻。

这些多年前的文字，现在它们再次出现在这里，以其自身难以消散的能量。我的肌肤触碰到它们，它们就是，我对这个世界，提前选中的遗言。

贰拾陆

二〇〇五年八月的一个上午我站在南流中学的校园里，礼堂在半个月前刚刚拆掉，地上一片瓦砾，还没来得及彻底清除。我曾以为学校的礼堂永世长存，一九九八年我曾来到这里，礼堂地上满是灰尘，楼上有蜘蛛网，光线暗淡空气凝滞，明显的废置已久。但我仍以为它会永世长存。

我一厢情愿地以为，每次回到南流我都能看到它，它过去在这里，现在在这里，将来也还会在这里。我站在瓦砾旁，烈日当空，满怀怅惘。一九九八年冬天，我收到一份请柬，校文艺队初八聚会，希望我参加。只有一行字，是用碳素墨水手写的，没有落款，我想不出来会是谁，请柬是粉红色，像“文革”中传单的颜色，右下角印着一个既像喜儿又像吴清华的女子，她的足弓饱满有力，传达出一种芭蕾的美感。图案是油印的，黑色的油墨，还渗出一小块油渍，我太熟悉了，典型的七十年代样式。当年校文艺队发给每个人的歌本、考试的卷子、学校的各种通知，全都是油印的，还有班里大合唱的歌单，学习资料等等。

卷成筒状的蜡纸，有油膜，半透明，铺在垫板上。刻笔像半截针，画在蜡纸上很有快感，如同破竹，有一点阻力，逆着它，阻力又变成类似势能的东西，有喜剧感。如果不赶任务，刻蜡纸是很有喜气的，刻笔顶着右手的中指，用一点点力，蜡纸发出类似快感的呻吟，随着细微的沙沙声出现一道细小的白印子。又如同绣花，一针一线，一幅图案密密生长，完成之后有一种繁花似锦的满足。然后就可以印刷了，用一只大夹子，把刻好的蜡纸和白纸一起夹住，挑出一点油墨，抹在蜡纸上，用一只橡胶刷，按紧，一下，两下，三下，要刷得很均匀，所有刻了字的地方都要刷到，轻轻揭开，一张白纸上就印上了字，那是自己刚刚刻上去的，字迹既熟悉又有点生，让人感动，好像凭空就创造了一个奇迹，而新鲜油墨的气味一阵接着一阵。

但这个请柬是谁印的呢？

他是特别闲，还是比一般人更念旧，在哪里找到的蜡纸、刻笔和油墨？难以想象。我无从打听，我跟校文艺队的任何人都没有联系。请柬在书桌上放了很久，我不能回去参加这个聚会，但我希望有人给我打电话，我会强烈要求他们给我寄上一张聚会合影，我想看看当年的美女如今的模样，看看张大梅、周青、李小宇，还有童小萌和李永青，还有专门演反角的刘勇敢，所有的人，我都想念。但没有人给我打电话。

我对这次聚会念念不忘。后来郑放歌告诉我，那次聚会她去了，大多数人都到了，她看到了张大梅、童小萌、李永青等，除了胖了一点，差不多没变，连林南宁都来了。原班人马搭配，演了一出《白毛女》片断，张大梅跳得跟原来差不多，真是奇迹。

张大梅、周青、李小宇、王雪、杨海燕，还有翟青青和工宣队长刘同志，指挥乐队的肥卢，乐声响起，“北风那个吹，雪花那个飘”，灯光重新照亮舞台，二〇〇五年的瓦砾纷纷起立，如同倒放胶片的电影，它们一片又一片地粘连在一起，重新形成了墙、柱子、屋顶，舞台和二楼看台上的木台阶重新复原。

这些难以实现的奇观在我的幻想中只出现了一瞬，我知道，所有的一切都过去了。

临毕业在礼堂宣布了最后一批入团的团员名单，我和吕觉悟雷红不在同一个班级，但都在这同一批名单里。当时班里大部分人都已入团，剩下的是最差的几个。

此事严重挫伤了我的自尊，它使我的缺点更明显了。我更骄傲，更不团结同学了，我谁都不想搭理，除了安凤美，而安凤美是全班最差的差生，经常旷课，在宿舍里养鸡，跟别人两口子睡在同一间屋子里，说谎，不爱劳动，她的毛病数也数不过来，但我只愿和她聊天。下了课，我走到外面的走廊上，安凤美也走出来。我们肩并肩站着，说剑术、功夫、杂技、魔术，公鸡和她的师傅，以及陆地坡的沙地马尾松和萝卜，出事的女生、头发和腰。

但我仍感到孤独。

我盼望星期天，好与雷红去找吕觉悟玩，我觉得只有这两个人才是亲的，只有她们，才能知道我的价值。星期日一大早我就起床，走到雷红家，雷红刚刚起床，我就在旁边等着她，等着她梳头，跟她到门口刷牙洗脸。

我等着她，她也不着急，雷红从来不着急，她慢慢梳头，慢慢刷牙洗脸。我站在一旁候着，不时催她快点快点，我是个急性子，最见不得人慢吞吞的。雷红也不跟我争，她一笑。然后我们就动身了，我们肩挨着肩，早晨的阳光和空气都是清爽的，我和雷红一路走着，觉得这是最高兴的时候，这路也一点都不远，走过学校门口，过了红旗旅社和豆腐社，还要走过一口塘，就到了菜行。

菜行是很有意思的，有各种菜，浸在木盆里的狗豆、酸笋和酸菜，有各种瓜，矮瓜、香瓜、石瓜、苦瓜、丝瓜、南瓜、石灰瓜；有青菜，芥菜、空心菜、芥兰、苦麦菜、椰菜、卷心菜、春菜、生菜、玻璃生、枸杞菜和七里香；还有各种豆，荷兰豆、娥眉豆、四季豆、豆角，连同花生黄豆绿豆红豆芸豆黑豆。这些豆子待在菜行有屋顶的地方，它们跟鸡和鸡蛋们在一起，鸡在箩筐里，都是母鸡，花的或黄的，羽毛浓密，有光泽，脸是红的，冠也红，看着真是精神，它卧在稻草里，主人摸着它的羽毛，个个都安详享受。有人来看，鸡和人一齐仰头望着你，眼神清澈无辜。它们的旁边是咸菜，摊在篮子里，底下垫着稻草，散发出醇香，那是咸萝卜、头菜、梅菜，都是非常香的，洗一下就能直接吃。

又有柴，一担一担的，树枝和劈柴，有木炭，有糠，细的和粗的，有木炭，谁家生了孩子就要用木炭烤尿片，一盆炭火，上面架着竹筐，尿片搭在上面，静静地冒着白烟。有卖药材的，月亮草和火炭藤，月亮草的叶子非常圆，有一层又细又密的白色茸毛。

熟菜是很好的，鱼也是很好的，豆腐也是很好的。熟菜是烧猪肉、烧鸭、叉烧、扣肉，这些听着就富足，看上去更加富足，是过年或酒席上的大菜。事实上，它们都是我在一九九八年的新菜市上看到的，橙红的颜色，冒着油，但在一九七五年没有它们，只有烧猪肉卖，剁上一小坨，在闪着油光的秤上称了，用宽大的桐油叶裹着带回家，皮是黄脆的，肉是白的，每个孩子分上两片，大人和孩子，全都喜气洋洋。菜行上的鱼也很好看，放在浅浅的木盆里，或者木桶里，塘角鱼是最生猛的，从来没有半死不活的样子，精气神永远饱满。黄鳝不爱动，在水里深思。另有鲫鱼和鲤鱼，以及颃鱼，南流的颃鱼不是那种知名的鲈鱼，而是胖头鱼，一种头特别大的鲢鱼。塘角鱼清蒸，鲤鱼鲫鱼切成块煎来吃，或者先煎一下，再加一点水，放上姜和酒，不叫红烧，叫，比红烧更原味。颃鱼直接加水炖汤，放上红枣就行了，汤是甜的，鲜美。

这些都很少吃得上。唯有豆腐，差三隔四，就能吃到了。

卖豆腐的地方永远有十几块石头，有两块石头就是我和吕觉悟的。它代表我们排队。早上六点钟，天刚蒙蒙亮，我们就结伴排队买豆腐。到地方一看，昨天我们的石头还在呢，柚子大的青石，是我的，半截砖头，是吕觉悟的，我们把石头放进队伍里，就算是排上了队。

我和雷红远远就看见了吕觉悟。

她站在骑楼下，身后的方柱子简陋瘦长，是青砖砌的，石灰浆露在外面，有一种单纯朴素的美好感觉，正如觉悟本人。她进进出出，语速很快，她说：一清早我就等你们来。她又说：《科学实验》昨天刚到，真是巧。她飞快地转身，飞快地拿出两只杯子。她家的杯子跟街上卖凉茶的差不多，玻璃杯，印有红色小花，样子土气，却有一种纯朴和天真，有点像吕觉悟的妈妈，她识字少，有点矮，也有点胖，但她总是笑着，露出一口白牙，天真而热情。觉悟的爸爸是她崇拜的人，《科学实验》就是他订的月刊。

我们匆忙喝水，好像是要赶路，其实只是到门口的空地上，那里有一个台阶，有一个葡萄架，我们坐在台阶上，垫着纸。一坐下我们就抢着说话，好像不说就来不及了，我们说，最厌最恼的人就是某某某，这个某某某是我们初中时的班主任，孙向明的前任，一个中年妇女，对我们三个人有强烈的偏见。她背地里跟人说，雷红和吕觉悟是地主，李飘扬是半个地主。这样的话使我们怒火万丈。我们骂她是家庭妇女，这是我们认为的最厉害的骂人话，意味着庸俗、水平低下，是我们最鄙视的那类人。某某某也正好契合了家庭妇女的形象，她怀着孕，走路难看地挺着肚子，脸上长满了妊娠斑，眼皮是肿的，好像永远睡不醒，说话的声音也像鸭子一样难听。

恨这样一个人真是年少无知啊，缺乏人性。我愿意向她道歉，但她早已不知去向。

这时我们快要高中毕业了，某某某的事情已经忘记，我们急着要说的是入团的事。我们抢着说，我们根本就不想入团。事实上，是一开始想入，后来老不吸收我们，就不想入了。三个人中一个说，听到宣布名单的时候我就看着地上，我一点都不高兴。另一个马上抢着说，入团宣誓我都没发出声，就动了动嘴。第三个也接着说，我们就愿意当落后群众，不入就不入。

三个人的声音交融重叠，我们感到彼此是多么心心相印。

如同那张合影。

初中毕业前夕，我们决定去照一张合影，拍这张照片不是为了我们自己，我们几乎没有想到要自己留一个纪念，我们是不需要留念的，我们三个人永远都会在一起，但是孙向明不会。三个人很严肃地商量，要送给孙向明一样东西作留念。我们排除了笔记本和钢笔，认为既然我们与孙向明有着深厚友谊，就应该送给他我们的照片。送照片本来是件暧昧的事情，如果是邱丽香，必遭我们耻笑，但我们自己却认为孙向明很愿意收到我们的照片。

三个人便去照相馆，在那个黑柜子般的蒙着红布的镜头前，吕觉悟坐着，我站在她的左后侧，雷红又站在我的右后侧，照相师傅把我们的队形摆成了一根节节拔高的芝麻，而且有着迎风招展的动感，现在看来，那真是最有诗意的队形了，三人队形无非还有：站成一排、坐成一排、正品字、倒品字，都平庸。三个人梳着同样的辫子，留着不同的刘海，都笑着，将要咧嘴却又不咧，把所有的笑都含在嘴里。

孙向明的宿舍就在礼堂的右侧，紧挨着，他房间有一堵墙是礼堂的墙，从礼堂砌出来一排平房，孙向明的房间是第一间。

但他的房门紧闭着，不知道他到哪里去了。我们九点就到了学校，是星期天，学生很少，水龙头跟前有老师在洗衣服。但就是不见孙向明，我们冲着他的窗户喊他，又轮番轻轻敲他的门。没有一点反应。我们伸长脖子四处看，又向洗衣的老师打听，都说没看见。

怎么能够不在呢！他就应该等着我们，他不知道我们来也要等着，我们是经常星期天来找他聊天的，他总是在房间里，不然就是在操场，我们一找就把他找到了，然后就坐着聊上半天。我们没有任何目的，就是想见到他，就是想跟他说话，说什么无所谓，听着他既可笑又奇妙的湛江话，从他的喉结滚动而出，我们就好像获得了莫大的享受。我们东一句西一句，说说北京，说说湛江，又要说到梅花党，又要说到样板戏，班里的事，打球唱歌的事，去陆地坡担沙，下生产队割禾插秧，学校鱼塘里的鱼，晒在篮球场上的谷子，等等，统统都说过了一遍，再也无话可说了，我们还是赖着不走，我们赖在孙向明的房间，就像赖在了另一个世界里，这个世界通向北京和湛江，以及所有我们无法想象的远处。

但孙向明不在，我们又委屈又失望，却不甘心，找不到孙向明我们是不能回去的，这件事情是这样重大，相当于英勇就义，庄重、热烈、难舍，我们就要哭了，但我们又忍着。我们都知道要化悲痛为力量，我们不说话，到礼堂里找了一条木凳，一人一头抬着，横放在孙向明的门口，我们三人就并排坐在条凳上。

三个傻乎乎的女生，横着条凳坐在老师的宿舍门口，她们也不说话，互相依偎着，愁容满面。这样的场景真是让人疑惑。过路的人走过去，不由得回头打量，他们有点理解，也有点嘀咕，他们嘀咕着就走过去了。我们却毫不难为情，我们沉浸在内心的委屈中，眼睛是直的，却看不到别人，眼泪在眼眶里打转。时间一点点过去了，太阳升得老高，孙向明踪影全无，又轻轻拍他的门，仍无声息。我们坐得有点累，就起身找他，条凳横在紧闭的门前，我们到操场上，操场是空的，我们往厕所方向看了看，又等了一会，然后我们从篮球场穿过去，走到食堂，从食堂出来到我们的教室，从教室穿过走廊和医务室再绕过礼堂还是回到孙向明的门口。

绕校一圈。这一圈绕得很是绝望，到处都没有孙向明，我们绝望的认定，再也不会找到孙向明了，他再也不会出现在任何地方。我们心灰意冷，步子疲惫，我们灰着心拐过了礼堂的墙脚，却一眼看到孙向明门口的条凳挪开了，我们的心一震，一紧又一松，怦怦跳了起来，就像有一只狗，忽然就在我们的胸口奔跑起来，它本来无精打采，一根肉骨头却从天而降。奇迹出现了，孙向明，我们看见了他。

他在水龙头前洗脸，他用的是那只印着大红喜字的搪瓷脸盆，穿着人字拖鞋。这只脸盆平时放在他房间的脸盆架上，我们熟悉得就像它是自己家的脸盆，但同样的脸盆，脸盆里同样的大红喜字，自己家里的那个是很难看的，年少的时候我总认为大红是最庸俗的颜色，大红喜字则是庸俗之最，土上加土。但孙向明的这只却有所不同，它有着光芒和蕴藉，是所有红色中神秘的红色，它的喜字也跟别的喜字根本不同。

他的人字拖鞋是要让我们心跳的，因为它夹在他的脚拇指缝里，淡蓝的拖鞋托着他的脚，他的脚背白皙瘦削，小腿上的毛惊心动魄。我们只看到他的背，他用双手捧了一捧水正往头上浇。我们想叫他，却忍着不作声。三个人站在礼堂墙角的拐弯处，安静地朝水龙头那边张望。

三十年后我重新看到这个情景，这时礼堂已经成为一片瓦砾，礼堂旁边的平房也早已不复存在。一切浪花终将死去，所有的水龙头已经消失。没有永世长存的事物，我也很快就会老去。

贰拾柒

二〇〇五年夏天我还去看望了我们的厕所，在操场的右侧，靠近公路那边。想起厕所我就想起腐殖酸铵，一种棕褐色的汁液，有点稀，气味也是稀薄的，凑到跟前才会闻到一点，类似塑料，那种新买的塑料胶鞋就是这样的气味。这样一种塑料水怎么能当肥料呢，一看就不像有肥力，非但没有肥力，它还会把地里原有的肥力拔出来，就像酸菜酸萝卜，或者是别的什么酸东西，吃了就把肚子里的油水刮掉，而且，它正是叫什么酸铵呢，这里头的酸字可真是令人起疑。

但这是我们的教育革命成果，是化学课的教学内容和考试成绩。我们一人挑着一担，挑到几里地外的学校试验田里。下午两三点，太阳正好，我们的禾苗正茁壮，它们一兜一兜站立在水田里，秀丽、挺拔，它们站得整齐，间距正好，每一片叶子都均匀地晒到了太阳。这都是我们当初亲手插下去的，“禾苗迎风点头笑”，这是真的，有一点风吹过来，一层绿浪自远而近，禾苗大概就是这样笑的。但是我们要把腐殖酸铵倒进去了，这种棕色的水，稀薄的液体，散发着塑料气味，它真的能滋养我们的禾苗吗？真的不会把禾苗烧黄烧死吗？我在地头坐了一会儿，大家都倒进去了，倒进去就完成劳动任务了，可以回家。我犹豫着也倒，我们很快就要毕业了，再也不是我们收割了。

腐殖酸铵，它没有出现在我们的课本上，它在课本之外，在厕所旁边的那个大坑里。我们班是全年级的试点，每到化学课和劳动课，我们就扛上锄头铁铲到厕所去，在化学课老师和班主任的指挥下奋力挖坑。

我们是有一点荣誉感的，我们的荣誉感是，全校只有我们班去厕所挖坑。土坑要挖两个乒乓球台那么大，一人多深，土质却不好，有很多碎石，把锄头碰得直冒金星，泥也不结实，动不动就塌了，天又下雨，有半坑水浸着。全班人马用粪勺舀水到粪桶里，再挑到厕所的粪坑倒掉。这一来，弄得我们新挖的土坑也像是粪坑，粪便的气味飘来飘去，我们挑着水穿梭往返，这一点又像抗旱。低年级的同学很是疑惑，小心翼翼地打听，我们就大声说，我们班在搞科学实验呢，要制作一种叫做腐殖酸铵的化肥。

腐殖酸铵，这个词真是响亮。初中女生仰着头望我们，她嘴里喃着这几个字，含糊、不连贯，显然是陌生的，她从来没有听说过。我们就更骄傲了，腐殖酸铵，又响亮又神秘，全校都不知道这是什么，当然我们也不知道，但我们就要动手把它制作出来了。我们起劲地舀光了坑里的积水，又光着脚跳进烂泥里继续挖。

弄来稻草铺在坑底，到很远的纸厂挑来废水浸泡稻草。稻草大概跟腐殖有关吧，这是容易腐烂的东西，纸厂废水应该跟酸铵有关，没有人告诉我们，我们光着脚走在通往纸厂的青石板上，胡乱揣测。这两样东西泡在一起，据说是要产生一种腐殖质。腐殖质是好东西，是未来的肥料。

我们就等着。

如同等着一锅米饭揭开盖子。米和水都是按比例放的，该大火的时候就大火，该小火就小火，该焖十分钟绝不只焖九分钟，一锅热气腾腾香软款款的米饭完全天经地义，难道不是吗？我们当然是要拿着碗等在锅边，等盖子一揭就能吃到饭了。

有谁见过煮了半天饭，盖子一揭，仍然水归水米归米的呢？我们的腐殖酸铵就是这样。

化学老师宣布说，经过一个月的化学反应，腐殖酸铵已经制成，可以当肥料用了。我们用铁锹把坑底的稻草拔弄上来，发现这一个月的沤制，非但没有沤腐烂，反倒色泽更鲜艳，禾秆更挺拔，像是刚刚从稻田里割回来的。

多么奇怪！难道稻草成了精吗？又再看废水，废水也仍是原先纸厂的废水，它没有变成别的什么，只是看上去更黑，面上还漂了一层锈。传说中的腐殖质没有看到，连影都没有。我至今也不知道纸厂的废水和稻草能不能沤成腐殖质，在我的想象中，腐殖质应该像蚯蚓拉的屎一样，松软、微黑、散发热气、没有水但不干燥、类似粪便却又不臭，等等。

不能指望这个土坑变成蚯蚓，也不能指望纸厂的废水生成腐殖质，但是教育革命是要成功的，腐殖酸铵必须制成，我们说它是腐殖酸铵它就是腐殖酸铵，它一担一担地被我们挑到田里，倒在禾苗中间，水田变黑了，像被污染。

可笑的腐殖酸铵在我们的青春期散发着塑料的气味，它穿过校园嘹亮高亢的歌声，头顶着呼啸而过的排球。

永别了，腐殖酸铵。

丁服，我总要一再想到她，她不是吕觉悟和雷红，但我总要想到她，我和她是人心隔肚皮，是一对冤家对头，如果我们偶尔谈心，那就是矛盾闹大了，她要化解矛盾，她高姿态地主动约我，她向来是高姿态的，只有我小气，我认为她整我，我怀恨在心，我不跟她说话。她就说：飘扬啊，我们一起到操场上讲讲话吧。我说，去就去。

我们肩并肩走下楼，又肩并肩走在操场上，活像一对亲密战友。她搂着我，很恳切地说，飘扬啊我最佩服你了，学习又好又从来不讲粗口话，听说全文艺队就你学习最好，我真羡慕你呢。她又说，丁务也跟我夸你。她这样说着眼睛却往我脸上瞟，丁务是她弟弟，初中跟我同班，学习第一，又爱打球，是孙向明最器重的男生。丁服认为我有点喜欢她弟弟，事实上我也是有点喜欢。我装作漫不经心地搭腔说，是吗？但心里的喜欢已经在了脸上，丁服一看就看出来了。我们之间的空气开始流动，不但流动，而且变柔软了，柔软着心里便有一点妩媚，我微笑起来，她说一句，我也说一句，她说得多，我说得也不少，我们东拉西扯，甚至说到各自小的时候。一场谈话下来，我们之间有什么过节我已经忘记了，我仿佛觉得，丁服如同吕觉悟，从小就跟我一起长大，她从来就是我的好朋友。

丁服真是天生的思想工作者，她有很好的跟人打交道的素质，顾全大局，又能变通，沉着，说话有分寸，她没有当上县委书记或县长真是可惜。

二〇〇五年夏天我在N城见到她，一九九八年秋天我在N城也见到她，相逢一笑，她仍很大度，她说飘扬，我当初跟你考文科就好了，家里人怕再有政治运动，坚决不让，考理科不行啊只上了中专。她从容、自尊，她从容自尊地说，上不去了，现在提拔干部至少要大学本科文凭。面对多年前的对手，她丝毫不失风度，我佩服她。

二〇〇五年夏天，她和姚红果听说我要来，便会同吕觉悟雷红四人一起，在宾馆大堂等我到晚上十点。这本是丁服和姚红果的一番深情厚谊，我则只想着和吕觉悟雷红说重要的事，希望丁服和姚红果约在另外一天见面。但她们四个人都来了，吕觉悟说姚红果她们很想见我，非要来，就都来了。

她们在我的房间坐下不久，刚说了几句话，我就照头照脑对着丁服姚红果二人说，我今天不想见你们，我要跟觉悟雷红说话呢，等我过几天回来再跟我们班一起聚吧。

我出口伤人，自己却没有意识到，我真是太差劲了。

当时为什么一点都没有意识到呢？而丁服胸怀宽广，她笑着说，好好好，我们再坐几分钟就走，等你们讲私房话。过了几分钟，丁服果然主动告辞了，她亲热地搂着姚红果，就像一九七五年，她在南流中学的操场上搂着我。

有的人，生活没有教训她她就很成熟，天生的。丁服就如此。她是我们班的政治核心，相当于我们国家的中国共产党。有条语录是怎么说来的，**“领导我们事业的核心力量是中国共产党，指导我们思想的理论基础是马克思列宁主义”**，丁服正好是我们班的团支书，完全名正言顺。

一个高中的班级，走在教育革命的最前列，只有两种可能，一是班主任特别能“战斗”，要不就是班干部特别能“战斗”。战斗这个词久已不用，久违了。但只要重返七十年代，它就会跳出来。本来我已写下“特别能干”这四个字，但我忽然感到有哪里不对，能干，多么苍白无力啊，很不传神，“特别能战斗”，它像一块红铜，带着金属的声音，铿锵有力地落到我的纸上，穿越三十年的时空，我重新又看到了它。它使我悲喜交加。因为它同时使我想起了那首歌，“战斗战斗勇敢地战斗，我们的战斗生活像诗篇”，是阿尔巴尼亚电影

《宁死不屈》里的插曲，我永远喜欢这首歌，从小学五年级到现在，它的歌词和旋律在我的身体里，从不沉睡，像一只潜伏的青蛙，在灰蒙蒙的日子里应声而起。

赶快上山吧勇士们，
我们在春天里加入游击队，
敌人的末日即将来临，
我们的祖国将要获得自由解放。
不管风吹雨打乌云满天，
我们歌唱我们战斗，
战斗战斗勇敢地战斗，
我们的战斗生活像诗篇。

歌声在空气中消失后我又回到了灰蒙蒙的窗前，现在，我对战斗这个词又已经很熟了，它落到了我的手掌心，它有点陈旧，却又是结实的，如同一个实心木球，在我手掌滚来滚去。战斗，战斗在教育革命第一线，教育革命就是指不上课，准确地说，是不在教室里上课，走出校门，叫开门办学。

化学课，我们班的化学课与众不同，我们搞腐殖酸铵。对我们班而言，腐殖酸铵犹如一个国家的原子弹，神秘、庞大、有气势，我们学习伟大领袖说："我们也要搞原子弹"的口气，然后我们说：我们也要搞腐殖酸铵。

语文课，我们班的语文课当然也与众不同。我们是到环城大队小学讲革命故事。丁服说，首要的问题是教育农民。

政治课，我们班的政治课更是石破天惊，我们背上行李到民安公社的知青点体验生活，同吃同住同劳动一个星期。丁服又说，知识分子要走与工农相结合的道路。

我看见刘爱莲像一只打断了脊梁骨的癞皮狗跟在我们后面。他皮肤白皙，戴着近视眼镜，他长得就像他的名字。一个男人怎么叫爱莲呢！真让人匪夷所思。但他就叫刘爱莲，我们的语文老师兼班主任。

他特别不能“战斗”，这是丁服对他的评价。至于断了脊梁骨的癞皮狗，则是姚红果从语文课本里的鲁迅杂文找来的，她很得意，因为这正是刘爱莲的讲课内容。

校革委会让刘爱莲当我们的班主任真是吃错药了，刘爱莲来当我们的班主任更是错吃了药。他没有麦大安的自知之明。自知之明这种老到的用词是我们经常挂在嘴边的，它来自伟大领袖的教导：**人贵有自知之明**。麦大安，他在那个细雨濛濛的秋天，来到我们教室宣布，孙向明回湛江了，由他来代理班主任，他当时就说，我不想当你们的班主任，我没有能力，什么时候学校确定了新的班主任，我的任务就完成了。

在我们看来，除了孙向明，没有人能当我们的班主任，但如果麦大安当，那也是顺理成章的，他一直代理，直到高一结束。我们一直等，心里怀着期待，盼望另一个孙向明从天而降，我们班人才济济，是众多的磁粉，就差一块磁铁，把我们紧紧吸在一起了。这个念头也是孙向明的物理课留给我们的印记。

我们怀着期待，期望越高，失望越大，飞得越高，摔得越重，这就是唯物主义的辩证法。中学生的思维半通不通，但刘爱莲来了。他来到我们的教室，在黑板上写下他的名字：刘爱莲。这三个字就像三枚巨大的铁钉，把这个没精打采的人钉在了我们班。我们望着他，心里一点点往下沉。有这么严重吗？三十年前我们就是认为有这么严重，一个平庸的班主任，他将使我们的日子没有光彩，他不能跟我们打排球，不能在拔河的时候像一束光亮引领我们，没有孙向明，劳动也没有兴奋点，“赶快上山吧勇士们，我们在春天里加入游击队，不管风吹雨打乌云满天，我们歌唱我们战斗”，这也是孙向明爱唱的歌，在十二仓通往田野的路上，广阔的歌声连同春天、连同风混合在一起，秧苗插在水田里，而孙向明就在我们的身后。

这个刘爱莲，他来干什么呢？

他的到来让丁服和李卫星脱颖而出。班主任特别不能“战斗”，班干部就挺身而出了。如同在“战斗”中，班干部迎着枪林弹雨站出来，我们班的枪林弹雨就是教育革命。孙向明刚走的那两个月，全班的魂是飘的，飘呀飘不知在哪里，我们对枪林弹雨视而不见，如同一盘散沙，等到刘爱莲落地生根，我们的空想才绝了望，灵魂飘呀飘，飘到了丁服李卫星他们身上，一盘散沙就变成了一块钢。

积淤的热情被搅动，消散的力量又在凝聚，我们走在南流郊外的小路上，去环城大队小学讲革命故事。故事讲得一点都不好听，革命故事本来就够乏味，中学生又只会书面语，基本上是照本宣科，他们没有上过讲台，底下一片乌黑的眼睛，孩子们仰着头，张大了嘴，中学生额头冒出了汗，她的声音像蚂蚁，刚开口，却不记得自己要说什么了。孩子们打起了呵欠，蚂蚁遇到了大火。时间太长了，一个故事读完才花了十分钟，时间过得如此缓慢，这可怎么办呢？领导我们事业的核心力量丁服说，教唱歌吧。好，精神为之一振，新电影《闪闪的红星》里的插曲就像一群刚出笼的鸡，扑腾得到处都是，歌曲比故事好听多了，《小小竹排江中游》这样唱道：“小小竹排江中游，巍巍青山两岸走，红星闪闪亮，照我去战斗。”它使我们感到南流的圭江和两岸的山也就是电影里的山和江，它把这个失败的下午装点如此富有诗意。《红星闪闪放光彩》则是一支胜利的歌曲，它适合行进，满山的映山红、枪、灰帽子上的红星，“红星闪闪放光彩，红星灿灿暖胸怀”，潘冬子精神抖擞走在革命队伍里。《映山红》没有教唱，它抒情，是独唱歌曲，它在我的心里回荡，如同某种隐秘的爱情。

为什么唱起这首歌就会想起孙向明？我无从知道。这部电影放映的时候孙向明已经回湛江了，我再也没有见到他。“夜半三更哟盼天明，寒冬腊月哟盼春风，若要盼得哟红军来，岭上开遍哟映山红，岭上开遍哟，映山红”，就是这样，歌词如此可笑，但旋律优美。

去农村小学讲故事的事情以正剧开始，喜剧结束。校团委书记跟随着，他兼任新闻报道员，要写一则通讯寄到省报去，他和丁服互相打气，一个说，这次开门办学是成功的，锻炼了学生的口才。另一个说，平时太缺少锻炼了，不锻炼不知道，一锻炼就找出差距了。刘爱莲跟在后面，既像喃喃自语，又像开导我们，他说，讲故事要用口语啊，不能用书面语，语面语是死的，不生动啊。

没有人听见他的话。

丁服真是特别能战斗，她又向校革委请战了。于是我们全班不上课，步行到民安公社的凉水井大队，五人一组，到各生产队的知青点去，体验生活。体验生活这个词，是丁服提出的，不知她怎么想得出来，这是用在作家身上的词，是我国特色，一个作家要写矿山，他不熟悉生活，就要去体验，他拿着某一级组织的介绍信，下到矿山，矿山的宣传部门会接待他，派一个宣传干事跟着，他住在招待所里，吃食堂里的饭。或者是去农村，住到一户人家里，同吃同住同劳动，他按月把伙食费交给这户人家，每顿跟着吃红薯稀粥。然后他就开始写小说，或者剧本，他写呀写呀，写得枯涩乏味。这就是我现在理解的体验生活。

现在这个词已经无比陈旧了，当年它出现在我们班，却是十二分新鲜，它就像丁服手中的一面旗帜，色彩鲜艳，迎风招展，甚至有着哗哗的风声在我们班的教室里回响。丁服犹如舞台上的主角，闪亮登场，因为这面夺目的旗帜，她便也光彩照人，锵锵锵锵，锣鑔鼓点环绕着她，她踩着鼓点，绕场一周，停住，亮相，她的脸上生着光。体验生活，我们就要去体验生活了！这是真的吗？体验生活，真是太神秘了，真是太令人兴奋了。我们跟家里人说，我们要去体验生活，家里人说，小孩子体验什么生活。我告诉吕觉悟雷红，她们说，是真的吗？你们班就是跟别人不一样。全校都知道了，七三（四）班要去体验生活，体验生活就像是一阵风，把我们全班每个人的心都刮到了天上。我们的心在天上，晃晃荡荡的，我们揪着自己的头发就飞了起来，青春的力量早就在涌动，没有事也想折腾，我们本来就不想在学校里待着，资产阶级知识分子统治我们学校的现象，再也不能继续下去了，伟大领袖说得好，他太知道我们的心思了。我们的心一会儿在天上，一会儿又在地上，在地上的时候是奔跑着的，像一阵风，我们对家里大人说，我们要下乡了，这个下乡不是上山下乡插队的那个下乡，而像是干部下乡抓工作的下乡，难道不是吗？我们是要体验生活呢！我们打起背包就出发了，就像一支歌里唱的："祖国要我守边疆，打起背包我就走，哪里需要哪里去，哪里需要哪里安家"，这首有着新疆民歌风格的歌，欢快热烈，伴随着我们收拾行李的节奏。

班里会骑自行车的人更多了，路上一时铺满了人声和铃声，我仍步行，有四五个女生跟我一起。我们走到十字铺，先把行李运到的男生就折回来接我们了。

贰拾捌

二〇〇五年夏天我回到南流，每天独自在南流的大街上闲逛，每天都百感交集。曼德尔施塔姆的诗像水泡一样浮动在南流的大街上。

> “我回到我的城市，熟悉如眼泪，
> 如静脉，如童年的腮腺炎。”

我回到南流，熟悉如腮腺炎的地方就快要消失了。小学时总是有人得腮腺炎，此起彼伏，脖子是肿的，有点红，用手捂着，我们冲那个得了腮腺炎的人连连喊道猪红腮猪红腮。这是南流对腮腺炎的俗称，当年觉得这多么庸俗难听，多么不科学。

猪红腮，我想它就要湮没了，再也不会有人想起它。大力提倡普通话，方言迅速萎缩。

我在南流闲逛了三天，第四天一早，我就到玉林去了。

玉林是我小时候心目中的大地方，它比 N 城小，却比南流大，比南流周围的所有县份都大。它是地区所在地，地区是八个县，相当于八颗星星，玉林就是月亮。说它是月亮，却又没有天那么远，它离南流只有三十公里。但它在我的感觉中却又是远的，因为它有火车。

玉林就是这样一个既远又近的地方。什么时候才到玉林去呢？什么时候才能看到火车呢？这是我经常惦记的事情。我第一次看到火车就是在玉林，那么庞大的一个铁家伙，我坐了上去，到达贵县，我跟母亲去开会。母亲就是为了让我看火车才带我去开会的，我七岁，第一次出门。第二次去玉林是十一岁，城镇疏散人口，据说要打仗了。姐姐带着我和弟弟回另一个县的老家农村，路过玉林，在玉林的商店里被小偷偷了五元钱，我姐姐大惊，一再嘱我千万不要告诉妈妈，这是非常大的一笔钱，妈妈会心疼。我们没有了路费，姐姐找到一辆愿意搭我们的大卡车，我们坐了三小时卡车回到老家，我吐得一塌糊涂。

一九七五年，第三次去玉林。我和吕觉悟雷红早就决定，在高中毕业之前，一定要去一次玉林，我们已经长大了，单独去一次玉林就是我们的成人礼，我不会骑自行车，但吕觉悟和雷红都会，她们可以轮流带我，骑三四个小时就能到玉林，稍微逛一逛玉林街就回来，吃晚饭前能回到家。好，就这样定了，我们一定要去，我们一定能去成。我们的目的一定要达到，我们的目的一定能够达到。

星期天一大早我就去叫雷红，她却去不成了，家里人不让去。我失望了几分钟就重新打起了精神，独自前往吕觉悟家。我匀速步行，情绪饱满，脚下的沙子踩得刷刷响，我口袋里装着两块钱，盘算着在玉林吃一碗米粉当中饭，再买一点什么新奇东西，估计差不多够了。我刷刷地走，觉得自己颇像行军，很有一点英姿飒爽。“飒爽英姿五尺枪，曙光初照练兵场，中华儿女多奇志，不爱红妆爱武装”，这首诗词小学就会唱，它被装点在各种道具中，有时是红缨枪，有时是步枪，有时是步枪加上刺刀，弓步，举枪斜刺左前方和右前方，再右手握枪高举过头，左腿向后抬起，头微仰，然后踮着双脚转圈子，站稳，侧身亮相。每当想起这首歌，这些基本的动作和道具就会紧接着蜂拥而出，好像它们是这歌的一层皮，或者是一朵花旁边的另一朵花，它从来不会光秃秃地出来，事情就是这样奇怪。

我内心回荡着飒爽英姿的旋律，以急行军的速度冲到吕觉悟家，她家的自行车正停在门口的空地上，吕爸爸蹲着给自行车上油，一只小小的油壶，在车轴上点一圈油，他又抓着脚踏转了几圈。他安详平静，吕觉悟站在一边喜气洋洋的。吕妈妈看到我就欢快地喊道：飘扬来啦，觉悟昨晚念你一夜呢。她露出了亮白的牙齿，很喜庆。吕觉悟家永远都是这样祥和，让人羡慕。我忙着告诉她，雷红去不了了，家里有事。觉悟头一转，哦，她去不了呀。她这样答着，我担心她也不去，担心她爸爸妈妈也不让她去了，赶紧说她不去我们两个人去吧，再不去就毕业了，一毕业就插队了呢。

觉悟就说，好，我们去。她爸爸让我们喝足水，他微笑着，她家的空气也都微笑着。

只有觉悟一个人骑车驮我，本来是她和雷红两人轮流驮，现在重担就落在觉悟一个人身上了。一开始我不觉得自己是重担，觉悟也不觉得，她说你这么瘦，比我轻多了。但我慢慢就变重了，骑的路越远，我就变得越重。觉悟骑得越来越慢，她累了。但她安慰我说，不要紧，慢慢来。好像骑车带人出力的是我，而不是她。

然后就到了新墟，新墟是南流县最富的一个公社，它在南流与玉林的交界，新墟跟玉林近，所以相对于南流而言有着心理优势，它是南流去往玉林的一个关口，到了新墟就走了一半的路了。

【八岁那年我曾经步行到过新墟，小学二年级，自说自话，去宣传毛泽东思想，和四五个男生和四五个女生一起，有刘英雄和张少波，有姚红旗和张二梅。那时候“文革”的烈火熊熊燃烧，到处红旗招展锣鼓喧天，我们一下就会唱很多语录歌了，“世界是你们的，也是我们的，但是归根到底是你们的”；“领导我们事业的核心力量是中国共产党，指导我们思想的理论基础是马克思列宁主义”；“我——们，共产党人，好比种呀子，人民好比土呼地”等等，就连林彪的再版前言我们都会唱了，那是最难的，“毛泽东同志是当代最伟大的马克思列宁主义者”；诗词歌我们会唱“风雨送春归，飞雪迎春到，已是悬崖百丈冰，犹有花枝俏。俏也不争春，只把春来报，待到山花烂漫时，她在丛中笑”，这是我最喜欢的。其他的歌我们也都会，《天大地大不如党的恩情大》、《大海航行靠舵手》我喜欢“敬爱的毛主席，敬爱的毛主席，您是我们心中的红太阳，您是我们心中的红太阳。我们有多少贴心的话要对您讲，我们有多少热情的歌儿要对您唱，千万颗红心，向着北京，千万笑脸迎着红太阳，祝福您老人家，万寿无疆”。还有《北京的金山上光芒照四方》，还有《唱支山歌给党听》，我觉得这些歌旋律优美，纯朴真挚。

我和姚红旗、张二梅、刘英雄、张少波等举着红旗就出发了。每家的大人都在运动之中，史无前例，汪洋大海，无人能有藏身之地，去宣传毛泽东思想？去吧。

至于宣传毛泽东思想，我们都已经知道了是怎么回事，就是几个人到十几个人举着一面红旗，排着队，走到街上人多的地方，站成两排或一排，然后齐声朗读毛主席语录，朗读完一段语录后开始唱语录歌。

这件事情我们已经干过好几回，我们把语录歌编上舞蹈动作，后来又加入了几个自编的舞蹈，连歌带曲，又唱又跳的。革命的海洋一浪高过一浪，我们泡在海洋里。

实在觉得这是一件特别好玩的事，我们这支自我命名的毛泽东思想宣传小分队，自己创作，说是创作，当然是不折不扣的模仿；说是舞蹈，其实跟体操差不多。但我们乐此不疲，沉迷其中。

在所有语录歌中，最容易编成动作的是“我们共产党人好比种子，人民好比土地”，做一个模仿播种的动作，边播边走，合上节拍就行了。“领导我们事业的核心力量是中国共产党，指导我们思想的理论基础是马克思列宁主义”，也比较好办，两手往右上方举起，手心朝里，右手超过头顶，左手稍低一点，左右手合着节奏交错摆动，脚步在原地踩着拍子，看起来也像那么回事。最让我们为难的是“革命不是请客吃饭，不是做文章，不是绘画绣花，不能那样雅致，那样从容不迫，文质彬彬，那样温良恭俭让。革命是暴动，是一个阶级推翻另一个阶级的暴烈的行动。”

我想了一天一夜，还是没有给这条语录歌编出动作来，头都憋疼了。我像一个学打哑语的人，不停地做出吃饭、写字、绘画、绣花的具体动作，不用说它们根本不是舞蹈语言，也不是体操，根本就是奇怪的哑语。吃饭这样的动作，作为表演实在太局促了，它不像播种，比较舒展，也算是古时候人们模仿劳动创造出来的舞蹈语言之一，与舞蹈多少有一点牵扯。吃饭、写字、绘画，本身动作就那么单调难看，它们又是如此密集短促，平均每个词停留的时间只有两秒钟，一闪而过，根本无法展开。下文的“雅致”、“从容不迫”、“文质彬彬”、“温良恭俭让”也让我一筹莫展。倒是结尾好办，时代的最强音，“革命是暴动”，双手握拳，高举过头顶，两脚并拢、崩直、踮起，“是一个阶级推翻另一个阶级的暴烈的行动”，双腿迅速变成右弓形，右手握拳高举过头，左手握拳直击右下角。

不用说也能想到，这是一个传统戏剧里武松打虎的经典姿势，正好暗合“一切反动派都是纸老虎”的意思。“武松打虎”既有文化传统的基础，又有革命的认可，在六七十年代成为了九百六十万平方公里上出现最多的舞蹈动作之一。

我们在南流街的东门口和西门口各宣传过一次，又在木器合作社和水运合作社各宣传过一次，还要到哪里宣传呢？真是不够过瘾。于是在一个星期天的早上，我们跑到学校，找到了一面红旗，之后，排着队就走到了公路上。

我至今觉得，八岁出门远行真是痛快得要命，如果不是碰上革命时代，我们肯定得熬到十八岁才能出门远行，那样就太不好玩了。革命时代一到来，我们就学会了自己组织起来，演唱语录歌，宣传毛泽东思想，有整整一年时间，我们的老师不知去向（也许是参加了革命大串联，到北京天安门接受毛主席的接见了），时有时无。我不记得班主任当时是否在，我们是否给她打过招呼。

八岁的孩子根本就是一只懵懂虫，十五里公路，而且是通往梧州和广州的公路，被车撞了怎么办？中暑了怎么办？走不动了怎么办？被坏人拐走怎么办？

但没有谁家的大人被吓晕，我妈也没有被吓晕。革命时代每个人的胆都比平常日子大一百倍，大人心里想，比起二万五千里长征，区区十五里算什么！孩子就是要从小锻炼。

大人们就是这样想的。

我们举着一面红旗就走到了马路上，阳光明晃晃地照着我们，红旗唤起了我们的庄严感，我们挺着胸，把队排得笔直。阳光、红旗、队伍，这样美好的事物从我们的眼睛滚动到我们的喉咙，再从喉咙出来的时候就变成了响亮的歌声："世界是你们的，也是我们的，但是归根结底是你们的。你们年轻人，朝气蓬勃，好像早晨八九点钟的太阳，希望寄托在你们身上。"

但很快，唱过几支歌之后人就乏了，太阳越升越高，每个人都晒出了一头汗，脚也疼，口也渴。走走停停，不停地问路，新墟还有多远，陌生的大人骑着车，说，不远了，快到了。我们走了几个小时，歇了无数次，丢盔弃甲，最后总算到了新墟。

因为有了这十五里地，我认为自己在八岁的时候十分了不起，但我更佩服举红旗的男生，虽然他大多数时间是把红旗扛在肩上，但他有始有终，他把红旗扛去又扛回来，十分了不得。这个男孩叫赵少波，现在早已不知去向。

我们在墟上人多的地方找到了几块大石头，用石头固定好红旗之后我们就自说自话地表演起来。我们的节目计有：

我们共产党人好比种子
领导我们事业的核心力量
革命不是请客吃饭
世界是你们的也是我们的
敬爱的毛主席
天大地大不如党的恩情大

一共六个节目。我们觉得六个节目已经够多了，它们被我编成了各种动作。一个又一个的动作加起来，我觉得它们已经堆积如山，塞满了我的睡眠，以及吃饭和走路的时间，我一遍又一遍地教给大家，我觉得六个节目够多了。

我们没有宣布自己是来自何处的宣传队，将要表演什么节目，在每个节目前面也不报幕，我们自顾自，一支接一支地就演了下来，结果，好像只有一眨眼的工夫，六个节目就表演完了。

街墟上的人一开始不知道我们在干什么，我们把节目表演完了他们才围成一个圆圈。我们被围在中间，周围众人都瞪着眼等着，而我们演完了这六个语录歌就不知道干点什么好了。人越围越多，一片脑袋和眼睛，很近地看着我们。我们忸怩了几下，你看看我，我看看你，脸越涨越红，出了一头汗，不知谁说了一句：回家吧。我们就各自从人群里挤了出来，回头一看，围观的人群一哄而散，刚围成的圆圈一眨眼就扁了，再一眨眼就没了。

我们小小年纪，又全都是些井底之蛙，从来不知道还有“暖场”这一套把戏，应该学那些走江湖杂耍的，先敲上一面锣，边敲边亮开嗓门喊：“大爷大伯大叔大婶同志们，我们是某某小学二年级学生，今天来新墟宣传毛泽东思想，请大家观看。”把动静弄出来，造势，招徕观众，吸引注意力，等看热闹的人围够了才开始演出。

这套把戏我在事后很多年才醒悟到，当时我们在新墟仅有的一条街上傻站了好一会儿，人们陆续走散，我们拿不准是否应该从头再来一遍。我们看看四周，没有人再注意我们，只好算了。

到了公路全都累极，又累又渴又饿，从早上到下午，没吃任何东西，也没喝水，人人都两眼无光，没多久队伍就走散了。前后都看不见同学，我一个人，走得摇摇晃晃，神情恍惚，我想我大概快死了。在恍惚中我忽然看到有一辆自行车的后架是空的，我用最后一点力气

将骑车的陌生人叫住，手忙脚乱地爬上人家的自行车后架，就一路坐着回到了南流街。】

我和吕觉悟在中午时分终于到达玉林，我们在玉林最繁华的一个十字街逛了一圈，发现它跟我们南流的西门口差不多，房子也是两层，也有骑楼底，门窗的颜色也都是旧旧的，百货商店、文具店、糖烟公司，门脸和里面的货物都是一样的，这里有的南流也都有，南流没有的这里照样没有。柜台一样，摆放的位置也一样。玉林原来就是这样子的啊，一点都不稀奇，它完全不像我们以为的那样高大华美气派非凡。

我们就放了心。

一放下心我们就觉得肚子饿了，早就该饿了，已经很迟了呢。我们一头撞进街边的一个米粉铺，我们说，要吃吃玉林的米粉，看看到底好吃过我们南流的不。一人一碗，就吃了起来，碗是粗瓷碗，米粉也不好，有点厚，有点粗，还有点硬。玉林的米粉真是难吃死了，我们这么饿都不觉得好吃。我们一小口一小口地吃着，忽然听见觉悟说，怎么那么多汤呢，这碗底，她一看，却是碗底漏出来的，她把碗举起来，再弯腰侧头看，果然碗底有一个小小的孔，不是破裂的裂痕，而是烧制成的时候就有的小孔，很光滑。

真是太好笑了！玉林的碗竟然是漏的，我们一边笑，汤水一边继续往下滴，觉悟把手指头堵在小孔上，它就不滴了，一挪手，它又滴了，就像是玉林这个城市跟我们做的一个游戏。原来玉林也是很好玩的呢，它的碗是漏的！这使我们开心死了，玉林什么都不好玩，就是这只碗最好玩，如果没有这只有孔的碗，玉林之行就没有光彩，我们就是这样认为的。这只漏碗跟随着我们，成为我们青春期的一个重要标记。吕觉悟每次跟我忆旧就会提起它，她说，你还记得那只碗么？是漏的。这是她跟我两个人分享的快乐，与雷红没有关系，这使我感到，我和吕觉悟的关系比跟雷红更近一点点，就是那只漏碗的小孔那么一点点，只有铅笔尖那么大，但有这点和没有这点是不一样的。

怀抱着漏孔的快乐我们找到了觉悟的大姑家，已经是下午两三点了，大姑问：吃饭了吗？觉悟说吃过了。大姑又问：吃了什么？我们说：吃了米粉。大姑说：光吃米粉怎么行！她就给我们做饭，煎了韭菜鸭蛋，炒了空心菜，鸭蛋金黄，空心菜碧绿，真是馋人，玉林的空心菜硬是比南流的好吃些呢，梗更粗，皮更薄，更嫩更脆，鸭蛋也更香，玉林的米饭也是好吃的，我们一人吃了两碗。大姑又让觉悟的表姐送我们一起回南流，她看觉悟一个人骑车驮我，不放心。

一路顺风顺水，车是轻的，肚子是饱的，日头也不晒了，两人轮流搭我，似乎一路都是下坡，车子快得很。没多大会儿就到了。她们先搭我到医院宿舍，我没回家，在水沟前就大喊雷红，雷红奔出来问：怎么样？玉林怎么样？我和吕觉悟齐声说：不错不错，玉林很是不错的。怎么个不错法，我们却一样也说不出来，说来说去只说了一个漏碗，但我们的人是亢奋的，脸上放着光。雷红被传染了，她宣布说："我也要去玉林"。

见到旧日同学，如同直接看到时间本身的流动，三十年裹成厚厚的一大团，旋转着，像飞一样，比飞还快，如同闪电。每个人都远远地离开了结实完整的高中时代，每个人在自己的身体里七零八落，安凤美的门牙也失落在时间中了，包括她的头发，她的魔术和剑，她的公鸡二炮，我再也找不到它们。

我渴望见到他们，是希望回到时间之中吗？全部的同学，六十三个人。六十三个人全都到齐了，就是完整无缺的往日时光，它在我们学校教学大楼的楼顶。一九七五年七月，我们没有拍毕业照就散了，为什么没有照相，三十年后黄文惠和丁服分别在南流和 N 城回忆起，是班主任刘爱莲太不管事了，班干部已经说了凑钱照相，但那天又要讨论最后一批入团的名单，就错过了。一九七五年七月，张英敏说，毕业二十年，我们都要回来，大家到教学大楼楼顶集合。

再也没有可能。

在玉林我见到了张英敏她们，一共四个人。

郭小宁先到，早就听说他这两年大发，已经成了很有实力的房地产商，但他很谦虚，没有志得意满，没有小人得志的猖狂劲，他还资助陈良勇。陈良勇是我们班过得最差的，早就下岗，儿子考上了大学，交不起学费。

张英敏没有变，当年她略胖，现在她也没有更胖，当年她脸上光滑额头饱满，现在仍如此。她只是发型变了，当年是小辫子，现在是短发，仍是那种细细的，柔软的，微黄的。我小时候曾以为所有北京小孩都长着这样的头发。张英敏微笑着，她语调柔和声音婉转，有着一个达观的人所有的优点。

蒋锦和赵细兰很晚才到，她们骑自行车来。几乎人人都下岗了，但身体还好，孩子都长大了。只有邱丽香，她住在玉林，她的脑瘤恶化了。

六十二个人只见到了十个，南流四个，玉林四个，N 城两个。有的已经不在了，她们告诉我，苏淑良不在很多年了你知道吗？车祸，一辆过磅的卡车。有的永远找不到了，有的一九九八年还能找到，二〇〇五年就找不到了。而时间在滚滚向前。

喜欢保存旧时光的人还有张飞燕，一九九八年她来到我家，她还收有一张我们班的座位表，她问我：你要吗？她拿出来给我看。是一张信笺，用圆珠笔画的格子，格子里的名字是钢笔写的，她说这是最后一个学期的座位表，如果我要，她就抄一份送给我。

不知出于什么样的原因她把座位表保存了二十几年，张飞燕，二〇〇五年夏天我没有见到她，听说她到广东当游医去了，游医，一个坑蒙拐骗，丧尽天良的行当，一个把座位表保存完好的人，她能干好这个行当吗？

贰拾玖

然后我到N城去。我离开N城已经十多年，我走的时候，吕觉悟刚刚从外地调到这个城市，雷红则从此城私奔出走。二〇〇五年夏天，三个人在N城聚齐，面对面坐着。

就像一九七五年，在南流县体育场，在那里我们面对面坐着。而时光迅疾，已经过去了三十年。每个人，在自己的命运中，已经走得够远。

雷红一生大起大落，她不像雷朵那样一直在社会之外生活，也不像罗明艳，由低到高令人瞩目，她大起大落。她与一位剧作家私奔，剧作家是能人，折腾各种文化公司，搞影视，又写小说，又兼出版，九十年代初他们有一辆大奔驰，雷红还出了一本神话故事集，由文化名人作序，另一文化名人题写书名，装帧精良华美。雷红很满足，她的脸上光泽紧密，两颊有一层红晕，脸上的雀斑也是闪着光的，人更加妩媚水灵。有一次我跟她同回N城，从南流到玉林，再从玉林坐火车到N城，我们面对面坐在茶几的两边，她给我看她在香港拍的照片，用的是很贵的相机，高清晰度，她说，你看，脸上的雀斑都出来了。她很幸福，好像雀斑不是别的什么，而是她的儿子。

她忽然说她想生一个私生子。

这个念头使我大吃一惊，这件事情当时难度极大，人要躲起来，虽不至于像《超生游击队》那么狼狈，但照样也是天网恢恢。她往哪里躲呢？我想象烈日下的雷红，大腹便便，脸肿得像一只冬瓜，走一步路就要用手撑着腰。她像一只母兽，计生委的人像一群猎人。一只母兽永远斗不过一群猎人，我的朋友雷红，她在我的担心中变成一只蟋蟀，她在草地上一跳一跳，阳光灿烂，草地芬芳，微风吹过来，母蟋蟀轻盈，她开始唱歌："幸福的花儿竞相开放，爱情的鸟儿纵情飞翔，啊，啊，亲爱的人儿携手前进，携手前进，我们的生活充满阳光，充满阳光"，这是电影《甜蜜的事业》里的主题曲，特别适合雷红的心情。（很多年后我在电视上听到歌手郑钧唱这首歌，他站在青海的一大片无边无际的油菜花里，他一身黑衣，形象摇滚，他有气无力地唱着：幸福的，花儿，竞相开放。颓废、绝望，却又有一种深情，那种感觉非常奇异。）就是这样一首甜腻平庸的歌，雷红就在这首歌里。她在这首歌的草丛中，她从一丛草跳到另一丛草。说时迟那时快，一只网兜从天而降，一下就罩住了母蟋蟀。

她将被带去做引产，打一针，子宫收缩，阵痛，胎儿娩出，太小，不能成活。一团骨肉被放在鲜黄色的复纸里裹着，由赖二或者老郭，挑到田螺岭上埋掉。他们埋得不深，一到夜里，野狗就会来刨。但雷红没有做引产，她坐在玉林开往N城的火车上，坐在我的对面，她手里拿着一张照片，阳光照在她的脸上，色彩饱满明亮，她身后是著名的象鼻山，是在桂林。她说她要生私生子，我却假设，她即使没被计生委的人拉去做引产，即使顺利生下她的私生子，也会无法上户口，孩子成为黑人黑户，上学他该怎么上呢？我眉头紧皱，好像私生子已经生下来了，他就躺在雷红的怀里哭。

雷红只一笑，很妩媚，我摆满了天大的困难她也不着急，她像一朵结实的花，满身活力，汁液饱满，有多少风沙压着她都能拱出来，一场雨下来，她又鲜艳欲滴了。这场雨就是那个人，那个她与之私奔的人。

宋大印，这个名字已经十分久远，生疏、遥远，它曾经那么响亮，如同金属的声音，在N城，在G省。在我们荒凉遥远的G省，是宋大印，一举获得了全国的最高奖，在他之后二十年，G省再也无人能获此奖。在八十年代的天空，那是多么耀眼！他黧黑敦实，很有男人气，他又出手大方，喜欢结交各路英雄豪杰，重江湖情谊。他路路通，有办法，没有他攻不下的山头。而且，他还会做菜呢，号称N城文艺界第一把锅勺。

这样一个男人怎么不让雷红动心呢！

一开始她却不以为然，她说，我们对面住了一个剧作家，一天到晚放港台歌，什么邓丽君。雷红认为邓丽君格调不高，所有港台歌曲都庸俗不堪，宋大印听港台歌曲，所以他也格调不高。雷红觉得自己格调高着呢，她看不上宋大印。

她护校刚刚毕业，在医学院附属医院神经科当护士，住医院的集体宿舍，她的对面住着内科的护士长，护士长的丈夫就是宋大印。雷红的宿舍门口钉着半截布帘，她一掀布帘就走到走廊里了。她才二十二岁，年轻，明亮，迷人，像初升的太阳。她端着脸盆走在走廊里，走廊是黑的，若有房间开着门，闷黑的走廊里才会有光漏进来。长长的走廊，一截有亮光，一截是黑的，又一截有亮光，又一截是黑的，走廊里明暗交替，有神秘的气氛。雷红走在走廊里，她一会儿出现在光线里，一会儿又隐没在黑暗中，她的身上带着亮，当她在光线里她就变得更亮，她的脸甚至是耀眼的，她在黑暗里也带着微光，这微光从她年轻的身体里散发出来，刺疼了宋大印的眼睛。

多像是一个奇迹啊，雷红走在医院宿舍的走廊里，她身体里的光犹如闪电，击中了宋大印。他们共用一个水龙头，他们在水龙头激情飞泻的水边相遇了。即使他看不见她，即使她没有在他家门口的走廊里走过，即使她在神经科上着班，他也能感到她，他感到她就在他的身体里。

宋大印不是一个蠢男人，他是男人中既有力量又懂风情的那一种。他知道如何去得到一个女人。我再一次见到雷红的时候她已经变了，她脸上浮着一层红晕，眼睛因为水汪汪而显得有些濡湿，你却不知道这些水分是从哪里来的，它是从身体里来的吗？还是来自天上的雨水。《敖包相会》就是这样唱的："如果没有天上的雨水哟，海棠花儿不会自己开"。而雷红已经不讨厌邓丽君了，她走到了另一个极端，眼里只有邓丽君，她的心已经变得软绵绵的，比邓丽君还要软。她走在走廊里就会哼道：甜蜜蜜，笑得甜蜜蜜，好像花儿开在春风里，开在春风里，在哪里，在哪里见过你，你的笑容这样熟悉。是你，是你，梦见的就是你。雷红也像一朵花似的，开了。

她全身都变甜了，她的声音像蜜，她说，我们去玩了呢，去大明山，真好玩，树木遮着，一点都不晒。又说，我们去伊岭岩了，听说那溶洞比桂林的还大。她又跟着宋大印去了水库，去了郊外有小溪又有鹅卵石的地方，还在一个树林的松木底下采到一朵蘑菇，蘑菇是灰色的盖，白色的杆，整朵蘑菇厚厚的，有点憨，十分完整，好得就像童话，却又比童话真实，因为它带着土腥味。而她和宋大印的关系也是带着土腥味的，宋领她到新华街的老友面店去吃老友面，面里有酸笋辣椒和豆豉，又酸又辣又香，吃得雷红脸上红彤彤的，鼻子尖上冒出了汗珠。他又带她去看电影，电影散场就在街边吃炒田螺。雷红坐在摊边的矮凳上，翘着兰花指，捉着一只，一吸，螺肉进嘴的同时她把空壳往边上一扔，左手拿起了另一只，她快活极了，动作娴熟流畅，她还不时举起手来舔舔快要流下来的汁水，那也是很有滋味的，她舔着，满足得闭上了眼睛。

雷红身体里，那朵爱情的蘑菇长得飞快，三下两下就长大了，茁壮，浑圆，这是童话般的爱情，没想到这么快就从天而降了。她怀抱蘑菇，生机勃勃。

然后他们就私奔了。

私奔，这是一个多么浪漫和危险的词，有多浪漫就有多危险，有多危险就有多浪漫！就像一条大河，涨满了水，波涛汹涌，两个人手拉手，不明底细就往里跳。或者，明了底细也要往里跳，不跳不行了，八十年代离婚是一件极其严重的事，要八年抗战，八年十年还不能成功的有的是，两个人都要脱几层皮，头破血流，两败俱伤。是要单位出证明的，而单位是不出的；要单位或居委会调解的，而调解是很有耐心的，工会，妇联，她们有的是时间，她们要上门谈心，不厌其烦；又要有足够的证人，证明两人感情破裂，而证人是永远都凑不够的，谁愿意去拆一门婚呢，那是要天打五雷劈的。好了，为了证明感情破裂，就要打人和骂人。这真是难坏了。

八十年代中期我在N城图书馆，亲眼目睹了一桩离婚。男的姓郑，是复员军人、共产党员，在政治上很有前途，但他执意离婚，他宁可不要前途，他要爱情。这样的男人真是太少了，过去现在和将来，都是少的。郑有一个相好，相好等了他八年，已经三十四五岁了，她不能再去找别人，他们也不能总到公园里幽会，那是很容易被抓的，公园的长椅和草地上总是有电筒照来照去。他们太难了，是煎熬，但他们不退缩，是决一死战的样子。郑的事情我本来并不知道，一无所知。有一天，一个同事拿了一张表给我，让我在上面签名，是要证明郑的夫妻感情破裂，她讲了他们的事情给我听，她说这样下去是会死人的，郑很绝望，八年了，再离不了婚他只能以死相报，那女的很爱他，说要死就死在一起。肝肠寸断，感天动地。我毫不犹豫就签了名，其实我对郑毫不了解，他一直在新馆的基建工地上，我跟他似乎只照过两三次面，话则一句没说过。

雷红和宋大印只有私奔，除此无路可走。

在保守的外省，在离严酷的七十年代仅几年之遥的八十年代初，离婚相当于犯罪，而且罪大恶极，私奔更是十恶不赦。雷红和宋大印都是好样的，他们手牵着手，向着恶，向着千夫所指，纵身一跃。

多么振聋发聩，G省沉闷的天空雷声滚滚，这两人像一道光芒，两个人都够英勇无畏的，宋大印有妻子，有儿子，妻子贤良，儿子健康聪明，但他不能舍下雷红，一直都不能。他们私奔两年后还离不了婚，雷红准备放弃，她从广州回到N城，准备跟另一个男人结婚，这个男人一直追她，百折不挠。但宋大印不愿意。

雷红伤透了父母的心，雷朵、雷茉、雷鸣，没有一个是省心的，但雷红太出格了，她放弃了公职，医学院附院神经科护士，在八十年代，再也没有比这更好的职业了，她又不要户口，她的父母真是痛心疾首啊，如花似玉的女儿，为了一个老男人，在外面当黑人黑户，把名誉都毁了，以后可怎么嫁得出去！雷红不顾父母担心，是绝不回头的姿态。

我们坐在火车上谈论私生子就是这个时候。

雷红喜气洋洋，脸上放着光，我说没有准生证哪里生呢？没有医院敢接的。我又说，生下来怎么上户口呢？没有户口怎么上学呢？每一个假设都是一座大山，一下一下地压在雷红头上。雷红却像孙悟空，一抖就把三座大山抖开了。她水汪汪的眼睛看着远方，说，孩子的爸爸会有办法的。我顺着她的眼睛看过去，是车厢上方的空气。我知道，这片空气里站立着她的宋大印，他黧黑结实、风趣、浪漫、讲义气、有办法，他是一个著名剧作家，他还能烧一手好菜呢，他又有钱，又出手大方。雷红对他真是满意极了，他一切都是那么好，雷红一生一世，永远是要跟他在一起的。

雷红忽然又说，等到了四十岁，她要把她的一生原原本本写出来。她想，她的一生实在是一部精彩的小说，既浪漫，又传奇，周围无人能比。

那一年，我们离三十岁还有一小截，离四十岁就更远了。在我们的眼里，三十岁尚算中年，四十岁就够老的了。

一九九八年，四十岁不动声色就来了，我们，我、雷红、吕觉悟都已四十岁，或者，接近四十岁。这一年我回到了南流。

我已经有四五年没有见到雷红。听说宋大印终于离了婚，雷红如愿和他结婚了，两个人欢天喜地到处玩，他们生了一个儿子，是正式的婚生子，取名叫宋粒子，雷红父母心里的一块大石头也终于落了地。风轻云淡，万里晴空，他们的一辆大奔驰停在N城吕觉悟家门口，就像童话一样，很不真实。

几年中我一直没见到她，她的境况都是陆续听吕觉悟说的。在某些星期天，吕觉悟会找到一个办公室，在那里，用公家的电话给我打长途电话。我们的收入太低了，承担不起长途电话这笔昂贵的费用。我不觉得这种揩公家油的做法有什么道德上不妥，那么多贪官污吏，我们比他们在道德上纯洁多了。吕觉悟在电话里跟我说，宋大印和雷红回N城了，N城现在发展很快，要回来很不容易，还是托了很多关系才办成了。在另一个电话里她又说，宋大印亏空了，奔驰车拿来顶了债。在又一个电话里，她说宋大印又是糖尿病，又是高血压冠心病，他的单位报不了医药费，连看病都看不起了。雷红没有工作，没有收入，儿子上幼儿园还要交赞助费，雷红只好到棉纺厂食堂当洗碗工。听得我心里一阵阵往下沉。

吕觉悟的电话就像一个坡度很陡的台阶，又黑又陡又滑，一踩上台阶就会掉下去，一级又一级，站都站不稳。雷红就站在这个台阶上。

每况愈下。

一九九八年春，吕觉悟说，雷红和宋大印开了一家米粉店，叫做“文学米粉店”，两人起早摸黑，连儿子都顾不上，宋粒子每天连脸都不洗就被送到幼儿园去，星期天就一个人在家。心肝宝贝，旷世恋情的结晶，一碰到米粉店就脏兮兮的了。他待在屋子里，小脸是脏的，小手是脏的，小衣服也是脏的。房间里的脏乱他已经习惯了，散发的气味不太好闻，但这就是家。他的鼻涕蹭在脸上和袖口上，看上去就像一个农村的孩子。他很安静，不烦躁，这一点，真是太像雷红了。

雷红的沉着是骨子里的，她不慌不忙，她永远都是不慌不忙的。她早上五点就要起床，去很远的西乡塘进当天的新鲜米粉，她踩三轮车，来回一个小时，回到店里正好开门卖米粉。她打开门，点燃灶火，大锅里有一锅熬好的高汤，是用大棒骨，熬了一天一夜才熬成的，浓极了，又浓又白，散发出肉骨汤特有的浓香，现在，只需把汤煮开就能用了。她盛一大勺高汤在小铁镬里，灶里的蜂窝煤刚刚点着，还不太旺，她就耐心地等着，她也不空站着等，她一边洗上一小把葱，切成葱花放在大海碗里备用，葱花前一天还剩下一些，有点蔫，看上去不够爽，她把新葱和旧葱混在一起，好几倍的新葱花盖过了旧葱花，旧葱不见了，统统变成了新葱花，碧绿清新，有一大碗，真是喜庆。雷红手里做着活，眼睛不时瞥一下小铁镬。铁镬的边缘起小水泡了，水泡越来越多，汤面的热气也由稀到浓，它们飘着，从汤面上飘起来。好了，汤马上就要开了，雷红转身站在了灶前，她抓了一把米粉，是那种浑圆的桂林米粉，又滑又韧，是全城最好的加工点进的，还残留了一点温度呢，抓在手上，很踏实的。

把米粉放进煮沸的高汤里，随即加上一点油盐和酱油，又放上脆皮、炒黄豆、叉烧和切得细细的酸菜，再一翻，就好了，左手撮上一撮葱花，右手端起镬把，把葱花往镬里一撒，就手倒进海碗里。一碗桂林米粉就好了，她没有请小工，自己亲手端到顾客的跟前。顾客是装修队的包工头，他吃了就要赶到工地去，他不怕烫，吃得稀里呼噜的。又来了两个人，一个是对面建材店卖瓷砖的，有五十岁了吧，店里一时没有人，他就来吃米粉，另一个是小年轻，没有考上大学，在家晃着，父母退休了，他有一个姐姐，每月都给他不少钱，所以他就每天早上来吃米粉，他的嘴很刁钻，一吃就吃出味道来了，这家米粉店的汤是最浓的，叉烧最香，脆皮也最脆，炒黄豆也是金黄疏松的，而且，老板娘也是最好看的。

老板娘雷红，就同时在两只灶放上了小铁镬，她一边一勺高汤，动作麻利，两个人只等了三四分钟，米粉就端上来了。卖瓷砖的店员不着急，他眼睛盯着对面的店铺，一有人来，他会在一分钟之内冲过去。小年轻也不急，他不用上班，也不用上学，他这么早就来吃米粉，是因为要看一个女孩子，这女孩子真是好看，眼睛细长细长的，嘴边有一颗痣，脸是圆的，个子有点矮，他正喜欢矮一点的女孩呢，他自己就不高。女孩是电力公司幼儿园的阿姨，她每天七点一刻路过这里，他六点五十来吃米粉，最迟七点十分就吃完了。然后他骑自行车逆行，他也不正经骑，他坐在后架上，叉着腿一蹭一蹭的。逆向的车流滚滚向前，他是什么呢，他什么都不是。但那女孩在车流中出现了，她骑着一辆女式自行车，是凤凰牌，半旧的，她穿着一条白裤子，桃红色的T恤鲜艳夺目。他停下来，望着她。她就是他的凤凰。

有时候会同时进来三个人，或者四个，雷红也有办法，她把放着大锅的灶腾出来，在灶上加一块铁板，大灶就成了小灶。三只小铁镬就都派上用场了，一时间，灶前灶后，热气腾腾的，雷红就像一个在舞台上敲架子鼓的人，一阵迅猛的动作，一片叮当起伏声，米粉下锅，铁勺碰在镬头上，炒黄豆碰到米粉，是无声的，葱花落在汤上，也无声，但好像都有声有色地热闹，色是有的，白的黄的绿的，棕红色的是叉烧，暗黄色的是酸菜。色香味俱全。宋大印是美食家，他们卖的米粉是很有水平的。

也有人要吃干捞粉，那就简易一些，把米粉在沸水里一过，放上熟油生葱酱油，又几片叉烧加一小羹炒黄豆就可以了，用筷子拌一拌，吃起来溜溜的滑。

宋大印在干什么呢？他病了，没有精神，有时在医院里躺着，有时在家里躺着。精神好的时候他就到店里来，他也不干活，端碗不是他干的，收钱也不是他干的。

他只是坐在门口。

他坐在门口抽烟。他的脸是黑的，以前黑里透着神气，黑的是结实响亮，现在没了精神，黑里就泛着黄了。他黄黑黄黑地坐在门口，抽着烟，他不看人，却又在看。他的眼睛小小的，有一种凛然，发着冷光，这光不是散的，它聚着呢，它有一种气场，这气场罩在米粉店门口，有些令人生畏，又有些令人生疑。

雷红说，你坐在门口，哪里还像个米粉店，简直就是大烟馆呢，谁还敢来！她说的是真的，宋大印往门口一坐，米粉店就像了大烟馆，烟气弥漫，气氛诡异，来吃米粉的人，一时就少了。

宋大印却不管，他一高兴或一不高兴都要坐在店门口，他是真性情，生意是无所谓的。他对待自己的病也是真性情，糖尿病不能抽烟喝酒，也不能大鱼大肉，但他百无禁忌。他坐在米粉店的门口，比起八十年代初，他已经很胖了，方凳子有点小，他就靠在墙上，精神好的时候他会观察每一个来吃米粉的人，这时的他看上去虎视眈眈的。更多的时候他不看任何人，他的目光是远的，却不散，也不空，他看的是几年前的岁月，那时候他是江湖上有名的豪侠之客，广交天下名士，身边红袖添香，青春做伴，好不快意。现在想起来有点像一场梦，却又不像，眼前这个女人进进出出，从梦里走了出来。他望着雷红，从前的世界就渐渐走远了。

一天忙下来，到晚上才没有顾客。雷红半掩上店门，擦桌子，洗碗，扫地，还要连夜做好叉烧，炒好黄豆，一边熬一大锅高汤，洗上几把葱，还要切酸菜。雷红一点都不马虎，跟着宋大印，她的嘴也变刁了。她根据自己的口味来做米粉，样样都要精当才觉得好。她每天忙到深夜，累得倒头便睡，只是马虎了宋粒子。宋粒子，这个心肝宝贝，他不再像个心肝宝贝了。雷红对吕觉悟说，粗放粗养吧，这样健康。

一九九八年秋天，我在 N 城的“文学米粉店”见到了雷红。我和吕觉悟，我们三个人。

三个人，在一九七五年谁又能想到这种情形呢？我们是一九七五年这棵树上长的三枚果子，青涩而坚硬，向着时间深处坠落，那么漫长，又那么短促，真是有点奇异呢。二十三年，我们都在着，谁都没有走丢，真是太好了！我们无限感慨，但是不动声色。二十三年，我们有点老了，却远没有我们想象的那样老，互相看看，三个人都是笑着的，当然要笑。吕觉悟坐在条凳上，我跟在雷红身后，她到哪我就跟到哪。我和她并排站在灶台前，她舀汤、抓米粉下锅，我帮着放叉烧黄豆和酸菜，我问：这是什么？这种焦黄条状的东西我不认识。原来是脆皮，脆皮这个词我也是第一次听见，桂林米粉与南流米粉是不同的，用猪皮往油锅里炸一炸就成了脆皮。

换了我是雷红，我是经不起这样大起大落的，如果我卖米粉，我绝不见任何熟人，我要躲起来。我向往当一名颓废的艺术家，在我的想象中，饥饿产生绝望，绝望产生艺术，我不卖米粉，我和画画的和摇滚的混在一起，我肯定不在 N 城，我要到北京或者昆明，饥一顿，饱一顿，然后我就认为自己过上了一种非凡的生活。

雷红不卑不亢，气定神闲，是我学习的榜样。但我眼看着她收了一百块钱，却要找回别人九十八块，这九十八块大多是油腻腻皱巴巴的，面值一块或五块，或十块，拿在手上有一大堆，两块钱挣得太艰难了！这么多的叉烧脆皮黄豆酸菜，这么长时间熬成的高汤，只卖两块钱一碗。

一百块钱要找回别人九十八块，这使我深受刺激。

她又带我们到她家。下午店里没人来，我提议去她家里看看，她说好，就领我们去。陈旧、黯淡，颓败的气息从每个角落升上来，也从宋粒子的身上散发出来，灰扑扑地散发在空气中。我忽然想起从前在南流，我们那排泥砖的平房，跳荡着她和雷朵的花衣服，美丽、丰盈、豆蔻年华，雷红雷朵雷茉，三姐妹拿着一根绳子走出来，她们跨过门前的水沟，落在操场上。她们跳绳，绳子一闪一闪的，扬起又落下，繁茂的老鼠脚迹和车前草在她们的脚下。美丽的雷氏三姐妹，她们的身体生长着光芒。

不知道为什么，这样一个家落到了雷红的头上。但她从容镇定，她说，就是这样的。我们站在门厅里片刻，没喝水。然后就离开了。

就是这样的，雷红说。

二〇〇五年夏天，我从南流坐夜车到 N 城，我急着要见到吕觉悟和雷红，尤其是雷红，因为我感到，雷红很快就要见不着了。

宋大印两年前去世，糖尿病引起的心脏病，很突然。剩下雷红，没有工作，带着一个上小学的孩子。她四十多岁了，她还能找得着工作吗？她还能找得着人结婚吗？她没工作又不嫁人她怎么生活呢？

没有人知道这些。

米粉店早就不开了，吕觉悟说得对，地段太偏，N 城的米粉太便宜。别人给她一百元，她要找回人家九十八元，这钱挣得太辛苦。雷红开始推销保险，那真不是人干的活，要看多少白眼才能签下一单，雷红又从来都是一个矜持的人。

就只剩下嫁人一条路。婚姻介绍所，英国男人，见面，双方都还满意。听说准备结婚。雷红一个人，她漂洋过海，宋粒子交给宋大印与前妻生的儿子，宋粒子的哥哥，他已经三十多岁了，是个大人，收入稳定，对宋粒子很好，她可以放心。但她到英国干什么，只是跟一个陌生男人过日子么？没有朋友，父母和亲人。而且婚姻介绍所，那是一个值得信任的机构么？

所以雷红说，她放弃了。

放弃了我就放心了，我松了一口气。松了气的我再细看雷红，她穿了一件黑底白碎花的纱质上衣，高雅、体面、光鲜，看上去比一九九八年气色更好些，完全不像一个没有生活来源的四十七岁女人。肯定会有男人喜欢她的，也许已经有了一个秘密的男友了吧，有婚姻的前途，或者，因为某种原因不能明媒正娶，这样也是很好的。有什么不好呢！

而雷红的眼睛里是笑着的，有点神秘，甚至有点深不可测。她不说什么，我们是不问的。

她经历了比我和吕觉悟，比丁服姚红果更为精彩的人生，甚至说得上是波澜壮阔，难道不是吗？一百个女人里会有一个私奔的么？一千个，或一万个。我不知道在多少个女人里才会有一个。私奔，这个惊险的字眼，是世外的自由和爱情。遍体鳞伤的天堂。

我又问到雷朵，她说雷朵现在不在桂林了，她和喻章搬到了昆明郊区，他们仍然不要工作，他们的孩子仍然不上学，雷朵又生了一个孩子，他们一共有三个孩子了。他们在社会之外。有一群价值观相同的人和他们在一起，他们比我们生活得好。雷朵的孩子不上学完全不用我们担心，有人教孩子中国的文化，长大了学习中医，有谋生的一技之长，这比现存教育制度的摧残好上一万倍啊。

雷红不再认为雷朵是鬼迷心窍了，也不再认为喻章是邪教领袖。这么多年过去，她看清了社会，也看清了自己。她的看法与我一致，坚信喻章和雷朵是内心有力量的人。

我什么时候能够再找到雷朵呢？

与雷红相比，她是另一种私奔。她和她的爱人，离开这个社会，头也不回。亲人的偏见和生活的压力，无一能动摇他们。这种私奔更英勇无畏，更彻底，更传奇。

不管我能否找到雷朵，无论我们的内心是否已经远隔重洋，唯有致以敬意。

我要致以敬意的还有：南流中学已经消失的礼堂，操场上空飞舞的排球，厕所旁边的腐殖酸铵，从学校的鱼塘到饭堂的煎得焦黄的鱼，梅花党、气象站、十二仓通往居民大队水田的土路，秧苗、萝卜炒肥猪肉、“拖拉机，进苗寨，姑娘坐在驾驶台”，孙向明、麦大安、刘爱莲，安凤美、丁服、姚红果、张英敏、邱丽香、赵细兰、黄文惠，我们班的全体女生和全体男生，历届校文艺队的队友们，张大梅、童小萌、郑放歌们，《白毛女》第一场和第三场，《红色娘子军》的序幕和第二场，《智取威虎山》的第三场和第七场，我爱你们。

体育场，我也爱你，在晚霞中我的自行车在跑道上飞驰，我身后的一大群蜻蜓在飞，尤加利树也在飞，在飞驰中我看到万人大会海洋般的红旗，草地上的一顶帐篷犹如童话。我爱体育场和灯光球场上的露天电影，白色的银幕在风中鼓荡，如同海上的风帆，带领我们进入波涛汹涌的黑暗之中。五七、五二三、六二六，这些在黑暗中来到的数字，我也是爱你们的，我爱九二九那天走过的圭江大桥和陆地坡，那把在我手上停留五分钟的冲锋枪，我连发的那三颗子弹中的某一颗，我特别爱你，我跟随你在草地上方呼啸而过，耳边灌满一九七五年遥远的风声。

下部

在六感那边

上卷
人人都要到农村去

一只胎盘和一只公鸡从我的知青生涯缓缓升起，犹如一轮明月和明月中的玉兔。这样古怪的场面不像是真的，倒像一幅弗里达·卡洛的画，胎盘悬挂在空中，胎儿不知去向，天空是深蓝的，底下是墨西哥的大地和植物。如果深蓝的天空之下不是高大壮硕的仙人掌，而是一片连着一片的田垌，一垄接一垄的花生、黄豆、红薯和甘蔗，一只公鸡站立在解放牌大卡车上，从南流县城向着香塘公社六感大队奔驰，我要告诉你，这一切都是真的。

胎盘与公鸡

插队的前一天，为了给我加强营养，母亲特意弄来了一只胎盘炖给我吃。她早晨下夜班回家，脚步疲惫，却神情亢奋，她从藤筐里拿出一只腰子形状的器皿，白色的搪瓷，扁平，边缘是深浓的蓝紫色，胎盘就在器皿里。浸泡着血水，剪成了一块一块，脐带剪成了一小节一小节，像花生米那样长短。母亲直接倒进砂锅，放进生姜和酒，像炖鸡一样，大火烧开煮五到十分钟，再小火慢炖。

我像等待一只炖鸡一样等着胎盘炖好。

我不但吃过胎盘，还吃过青蛙和老鼠，在饥馑的革命时代，这三样东西胜过今天的山珍海味。胎盘味甜，脬，不是糖的甜，是一种鲜美。像鸡汤。比鸡汤甜。胎盘肉类似猪肺，有点脬，松而疲。不好吃。但脐带却好吃，脆，滑，与猪耳朵相仿。母亲会把脐带挑出来挟到我的碗里，她说你不爱吃肉就吃脐带吧。常常是她从医院值夜班回家，从菜筐里拿出这只腰子形状的白色搪瓷器皿，一边说今天这个产妇是头胎呢，很健康，又新鲜，半夜三点生的，这个胎盘最靓！但胎盘没有青蛙肉好吃，南流土话管青蛙叫禽鼠，机关干部则叫田鸡，田鸡肉比鸡肉嫩滑，切成一小块一小块的，加上葱姜炒，或者放进滚粥里，则成田鸡粥。长大后在北方也吃过田鸡，是整只剥了皮油炸，四肢僵硬，形骸悲惨，犹如僵尸，我看了大骇，不但毫无胃口，连多看一眼都不忍。我的禽鼠，我的田鸡，我的青蛙，他们这些野蛮人，真是暴殄天物啊！老鼠也如此，你不能想象我们是吃一只老鼠，我们吃的是鼠肉，剥皮开膛，清理得干干净净的鼠肉，也是切成一小块一小块的，用姜酒炒，如果要给没长牙的小孩吃，则要把鼠肉剁成肉末，煮鼠肉粥。鼠肉比鸡肉更优质，只要看老鼠奔跑的速度是鸡的数倍就能想到，它的肉更香，更紧，想当年，谁家在过道里炒老鼠肉，满街的人都要流口水！胎盘也没老鼠肉好吃，但是胎盘十全大补，营养高级，而且不易得到，故犹显珍贵。有谁家生孩子会自己吃掉胎盘，或者把胎盘送给别人吃呢？这都是很不文明的，我们处在胎盘文明的中级阶段，吃胎盘是一件需要适当遮掩的秘密，为了守住这个秘密，在中药里我们叫它紫河车。但我母亲从来不用紫河车这个文雅的称呼，她直接叫做胎盘，她对胎盘采取一种唯物主义的科学观，对她而言，胎盘就是高蛋白和氨基酸，是一种高级营养品。

那年我十六岁，体重七十九斤，头晕，瘦弱，就要到农村去，从早到晚出工，挑重担，吃稀粥，所以母亲要让我单独享用整整一只胎盘。砂锅里发出咕嘟咕嘟的声音，胎盘鲜美的气味从姜酒中蜿蜒上升，我怀着对一只炖鸡的向往，等待胎盘炖好。这时母亲让我吃一点早餐，她从藤筐里拿出饭盒，里面的一点点肉粥已经凉了，倒在碗里，仅两三羹，铺满碗底而已，这是她从夜班的宵夜里给我省出的一口粥，粥里有肉末，味道极好，我三下两下就吃净了。

我每周只有一两天能吃上早餐，全家六口的早点相当于一天的菜银，难以承担。早上六点半，《东方红》的乐曲从屋檐下的有线广播响起，“南流县人民广播站现在开始播音了”，女播音员的声音如同当头一棒，从远远的地方挥舞而来，墙壁和蚊帐顶纷纷伸出手，把我们从半醒不醒中拽起身，朦胧着穿上衣服、刷牙洗脸、上厕所，然后走出大门，清晨的空气一凛，骤然清醒，肚子一下更饿了，空腹走在上学的路上，四面八方的凉气灌进肚子里，隐隐发痛。晨跑，到县体育场，跑上两圈，再回到学校上早自习，这时饥饿平息下来，似乎它也累了，要睡上一觉。第三节课开始，一上课，肚子里的水便源源不断地涌上喉咙，它们穷凶极恶，我用力地咽下去，它们更使劲地翻上来，我们拉锯着，来来回回，好像它们不是我的口水，而是牛皮，好像不是牛皮，而是更坚韧的什么东西，道高一尺，魔高一丈，几个回合下来，它们变得更尖锐，变成了阻挡不住的千军万马，手里拿着刀枪剑戟，在肚子里厮杀起来。一阵阵烧灼，一只火球在身体里。

多年来就是这样。母亲的夜宵有时是粥，有时是米粉或面条，加有鸡蛋或肉末。她在值班室里待到半夜十二点，食堂推车的辘辘声出现在走廊里，铁皮桶里的滚粥热气腾腾，带着温暖的肉香，它们被盛到了大碗里，有满满的一碗！夜宵的香气弥漫着，如果没有人来急诊，母亲就找出我家的饭盒，先倒出一半到饭盒里，然后开始吃夜宵。吃完夜宵如果还没有人来生孩子，她就上床睡觉了，一觉睡到六点。只有经过这样的夜晚，我才可能在第二天早上吃到早餐。

插队的前一天，我吃到的胎盘极其鲜美，砂锅盖冒着热气，松木柴燃尽了，胎盘汤醇厚得如同鸡汤，我吹着热气，小口喝着汤，也吃肉，吃完一碗母亲又给我添上一碗，她说剩下的午饭后我再吃一碗，吃完晚饭再吃一碗。中午母亲做了炒米粉，放了猪油，有肉片、酸菜和蒜叶，非常香。晚饭她做了番茄水豆腐，还有韭菜炒鸭蛋，都是特意为我做的菜。我吃得心满意足，觉得自己凭空重了几斤。

中午的时候我舅舅捉来了一只公鸡，这只鸡羽毛华美，神情警醒，它的脖子和背部的羽毛闪着金红的亮光，尾羽是长长的墨绿色，色彩饱满沉着，它被放在厨房过道，一只脚拴着麻绳，绳子另一头系在劈柴用的青石板上。午后阳光浓盛，透过人面果树的叶子洒满了过道，地上鸡蛋大的光晕一圈一圈的，满地都是，公鸡站在光晕里，它全身闪闪发光，鲜艳动人，好像这满地的光晕不是从人面果树叶子上洒下来，而是从它身上漫出来的。

母亲已经跟我说过，临行前要给我打一针鸡血针，我以为她是随便说说的，因为这时候鸡血针的风潮已经过去很久，而且，即使在甩手操、红茶菌连同鸡血针这些奇里古怪的健身术最盛行的时候，我们家也没任何人投身进去。在革命时代，所有光怪陆离的强身术都无一遗漏地来到南流镇，甩手操、红茶菌、鸡血针，它们带着它们传说中的神奇功效，所向披靡，从大城市到中城市再到小城镇，从N城到玉林再到南流，它们来自大地方，时髦，神秘，令小镇的人们着迷。

我从未做过甩手操，也没有打过鸡血，只偶然吃过一口红茶菌，微酸，有点涩，是暗红透明的，我早就把它们忘了。忘得一干二净。

但现在，一只公鸡出现在我劈柴用的青石板上，它在满地的光晕中，神采奕奕。我母亲从班上带回一副注射器，是高压锅消毒过的，用发黄的粗布包着，布上印着红色的字样：南流县人民医院供应室。舅舅一只手捉着公鸡的两只脚，另一只手掀起公鸡的翅膀，他拨开羽毛，鸡肋窝里露出一道暗青色的血管。母亲从公鸡的血管里抽出半管血，她用酒精棉球给我消了毒，然后往我身上一扎，这管鸡血很利索地就注进我的身体里了。她做事从来都是这样不容置疑，稳准狠，快捷，有效率。

我在懵懂中，又兴奋又迷茫，同时我不知道自己应该兴奋还是应该迷茫，打鸡血针，这个神秘的事情，一个过时的时髦，它早就消失得踪影全无，现在它忽然从天而降，落到我的头上，一只公鸡，金红墨绿的羽毛流光溢彩，在人面果树下，它的血进入了我的身体里。

就这样，鸡血和胎盘在我的身体里相遇，发出了“砰”的一声，我清楚地听见了这奇怪的声音，它震着了我的内脏，并在那里微微发热。

从此以后，我的身体就会好起来么？

我会有特异功能么？我会力大无穷么？在一堆乱七八糟的想入非非中我兴奋异常，我翻来覆去地睡不着，身上像着了火，头脑里的筋也像灼着了，一阵热辣，一阵抽搐。脸是烫的，口干，我起来喝水尿尿，从镜子里看到自己的脸红得像一朵木棉花。

家人用自行车驮着我的行李前去集合，我远远看到县礼堂门口停了三辆大卡车，很多人正在往车肚里放行李。站着和忙着的人都不少，但不见红旗招展锣鼓喧天，车头也没戴上大红花，连标语都没有，一切都太平常了。

不过我一点都不扫兴，就像一只不用喂食就唱歌的鹦鹉，我觉得身体里公鸡的血液在涌动，一首歌自动跑到了喉咙里，“赶快上山吧勇士们，我们在春天里加入游击队”。我觉得自己几乎就要唱出声来了。

我早已厌倦家庭和父母，想着早些到那个叫做“广阔天地”的地方去。高中还没毕业我就盼着下乡，因为只有下乡才可能招生招工。人是要经受锻炼的，我把高尔基的《海燕》抄了两遍，时常念叨着那句“让暴风雨来得更猛烈些吧”，没事就置身于一只湿淋淋的海燕中，假设自己飞进了暴风雨。十六岁的时候我默诵着这句话，兴高采烈地走在大街上，我拿着办手续的证明，到县革委会的知青办领取下乡物资。我从两种颜色的蚊帐中挑中了本白色的那种，我对自己的挑选感到满意。我听见旁边的人说，本白的好，别看现在有点发黄，将来越洗越白，漂白的那种现在白是白，洗洗就黄了，越洗越难看。还有棉胎，五斤重，还有被套，斜纹布，桃红的彩条，都是崭新结实的一等品，看在眼里就喜气洋洋，抱在怀里更加喜气洋洋，沉甸甸的，煞是踏实。

这是第一份完全属于我个人的财产，它是一张床所需要的东西，贴心贴肺，更贴皮贴肉。一个居民模样的家长说：“感谢共产党，感谢毛主席，感谢李庆霖。”知青办的一个女同志说：“是要感谢李庆霖哪，这些东西以前都是没有的，你们赶上好时候了。”李庆霖，在一九七五年前后，是一个响彻海内的名字，连同那封著名的回信：“寄上三百元，聊补无米之炊，知青问题，容当统筹解决。”知青的待遇从此大为提高。新下乡的知青按战线分配，工交战线到香塘公社，县直机关去附城公社，文教卫生战线去民乐公社。每个大队配一名带队干部，知青下乡的头一年，由国家统一配给粮油，每人每月有十元生活费，另有安置费拨到大队，用来盖房子买农具。

一九七五年，形势一片大好，我们爬上了解放牌大卡车，车厢里一半是行李，一半是人。人很杂，同车的一个都不认识。同班的仅丁服安凤美二人到香塘公社，丁服在另一辆车上，我连影子都没看见。雷红吕觉悟都分散了，雷红和郑放歌属文教卫生战线，她们到民乐公社同一个大队同一生产队。吕觉悟随父，属县直机关，下附城公社，我亦随父，工交战线。

事隔多年，在歌舞升平中，文教战线、卫生战线、工交战线这些词听起来有一种遥远的幽默，仿佛让人置身于一场浩大漫长的战役中，人属于某条战线，生长在战线中，永远不能脱离任何战线。战线是天经地义的。我们虽然从未生活在战争年代，但我们从未想到有什么词可以代替“战线”二字。系统，工交系统，真是太难听了。

快开车的时候我看见了安凤美，她抱着一只公鸡，这只公鸡我认识，就是二炮，它曾在我们班的女生宿舍待过一段，我喂过它。

二炮的羽毛跟我打鸡血的公鸡一样漂亮，但我相信它的智慧非同一般，否则它怎么能配合长脚耍魔术呢。安凤美抱着它爬上了另一辆卡车，她行李简单，父母都没来。我看到二炮站在一只木箱上，看上去和安凤美肩并肩头挨头的。它约等于她的家人。

九点半，卡车出发，我站在卡车里。车慢慢开着，驶过南流镇的街道。公园路的空地上，晾晒着一簸簸的桂圆肉，簸箕里的桂圆肉香甜肥厚，招来了苍蝇和灰尘。另一些空地上则晾着一小片一小片的龙眼核，听说晒干之后磨成粉，可以做年糕。一个男人在箍木桶，用一把柴刀背敲得铁箍咚咚响。卡车开过东门口，米粉铺的蒸笼正冒着浓厚的蒸气，有人坐在桌前吃米粉，杂货铺一闪就过去了，豉油的香味来不及散发出来，铺子里没有人，是空的，隔壁酸萝卜摊前倒是有两个小学生，他们正举着带缨的酸萝卜，一边啃着一边等着找钱。这些全都一闪就过去了。

过了东门口就上玉梧公路，车速加快，学校的老师一个都没看见，学校的大门空荡荡的，孙向明早已回湛江，全班同学都不知到哪里去了。凤凰树一闪而过，学校的大门一闪而过，医院宿舍的平房、我家的窗口、长着老鼠脚迹的操场、大园、旧产科、枇杷树、门诊、太平间、留医部，全都一闪而过。

来到六感水冲

我们的卡车在十字铺离开玉梧公路，开进一条小而窄的泥土路，走不多远，就到了公社所在地。车停在院子里，卸车，人乱糟糟的，几乎都是生人。有家长拿着条子穿过人群。我的家人也拿到了一个纸条，上面写着四个人的名字。我一看，只有一人认识，初中同班同学，高红燕，家在农机厂。另外两个，赵战略和罗东，都没听说过。我们四人是一个集体户，落到六感大队水冲生产队。

大队干部来领人，把行李绑在自行车后架上，我们戴着笠帽，挎着白铁皮桶跟在后面走。香塘墟只有一条街，出了公社大院往左，走到尽头，拐下一个很陡的坡，过一条河，就进了山里。已经是下午两点多，田里一时没有人，太阳很毒，大家闭嘴走路。骑车运行李的大队干部骑一段，停一段，看我们走近了，又上车骑一段。一边是山，一边是垌里的田，正在插秧，有的已经插上了，有的没有插，空着。山很光秃，没有大树，只有一些比海碗略粗的松树，针叶稀疏，挡不住阳光。

刚走到水冲村头，呼啦啦地冒出一群看热闹的人，十几个人在村头挤成了一团，主要是小孩和女人。地头很宽，随便站哪都能看到，她们却挤着互相壮胆，一个赛一个挤在后面，人一挤，笠帽就歪了，于是人人侧身举着笠帽，猛一看，这堆人就像一团古怪的树，树上长着奇怪的又圆又厚的大叶子。

她们观看之后很失望，说这就是插青啊，这么细只！细只是六感话小个的意思，细只不好，不做得吃的。姑娘妹们硬是要想象南流街的插青高大结实，皮肤白皙，没承想，却是四个细只人，又黑又瘦，穿的是普通衣服，没戴大红花，头上戴着同样的笠帽，他们闷头走路。

生产队派出了喜莲来帮挑水烧灶。喜莲有一米七几，身材粗壮，五官厚实，头发茂盛，堪称巨人。她的光脚板走在路上咚咚响，我们的一对新的大水桶在她肩上显得很轻，晃里晃荡的。她也不说话，似笑非笑，把一担水哗地倒进水缸就蹲下去烧灶。

天还早，才下午四点不到，喜莲往灶里烧了一把火就不烧了。她切了一块肥猪肉，在新的大铁镬里来回擦，铁气浓厚的新镬被涂上了一层油光。三婆站在灶间门口，指导说，再磨一磨，新镬头臭铁气。三婆家就在对面，前后左右都是她家房子，住着她的大儿子和二儿子，灶间是她让出来的小屋子，隔壁的小屋子放着她的床，还有一架纺纱机。

三婆从自家拿出了油，拿出了盐，又用一只葫芦瓢装了一把花生米。她笑眯眯，慢悠悠，一趟趟地运，她把东西放在灶台上，她的一条腿有点僵硬，走起路来一拖一拖的，她的眼睛长着玻璃花，看上去有一点奇怪，莫测。

我和高红燕的行李搬到了一间空屋子里，正奇怪，就来了好几个壮劳力，搬来了条凳木板、铁锤竹竿等杂七杂八的东西，地不平，他们现用铁锹铲土，又是敲，又是垫木片，他们干得很慢，似乎很不当回事。

家长们都走了，临走前母亲叮嘱道，箱子里放了针线和火柴，好好劳动，不要挑轻怕重。然后她就走了。我和高红燕站在屋子里，不知说什么好，也不知干什么好，人都是生人，也都冲我们笑，但也都不知说些什么好。让我们吃茶，在隔壁堂屋里坐着。坐了一分钟我们又站起来了，东看看，西看看，几个小孩子也站在门口仰着头望我们。地下有鸡，有狗，有鸭子，它们穿梭往来，寻找地上能吃的东西。

中午饭就是在这堂屋里吃的，屋子里摆一张八仙桌，屋外也摆了一张，家长、知青、大队和生产队干部，帮忙的劳动力，这家的主人，整整坐了两桌。有点挤，但都坐下了。菜很多，还有酒，倒在印花的玻璃杯里，菜都盛在大海碗里，只有炒花生是在碟子里，还放了一只小瓦盆，里面盛着炖豆腐。有煎鱼，有炖肉，还有一只白斩鸡，另有豆角茄子白菜，真是丰盛，跟过年是一样的了。

队里的人很兴奋，喝了酒，满脸通红，见有人走过，就大声招呼，还拉过来在嘴里塞上一块鸡肉。一顿饭吃到三点才算完，时间过得特别慢。

在屋子里叠床的时间更加慢，简直是故意的。却真的就是故意的，他们说，日头不下山就铺床，人是要发懒的，以后就不愿干活。我和高红燕一看，太阳还高着呢，一时都泄了气。他们又安慰说，快了快了，也不真的要等到日头下山，那是老话，现在是新社会了。

无所事事，我们就转到灶间看喜莲烧火做饭。只见她已经把新馒头擦得油光光的，青菜也洗好了，人正在切猪肉，新刀一点都不快，她用力锯着，切下来的每块肉都很难看，一坨一坨的，厚得不成个样子。但这也像喜莲干的话，她人就长得粗壮笨拙，她切的猪肉就应该是这样粗笨粗笨的。

她一看，没有柴，就绕到屋后的禾秆堆扯禾秆，禾秆就是稻草，是集体的，用来喂牛，谁扯生产队的稻草就算是偷。但知青不同，大家认为，知青是公家的人，公家的人烧公家的稻草，让他们烧去吧！于是喜莲就去扯禾秆。七月，正是双抢时分，抢收抢种，稻草也是新鲜的，散发着成熟植物根茎的气味，它们以一根苦楝树为中心，筑成一个高大的稻草垛，看上去就像一朵巨大的蘑菇。

就开始劳动

就开始劳动，不叫劳动，叫出工，出生产队的工。劳动是书本上的字眼，是干部和学生用的词，劳动，听上去是一件美好的事情，带有临时性和间歇性，出工则不同，是挣饭吃的意思。

第二天一早我们就问队长，派给我们什么活。队长一副发愁的样子，他坐下来抽水烟，问：你们能干什么呢？我们说，我们什么都能干，在学校里什么活都干过。队长说，不能累坏你们啊，你们是毛主席指示来的。他边抽烟边皱眉头，沉吟说，干点什么好呢？他抽完了一筒烟还没想出来。他决定再抽一筒，他一边往烟嘴里塞烟丝一边说，要不你们先休息吧，刚来。我们说，也不累，不用休息的。他说往后有的你们干的呢。我们也不散，仍站着。他就说，要不我给你们介绍队里情况吧。我支着耳朵想听他说，他却又不说，仍呜噜呜噜吸他的水烟筒。等他的烟抽完了才说，要不我带你们去拔秧吧。

我们四个兴冲冲地各人抓了一顶笠帽就下田了。太阳很毒，我们蹲在秧田里拔秧。秧田是干的，上面有一层细碎的粪土，是发酵过又晒干并且拌了土的，没一点臭气。这么干的秧田我没见过，以前插秧都是很湿的，用锹铲一块一块铲下来放在秧桶里，插秧的时候连泥带秧托在手臂上。

这样的劳动真是太枯燥了，把秧苗拔起来，打掉根上的泥土，用稻草扎成一小捆，摆在旁边。太阳晒着，笠帽也是烫的，汗流到了眼睛里，真是太不好玩了，没有梅花党，没有孙向明，也没有吕觉悟雷红，或者丁服姚红果张英敏，旁边的赵战略和罗东，真不知是从哪里窜出来的男生，连名字都没听说过，一个白，一个黑，一个有点高，一个却很有点矮，说不上是好看还是不好看。高红燕手脚很麻利，她左右开弓，刷刷拔着，有声有色。赵战略专注认真，也是像模像样的，罗东是西张东望的，他总想站起来，看看大家都蹲着，他便也只好蹲着。出工第一天，时间真是有点难熬。

时间难熬的时候，安凤美便出场了。她在水尾队，和我们水冲接壤。

说出场一点也不过分，她按照农民对知青的想象，表演了一个他们脑海中的知青，她真是无师自通！

首先她用左手插秧，这使农民们大为兴奋。

插秧的时候我听见旁边的妇女都在说，那个水尾队的，听说叫个安凤美，她用反手插秧的呢！她用正手托秧，反手掰一坨秧下来，又不插，她要在手里捏好几捏，都捏出水来才插落去，插得也不齐整，歪的。她们说得兴高采烈，好像人人都捡着了一块金元宝。她们又看看我和高红燕，实在没有什么可说的，我们插得和社员们一样好，每个学期我们要去插秧，有学校的试验田，也到农村去，插秧割禾，早就是寻常事情了，高红燕手脚麻利，她插得几乎和社员们一样的快。

妇女们便很失望，本来想看我们出洋相，却不出，也以为是要教我们的，也教不着，这两个人插起秧来跟她们一样，真是太不像知青了。队里的男女老少，便都有些遗憾。

其实安凤美既不是左撇子，也不是从来没插过秧，我不知道她为什么要用左手插秧，还要捏半天才把秧苗插下去，我也不明白为什么农民们看到一个笨手笨脚用左手插秧的人又会如此兴奋。

高红燕忍不住，她嘴一撇，说："装的！"她告诉离她最近的一名妇女，那妇女哦了一声，却仍然兴奋着，她插秧插得枯燥乏味，好不容易听到一点洋相，她不愿放过这点娱乐。她侧了身，背对着高红燕，脸朝着那些叽叽喳喳说话的人。她是笑着的，很开心，牙齿根都露出来了。高红燕只好闷头插秧，她越生气插得越快，好像跟谁赌气似的。她刷刷地插，快得就要飞起来了，她插出了一大片，快要把身边的妇女锁住了。

政治粪屋（一）

政治粪屋散发出牛尿的气味，不臭，这种气味是很踏实的，有点亲，人在里面是自在的，放松，想说就说，想笑就笑，鸡闻到气味也进来了，它感到这里面可能有虫子吃呢。狗在门口略站一会儿，然后它也进来了。

用队里的粪屋作政治夜校真是好。在革命年代，村村都要有政治夜校，用来开会、学习上级文件、念报纸、批斗地富反坏右。但如果知青不来，生产队是不会腾出来作政治夜校的。

知青像一些没头苍蝇，或者是牛蝇，叮着庆良问："队长队长，我们生产队的政治夜校在哪里呢？"牛就是队长，皮特别厚，牛蝇叮着也不动声色。他不回答，他抽烟。他眯着眼，深呼吸，烟水噗噗地从烟嘴里跳出来，你不能指望一个正在抽水烟的人回答你的问题。你就站在一旁看着他抽，他抽完一筒，又抽一筒，抽完一筒，还抽一筒，一筒接一筒的抽个没完。

有一天，队长说，你们两个，下半昼就不出工了，去打扫政治夜校，公社工作组明天要抽查。

我和高红燕都很兴奋，不是因为我们热爱政治，而是政治夜校这个概念在我们心目中是一个学校，那里有一排房子，窗明几净，黑瓦白墙，墙上刷了白石灰。我们想不出队里哪里有这样一排房子。全水冲村的房子一共有四片，分别是覃、刘、郑三姓，连在一起的一大片是刘姓和覃姓，中间隔着一小块空地，即平时开会的地方。隔着大块田垌的那边，是郑姓，完全是外姓，只有一户人家，他们有自己的水井和水塘，这家的大儿子刚刚从部队复员回来，穿的军服是很新的，娶了个媳妇是初中毕业生，已经怀孕了。

政治夜校在哪里呢？

村头覃达林家一览无余，他家紧靠山坡，坡后有一小片甘蔗，是生产队榨糖用的，有一溜木薯，种来自己吃的，山坡前只有他们一家的房子，抬头低头都能看见，那里并没有我们臆想中的一排平房。郑姓的屋子是在一片田垌中间，前后左右都是田，连棵大点的树都看不到。

难道那排黑瓦白墙的房子是在后背山么？光秃秃的后背山也没一棵大树，有几丛竹子还算高大，政治夜校难不成将从竹子中间诞生吗？那就最理想，跟遥远的共产主义遥相呼应，而且比较诗情画意，十分切合来自南流小县城的知青的想象。

队长的话是中午的时候说的，我们的灶间跟队长家是对角线的关系，他家文莲喜欢把饭桌搬到门口吃饭，是四方的矮桌子，一家四口一人一面，桌上放一碗咸菜和一碗青菜，一人一碗粥。大多只有文莲和大翠肯好好坐着吃饭，庆良往饭面上夹几筷子菜就往三公的门廊一蹲，他蹲着的时候很舒服，他大口大口吃饭，或呼噜呼噜吃粥，有一点咸菜就够了，他不添菜。文莲走过去，把自己饭碗里的菜拨给他，他说，“不要不要，够了够了”。二翠十三四岁，尤其不爱坐着吃饭，她端着碗到处走，边吃边玩，她给狗一点，她又给鸡一点，她要是不高兴，不管是鸡还是狗，她就踢上一脚。

男人和孩子，人人都是爱端着碗随处走动吃饭的，一边走一边吃，或者在地坪中间就地蹲下来。在自家饭桌上吃不香，边走边吃才香。这跟南流镇的习惯差不多，赵战略和罗东两人也学着边走边吃，知青点经常没有菜，他们走到哪家就吃上了哪家的菜。对这种吃法，罗东说："真爽！"

中午的时候庆良四蹲在三公家的门廊吃粥，一大碗白粥面上只有两粒榄角，这里的榄角跟南流镇的一样，也是三角形，扁的，里面是紫红色的肉，外面是一层黑皮，用猪油一蒸，亮晶晶的。庆良吃了一半粥就站起来了，他差不多每天都这样，吃着吃着站起来，跟队干商量出工的事情，或是通知谁谁去开会。（开会是一件好事，不用出工照样记工分。开会的人，空着手从小路出到乡道上。）

庆良四边往嘴里刨粥边来到我们的灶间，我和高红燕正坐在一堆稻草上吃饭，赵战略和罗东都端着饭碗到地坪那边去了。

看到队长来了我们就从稻草堆里站起来，我们的后背和头发都沾着稻草，很像《地道战》里刚刚躲过日本鬼子，从地洞里爬出来的村姑甲和村姑乙，又像《南征北战》里推着小车支援前线的女民兵，如果要考虑《渡江侦察记》，是否有点像埋伏在河边草丛里的女游击队员？所不同的是，我们端着饭碗，吃得正香。队长说："你们两个，下半昼清理政治夜校吧。"看到我们愣着，他就边吃边踱到地坪那边去了。

天有些阴，有一点凉风吹过来了，或者是，政治夜校就是凉风。在热爱政治这件事情上，我们不如丁服，但在大田曝晒了一个多月后，听说有政治夜校这档子事，我还是感到兴奋。高红燕比我反应快，她追出两步问：队长，是让到大队去吗？队长嘴里含着粥，呜噜呜噜道："就在水冲，上头要求每队都得有哪。"他既像嘀咕，又像抱怨，在三公的墙角一闪就不见了。

高红燕立即变成了一阵风，宛如热风，又如旋风。因为她一转身就出了灶间，在三婆屋子的墙角又一转身，她上了台阶再一转身，她转身到我们住的屋子里，从角落抓了好几个番薯，之后又一转一转地转出来，番薯放进洗菜的瓦盆，舀水倒水放进锅里，烧火，一阵烟又一阵烟，接着，锅盖缝里升起了水蒸气，番薯的甜香味也跟着出来了。

红燕的手脚是很利索的，她利索着的时候是谁都不顾的。等到她在灶前添柴的时候她才说，放了宴昼我们就有东西吃了。她的意思是说，吃了宴昼再去打扫政治夜校，这样精神面貌就会有所不同。这样她在灶前添柴的样子又让我想起《沂蒙颂》。（一名妇女，穿着红色的大襟衫，一条宽腿条纹裤子，看上去有点像《白毛女》里的喜儿，却又不同，不同是在头上，喜儿是长长的粗黑的大辫子，沂蒙妇女却在脑后挽了个发髻，这表示她已经结婚了，接下来我们就会知道，她不但结了婚，而且她还有了孩子。她跳着芭蕾出现在银幕的舞台上，这回她手里拿了一只行军壶，她尖着脚尖从舞台的这头移到那头，又转圈，又劈腿跳起来，手中的水壶一再往上高举，然后她就转到草垛的后面了，当她再次举着行军壶出来，一阵歌声嘹亮地升起，同时一束光打到她身上，她的红色大襟衫更红了，红彤彤的，好像这束光不是来自顶灯，而是来自她的身体。原来这壶里已经有了她的乳汁，她到草垛后面就是挤奶去了。不但让伤员喝她的乳汁，她还要给他熬鸡汤。她坐在矮凳上，就像高红燕这样坐着，一边假装往灶里添柴，而火却真的燃起来了，是裹着红绸子的灯，还有一只鼓风机把另一些绸子吹起来，歌声甚是优美："蒙山高，沂水长，我为亲人熬鸡汤，续一把蒙山柴，炉火正旺，添一瓢沂河水，情深意长。愿亲人，早日养好伤，为人民，求解放，重返前方。"歌唱完，鸡汤就熬好了。）由于普及样板戏，县电影放映队到六感放过《沂蒙颂》，有半数以上妇女看过，六感的妇女说，哪有这么快就炖好鸡汤的。但高红燕的红薯却是很快就冒出了水蒸气，没多大一会就煮熟了。我怀着愉快的心情闻着红薯的甜香，想象着一排整齐的房子降落在后背山。

我们找出了毛主席像，是大队送给每个知青户的，又找出了两方红纸，然后就一人拿着一把扫把到队长家门口。我们将要穿过大荔枝树钻过竹丛登上一溜土坎到达半山腰，这时《宁死不屈》的曲子就像一条狗，从屋后的山坡沿着土坎钻过竹丛和荔枝树，飞快地来到我们脚下："赶快上山吧勇士们，我们在春天里加入游击队。"这支游击队只有三个人，队长、高红燕和我，我们扛着准备扫墙的长扫把，如同游击队员扛着枪，这一情景使我感到振奋。

政治粪屋（二）

队长没有带我们上后背山，他背着手在前面走，走过三婆的房屋，又穿过地坪和庆福庆贵的房屋，从地坪的另一头下了几个台阶，他一头就进了空地旁边的粪屋。我们不知他进粪屋干什么，就在门口等他出来，他却不出来，倒让我们进去。他说屋角还有一点粪，你们清到晒谷地坪仓库后面的屋檐下就行了。

我们大惑不解，喃喃道："不是说打扫政治夜校吗？"队长说："这不是吗，粪屋在覃姓和刘姓中间，位置最合适，粪搬到仓库那边，谁还便利偷！"说完他就背着手走了。

在粪屋淡淡的牛屎气味中我们愣了片刻，之后才大梦初醒。但紧接着我们还是感到了强烈的不适，这样一间粪屋它怎么能当政治夜校呢？即使没有大粪，这地面也太不平了，高的高低的低，即使一头水牛走进来也难以保持平衡，它一趄趔就会摔倒，幸得它有四条腿，它的一条前腿在高处，另一条前腿在低处，它在高处的那条腿就跪下了，它挣扎着把两腿放平，但它搞不明白应该站在高处还是低处，这使它看上去一时有点像在走盛装舞步的马。如果是黄牛或是水牛崽可能就会好一些，按照常识，体轻的比体重的更容易保持平衡。

除了凹凸不平，粪屋还没有窗，不过墙上有两道很宽的缝，屋顶还装了两片亮瓦，这样粪屋里才不至于伸手不见五指，这句话是我们在作文里形容漆黑的夜晚的，在这句话的指引下，我们感到粪屋里就像天蒙蒙亮，或者天已黄昏，所不同的是，前者应该有鸡啼，后者应该有妇女叫唤自家孩子。而粪屋里很安静。

看到高红燕手里拿着卷起来的毛主席像，我们几乎同时想起了马克思主义要与中国革命的具体实践相结合的真理，我们没有说什么，迅速找来了铁铲和畚箕，运了四五趟，把屋角里的粪运到仓库的后面。粪越来越少，我们渐渐感到这就是水冲村的政治夜校，等到最后一担牛粪清掉，挑着空畚箕回来，我们一路走过赵战略挑水最爱走的小路，两边的五色花正在开放，开得一兜一兜的，每兜有半个拳头那么大。这种花很臭，十几朵小花团成一个球状，一团里有红的黄的特别红和特别黄的四五种颜色，故称五色花。我不喜欢这种花，色彩太强烈，咄咄逼人，看上去像是有毒。后来才知道，这种花果然是一种草药，而且专门是治我的。但这个时候我并不知道，我觉得它虽然庸俗不堪，但毕竟是我们水冲村常开不败的花，正如粪屋，虽然不雅，毕竟是水冲队的政治夜校。

挑着空畚箕走在开着五色花的小路上，我们的心不停地下降，从后背山的半山坡降到了粪屋里，我们觉得这屋子其实是很适合当政治夜校的，不远不近，不上不下，正好在刘屋和覃屋的正中间。这样想着，我们就爱上了粪屋，我们用绑着竹竿的扫把将墙上的蜘蛛网扫掉，又到庆文家借了凳子用来贴毛主席像。

主席像我们贴过多次，但这次的难度超过了以前的总和。首先是凳子放不平，看上去是平了，但高红燕踩上去就会来回晃动，好像她踩的不是一条木凳，而是一头母猪，母猪吱吱叫，事实上不是木凳的问题，而是粪屋里的地实在太不平整了，凹的凹凸的凸，站在地面就已颇费脚力，再架上木凳，实在是险象环生。

高红燕让我上去，我一踩上凳子，就感到自己踩到了钢丝上，我先想起了安凤美，接着又想起了翟青青，她能走真正的钢丝，她穿着一双白色的软底鞋，张开双臂，行走在钢丝上。她面无表情，脸色苍白，在灯光下好像是透明的，她又瘦又薄，如此轻盈，在惊险的钢丝上如履平地。我想起她说的，人的重心在腰那里，但我站在粪屋的条凳上，感到重心不止一个，而是有许多个，重心们分布在我身体的各个部位，每个重心都想要显示自己的存在，它们在我的身体里此起彼伏，害得我前后左右晃动，看上去就像一只刚被人抽过的陀螺。而光线暗淡，又加剧了我的摇晃，根据常识，睁开眼睛比闭着更容易保持平衡，我拼命瞪大眼睛，但终于还是从木凳上掉了下来。

东风吹

安凤美她们队的政治夜校我去看过一次，是村里的舂米房，比我们的粪屋小一半，中间是一大块凹石，木架架着一块凸石，脚一踩，凸石就打进凹石里，一下接一下地踩，米就舂成了米粉。我觉得这件事情比较有趣，因为凹石和凸石都特别光滑，摸起来有一种难以言传的快感，特别是在夏天，又凉又滑又硬。

跟粪屋相比，春米房做成政治夜校有着另一种趣味，很矮的屋子，在远处猛一看，你判断不出这到底是猪栏、厕所还是柴屋，这些屋子的高度都差不多，只门口有所不同，猪栏门用几根木柱挡着，厕所门一般是竹篾编的竹席，仅半截，柴屋则完全不关门。猛一看，一个猪栏贴上了红色的对联，或者一间厕所，或者一间柴屋，总而言之，一间又矮又小的房子贴上了对联，此事有点离奇。

水尾村春房的对联是这样的，一边是“抓革命要斗私”，另一边是“促生产齐批修”。一进门正对着的墙上还贴着毛主席像，侧面也贴着四份秋收决心书。革命时代的政治夜校是这样的，不管是粪屋还是春房，只要贴上了毛主席像和对联，就成了政治夜校。

多少年过去，只要见到或听到夜校这两个字，我就会想起这两副对联。我们水冲村粪屋的对联是这样的：“东风吹莺歌燕舞；战鼓擂形势大好。”这是我和高红燕集体创作的成果，那天贴过毛主席像后天就黑了，收工后我们一边烧火做饭一边想词。“东风吹，战鼓擂，现在世界上究竟谁怕谁，不是人民怕美帝，而是美帝怕人民。”我们哼着这首歌，并且创造性地把歌词镶嵌到对联里，这使我们大为得意。趁着亢奋，又连夜从生产队会计那里要来了毛笔墨水。我们的毛笔字没有村里的人写得好，村里的人指的是少数练过字的人，乡村知识分子，比如会计，比如某个年纪大读过书的人，还有地富反坏右中的大多数人。但我们一点也不怕献丑，我写在红纸上的毛笔字歪歪扭扭，又细又软，有的地方像老鼠尾巴，有的则像鲤鱼须，整体地看，又像有数只螃蟹伏在水草中，有的字笔画太多了，写成了一堆。

这样的字在粪屋门口招摇了好几个月，是我们制造的奇观之一。

革命时代的卡通

多年以后，只要听到童声合唱，我就会想起我们水冲村的政治粪屋，孩子们流着鼻涕，头发上沾着草，手是黑的，衣袖上是亮晃晃的一层硬壳，高的高，矮的矮，大声叫着，唱得全都走了调，谁也听不出唱的是什么，我知道孩子们唱的是《小山鹰》，“小山鹰飞得高，红小兵志气高，小星星亮晶晶，红小兵眼睛亮，林海宽又广处处是战场，消灭狐狸和豺狼，我们紧握枪，紧握枪。”

歌是我教的，来自一个电影，美术片，木偶舞台剧。叫什么已经完全不记得了，但它是如此顽固地停留在我的身体里，像一些石子，直到现在，我在离六感三千里的城市一走路，它们就会自动蹦出来，好像我身体里存在一把铁筛，一筛一筛的，一首完整的歌就从我嘴里顺了出来，“小山鹰飞得高，红小兵志气高”，这些三十年前的陈年石子，是什么样的手举起了它们？

革命时代的卡通就是这样，全县统一，村村都要办幼儿班，郑放歌在她的生产队当上了幼师，她想出了办法，或者是她爸爸替她想出了办法，她回南流镇的文具店买了一大把铅笔，听话的小孩，早到的小孩可以得到一支铅笔，来晚的、不听话的，就要站到一边去，郑放歌的声音是很和缓的，她不凶，她认为凶最是无能，她微笑着对迟来的小孩说，你先在这边站一会会。

而我在水冲村的政治粪屋里高声唱着《小山鹰》，孩子们胡乱把鼻涕蹭在墙上，墙上贴着我们知青四人的决心书，我和赵战略各两页，罗东一页，高红燕三页，在黑乎乎的粪屋里，同样黑乎乎的孩子们和粪屋浑然一体，似乎孩子们就是粪屋里自己生出来的。粪屋里没有光，毛主席像在墙上的黑暗中，几乎看不见。屋顶的亮瓦漏下光来落在地面上，地上有一个坑，有个小孩在坑里尿了一泡尿，另外的小孩找来棍子，热尿和泥混在一起，众孩子热火朝天，且热气腾腾，他们不再愿意唱歌。

亮瓦的光线照耀在他们的头发上，如同黑暗的粪屋里长出淡黄的禾苗，而墙上，我们贴上去的决心书，白色的纸页，异质、不祥、莫名抽动，如果没有孩子们，我会感到害怕么？

我跟着孩子们呼啸旋转，在粪屋或政治夜校里，他们很快就唱腻了歌，大的孩子不愿意玩尿和泥，我回忆起自己幼时做过的游戏，如果吕觉悟雷红张英敏都在就好了，我们可以组成一个游戏团，把南流县幼儿园的游戏都做上一遍。（如果我是知青办主任，我就把吕觉悟雷红她们调到香塘公社六感大队水冲生产队一天，她们将坐上运化肥的拖拉机先回到南流街，在家里吃上一顿饭，然后又坐上我们公社的拖拉机一路朝水冲村狂奔，比这更切合实际的是她们骑上自行车，在玉梧公路上轻盈地滑行，上坡下坡，沿着马尾松的隧道一路来到十字铺。如果我是县革委会主任，来的人就会更多，赵菊花、崔鸽子、张冬妮，甚至李海军，赵菊花远在遵义，我不知道是谁管着遵义，大概是贵州省革委会主任，至于李海军，他自己就会来，他像一只气球悬浮在安凤美的头上，但我们对此一无所知，包括安凤美，包括他本人。他和安凤美的恋情从一九七五年延续到一九九八年。

我还会想到张英树，我已经不想孙向明，不知怎么他就消失了。高中以后我再也没有见过张英树，听说他也插队了，他曾跟南流街上的散仔在一起，但没有学坏。如果他站在水冲村粪屋兼政治夜校的门口，我就会回到我的小时候。水冲村的小孩在政治粪屋里盘旋呼啸，我想起来的游戏有以下几种：丢手绢、老鹰抓小鸡、网小鱼、防空演习、侦察兵、摸电、跳房子，事实上，只有前面三种是真正的幼儿游戏，防空演习是真的演习，但我想起来却像游戏，因为刘老师站在树林边拉手风琴，园长说，这是模仿敌机飞行的嗡嗡声，而我们则被要求蹲在树林里，不能动，不能发出任何声音。但我感到奇怪，树木稀疏，小叶桉树的叶子细细长长的，根本挡不住任何东西，大片的天空露出来，敌机在天上一眼就会看到我们，他从飞机上扔下炸弹，高空上，像烟花一样一朵接一朵地盛开，那也是很好玩的，而且烟花是炸不着我们的。桉叶的气味一阵又一阵，我们只听见手风琴的声音，敌机从来就不会来。

侦察兵也不是游戏，而是节目，我和吕觉悟赵菊花崔鸽子等人在空教室里摸来摸去，到最后，就在灯光球场的舞台上摸来摸去，什么也没摸着，但我们化了妆，涂了红脸蛋和红嘴唇，穿上草绿色的军服，所以也是好玩的。）但我没有教给水冲村的孩子们，我不想让他们在粪屋里摸来摸去。一群流着鼻涕的侦察兵，在粪屋里侦察牛粪和屎壳郎，这样的场面被我迅速抛弃。

摸电。跳房子。摸电是死而复生，刺激、勇往直前，跳房子是一砖一瓦，耐心、持久，一分耕耘一分收获。但在水冲村都不便实践，鼻涕孩子对着泥地上用木棍画出的线痕问，这是房子吗？这怎么是房子？如果在粪屋门口崎岖的空地上摸电，我事先就能看到他们一个个头破血流，大人们说，不识字不唱歌都不打紧，不掉塘里不摔破头就要得。

经过一轮排除，剩下了丢手绢、老鹰抓小鸡、网小鱼三种，这时我感到粪屋里亮堂堂的，好像是凭空开出了三朵大南瓜花，金灿灿地颤动着。我让孩子们围成一个圆圈蹲下，然后教唱歌：“丢，丢，丢手绢，快快地丢到小朋友的后面，大家不要打电话，快点快点抓住他，快点快点抓住他。”

一个小孩问，手绢是不是毛巾。更多的小孩不明白为什么好好的要把手绢丢在地上。没有人见过手绢，想象力丰富的孩子认为手绢是一种戴在手腕上的圈。有关电话，孩子们一致认为是颠话，就是不要把话像颠球那样颠给旁边的人。全大队只有一部电话，孩子们谁都没有去过大队。

只有老鹰抓小鸡是我们的。小鸡们在粪屋里团团转，和老鹰一起呼啸盘旋，我们从没有亮光的粪屋里飞出来，飞到后背山的山脚下，我们穿过一丛丛竹子和芭蕉树，上气不接下气地奔跑在土坎上，天是蓝的，风已经不那么热，母鸡没有了，跑丢了，统统都是小鸡，人人都愿意被老鹰抓住，男小鸡尤其愿意往老鹰身上撞，她身上有一股香皂味，小鸡被抓住后还要由老鹰来吃，她捧着小鸡的脸蛋，低下头来吃得叭叭响，看上去就像是在亲嘴。

这真是激动人心的时刻，当过了老鹰我也想当一只小鸡，全身毛茸茸的，脚和嘴都是嫩红，长着傻乎乎的眼睛，整天在空地里走来走去，可以挑食，整粒的米粒不吃，要碎米才吃，有肥虫或者蚯蚓，也要母鸡啄断了给我才吃。（当然我最愿意张英树来当老鹰，他飞呀飞，从天上来，他看到我眼睛一亮，他先在我头顶盘旋，然后就像敌机一样向我俯冲，他身手敏捷，一把就抓住了我。）接下来的情形我感到不好再想下去，很有点难为情。

此外我还教孩子们写字，我一上小学，就学写“毛主席万岁”，一上初中，也学“毛主席万岁”，不过那是英语，叫“狼礼服前面猫”。所有人都认为，学写“毛主席万岁”是天经地义的。

我不知道可以学别的。“天地人”，“山川河流”，五谷，花朵，柴米油盐酱醋茶，或者锄头、扁担、木勺、粪桶，或者碗、灯、桌、床，至少可以教每个人的名字，但都没有。从未想到过。

幼儿班十几天就散了。村办幼儿班，听起来就像是一大奇观，我认为这事跟知青有关，每一个有知青的村都有幼儿班，在粪屋，或在舂房。

安凤美与公鸡二炮

安凤美她不喜欢小孩子。她说她一看到小孩就想踢上一脚，小孩脏兮兮的，脸上又是鼻涕又是口水，又哭又闹，是最烦人的一种东西。但水尾队的干部群众不知道，见她带了一只公鸡来，一致认为这个知青最有爱心。结果大错。安凤美第一天上午教小孩子唱《我家的表叔数不清》，这种别扭的京剧腔很不上口，乡下的小孩怎么都学不会，教唱的难度远远大于《小山鹰飞得高》。小孩子学了一遍就不愿意学了，安凤美教了一遍也懒得教，两下里都正好。她把公鸡二炮带到舂房，让它啄地上的碎米吃，高兴的时候就让孩子们摸一摸公鸡背上漂亮的羽毛，不高兴就谁都不理。孩子们三三两两，或在舂房里挖土撒尿和泥，或在房前上树掏鸟窝。公社检查团来的时候二炮正把一个三岁的小孩追得满地跑，孩子摔了一跤，它赶到把屁股蛋啄了两口，孩子哇哇哭，村里的几条狗也赶来了，冲着二炮狂吠。一时间鸡飞狗跳，正好被检查团撞见。检查团本来要来水冲，却去了水尾，简直是撞了鬼。我每天都让小孩子们唱《小山鹰飞得高》，唱得自己都想吐了，大大小小的小人都已经唱得齐整，吐字也从六感话唱成了南流普通话，听上去颇像个样子。已经说好，队长家的二翠充当消息树，她将站在村头的苦楝树下，远远看到检查团的人影，就飞速前来报信，这种虚拟的站岗报信的情景使我精神振奋，我仿佛看到二翠变成了抗日时的儿童团，手持红缨枪，手搭凉篷，一看见鬼子的身影就把消息树砍倒，事实上，我们在粪屋根本看不见消息树，她将猫着腰，钻过一丛又一丛五色花，她的粉红色衣服在树叶中若隐若现，就像一小片移动的花。二翠一来，我们就开始唱歌，“小山鹰飞得高，红小兵志气高，小星星亮晶晶，红小兵眼睛亮。”我还为检查团的到来准备了一首毛主席诗词，“风雨送春归，飞雪迎春到，已是悬崖百丈冰，犹有花枝俏。”是前一天晚上想到的，来不及教熟，我设想，检查团来到粪屋的时刻我们正在教唱，这样的气氛真是天造地设，“风雨送春归，飞雪迎春到，气象万千，”又等于说检查团就是春天。但检查团的领导是个有诗意的人，他工作方法灵活，当他们沿着既定路线走进水冲队和水尾队之间的那条小路的时候，他往右一看，看到了几大丛翠竹，精神一振，他朗朗地说道：走，我们到那边看看去。于是，已经往左拐的人都被叫了过去。我们水冲队的春天就这样被遮蔽，准备好的飞雪迎春到就这样被葬送了。

安凤美和两条鱼拾级而下

安凤美无疑是一个落后知青，声名狼藉。但她和两条鱼拾级而下的样子令我难忘。

时隔三十年，我还看见自己躲在水冲村和水尾村之间的一棵杨桃树后吃一条煎鱼，鱼是鲫鱼，只有两根手指粗细，煎得两面黄，有不少油，无比的香，放在芭蕉叶里裹着，我一只手托着芭蕉叶，另一只手也不讲卫生，直接捏着鱼身，油香和鱼香混在一起，鱼皮有一点点咸，肉是鲜嫩的，但也有一点硬。这煎鱼真是太好吃了，我在家也没吃过煎得这么香的鱼，我吃完了鱼皮，又吃鱼身，我把两边的鱼鳍以及鱼尾都嚼烂了咽下去，还把鱼头都吃了。我把一条鱼吃得干干净净，如同一只灵活健康的猫，喜悦、激动、满足，感到生活超常美好。跟猫不同的是，我没有留下完整的鱼骨架，我把散架的鱼刺扔到了地上，安美凤担心把村里的狗招来，她找到一根树枝，在地上刨了些泥，把鱼骨头掩埋了。

对，安凤美就在我跟前，我吃鱼的时候她看着我，煎鱼就是她特意带给我的。

她从水尾村的几丛高大的竹子间钻出来，她跳跃着，一下一下跳下坡地的地坎，她远远地奔跑过来。她的水尾村和我的水冲村相隔只有四五百米，她们在高处，我们在低处，在我们的门口能看得见他们的门口，罗同志一坐在那里抽水烟筒，我们就看到了。安凤美穿着她的一身蓝布衣服，一跳一跳地跑过来，那时候还没盖知青房，我们住在三婆的房子里，我不记得自己怎么就走到外面来的。我听见安凤美叫道：“飘扬，飘扬。”

她的声音又尖又飘，有一点嗲，男的听了会心中一动，但我是女的。我站在生产队的稻草垛跟前，天有点热，但不是很热，太阳有点晒，但也不是很晒，正是放宴时分，大家吃宴或者不吃，宴是指午饭和晚饭之间的一顿，很简单，有时就是一碗粥，或者一碗米汤，但不叫米汤，叫粥水，有时能吃上煮红薯，那就很好。知青不常日吃宴，人人都懒，大家回来就往床上一躺，等着下宴昼队长叫出工。

我不知怎么就站在了稻草垛的跟前，我手搭凉篷，看着安凤美从水尾队那边一跳一跳地奔过来。我在低处，她在高处，她一个土坎一个土坎地降落，相当于从天而降，和她一起从天而降的，还有她手里的两条煎鱼。这件事情现在想起来还是一大奇观。

她降落在我跟前的时候喘着气，我说安凤美你怎么来了，你不出工吗？她冲我笑，笑得有点神秘，她说，你跟我来。于是我跟着她，像一只鸟跟在另一只鸟的后头，扑腾扑腾地，一个土坎一个土坎地往下下，刚到几株芭蕉跟前，安凤美忽然说，不对，要往上走。我问她到底要干什么，她说有好吃的。

一听有好吃的我就开始脚下生风，我跟在她屁股后面往上走，一边惦着她会给我什么好吃的。红薯、芋头、木薯、花生、糖果、话梅、饼干、爆米花，我一样一样地想着，它们就一样一样地浮现在我脚下的坡路上，活香生色。红薯是甜的，黄心红心花心的都好，芋头也好，最好不要是生水的那种，木薯，就更好了，一路上都没看见有人种，花生和糖果最好一起吃，先把糖含在嘴里，再嚼花生，花生的油脂和糖的甜味交相辉映，香的更香，甜的更甜，变成一种绝妙的甜香，比花生糖还要好吃！但吃上花生糖果的可能性太小了，我脚下的坡路又逐一变回了红薯和芋头。

我们停在了后坡的一棵大杨桃树底下，我们在高处，水冲队和水尾队的房屋都在我们的下面，用赵战略的话说，这是一个有利地形，我方能看得见敌方，敌方看不见我方。安凤美把她手上的芭蕉叶打开，两条焦黄喷香的煎鱼出现在我眼前，这简直不像是真的，哪来的鱼，而且有两条之多！我大喜过望，头脑里一片空白，我像一个傻瓜似的问道：“这是什么？”

在天上骑马的雌雄大盗

知青点的屋后长着五色花，它们色彩俗艳散发着一种特殊的气味，是一种令人厌恶的植物。此外还有许多树，荔枝树、番石榴树、杨桃树、苦楝树，贴着墙根还有马齿苋、车前草和青苔，此外还有野山芋和五色花以及一种类似剑麻的植物，茎叶的顶端是一根又尖又硬的粗刺。

写到这里，我觉得我的笔下出现了一片繁茂的亚热带森林，如同法国画家亨利·卢梭的画，所有的植物壮硕、密集、咄咄逼人，而且还会有一头色彩斑斓的豹子出没其中。这样的景象常常出现在我的梦中，在梦里的月色中，一株壮硕的剑麻隐隐发光，安凤美赤身裸体站在剑麻边，她背光站着，全身漆黑，但她身上的曲线轮廓清晰，她的头发一直垂到腰间（她什么时候长出这么长的头发来的呢?）并且从一侧肩膀流泻下来，她全身漆黑，我看不清楚她的脸，但她的眼珠子发出一种柔和的黄光，就像她身体内点着一盏明亮的灯。这种眼珠子放光的形象使人想起某种夜行动物。

这片坡地经常笼罩在一片梦幻的夜色中，它白天的模样没有给我留下太深的印象。我看见安凤美的身体躺在一张大芭蕉叶上，（这张芭蕉叶是从哪里割来的呢?）她双腿曲着，两手放在胸前，一手捂着一只乳房。安凤美的手软绵绵的，一点都不像练过武功，能赤手空拳撂倒两三个男人的样子（这是她曾经向我吹嘘的），她软绵绵的手被人一拿就拿开了。两个人在月光中晃动，我觉得那应该就是李海军。与此同时，我听见河水流动的声音一阵又一阵地传过来，并且还闻到了空气中有一丝若有若无的熟木瓜的甜味。这两种东西使我恍然大悟，原来这幅月下野合图不是发生在我们知青点的屋后，而是在六感河的河边，这样一切就顺理成章了。李海军身上带着一把小刀，沿岸的大芭蕉叶到处都是，他割下两张，铺在草上，凤美躺在上面，又光滑又干净。这种芭蕉叶天生就是一副美人肌肤，很适合躺在上面。

我发现木瓜的气味不是从木瓜树上散发出来的，木瓜树虽然没有椰子树那么高，但站在树底下同样不能闻到果香，除非是狗。木瓜的气味从凤美的身体上散发出来，这是李海军涂上去的。

安凤美跟李海军的事情我知道得不是很多，但我却总是常常看见以上图景，月色朦胧中，植物的背景下，安凤美的身体闪闪发光。我不知道自己是搭错了哪根筋，我怀疑事情原本没有如此纯美。

事实上，安凤美不是一个浪漫的人，她也不唯美。事实上，六感也不是一个浪漫的地方。很有可能，他们是在春房做成的好事，李海军从附城公社星夜赶来，他骑着一辆永久牌自行车。公路两旁黑黢黢的，李海军敞着怀，吹着口哨，很像一个不良青年，事实上，他一开始就是一个不良青年，他自始至终，都是一个不良分子。幼儿园的时候就能越过重重关卡逃到自来水厂才被抓回，这种天才事件自建园以来从未发生过，到了八十年代，碰上一次“严打”，在一个流氓案中被关进监狱，一九九八年，我再次看见他，他已经当上了成功的游医，到广东开了诊所，一个从来没有学过医的人，用六味地黄丸充当祖传秘方治疗肝癌，他腰缠万贯，底气十足。

一九七五年，李海军星夜骑车，奔赴恋人，这件事情听起来浪漫，但李海军却不感到浪漫。浪漫是一件甜丝丝的事情，就像一只熟透了的木瓜，但甜丝丝这种感觉从来不会出现在李海军身上，他的目光总是恶狠狠的，要么是恶狠狠的狠，要么是恶狠狠的快感，他笑的时候也是恶狠狠的。

他适合当一名黑社会老大，可惜一九七五年没有黑社会，一切藏污纳垢的角落都已被荡涤干净。一个江洋大盗，专门与社会作对，风驰电掣，生死系于一线之间，这种壮阔的人生想着也让人神往。设若李海军当上一名黑老大，安凤美当一名老大的情妇最为合适，她的美带着野气，学过一点武功，更重要的是，她对一切不在乎，她从来就不打算当一个好青年，更不想当一个好女人。就让他们当一对雌雄大盗吧，一个骑黑马，一个骑白马，马蹄踏踏，风声飒飒，上下顿时就像了一团火，明亮而飘动，一团黑火焰，一团白火焰，说话间就长出了翅膀。他们在六感的上空呼啸而过，罗同志抬头仰望，不知这是哪一路妖蛾子。虽然安凤美常遭到罗同志的批评教育，但她也不愿意在六感干坏事，一是兔子不吃窝边草，二是六感实在太小了，干什么坏事都不能使人威风。

他们在天上骑马，一眨眼就来到了南流的上空，东门口、西门口、电影院、粮店、菜行、豆腐社，有什么好抢的呢，抢粮食没有意思，抢豆腐更是平庸，他们把马停在在学校操场凤凰树的树顶上，枝叶颤颤巍巍，他们也像站在弹簧上一起一落，颇像《卧虎藏龙》里周润发站在竹尖上，不过没有那么悠闲从容，他们是少男少女，更像章子怡，有一种初生的劲头。意气风发，英姿飒爽。正是下午，操场上有初一的小同学在打排球，发球总也发不过网，颇无趣，其余教室都空着，统统劳动去了，还是插队了好，插队可以不劳动，还可以偷别人的菜。安凤美和李海军一对视，两人同时一拍马屁股，就又飞在了天空中。

在南流当一对江洋大盗也不是很爽的事，地盘太小，也不够刺激。他们的马落到了东门口的空地上，它们叉开后腿，各拉了一泡屎，马粪跟牛屎不同，不是又圆又大的一泡，而是一截一截的，相同的是都冒着热气，因为天已经凉了，十一月底，校门口的凤凰树结了硕大的豆荚，由绿色变成了深褐色，豆荚也变得坚硬无比，一摇晃，里面的豆子簌簌有声，巨大的豆荚如同一把大刀。天凉了，一切都变得有劲，树木瘦硬，道路也瘦硬，两匹马踏着瘦硬的步子从校门口经过，他们的头顶悬挂着深褐色的硕大豆荚，整个场面有一种江湖的英勇和边缘的锐利。

他们骑马走过豆腐社、红旗旅社、菜行、医药公司，我发现，他们要往玉林方向去。这真是太对了！玉林军分区，我一下就想到了那里，军分区大院，至高无上，森严壁垒，那里进出的人都讲普通话，他们来自遥远的地方，是另外一种人，那里面有着整屋的军服、军大衣、军棉被，太让人眼热了，军大衣，多么威风，那是只有权贵才能拥有的东西，平民百姓上天入地都找不到一件呢，天冷了，军棉被都是最优质的棉花做成的。要抢就抢军分区，两匹马从天而降，静悄悄地落到大院的空地上，马蹄像包了一层棉花，不会发出任何一点声音，哨兵不是睡着就是被麻倒了，他们像木头人一样直挺挺站着，既不会转身，也不会说话，两匹马嗅觉灵敏，在黑沉沉的院子里一下就闻到了仓库的门口，大门虽然上了锁，却也不用着急，他们一到跟前门就自动打开了，月光照进仓库，军棉被和军大衣整整齐齐地码在一起，黑压压的望不到头，李海军和安凤美，这对雌雄大盗，有着天生良好的心理素质，他们既大喜过望，又没有被喜悦冲昏头脑，他们冷静、沉着，把喜悦压在心里，像猫一样轻，又像老虎一样力气大，他们一共抱了四件军大衣和五床军棉被。我相信，这四件军大衣里一定有一件是我的。我对军大衣向往已久，但凡到南流演出的文艺队或文工团，人人都有一件军大衣，穿着军大衣的美丽女子，成群结队走过南流的街道，她们是部队的，铁路的，或者省里的，气势非凡，英姿逼人，我敢肯定，如果不穿军大衣她们就不会如此美丽，或者说，不穿军大衣的美是一种平庸的美，是上不了台面，不能向上飞升的。而一个长相平平的女子，她如果穿上了军大衣，就会平添气质。

安凤美，她在仓库门口就把军大衣穿上了，月光之下，一名俊俏的女兵亭亭玉立，这时候若有军分区的首长看到她，一定会以为这是上级首长的女儿，安凤美的脸型和身材都长得很正，一点不妖，也不小气，由此可见，江洋大盗和首长女儿的万丈鸿沟，一件军大衣就能填平。他们身穿军大衣，骑在骏马上，在月光下一跃而起，无声消失在玉林郊外公路的深处。

安凤美虽然是一个罕见的吹牛大王，但她从来没有说过要去抢玉林军分区，这件事情非同小可，属反革命行为，打砸抢，如果没有行动，那就是反革命阴谋，如有行动，则必死无疑，株连全家，这样的牺牲太无谓了。

吹牛的剑

安凤美，她喜欢说剑，她说她爸爸每天晚上都到树林里练剑，风雨不改，他双手舞双剑，转起来水泼不进。水泼不进是安凤美的原话，多少年来我还记忆犹新。那是我第一次听到关于舞剑的事，这件事超凡脱俗，它在凡俗的生活中，就像剑在各种兵器中。

她一边跟我说话一边踢腿，踢腿是她的毛病之一，有时在大街上走着走着，她就会猛地踢上两腿，然后再接着走路。我想这是她偷学杂技落下的习惯，她学的那个节目大概是蹬缸、蹬桶或蹬伞，我曾看到翟青青表演过，在舞台中央放一张方桌，她躺在上面，用双脚把一只木桶蹬得像电风扇那样呼呼转。

安凤美踢着腿随即兴奋起来，她说她的脚筋跟脑筋是连在一起的。于是她踢过腿之后就说到了武功，说她学了三个月，是她爸爸找人教的，现在赤手空拳对付两三个男人没问题。她眉飞色舞，顺着话头，一下就说到了她爸爸舞起剑来水泼不进。

我一点也不觉得安凤美是在吹牛，我确信那是真的，从此以后我就认定，谁要是舞剑就要舞到水泼不进的程度，要不就是很差劲的。这种奇怪的想象严重地影响了我对舞剑的欣赏。京剧《霸王别姬》，虞姬舞剑，全剧最美，节奏、韵律、形体、音乐、服装、道具全都天衣无缝地互相咬合，变成一个美丽摇曳波光盈盈的时刻。但我直瞪两眼，只盼望虞姬的双剑转得像电风扇那么快，以便我把水泼进去，看能不能挡回来。我希望她的两柄剑变成一片闪闪的圆形银光，我把水泼进去，急速飞转的剑身立即将水摔成千万颗小水滴落到我的头上。我像等着中彩一样等着，一等不来，二等也不来，虞姬的双剑舞起来总是空隙很大，一直没有连成一片的时候。这使我觉得受了欺骗。

总而言之，舞剑被安凤美神奇化了，它不再是凡间的俗物。后来大四那年，体育课要上剑术，我一听到“剑术”这个字眼就热血沸腾，神秘、高贵、纯净，出手如风，飘然而去，在平庸的大学生活中，剑是一种特立独行的姿势。我站在操场上的队列里，等着一把寒光闪闪的剑出现在我的眼前，上体育课的女老师却拎着一把木头剑来了，我愣了一下，很快就容下了它，我认为自己不应该小看木头剑，它是真剑的替身，我相信，时机一到，真正的剑就会来到我的手上，龙吟虎啸，腾空而起。但我很快失望了，体育老师开始做动作示范，她动作很怪，要起来像猴拳，我觉得她越来越像一只动作迟缓的老猩猩，再过一万年，她也不会练到水泼不进。

我真是失望啊！

但我仍相信凤美的爸爸舞起剑来水泼不进是真的。在树林里，星光下，宝剑寒光闪闪，飞旋如风，壮阔而寂寞，沉默而热烈，犹如闪电、月光和流水的风云际会，不是我们肉眼凡胎能看得见的。所以，我觉得这是另一个世界里的事，另一个世界里的剑，安凤美爸爸影子里的爸爸，另一个世界的树林。

事实上，凤美爸爸的剑并不是什么宝剑，而是一把自制的铁皮剑。人人都知道，铁是最经不住空气的金属，一眨眼就会长出一层黄色或红色的锈，再眨眼就会长出两层或三层。两三层锈堆在一起，十足像一个麻风病人的皮肤，烂兮兮的千疮百孔，坚硬平整的铁长了麻风，一碰就碎，变成屑片掉到地上，发出一股铁锈气味，真是惨淡无比。所以铁这种东西是绝对不能当剑的，更别说铁皮！真正的剑是铜与锡神秘的配方在烈火中冶炼，一百年才能出来一把。宝剑是一种造化和奇迹，七十年代不是出宝剑的年代，吕觉悟认为，整个二十世纪只有一把宝剑，它明如秋水削金断玉，佩带在鉴湖女侠秋瑾的身上，跟我们整整隔着一个天空。

安凤美的爸爸当然不会让铁皮剑长出锈来，我想他会给铁皮镀上一层铬，或是一层镍，铬还是镍我搞不清楚。中学的时候开门办学，有一次学工，我们穿过工厂锈味浓烈的车间，到达一个书桌大小的长方形池子跟前。工人师傅说，这池子里的铬水（或镍水?）可以将铁镀上一层铬。他让我们把钥匙拿出来浸在铬水里，于是我们每人用一根带钩的铁线勾着钥匙放进池子，就跟钓鱼似的。过了一会儿，师傅说：好了。我们就纷纷将鱼竿举起来，钓起的“鱼”银光闪闪，让我们大吃一惊，我们全都不认得自己的钥匙了，每一把都像新的一样，光芒锐利。

那把铁皮剑就是这样镀上了一层铬（或镍），银光闪闪实际上是铬光或镍光闪闪。另外它比真正的剑重，样子难看，它身上发出的不是幽深的寒光，而是平浅的白光。这都没有什么，即使是木头剑也没什么耻辱。

当上江洋大盗的安凤美应该佩带一把什么剑呢？肯定不是铁皮剑，那是另一个世界里的安凤美，她骑在一匹白色的骏马上，身穿吴清华那样的一身红色绸衣，裤腿宽大，风流洒脱。她应该佩带一柄名剑，比如史籍里记载的白虹紫电、青冥画影一类。剑名是凤美告诉我的，她是她爸爸告诉的，她爸爸是她爷爷告诉的。凤美说她爸爸曾想给她取一个剑名作名字，叫安青冥，或安紫电，后来她爷爷说以剑名作名太张扬，会给孩子的一生招来厄运。

在平庸的日子里，我喜欢听安凤美说她武艺高强，能赤手空拳打倒三个身强力壮的男人，喜欢她有一个舞起剑来水泼不进的父亲。在黑暗的漫漫长夜里，它们就是我腾空的白马，又是白马身上的花和火焰，安凤美，你快穿上一身红色衣裤吧！快佩上一柄千年名剑吧！

名剑、白马、江洋大盗，它们是如此飘忽不着边际。而硬邦邦的是水冲队到水尾队之间的一个又一个土坎，那高大茂密的竹丛，你蓝色的衣服从竹丛后面一闪而出，你一跳一跳，秋天的太阳在你的头顶闪烁，你从南流带来的公鸡也一跳一跳，跟在你的身后。它是真的，它叫二炮，我们曾经在宿舍里跟它共度一周好时光，虽然它来路不明，虽然它作为魔术的道具让人生疑，但它的确是真的，千真万确，它到水冲来我曾喂它吃过谷子，它的羽毛散发出鸡的气味。

私人的鸡变成了集体的鸡

政治粪屋在集体化的道路上滑行，它先作政治夜校，又做幼儿班，现在，它要做养鸡场了。

鸡场本来是没有的，但公社一开会就有了，这跟生产队的幼儿班一样，本来没有，后来也没有，公社一开会就有了，公社检查团一检查完就又没有了。

那天一大早队长站在粪屋前的空地上，朝覃屋的方向喊道："每家每户，都拿一只鸡来啊"——他又穿过刘屋的地坪，边走边说，"快点啊，你们先去，不要让人家讲闲话"，队长是刘屋的，是自己人，所以要严于律己。他穿过了地坪往路边走，隔着村路对着郑屋那边喊道："各家各户——先拿一只鸡到队里来，再出工，今天割禾——割山脚那片。"他喊一声，说一句，一声长一声短，听上去很是滑稽，但各家都竖着耳朵听着。

覃七坐在村头屋门口的门墩上，他是富农，他要听清楚队长喊工，并且要赶在别人的前头出工下地。他看到田垌那头的郑屋出来了大木，大木当兵刚复员回来，穿着一身七八成新的军装，他掮着一根冲担，肋骨窝里夹着一只鸡。他严肃地走着路，脸上是一副受过部队教育的面孔，认真严肃，但他胳肋窝里却夹着一只鸡。

一个穿着军装的人，胳肋窝里夹着一只鸡穿过田垌，这样的场面让人匪夷所思。鸡在大木的肋窝里很不舒服，头不是头尾不是尾的，又扭又叫，挣扎不休。这边大木也不舒服，搞得很恼火，却又不能恼火。他把又长又粗的冲担往另一边胳肋窝一夹，腾出两只手对付鸡，他一只手捉住鸡脚，另一只手按住鸡头，鸡一时动不得，就拉了一泡稀屎在他的军装上。人鸡一对抗，颇像偷鸡的，更像是抢鸡。覃七昨天晚上没来开会，不知道要成立生产队的鸡场，各家各户都要贡献出一只鸡，他看到大木一副偷鸡模样，正糊涂着，又听见覃屋那边响起了一片鸡飞狗跳的声音，鸡毛、鸡屎、草屑、灰尘，伴随着鸡狗和孩子的叫声，在地坪和房屋之间乱转乱撞，这堆乱糟糟的东西像一朵巨大的蘑菇云升起在覃屋的屋顶，又顺风飘过水井和一小片田垌，到达村头门墩覃七耳朵里。

在一片杂乱声中覃七听到清玉、玉昭、喜坤、喜凤、喜月、喜莲等一干女子的声音全都重叠在一起了，他听见众人都在说鸡，乱声之中鸡飞着，人撵着，鸡毛在浮。在乱糟糟的杂声中覃七听见清玉说，阿波，阿波，那只三黄鸡我们舍得吗罗？阿波不吭声，清玉又自己对自己说，给太瘦的又说我们干部家属不带头。玉昭的声音又尖又娇，她喊道，祖勇哎——祖勇哎——我们出哪只鸡——她的声音不但尖，还是拐弯的，有点颤，像水面泛起了波浪，这声音飘在所有声音的上面，就像在一间黑屋子里开了一道门缝，听起来很是爽耳呢。喜月要捉一只下蛋鸡，她妈妈不舍得。喜坤喜凤都在说，就捉熟鸡吧，捉熟鸡（公鸡阉了就叫熟鸡，养来吃肉，不能配种，没阉的叫生鸡，可配种），这两个女子的声音都是生脆生脆的，有力、短促，有点喜滋滋，像两只蝴蝶，一上一下。壮硕的喜莲没说话，她咚咚走着，从地坪的这头走到地坪的那头，她弯腰看看鸡笼，又侧头望望别家的动静，她粗大的脚板声又重又浊，裹在蘑菇云里飘过了水井，她一边来回走一边说："鸡场个毛，养个鸡×！"

各家的鸡都在叫，有的在笼里，有的已经放到了地坪上。在地坪上的被人撵得满地乱飞，在笼子里的也不比寻常，天大亮了也不放出来，还总是有手伸进笼子里东摸西摸，摸完这只又摸那只，把鸡都摸糊涂了。鸡们又饿又糊涂，一只只都叫了起来。有一只鸡是五爪鸡，三婆说，那是人转世的，非同小可。这只鸡缩在鸡笼里，听着鸡飞狗跳，它竖着头，不停地作出判断，首先它以为是过年了，家家户户都要杀鸡，其次它以为是八月十五，大家也杀鸡过节，它还想到是覃屋有人要娶新妇，覃屋地坪这圈是谁要娶新娘呢？阿刮有三十岁了，长着瘌痢头，谁会跟他！阿金倒是生得爽势，又聪明，还只有十八岁，覃波就更小了。五爪鸡又捉摸谁要出嫁，那可就多了，除了喜月小些，喜坤喜凤，还有它家的喜莲，统统都到了出嫁的年龄。杀鸡过年节，或者婚丧嫁娶做办酒席，鸡既然做了鸡，就不能不认命。但五爪鸡在满地鸡毛灰尘的空气中没有闻到鸡血的气味，它奇怪着，凝神皱眉。

一只手就把它从笼里拖了出来。

喜莲的阿母说，捉你这只太岁鸡，不捉你捉谁！

一只又一只的鸡，如同涓涓细流汇入生产队的鸡笼里，各色土鸡，黄的白的黑的花的，都不大，却都颇有精神，眼睛亮着，头也仰着，在各自主人的胳肋窝夹着一路去往生产队的粪屋。它们一生很少走出地坪，一只只都很兴奋，它们大声说着："好啊好啊，这回是去春游了！"小路边的五色花果然是开得烂漫，红的黄的紫的，一拳头一拳头的，它们也从未见过这样的奇观，鸡不在地上走，一只只都在人的胳肋窝里夹着。五色花没有脚，不能跟到粪屋门口的空地，否则它们就会看到另一个奇观，两只奇大的鸡笼大得能装进两头大肥猪，这样奇怪的超大鸡笼不但鸡没见过，人也没见过。

笼是新的，队长让三公连夜编的，漏夜倒了几根粗毛竹，让刘屋地坪这边的庆文庆昌庆福庆水帮忙破竹削篾，竹篾的清香在刘屋地坪散了一夜，一丛毛竹就变成了两只装猪的大鸡笼！

此事使赵战略文思如泉，他即兴创作了一首顺口溜："新竹欢腾入夜忙，斗私批修为集体，抓革命来促生产，一丛毛竹变鸡笼。"

而我和高红燕守在现场，我拿着纸和笔登记，她蹲在鸡笼边，来一只鸡，她就把笼门打开，然后又把门关上。她蹲在鸡笼边，就像一直尽职的看门人。水冲队的土鸡们，黑的白的黄的花的，下蛋的和刚刚长得半大的，抱窝鸡、光颈鸡、公鸡和熟鸡，还有那只五爪的太岁鸡，一只一只都进了大笼子里了。清玉的是三黄鸡，玉昭是白的来杭鸡，有一只稀罕的竹丝鸡，全身雪白，羽毛是丝状，蓬松柔软，骨头是黑的，在水冲的土鸡群里，竹丝鸡就像是一位外来的洋小姐。

洋小姐是金锣家的，金锣把鸡送来，就蹲在鸡笼跟前看他的鸡。竹丝鸡是金锣家的宝贝心肝，全六感都没有人见过呢。金锣看竹丝鸡的眼神，就像看他的表妹，他的表妹在新墟，是个初中生，竹丝鸡就是新墟的舅母给的。竹丝鸡是白的，表妹天天穿着那件绿花衣服，所以金锣的眼睛里一会儿是白的，一会儿又是绿的。

有人抱来了一只抱窝的鸡婆，鸡婆猛一看像病人，再一看又像犯人，它的翅膀被麻线捆着，鼻子穿了一根羽毛。人放下鸡婆就走了，金锣出手帮抱窝鸡解了麻线，又拔了鼻孔的羽毛，他还摸了摸鸡背，是安慰的意思。大家叹说，将来谁当金锣的老婆就有福气了。

鸡就这样装满了鸡笼。

相当于人，来自五湖四海，不同的种族，不同的肤色，为了一个共同的目标，走到一起来了。从私人的鸡，变成了集体的鸡。

平庸的鸡变成有觉悟的鸡和快乐的鸡

我和高红燕站在政治粪屋门口，像两个傻瓜咧着嘴笑，觉得鸡加入了集体，就像个人找到了单位，鸡也从平庸的鸡，成为了有觉悟的鸡，这真是好！鸡不但有了集体，还会成为快乐的鸡，就像大家同学，在家里和父母在一起，成日闷得慌，到学校才能大家疯玩。

为鸡高兴之后，我们又暗暗为自己高兴，队长说，生产队的鸡场，就交给你们了。我们一方面感到，集体的重任落到我们肩上，另一方面又感到，我们又能歇上一口气了。在我们身体的深处，天生潜伏着一个偷懒的小人儿，一有机会，它就跑出来伸懒腰。我们站在粪屋门口，想到从此以后，我们将在早晨，迎着朝阳和满天的彩霞，挑着两笼鸡到刚刚收割的田野上，然后我们就坐在树荫下看书、闲聊、打袜子，高红燕可以编她的茶杯套，我可以编顺口溜，到了傍晚，我们把鸡赶回笼子里，再挑回粪屋，一天的战斗生活就结束了。这真让人心花怒放！这样一来，乱七八糟的革命歌曲就开始从我们的肚子里冒了出来。“接过雷锋的枪，雷锋是我们的好榜样，我们是共产主义接班人，继承革命先辈的光荣传统，爱祖国爱人民，鲜艳的红领巾飘扬在胸前。准备好了么？时刻准备着，滴滴答滴滴答答滴滴答。”

事实上，我们的养鸡生活的确就是这样，事实上，全村男女老少都在忙着秋收的时候，我和高红燕就像两个偷懒耍滑的人，我们轮流挑着一担鸡，找一块刚刚割了稻的田，把鸡放出来，鸡一出笼，正想振翅飞奔，却看到了田里的谷粒，鸡缩起翅膀闷头就啄。新谷散落不少，啄完一小片又有一片，好像谷粒是地里长出来的，简直就是一窝一窝的，鸡不停地啄，连连点头。我和高红燕把扁担一横，就地坐下。一九七五年的稻田跟我小时候看到的稻田不一样，小学时到田里拾谷，田里没有打谷机，一只正方形的大谷桶放在田中间，一面站一个人，手举一大把稻子，往桶板上痛打，手起粒落，谷粒纷纷，场面火红，正是我们作文里描述的社会主义新农村。我们光着脚踩在稻田上，痒痒的，爽爽的，湿的地方有点凉，禾茬是硬的。打过的稻草捆成一小捆一小捆立着放，像头小身大的稻草人。人数众多，遍立田野，猛一看，似乎千军万马，又一看，却疏朗萧条。稻草新的时候稻草人是肥的，淋一场雨就瘦了；白天看上去田野里是热闹的，因为立了这么多稻草人，一个个结实，昂首挺肚，憨头憨脑；到了傍晚再一看，却又颇感怪异，将暗未暗的天光下，一片又一片没头的人伫立着，天又一下接一下地暗下去，孩子要吓得掉头就跑呢。

生长在南流的孩子们，她们插队也是不怕的，她们十六岁的时候就觉得自己已经很大了，她们光着脚走在田里，田是我们稔熟的地方，我们从东门口走到猪仓就能看到大片的田了，小学的新校舍，甚至就是在一片稻田旁边的，犹如一只甲壳虫依靠着一大片荷叶。新校舍，这个代表了小学低年级的地名在稻田上冉冉升起，跟随它升起的还有树盖浓密的人面果树和刚刚长成结果的芒果园，前者树大果小，后者树小果大，人面果小如板栗隐藏在浓密的叶子里，芒果如鹅蛋，挂满了年轻的枝条，大风吹过，果实跳荡，比吹得颠来倒去的叶子更加惊心动魄。一排平房在树底下，我们稚嫩的声线从教室奔涌而出，径直跑到树顶上，因为我们一大声唱歌，树上的鸟就会吱的一下飞起来，我们的声线在天阴的时候也会到达水田的青蛙那里，因为青蛙说，别闹了，天快下雨了！而邱丽香在课间的时候经常扮演刘胡兰，李海军则伙同几个顽劣男生扮演还乡团，邱丽香没命地跑，李海军们在后面不紧不慢地追，这种稳准狠的追法比百米冲刺法还要让人心惊胆战，李海军的枭雄气质在小学一年级就已显现，他恶狠狠的目光盯着人面果树，兵分两路，一路往左，一路往右，两路夹击，邱丽香就成了瓮中之鳖。还乡团用一根树枝抽打邱丽香，他们先是假装抽打，而邱丽香双手高举过头顶，她伸直胳膊，两手在头顶紧紧握住，这是她无师自通想出来的办法，以便看上去像是被还乡团吊了起来，为了逼真起见，她还踮起了脚尖，她猛烈的奔跑刚刚停止，她喘着气说："打呀打呀，你们快打呀！"她踮着的脚尖站得不稳，身体摇摇晃晃的，这使她觉得自己真的被吊了起来，她挺起了小胸脯，以女英雄的口吻说："打吧打吧，你们真的打我也不怕！"于是李海军接过树枝，真的抽了好几下。毒打过后就要就义，那时候，小学生还没学会唱《国际歌》，但邱丽香已经从《江姐》里学会了英勇就义，她把举在头顶的双手放下来，把头发捋了捋，然后又自动把手背放在屁股后，假装有一根粗大的绳子把她捆住了。她假装自己被五花大绑，她昂首挺胸绕人面树走了一圈，李海军们则以反派的样子跟在她身后，相当于用枪押着，他们张牙舞爪，把天性中邪恶的一面很愉快地宣泄出来，他们又得意又痛快，而邱丽香也很痛快地往地上一躺，她一点也不怕弄脏了衣服，因为刘胡兰是被铡刀铡死的，所以邱丽香没等还乡团把她往地上摁，自动就躺下了，她完全进入了情景，觉得自己就是刘胡兰，她躺在地上高呼："中国共产党万岁！毛主席万岁！"李海军则用一根粗树枝往她脖子上一压，相当于用铡刀铡断了她的脖子，邱丽香知道她的脖子已经断了，她就不动了。游戏结束，敌我友三方都得到了满足，铃响了，大家心满意足进教室。

但是高红燕说，她不喜欢上学，她宁愿插队，插队不用做早操，不用早起跑步，不用写作业，不用考试。这样一个价值观跟我完全相反，我并不认为插队比上学好，我不喜欢天天劳动，我喜欢每周劳动一次，然后剩下的时间最好是看课外书、排练演出、打排球和看宁夏女篮训练。但高红燕不这样看，她说插队就是比上学读书好，那天下雨，整个上午不用出工，鸡场还没有成立，我们也不用喂鸡，秋雨淋漓，道路泥泞，嘴里呵出了稀薄的白气，高红燕把生产队新分的红薯倒进了镬头里，蒸气升起，携带着红薯的甜香，这批红薯特别特别甜，那甜味结成了一个褐色的疙瘩流到薯皮外面，就跟蜜一样，这时候高红燕就说："我觉得插队比上学好。"

我们坐在一九七五年的稻田上，"喜看稻菽千重浪，遍地土鸡下夕烟，"事实上，我不敢篡改毛主席诗词，高红燕也不敢，我们都是老老实实的好孩子，千重浪和遍地土鸡都是我们的想象，千重浪是没有的，只有一小块一小块的稻田，东割了一块西割了一块，远远看去，稻田就更小了，生产队的人正在那边割稻，人也小小的，矮矮的，弯着腰钻在禾里，割下的禾各自堆在脚边，壮劳力则把一堆堆的稻子抱到一起捆好，再挑回生产队的晒谷场。一九七五年的南流农村已经有打谷机了。打谷桶不再用，手举稻子打在谷桶上的场面也一去不复返，田里遍立的稻草人一个不见，它们都跑到苦楝树底下，变成了一个两层楼高的稻草垛，就像满地跑着的鸡，跑进了一个鸡笼里。收割后的田野光秃秃的，像一只兔子，被剪去了全身的毛，露出了肚皮上的一道道青筋。我们坐在青筋上，"喜看稻菽千重浪，遍地土鸡下夕烟，"遍地土鸡是二十九只鸡，有十九只母鸡，六只熟公鸡，两只小公鸡和两只大公鸡。刚刚收割的田里有不少散落的谷粒，鸡嗉很快就沉甸甸的，像注射了填充物的大波美女，走起路来晃晃荡荡的，每只鸡都浑圆肥美，羽毛闪亮，如果马上杀来炖鸡汤，估计汤面上会有厚厚一层油，能和《沂蒙颂》里的道具鸡汤相媲美。有几只母鸡红着脸，它们时不时唱上一段，有的咯咯大唱，有的咯咯小唱，在公鸡听来，都是柔情款款风情万种，而我比来比去，只有“欢乐的伽耶琴在海兰江边回荡”和“五彩云霞空中飘，远方飞来金色的鸟”能套得上去，其他如《大海航行靠舵手》，节奏太快，《国际歌》又太庄严缓慢，样板戏京剧腔调太怪，不适合我们土鸡，《长征》对鸡来说也太夸张了，《北风吹》有一点凄凉，我们班的合唱歌曲“莽莽昆仑冰雪消融，滔滔江河流向远方”，则太雄壮。

还是“欢乐的伽耶琴”比较适合下蛋的母鸡，这首歌是我们的班主任孙向明唱的，他下课的时候走出教室，走过走廊，他走到礼堂门口的时候他就唱了起来，“欢乐的伽耶琴在海兰江边回荡”他反复唱这一句，下面一句他不记得歌词，他就哼哼曲调，哼完曲调他还意犹未尽，于是他又回头唱道：“欢乐的伽耶琴在海兰江边回荡……”这样他就到了水池边，他把课本往胳肋窝下一夹，在水池边冲了冲手，然后就进宿舍了。他的宿舍不锁门，是虚掩着的，他一推，门就开了。高红燕跟我初中同班，她也爱听孙向明的梅花党，在光着脚走在通往气象站的路上，她还踩着过一根刺，所以我认为，她会跟我一致通过让唱歌的母鸡唱“欢乐的伽耶琴”。

母鸡下的蛋到哪里去了？我一点印象都没有。真是奇怪，在二十九只鸡里起码有三只母鸡能下蛋，反正鸡笼里没有，鸡笼里每天都有一层鸡屎，我们把鸡挑到田里，就地把鸡笼里的鸡屎倒出来，鸡屎被满满一笼鸡踩得很结实，倒不出来，我们就用扁担狠命打。插队以来，我们经常跟各种屎打交道，对各种屎的熟悉程度不下于对我们的同班同学。

牛屎和我尝过的各种草

事实上，不用插队，我们跟各种屎早就混熟了。小学，拾粪运动，牛屎、猪屎和狗屎。整整一个学期都不消停，每隔一段，就要展开积肥运动，南流镇的小学生，三五成群，扛着一只空畚箕，手里拿着大树枝，从东门口走到公园路，到水浸社，再到十二仓，或者从东门口到龙桥街再到猪仓，他们像一群狗，东嗅嗅西闻闻，眼睛盯着地上。

拾肥五斤就会得到一朵小红花，十朵小红花就会换来一朵大红花，叫积肥标兵。也就是说，屎越多，红花就越大，而“戴花要戴大红花，骑马要骑千里马”。在我们班，我和吕觉悟一朵小红花都没得过，邱丽香得过一朵大红花。邱丽香的爸爸是猪仓的，她一放学就到猪仓去，有一段，她的身上老有一股猪屎味，尤其是她的头发，好像她的头发里藏着一个猪仓，大家就给她取了个外号，叫“猪仓”，一直叫到高中毕业。拾粪这个任务真是太难完成了。虽然各家养有鸡，只可惜一泡鸡屎太小了，一百泡鸡屎还顶不上一泡牛屎呢。牛经常是要路过南流街的，它们从陆地坡那边，走过圭江大桥，走过公园路，有时候忽然就能看到一大泡牛屎在大路中间袅袅地冒着热气。牛屎不臭，它是草变的，草是一种奇怪的东西，它令人愉悦，变成了屎也仍然令人愉悦，这一点，牛早就知道了，看到草，牛的眼睛水汪汪的，鼻子湿漉漉的，不光老牛爱吃嫩草，小牛也爱吃嫩草，所有的草在牛的眼睛里都是嫩草，牛一吃，它就散发出草的清香，而牛吃草的声音此刻忽然来到了我的桌前。

那种声音细细碎碎、不徐不疾，犹如漫天细雨落在种满木薯的山坡上，

牛的口腔不臭，不像人，要嚼口香糖。它不但不臭，肯定还是香的，充满了青草的绿汁。在我尝过的各种草中，味道多有一点淡甜，只有两种是酸的，一种是马齿苋，叶子像西瓜子，那么小，却肥厚，肉乎乎的，小学一年级吃忆苦饭，“不忘阶级苦，牢记血泪仇”，那时有一首歌很抒情，曲调适合谈恋爱，歌词是这样的：“天上布满星，月牙亮晶晶，生产队里开大会，诉苦把冤伸，万恶的旧社会，穷人的血泪仇，千头万绪，千头万绪涌上了我的心……”张英敏比我高一年级，她会唱，我不会，我们同住在龙桥街的防疫站里，那时候她特别好看，圆圆的脸，一天到晚唱着天上“布满星”，然后她们就去海军陆战队跟解放军联欢，回来梳了一根独辫子。

忆苦饭，每人都要吃，我们坚信，旧社会的穷人天天吃糠，在糠里加上野菜，或者在野菜里加糠。我们的小组到刘英雄家做忆苦饭，刘英雄的奶奶不识字，完全没有觉悟，她看到一帮小孩到她家弄锅弄灶的，很是欢喜，刘英雄给她下命令，让她洗锅加水烧灶，她以为我们是要在她家煮红薯吃，结果张二梅在锅里倒进了她从家里带来的喂鸡的糠，吕觉悟又放进了我们在新校舍的地边拔的马齿苋，为了求得我们所臆想的逼真的效果，我们坚持不放油，本来要加上一点盐，但被觉悟最高的邱丽香挡住了，她说旧社会的穷人是连盐都买不起的，所以我们也不能放盐。没油没盐的忆苦饭煮好了，马齿苋是黄的，汤是铁锈的颜色，半红不黄，鸡糠沉在锅底，用饭勺一捞，像泥沙一

样。我们没想到是这个样子，一人尝了一点马齿苋，又酸又涩，谁都没有咽下去就吐掉了，只有邱丽香翻着眼珠子咽了一口。刘英雄的奶奶说："前世不修啊，这东西猪都不吃啊，这个妹仔真傻啊。"

我还吃过一种草叶，也是酸的。以前我知道这种草叫什么名字，现在已经忘掉了，心形的叶子，三瓣并蒂顶在头上，茎只有一根，细细长长的，底下有一块根，可以入药，经常有人拿一把小铲挖药，然后直接卖给医药公司。我一看到这种草就要拔来吃，它的酸味很宜人，不像马齿苋，又酸又涩，有点像牛甘果，酸是酸，却酸得令人精神大振。有的人喜欢爆米花，有人喜欢三瓣草，人各有不同。

不酸的草我吃过更多，我跟牛不同，牛不挑食，连叶带根都吃，我只拔草心，拔出来白嫩的一段，有一点甜汁。有的草心紧，要花一点力气才能拔出来，有的草心松，一拔就出来了。吃草心这件事情跟吸毒一样让人上瘾，我蹲在有草的地方，拔完一根又拔一根，嘴里满是绿汁。有一次我为了拔一枝巴茅草的草心，把手背割了一个大口子。

跟草心相比，花心更令人兴奋，里面包着的一泡甜水是草心里的一百倍，甜度更强，分量更大，更要紧的是，草到处都有，而花稀少。老师说，公园里的花是给大家看的，不能摘，摘花的孩子不是好孩子。

我们决定做好孩子，但我们又想做坏孩子。老师看见的时候我们当好孩子，老师一看不见，我们就当坏孩子。公园里的花真多啊，玉兰树那么大那么粗，但是它太高了，我们爬不上去，鸡蛋花树也粗，要三个人才抱得住，但它树杈多，它是孩子的好朋友，它对孩子说，爬到我身上来吧，我跟你玩。它伸出一条胳臂，又伸一条胳臂，它伸出了许多条胳臂，是光滑的，有一些节疤，不刮手，还能抓得牢。我和吕觉悟一人爬上了一个树杈，我们笑嘻嘻的，因为鸡蛋花碰到了我们的额头。

但鸡蛋花不能吃，它花瓣的颜色像鸡蛋，边缘是蛋白，花心是蛋黄。兰花可以吃，放在窗台上晾干，泡在开水里。菊花也能喝，因为东门口和西门口都有卖。

有谁吃过扶桑花呢，还有美人蕉的花蕊。这样的歪门邪道，剑走偏锋，一个邪门的孩子就这样诞生了，她从我的身体里走出来，走到公园里，她要偷花。事实上，邪门的孩子不是一个，而是两个，还有一个是吕觉悟。我们正对着大朵鲜艳的扶桑花，用食指和拇指捏住中间细长的花蕊，用力一拔，就下来了。扶桑花的花蕊像细长的吸管，中间是空的，有甜汁，轻轻一吸，嘴里马上就是甜的，比水果糖有趣。吸了一根又一根，全公园的扶桑花的花蕊都被我们揪光了，没有了花蕊的扶桑花空洞、丑陋、莫名其妙，这就是我们干的坏事。多年后我才知道，花蕊是花的生殖器官，全南流的花的生殖器被我们破坏，真是前世不修啊！揪完了扶桑花我们还嫌不够，我们又发现了戏台下面的一排美人蕉，花蕊里面的汁也是可以吃的，而且更多、更新、更好。终于绿肥红瘦，只可惜，美人蕉太少了，一共只有四五棵。

所有草的嫩心都是可以吃的，无论在哪里，看见嫩草我就手痒，总要揪上一根草心放进嘴里嚼。草是我的口香糖，它更环保更绿色，它淡淡的甜味，令人更为迷醉。

难道我的前世是一头牛么？

总而言之，即使我不爱吃草，我也知道牛屎是很干净的。小学的时候我特别热爱牛粪，一泡牛粪能换来一朵小红花，即使我们不热爱小红花，一泡牛粪也能让我们早早完成任务，即使我们不打算完成任务，在路上看到一泡牛粪，它拙朴憨厚的样子也能让我们无端心花怒放。

谁愿意什么都找不到呢？多挫败啊！在漫长的下午，我们从沙街走到龙桥街，再走到猪仓，为了找到牛屎或者猪屎或者鸡屎或者狗屎，我们专走小路不走大路，我和吕觉悟穿过红色的独石桥，像两只兔子在河边的尤加利树下跳荡，我们没有看见牛屎，只看见米色的尤加利花散落在泥沙里，我们也没看见猪屎、鸡屎和狗屎，只看见尤加利的花柄和叶子，这比屎浪漫多了。事实上，河边常有狗猪牛鸡徜徉，它们也是喜欢河边的，这里宽阔，有河，有河对面吹来的风，有树有草有泥沙，有菜地和虫子，除了孩子和早晚淋菜的，没有多余的人。但为什么没有屎呢？我们盯着地面看，看到了鸡屎，是白的，稀的，像一泡口水，没有意义。又看到了一小截，实在太小了，跟樟木虫那么大，也没意思。狗屎最臭，又是硬的，想想吧，狗啃骨头，屎不硬才怪。最好是牛屎，热气腾腾的，又大又软，不稀也不硬，一点都不臭，如果是干的，可以直接用手去拾，在我们的想象中，一泡牛屎基本上就等于一小片郁郁葱葱的青草，是草的浓缩。

在漫长炎热的下午，我们望断秋水，等待一头牛出现，如果牛不出现，我们就盼望出现一泡牛屎。我们低着头，从西河的独石桥走到圭江河的河边，沿着河边走了一遭之后又穿过菜地和红薯地折回龙桥街。

有关猪屎的幻想

闻到猪屎味的时候猪仓就到了。到处都是猪屎的气味，甚至连路旁的一株龙眼树都像沾上了猪屎，但仔细看，龙眼树根本就是干净的。

事实上就是这样，空气中到处都是猪屎的气味，因为这里有着南流县食品公司的猪仓，国营单位，有好几排房了，房子里隔着很多猪栏，每个栏里都有七八头或十几头大肥猪，猪仓的职工穿着高筒雨鞋，围着一条深蓝色的围裙，围裙的上方用深红的颜料印着“南流县猪仓”几个字，多么神气！多么了不起！国家的职工，猪也是国家的猪，所以猪也是神气的，它们比私人的猪要干净。工人穿着长筒雨鞋，用一把大铁铲把每个猪栏角落里的猪屎铲出来，然后用一根橡胶水管哗哗冲洗地面，铁铲刮得水泥地嘎嘎响，自来水是清亮的，冲得再多也不怕浪费的，这就是公家猪的气派。

通往猪仓的路上到底有着猪屎，我们看到了，在路中间，有一摊暗黄的东西，我们满心欢喜，掮着空畚箕奔过去，正是猪屎无疑！猪屎啊猪屎，我们终于找到你了，如同掉队的士兵终于找到了队伍，又如与组织失去联系的党员找到了组织，这时我们的眼前出现了一面鲜艳的红旗，在蓝天之下，在火红的木棉花旁边，红旗迎风招展，我们碎步趋前，一把捧过红旗的一角，侧着头，脸贴在上面，热泪滚滚，“万泉河水清又清，我编斗笠送红军，军爱民来民拥军，军民团结一家亲一家亲”，深远的歌声烘托着，激动人心。当然这是《红色娘子军》里的吴清华，不是我们，但激动的心情是一样的。平静下来，我们发现面前不是迎风招展的红旗，而是一摊猪屎，由于心情激动，我们夸大了事实，以为猪屎有牛屎那么大，那么厚，但猪屎就是猪屎，在阳光下晒得发焦，像纸一样薄，像锅巴那么硬，用棍子一捅就裂开了，拨到空了半日的空畚箕里，聊胜于无。路中央的猪屎是从哪里来的呢？是从运猪的猪笼里掉下来的，通往南流县猪仓的路不是国道，一般只适合走拖拉机，在七十年代的南流，拖拉机比卡车还少见，运猪都是用单车，猪装在猪笼里，绑在自行车的后架上，一个男人又一个的男人骑着自行车，身后躺一头两百斤重的大肥猪，这样的场面经常出现在城乡的大小道路上，如果我会画画，我肯定要画一幅《运猪图》，一条S形的乡道，从远处一直伸展到近处，自行车一辆接一辆，绵绵不绝，大肥猪要画得比人和自行车都大几倍，一律的肥头大耳，一律的眉开眼笑，因为猪是没有痛苦的，不像牛，牛会哭，猪不会。猪躺在猪笼里，就像攀登珠峰的人躺在睡袋里，就猪而言，猪笼肯定比睡袋舒服，又透气又凉爽，每个窟窿有拳头那么大，正好用来拉屎。猪屎很不少，所以在风俗画《运猪图》里我要把猪屎画出来，一摊又一摊，一摊又一摊，我要画得特别圆，如果路是棕色的，屎就画成金黄色，如果我把路画成黄色，屎就处理成深褐色。在我的理解中，如果一幅画出现了屎，肯定就是现实主义，如果屎变成了金黄色，可能就是超现实主义，但这事情不用我操心，我把猪屎拨到畚箕里就行了。

解放牌大卡车，它运了一车生猪从公路上突驶而过，这就是一个激动人心的时刻，镇上的人会惊呼，哗，好大一车猪喔，这种话语方式跟二十一世纪大都市的时髦族如出一辙，盖因为南流跟广东接壤，属于粤语地区。解放牌大卡车里的肥猪不用关猪笼，它们站在车厢里，一只紧挨另一只，周身浑圆，喜气洋洋。不知为什么，猪总是唤起我喜悦的心情，整整一卡车猪在一起，简直就是喜上加喜，又娶媳妇又过年。大卡车里的猪一眨眼就过去了，那不是给南流人民享受的，一只猪，只要坐上了大卡车，就是运到大城市去，支援社会主义建设的，而我们支援社会主义的方式是捡猪屎。

在拾肥的日子里，看到满满一卡车的猪我就会想到猪屎。但卡车里的猪根本不可能把屎拉到公路上，它们的屎在卡车里。我打听到，猪运到梧州，路上要走一天，运到广州，要走差不多两天，在拾肥的日子里，每看到一卡车生猪从公路上驶过，我就痛感猪屎叭叭落在车厢里，从早到晚，落个不停，等卡车到达梧州或广州，车厢里早就积了厚厚一层，那得有多少担啊！我愿意像《铁道游击队》那样，扒上飞奔的列车，我将身手敏捷，身轻如燕，我站在公路边，看到运猪的卡车开过，一闪身抓住车厢接缝处的铁把手，右脚一蹬，左腿一跨，成功地降落在车厢里，车厢里的猪太挤，没有落脚之地，即使有，也会踩着猪屎，我将骑在猪背上，一路飞驰到梧州。

有关猪屎的幻想，多么天方夜谭，多么三八！但有关牛屎的幻想，却是可以实现的。只要我们掉转头一路走到十二仓，大片的水田就会出现在眼前，有时是一片青绿，有时是一片金黄，如果有风吹来，就是稻浪滚滚。稻田的中间，是一条泥路，路是直的，我们远远就看到了一堆深褐色的东西，这是真的，强大的预感使我们停住了脚步，我们远远地望着它，片刻之后又猛醒，我们奔跑起来，越来越快，越来越近，除了牛屎，它不可能再是别的什么了。啊，牛屎！

牛屎携带着青草和记忆，在十二仓那边的路上。

一九七五年，我和高红燕在六感大队水冲生产队的稻田上放鸡，由鸡蛋想到了鸡屎，又由鸡屎想到了牛屎和青草、花和猪屎，以及和屎有关的各种事情，鸡屎狗屎牛屎猪屎，各种农家肥滚滚而过，记忆犹新，唯独鸡蛋全无印象，集体的鸡下的蛋到哪里去了，我真的一点都想不起来了。

全水冲的阳光都跑到这里来了

初冬的时候，知青房盖起来了，挺立在坡地上，屋后是荔枝树和苦楝树，屋前是一片广阔的田垌。

房子崭新、干净、结实、整齐，敞亮，好像全水冲村的阳光都跑到这里来了，特别的明亮，新刷的石灰墙白得耀眼，晃得三婆眯起了眼，眯着眯着她就用手搭起了凉篷。

现在，我终于知道房子是怎样造起来的了。

并不难。玉昭说，是知青的就不难的，样样国家都配给，样样都是现成的。不但不难，还有点好玩。全生产队的劳动力都来脱泥砖，把塘泥填进砖模里，压紧，用脚不停地踩，踩的时间越长，泥就越熟，砖就越不容易裂。脱了坯，泥砖一排排立在坡上，像一些糕点，又像一些孩子。又运来了几袋水泥，又运来了一些桁条，这些都是现成的，县里配到了公社，派几个青壮年，骑上单车就驮回来了。又到山上倒了木头当大梁，又到六感河挖了沙子，还配了一些青砖和瓦。它们落在坡上，富足、结实、气派，透着一股公家的气象，村里人人羡慕。

接着就开始挖地基，地基浅浅的，也窄，完全不像我以为的那样子，我以为地基都会像战壕那样深，像我在小学挖过的防空洞。这样浅的地基能盖一幢房子吗？

又以为要从哪里找人来盖房子，却也不要，就是队上的人，像是干一件农活，泥工瓦工，天生就会似的。他们砌了石脚，又砌泥砖，架上房梁又搭桁条，房子蹭蹭地往上长，劲头十足，透着精神，不几天就上瓦了。天气晴朗，天是蓝的，有人坐在房顶的桁条上，下面的人往上递瓦，他几块几块地往上抛，瓦片嗖嗖地往上蹿，无一失手，这一场景如同一场杂技，看得我提心吊胆却又畅快淋漓，瓦片嗖嗖的，像长着脚，它们腾空而起，飞檐走壁，从地上纷纷走到房顶，到了房顶它们也不歇口气，一眨眼就码好了，倾斜着，一块压着一块，一溜是拱的，另一溜就是凹着的，真是巧妙好看。又用砖砌了廊柱，方的，瘦长，一共有六根，全村谁家都没有这么多的廊柱呢，最多只有两根。檐廊是宽的，铺了水泥地，每一间屋子都铺上水泥，连厨房都铺上了，墙用灰沙抹过，刷上了石灰，雪白耀眼，明晃晃的。

以貌取猪

一只猪，出现在多年前的知青点，它又黑又瘦，两眼炯炯有光，像山羊一样敏捷。它像猫一样跃上了房顶，它跨栏的姿势如同刘翔，如果它有头发，它将长发飘飘。

它使我兴奋。

一只又黑又瘦的猪，在蓝天丽日之下，呼啸着冲上房顶，多么奇丽。当初我和高红燕去墟上捉它的时候，一点都没有想到它日后会如此威猛。

虽阅猪无数，但头脑里还顽固潜伏着猪的理想形象，那就是剪纸上、年画和宣传画上的大肥猪，干干净净，圆圆实实，脸上笑眯眯，身上还长着一朵匀称的花。当然这朵花不是长上去，而是画上去的。但年深日久，我就觉得凡是猪，都会长这样一朵花（小时候幼儿园的墙上长年画着一只身上有花的大肥猪，童年记忆根深蒂固）。我在猪行上看到两排装在竹笼里的小猪花，一个个玲珑活泼，顿时心花怒放。面对它们，我的眼前出现了幼儿园的墙，那上面的猪两眼笑眯眯，两只耳朵又大又软，身上还长着那朵像模像样的花。

据说买小猪甚有讲究，什么样的猪能养肥，什么样的猪好跳栏，养不大，那是一门神秘的学问。但我们天真无知。我们以为，凡是小猪，必能长成肉乎乎的大肥猪，然后杀了吃肉，除此之外不会有第二种可能。既如此，我们决定哪只好看就挑哪只。

猪花这个词，是六感人民对刚生下不久的猪的称呼，我很喜欢。它既亲切又响亮，生机勃勃，让我想到一朵花结成果的自然过程。这个词包含着对生活的美好向往，有一种温暖的撩拨！

那天是全公社知青的集中日。自从出了李庆霖，知青就有了组织，每个月都要到公社集中一次，有时是集中一天，有时是两天，内容是表扬先进事迹，批评不良倾向，提出今后要求，此外就是政治学习，按照上级的要求，批宋江或追查政治谣言。

谁会喜欢开这样的会呢？

我们喜欢，极其喜欢。不管是先进知青还是落后分子，我们全都喜欢集中日。我们是多么喜欢国家管着我们啊，我们最怕没人管。

这个月的集中日刚刚结束，我们又会盼着下一个集中日的到来。大家的自行车在公社门口挤着，男生和女生，一步一回头。

这种心情你们是不会理解的。

我最喜欢在农忙的时候集中，这样就可以不用出工！尤其是双抢季节，白天在田里割一天稻子，腰都快断了，吃完饭紧接着还要出夜工打谷，到半夜才收工。这时候就想，怎么还不通知集中呢，快快通知集中吧，再不集中，人就垮了。这时候，我第一羡慕安凤美，她不出工，她落后，她躺在家里睡大觉。

集中日可以吃到公社食堂的饭菜，那菜面上有肉，肥猪肉，一想到肥猪肉我肚子里的口水就会汹涌而出，“长江滚滚向东方，葵花朵朵向太阳”，肥猪肉在我插队的日子里，就相当于东方和太阳，这种说法有点反动，但事实如此。事实上，我小时候特别不爱吃肥肉，吃了肥肉就想吐，但插队之后这个习惯就彻底改变了。插队仅三个月，嘴里就“淡出个鸟来了”，这是《水浒传》里鲁智深说的（事隔多年，当我来到北方，我才知道这是一句粗话，鸟字在这里不是指天上飞的鸟，而是指男性生殖器，既如此，鸟就不能再念鸟，而要念DIAO，这个音比较下流，写成字就更下流）。我光着脚，裤子卷到小腿肚子上，脚面有泥水的印子，正是踩田时节，每人拄着一根棍子，在水田里踩来踩去，把杂草踩下支，把长得很像水稻的稗草拔掉。在踩了一天田之后看到灶台上没有菜，于是我站在知青点门口高声说道：“嘴里都淡出个鸟来了！”

接着我和高红燕都开始想念罗东，但罗东生病回家了，如果他在，我们可以让他去偷菜。

他胆最大脸皮最厚，有人看见，他就笑嘻嘻的，谁都拿他没办法。我和高红燕也偷，我们叫摘菜，在这件事情上，我们有一定的道德感，要等月黑风高，四处无人，我们就像贼一样，头扎布条，肩扛布袋，踮手踮脚地走在通往自留地的小路上，我和高红燕，从小就是好孩子，要我们做贼真是难为我们，我们互相鼓励，心里的鹿却在奔跑，我们来到菜地边，心惊胆战，手忙脚乱，瞎掰一气，在黑暗我听见菜梗掰断的“喀嚓”声惊天动地，震耳欲聋，是内心的软弱放大了这普通的声音。

玉昭说，知青去过的菜地就像野猪打过滚。队长让赵战略告诉我们，摘菜要从菜帮子先摘，不要只摘菜心，那样整棵菜就完了。三婆说，摘哪家的都不要紧，谁家的菜都吃不完的。

在没有菜吃的日子里，我们更加热切地盼望到公社集中。

集中日，那意味着一只瓦饭盅和一只粗瓷碗，瓦饭盅圆形平底，里面有层发亮的黑釉，外面是浅米色的瓦质，隔热，手感粗糙舒适，这样的平底饭盅专门用来蒸饭，一层摞一层，放在一只像小锅炉那么大的木蒸笼里，盖上大木盖，用湿布捂着有缝的地方，白色的蒸气噗噗地升起来，食堂里雾气弥漫。想起瓦饭盅我感到左手有点烫，这种烫温和而妥帖，不是平滑的碗壁透出的那种锋利的烫，饭盅里有平整而结实的米饭，散发出淡淡的木的香味，这是木蒸笼的味道。我就是吃着这种饭一路长大的，一闻到木头气味的饭就备感亲切。粗瓷碗里有半碗萝卜丝，最上面有好几块黄澄澄香喷喷的炒猪肉，有肥有瘦，间杂着碧绿的青蒜，我毫不犹豫，夹起一块肥肉就往嘴里送，肥美的肉香一下充满了我的全身，每一个空虚饥饿的细胞瞬间获得了某种浮力，身体在肉香中顿时变轻了。吃完肉之后我才想起来，我小时候看见肥猪肉是要头晕的，这个奇怪的记忆使我大惑不解。

两眼炯炯有光亮的小黑猪，黑得像最优质的木炭，一看见它我就没头没脑地欢喜上了，如此看来，我比猪还幼稚无知。一个幼稚的人以貌取猪捉了一只猪花，日后把这只猪养成了一只猪精，此事顺理成章。

在公社知青会上，领导拼命表扬一个养了一头大肥猪的集体户，号召大家学习。到了分组讨论，罗同志就让每个知青点表态，由于刚刚吃上了炒猪肉，大家都兴奋，纷纷表示，一定养一头大肥猪。丁服的那个组还表示，要养两头，丁服发言说，养一头是养，养两头也是养，养一头可以改善生活，养两头则可以支援国家的建设。丁服态度诚恳，不像是装的，她在我们班的时候就是这样，任何假大空的话，到了她那里都会变得恳切真实，有一种打动人心的力量。

一散会，我和高红燕立即抓起各自的帆布挎包准备出墟，罗同志出其不意地绕到我们身边，压低声音，用一副地下工作者的口气对我们说："你们还不赶快去捉猪花，晚了别的组就要抢先了！"我听了这话有点糊涂，不明白捉猪花这件事为何要变成百米赛跑。罗同志看到我发愣，就说："谁最先捉了猪花，下半年评先进集体户就是一个重要的成绩。"我和高红燕立即恍然大悟。

我们一路走，心里一路盘算，一旦评上先进集体户，招工招生的名额就会有指望了。招生，最好是去 G 省大学，或者是医学院，农学院也行，那都是我梦寐以求的地方。但又听说，全县知青，只有一个人被推荐上了医学院，那是吴秋风，高我们两届，她爸爸是县革委会副主任，谁能跟她比呢！我又盘算比上学差一些的去处，邮局、书店，最好是图书馆，百货公司、糖烟酒公司也不错，比供销社好，如果去工厂，最好是大工厂，最理想是大城市里的大工厂，柳州的柳钢，南宁的南棉，玉林柴油机厂亦可，或者在南流县的地区水泥厂，南流县瓷厂。这些盘算让我又高兴起来。我们一路走过邮局百货公司粮店书店供销社，我心里忽上忽下，沉下去又升上来，但总的来说，因为要去捉猪花，捉了猪花就可能评上先进，评上先进就能招工，这样光明的前程让我心情越来越好。

这样看来，评先进就像兴奋剂，听说使用兴奋剂是全人类的必然趋势，而罗同志早在七十年代中期就无师自通，恰当地使用了这一秘密武器，他真是这一领域的天才。

在兴奋剂的激励下，我和高红燕飞快地到达了猪行，准备捉猪花。“捉”就是买，跟“割肉”和“扯布”分别是指买肉和买布一样，“捉猪花”的规范句子是：购买刚出生不久的小猪。

猪行上猪花真不少啊！看到憨头憨脑的猪花我打心眼里高兴。我一眼看中了这头目光炯炯的黑猪花，我发现它也正在看我，眼神像人，有探询的意思，它的笼子上扎着一根红布条，在一片乌突的猪行上颇为夺目。

我就在它跟前停了下来。

卖猪人从笼里拖出猪花，倒提着给我看，它轻盈地打挺，柔韧性很好，它的眼睛水汪汪的，让我想起翟青青。真是奇怪，自从工宣队长出事后，我再也没有见过她。我用手指轻轻碰碰猪花，它一颤。心有所动。

我们没有再看第二家就把这只猪花买下来了。一路上，高红燕一再夸奖这只猪漂亮，看样子，她比我更喜欢。以貌取猪，这是知青的幼稚之处。

从猪花到猪精

一只又黑又瘦的猪，在蓝天丽日下呼啸着冲上房顶，像山羊一样敏捷，像猫一样眼睛放着幽光。我至今不能确定，这种特立独行到底是天生的，还是我们喂养不当造成的变异。写到这里，猪饲料的气味就从知青点的猪栏弥漫上来，钻到我的鼻子里，淘米水、细米糠、剩饭、剁得细细的红薯藤，这些东西在今天看来也是营养全面的食料。我们用大铁镬把饲料熬好，然后盛在一只脸盆大的粗瓦盆里，猪花吃食的样子倒是既不像山羊也不像猫，完全是最地道、最老实的猪，它整个鼻子都探进饲料里，吃得叭叭叭叭响。

也就是说，形势一片大好，如此这般，到了年底，这匹黑乎乎的小猪就会变成一头路都走不动、肚皮拖地的大肥猪。我们把猪杀了，天天吃肉，此外还将制成许多腊肉，腊肉挂在屋檐下，一挂一挂的，迎风招展，多么美好！我们要专门买一只小缸，撒下粗盐、五香粉、八角。腌好了猪肉，吃上半年都没有问题啦！对此我们深信不疑，罗同志也持同样看法。

俗话说得好，天有不测风云。猪花不停地跳栏，猪精的本质不断地暴露出来，它吃食，但不长肉，它不但跳栏，跳出去它就到甘蔗地里啃甘蔗，到红薯地里刨红薯。很难想象，等到它身强力壮，它还会干出什么令人瞠目结舌的事情来。

三婆说："这只猪怕是要成精了！"

刚买回来的时候她来看了看，当时她就笑眯眯说："这猪是养不大的。"过了两天，三婆更加肯定地告诉我们，这只猪是猪精，吃多少都养不肥。在我看来，断言一只猪是猪精的人跟巫婆相去不远，但三婆不是巫婆，她慈眉善目，有儿有女，每天坐在屋子里纺纱。但她笑眯眯地说：这只猪是猪精。

三婆说得不错，它与众不同，成天跳栏，半人高的木栏，它一跳就跳出来了，就像一只猫。它吃得很多，但一点膘都不长，看上去比刚买回来时还瘦了一些，它吃的东西都到哪里去了呢？

猪花很不喜欢猪栏，猪栏是它的囚室，一个监狱，纵然露天也仍暗无天日，它喜欢自由，如果它是一个人，受过教育，就会在猪栏里对着星星念诵诗句：“爱情诚可贵，自由价更高。”然后它会越狱，挖一个地洞，以树枝为工具，又以树枝为掩护，它用树枝盖住洞口，上面还撒一点土，到夜里，它就开始挖洞，从水冲队一直挖到公社，这是一个宏伟的理想，相当于我们的祖先修建万里长城。这样伟大的理想让猪心力交瘁，它累得很，白天呼呼大睡，晚上彻夜劳作，这就是那些被称为猪精的猪，吃得再多也不长膘的道理。

但我们的猪精不挖地洞，它因地制宜，选择了跳栏，面对无限广阔的星空，无边的六感土地，它宁死也不要呆在猪栏里，它伏地蓄势，助跑，冲刺，跳跃，一次又一次。它跳了出来，高红燕一声惊呼，我们四个人，立马围追堵截。赵战略找来松木，把猪栏又加高了一尺，他一边用劲勒紧绳子，一边说：“看你跳，你跳，你本事大你就跳！”猪精看到加高的猪栏，不但没有绝望，反倒增添了斗志，它又伏地、助跑、冲刺、跳跃，猪栏毕竟加高了，它没有跳过去，在快要碰到最顶上的那根松木的时候它扑通一下就掉了下来，摔了一个很大的屁股墩，地上拔凉拔凉的，屁股生痛生痛的，虽然猪屁股上全是肉，但猪精比别的猪要瘦很多，摔到地上只隔了很薄一层肉，所以它就比别的猪要痛很多，它痛得骨头都快散架了，但它爬来又继续跳栏，意志了得。一来二去，猪精变得身体修长匀称，肌肉是紧的，没有一处赘肉，它奔跑的速度更快了，能撵得上一只狗，它越过了越加越高的猪栏，跟猫的能耐有一拼，夸张地说，它简直就像一道黑色的闪电。

一头猪在猪栏里待着，但从不睡觉，不管白天黑夜，一来精神它就要跳栏，它肌肉一收缩，再一爆发，猪嗓子里发出一声怪叫，大半个人高的松木栏，它呼地一下就跳过去了，它是猪类的跳栏冠军，相当于当今的刘翔，如果有猪的奥运会，它就是一匹风光无限的猪。

全村人都没有见过这样奇怪的猪，玉昭便说，知青的猪呢，真是不同。

我们就给它取了一个人的名字，叫刁德一，昵称小刁。

刁德一，或者小刁，这样的名字真不像是一头猪的名字，如果叫它胡传魁还差不多。看过《沙家浜》的人都知道，胡传魁又胖又被阿庆嫂称之为草包，如果这个名字用来称呼一头猪，真是再恰当不过了。而刁德一诡计多端，精瘦无比，穿着一身挺拔的国军服装，留着小胡子，这样的人像一头猪么？

取名的过程是这样的：

猪一天数次跳栏，它追求自由的激情首先感染了赵战略，他站在猪栏跟前颂道："四海翻腾云水怒，五洲震荡风雷激。"他提议给猪花取名为"风雷激"或者"云水怒"。我和高红燕则同时想起了毛主席的《水调歌头·重上井冈山》："久有凌云志，重上井冈山，千里来寻故地，旧貌变新颜。到处莺歌燕舞，更有潺潺流水，高路入云端。过了黄洋界，险处不须看。风雷动，旌旗奋，是人寰。三十八年过去，弹指一挥间。可上九天揽月，可下五洋捉鳖，谈笑凯歌还。世上无难事，只要肯登攀。"这首词在我们上高中的时候就已经背得烂熟，同时烂熟的还有一首叫做《鸟儿问答》的词，一到关键时刻，这些烂熟的词就自动蹦了出来，高路、风雷、旌旗、九天、五洋、凯歌，我们觉得每一个词都可以给猪作名字，猪花啊猪精，你就雄姿英发吧，你就越长越像豹子吧，你要是长出翅膀来就更好了。

猪响了一下鼻子，我们冷静下来，意识到拿毛主席诗词给一头猪起名字，这件事其实有点反动。

反动的事情我们不愿意做。

胡传魁，这太像一头猪的名字了，但不像我们的猪。一头黑而瘦的猪，有跳栏的能力和激情，热爱自由，喜欢广阔的空间，如果是现在，我们会首先想到刘翔，一头黑猪，身披五星红旗，背景是湛蓝的天空，它的头上长出了头发，长发和国旗一起飞扬，脖子上挂着一枚奥运金牌。但三十年前我们没有听说过奥运会，刘翔也没有生出来，我们只能叫它刁德一。

我和猪精小刁

小刁走在我的身后，它全身跟黑夜一样黑。不过要是仔细看，它跟黑夜又有所不同，黑夜的黑是一种空气，小刁的黑是一种血肉之躯，谁要是伸手摸一下，就会发现这两种黑根本不是一回事。

小刁不让人摸毛，我刚刚把手伸过去，它呼的一下窜出一丈远。它比狗和猫都更不驯服。

但它喜欢跟在我的身后。

特别是晚上，如果不是小刁跟在我身后，一个姑娘妹，十七岁，独自一人走在黢黑的乡道上，肯定是风声鹤唳，疑神疑鬼，看到路边的树，就以为是人；如果是人，就以为是强奸犯。

吃晚饭的时候，刁德一蹭到我脚边两三步远的地方，它像人一样看我，又看我碗里的饭，还围着我转圈子，它有点像宠物却又不像宠物，宠物都是干净的，小刁脏，它身上有一块一块的泥痕，是随地打滚的结果。一头热爱自由的猪是随时都要打滚的，它根本不可能像马戏团里的动物，让它打滚它就打，不让它打它就不打。

我理解它，也不嫌弃。我向来没有洁癖。

我光着脚，脚背上沾着泥。挑水的时候踩到水井边的烂泥里，脚背上就结了一层硬壳。开始的时候有点痒，但很快就忘记了，觉得是自己脚上的一层厚皮。我意识到，我脚背上的感觉无疑就是小刁身上的感觉。这时候，我就由衷地感到，我和小刁之间有一种手足之情。

据美国古生物学家考古发现，人类的祖先是一种外形像猪的动物，它们生活在二点五亿年前的南非沙漠中，这是第一种哺乳动物，是智人的直接祖先。看到这则报道我立即就想起了刁德一。现在看来，小刁的所作所为，是它们远祖的智慧在起作用。

我把帆布挎包背在身上，把电筒拿在手上。我从小路走到大路，小路是田塍，大路是机耕路，路的两边，是一田又一田的水稻。

水稻这种作物使我感到安全。如果是甘蔗或者黄麻地，感觉就会不一样。这两样作物在黑夜里是一道密实的屏障，能够藏起妖魔鬼怪，风一吹，就有黑影晃动，草一响，鬼就到了跟前。不过如果是人，甘蔗和黄麻地都不是适合埋伏的地方。甘蔗的秆和叶长着一层白粉，一碰白粉就掉下来，沾到人的皮肤上，奇痒无比。若用手抓，一抓一道红印子，奇痒不但不能消失，又加上了辣痛。如果白粉从衣领掉进去，则更是难忍。黄麻地也不好，过于稀疏，藏不住人，而且有小刺，夏天穿背心，肩膀手臂上会被刮出一道道白印子。若是高粱地青纱帐，则藏得起千军万马，神不知鬼不觉就作案无数。我穿过高粱地将会心惊胆战，觉得躲得过初一躲不过十五，总有一天，会被人冷不防拖进高粱地里。在我们的文化中，贞操第一，生命第二。好在六感没有高粱地，路边全都是水田，水里长着舒展的水稻，只比人的膝盖高一点，即使有哪个坏人心甘情愿泡在水里，也要有把自己缩成一小团的特殊技巧。这种情况从来没有听说过。

夜晚走在路上我由衷喜欢水稻。它们安静、妩媚，散发出微涩的清香。风一吹，就整齐地摆动；月光一照，就有一层灰色的光泽。狗在远处吠，虫子在空气中叫，不管有没有月光，在到达大路之前我一般不开电筒，这条小路我一天走四趟，跟自家的院子没什么两样，有谁在穿过自家院子还要打手电筒的呢？除非是败家精。如果一个人到了晚上没事还要点灯熬油，他的父母就要骂他是败家精；如果一家主妇连续两天都炒鸡蛋给大家吃，她的婆婆更要骂她是败家精。菜帮子不剁来喂猪是败家子，出墟看电影是败家子，想找一个漂亮的老婆也是败家子，因为漂亮女人总是中看不中用的。

败家子真是太多了，像水泡那么多，咕噜咕噜直往外冒，当家的要用手把它们一个个按下去，但过不久它们又会冒出来。在那个水泡满盈的时代里，我的耳边常常听到各种不同声音的叫骂声，四个音节，三短一长：败家子啊——痛心疾首，抑扬顿挫。如果这个时候路过这户人家，就会看到一个男孩子站在厅堂的正中，低头垂手，立听教训。但没有听说过女孩子当了败家精的。

女孩子天生艰苦朴素，做得多，吃得少，又不要娶媳妇，长大后就嫁人去了。我感到自己就是那种天生艰苦朴素型的，没有人告诉我要节约电池，但我本能地意识到，不到关键时刻不要开手电。感到害怕的时候，我才打开电筒，前后左右照上一圈。

自从黑猪花变成了猪精，又被我们取名刁德一之后，我的电池就大大地节省下来了。

我在小路上走着，走在黑暗中，我知道周围的每一块黑影在白天的样子，如果身后一时没有一团晃动的黑影，那就是小刁没有跟上来。但我并不担心，刁德一，我深刻地知道它，它既然已经像山羊一样敏捷，又多次跨过半人高的栏木，还在甘蔗地里刨过各种坑，啃断过无数甘蔗，它一定是精力过剩的，它一定会飞奔而来。

如果走到大路上小刁还没来，我就要打亮电筒了。大路因为大，显得空荡荡，天阔地远，两头不见人。面对庞大的空间，我很容易被吓着，年轻的时候，我就是如此缺乏胆量，胆小如鼠。

一个人一旦被吓着，原有的品质就会丧失，我一下摁亮手电筒，让黄色的光柱消失在远方。这时候我一点都不心疼我的电池。

这时候，一团黑影小跑着飙到我的脚下，它体型矫健结实，像闪电呼啸，我在惊喜中发出一声尖叫。然后我呼出一口气，关掉电筒，说："小刁啊，你这个败家精！"

小刁出现之后，我感到走路很好，天阔地远，两头不见人，实在是太自在了。我走在灰蒙蒙的机耕路上，小刁跟在我的身后，我的四周是一片浅紫色的雾气，星星有的发红，有的发白，但大多数都是黄色的，因为有雾气，它们就像是浮在天上一样，颤动而摇摆。路边和远处是形状不同的深灰、浅灰、深黑和浅黑的乌云，它们分别是水稻、树木、远处的房屋和更远处的山，它们在夜晚是颜色深浅不一的乌云，我在乌云里穿行，觉得自己也到了天上。浅紫色的雾气中有植物的气味，苦涩、清香，有一点辛辣，又有一点甜，如此混杂和漂浮不定，我说不出它具体的气味，它是密集而健康的植物散发出来的清香。

远处有狗吠，空气中有虫子的叫声，七十年代的六感，一年到头少用农药，所以虫子很多，它们有的藏在路边的草丛里，有的在树上趴着，有的还在空中飞。若有狗吠，小刁就跟着学，起初还是像猪叫，后来和狗打了一架，发出的声音就有点半猪半狗的了，准确地说，是语调像狗，语音像猪。狗吠起来是汪、汪、汪，小刁叫则是昂、昂、昂。夜里笼统听起来，觉得是长足了力气的小狗叫，但若仔细听，就会感到迷惘，不知是什么东西叫。这会使人越听越奇怪，心里不由得害怕起来。

如果有一匹凶猛的大狗，远远听到"昂昂昂"的叫声，以为是一只刚断奶的小狗，等到小狗走到跟前，猛地发现它变成了一只怪物，长着猪的鼻子，两眼放出黄光，有两条大狗那么大，再猛的狗也不禁惊吓，身上冒出冷汗，这时候小刁再昂昂叫上两声，大狗就会毛骨悚然，掉头就跑，不战而败。

碰到人也是这样。谁都想不到，会有一匹猪跟在人身后走夜路，他以为是一只狗，当他看到这只狗长着猪的鼻子，并且出奇地大而怪，也会认为是碰到了鬼。当然，这不等于说，小刁就是靠了这两下子走遍天下无敌手，关键时刻它会把头对准对方猛冲过去，英勇无畏。它虽然没长獠牙，这样的姿势却是长了獠牙的样子。也可以认为，小刁长了一副内在的獠牙。

我每天晚上走夜路，在知青点吃完晚饭，再到学校陪学生上晚自习，从来没有遭到坏人袭击，晚上步行到公社看电影，或者骑车去排练，小刁总是在我身后一溜小跑，它时隐时现，时而像箭，时而像陀螺，快的时候像豹子，慢的时候像鸭子，它保证了我的贞洁，是我守身如玉的一大功臣。

不过我又有些怀疑这个结论。我眼前有时会出现这样一幅图景：

月黑风高，一个米饭团从暗处抛出来，小刁像狗一样跳起，接着饭团就往嘴里送，众所周知，这个阴险的饭团里有蒙汗药，小刁倒在路边人事不省，歹徒一跃而上，把我捂着嘴拖到某个背人的地方，再往下的事情我就不敢想了。

对于小刁这样的好吃之徒，又没有经过自我克制的训练，是很容易被打倒的，比狗还容易。狗要骨头，猪则喜饭团，而饭团比骨头好找多了。

一九七五年，强暴女知青的事再也没有听说过了，那是要重判，要开公审大会，听说还要枪毙。在南流，那就是押到体育场，人头攒动，千夫所指，然后押到尤加利树林里，背对南流街，双膝跪下，后脑勺嘣的一枪，就玩完了。这样的傻事没人愿意干。如此看来，我们的贞洁不是因为小刁，而是因为李庆霖。由于李庆霖告御状，知青的生活得到了大大的重视，李庆霖，这个名字在一九七五年光辉灿烂，到现在仍然是。

公鸡二炮的生活

安凤美不喜欢猪，她路过我们的猪栏连看都不看一眼。她认为猪是所有家畜中最丑的动物，一部《西游记》，谁会喜欢猪八戒呢，那么丑陋，又贪吃贪睡，她对猪有着深刻的成见。她喜欢漂亮的动物，比如公鸡。就这样，二炮，一只漂亮的公鸡，坐在卡车上来到了六感。

一只鸡在农村，就像一滴水落到了在河里。水尾村跟中学女生宿舍相比，简直就是鸡的天堂。女生宿舍又阴又暗，这里的阳光有天那么阔呢；又有虫子吃，又有青草，如果走得远一点，还有菜地里最嫩的菜。水塘里的水是浊的，却有一股泥香，不像南流中学的自来水，一股漂白粉加铁锈的味道，太不合鸡的口味了。更重要的是，这里有许多母鸡，它们有着各种不同的羽毛，花团锦簇，千娇百媚，有不少正处在生命的旺盛期，它们的脸红红的，像天上的晚霞，一种咕咕的歌唱声终日缭绕，这歌人听起来单调，鸡听上去却会激动不安。二炮觉得这些咕咕声简直勾魂，咕咕声金灿灿的，肉乎乎的，它们就像一些最香的虫子，纷纷从天而降（二炮最喜欢的虫子是木蛆，那种吃木头的，半透明，又肥又白）；又像一些树枝打着它，把它赶到母鸡的跟前。

这才是鸡的生活！

在南流中学女生宿舍，既没有母鸡，也没有别的公鸡，前不见古人，后不见来者，二炮在女生宿舍，就相当于一个人生活在月球上，跟嫦娥一样。在六感大队水尾生产队，公鸡二炮的日常生活是这样的：

早上天还黑着，它就醒了，它比经典《半夜鸡叫》里的周扒皮醒得还早。二炮不知道周扒皮，但我们都知道，是高玉宝的故事，关于地主剥削长工。为了让长工们早些下地干活，周扒皮不惜起得比鸡还早，他跑到鸡笼旁边学鸡叫，然后就把长工从炕上赶起来，后来被长工发现了，某一天半夜，趁周扒皮学鸡叫，长工们一边喊抓贼，一边用扁担把周扒皮痛打了一顿。这个故事改编成木偶剧，在学生包场的时候加映。周扒皮的头壳又长又尖，上面一根毛都没有，他的老婆则比他矮一半，很肥，全身是圆的，她脸上的肉鼓出来，像一个大头娃娃，两人在一起甚是滑稽。所以当周扒皮被摁在鸡笼里狠揍时，全场就会响起热烈的掌声，在掌声中我们充分地感到了自己的正义感，真是过瘾。

而另一出经典木偶剧《草原英雄小姐妹》就不够爽，首先它让我们有道德压力，其次它不够好看，它太简单了，小姐妹浓眉大眼，脸红红的像喝了烧酒，还没有我们的张大梅好看呢！它又没有阴谋，没有阴谋的破灭，没有人被揍得哇哇乱叫抱头鼠窜，没有一点瘾头。我们心怀向往的，只有那首歌：天上飘浮的云彩白呀云彩白，不如我们公社的羊儿白，啊啊嘀咿，啊哈嘀咿，不如我们公社的羊儿白。

二炮比别的鸡醒得都早，它半夜就醒了，但是它不啼，它是一只公鸡精，说来说去它是有前世的，它的前世是安凤美的什么人呢？没有人知道，反正它护着安凤美，安凤美是全南流中学第一懒人，到了六感又是全六感第一懒人，二炮就让她懒，天再亮，太阳再晒屁股，二炮都不啼。

天亮了，公鸡从睡梦中醒来，它身体里的力量在集结，憋着火呢，就像肌肉里有虫子在爬，痒痒的，虫子们从身体的各处爬到了喉咙里，它们挤到了一处，如同商场减价的门口，挤满了人，人也不排队，你推我搡的，眼看就要出事了，公鸡的嗓子就处于这样的形势中，它急着要喊上一嗓子，把虫子们放出来，丹田之气从嗓子里呼啸而出，身体骤然变轻，灵魂刹那窜到了天空中，而它的啼叫在空中缭绕，嘹亮、圆润，闪着光，何等快意！何等陶醉！它欢喜得抖动全身的羽毛，紧接着啼出第二声，它一声接着一声，身体一阵阵变轻，就像坐上了高速过山车，而灵魂也在空中荡来荡去，跟人喝了美酒差不多，这是公鸡每天的激情时分，也是公鸡生命的尊严所在，有着旭日初升的同等意义。

但是二炮忍住了。它就从全村第一的公鸡变成了全村最落后的公鸡，这使我想起何智丽，我们的乒乓球顶尖高手，技压群芳，高傲、美丽，天生就是一个冠军，有一天，她被告知，她要假装打不过对方，让对方获得冠军，而又要让观众看不出来，以为她真的技不如人。这真是奇冤大屈啊！生命中不能承受之冤，何智丽就成了小山智丽，她出走，投奔他国，嫁了日本丈夫，改为日本姓氏，但她不退隐，不消失，代表夫国征战，恶狠狠地打自己的母国，每赢一个球，就用日本话高声叫好，这怎能不招骂呢！她在一片骂声中孤军奋战，她决绝，孤注一掷，不能回头。她也赢球，但更多的时候不赢。她赢了我们的媒体是不报道的，她输了我们就报道。她一个人再也敌不过我们雄厚的团体力量，她年华已逝，筋疲力尽。

二炮没有那么悲壮。

二炮不争第一，它是一只不求上进的鸡。安凤美以当一个懒人为荣，二炮就以当一只懒鸡为荣。

它半夜醒来，看着天一点点亮，它抖动羽毛，伸长脖子，为了把喉咙里的一声嘹亮的啼叫咽回去，它引颈深呼吸，看上去姿势就跟打鸣一样，但它不出声，是沉默的啼叫。这跟憋尿和绝食的难度相当，既需要意志，更需要信念，二炮的信念就是守护安凤美的睡眠，安凤美正在蚊帐里睡觉，她的嘴角流着口水，脸上红红的，周身散发出香甜的气味，有点像发糕，又有点像甜酒。蚊帐里有一两只蚊子，不知是从哪里钻进来的，这时候已经吃饱了血，肚子胀着，沉甸甸地吊在蚊帐上，它再也飞不动了，一伸手就能拍死它。

懒人安凤美

凤美醒了，她睁开眼，又闭上了，她闭着眼睛伸了一个大大的懒腰，嘴里发出一溜悠长声音，“唔——”音调拐着弯，在蚊帐里绕了几圈，有点像撒娇，也像赌气，身上虽然赖着，脑子里也知道该起床了。这时公鸡二炮把羽毛一抖，它的时候到了，它集合起肌肉的力量，叫出了全村最嘹亮的啼声，华丽、圆润，在阳光下金光闪闪。它自以为悦耳，全村的鸡和人却都感到怪异，大白天公鸡打鸣，简直就是白天撞到了鬼，邪气太重。

二炮一声接一声地啼叫，它比别的公鸡叫得响，叫得好听，所以它要多叫几声的，何况它憋了那么久！

凤美就着公鸡的啼叫声穿衣、起床、梳头、刷牙、洗脸、上粪坑。上粪坑，屙尿或者屙屎，六感人民就是这样说的，南流街上的人民也是这样说，只有机关干部才说解大便解小便。

凤美梳头的时候公鸡在啼，刷牙洗脸的时候也在啼，上粪坑的时候它不啼了，它在粪坑外面趴土找虫子。凤美从粪坑出来，到灶间找东西吃，她把每只锅盖都掀开看看，看到有粥，就盛上一碗，看到有番薯，也捞一只。她边吃边给二炮撩一点，她吃得慢，她有的是时间。

如果锅是空的，凤美就不吃了。她不烧锅，烧锅麻烦着呢！首先是没有柴火，知青是不打柴的，要烧就烧生产队的稻草。稻草垛在高处的坡上，全村人都看得见，大白天的，令人侧目。其次是没有水，水缸多半是空的，用一担，挑一担，不用就不挑。油盐酱醋米，都是不齐的，没有米，要去借半瓢，没有油，去讨一点，没有盐，也去讨一点。队长和三婆是我们的两大债主，队长有责任，而三婆永远是慈悲的，她可怜我们。菜也总是没有，去讨一点咸菜下饭，或者，干脆把油盐拌在饭里，煮油盐饭。

总而言之，知青的灶间，简直就像一个衣衫不整的人，扣子是掉了的，破着洞，又或者，竟是一个缺手缺腿的人，功能奇缺，惨不忍睹。玉昭三婆她们的厨房是一个整齐全乎人，该有的东西一样不少，有水，有柴，有米，有油盐。知青开头有国家的粮油供应，但要到公社粮店挑回来，太远了，又重，他们懒。他们还是孩子呢，刚刚十七岁，但他们不能一直懒下去，一直懒下去就没人同情了。

安凤美更是不值得同情。

她以懒著称。她是不出工的，除了用左手插秧那几天，她连续出工没有超过两天的，据罗同志统计，安凤美插队第一年，总共出工的时间不到半个月。她被点名批评，是落后典型，她听着，也不羞愧，也不激愤，也不故作轻松。她有时还是骄傲的，因为她出名。她是喜欢出名的，她走进公社的会堂，很多知青都会抬头看她，她是落后典型，但她也算是一个美人呢！所以她喜欢开会，大队的会和公社的会她都不缺席的，在会上招摇，惹很多目光看她。

但她就是不出工，一开始她说肚子疼，是痛经。别人痛经都是痛一两天就过去了，她要一直痛下去。好容易肚子不疼了，她就头晕，她当众倒下去，把人吓得不轻。一个月过去了，安凤美还没出工，我们每天泡在晒烫的水田里插秧，或收割一季稻，一个月下来，我的脚背和小腿上长了小水泡，是一种湿疹。不久化了脓，进而又发烧。大队的赤脚医生让我自己摘几把五色花，煮水，浸泡，一天两次。安凤美从水尾队到水冲来，陪我小半天，回去说自己也长了湿疹。

肚子痛头晕脚长湿疹，几番轮完后安凤美还不出工。罗同志找她谈话，说到了前途，出路，她听着，不出声。罗同志想找家长，却找不到。凤美的妈妈不在南流，她的爸爸安大炮车祸死了。

罗同志只好算了。她懒，不出工，但她并不犯法，你总不能把她关起来。

安凤美，她就这样在六感的乡道上招摇过市。她不出工，她在路上逛荡。她穿着一身蓝色的布衣服，推着那辆男式永久牌自行车，轰隆隆地下着斜坡。她从我们水冲队经过，下到大路，田垌很大，两个生产队的人正在踩田，谁都看到了，大家停下脚，她不停，目不斜视。她的车后架上站着公鸡二炮，它的羽毛在阳光下亮闪闪的，人和车和鸡，很快就消失在清水塘拐弯处的竹丛里。

她出墟，也叫去公社（墟是指一条街，公社是行政区，有时也指公社机构所在地）。她骑在车上，身手矫健，上了坡又下坡，下坡的时候她不刹车，车呼呼地往下冲，这时二炮站到了前面的车杆上，人的头发飞起来，鸡的羽毛也飞起来。这只鸡因为练过杂技，所以它既不怕高度，也不怕速度。人和车，一下子就到了六感河，过了河，就是香塘墟了。

她出墟没有事，就是闲逛。她觉得逛墟比出工好。

她要先逛街头的公社卫生院，卫生院是平房，三进的院子，整齐、干净，散发着消毒剂和药的混合气味。挂号处、急诊室、门诊、收费处，注射室有一个小孩在打针，正哇哇哭叫，观察室里躺着一个孕妇，肚子挺得老高，进去是一个地坪，晒着草药，一边是药房，一边是病房。没有什么人，很安静。安凤美径直往里走，有人问她找谁，她就说：找我表姐。她冲人家甜甜一笑，像是真的。她走进第二个地坪，尽尾是一排宿舍，门关着，每个窗帘上的花布都很好看，一块是白底绿蝴蝶，一块是蓝底黄色的碎花。有一个水龙头，凤美扭开水龙头，冲冲脚，又冲冲手，撩水抹抹脸，又抹抹头发。

逛过了卫生院她就开始逛店了，邮局、百货公司、农具店、杂货店、饮食店，还有一家很小的新华书店，以及公社大院。

她身上一分钱都没有，但她看上去是要买东西的，她看得很仔细。新到了一种棕色的塑料凉鞋，她要人家拿出来看，然后她说这不够好，让人家放回去，镜子她也要拿出来照一照，发卡她也要拿来别一别。这种事乡下的姑娘是不敢的，她们怕售货员，一个公社的百货公司的售货员了不得，都是些有后台的女子，也漂亮，也年轻，大多数就是因了年轻漂亮才能到这里来的，所以她们就更骄傲了，好像百货公司的东西都是她自家的，谁来买东西都爱答不理。

但知青不同，知青有气势，大地方到小地方来的人携带着势能，他们见过世面，南流街的百货公司比香塘的商品多几十倍呢！安凤美就这样带了一点居高临下的样子来逛店。她说着一口南流街上的话，这跟乡下的土音是不同的，她走路的姿势也是不同的。她懒洋洋地从街头逛到街尾，又从街尾懒洋洋地逛回街头。如果碰巧是墟日，可看的东西还多一些，不然就实在没什么逛头，而且，她肚子饿了。

凤美路过饮食店的时候感到特别饿。她早上没有吃东西，本来就饿了，犹如肚子里藏了一粒火种，暂时被草灰盖着，草灰就是卫生院百货公司们，但她路过了饮食店，这下坏了，蒸米粉的蒸气和香味轰的一下扑过来，胃抵挡不住，呼啦啦的烧了起来。口水从胃里窜出，凶猛，带着能量，像拿着针似的，把胃扎得生痛，它们又一齐涌到喉咙眼，她要使劲才能把它们赶回去，它们在身体里翻滚着，不像是水，反倒像煤油，胃里烧得更痛了。

饮食店里还有包子、馒头和发糕，包子有菜包和肉包子，还有豆沙包，菜包的馅是最大的，里面有豆腐干、咸菜和猪油渣，比肉包子还香，馒头放了糖，甜丝丝的，又松又软，发糕就更甜了，有蜂窝。凤美又想起来，店里还有米粽，她看到了街边扔了一张粽叶，那上面还沾着一点糯米，米粽，这更是好东西，是过年时分家家户户都要做的吃食。到菜行买来粽叶，是刚摘的，是树上叶子的颜色，很硬，不肯弯曲起来包粽子。驯服粽叶的办法是用锅煮，泡过面水，放一点碱，像煮豆子一样把叶子煮熟。熟了就好了，颜色变得棕黄，叶身柔软了，叶面是亮的，光滑明净，散发着叶香。这时候就可以用来包米粽了。糯米是泡过的，绿豆也煮熟了，变成了豆泥，五花肉用酱油腌过，也是棕黄的颜色，这种肉粽不做成三角形的，长圆条，有大杯子那么粗，结结实实的，用树根熬上一夜，然后晾着，初一到十五，走亲戚就拿上两只，每天早上，把米粽切成一圈一圈，煎成两面金黄，糯米外焦内软，肥肉透明，油汪着，凤美真要馋死了！她憋着气，忍着，但她又要闻那香味，她不舍得不闻，她真是难死了。想要快快走过去，却一头就撞进了饮食店的厅堂，她把自己都吓了一跳。她觉得头都昏了，她定了一下神，装作忽然想起什么事，一下蹦走了。

她去找她的鸡和自行车，她把这两样东西放在公社大院里。

公社广播站的小彭，是回乡知青，家在六麻大队，是李海军插队的大队，她认识安凤美。小彭人漂亮，却不骄傲，爱打扮，但不小气。凤美的自行车就靠在广播室的窗下，公鸡二炮在扒土找虫子吃。碰到小彭心情好，又是吃饭时间，小彭就会到食堂多打一份饭菜。凤美特别喜欢吃公社的饭菜，蒸饭，在饭盅里，一碟菜是满的，萝卜丝切得又细又长，汁很多，菜面是猪肉炒青蒜，香得很。但小彭常常不在，她的窗帘是粉红的，关得一根针都插不进去，门锁了，是木锁，看不出是从外面锁还是里面锁的。凤美就只好回去了。

安凤美有一只半导体

有时她逛民安墟。民安墟是民安公社所在地，因为它远，去的人就少，所以它在传说中有点神秘。其实民安墟跟香塘墟也差不多，也是百货公司杂货店打铁铺粮店，也是邮局书店卫生院公社大院。有一次安凤美逛民安墟回来，路过水冲，她到我们房间展示了她从民安的百货公司买的扇牌洗衣皂，我是第一次看到这种洗衣皂，我吃惊极了，我完全想不到世界上还有这么好看的肥皂，半透明的，非常光滑，边沿有细致的纹路，很香，比香皂的香高雅清爽，它的宽窄厚度也是不同的，它不是一条，而是一方。它还有着独立的包装，是一张半透明的纸，上面印着一把小扇子。这是上海货呢！香塘没有，民安却有，这个民安墟看来真是要比我们香塘大，也洋气。

安凤美就认识了陆一民，民安百货公司里的采购员，回乡知青，有二十二三岁了。两人刚认识，陆一民把自己的半导体借给了安凤美。

罗同志到我们知青点来，一坐下就没头没脑地说，你们想想，半导体是随便借的吗？人家又不是有两个半导体，他自己还要听，他借给你，是什么意思！我和高红燕都愣住了，不知该说什么好，也不明白借半导体这件事有什么奥秘。罗同志又说，这不是明摆的吗，民安那人要跟安凤美谈恋爱哪！我们吓了一大跳，谈恋爱，这真是太严重了，相当于一块大石头从天上砸下来，搞得我们眼冒金星。谈恋爱，这件事情是资产阶级生活作风啊，它散发着妖气，既诱惑，又禁忌，我们内心深处有向往，但我们一定要表现出我们对谈恋爱深恶痛绝，而且，还要表现出无知，这样我们才是一个纯洁的人。

我们扭曲而又懵懂，不清楚什么是恋爱什么不是。我们认为，恋爱是远处的一个妖怪，没想到这个妖怪忽然跑到跟前来了，安凤美喜盈盈地抱着半导体，原来这就是有人要和她谈恋爱！罗同志又说，她还不承认，怎么不是，你们要劝劝她，悬崖勒马还不迟，再这样下去会把自己毁了。

三十年过去了，我还记得安凤美喜盈盈地抱着半导体收音机的样子，那天我们刚吃完晚饭，正收拾碗筷，凤美的声音就从屋后的土坎传过来，她喊道：飘扬——

她的声音里布满了细小的玻璃珠，尖细，同时又有一种明亮的欣喜，她从土坎上跳下来，玻璃珠飘动起来，在她的身上闪烁。她说，我给你看一样东西，就把一只比肥皂盒大一点的铁盒子递过来。半导体收音机，我当然认识，在幼儿园我就见过，是黄老师私人的，她把它放在窗台上，把声音开到最大，让我们听“小喇叭”节目。张英敏家也有一个，黑色的，比这个大。但毕竟，半导体仍是奢侈品，安凤美的半导体在水冲知青点的厨房里，在黄昏，在天正在暗下来的时候，唱着电影插曲，《闪闪的红星》里的《映山红》，“夜半三更哟，盼天明，寒冬腊月哟，盼春风，若要盼得哟红军来，岭上开遍哟，映山红”，很抒情，悦耳。

多年后我意识到，安凤美没有被毁掉，她的青春年华是开出花的，她既懒散，又英勇，她的花开在路上，六感和六麻，香塘和民安的机耕路，自行车和公鸡，五色花，和左手，和土坎，到处都是她的花。

我想成为安凤美

罗同志在大队的知青会上说：你们这么年轻，万一出了事怎么办？谈恋爱谈出事情来，这种事全国都有，我们县，我们公社也有，希望我们六感大队不要出现这种事情。出了事情，尤其是女知青，出了事情你们最吃亏。这番话完全是公社知青大会的翻版，每个月，全公社的知青集中开会，主管知青的干部都要一再地劝大家不要谈恋爱，他苦口婆心，痛心疾首地说：你们这么年轻，万一出了事怎么办？谈恋爱谈出事情来，这种事我们公社已经发生了。出了事情我们还得给你们开证明去做手术，不做手术怎么办？让你们把孩子生下来啊？让你们结婚啊？这怎么行！你们还没到法定年龄哪，这也是你们父母的要求，他们希望我们一定要管住你们，尤其是女知青，出了事你们最吃亏，男的拍拍屁股走了，你们找谁去！还不是得我们出面。所以我奉劝你们，千万千万，不要谈恋爱，要谈以后再谈，等你们到了年龄，我就不管你们了。

这真是惊心动魄的一番话，我们坐在下面，心里一阵阵发紧，气都不敢出。恋爱、手术、孩子、结婚，这些词一个比一个严峻。一个比一个恐怖，即使带队干部不说，我们也不要碰着它们，躲得远远的，永远也不要沾，在我们纯洁的意识里，那都是一些可耻万分的事情。但在会议上每次都要强调，一个又一个的例子，让我们一次比一次不安。

我们坐在会堂里，心绪不宁，我们本来高高兴兴来开会，每月就盼着这一天，我们盼着吃一顿好饭，和好朋友说说话，逛逛街，买点东西，或寄信，或者成群结队骑上自行车回县城，我们的自行车铺满了整条马路，我们大喊大叫，那真是壮观啊！汽车见了我们都得慢下来，谁都不敢惹知青，集中的这一天是我们的狂欢节，我们要高高兴兴、痛痛快快的，但一开会就把我们说得心情沉重，气氛压抑。

罗同志认为我若想成为先进知青，就应该帮助落后知青安凤美。事实上，在成为一名先进知青和成为安凤美之间我总是摇摆不定。我既想当先进知青，却又暗暗希望自己成为安凤美。

罗同志说安凤美说的一切都不能信，他对安凤美太了解了，他跟她父亲在同一个厂里，那是全厂有名的“安大炮”，什么都敢吹，一天到晚尽吹牛，不吹牛就受不了，此外生活作风也不正派。按罗同志的说法是：什么种子发什么芽，什么藤上结什么瓜。这种民间谚语后来被加上了一句：什么阶级说什么话，谚语本身因为这句附加的话而广为流传，有一首歌就是这样唱的。罗同志是一个善良的人，他没有把阶级斗争放到安凤美头上，他想的就是六感大队的知青一个都不要出事，但如果出事的是安凤美，罗同志就可以原谅自己，不是他不够负责，而是安凤美的根不够正。

狂想骑在红马上

总而言之，不管安凤美多么落后，生活作风多么不正派，我还是与她混在了一起。星月朗朗，我和安凤美骑在白马上，沥青在月光下闪着微光，马尾松的枝条像柳树一样婀娜，我和安凤美骑在同一匹马上，我在前面凤美在后面，看起来就像是她在搂抱着我。但我又觉得自己应该骑一匹红马，安凤美骑了白马，我就要骑红马，骑了红马就应该穿一身白衣，像《白毛女》下半场喜儿的衣服，白衣飘飘，红马奔驰，这就是我插队年代里隐秘的梦想。

骑上了马就要去杀富济贫了，哪里有欺负知青的事就赶到哪里去。我们的心胸是多么狭窄啊，思想又是如此贫乏，如果我们站在历史的高度上，目光又够锐利，我们可以用力的地方就更多。如果我们知道张志新就好了，或者知道林昭，我们一定会赶去救她们，在夜晚，一红一白两匹马，一白一红两个人，从六感的机耕路上腾空而起，一路升到深蓝的天空，风声在耳边呼呼响，月光越来越白，而北方远处的空中传来隐隐的雷声，那里乌云堆积。

我们在天上飞行，脚下的六感、六麻、香塘、南流、玉林在迅速消失，我们向着乌云突驶，柳州、桂林、冷水滩、岳阳、长沙、武昌、郑州、石家庄、北京，我们沿着京广线向北，日行千里，我们已经知道张志新由于政治上的不同见解被关起来了，她美丽端庄的身体正在受到摧残，过不了多久，她就要被枪决了，她的喉咙在行刑前将被割断，她在黑暗中再也发不出声音。我们心急如焚，大片的山河和城市在我们脚下呼呼后退，我们不能降落地面看上一眼，北京的上空灯火辉煌，我们看到了电影中的长安街和天安门，地上人像蚂蚁，车像甲虫，华表像火柴棍，我们还看到大片金黄色的屋顶，红色的墙，柳树和槐树，但我们不能停下来，我们要继续向北，直到沈阳。沈阳，那是一个多么陌生的城市，我们只知道它是辽宁省的省会，张志新关在这里，除此之外我们一无所知。我们要找到她关押的地方，找到把她关进去的人，审讯她的人，以及狱中折磨她的人，把这些人的头通通砸烂，然后我们把张志新劫走，让她在我们的马上一路飞回六感，藏到水冲村三婆的家里。

没有武功这样的伟业如何能完成呢?

我们应该练武功，对此我向往已久。我想象一把剑嗖嗖窜到我的手上，这把剑像蛇一样睁着眼睛，准确无误地窜到我的手心，剑鞘自动脱落，一枚利剑寒光闪闪，明亮如秋水。我就在星光底下像梦游一样舞动起来，我无师自通，如同生下来就会舞剑，我越舞越猛，剑身像电风扇一样转成一片！安凤美则端起一盆水往我身上泼，水花弹回去，全落到她身上了。这是一个多么令人兴奋的场面！同时我还常常感到，自己的左腿和右腿同时飞起，身上的力气从脚尖出来，一下击倒三个虚拟的大汉。

凤美跟她们水尾队的人说，她不出工是跟人学武功，有一位高人，很神秘，时而住在陆地坡，时而住在南流街的一条僻静小巷，有时还会云游到陆川容县。我估计，安凤美既学武功，又谈恋爱，学武功的时候少，谈恋爱的时候多。罗同志让我帮助安凤美，我越发趁机跟她混在一起，我暗地里认为，自己一可以跟她学点二手武功，二来也可以听她说说谈恋爱的事，我只在书上看过别人谈恋爱，对真人谈恋爱这件事感到十分好奇。

星月朗朗，我和安凤美脚下生风，我们一人骑一辆自行车，南流县城呼呼地迎面而来。这件事情真叫我心花怒放！

革命时代的爱情

我在黑暗中想起韩北方。背景有点乱，有自行车的轮子，轮子里有一只母鸡和一碗面条，这种乱七八糟的画面我在现实中从来没有见过，它是怎样跑到我的记忆里的呢？

他的衣服有一种烟草味，真奇怪，我从来没有见过他抽烟。他穿着洗得发白的黄军衣，这种衣服很有分量，是一个人胸有大志的体现。我则经常穿着一套蓝色衣服，跟安凤美差不多。

是否接过吻？青葱岁月，摄魂荡魄，像闪电掠过身体。事实上我们都不会，他比我大八岁，但他不会，我也不会。

小刁如果现在还活着，一定会记得。

在三婆看来，小刁是一只猪精，而成了精的动物就不再是动物，而是神怪一类的东西，比如狐狸精、耗子精，不但活了几百年，而且还会说人话，它们灵魂不灭，记忆也不灭。小刁也许就是这样一只猪精，虽然有着猪的外形，内心却完全超越了猪。

在蓝色的月光下，小刁爬上了一棵大人面果树，它从树梢跳到了瓦上，通过一块亮瓦（玻璃做的，用来采光）往下看。现在我觉得我就是小刁，我的两只前蹄趴在玻璃亮瓦旁边的瓦上，瓦沟里长着青苔，有点滑，我只恨自己没有长着像猫一样的利爪，那样就可以牢牢地扣着瓦缝。用蹄子扒住瓦缝有点吃力，好在我体形修长，具有很好的平衡能力。

我把鼻子对着亮瓦。一朵小火苗呼的蹿到我的眼睛里，这使我有一点不适应。火苗浮在灯里，圆圆的玻璃，闪着一层金光。书、作业本、床板、摞起来的砖头、脸盆、铁桶、蚊帐、床。女知青，她的影子在墙上晃动。火苗浮在灯里，她的脸上有一层黄色的光。辫子一边长一边短，跟平时不一样。肥皂盒、杯子、牙刷、毛巾，挂毛巾的绳子来自蚊帐顶的一只角，蚊帐有四只角，四根绳子伸向四方，看起来像一只大蜘蛛。

大蜘蛛。床。一旦床有响动，小刁就特别想知道发生了什么事情，当然它什么都看不见，蚊帐顶把它的视线挡住了。床在闷响，但蚊帐顶上什么都看不见。

床上的事情是村民最津津乐道的事情，每一出工，大家迎着太阳来到地头，看到有人笑眯眯的，神清气爽，就会有人问：昨夜晚搞了几次？一次还是两次？人群中只要出现了这样的问题，就像一锅油里掉进了一滴水，喳的一声就炸开了，叽叽喳喳的，嘈嘈切切，大声小声，人人都兴奋起来，好像过节，浑身轻快，也像偷了糖吃，嘴里咂着甜味，脸上有一种神秘的笑意。手上的锄头也感到了这莫名的兴奋，锄头锄着地，它也跟着问：昨夜晚搞了几次？一次还是两次？如果是挖红薯，红薯也跟着问：昨夜晚搞了几次？

有一次我听见两个妇女在探讨公蚊子和母蚊子是怎样那个的，在这之前她们先说了狗，又说了鸡，说得咯咯笑，之后又说到麻雀和蚯蚓，说到蚊子的时候她们争论起来，一个说是尾对尾××的，另一个则坚持说是公蚊子压在母蚊子的背上，她们的声音忽高忽低。忽然一阵爆笑，消停下来才发现我们在旁边，她们就停下来，问我听见她们说什么没有，我说没听见。玉昭说，你们看看，人家知青多正经，听见了也装作没听见。我当时觉得，装作没听见比听见下流话更不道德，我追上玉昭，一再表明，我是真的没听见，我只听见了前面的话，后面的没听清。

一个纯洁的人，正经而寡淡，生涩，有时不知好歹，懵懂，生怕道德上有污点，梦想着成为先进知青，梦想着有朝一日能被推荐，成为一名工农兵大学生，或者工农兵中专生，或者工厂里的宣传队员。这样纯洁简单的人会有什么有趣的事呢？

我在知青点吃过中午饭，高红燕她们下地去了，我喂鸡。我拿着一只大木勺，到柴房抓了两把米糠，然后回灶间，锅底剩下的锅巴用水泡一泡，捞到木勺里，跟米糠拌在一起。

我还没学会叫唤鸡来吃饭，三婆唤鸡是这样唤的：咕——咕咕咕咕，咕——咕咕，第一个咕是升调，后面的咕是降调。她叫起来很好听，大鸡小鸡飞快地奔过来，张开翅膀，欢天喜地，就像孩子见着了亲娘。

我学不像，我跟鸡没有这么亲和的感情，叫唤起来就有点害羞，多次叫不出口，叫出口也声音太小，不像。

我不叫唤鸡，但鸡的眼睛很尖，在门口的坡地上找虫子吃，一看见我端着大木勺，就伸着颈飞奔过来。它们跟着我到柴房抓糠，又跟着我到灶间拌锅巴，伸长脖子咯咯叫，又啄我的裤腿。然后一路再跟回柴房门口，我把木勺往地上一放，这才平息了它们的来回乱窜。

于是我看鸡们吃食。四只母鸡，一只黑，三只黄。黑鸡的冠子红得像块红布，我知道它快要下蛋了。我应该抓一把谷子，单独喂给它。三婆说，母鸡下蛋就像女人生孩子，生完了要补一补。

我回屋抓谷子。这时听见门外有自行车响，我迎到门口一看，韩北方正把车停在门口的空地上。

他一抬头就看到了我。

他的自行车在正午的阳光下，四周十分静，一个人都没有。小孩、牛、狗，也都没有。小刁也不知去了哪里。韩北方神奇地从天而降，让我又惊又喜。

我说："这自行车，太阳晒。"他说："不要紧。"

我想动手把车扛到柴房，车锁着，有点重。他赶紧到我身后接过车把，他呼出的气直扑我的后脖子。第一次靠得这么近。我有点害怕。天真高，太阳真亮。两个人暴露在光天化日之下。

我到灶间洗手，我的手满是米糠。我洗得很慢，不知道接下来该怎么办才好。

我问他吃过饭没，他说没关系。我又紧张又懵懂，脑袋一片空白，竟然不明白他说没关系就是没吃。我傻头傻脑地又问了一遍，他便说还没吃。

我一下又慌乱起来，我说怎么办呢？他微笑着说没关系。他说的是普通话，他的嗓音很好听，语调更好听。但我不会说普通话，一个南流小镇上长大的女孩，只会朗读普通话，却不能用来说口语。我把脸憋通红，我说怎么办呢？我听见自己的声音很奇怪，不像是自己发出来的，这使我更加紧张，同时也更加木呆。整个人是乱的，我在房间里转来转去，不像人，像一只被尿射中的蚂蚁。韩北方安慰我，他说没关系，他一点都不饿。他按了一下我的肩膀，让我坐下。

我刚一坐下，立即又跳起来，我说：对了，有面条！我从米缸里翻出半扎挂面，举到鼻子跟前给他看。但我立即发现这挂面格外黑，比平时看上去要黑许多，简直就像那些发了霉的细篾条。

他又说没关系。他跟我到灶间，很有兴趣地看我用稻草烧锅，有他站在旁边，我觉得灶台上的油垢、地上的鸡屎、水缸里的灰尘全都分外刺眼。

什么菜都没有。他说没关系。他大口吃。我看他吃。四周很安静，只有那只红冠子黑母鸡在咕咕唱着。吃完饭我不知道该干什么，愣了一会儿我说带他到六感学校看看，走一走。他说好。

走在路上我不知说什么。路过红薯地我就说：这片红薯地是我们水冲队的，那片是水尾队。走到割了稻子的田里，我又说刚刚割完禾，这地还没犁，我也犁过地呢，不难。面前有一条引水沟，尺把宽，一抬脚就跨过去了。沟里的水很清，正在灌水，流得很快。

他停下，回过头，问：这怎么形容？

我反应不过来，人愣着。

他指指水沟。

我愣了一会儿，硬着头皮说：更有潺潺流水。

他说：好。接着他朗声诵道：更有潺潺流水，高路入云端。

我接上：过了黄洋界，险处不须看。

他接：风雷动，旌旗奋，是人寰。

我再接：三十八年过去，弹指一挥间。

二人合：可上九天揽月，可下五洋捉鳖，谈笑凯歌还。世上无难事，只要肯登攀。

写到这里我觉得这两个人实在傻得过分，很不真实，就像当时舞台上流行的对口词，也是一人一句，然后合起来，为了增强气氛，则一人拿镲，一人拿锣，再一人拿鼓，说完一句就敲一下，或敲三下。比如：过了黄洋界，险处不须看。咚！风雷动，旌旗奋，是人寰。咚！咚！咚！对口词这种形式，实在还不如三句半。据我猜测，对口词是从口头宣传喊口号演化来的，战前动员、行军、劳动，等等，跟集体主义、国家意识形态有关；而三句半，显然来自民间，有一种民间的幽默，比较有趣。

当时我和韩北方站在刚收割过的稻田上，一人一句，用的是普通话，很像是演对口词，这样不自然的事情不像是真的，极像是拙劣的编造。但我不得不羞愧地承认：这是真的！我十七岁那年，扎着羊角辫，站在稻田里，像傻瓜一样大喊：可上九天揽月，可下五洋捉鳖。

喊过对口词之后，我感到全身十分松快，每一个毛孔都张开了，心里一时很是亢奋，看到天高地阔，远处的群山清晰地起伏，我觉得秋天太好了，田野太好了，韩北方太好了。

我就看了一眼韩北方。

韩北方也看了我一眼。我的眼睛闪着光，他的眼睛也闪着，好像有一种什么东西变成了我们共同的东西，而这种东西正在我们之间流动。水沟里的水、水两边的青草、脚下的禾茬、田里掉的谷穗，以及远处的鸡和狗，天地和空气，如果有小刁跟在后面，那也包括小刁。总之有一种东西，也许应该叫做气场什么的，它从我们眼睛和身体散发出来，一一落在我们眼睛所及的事物上，随后又返回我们的皮肤，再从皮肤上的每一个毛孔进入我们身体的深处。

这使我们有一点神思恍惚。

我们不再说话，不快不慢地走着。对口词消失了。干稻草的气味在空气中飘荡，我深深地把这种气味吸进我的五脏六腑。干稻草干爽的力气在我的身体里托举着我的每一寸肌肉和骨头，我走在田野上，身体轻盈，神思飘忽。一抬眼，小学就到了。

我忽然又开始说话。我说：这是榕树。韩北方说：榕树桂林也有的。我说：这是初一的教室，初二的教室，高一的教室，高二的教室，下面两排全是小学的教室。又告诉他，六感学校本来是小学，现在教育革命，从小学到高中，统统都有。

我一路走一路絮叨：这是初中教师的办公室，这是我的办公桌，原来是孙二姑娘的，孙大姑娘和孙二姑娘是一对姐妹，在我们大队很有名的，孙二被推荐到北京工学院去了。

我说：这是钟（一块铁片）。

我说：这是我的房间。

我开门，房间里有一股霉味，亮瓦照下来的光正射在白铁皮桶里，桶壁闪着光。

我坐床沿，韩北方坐在小矮凳上。矮凳紧靠着我的“书桌”，上面的书计有：《鲁迅在厦门》、《理想之歌》、《上海中小学生毛笔字作品选》、《沸腾的群山》、《野草》、《朝花夕拾》、《剑河浪》、《哲学名词解释》。

学校里一个人都没有。我的腿快碰到他的膝盖了。他的手指细长匀称，可以当外科医生。我说：星期天，没有开水。他说：没关系。

我的枕头鼓鼓囊囊的，下面放着我的一本厚厚的日记本，里面全是流水账。他说：我回去给你寄一点书来。我说：要寄多一点。他说：我把我写的东西寄来给你看看。我说：好。

亮瓦投下的阳光从铁桶移到了墙上，我跳起来说：赶快走吧！该收工了。我慌慌张张关了门，和韩北方赶着走回生产队。我一路走一路担心社员收工回来看到他。我将怎么向队里的妇女们介绍他呢，朋友？同学？亲戚？说同学没人会信的，他比我大八岁，完全是成年人了，朋友也奇怪，他说的是普通话呢，是来自大地方的人，我怎么会认得这样的朋友。亲戚，什么亲戚？不会是表哥吧，这就更有嫌疑，我好像事先看到玉昭她们鬼头鬼脑的坏笑，一路上闷着，没有说话。

为什么没有发生点什么事呢？

四周无人，稻草垛温暖软和，一个人的嘴唇碰到另一个人的嘴唇，我的后背落到稻草上，干稻草的气味从韩北方的身上散发出来。我从没有看到过他裸露身体，在梦里或幻想中，他永远穿着一件稻草一样颜色的衣服，而我则裸露着，我从身体凸起的部位感觉到裸露，那儿有一点凉，毛孔紧闭着挤在一起，形成一些细小的疙瘩。我的肚子、脖子、腿的外侧，我的肩膀、脚丫、手背，我一一感到它们凉沁沁的。这时我发现这已经不是一个白天，明亮的蓝天变成深蓝，星星挂在头顶，温暖的阳光变成稻草干爽的气味，藏在纤维的深处。而月亮正饱满地照耀着我的全身，我的皮肤闪着一层水的光泽。

这样的夜晚不知在哪里？

玉昭她们一眼就认定韩北方是我的伙计，伙计这个词在六感是这样理解的：结了婚，伙计就是丈夫或妻子，没结婚，伙计则是恋爱对象。除此再无别的解释。那天我和韩北方从学校回到知青点，正好碰到生产队收工，她们看到我和韩北方在田垌里走，立即喜不自禁，一个个眉开眼笑，好像天上掉了馅饼，砸着的不是我，而是她们每一个人。因为我们刚走到知青点门前的空地，喜坤喜凤喜月她们一干人就跟着走过来了，她们装着路过，她们笑嘻嘻地看看我，又看看韩北方，也不说话，也不走。

我让韩北方赶紧走，他微笑着，说好，然后跨腿骑上自行车。他在车鞍上还没坐稳，这边喜坤喜月都耐不住，一连声的审问。她们同时问：这是哪个呀？长得够高的。还说普通话呢。我说是朋友。她们更加挤眉弄眼，并且学我用南流街的话，亮了嗓音说：是伙计吧！我说真的不是，她们说肯定是，不是伙计能这么远来看你吗！

爱情信

韩北方给我寄了一封很厚的信，撑得信封都快要裂开了，看上去触目惊心。

我拿回宿舍拆开看，原来是韩北方的诗，写了有十几页，题目叫

《理想篇》，大致如此：

理想之歌的音符/在我的心中奏响，/啊，奏响过九千遍；/理想诗篇的语言，/在我脑海里翻滚，/啊，翻滚过一万重。

又有：星移斗转/岁月流逝/在我思想的海洋中，/激起层叠的浪花/思想浪涛拍岸，/冲垮了旧的传统观念/呵，红色的激流/把我送到广阔天地！

又有：阶级的理想，/就是个人的理想/这就是/让鲜红的太阳照遍全球。/啊，让我们/加入在阶级的大军中，/迎着共产主义的曙光/向前迈步。

最后是：呵，海阔天高/勇敢的鹰，飞吧！/迎着暴风雨/搏击在长空中/翻动在大海里！

革命时代的文学青年，个个热爱宏大叙事，书信、日记、写文章、谈恋爱，统统假大空。当时的读物是：《理想之歌》、《张勇之歌》、《红卫兵之歌》、《运河赞歌》、《放歌集》、《金光大道》、《艳阳天》、《沸腾的群山》、《征途》、《剑河浪》。

里尔克、茨维塔耶娃、帕斯捷尔纳克，韩北方从来没有听说过他们，他认为最好的诗人就是《放歌集》的作者，至于李白杜甫，那都是古时候的人；最好的小说家，则是《艳阳天》的作者，至于高尔基，那是外国的，不算，曹雪芹是古代的，也不算。

我真希望韩北方读过好一点的书，比如，“文革”前出版的俄罗斯文学名著，或者，像“白洋淀诗派”那样，读过内部发行的白皮书灰皮书，有超前的独立见解。如果这些都没有，自己也写不出来像样的东西，至少应该具备起码的鉴赏力，不至于认为浩然是最好的小说家。

但是没有。我从未听他讲过《安娜·卡列尼娜》、《复活》，也没听他说过《白痴》、《死魂灵》，以及车尔尼雪夫斯基的《怎么办?》，七十年代中期的韩北方，就是这样被时代局限住了。同时局限他的还有地域，如果他生在北京，身为一名干部子弟，看到的书就会有所不同。他会认识赵一凡和徐晓，认识北岛和芒克，还有多多，他会热衷于办地下刊物，他身上有着永不衰竭的热情，最适合干这样一件事了。

但是没有，他后来又给我寄来他的诗作，我记得的有以下这些题目:《远航之歌》、《青松问答》、《老黄牛赞》、《火红的旗帜》、《铺路石颂》、《春天的燕子》，他用复写纸把这些诗誊写一式两份，一份寄给我，一份送到N城文联他的老师那里。

老师是一个搞民歌的老头，曾参加过彩调剧《刘三姐》的歌词创作，是韩北方的一个远亲。

每次看完韩北方的诗习作，老头总是说：大而空，是不行的。

老头劝韩北方读一点民歌，特别是没有经过文人加工整理的原始民歌，老头收藏了好几大本。老头还告诫他，凡是印在书上的民歌，都是整理过的，已经是味道大减了。不管写什么，一定要学习人民的语言。老头很认真地说这些。

关于民歌的教导韩北方没有听进去。他勉强读了几首民歌，觉得民歌太土，琐碎，而且还有点下流。韩北方不明白这样的东西如何学习，他想他的老师是大大落伍了。

与此同时，韩北方把他的每一首诗歌都拿去投稿。当时寄稿子不用贴邮票，在信封上注明“稿件，邮资总付”，再在封口剪一斜角就可以了。韩北方很勤奋，写了就寄，寄了再写，把机械系的功课都荒废了，不过他们经常开门办学，搞大批判，没什么正经功课。

韩北方觉得，他的水平跟报上发表的诗歌没有什么距离，都是差不多的，他不明白为什么总是投不中。于是很苦闷。

这时杂志社却给他寄来了一本《文艺学习资料》，白色的封皮，上面印着几个小字：仅供内部参考。这使韩北方很激动，他觉得，这意味着，编辑部把他当成了内部的人，这本资料则是一个默契，一个隐秘的证明。

他逐篇读下去，有浩然的《生活和创作》，接着是《沸腾的群山》、《征途》、《剑河浪》的作者写的创作谈，却没有一篇文章是谈诗的。于是他便把诗忘记掉了，他另起炉灶，开始写小说。

这时候我收到的信便是韩北方从学习资料上学来的二手货，他写道：小说要有鲜明的时代精神，深刻的主题，生动的人物形象，虎头、凤肚、豹尾，起承转合、发生发展高潮，要注意色彩节奏，要动静结合，状物和抒情结合，对话和心理结合，等等。韩北方抄完了以上这些话，脑子里已经是一派茫然，于是他的体会是：写小说比写诗难多了。

但他知难而进，写出了一篇题为《下班以后》的小说，写的是工厂生活，比起他的大而空的诗歌，小说写得干巴生硬，难以卒读。

韩北方就那样大而空地给我写信，谈理想、人生、国内大好形势，以及跟学习资料高度认同的文学。他的信一封又一封，他用一种粉色的信封，上面有一朵大大的玫瑰，他把我的名字写在这朵玫瑰花蕊的位置。

收到这样的信我总是脸上一阵发热，这真像一封情信啊，那么厚，那么频繁，还有粉红色的玫瑰。我总要立即回到宿舍，我要关上门才拆这封信。但是它什么都没有，关于爱情和想念，关于我和他的具体的未来。我从头到尾看一遍，没有半个字。全都四平八稳，经得起贴在墙壁上。

事实上，这就是当时的情书，是当时健康的、上进的青年的情书。如果是落后青年，像安凤美，则会有所不同。有一次，在去公社看电影的路上，她忽然说：爱情是很好的。她声音不大，但清楚，我吓了一跳，竟打了一颤，随即又像被烧着了，全身腾地热起来。在我们的教育中，爱情是小资产阶级的东西，当然我们并没这么老实，我们从毒草小说中对此早有向往，但毕竟，是一种不能说的，应该隐藏的秘密。安凤美真是一个妖女，她在黑暗中忽然就掏出一捧火，就像杂技里的水流星，呼呼直转，让我眼花缭乱目瞪口呆。她问道：你谈过恋爱吗？

这话就像当头一棒，把我打得头昏眼花。太突然了，突如其来，简直祸从天降，真奇怪我当时就是这种感觉。我一时答不出，两个人走路的摩擦声刷刷震响，震得神经紧张。我定了定神，才答说没有。她说我不信，真的没有吗？从来就没有吗？这时我想起韩北方，他的那些粉红色玫瑰信封，端端正正写在玫瑰中央的名字。这是爱情吗？还是革命友谊？

我母亲却认定这里头大有文章。她认为，我和韩不但是恋爱关系，而且还到了悬崖边，我一不小心就会滑下去。她痛心疾首地说：一失足成千古恨啊，你知不知道！好像我已经摔了下去，再无救上来的可能。

后来，有一天，母亲拿出十几封信放在我面前，一色那种粉玫瑰图案信封，每封的封口都拆开了，很是触目惊心。我一点都不知道韩北方把信寄到了家里，他大概是为我着想，频繁地接到同一个人的信，谁都会认为是谈恋爱了，一个下乡不久的女知青，女生，未成年，恋爱是要算道德败坏的，要检讨，要写保证书，即使如此，招生招工也会受到影响。于是他把一部分信寄到家里让我母亲转交。不料我母亲如临大敌，她痛心疾首，反复说，一失足成千古恨啊，这么早就谈对象一辈子就在农村了。

我担心韩北方的这批信写了些什么过分的话，我一封一封地看，仍是什么都没有。我又庆幸又失望。

一生中最热衷写信的年头

插队的两年，写信和收信是我重要的精神寄托，我三天两头写信，收到一封，马上就要复一封。我跟许多人通信，雷红雷朵两姐妹，吕觉悟，姚红果，郑放歌，叔叔、大姐，还有插队后认识的别的公社的有为青年，一个叫宋喻，一个叫乔苇，还有一个叫陈栋梁，也都是大而空，理想，青春的价值，国内形势，读过的书，交到的朋友，豪言壮语，鼓励，打气，互相吹捧。

我每天都要到生产队的晒谷场看信件，同时看报纸。每个生产队都订有两份报，本省省报和《人民日报》，每天上午九点多钟，公社的邮递员来了，他从大路经过，到了我们队的晒谷场，他就一抓车闸，单脚一踮地，探身取出报纸，朝晒谷场的房子叫道：水冲的，报纸！不等有人出来，他把报纸往地坪一放，吱呀一下就往前骑了。

我的信就夹在报纸里，它们躺在晒谷坪的坪沿上。

要等老用来拿。

老用是队里的会计，又黑又老又瘦，无儿无女没老婆，他戴一副眼镜，据说是水冲队文化程度最高的人。他就住在晒谷坪，白天晒谷，晚上守仓库。他的屋子靠近路边一侧，和这排仓库的每一间屋子一样，没有窗，很黑。里面有一张床，一张桌子，还有翻谷用的木耙和收谷用的木板闸，靠门还有一张竹躺椅。这种躺椅在南流镇每户都有，用竹条绑成，夏天坐着，很凉爽。但在水冲我没看见哪家有。

老用动作缓慢，他慢吞吞地从竹躺椅上起身，慢慢地穿好鞋，慢慢地走出屋子，慢慢地弯下腰拿报纸。报纸他是喜欢的，从第一版到第四版，有时候也有第八版，他每版都要仔细看，除了晒谷，他就看报纸，但他不议论时事，不说话，什么话都不说，天晴，他就晒谷，看天。天阴了，快下雨了，他就赶紧把谷子拢到一处。

老用刚把报纸和信拿到屋子里我就进来了，我远远看到了邮递员，我要拿我的信件和杂志。一进屋我首先看桌子，仿佛那是一个聚宝盆，它真的就是一个聚宝盆呢，那上面躺着我的信，在黑屋子里，信封闪着微光，白信封闪的是白光，牛皮纸信封闪的是棕色的光，如果在信之外，有我订的杂志《朝霞》，那就相当于黑屋子里冷不丁出来一轮明月。

有时候一封信都没有，或者碰上下雨，邮递员不来，我就会觉得这屋子特别黑，我极度失望，却又不甘，我问老用：今天没有报纸么？他说没有。我说怎么会没有呢？他说下雨邮递员就不来了。如果一封信都没有，好歹有报纸，也会得到安慰，我会举着《人民日报》，站在门口的亮光中仔细看那上面的文教版，文化、科技、教育，这就是我的知识源泉，世界观、人生观、价值观的主要来源。

有时候下雨邮递员也来，那是他动身的时候雨很小，或者雨还没下起来，所以即使下雨，有时候报纸和信件也能到达。这使我总是怀着侥幸心理。下着大雨我也会到晒谷场去，我戴着笠帽，光着脚，裤腿卷到膝盖，我一边走在泥路上一边想，也许下雨之前报纸就到了。脚下又湿又滑，我几乎是小跑着赶到晒谷场，十有八九，报纸没来，因为雨越下越大了，我站在老用的屋子里，觉得屋子、天色和雨，全都黯淡无光，好像因为报纸和信件没来，整个世界就抛弃我了，而亲人和朋友，也将永失音讯，永不能再见。我背对着老用，望着漫天的大雨，我觉得眼泪就要流下来了。

到六感学校后，信件的事不会使我那么神经脆弱了，它变了一副面孔。我也每天等信，但等不到也能泰然。这时候我的信越来越多了，我结识了更多可以通信的朋友，其中包括韩北方，他一个人就顶十个，这不是夸张的修辞，是真的，给吕觉悟雷红的信，寄去要一个星期，她们当晚回复，要等一两天或者两三天，有人到公社才捎到邮局，再走邮路，也要一周才能到我手上。不像韩北方，他不需要收到我的信就可以写，两三天就写上一封，再加上我有时给县文播站、省报寄一点通讯报道，可以经常收到上面寄来的学习资料，这比报纸上的文章长，也更好看，它们总是装在一只大牛皮信封里，下款是气派的单位名称。这使我凭空生出良好的感觉，我不再伤感绝望了，我感到自己走在一条明亮的路上，这路铺在空中，是由无数信件铺成的，信越多，路越结实，它是通向县城南流的，也通向 N 城，那个我从未去过的省会城市，我没去过不要紧，那里站着韩北方呢。

上午九点多钟，报纸就该到了，第二节课下课的钟声一响，我心情立即变得很好，脚步也随即轻盈起来。我真喜欢我们六感学校的钟，那一块铁片，离真正的钟相去甚远，一长，有点厚，不知原来是做什么的，有点像锄头，但并不是。用麻吊在槐树的树杈上，谁值班，谁就用另一根铁敲几下，声音也响亮，也悠长，震荡在学校四面的平房里，一圈一圈的。还能传到田垌，水尾队的人听了说，是学校的钟呢！原以为只有钟才能敲出像样的钟声，原来铁片也能，废铁片里隐藏着钟的灵魂，我觉得自己提炼出了诗意，可以写一首诗寄去给韩北方看。我三步两步走到教师办公室，一到门口就看到自己桌子上躺着信，一封，或者两封，有时甚至是三封，如果有大信封，那就越发喜庆了。总而言之，桌上摆着信，我微微悬着的心就落到了实处，犹如往深潭投下的石子，发出了“咚”的一声响，它溅起的水花开在我的脸上，我抿着嘴，收敛起内心的欢喜，拿了信件回宿舍。我要躲在宿舍里看信，私人的空间，安静、放松、私密，正好用来拆开韩北方那些粉色玫瑰的信封。

多年以后才意识到

我手捧着韩北方的信回宿舍，一路上我觉得自己爱上了他，在办公室里一看见有他的信的时候我就爱上了他，每个星期，那些粉色的玫瑰都会出现一到两次，暧昧、频繁、如期而至，让人心跳和怀着期待。于是回到房间我就关上门，仿佛他的信是一件不能见人的东西，然后我在矮凳上坐下，背靠着用门板和砖头搭成的“书桌”，小心翼翼地拆信。但什么都没有，假大空，青春、理想、奋斗、努力，谦虚谨慎戒骄戒躁，团结紧张严肃活泼，跟报纸上的文章简直没有两样，读完信之后我就不爱韩北方了，爱不起来，他的信像一些虚假的面孔，隔着他的真人，一封接着一封的信，就像一张接一张的假面具，越积越厚地贴在他的脸上，真是无趣极了。

我想不理韩北方，但我已经写信上瘾，而且，我接他的信也已经上瘾，如果没有他岔三隔四寄来的粉色玫瑰信封，我的办公桌就经常会是空的，我下了第二节课回来，一眼看到空荡荡的桌面，我会感到空虚，为了填补我的空虚，我会到处找当天的新报纸，找了《人民日报》又找省报和《光明日报》，试图从报纸里找到夹在里面的我的信件。但是都没有。如果没有人和我抢报纸，我就会埋头读《光明日报》，这是当时除了《参考消息》之外最好看的报纸，《参考消息》我家里订有，但学校没有，《光明日报》学校有，但生产队没有。我让《光明日报》暂时代替我的信件，我开始读它的文艺副刊，那上面的文章真好啊，比韩北方的信好多了！但我还是希望收到信，信件是我一人独有，在空茫的青春期，我需要一条通向外界的隐蔽的私人通道，它向我提供一种有关未来的朦胧的希望，同时又是一处精神的藏身之地。

在我见到韩北方之前，他只是一个名字，从雷朵的嘴里出来，没有形状，没有高矮胖瘦，没有说话的声音和骑车的姿势，他是空的。他的信件往这个名字的空壳里填东西，也是越填越模糊。奇怪的是，他频繁的，越来越厚的信不但没有使他实感一点，反而更空了。

韩北方，我对他的才学曾经那么失望，多年以后我才意识到，一个人的才学并不能温暖我，而一个人的深情可以。但一切都晚了。

早已不知他身在何处，我早早就把他丢失了。我最后看到他就是在那个秋天，在六感大队水冲生产队的知青点，天是蓝色的，日头已经斜了，他推着自行车，一跨腿骑在了车鞍上。一群麻雀飞起来，他挥了挥手。队里的姑娘齐声问道：这是你的什么人呀？

我愿意回到那一年的十一月，两个人走在收割过的稻田上，念诵那首叫做《水调歌头·重上井冈山》的诗词。我愿意再给你煮一次发黑的面条，再一次领你到学校坐在我的宿舍里。我更愿意经常收到你的信，我将把那些粉色玫瑰的信封，小心摆在我的桌前。韩北方。

难道我是一个不热爱和平的人么？

要实弹射击了！我们每一个人都无比兴奋。实弹射击，这个消息如同炮仗的引信，它呼啸着，闪电一样把我们的血液送上天，在天上爆响。

这种对枪和子弹的热情从何而来？多年之后想到枪，我还会想起“九二九”指示，九二九，一条跟民兵，跟枪有关的最高指示，它使我们上高二的时候就全体当上了基干民兵。高中二年级，那年的九月十月，我们每天下午都在学校操场上练习瞄准，像猫头鹰一样把一只眼闭得紧紧的，三点成一线。枪这种东西使人无端兴奋，我们是那么喜欢不同凡俗的事物，枪这种东西原本是电影里才有的，它是我们日常生活中的一个神话，但现在，它来到了我们的手里，沉甸甸的，闪着铁质的光泽，散发着铁的气味，手上接过来，心中一凛。它真是不同凡响的。我们趴在草地上，草地有点湿，但我们是不怕，我们已被教导“一不怕苦，二不怕死”，脏和湿就更不怕了。实弹射击，令人兴奋，我马上想起高二的那次，在陆地坡，我趴在草地上，闭上一只眼，三点成一线，屏住呼吸，右手一扣扳机，耳边一声巨大的闷响。

生产队长从大队开会回来，直接来到我们的灶间，他站在门口，问我们晚上吃什么菜，罗东抢先说，吃猪肉炒咸萝卜，这是少有的好菜，这天正好赵战略出墟，顺便割了肉。由于刚刚吃到了猪肉，所以每个人脸上都喜洋洋的。队长就说好，你们明早不用出工，到大队集中，基干民兵，实弹射击，算一天的工分。

简直就是双喜临门！才吃炒猪肉，又打实弹枪，百里六感横渡，极目什么天舒呢（毛泽东原词为：才饮长江水，又食武昌鱼，万里长江横渡，极目楚天舒）我马上听到了想象中的各种枪声，重机枪的声音比较厚重，有点像沉闷的鼓声，咚咚咚的；嘎嘎嘎的是轻机枪；嗒嗒嗒是冲锋枪；砰砰砰的是手枪。“枪声响，军情急”这两句词以京剧《杜鹃山》柯湘的唱腔出现在混杂的枪声中，这时我觉得自己似乎回到了革命时代，在《英雄儿女》的召唤下，日夜想象自己置身于烽火连天的战场。

难道我是一个不热爱和平的人么？难道我天生热爱战争，是个嗜血之徒么？千真万确不是。完全是因为我们胸怀祖国，放眼世界，立下了雄心壮志，一要解放台湾，二要解救天下三分之二受压迫的劳苦大众。

第二天上午，社员们都在坡地上种红薯，他们看到机耕路上陆续走出了各生产队的知青，赵战略理着平头，面色严峻，目不斜视，罗东嬉皮笑脸，走路晃里晃荡的，边走边远远地跟放牛的三公打招呼。有人看到水尾队的安凤美也出来了，她穿着一身蓝衣服，挺胸收腹，走得一弹一弹的。地里的人叹说，这南流街上的妹娘走路就是好看些，她们走得像根丝瓜，我们走得像个南瓜。

这次实弹射击很平淡，每人打三枪，赵战略失手打飞了一枪，只有二十环，我和高红燕都打了二十六环，罗东是二十三环，安凤美也都打了二十二环，丁服打了二十九环，公社人武部对她很满意。她很谦虚，浅浅笑着，说她还要努力。她比在高中的时候又成熟多了。

空降特务使我热血沸腾

养兵千日，用在一时，这样好玩的事情竟然让我们撞上了。有一晚，公社武装部突然命令全体基干民兵紧急集合，之后到毛窝山和牛角山抓空降特务。特务这个词我们从小就熟，他们在电影、戏剧、广播、课堂的故事中鬼鬼祟祟（这是男特务）或者妖里妖气（这是女特务）地出现。可惜我们从来没有真正见到过，这是我们脑子里的一个大大的悬念。为了满足我们的好奇心，我们不由得把周围的人想象成特务，一个灰头灰脑的男教师或者一个花枝招展的归侨女教师，他（她）真是太像特务啦！有一年的暑假特别漫长，我在无聊中走火入魔，认为我最亲爱的外婆是潜伏的特务，并相信总有一天她会毒死我。

一九七六年的秋天，空降特务使我热血沸腾，毛主席刚刚逝世，大家觉得世界末日到了，空气沉重，前途渺茫。男生说：第三次世界大战就要爆发了，他们说打仗好，他们做梦都想打仗。

从以上事实可以看出我们都是一些没有思想、不懂政治的傻瓜，在偏远的小地方长大，从来没有听说过灰皮书，也缺乏觉悟，如果我们生长在北京，就会有所不同，我们将会意识到，毛泽东逝世，不但世界末日不会到来，我们还将迎来命运的巨大转机，我们将不再依靠基层的推荐，凭自己的能力就能考上大学，我们不必再争当先进知青，也不必再搞那些稀里古怪的一技之长了。

但我们生长在南流小镇，从小被教育要做毛主席的好孩子，所以一听说毛主席死了，就觉得天已经塌下了一半。这样的想法比较正常。特务这个时候来空降，很像是要打仗的样子。当我在夜里跟全公社的基干民兵爬毛窝山的时候，我感到世界大战已经打响，而我则置身于一支游击队之中。

我往山上走，毛窝山很近，就在知青点的对面，我们天天看着，还曾经上山打过几次柴，向来觉得它比较平庸，一览无遗。现在天上降下来的特务居然要落到它头上，这使它平添了一层神奇。看到黑暗中各种树木深浅不一的轮廓，一支熟悉的歌子就从我的脚下升起："我们都是神枪手，每一颗子弹消灭一个敌人；我们都是飞行军，哪怕那山高水又深……"这支名为《游击队员之歌》的革命歌曲，它给我火上浇油，我们都是神枪手这样的句式使我融入了战争年代那个在芦苇荡里的"我们"，我身穿大襟衫，腰扎牛皮带，皮带里别着驳壳枪，短发齐耳，英姿飒爽。不过我很快又明白，这其实是《渡江侦察记》里张金玲的打扮，我把人家抄袭了。但除此之外，我实在想不出来一个女游击队员是否还有别的打扮。

想到驳壳枪我如梦初醒，发现了自己手里拿的是扁担，肩上挎的是一根绳子，绳子上绑的是电筒，手上没有枪，腰里没有枪，肩上也没有枪。没有枪，我的英雄美梦将在何处着落呢。

我们从山脚走到山腰。

我的左边是高红燕，右边是罗东，比起安凤美，高红燕是真正朝夕相处的同队伙伴，用一句话形容就是：吃的是一锅饭，点的是一灯油。这好像是《老房东查铺》，该歌充满了叙事性，歌词冗长曲折，只有记性特别好的人才能从头唱到尾。说到高红燕，她的故事太少了，她活十辈子都不如安凤美，她是一个好女孩，但一般好女孩不太有趣，但凡有意思些的事情，往往是坏女孩干的，不知道事情为什么会变成这样。

口令从左手高红燕这边传来，再从右手罗东这边传走。口令说：关掉手电筒，停止前进。我把口令传下去之后就关掉了手电筒，同时我对停止前进十分不理解，因为出发前武装干事指示我们，从毛窝山的这一面排成一线往山上走，一直走到相连的牛角山，叫做“过篦子”，我们一两百人组成一把巨大的篦子，把整座毛窝山和牛角山统统梳一遍。篦子是一种特殊的梳子，是用来对付虱子的，它两齿之间的缝隙极小，只能通过一根头发丝，虱子是过不去的，于是虱子就被篦掉了。现在，我们每一个人都是这只大篦子上的一只梳齿，我们在半夜里要篦掉两座山，以便把那个空降的虱子篦出来。

公社的武装干事出发前要我们用手电筒仔细照射每一处旮旯角，遇到灌木丛或棺材坑（这里有起骨的习惯，在死者葬后的第二年开始殓骨，再进行二次葬，所以有棺材坑），更要仔细看清楚。我们刚刚上到半山腰，又忽然命令停止前进，这等于这把篦子梳到一半就不梳了，那空降的虱子岂能篦得出来？这使我大惑不解。

我靠在一棵松树身上坐着，屁股底下横着我的扁担。虽然隔着扁担，又湿又凉的地气还是从草根升上来，此外还有夜气和松脂的气味。夜气是蓝色的，有点像烟又有点像雾，从四面八方飘过来，松脂则在我背靠着的树身上，松脂的气味芬芳馥郁，一阵又一阵，这是我从小就喜欢的气味，所以我闻了松香就像有些人喝了酒，浑身上下十分舒服。亲手抓到空降特务的念头就瓦解了。

我靠在松树上，浑身松软，我看看天，又看看地，看看近处，又看看远处，看到山下我们知青点，在秋天的星星下我看到我们住的房子像一排木箱那么大小，村子里的灯都熄掉了，村子的轮廓有点模糊，但忽然我又觉得它是清楚的，有一片温暖的黑暗。每次打柴，都要从山上远望村子，很奇怪，这时候看到的村子，就会产生一种温暖的家园之感。那一次，我们手执柴刀站在山上，又累又饿，割下的茅草还不够半担，而村子里的炊烟已经升起，有人去挑水，有人下菜地，有人赶牛回栏，这一切融在蓝色而温暖的炊烟里，在村子的上空盘桓不去。那一次，我们刚刚插队两个月，是第一次上山打柴。后来天完全黑了，半边月亮升上来，我们都没有力气了，每个人靠倒在一棵树上，直到队长带人点着松明上山把我们找到。

特务和打柴连在一起真是奇怪。蹲了大半夜之后特务没有抓着，最后传来的口令是：原地解散。

我和自行车成为一种夜行动物

我的这间屋子，它在六感学校最边缘的角落里。它只有厕所那么大，如果用来当猪圈，只能圈两口猪，若圈三口，就有点挤。这是我当代课老师后，学校分给我住的。

我的屋子只能放下一张单人床，放不下桌子，我搬来了半扇床板和砖头，把床板架在垒起的砖块上就成了“桌子”，砖块不能堆得太高，不然容易倒下来，所以这张桌子只有我的床一样高，我必须坐在一张很矮的凳子上才能使用这张“桌子”，我总是坐一会儿腿就麻了。

从水冲村到六感学校有两条路，一条是泥泞的小路，另一条是泥泞的大路。如果这两条路在北方，就将是两条尘土飞扬的路，北方一年到头不下雨，土路干燥，浮尘极大，与之相比，我宁肯走六感那种路。如果不下雨，我就穿解放鞋，若下雨，我则穿一双黑色的雨靴，我们管这叫水鞋。水鞋在南流是一种有点奢侈的东西，虽然大多数家庭有，但小孩肯定没有。我的水鞋是当代课老师后买的，面很软，又黑又亮，鞋跟有点像现在的中跟鞋，比起穿解放鞋，更有一种挺拔的、亭亭玉立的自我感觉。我喜欢穿着这双自己买来的水鞋走在细雨飞扬的路上，我戴着一顶笠叶帽，雨点落在帽子上就像落在陈年的落叶上，发出一种沉闷的响声，而且这种笠帽还散发出一种陈年落叶的气味，戴上它就像站在千年老树的树底下。

我中午饭和晚饭都回水冲知青点吃，我在队里记工分，在队里分粮食，晚上我住六感学校的小屋子里，水冲到学校的路我每天都要走上四趟。更多的时候我骑着我的双杠自行车走大路，大路就是机耕路，下雨的时候，拖拉机把机耕路辗出两道很深的车辙，后来的自行车就沿着车辙前进，于是机耕路看起来像是两条小路并起来的大路，中间突起来，还长了一点青草，但两边的车辙比较平实坚硬，只要不下大雨就不会存水。我很喜欢这样的大路里的小路。

星月朗朗，我骑着自行车走在机耕路的车辙里，没有车灯，也不打手电筒，车辙在月光下微微发白，有时不留神自行车就走到了中间突起的地方，连人带车一起颠起来，我忽的一下腾空，又忽的一下落地，在撞击中升升降降的，很像坐在一匹奔跑的马背上，马儿踏踏，在青草上狂奔，我的身体跟随马背起伏，风从我的脸上飒飒而过，我的头顶对准一颗星星矍矍冲过去，像子弹一样呼啸，像剑一样耀眼，像闪电一样锋利。当然这是做梦。

在没有月亮和星星的夜里，四周一片漆黑，开始的时候我把手电筒绑在车头上，绑的时候角度不够精确，车一颠，更照不准路，忽而冲左，忽而朝右，有时索性只照天上，这不能怪我，也不能怪电筒，只怪机耕路中间突起的那道长着青草的死泥，是它把电筒颠歪了。在墨黑的夜里，我和车头上绑了手电筒的自行车就像一头奇怪的野兽，目光如炬，瞪着大眼东看，西看，望望天又望望地，傻呆呆地不得要领。后来我改用右手单手扶车把，用左手举着手电筒，这样就有点接近杂技演员。我也以为自己无师自通，以为只要大胆，杂技演员谁都可以当。有一次，我心一横，就把两手同时松开了，结果一秒钟都没到，就连人带车摔了个四脚朝天。后来我习惯了夜路，再不用电筒，既不用绑着，也不举着，我和自行车成为了另一种夜行动物，我们不再长着傻乎乎暴露目标的发光大眼，我们的眼睛在身体的内部放射一种冷光，别人看不见我们，我们却能看见别人，我们竖起耳朵耳听八方，四只爪子在泥地上潜行不发出一点声音，我们真像一只机警敏捷的豹子啊！我们又像一只笨大熊，无论豹子还是笨熊，都使我感到我的脚掌直接碰到了地面，有点湿，有点粘，有时又有点干硬，有点凉凉的。

什么叫做南方？在我看来，南方就是常年打赤脚的地方。插队一年半载之后，我们的脚底就磨得像树皮那么厚了。

刚来的时候，喜坤喜凤喜月喜莲来看我们洗脚，她们三三两两的搭伴来，先在我们门口探头探脑，然后一挺身就入屋了，入了屋也不坐，站在屋子中间，看看我们的蚊帐被子和枕头，又看看我们的铁皮桶脸盆和木箱，一边看一边嘴里发出啧啧叹声，说郑屋那边大木的新娘的嫁妆还没这么好，夸过之后又看我和高红燕洗脚，我们刚刚把脚举起就引来一阵惊叫，她们叫道："到底是南流街来的啊！脚底板比我们的脸还要白。"这个惊人的消息传出去，队里的姑娘媳妇都来看我们洗脚，连玉昭清扬都来了。来得最多的是喜凤喜月，喜月喜欢把她自己的脚底举给我们看，她说："你睇我的脚，跟树皮那么厚，刺都刺不进呢！"她用长长的指甲揿给我们看。

现在我的脚底板也有树皮那么厚了。光脚上山打柴或者走在多砺石的路上，或者走在草上、沙子上、锄过或未锄的泥土上、水田里、泥泞的路上，我的脚底板已经见多识广，它亲历的事物比脸还要多，在关于夜行动物的想象中，我的脚最先产生反应，脚和手，立即变成了四肢，我四肢着地，前右踩着了一块石头，前左探着了一洼水，后右陷在了一滩烂泥里，后左稳稳地立在一块平整坚硬的地上，这一瞬间的感受如此丰富，它聚集在我的四肢上，并且不断地游动、放射，紧接着我感到小腿一片冰凉，这说明一、有风吹来；二、我的裤腿挽到膝盖，小腿完全裸露，风一吹就直接吹到了皮肤上。

冰凉的小腿使我完全记起夜晚骑车到学校的情景了，皮肤的记忆真是比脑子要好，经久不衰。我光着脚，把裤腿挽到膝盖，在漆黑的夜里呼呼踩车，这副打扮完全不像一个知青更不像一个人民教师（每到开会，这个光荣的词总要频频出现在我们头上），当然更不像一名马上佩剑的侠客。多少次我把自行车当成马背，梦想着自己是一名携剑的侠客，穿着白色的衣衫，如流星般迅猛，轻盈地飞越六感的上空。我不知道自己为什么要把裤腿挽到膝盖，现在想来，是为了一旦不慎，从自行车上摔到稻田里，我可以单腿着地，而水田里的泥水最多不会超过小腿的深度，我只需把腿上的泥浆冲干净，把裤腿放下，就可以干净整齐地出现在六感学校我的班级的门口。如果不卷裤腿，万一掉入水田，拖泥带水稀里哗啦地走进学校大门，这副样子跟一名初中一年级的班主任相去甚远，倒像一个逃犯或者是一名捣蛋鬼。

我从水田里拔出脚，扶起自行车放稳，看到只有我脚下的几株禾苗被压歪了，三五步外的稻田静如处子，沉在水里的细泥像镜子一样光滑细腻，泥面上的一层水清澈透明，跟井水一样干净。我撩起一捧泥水洗小腿上的泥，泥面上的水一时就变浊了，我就再走几步，再撩一捧水。几捧水就把泥腿泥脚洗得干干净净。然后再骑一小段路便到了学校，我换上解放鞋或者凉鞋走进教室里，晚自习刚刚开始，学生们差不多到齐了。我的裤腿有点皱，但每个老师都差不多。

在六感学校长出三头六臂

九点多就下晚自习了，我回到我的小屋子，就像鸟儿从笼子回到了树林，我的笼子就是一节又一节的课，一摞又一摞的作业本。我不太喜欢讲课，也不喜欢改作业，我喜欢带学生劳动。这种劳动跟生产队里的劳动不一样，带有嬉游的气质，如同城市里的春游或郊游。教育革命的语录是怎样说的了，“现在课程多，害死人，使中小学生、大学生天天处于紧张状态。课程可以砍掉一半。学生成天看书，并不好。”“现在的考试，用对付敌人的办法，搞突然袭击，出一些怪题、偏题整学生。这是一种考八股文的方法，我不赞成，要完全改变。”“旧教学制度摧残人才，摧残青年，我很不赞成。”“课程讲得太多，是烦琐哲学。烦琐哲学总是要灭亡的。”这些语录我们曾经倒背如流，三十年都没有忘记。对于我们的少年时光，我既为读书少而痛心疾首，同时又为那些五花八门的玩意儿而庆幸。高中时代的沼气池，腐殖酸铵，水稻三化螟越冬代，自制的干湿测量仪，不伦不类的半导体以及一盏又一盏我们安装的灯在农民的房屋里亮起来，它们在我的中学时代闪闪发光，是它们，使我没有深陷在令人窒息的应试教育中。

我这样的老师带出的学生更是没有什么可说的，谁也没有在学校里变成合格的螺丝钉，他们一个比一个能捣蛋，而我放任自流，毫不制裁。校长很快就看在眼里，不让我当班主任了。他让我当科任老师，为了把我的时间填得满满的，他让我担任以下课程：初中一年级的语文和英语，初二年级的数学，新闻报道（这是教育改革新设的课），高中一年级的化学课，高二年级的唱歌课（不是音乐课），共六门。谁听了以上安排都会以为我长了三头六臂，是妖怪变的。

让我告诉你我是怎么干的。

为了给自己壮胆，我对自己说，教六门课就跟吃豆腐一样容易，不必害怕。成年以后我才知道，吃豆腐是指性骚扰，但南流话从来没有这层意思。豆腐全世界最软，根本不用牙齿出力就咽下去了，所以任何容易的事情都称之为吃豆腐。

六感学校的这些豆腐我是这样吃的：语文，我认为语文最容易教，在中学的印象里，谁什么都不懂就让他教语文，有很多语文老师平庸无趣，把课讲得味同嚼蜡，搞得大家最讨厌语文课，最看不起语文老师，并且一致认为，语文是一件低智商的活儿。既如此，在六感学校上语文课我就不备课。英语，则更好教，我把进度放慢，慢到不可思议的程度，整整一个学期我只教了二十六个字母及两句话，一句是：毛主席万岁！我至今记得，众学生写在课本上的注音为：狼礼服前面猫。这句诡异的话用铅笔写在英文字母的缝隙间，字迹模糊，若隐若现，不怀好意。另一句是：伟大的、光荣的、正确的中国共产党万岁！这两句话分别是英语课本上的两课。也就是说，整整一个学期，除了二十六个英语字母，我只教了两篇课文。尽管如此，我发现我比初二那两个班的进度还要快一点，初一和初二是同时开的英语课。这个发现使我更踏实了。

数学我也不怕，不但不怕，还喜欢。我刚毕业一年，学到的还没有忘掉，照着猫画老虎，或者照着葫芦画一个瓢。这样，第三块豆腐又吃下去了。新闻报道这门课原来是没有的，因为教育革命不断深化，要“学以致用”，所以六感学校就设了这门课。校方给我发了一本书，让我照书上讲讲，不用考试。照我看来，这门课算不上豆腐，只能算豆腐渣。

高一的化学，可真的就有点难了，学得再好，也是一个现买现卖，俗语是这样说的：要给别人一勺水，肚子里就得有一桶水。高中毕业教高中，就等于把肚子里仅有的一勺水全泼出去，很有点不妙。好在让我教的是高一的化学，虽然高一的期终考试搞的是论文《无机化学中充满了辩证唯物主义》，但平时作业总是按题做的。不像到了高二，赶上批判修正主义教育路线回潮，大部分时间都用来搞沼气池和腐殖酸铵。我星夜赶回南流家里，从我放旧课本的木箱里翻出了我的化学作业本，我看到上面的作业整整齐齐的全须全尾，我立马就感到这块最硬的豆腐顷刻变软了。要知道，整个六感学校没有一本教学参考书，做出来的习题连对错都分不出。

唱歌课就更好了！真是好啊，只要认识简谱就行，只要嗓子不哑就行，找得到新电影里的插曲就更好了。如果找不到，有《战地新歌》也可以。铺开一大张白纸，用毛笔写了歌名，抄一行简谱，再抄一行歌词，一首新歌就出现在这幅大纸上了。叠起来夹上，再找一根细长的棍子，然后踏着上课的钟声走到教室门口，我心情愉快，脚步富有弹性，钟声一停我就走进教室，我不看底下那片眼睛，不看我也知道它们是晶亮的，像鸽子扇着翅膀，又如萤火虫一闪一闪。教室的墙又白又干净，还有一点石灰的气味，秋季开学刚刚刷过。黑板就等在那里，它像座位上的女生那样眼巴巴地等着。我抖开歌纸，拿出图钉，先按左上角，再按右上角，一首新歌就出现在教室里了。然后我唱一句大家唱一句：“歌如潮花如海，万紫千红迎客来，亚非拉人民心连心，友谊的花朵遍地开。”一句句唱下去，“亚非拉”这样的字眼让大家觉得自己已经胸怀祖国，放眼世界，小小六感跟全地球连在了一起，“友谊的花朵”这样的词句也同样使人感动。唱歌课总是有点短，一首歌还没唱熟就下课了，只好盼着下一节唱歌课。下一节课我就不教旧歌了，因为我自己都腻了，我们唱新歌，电影《海霞》里的插曲：“大海边哎——沙滩上哎——风吹大海起波浪，渔家姑娘在海边哎——织呀织渔网，织呀么织渔网。”我们一口气从胸口长长地呼出，真是辽阔宽广啊！这歌一口气就把我们送到了大海边，我们是山里的孩子，从来没有见过大海，这首关于海的歌让我们激动和幻想，它顺着各自的喉咙流到每人的血液和内脏里，成为我们身体里珍贵的元素。

六块豆腐吃下去之后，我发现我还有几摞作业本。我把它们放在我屋里的床板桌上，然后我看书写信写日记，到了深夜，我就提着我的白铁桶到水井去打半桶水。星月朗朗，路上的青草湿漉漉的，我把铁皮桶沉到墨玉似的井水里，月亮碎成一片。我打上一桶水，在井边倒掉半桶，然后提半桶水回来放在房间的门角。

一个夜晚就结束了。

六感学校的人与事

学校的人和事我都淡忘了。高一的学生有很多大过我，有的女生很聪明，聪明的女生比男生多。好学生会让人精神一振。而男生多爱搭话，“师道尊严”已被批倒，谁镇不住学生他就要跟你搭话。班上有一个男生，特别爱上语文课，他总要抢在老师之前说话，他说："现在讲生字生词。"过了一会，他宣布："现在该总结段落大意了。"到最后，他催促道："现在该归纳课文的中心思想了吧。"搞得人很恼火。因为你不得不在他宣布之后执行他所指示的，他很无辜，他也不笑，他甚至也交作业，也不旷课，他是很喜欢上学的，他发烧也来上学，他感到在课堂上说话是一件很过瘾的事情。我真希望他旷课，这样我的班就可以消停一点，但他偏偏每天来。上晚自习他就更爱说话了，他会坐到桌子上，肆无忌惮，目无纪律，教室里一旦有人坐到桌子上，这个教室离集市就相去不远了，女生也开始叽叽喳喳交头接耳，好像她们在卖鸡蛋或者卖米糠，正在为价钱你进我退。搞得像一条墟。

学校就换了班主任。姓刘，也教语文，我则改为教数学。班里的纪律马上奇迹般地扭转了，刘老师走进教室，他目光一扫，整个教室的空气立即凝固起来，从此以后，只要刘老师上课，全班就无人出声。别的任课老师上课的时候，下面也有说话的，为了抓到这些捣蛋精训一顿，刘老师会悄悄出现在教室的后门，他背着手站在那里。

不料捣蛋精们反侦察能力超一流，他们后脑长着眼睛，头壳顶长着天线，只要刘老师一走出办公室的门口，离教室还有十丈远，捣蛋精们的头发就开始接收信号，他们每一根头发都是天线，超敏锐。刘老师渐行渐近，他们早就做老实听课状了。我们班的课堂纪律大变。

我不解，我为什么对学生就没有震慑力呢？女生说，男生不怕女老师的。男生说，因为刘老师生得高，力气大。

孙大姑娘和孙二姑娘，她们是六感大队的一对姊妹花，也是六感学校的一对姊妹花。我到六感没多久就听说了她们。水冲队的人说，孙大姑娘刚骑车过去了呢，全六感最靓就是她们两姊妹。她们又说，孙二姑娘到北京上学了喔，北京喔。

有时叫孙大姑，或者孙大娘，娘字念平声，是年轻女子的称呼。老年妇女不像北方叫大娘，而是一概称婆。结了婚的妇女叫妇娘，年轻女孩子叫妇娘妹。事情就是这样怪诞。

或者叫孙大，孙二。孙大二十四五岁，孙二小她一两岁。据说她们长得很像，孙二更漂亮些。

我从来没有见过孙二姑娘，她是六感女子中的人尖子。一个六感土生土长的村姑到了北京会怎样呢？在北京念过书之后她又变成什么样子呢？我真想在路上遇见她。我真想有朝一日也到北京念书。当然这是一件痴心妄想的事情。如果全公社有一个名额，说不定是张大梅，如果全大队有一个名额，肯定是丁服。

我没有见过孙二，但我一到六感学校就坐到了她的椅子上。也许我原本就是补她的空缺。同事们在办公室里议论，他们说这张椅子和办公桌是很好的，是一个福位，谁坐了就能出六感，比如孙二刚刚上了北京的大学，她之前的周老师当兵去了。我暗暗希望它真的灵验。

我和孙大姑娘住隔壁。一间很小的屋子，只有巴掌大，却在中间隔了一堵墙，我和孙大一人住在半个巴掌里。她很爱笑，牙齿洁白整齐，眼睛是圆的，常有笑意。她也爱说，知道国内外大事，会唱很多歌，会说普通话，还知道体育比赛的赛制有循环赛和淘汰赛，这使我大吃一惊，因为我并不知道。孙大爱说话，据说孙二沉静；孙大肉色较黑，据说孙二白一点。孙大来听过一次我的课，她事先没有打招呼，刚上课她就来了，坐在教室的最后一排，拿着教材和小本子。我有些吃惊，但我不怕她。是数学课，讲的是圆的概念。下课之后她冲我笑，说讲得不错，若能直观一点就更好了。她是学校领导小组成员。

不知这样一个孙大姑娘会跟谁结婚，她将来怎么办呢？六感没人能配得上她。有一个老师，姓朱，眉清目秀的，但他当兵去了。学校开了个欢送会，孙大亲手给他戴上了大红花。

有一个秋天的夜晚我到孙大的房间讨水喝，她穿着一身大红的棉毛衫来开门，秋风已起，夜愈深愈清冷，不知怎么就说到了婚姻。她说没意思，结婚也没什么意思。我说干脆不结婚算了。她说要不结大家都不结才得，大家都结了，剩个把人不结一样没意思。

这样消极的话我从没听她说过。她不常住在学校，她回家住，她家就在学校的对面，步行十多分钟就到了。

离开六感后有一次我以为遇到了她，在公共汽车上，N城，八十年代中期，有七八年没见了。车上人很少，有一个女人坐在我对面，她非常非常像孙大姑娘，年龄身高五官肉色声音举止，我觉得她就是孙大，我紧紧盯着她，想等她跟我一对眼就冲她点头微笑，他乡遇故知。但她看了我一眼，没等我反应她就看窗外了。一九九八年我回六感，在学校里我问起孙大姑娘，他们说她到玉林去了，仍当老师。孙二姑娘大学毕业，作为工农兵学员，分到了柳州钢铁厂。六感的姊妹花，六感的人尖子，无论去了柳州还是去了玉林，都已是远走高飞。

我还记得罗昭，他的学问最大，任高二的班主任兼教语文。听说他原来在南流，犯了错误才弄到六感来。连香塘都没呆住，错误大概不小。学生们都服他，尤其是女生。他的房间在两个教室之间，总是看到有女生在他的门口晃来晃去，拿作业本，或者帮他熬中药。女生把药渣倒在门口的畚箕里，再拎着畚箕穿过整个学校去倒，学校里全是中药的气味。

我和罗昭不搭话，只有一次，他问我："大队部墙报那首《清平乐》是你写的吗?"我说是。他又问："是《清平乐》吗?"我说是。他笑笑，不再说下去。那次大队要出墙报，不记得是歌颂农业大丰收还是批判资本主义，丁服写了一首《菩萨蛮》，我就写了一首《清平乐》，其实是瞎掰，连韵脚都押不好，平仄就更谈不上。罗昭大概心里笑翻了。

另外还有两个公办教师。陈老师，戴一副很圆的眼镜，像旧照片中的历史人物。他用词很严谨，有一次我说我不喜欢热闹，他忍了一会儿没忍住，纠正我说，应该是不喜欢嘈杂。他觉得，热闹是褒义词，而嘈杂是贬义词。

宋老师是个老太太，特别矮，特别瘦，脸上和身上一点肉都没有，真的是一把骨头。她教小学语文，当班主任。学生对她也有些敬畏，因为她是从南流镇上来的。在六感，南流镇就是大地方，遥远、繁华，农村人难得去一次。宋老太太每周回南流一次，她从六感步行到香塘，再乘班车。她又瘦又矮又老，但她走得飞快。她飞快地走在机耕路上，背着一只布袋子，在田里干活的人看见她就说，星期六了，宋老师回南流街了。

他们三个，是全校羡慕的对象。

只有他们三个是公办教师，是吃国家的粮食的，其余人都不是。全校十几个班，小学初中高中，二十几个老师，全都是民办教师或代课教师。

民办教师一辈子的理想就是转成公办教师，有公费医疗，有退休金。但编制有限，中间隔着千山万水。所以大多数人都不是，刘老师不是，孙大姑娘不是，孙二姑娘也不是。

暗旧的光泽在浮动

教过的学生我也差不多忘记了，面容模糊，名字几乎想不起来。一九九八年我回到南流，有一个傍晚我到南流郊外买牛奶，那时南流人时兴不吃成品牛奶，无论蒙牛还是伊利，在南流都一样销不出去。南流人对新鲜牛奶的理解是带着母牛体温的，冒着热气的牛奶，每天早晨和傍晚，卖牛奶的人骑着自行车走街串巷，他的后架上绑着一只封口的铁皮桶，每到一条巷子他就喊道：新鲜牛奶——就有人拿出一只大口的搪瓷口盅，卖奶的人用一只竹筒探进铁皮桶里，一筒一筒地把牛奶量出来，如同打酱油。但有少数南流人觉得此事仍不够爽，他们要亲眼看到牛奶从母牛的乳房挤出来才甘心，于是每天早晚，都有少量认真的人，专程到养有奶牛的人家等着，他们要亲眼看着牛奶从奶牛身上挤出来，再从挤奶桶里直接买到牛奶，然后才能心满意足地回家。

我从未见过挤牛奶，对带有体温的牛奶感到神秘，于是有一天傍晚我也去了。我骑车走了很远才出城，这在从前不可想象。在松木岭盖起了大酒店，就叫松木岭大酒店，在凉水井也盖起了酒店，也叫凉水井大酒店。松木岭和凉水井，都是从前附城公社的生产大队，凉水井，就是吕觉悟插队的地方。

有一处房舍，有院子，有地坪。地坪上摆着矮饭桌，夫妻二人和孩子正在吃最后两口晚饭，侧屋光线昏暗，两头牛在那里。前后进来的人参差着声音说，我要一斤，我要两斤。人站了半个地坪，夫妻二人动作迅捷，放下饭碗就去挤牛奶。大家便又围着牛说话，我也问这牛的来历，是哪里买的，花了多少钱，什么品种，难不难养。女主人忽然停下了手，她认真看了我两眼，问道：你姓什么？我不知她是什么意思，迟疑着。她又问：你是不是姓李？我说是。李飘扬是吗？我说是啊，但我不知道她是谁。她说我是你的学生，我叫梁淑英，你忘了？在六感。

我吃惊地看她，却并不觉得面熟。我问你是我的班的吗？她说是啊，我们班还有李红娟，她现在改名字了，叫李诗娟，她读了卫校，在香塘卫生院了。梁淑英，我慢慢想起了这个名字，也隐约记起了她原来的样子，扎着发辫，成绩中等。一下就过去了二十三年，她当年十五岁，现在大概是三十八岁。她说我一听到你的声音就觉得耳熟，我想肯定就是你。二十三年，她不认得我了，但认得我的声音。我的声音经过二十三年的路程来和我的学生重逢，它出现在黄昏的农舍里，在两头奶牛之间，它遇到了梁淑英。梁淑英从六感嫁到附城镇，原来的附城公社，她有了两个孩子和两头奶牛。

李红娟我也想起来了，她是我的班最聪明的女生，我让她当班长，她坐在第一排，上课的时候高昂着头。她长得像印度美女，黑肤大眼，额头饱满。

有关这个班，我一直记得宋谋生，他的父母亲很奇异，他的父亲是个木匠，母亲来自很远的地方，父亲宠着母亲，不让她出工，不让干活，做饭洗衣打柴，一概不沾，她也不出门，不见人，他就帮她倒屎倒尿。没有人知道这是为什么。听说这女人长得很漂亮，白，但没人见过。夫妻两人感情深厚，不太管谋生。

总是听到议论，连老师也忍不住在办公室慨叹，他们在小说和戏里都没有见过这样好的夫妻。但宋谋生并不出奇，他黑、瘦、寡言，而且极不合群。下课他就独自坐在教室里，从不出去疯。放学他一个人走，不紧不慢的，也不兴高采烈，也不焦虑着急。他的人就跟他的名字一样，知道艰难，却坚韧，有定力。

秋天到来的时候，寒露风起来了，秋季稻正在扬花，风一吹，将来就会有许多谷粒变瘪。学校劳动要突击给水稻喷药，我给全班布置，要每人带喷筒，学校说，若无喷筒，就要连夜赶做。用一截竹子，在竹节上钻几个孔，另外用一根棍，一头缠上破布，破布这头塞进竹筒里，拉棍子，一抽一压，活塞运动，跟打针的针筒一样，竹喷筒就做成了。但我怎么办呢？到哪里找竹子，又央求谁帮我做呢？这样的手艺活，我一点能耐都没有。到明天，全班学生都拿了工具，我没有，怎么带班呢？

天蒙蒙亮，有细碎的弹门的声音，像小动物，我开门看见宋谋生，又看到放在门口地上的竹喷筒。他像小老鼠一样小声说，竹筒是给老师的。他怎么知道我为这个东西发愁呢？他不说话，却是个小人精，心明眼亮。是你做的吗？我还没问他，他就像老鼠一样飞快跑掉了。

我把竹筒伸进我的洗脸水里，朝天上喷，又朝墙壁喷，水花在我的周围散落下来，甚是好看。小半桶水很快见底，我举着最后一筒水，朝向自己头顶的天空，水滴从天上降下来，如同突然下起了大雨。

这只竹喷筒后来到哪里去了，我似乎再没有看见过。我彻底忘记它了，现在咣当一声，我忽然想起了它的细部，是谁吹了一口气呢？重重挂满灰尘的时光被吹开，我好像正握着它，年深日久。

那上面有几道刻痕，我当时没有注意，事隔多年，我忽然明白，那是一个刀刻的图案，它不是别的，正是我的侧面像，我的微突的前额、稍塌的鼻梁和嘟起来的厚嘴唇，都能在那个图案中找到传神的对应。

这使我心里一惊。

这使我的感觉更加真切，那把消失了几十年的竹喷筒，它崭新、光滑，竹子是新鲜的，散发着竹笋一样的清香，竹皮的绿色一点都没有褪去，把手十分光滑，半点木刺都没有。我知道如何把粗糙的木头抛光，先要用粗砂纸打磨，然后再用细砂纸，最后要用一种白鳝泥磨一遍。这是吕觉悟的爸爸告诉我的。

白鳝泥为什么叫白鳝泥，肯定是这种泥跟鳝鱼一样滑腻。灰白色的，又粘又密，挑起来比一般的泥重许多，缸瓦窑用这种泥烧成缸和瓦，瓷厂则制成洁白的瓷器。

我的学生宋谋生，他没有砂纸。砂纸是一种奢侈品，在南流镇，我家里也没有，吕觉悟家才有，因为她妈妈在五金厂。宋谋生，他一定是用粗细不一的沙子先磨上几遍，他一个人走到水溪边，赤脚探到水里，木把手在嘴里衔着，或者夹在膝盖间，然后他双手捧出一捧河沙。他站在溪水里打磨木把手，头顶是满天星。干完这道工序，谋生就出发到邻队的瓦窑弄白鳝泥。白鳝泥，这是他站在溪水里突然冒出的主意，这个主意像火一样烧着了他，他兴奋地从水里蹦上来，一边赶路一边想着瓦窑边的泥塘，闪着白光的白鳝泥，像鳝鱼一样滑腻，他心花怒放，脚下生风。

瓦窑没人，夜色灰黑，地上摸到一块瓦片。他试探着，一把泥挖出来，湿漉漉滑腻腻的，又硬又重，就是它，白鳝泥！像青石那么重的白鳝泥，它的滑腻和具有硬度的弹性使他的手指兴奋起来，他全身充满了快感，一屁股坐在了烧窑用的松树枝上。晚上他回到家，后背和头发沾满了脱落的松针。

宋谋生的竹喷筒就是这样一个深潭，刻痕、溪水、沙子、白鳝泥、松树枝，都在深潭里，当它们涌出来的时候，我才意识到这一点，我一直以为，竹筒就是竹筒，现在我才明白，不知道有多少东西被我忽略了。

有关六感学校，我几乎忘记了所有人的名字，所有人的样子也都模糊了，只有宋谋生通过一根竹喷筒站到我面前，暗旧的光泽在浮动，竹筒就是宋谋生。

单车，或自行车

我记得的还有我的自行车，男式的永久牌，双杠、半边链盖，半旧。我推着这辆车从旧医院的宿舍穿过操场，走到马路上，玉梧公路是省道，可以通往广州，路面铺着灰黑的柏油，光滑、平整、宽阔。迎风展翅，飞腿上车。过了太平间就是一个大下坡，车身轻盈地下滑，像飞一样，农机厂过了是农科所，一排带着圆形百叶窗透气孔的平房坐落在山坡上，水稻平整，铺在公路两旁，一片又一片的绿色，接天连地一直连到地区水泥厂，灰色的厂房，灰色的锅炉和烟囱，样样都是巨大的，在田野上，显得更加巨人和古怪，像灰色的怪兽，把天也弄灰了一块。但它也是有些神圣的，它不是我们南流县的水泥厂，它是地区级的，它在远处，在高处，所以它的巨大和古怪是神秘的。但它很快就过去了。之后道路空旷，无可期待，两边的马尾松围成一个隧道，幽暗、深远，不知通向何方。

它乏味地通到了十字铺，这是注定要到的一个乏味的路口，自行车右拐，就从沥青路落到砂石路，屁股颠起来，车轮下面砂石的摩擦声嘎嘎响，迎面有手扶拖拉机，突突地喷着黑烟，又有自行车摇摇晃晃地驶过来，车后架绑着超高超宽的物件，人小物件大，犹如蚂蚁拖蟑螂，一晃一晃的，眼看就要掉进田里了，但它就是不掉，非但不掉，还一直行进，就这样它摇摇欲坠地骑进了香塘墟。香塘墟，香塘公社，在墟头右拐弯，很陡的坡，像战斗机俯冲下去，惊险而刺激，精神为之一振。“过了黄洋界，险处不须看”可以置换为“过了六感河，险处不须看”，俯冲下来顺势就过了六感河，拐弯，拐弯，再拐弯，盘山而入，上坡下坡，再无砂石路，只是泥土路。山上是稀疏矮小的松树，大树到哪里去了呢？到了清水塘，有房屋和竹子，穿过去，再拐一个弯，就到了我们的水冲。木薯甘蔗，一两株棉花，覃清扬和覃达林的屋子，水井，玉昭，小路，五色花，大地坪，三公三婆，大翠二翠，就到了知青点。

梦想成为单车精

我练车练了几年，直到插队，都还没有练熟。长期以来，我做梦都想着骑上家里的自行车到大街上去，然后再到马路上去。我热衷于练车，星期日或者暑假，牵上单车，绑上扁担，在体育场的跑道上，蜻蜓、晚霞、浮动的人、尤加利树叶燃烧的气味、车轮压在沙子上、膝盖微疼、眼睛微辣，那就是我陶醉的时刻。

我总是练车。在体育场我骑得很好，上车，下车，拐弯，快骑和慢骑，甚至单手骑，我娴熟极了，我感到自己已经人车一体，身轻如燕。但一上街，我对车的感觉就变了，车不再是车，而是一堆死铁，它忽然变得沉重僵硬，好像一夜之间生了锈，它活动的关节到哪里去了呢？我一上车，车身就倒了，该停的时候它不停，该行的时候它又行不利索，见了人也不知道躲，见了车子倒往车轮里钻。每次都是这样，一上马路我就不会骑了，一到体育场我又会了。南流把会骑车叫做熟车，自行车犹如一只肉粽，我怎么煮都煮不熟，怎么煮都夹生，别人煮三天就煮熟了，我煮三年都没煮熟。

母亲不让我骑车，母亲说，家里没有车给你骑啊，你就走路去吧。走路的经历令我耻辱，高中两年，教育革命，总是要骑车开门办学，每一次开门办学都是我的难关，计有：农忙假去十二仓插秧、到环城大队给农民安装电灯、参观大容山水电站、参观南流县印刷厂、到松花大队小学讲革命故事、到民安公社体验生活。

班主任说：会骑车的同学请举手。一次又一次，举手的人越来越多，不熟车的人越来越少，我觉得自己无端陷入了一个溶洞里，空气就快没有了，亮光越来越少。丁服、张英敏早就举手了，她们好像天生就熟车，天生就有车骑，车是她们家的一只狗，见了她们就摇头摆尾的。没过两天，卢甲兰、张飞燕也举手了，她们为人爽快，做事利索，她们会骑车是天经地义的，她们不会谁会呢！但我万万没想到，过了几天，姚红果也熟车了，她个子最小，遇事最惊慌，在班里最娇气，最受不了委屈，即使她学会了家里也不会让她骑的。但她不光举了手，还咋呼一声，她得意、兴奋，脸通红，像一块牛铁，隔着两排座位烫着了我。本来有一半的人不会骑车，我觉得地上安稳，空气充足，但姚红果一熟车，我就感到地缺了一大块，空气也顿时稀薄，啊，我们的地盘已经这么小了，我的立足之地快要没有了么？从此，我就要一个人孤零零地走路吗？万舸争流，万马奔腾，大家的车从我身边嗖嗖飞过，车铃声一片，他们的车骑得并不快，说笑，勾肩搭背，唱歌，人和车，混成一片浪头，在阳光下闪烁。他们太晃眼了！我宁可他们骑得快一点。但不管快慢，他们都是骑在车上的，他们是河流中上了船的人，他们踏实、安全、快捷，乘风而去，而我独自留在河中央，上不着天，下不着地。我一时觉得回家的路实在太远了，我还要走过很长的机耕路才到十二仓，从十二仓到大兴街又是那么远，然后到水浸社公园路到东门口，真是无比漫长。如果有张英敏一块走路，我们说东说西，这点路半个多小时就走到了；如果是邱丽香做伴，我就跟她说孙向明；如果是安凤美，可说的则更多，杂技、功夫、文艺、男女，但她在哪里呢？我完全记不起了，高中的劳动课，我对她毫无印象。

我一个人走着，乌云密布，所有的自行车都已走光，风已起，乌云已来到头顶，雨就要下，雨水斜着刮过来，我的身上就要淋湿了，我在教室里感到自己的身上已被大雨淋得精湿，我痛感自己不会骑车，所以才淋雨，我感到众人已经抛弃了我，我在臆想的大雨中绝望无助，我快要哭了。还有谁不会骑车呢？我要找到一个人，和我一样不会骑车的，我一定要找到她，她是我在黑暗溶洞里的空气，是雨具，如果大雨骤至，我们就像两只鸭子，在雨中一摇一摆地赶路。

赵细兰，在满眼举起的手臂中我看到了她，她也正扭头看我，我们像两个互相找到组织的地下党员，满怀惊喜，心领神会，两只巴掌在教室上空拍得山响，这声音别人都听不见，唯我二人能听见，不光能听见，还感到了空气的震动，一波一波的，微微地碰到了我们的脸。我们的眼睛还碰出了惊喜的火花，像火柴和火柴盒，一擦就擦出了火苗，金黄色的火，在我们之间盛开，一朵又一朵，像三月的木棉花，我飞一朵过去，她飞一朵过来，教室里是一种秘密的喜气洋洋。

那时候，我经常做一个在天上飞车的梦，在梦中，一辆自行车从天而降，它有时候是半旧的，男式、双杠、半边链盖、二十九寸，梦里是谁告诉我，这自行车是属于我的了，它是我的，不是借的，我推着车把把车牵到门口，它是如此的轻，它不像是钢铁做的，倒像是棉花做的。我扬起后腿，迎风展翅，稳稳地坐在了坐鞍上，我刚一坐稳，自行车就自己动了起来，它向上升，一下又一下，它一下离开了地面，再一下就升到了窗台高，再一下就升到了屋顶，再升，竟升到了有电线杆那么高。我又心慌又兴奋，我担心它无限制升上去，那样我就升到月亮上了，在空中我吃什么呢，而且，我要撒尿怎么办呢？我紧紧夹着自行车，就像夹着一匹马，我像电影里看到的那样，冲我的自行车说：吁——停，它真的就不再往上升了。它在电线杆那么高的空中滑行，飞越在南流镇的上空。南流街尽是平房，灰黑色的瓦，一片片的，有天井、街道和树木，西门口也有两幢楼，华侨大厦和工商联，各有三层楼，而我的自行车长着眼睛，它不冲楼房撞过去，我热爱和平，强烈谴责自杀性袭击。遇到高楼，自行车就自行升高，一升高我就看到了南流镇周围的田野和圭江河，还有马路边的尿缸和鱼塘，看到尿缸我就想起自己要尿尿，这时我就醒了。

有时候，梦中的自行车是崭新的，闪闪发光，不但发光，而且还是女式车，女式车，那是一个多么激动人心的词，全南流，我只见过两辆女式车，一辆是我们学校归侨女教师的，深红色，另一辆，也是深红色，常年放在龙桥街街头孙家的门口，孙家二姑娘孙美丽，小儿麻痹症，她一瘸一瘸地推着车，她一骑上车，就像健康人，不但健康，还像皇后，她把头发梳得高高的，仰着头，她深红色的座驾驶过南流街，人流让开，纷纷注目。她家是怎样弄到女式自行车的呢？真是有本事，任何自行车都是要有指标的，凭证购买，女车压根就没有指标，它简直就是从天而降的，它从天而降，就在我面前。

现在，这辆女车就在我面前了，它也深红色，车杠是弯的，上车没有障碍，链盖不是半边，是整的，它不大大咧咧，有着姑娘家的矜持。它是那么矮，我一坐就坐上去了，用不着迎风展翅的虚张声势，它真的就是女车，它不喜欢女人张开腿，像狗撒尿似的才能上得了车。它体贴、温柔，且性能良好，我一坐上，它就自动上升，它一边上升一边问我：爽不爽，我说：爽！

这时我的全身比任何时候都轻，我的骨头也是轻的，好像我骑的不是一辆自行车，而是一匹神马，它可以纵横四海，日行千里，我也跟着狂起来，膨胀得不行。南流镇是装不下我了，我要到远处去，我驾着女车飞越在空中，东门口，西门口，我再也不看你们了，百货公司食品公司糖烟酒公司，我也不看你们，甚至电影院，甚至体育场和灯光球场，我也都和你们暂别，沙街和龙桥街，医院和防疫站农业局，我一一和你们告别，吕觉悟和雷红雷朵，你们不在也不要紧，将来总是要见的。我骑车在空中，头也不回地向南流县汽车站的方向飞去，马路、菜行、医药公司、体育场，一一在我身下掠过，我来到公路的上方，公路通向玉林，在夜晚，道路是一条浅灰色的河，树木在河的两岸，我沿着树梢前进，树叶哗哗碰着我的脸，使我很想打喷嚏，但我担心一打喷嚏就会掉下来，吁，停。

狗，狂犬疫苗与单车精

我成长为单车精跟一只狗有关。

一只狗，全身长着黑毛，它嘴脸平常，是一只狗崽。狗崽喜欢赵战略，它是赵战略捉来的，用来当知青点的看家狗。我们横七竖八地给它取名字，哪个名字都没有叫熟，便只叫它“狗”。

狗爱跟人出门，去挑水，或上菜地。如果我们在屋子里磨蹭，或者在灶间捣鼓，狗是很不爽的，它站在门口斜着眼睛看我们，嘴在动，如果赵战略在，他能听懂狗的话。经过他的翻译，狗是这样说的：妈的，生活真虚无。

那天收工后我去挑水，天黑了，天色跟狗的毛色混为一体，如果我知道那天我会踩着狗，我就不会去挑第二担水，挑第一担水的时候天还没黑透，是灰色的，或者叫麻黑，狗则是纯黑，我当时视力一点五，完全不至于一脚下去就踩着它。

如果我提前赶制一把头灯！

赶制一把头灯，如同橡胶林里的割胶工，把灯戴在额头上，这个创意使我兴奋，它使我在去公社卫生院的路上消磨了许多时光，我去打狂犬疫苗，一路步行，一路想着如何把手电筒绑在脑门上，如果我到海南割橡胶，这件事情就会迎刃而解，听说那里的知青要在凌晨四五点起床，所以他们的头灯是发的，如果是井下挖煤的矿工，事情也好办。要我自己动手做一把头灯，难度实在太大了，我盘算着，首先要找吕觉悟，让她在五金厂偷一点白铁皮，顺便把铁皮裁成拇指宽的条状，还要把边缘磨平，不然没等我做成头灯，铁皮就会把我的手指割断。如果吕觉悟没空，她可以弄一点砂纸给我，粗砂纸就可以了，有一把钢锉最好，钢锉快。我要先给吕觉悟写一封信，把我画好的图纸寄给她，然后我就回南流镇，直奔百货公司，去买一种小号电筒，我还要吕觉悟给我一点细铁丝，我要用家里的锥子把铁皮钻一个小孔，铁丝穿过小孔，把电筒和铁皮绑在一起，角度不限，在九十度到一百三十五度之间均可。铁皮的两端我还要再各钻一个小孔，以便我一头穿上一根毛线，两截毛线在我的后脑勺一扎，一顶头灯就成功了！

又或者，我不制作头灯，我采用更简便的方法，直接在狗身上扎上白纸花，这个念头一诞生，我眼前立即出现了这样一只狗，它浑身黑毛浓密，背上长着一朵艳丽的小白花，当然一朵还不够，要多几朵，背上和头顶都要有，这样看来，这只狗有点像老来俏，它头上戴着花，背上也戴着花，我再莽撞，也不至于一脚踩着它了。

我只需弄一点白纸，大队和学校，多的是。（做纸花我也烂熟，在小学，甚至在幼儿园就会了，长江滚滚向东方，葵花朵朵向太阳，九大，十一，五一，众多的节日，有多少纸花在我们的手上诞生，一张四方形的纸，红色，或者粉红色，像叠扇子一样，一正一反地折成条状，中间扎一根绳子或铁丝，再把两头剪成花瓣的样子，圆头，或尖头，再翻上来，把两头并拢，一朵花就成形了，这是单瓣的，如要重瓣，就要多几张纸，两三张，四五张，纸越多张，花越多瓣。）走在去往公社卫生院的路上，阵阵秋风，你来我往，秋风使我想起了菊花，白色的纸做成白菊，把花瓣剪得又细又长又卷曲，那就是龙爪菊，是菊中的仙女，戴在我们黑狗的额头上，风流倜傥，永载史册。

但我对狗的心思不是很有把握，它愿意呢，还是不愿？它是一只特立独行的狗，或者不是？

我应该跟它谈心，嘈嘈切切，大珠小珠。我将对它讲故事，董存瑞罗盛教江姐许云峰，然后，我将一边摸它的毛，一边唱歌，“夜半三更哟，盼天明，寒冬腊月哟，盼春风”，抒情，柔软，狗听得舒服。白纸花扎在狗的身上，它在黑暗中奔跑，跟脚，这几朵白花就在黑天里飞动，诗意是次要的，好看更是其次，重要的是，我就不会踩着它，它也不会一着急就咬我一口了。

我费尽心机要做的，就是不让自家狗咬自己的脚。

但它已经咬了我。那天天阴，黑得早，我去挑水，狗跟脚，它在我的脚前脚后蹦来蹦去，欢势得就像那首著名的西藏歌曲《逛新城》，女：阿爸哟，男：哎，女：快点走，男：哦，女：看看拉萨新面貌。男女对唱，短促、快捷。我听见我的脚和狗几乎也有一组对唱，狗：脚丫哟，脚：哎，狗：快点走，脚：哦，狗：快快回家煮红薯。这组对唱我听不见，但估计我的脚能听见。当狗不发出声音的时候，它纯黑的身体就和夜色混在一起，我挑水走过玉昭的家门口，然后上一个斜坡，我一使劲，狗“昂”的一声，我不明白它什么意思，它又“昂”了第二声，小腿一阵发麻，我才意识到，我踩了它一脚，它咬了我一口。

狂犬病，我三岁就知道这件事情的严重性，防疫站的宣传画挂在绳子上，一排，在办公室门口的厅里，天井灌进风，吹得宣传画飘飘摇摇，画上的人本来已够愁惨，风一吹，更是悲惨万分。第一幅画的是一个人被一只大狗猛追，第二幅是被狗咬了不打狂犬疫苗，他扛着一把锄头，冲背着药箱的人摆手；第三幅是一个人被关在一间小屋子里，狂犬病发作了，怕风怕水，他身体的旁边画着几道颤抖的线表示怕得发抖，亲人从窗口探进头，端给他一只碗；第四幅是人死了，亲人伤心，掩面痛哭；第五幅，穿着白大褂的人正面对着你，手上举着一只注射器，一行字写道：被狗咬了要及时注射狂犬疫苗。

对此我记忆深刻。

如果不是狗咬了我，我可能至今都学不会自行车。为此我觉得我是一个幸运的人。

现在的狂犬疫苗是打五针，当年却是打十针，而且不是打在手臂上，而是打在肚脐眼的周围。不知是哪个捣蛋鬼发明的，听起来真像是恶作剧。我躺在卫生院的注射床上，撩起衣服，肚子上一片冰凉，护士往肚脐周围擦酒精，这情景真是恐怖，我躺在床上，脑子里满是瘆人的担心，我肚子上没有脂肪，隔着一层皮就是肠子，她一针戳下去，捅破了肠子怎么办？

我打了第一针步行回队，来时的所有狂想都已消退，有关自制头灯，以及在狗背上扎上白纸花，俱往矣。道路变得既无聊又漫长，从香塘卫生院到六感的水冲，简直就像二万五千里长征，六感河相当于大渡河，河上的桥相当于铁索桥，当然不是铁索的，而是水泥的，路上的几重山相当于岷山，“更喜岷山千里雪”，雪肯定没有，但总有一天会碰到下雨，草地没有，若下了雨，水清塘那一带全是烂泥，可视作沼泽地。这样一想，我就要背诵语录来给自己打气，但无论如何，我一点劲都提不起来了。

我心心念念，想的就是剩下的九针，无论如何都要骑车来。

高红燕借给我她的自行车，她的车比我家的车还要高，她全家都是高个子，无一辆矮车。她的车虽然高，且是男车，却不男性化，车的横杆和斜杠都缠上了红白相间的扁尼龙绳，这种尼龙绳在南流街的百货公司有卖，全镇珍惜自行车的人都买来缠车杠。红白相间的绳带缠上去，车杠远看就像粉红的，是一个姑娘穿上了新衣服。

我从来没有练过这么高的车，我要跳很多跳才能骑上去，跳上车的姿势很不雅，有时像狗撒尿，有时像猴子，弓着背，缩着颈，我练过的迎风展翅都没有用了，这里不是县体育场，路这样小，又高低不平，路面遍布石头、烂泥、草丛、牛屎，我要在车子没有碰到障碍之前跳上去，否则车身一歪，我就连人带车倒在禾田里了。我的注意点不再是自己的姿势，而是路面的石头或烂泥，我手把车头，对准前面的空隙，左脚踩着车蹬，右脚缩着挤过横杆。

在往返水冲村和卫生院的路上，我摔过很多次，把高红燕的单车摔得鼻青脸肿，没有缠上尼龙绳带的地方有好几处摔脱了漆，但高红燕说，不怕，脱了漆照样骑，永久牌的，摔不坏。我的膝盖和臂肘擦破了皮，但我的车技进展神速，我感到车不那么高了，也不那么重，越来越轻，我再也不怕路面的石头，我会以光滑的S形绕开它们，心气足的时候我就烧包，迎着石头冲过去，劈荆斩棘，内心夸张得不行。在水冲村到卫生院的路上，有这样一个奇观：一辆车，像一只蚂蚱在跳荡，它东歪西倒，行行停停，过了几天，这只蚂蚱却变成了一只燕子，它飞了起来，轻盈、流利，贴着地面，一一掠过烂泥、石头、牛屎、草丛，以一个迎风展翅的姿势，停留在女知青的身上。

我感到这条充满障碍的乡道变成了另一个体育场，它赋予我下坡时的飞翔感，我从一个坡冲下来，顺着惯性冲到下一个坡的半腰上，猛蹬几下又到了坡顶，之后又是一阵俯冲。十几天下来，我感到自己业已成精，一个单车精，人车一体，再糟的天气，再烂的路，也是“五岭逶迤腾细浪，乌蒙磅礴走泥丸”。水冲村到卫生院的路也变得短了，如同在南流街，从东门口到西门口。而黄昏的云挂在岭上，比体育场的晚霞更为奇异。

别章
农事与时事

一

（水冲）

三婆夜里纺纱。庆禄夜里上山。

庆禄锄了一个树根了，三婆就上床睡觉了。

庆禄被基干民兵抓住了，三婆就又起床了。

三婆起床的时候，庆禄就被民兵抓住了。

三婆的棉花条长着眼睛，纺出的棉线也长着眼睛。庆禄锄的树根没长眼睛，一撞就撞着了鬼。

民兵把树根没收了。庆禄白干一晚了。

庆禄半夜去锄树根，天亮前偷偷卖掉。以前不用偷着卖，现在不行了，现在叫做资本主义尾巴了。

夜晚上山也是很好，天有点凉，但不冷，白天在队里出工，拿把锹在地里晃着，出工不出力，吃过夜饭就睡，半夜起来，扛把锄头就上山了。

夜里一上山，庆禄就变成了一匹夜行动物，他像一匹狼。

他白天也像狼，他身形长，腰也长，脸是白的，青白色，眼睛也白，像狼的眼睛。他不笑，也少说话，他一说话是结巴的，结巴的人在六感叫吉佬。

他在夜晚上山，好像一身狼皮贴到了身上，他光脚，身轻如狼，目如狼眼，夜里的树木看得分明。他的耳朵也变成了动物的耳朵，在他耳中，山上的声音跟墟一样闹腾，树和草，和动物，都纷纷发出声音，草也有叹气的，因为白天被割倒了一大片，又有蚯蚓黄蜂鸟蛇虫子，有的醒有的睡，醒得最厉害的是被砍了树身的木根，它凭空被倒掉了树身，枝没有了，杈没有了，树叶就更没有了，想伸个懒腰不成，想逗个斑鸠也不成，它离天更远了。它待在黑暗里，突然发出木裂的声音，这是它生气，发出的一声恶咒。

庆禄是不用带电筒的，他也不带火柴，火光暴露目标，他像一名特种部队里的侦察兵，单枪匹马，在牛角山的深处潜行。他站在黑暗中，定神听上一小会，他会听见自己以一种奇怪的声音在呼叫："长江长江我是黄河我是黄河。"而不远处则有一个树根在呼应："黄河黄河，我是长江我是长江，向我开炮！向我开炮！"这到底是电影《南征北战》还是《英雄儿女》里的台词？且不管它。庆禄就近摸到一兜树根，他绕着树根转一圈，然后就开始锄起来。

一只树根卖八角钱，两只树根一元六角，可以给老二买一双解放鞋。一晚搞两只树根，已经成功了三晚，这第三晚来得早，顺风顺水，月光又亮，风又清爽，可以锄上四只树根，一头挑两只，卖了可以给老婆买药治头痛，还能买上二两毛线，打在老大的袖口和领口上。

庆禄是个好男人，树根也是好树根，但时辰不是好时辰。庆禄挖了四个树根挑下山，刚到路边，就被候在那的基干民兵逮着了。

民兵队长赖超英，她英姿飒爽，精神大振，她说："你把树根挑到大队去吧。"一起埋伏的民兵有庆水，是庆禄的堂弟，庆水要求进步，做梦都想参军入党，他对庆禄说："不赖我啊，谁让你走资本主义。"

三婆起床了，三公也起。三婆到灶间煮红薯了，三公在门口磨刀了。

红薯的甜香从灶间漫出来，天才蒙蒙亮，三公侧着头磨刀，半闭着眼，好像是在梦里。磨刀石有两块，一块是红的朱砂石，一块是灰的青泥石，像是三公的两方枕头，他侧着头，在这只枕头上枕枕，又到那只枕头上枕枕，他闭上眼睛撩起水洒在磨刀石上，磨几下，红色的细流或灰色的细流流到地上，他用脚趾头试试，又用拇指刮刮刀锋，一切如在梦中。如果他感到满意，他就咂咂嘴，像是在梦里吃到了什么好东西。

刀是柴刀，弯的，他别在腰上，去放牛。

牛有两头，一大一小，是水牛。小的那头颈上挂着一只竹筒，走起路来咯嗒咯嗒响，相当于牛铃。牛不紧不慢地走着，一边吃路边的草，三公也不慌不忙地走着，人和牛，慢腾腾地走过田垌，走进了毛窝山。

三公一出门，三婆就喂鸡喂猪，猪是花的，背上有几块黑斑，结实浑圆，欢势能吃，如果它是个人，肯定就是乐观开朗的，而且体格良好，最适合去当兵。如果多年以后，在某个兵营里，有一个后生生龙活虎，团结紧张严肃活泼，助人为乐，争强好胜，那就是这头猪转世，也未可知。

这头猪人见人爱，三婆更是喜欢，她慈祥地叫它，噜——噜噜噜，噜——噜噜噜，第一个音轻而悠长，是抚摸性的，后几个音犹如鼓点，是喜悦。她一边噜噜地叫唤着，一边摸猪的后背，另一只手盛潲水到潲槽里，潲食是滚烫的，三婆怕烫着了猪嘴，总是举着潲勺放到嘴边吹，她要吹上好几下才给猪吃，完全是喂小孩吃热粥的做法。猪着急，又跳又叫又爬栏，她就拍一下猪头，嗔它说："着紧着紧吃，吃死你！"夏天三婆也不给猪吃冷食，她认为猪吃了冷食也会肚子痛，猪又不会说话，是干痛，更可怜。好在柴是有的，三公每天都会割些柴禾回来。

猪喜欢豆腐渣，三婆就去弄豆腐渣。清水塘有人做豆腐，她就抓两把黄豆，让儿子骑车去，换回一块豆腐和一碗豆腐渣。

猪又喜欢吃花生麸，这比较好办，水冲队自己就有油榨，榨油的时候三婆去要，说是自己吃，生产队没有集体的猪，所以三婆能要到好几饼。她喜滋滋地抱回家，藏在米缸里，这可是好吃的零食，又香，又有嚼头，相当于花生糖，三婆现在没有牙了，她有牙的时候是很喜欢的。隔一段时间，三婆就喂猪吃花生麸，她掰给猪一块，也掰给孙子一块。

猪还喜欢吃猪母菜煮细米糠，三婆的自留地就种了一垄猪母菜。

三婆蹲在猪栏前喂猪，她要跟猪说话，噜——噜噜噜，猪啊，那个死鬼，昨天一天在毛窝山，一根草毛也没割回来，就带回几只稔子，谁稀罕，又吃不饱人，吃了又屙不出屎。

有关庆水，她也说给猪听，她说，当兵，当兵，人家又不要他，不如早点娶个新妇暖被窝。又说：猪啊，庆水捉庆禄，细佬捉大佬（意思是弟弟抓哥哥），前世啊！

猪听懂了三婆的话，猪边吃边说：是啊是啊，人是很奇怪的。

它拉屎拉在猪栏的一个角落里，栏里总是干爽的，猪的身上也干爽。猪吃饱也不睡觉，它会开栏门，它用嘴把木栓一拱一拱就拱开了，然后它就到处走动，一头有很多五色花，臭，它不喜欢；另一头有几棵老荔枝树，几年不挂果了，它在树底下东拱拱，西拱拱，土是松的，它拱来拱去也拱不出个名堂。

喂了猪又喂鸡。鸡有两窝，一窝大的，一窝小的。大的只只匀称精神，是黄的和花的，生蛋的生蛋，抱窝的抱窝，生蛋的多，抱窝的少。三婆对抱窝鸡没有厌烦，她说：哪有光生蛋不抱窝的，女人生了孩子还要坐月子呢。她把一根羽毛插在抱窝鸡的鼻眼里，就算完了，该给谷子吃还是给谷子吃。

鸡仔刚从蛋壳里出来几天，全身淡黄的绒毛，小爪子小嘴都是红的，握在手心里，是温温软软的一团，放到地上，走路都不稳，一步一趄趔，却比孩子坚强，不哭也不叫，正了脚步，又跌跌撞撞继续奔走。

鸡仔嘴小，肚子也小，三婆给它们喂碎米，她抓一把米放到石舂里，捣碎了就撒给小鸡，再抓一把放进去，她蹲在地上，十几只小鸡围了一圈。她边舂边对小鸡说：吃吧吃吧，没人跟你们抢。

（小鸡若是儿童，吃饱后势必排成一排，齐声朗读那首著名的“鹅鹅鹅，曲项向天歌，白毛浮绿水，红掌拨清波”，它们读成：婆婆婆，曲项向天歌。

这是显而易见的。）

喂完鸡三婆就纺纱了。她的屋子里只放得下一张床和一架纺车。屋子很暗，没有窗，又矮，仅门口有光，纺车便靠门放着。

她为什么不在大屋里纺线呢？

大屋的屋厅是很亮的，整个上午，太阳直照进去，一屋子都是阳光。三公住在大屋里的一个房间里，也向阳，有窗，从窗口望进去，看见墙上挂着靠着农具，镰刀、铁勾、锄头、锹、扁担、铁钯，太阳照到上面，反着光。

三公和三婆不住在一起，他们的屋子隔着几丈远的空地。

三婆像是长在小屋子里，长在纺车上的。她长年纺纱，没有穷尽。她一只眼睛长了玻璃花，看不清了，她用另一只眼睛看着手里的线，松软的棉条纺成一根细线，又细又均匀又结实。

她的棉条是用鸡蛋换的。很久以前她种过棉花，棉花变成棉条很辛苦，棉花摘下要晒，要去棉籽，要拿去弹，最后才卷成棉条。她天天纺棉线，她的儿子儿媳妇，还有孙女孙子，人人都有一件棉线打的线衣，领子和衣袖是一截红色的毛线，其余地方是米白的棉线。

还有那么多的棉线，都到哪里去了呢？

不知道。总而言之，三婆天生就是纺纱的，她的棉花条天生就在她屋里头，它们是自己有脚走来的，像动漫一样，鼻子眼睛都齐全，到半夜，它们就排好队，一条一条的，从田垌走来。它们是很轻的，轻得脚不沾地，它们从禾尖上飘着走，走到三婆屋子时全身都是洁白的，一点儿泥也不沾，一点儿脏水也不沾。三婆三更半夜还在纺线，原来就是要等它们。

纺好的线也是长着脚的，它们知道自己要去哪里，它们在三婆的簸箩里睡上一觉，醒来之后伸一个懒腰，然后就纷纷爬下簸箩。它们的脚人是看不见的，走起路来像鬼一样轻。由于被纺成了棉线，它们的心思就比当棉花条的时候复杂，它们一人一条心，都觉得自己有本领，要做大姐大，一个要往东，一个就偏要往西，谁都想左右别人，又都不愿被别人所左右。这样一来，我们看到的棉线，就都有些乱糟糟的。只有等到上了织布机，它们才会被强行规整。

三婆懂得它们的心思，猪、鸡、狗，棉花、谷、纺车，它们的心思各有不同，三婆都懂。

到出工的时辰覃七就坐在门口的石墩上。

覃七矮小，瘦，不爱说话，还没有成家，已经四十多岁了，眼看要成老光棍。其实已经是老光棍了，不可救药。

又老，又矮，更重要的是富农，没人愿嫁，怕将来儿女跟着受牵连。

但覃七并不要紧，光棍就光棍，水冲的光棍可不只他一个，刘屋郑屋都有，他们不是富农，也照样没有女人肯嫁。所以覃七常常坐在门口的门墩上，他是三户人家的耳报神。

三户人家在同一个大门里，两户是地主，他一户是富农。他们出工是不能迟到的。迟到多了要游村。所以覃七要在坐门墩上看着，田垌里有第一个人影，他就回过身往天井里喊一声，“出工了——”好像他是这三户的队长。

他最闲，一个人吃饱了全家就饱，所以他是耳报神。队长站在粪屋的空地喊话，隔着一个水井和一小块田垌，如果不顺风，覃七就听不见。

覃七在门墩上坐着，眼也不眨地望着田垌，一有人出来他就看到了，这时候他就不像一个娶不着老婆的老光棍，而是像一只敏锐的老鹰，他不是坐在门墩上，而是在田垌上空盘旋，他高高地飞在那人的头顶，那人带着一把锹，那是去挖水渠；那人挑了一对空箩筐，那就是送公粮到公社；如果扛着一根冲担呢，那就是挑禾到晒场。覃七总是看一眼就明白了，他转身对着天井喊道：出工了，去挑粪！他的声音有些尖，却有着穿透力，它绕着天井转了一圈，然后，在天井中间分了两叉：一叉飙到达林家；另一叉飙到清扬家，清扬问道：妇女干什么活呢，见着没？覃七又转身对着田垌，他手搭凉篷，重新变回一只鹰，目光锐利，紧盯妇女。

这可中了他的心水（六感人管心意叫心水），中了心水的覃七以一颗光棍的心端详着女人，平时他是不敢看的，在人堆里，或者出墟，出街，开会，从来不敢乱看，看了就会被骂作“咸湿佬”“咸湿精”“咸湿猪”“老光棍”，覃七有自尊，他宁可不看。现在好了，是清扬让他看的，他在门墩上坐得端端正正，心情大好。心情好着的覃七看哪个女人都是好的，胖有胖的好，瘦也有瘦的好，高的矮的黑的白的也都各有各的好。

他最喜欢看的是清玉，清玉不是大姑娘，她有三十出头了，她的儿子都有十二三岁了，但覃七就是最喜欢看清玉，清玉不高不矮，不胖不瘦，她的脸和手脚都是白的，白得干净结实，亮亮的，紧紧的，人也闲淡清净，从不叽叽喳喳家长里短，她穿的衣服跟别人也不一样，是细格子，做成有腰身的斜襟，素净，却又有一点妖娆，有一点撩人，但这点撩人是藏得很深的，藏在她的身体里，连她自己也不知道，她若知道，就成了风骚了，她是半点都不风骚的，她很端庄，很端正，所以就更撩人了。

清玉不像农村女子，她甚至比知青更像城市人。她儿子的名字取得也像城市人，叫覃波，单名，一听就稀罕，洋气，波这个字又让我们想起《林海雪原》里的少剑波，一个又英俊又年轻的首长，卫生兵白茹还爱上他了呢。覃波，正像是清玉的儿子，整洁、端正、神气，比南流街上的男孩子一点不差。

玉昭说，有工资的人就是不同的呢，说的就是清玉。清玉是水冲队唯一的干部家属，水冲村一直都是不出人才的，连个在外当工人的都没有，郑屋那边的大木当了两年兵，又回来了，没入上党，也没提干，回来也安排不到工作，仍在家种地。不过是娶新娘有了优势，新娘是初中毕业生，大大的眼睛，人长得不错，她一听是复员军人就愿意了。全水冲就清玉丈夫一人是在外面吃国家粮的，是地质队的技术干部，一年有十二天探亲假，十二天一过，他拎着帆布旅行包又走了。剩下清玉，该出工，出工；该挑水，挑水。

覃七心疼清玉，但他又不让自己心疼，他看到清玉出来了，挑着一担空粪桶，他转身对清扬说：是担粪水淋烤烟呐！说完他又看清玉，清玉戴着一顶大檐草帽，穿着那件斜襟的细格子衣服，格子是看不见的，覃七知道，清玉喜欢这件衣服，覃七也喜欢，清玉走在田塍上，又窈窕又干净，好像她挑着的那对粪桶也都是干净的。

覃七也看大路上走过的女子，六感学校的孙大和孙二姑娘，六感公认的两朵花，还有水尾队的张水枝，他也都是喜欢的。孙二姑娘到北京上大学去了，只看见孙大，孙大黑黑的，眼睛又大又亮，她骑着车头也是仰着的，她在六感学校当老师。水枝正好相反，她走路喜欢低着头，地上有什么呢，只有牛屎，但她的眼睛并不看牛屎，不知她在看什么。覃七看到水枝就在心里叹气，水枝家里是地主，她将来可怎么办呢？

覃七只叹一口气就不叹了，叹也没有用，他省着，而且，水枝孙大姑娘她们也不是经常路过的，他每天看到的是清玉、玉昭、文莲、喜坤、喜凤、喜月、喜莲，还有他们自家的覃清扬。她们都是好看的，只是玉昭太瘦，而且不会生养，文莲有点黑，但她伙计庆良四也黑。喜莲太高太壮，虽然做得，但看是不够好看；喜月懵懂，走起路来像根木棍，喜坤喜凤倒不错，是姑娘里的人尖，却不识字，跟喜莲喜月一样没上过学。所以覃七是心平气和的，他从在门墩上，一看到田垌里有了人，他就转身回屋拿家伙，该拿冲担，拿冲担；该担粪桶，担粪桶。他手脚利索，一眨眼就出现在田垌里了。

二翠一起床就跟大翠吵架，她说："臭屁翠，你昨夜把我的被子都抢光了，害我半边身子都是凉的。"

大翠说："我没抢。"

二翠说："就是抢了，你这个臭屁翠。"

大翠说："你才是臭屁翠。"

"你臭，你比屁还臭！"

"你臭，你比屎还臭！"

"你比狗屎还臭！"

"你比狗屎牛屎猪屎人屎加在一起还臭！"

"你比全水冲的屎加一起还臭！"

"你比全六感的屎加一起还臭！"

"你比全南流的屎加一起还臭！"

二翠扯了扯大翠的小辫子，说："哎呀呀，屎都沾到你头发上了！”大翠也揪着二翠的辫子喊道：“哟哟，你头发上怎么有一坨屎啊！”两姐妹互相揪着，头顶着头，像牛犊，两对角顶在了一起。

文莲就出来了，她喝道：吵什么吵！再吵谁也别吃饭！她把粥锅端出来，把碗筷往小矮桌上一放，自己盛一碗粥先吃了起来。

姐妹俩见状，吱的一声撒了气，各人拿了碗盛粥。刚一坐下，还没吃，二翠又叫了起来：“就是你手快，把长的夹走了。”大翠说：“你乱说，两根一样长短。”她们争的是碟子里的咸萝卜条，每顿早饭，一人一根。二翠说：“不信比比看，肯定是你的长。”大翠说：“比就比。”她用筷子夹着咸萝卜举到饭桌的中间，二翠却一口把自己那根咬掉了一截。大翠大叫：“你要赖！”二翠一得意，就猛做鬼脸，为了防止大翠扯她头发，她往后蹦了一步，还弓起了腰，活像一只鬼头鬼脑的猫。

队长说：没有盐吃是不行的。

他又说：大人要吃盐，小孩要吃盐，知青要吃盐，庆禄也要吃盐。中午队长从大队回来，他没回家，先到知青点。他背着手，从屋檐的这头走到那头，他看看柴屋，又看看灶间，往赵战略的屋里探探头，又往罗东的屋子探探头。

他先跟男知青说盐，又跟女知青说盐，说完又喃喃自语，嘀咕说：“人都是要吃盐的，谁能不吃盐啊。”

没有人摸得着头脑。

人人都要吃盐，这不是很简单的事情么？

过了几天大队开批斗会，知青才弄明白，队长是担心知青觉悟太高，要批斗庆禄上山锄树根去卖，而庆禄卖树根不过是要换盐，盐是人人都要吃的。

玉昭一天都没有出工，她上午煎药，下午去卫生院看病。

玉昭很喜欢煎药，她把风炉端到门口，把药锅坐上，然后就坐在竹椅上，拿一把葵扇，闲闲地扇着。

玉昭既是落后分子，又是人尖子。

没有人敢不出工，玉昭敢。玉昭高兴的时候就出工，不高兴出工就说她病了。她的病跟出不出工的其实没关系，不疼不痒的。

她读过高中，是水冲的高级知识分子。而水冲的喜莲喜坤喜凤，都是没上过学的，喜月上过小学，清扬上过初中。

玉昭她长得一点都算不上好看，黑而瘦，脸是长的，走起路来像一根竹竿在移动。她的老公高大威猛，有棱角，很有男人气。他宠着玉昭，宠得没边没沿，全村都找不出第二个。为什么这两个人会这么好，思来想去，大家说，那是因为没有孩子，没那么多烦心事。却马上又有人说，没有孩子更不容易好。不是吗？不会生育的女人被男人嫌着呢！

玉昭是很贵气的，她一不高兴就不出工，她在家里熬中药喝。她有一只风炉，风炉对乡下人来说有点奢侈，只有南流街的人才用，玉昭也用。风炉要烧木炭，老勇就给她弄来木炭。她把风炉摆在檐廊下，自己坐一张小矮凳，歪着头，用一把葵扇扇炉子。她用两根粗竹枝当筷子，从一只破砂锅里夹木炭，木炭都是小的碎的，她就一点一点夹。她人是闲散的，她干着事也是闲散的，她闲闲地扇火，扇了一小会又闲闲地坐着，她等药罐子里的汤升出白汽来。

汤药里会升上来一个婴儿么？吃了她就会怀孕么？她不着急，她是少见的一个从容的人。她坦荡，好像没有生育并没有什么不好，反倒成全了她，使她成日里坐在门口煎中药，做一个闲散的人。而她天生就喜欢做这样的人。她有时手里会织一件线衣，但更多的时候不织，她不像别的妇女，手上永远都要拿一样活，不是纳鞋底就是捻麻。

玉昭在汤药锅里看自己。汤药的蒸气升上来，带着药香，她看到一个瘦瘦的姑娘妹，从山坎上摔下来，一根锋利的断枝穿透了她的身体。天上的云是黑的，耳边是奇怪的啸声。她再一看，姑娘妹不知什么时候成了老妇人，身边没有亲人，只有四面围着的药锅。

她去喝一点水，重新又坐在药罐前。这时候她看上去更像是一个女巫，她吸着药罐升起的蒸气，吸了一口，又吸一口。

喜莲十九岁了，喜莲去看门口。

看门口就是相亲，到男方的家里相一相。首先要看这家的房子有几间，是新的还是旧的，家中的陈设如何，是否体面殷实，再看这家的父母兄弟，兄弟多势力就大，谁也不敢欺负。还要看兄弟分没分家，不分家麻烦也大。要看柴屋，要看灶间，更要看看门口停没停一辆单车。当然也要看这家的后生够不够高，长得壮不壮，他吃饭能吃几碗。这个村子也是要看的，富不富裕，靠不靠近大路，离娘家远不远，离墟镇远不远。

喜莲看过好几次门口了，每次都是她挑别人。她到人家的柴屋看看，灶间看看，柴码得不满一扇墙，水缸缺了个口，这些都是她嫌弃的由头。但她不说，她也不在脸上做出来。她懂事着呢，人家连鸡都杀了，媒人也尽着说好话，所以她进屋时脸上什么样，一直就什么样。

喜莲长得粗，粗眉粗眼，粗手粗脚。她坐凳子，总是一屁股就砸下去，椅子凳子都要怕她；她做针线，做得也是粗针大线的，针和线也都怕了她，针捏在她手上，弯得吱吱叫唤，针说：喜莲喜莲，别那么用力，我又不是一把锄头。喜莲听不见。针又说：喜莲喜莲，轻一点啊我都快断了！喜莲还是听不见。

喜莲身宽力壮，挑担赶得上男劳力。看她的样子，不期然就会想起力大如牛这样的字眼。她的身板，不但在水冲第一，在全六感也是第一。她一餐能吃十碗米饭，一担能挑二百斤。

但她是惜力的。

惜力难看，她不怕难看，她人高马大的一个人，挑担只挑一点点，挑粪下基肥，她只挑半畚箕；送公粮，她也只挑半箩筐；挑粪水淋地，同样，最多挑大半桶。她晃着，担子轻得不压肩，就像她挑着半担干草。她也不害羞，这么多的人，虽然也知道惜力，但面子上也都过得去。她却晃给队长看，队长说："喜莲，你挑这一点老鼠屎也不怕丑。"她就说："我没力啊，肚饿。"

喜月老实，人小，总是挑多的，担子压得她不停换肩，额头冒着汗，后背湿一片。喜莲就教育她："这么傻，多做又不多得，又不是你屋里头的。你又不是干部，你又不是党团员，你又不是知青，你老子老母又不是吃国家粮的，又没人给你招工，傻×啊！"

给自己干活的时候，喜莲的一身力气就使出来了。她挑一担柴，只看得见柴，看不见她，柴比她人还高。送公粮若按斤计工分，她就挑满两箩筐，谷子满满地堆出来，她一码步，一上肩，快步如飞。箩筐里的谷子也都高兴，它们跟随着喜莲的箩筐，过坡上岭，一眨眼就到了水清塘，再一眨眼就过了六感河。

喜莲骄傲着呢，一般的门口她都看不上，她吃了人家的饭就回来了，她骑着单车，一路骑进田垌，骑进村肚，咚的一声跳下车来。玉昭问她："回来了，这次中意不啦?"喜莲说："不中意。"玉昭又问："怎么不中意呀?"喜莲说："不好的。"

怎么不好啰，她也说不出来。吭哧来吭哧去，说，"那人还没我力气大呢!"把玉昭笑得直咳嗽。

傍晚各家的炊烟一起，知青就没着落了，各家各户都知道自己吃什么，知青不知道。他们没有米了，也没有油了，天黑了，肚子饿得直冒清水了。他们像没头苍蝇乱转，从柴屋转到灶间，又从灶间转回柴屋。柴屋是没有柴的，乱七八糟放着农具，他们每个墙角看看，以为能捡着鸡蛋。他们从柴屋又转回灶间，灶间是冷的，灶台一层灰尘，锅盖、碗、勺，统统都是一层灰尘，水缸里也没有水。

知青像没头苍蝇，四下里乱窜。

知青苍蝇蹭到三公三婆门口、队长门口、刘家地坪，来来去去，探头探脑的。刘家地坪老梁婆都知道自己吃什么，老梁婆她很老了，没儿没女，生产队养她，给她口粮，但有人刁钻，不让她在谁家的粪坑解手，要她到生产队的粪池拉屎。队里的粪池没有门，谁路过都能看到老梁婆光着屁股蹲在粪池边沿上。

老梁婆知道自己吃什么，她用两块砖搭了一个灶，有一只药罐大的砂锅，用捡来的树叶树枝烧火，墙上黑了一大片，锅底锅身都是厚厚一层黑烟灰。她煮粥，放了红薯片，蒸气从缺了口的锅盖冒出来，看着是热气腾腾的。

地坪另一边庆贵在炒花生，庆贵也是光棍，据说当过国民党兵，又据说当过志愿军，看上去更像是前者。他长日不在队里，不知他在外干嘛！他吃得好，不是炒花生，就是煎鸡蛋，有时还炒咸肉，切得薄薄的，肥的多，瘦的少，落在铁镬里，一下就卷起来，半透明的，他哗的又放一把蒜叶，浓香飘满地坪。

知青也闻到了香，他探着头用力吸着鼻子，庆贵一边起锅一边扭头招呼："来吃点来吃点。"知青是来借米的，他连连摆手连连退着，一退就退到了三婆门口，他问："三婆三公吃夜没?"三婆一看就起身，她拿来一只箩箕，用竹筒量了两筒米倒在箩箕里，她说："喏，拿去，你不用说我就知道。"

知青傻笑着，又到队长家找文莲要了几根咸萝卜干，这才算有了夜饭。

更多的时候是要去偷菜，米和油都有，青菜却在别人的菜地里。这时候知青就像鬼子进村似的出动了。

知青鬼子，摸着黑，呆头呆脑走在田塍上，他弓着腰，端着枪（当然没有）走进了水冲村的私人自留地，高老庄的钟声响了，庄稼地里的暗道打开了，《地道战》和《地雷战》都来了，一泡牛屎冷不防出现在路中央，知青一脚踩着了，禾田也伸出脚，把知青撩得两腿泥，知青又慌张又狼狈，他东撸一把，西又揪一把，老的嫩的全都看不清，他三把两把揣着，乱七八糟地弄回了知青点。

三婆说："要摘菜也不好好摘，把个菜都糟蹋了。"

队长说："要先摘老叶，再摘嫩叶，一圈一圈，从外往里摘，不要从中间揪。"

知青也有菜地，地是肥的，离水沟也近，但地对知青不亲，菜对知青也不亲。知青种菜，是总也种不出来的，种白菜，总长不高，就像养的那头猪，非但不长膘，反倒瘦了，成了僵猪，白菜也不长，白菜有意见，觉得知青跟它不一条心，知青不给它喝足水吃足肥，它凭什么长呢！它便自暴自弃，长成了僵白菜。

种芥菜，芥菜籽是好的，优良品种，邻近的菜地，喜月喜坤家的芥菜，全都油汪汪茁壮着，绿得喜庆，又饱满，是水淋淋的，一掰一声脆响，汁水能溅到眼睛里。知青的芥菜长出来，是瘦的，还歪，像个二流子，晃着个腿。果然是二流子，它长了虫子，是特别特别小的那种，叫“滋”，针尖那么大，密密麻麻的，先在菜心里，很快又蔓延到菜梗和菜叶，“滋”一片一片的，看得人头皮发麻。

也种了南瓜矮瓜丝瓜和黄瓜，但知青的瓜就是不结瓜。就是结了瓜也长不大，长长就蔫掉了。

三婆问：“你们用手指了瓜花没？”

“指了啊，还用手摸了。”

“怪不得，”三婆说，“南瓜花矮瓜花，什么花都不能指的，摸它更不能，它怕痒。你一指它就不结果了。也不能说它，也不能看它，你就当它没有，过一过，它就长出来了。”

瓜花它知道我们指它了吗，它有眼睛吗？它又听见我们说它了？它长耳朵了？三婆说，“你们也别问我，你试试就知了，指过的花摸过的瓜，都是长不大的。”

真是奇异，瓜瓜豆豆都跟人似的有脾气，脸皮薄，又知道怕痒，还怕舆论，难道它们的前世是人么？

知青的菜地里只有猪母菜长得还成个样子，猪母菜老实厚道，也不清高，你指它，摸它，说它，它都不怕，它笑一笑，又继续长。它也吃苦耐劳，能将就，土没那么细，就没那么细，水少点就少点，你不淋尿，那就当吃饭没有酒喝吧。它自足自在，长得油光水滑。但人是不喜吃猪母菜的，要放大量的油，最好有肥猪肉，又有糯米，一起炖得烂烂的，油炖进菜里面，才能好吃。谁家有那么多油呢？

只有猪才喜欢吃猪母菜，猪母菜是猪的天堂，猪远远闻到猪母菜的味道，就会飞奔而至，像新郎官见到了新娘子。它把猪母菜地拱得一片狼藉，猪母菜看着生了气，其实满心欢喜。它就越长越讨猪的喜欢，它原本叫牛皮菜，这一来，就叫了猪母菜。

吃过夜饭，知青就去政治粪屋，粪虽扫净了，却还残留一点酸味，酸味就酸味，也不难闻。墙壁上贴了几份决心书，门口贴了一副对联，看上去眉清目秀，就像一个浑身沾泥的孩子，洗了脸，穿上了新衣服，粪屋就变成了政治夜校。

知青说："队长，晚上开会吧？"

"开吧！开吧！"队长说。

队长说过好像就忘了，他慢悠悠地吃饭，吃过饭又抽烟，他坐在矮方桌跟前，端着一杆竹烟筒，噗噗噗地吐着烟水，大翠要靠着他坐下，二翠一抽板凳，两人又闹起来。

知青又问："队长什么时候开会呢？"队长说，"你们先去吧。你们去通知各家各户。"

知青在村子里转了一圈，回到政治粪屋，屋子还是空的，连个火星也没有。又到队长家，一看，他还在抽烟。他说："就去就去。"

喜坤喜月喜凤，你揉我搡地来了，一人端了一把矮凳，她们挤着，身子一时直一时缩，她们端着凳，站了一会儿，没见人来，就走了。她们刚走，喜莲就来了，她要来赶热闹，却没有，她叱道：“我当来了一屋人，连个人毛都没有!”她扭身就走了。

玉昭端着一盏小煤油灯来了，她待了一会儿，也走了。她刚走清玉就来了，清玉手里拿着毛线，毛线是在南流街买的，藏青色，摸在手上暖烘烘的，她给儿子打一件毛衣。文莲也打毛衣，但不是毛衣，是棉线衣，给二翠打的，她在袖子和领口上加了真正的毛线，是红色，很是漂亮夺目，文莲很满意，她正在收口，脸上舒展着。庆福庆水也来了，他们近，跨出地坪就到，一看全是妇女，就没进去。郑屋那边的大木二木，只来了二木，他拿着一根木棍，身后跟着一只狗。他不爱说话，跟这边的人也没话说，他就站在门口，也不进屋，他无聊得很，就用木棍猛扫屋边的杂木杂草，扫得刷刷响，狗也跟着乱跳一通。

知青在政治粪屋里翻着一张《人民日报》，政治学习就是读报纸，在学校也是这样，她要读要不读的，拿不准，众人来来去去，也都看出开会没有重要的事情，只是知青读报纸，一来二去就散得差不多了。

队长这才到，他拖着木鞋，咯嗒咯嗒响，手里还拿着水烟筒。他进屋一看，说：“没人呢，还读报呢么?”知青说：“还没开始呢!”队长说：“天凉了，被窝暖呢，明早又要淋菜喂猪。”

就散了。

三婆还在纺线，她睡了也睡不着，她要纺掉笸箕里的棉条。

一夜一夜，一天一天，就这样过去了。

二
（时事）

出大事了！毛主席死了！不得了！毛主席也死得么？天会塌么？地会陷么？要地震么？大水发么？粮食够吃么？台湾要打过来么？美国的飞机要来炸么？第三次世界大战要爆发么？学生还要上学么？水泥厂还出水泥么？卫生院还看病么？供销社还卖火柴肥皂么？

哀悼。哀悼。哀悼。

南流街的体育场开万人大会，公社在山坡上也开了万人大会。万人会上有妇女号啕痛哭，哭得跺脚擂胸，死去活来。有痛哭的妇女哭昏倒了。救护车停在会场的旁边。

各种集会在县城和公社像云一样出没，蜂拥而至，各种传说犹如雷声，在云层中时隐时现。追悼、庆祝、欢呼、平反、宣判、宣传演出，各种内容的集会像采集花粉的蜜蜂一样穿梭不停。

县体育场黑压压的人头和森林般密集的彩旗壮观无比，彩旗人手一杆，用粗糙的彩纸裁成三角形，上面用毛笔写着上级发下来的口号，人群中满是墨汁、糨糊和纸的气味。我们骑上自行车赶到县城或者公社，手执三角彩旗，成为这无边海洋中的一滴水，我们随风起伏，在阳光下闪烁。

风就是麦克风，麦克风传出来的口号声使我们高高举起手中的小旗，并且跟随着口号呼喊，我们吃惊地发现自己的声音如雷鸣般响亮，自己的手臂风起云涌，这壮观的景象深深地打动了我们，不知是自己在一瞬间就变成了一万个人，还是一万个人一瞬间就变成了自己。这样的感觉已经很久没有出现过了，我们依稀记起了“九大”，

“长江滚滚向东方，葵花朵朵向太阳”这样的歌曲业已消失，堆积如山的纸做的葵花也早已湮没，无影无踪，如果我们不是在这个时候想起它们，就会永远也想不起来了，它们像一滴水消失在阳光下。我们又想起了氢弹爆炸成功（一朵巨大的蘑菇云，像毒菌一样美丽而致命）以及人造卫星（《东方红》叮叮咚咚的旋律，和星星在一起，夜晚闪着星光，白天则隐藏在蓝天之中）的发射成功，这些令人吃惊的大事件出现在我们的少年时代，给我们留下了狂欢的记忆。现在它们再一次来到了，在我们的心目中，世界上只有两类不同的事物，一类是平庸乏味的日常生活，一类是超出常规的宏大场面。

我们就是这样懵懂，缺乏觉悟。

如果是在公社开大会，在会场的半面山坡上我们就成为一些自由散漫的人，我们和树木和草和泥和红薯在一起，也成了另一些树木和草和泥和红薯，我们呼口号的声音消失在旷野里，举起的彩旗给野地增添了一种丰收的斑斓景象。我们在山坡上走来走去或席地而坐，这有别于体育场万人大会的气氛，是革命时代接近尾声的游山玩水。

在大队开会，就不同。像赶墟，轻车熟路，大呼小叫，永远不能严肃安静。这一年本来没有追悼大会可开，巨星陨落是上一年的事，他们像几块巨大石头从天上砸下来，砸到了全国人民的头上，但对于六感人民而言，另外两块巨石没有砸到他们的脑袋上，因为他们对周恩来、朱德所知无几，也许听说过，后来忘记了。他们只知道毛主席是大救星，领导人民翻了身。

周恩来总理的追悼会是补开的会。

上级让补开追悼会，就补开。在大队的舞台靠墙放一张桌子，桌子上靠墙倚着一本书，书的正面用图钉钉一张周恩来画像，比巴掌略大。舞台上空荡荡的，桌子显得很小，桌上的遗像更是看不清。桌子前没有一只花圈，舞台的上方也没有挂挽幛，两侧也无挽联，会场的简陋跟人们的茫然正好一致。

农民来到大队，他们来听会，听会有工分，大家就来了。听什么会呢？不知道。也有知道的，知道的人说，是开一个什么人的追悼会，至于什么人，他也听过就忘记了，总之是一个很生疏的名字。

就散会了，一说散会，人群却不散，都纷纷拥到台前，他们举着头上的笠帽，挤着，台前立即围了一大团，一层又一层的人堆上去，密不透风。每个人都踮着脚尖，伸长脖子张着嘴，头上的笠帽都快挤掉了。难道有什么出奇好看的事情么？快走到门口的人一看，也都折返，飞奔到台前，忙不迭地，一个个，都担心自己错过什么好看的东西，这后来跑过去的人，又成了拥在台前的人堆最外面的一层。

知青感到好奇，大惑不解，自始至终，舞台上除了一张桌子再无一物啊，空荡荡的，能看什么呢？围观的人却已从台下挤到了台下。知青也挤上去，问："看什么呢？"答说："看画像。"

难道连周总理的像也没见过吗？

只见从人群里突围出来的人擦着汗，边走边说："样子很周正，像个忠臣。"看过画像的人从里面一层层突围出来，外面的人一层层地挤进去。到最后，知青也被人群涌到了最里面，他看到的，仍是靠墙放着的桌子和巴掌大的周总理遗像。

六感人民没有听说过周恩来，也同样不知道有　个江青。

他们的孩子，一个初中生，到教师办公室交作业，他看到《人民日报》头版上的新闻图片，吃惊地叫了起来：呀，这里还有一个女的，还戴着黑头巾！他的手指点着江青的脸，眼睛瞪得有龙眼那么大。一九七六年九月，江青披着黑纱站在哀悼毛泽东的党和国家领导人的行列中，这在六感一名中学生的眼里，是一个惊艳和奇观。

毛主席竟然也有老婆呢！

六感恍然大悟。

华国锋的彩色画像出现了，像一种时尚，先是出现在县城的新华书店，接着又来到了公社、大队，在宣传队的节目中，来到公社大队的舞台和生产队的晒谷场。农民端详着新的领袖画像，迟疑着说："这个怕是毛主席的儿子吧？"另一个就附和上来："我看有点像，越看越像。"第三个人要显示自己的见识，他就说："这还用讲，旧时皇帝驾崩了，儿子就要顶上来的。"

大家一听，也都说，儿子是要顶上来的。

大队部的地坪，有时会有人议论国事，说到天安门出了事，烧了车，呼口号，大家很兴奋，过了一两天，变成反革命事件，抓了人，追查，等等，也一律兴奋。

有文化和没文化的，都同样懵懂。

没文化的和有文化的，都是非不分。学校的青年教师和回乡的青年，人人喜欢看报纸，他们把报纸上读到的新闻讲给大家听，感到自己站得很高，看得很远，是胸怀全球放眼世界。

大队部的地坪很宽，有七八间厅房宽。

有八九间厅房那么宽。

宽得晒谷只晒了一小半，宽得能开大会，宽得能演戏。若打篮球，观众站的地方也是绰绰有余。但成天去，又不觉得它宽了。

开大会，只来些积极分子，青壮年，要是全大队男女老少都来，就要有五六个大队部才够坐。

但也够了。在大队开的会，从来没有坐满过，最多只坐满过大半个地坪。

大半个地坪，坐的人也够多了。

像煮开的水一样多，水不多，蒸气多。蒸气漫得到处都是，热腾腾，灰扑扑，赶墟似的。人像蒸气，蒸气漫进大队部办公的地方，桌上摆着算盘，是长的，比村里的算盘长，也新，算盘珠子乌亮亮的，煞是招人。有人手发痒，伸出手来拨拉算盘子，一二三四五六七八九，像台阶，一步一步往下下，又一步一步往上上，一上一，二上二，三下五去二，到后来，加成了九八七六五四三二一，也是一个台阶，一阶阶往上，一阶阶往下，都是整整齐齐的。

时候却还早，大会才刚刚开始，大队支书正在舞台上说话呢。人又东探探，西探探，一边的屋子是间会计室，放着柜子，桌上也有算盘，是小的，有点旧，珠子却也发光，是暗光。另一个屋子，大概是支书办公的，有桌子笔墨，有报纸文件。人瞄过就算了，也不进去。

又到走廊上，走廊一路排开，有好几间屋呢，人逐间扒着门缝看，有两间摆着床，是招待房，有外来的干部，可以住下。

招待房旁边是大队的合作医疗站，有一张桌子，两张椅子，一个柜子，一张床。柜子里摆着红汞、蓝汞和碘酒，还有不少棕色的玻璃瓶和纸盒，那都是药，散发着药的气味。桌子跟前坐着赤脚医生赖四眼，他戴着眼镜，胸前挂着听诊器。

又一间，门是开着的，是大队的缝纫组，有一台缝纫机，七姑正在车衣服。

大队本来没有缝纫组，现在却有了。

七姑原本在生产队里出工，现在就在大队车衣了。

她每天不挨日头晒，脚上穿着布鞋，衣服是干净的，她头发梳得整齐，脸也是白净的。田垌里踩田的人远远看了就说，是七姑，七姑到大队了，七姑坐在屋子里头就拿到工分了。

七姑也不算个缝衣高手，她凭什么不下田？大家又嫉又羡。

但说来说去，还是七姑有福，七姑的儿子是金华，是大队的团支书呢。

七姑也和气，面善，她对站在门口的人说，入屋坐吧，入屋吧。她眉眼笑着，手一时没有停，她说："我时阵活多呢。"她又问："你要做衫呢么？我帮你量身吧。"

人心里暖融融的。

就不计较了。

又一间屋，有条凳和桌子，是个小会议室呢。隔了又有一间，是大的，有两个大窗，也开了两个门，像学校里的教室，却又不是教室，是大队的会议室，能坐下五六十人，青年团员开会，知青开会，基干民兵开会，就都坐下了。

里面空着，没有桌椅，却有一块黑板，竖在地上，上面贴了一张歌单，有点旧，也有点破，是电影《海霞》里的插曲，叫"渔家姑娘在海边"，认得字的年轻人看到了，心里肃然起敬。不识字的走过去就过去了，识字的就要站在窗外看上一会儿。

水冲的清扬就要看上一小会。

她读过初中，毕业了，不光认得字，还识得简谱。《海霞》，她从来没有听说过这个电影呢，县城她是很少去的，去了也碰不到新电影，而这个海边更是无限远，去是去不到了，这眼前的大队会议室，她也是到不了的，她家是地主成分，所以她不能是青年团员，也不能是基干民兵。

她就眼巴巴地望着这歌单，“大海边哎——沙滩上哎，风吹大海沙沙响，渔家姑娘在海边哎，织呀织鱼网，织呀么织渔网”，她在心里唱着，她毕业两年了，简谱已经很生疏，她吭吭哧哧地在心里哼着，却也成了个调。

她心里满着，满得像菜地里的芥菜刚刚淋了水。

隔壁是个供销社的代销店，它门面小，却是一块蜜糖，散发着甜香，引得蜜蜂黄蜂蚂蚁苍蝇都来了，嗡嗡嗡的稠密着，一开会，人也来得更稠密，搅也搅不动。而代销店也真的散发着甜味，是硬糖、饼干、白酒和酱油的味道。

也是很好闻的。

而且各个都有便利。爱好糖果饼干的，就捉着这团味道里的甜味闻；爱好酒味的，就专闻这酒香；很多人也爱好闻酱油味的，酱油可是奢侈品呢，过年过节来客人才买来炒猪肉，用竹筒量着，五分钱一小筒。

人到会场上，把不住总要到代销店望上一望的。门里门外塞着人，更加觉得是店里有新奇的东西了，人就挤进去，挤出一头汗，脚也被人踩了，却也就挤进去了。

硬糖呢，也还在玻璃筒里，饼干呢，也还在玻璃筒里。也没多出一样，也没少出一样。玻璃筒盖的也仍是木板盖，是旧的，上面有油迹。硬糖仍是一分钱一粒，没有变成一分钱两粒；饼干仍是两分钱一片，没有变成三分钱两片。这两样的旁边，也还有一只扁圆的玻璃筒，里面装着光身的糖粒，是白的，像石灰的颜色，拇指大小，是圆的，却又凹凸不平，这叫白鸽糖，没有糖纸，光身用复纸包着卖的，黄色的复纸剪成一方方，正摆在玻璃筒的下面呢。

此外还有烟、盐、酱油、火水，也都各在各的地方，代销店的寿贵，也是那样子站在饼糖盐油前。他又瘦又矮，比桌子高不了多少，脸上没看到有肉，只有一层皮，正好就叫他瘦贵。他和七姑，和孙大孙二姑娘，都是六感的知名人物。

大家都挤着，没有人买东西。瘦贵站得也累了，他就说："买吗？买吗？谁要买？"看的人就说："不买不买你坐着吧。"但他不肯坐，他说："你们站着我哪能坐呢。"

虽然瘦贵长得不够体面，站在这里有点嫌丢人，但他是大队支书同村的人，算盘也打得猛，站在这里也理所应当的。总的来说，是他命好，他还娶了个比他还高的老婆呢，生个女儿，又漂亮又伶俐。

看过了代销店，再挤出来，四面看看，再没什么可看的了，台上已上来一个四类分子，不是地主，就是富农，不然就是坏分子，全六感都没有反革命和右派，要斗争，就斗这三类分子。

那人低着头，胸前挂了一个牌。

脸是暗着的，人是缩着的，看不出年纪。批斗的话头是，破坏春耕生产，怎么破坏呢？想不明白，问旁边的人，也都是一脸茫然。有一个知青上台发言了，听说也是瓦上队的，她拿出一张纸来读，声音小得像蚊子叫，侧着耳听了半天也听不闻。

听不闻就听不闻。会就散了，散会回家，就能记上工分了。

此外还开过唱歌的会，每个生产队都要上台唱一轮，看谁唱得齐整，看谁唱得大声。也有过一次拔河比赛，拔完之后选到公社去拔。

都过了瘾。

若大队偶尔放场电影，要来的人就多了，多得乱乱的，塞塞的，多得大队门口一坨一坨的人。

这时候基干民兵连长赖超英就要站到门口了。

年青团支书吴金华也要站到门口了。

他们维持秩序。金华性子绵绵的，他说话也说得绵绵的，他说话有点像他母亲七姑，他说别抢啊别抢啊你们。超英就不同了，她厉害，也叫英姿飒爽，她站在门口，单手叉住腰，大眼瞪着，声音尖着一头，她喊道："谁再挤谁再挤统统不准入！"

就镇住了。

后尾的人问前头，前头人说，是赖超英站在门口。就有人评论说，全六感，就赖超英最恶！大家纷纷应道："是呢是呢，就她最恶。"

超英像是听到了这话，她大声说道："说我恶我也不怕。"这时她手里已经有了一只喊话用的铁皮筒，她喊道："社员同志们，因场地有限，除青年团员、基干民兵、下乡知青、青年骨干，其他人暂不入场，大家听从指挥回队吧。"

水冲队和水尾队离大队近，来的人最多，全水冲的青年都来了，有喜坤喜月喜凤，也有喜莲，大翠二翠，也有清扬，男的庆福庆水，还有大木二木，还有覃达林，也都来了，正兴致着，超英的一铁皮筒凉水泼落来，人人心里冒了凉气。算下来，仅有大翠是团员，庆水和大木是基干民兵。

清扬和达林扭头就回了。二翠想跟大翠混入去，大翠不愿。喜莲冲着超英骂道："恶×！"

超英听不见。

她听见了也装作听不见。

她仍站在门口，手里拿着铁皮筒。

三

（农事）

禾田都是没有见过世面的。

路边的禾田，它见过机耕路，路上来来去去的人和车。不过也是六感的人和车，是没有什么新奇的。

日间来来去去的都是大队干部，他们去公社开会，从公社回来，都是没有什么新奇的。有人去看门口，换上了新衣服，去了又回了，也都没有什么新奇。

有人运猪运鸡去出墟，买了布回，买了猪肉回，也有空着回来的，但他们肚子里没有空，吃了米粉了，嘴上是有油的。

他们路过了。

过去就过去了。

拖拉机没有。全大队都没有。公社也许是有的，但谁知道呢？

常年都是见不到车的，卡车、客车和吉普车，都是不会来的。禾田想来想去，若它忽然记起一辆吉普车，那肯定是来外调的。至于什么是外调，也是没有人知道。

六感的禾田确是没有见过世面。

路边的禾田尚且如此，冲里的禾田就更没见过世面。

冲里的禾田，它连宽点的路都没有见过，它见过的只有田塍。田塍只有一拃宽，只有草，草里最多有蚂蚱，有时有蝴蝶，偶尔也有蛇，就再也没有了。它们见的最多的就是人的光脚板，实在没什么好看的。

田里的禾就长在田里，它又没有脚，它是哪里也去不了，它也想出墟，也想骑上单车，到公社看看，它知道那里是众人都想去的，有热闹看，也有东西吃，闹闹热热的光景，它是一辈子都见不到的。

它也想近一点到大队去，它望不见公社和县城，但是能望得见大队的。它远远地望得见大队的学校，学校的墙挡住了大队，但它的隔壁就是大队。

它也知道大队有个舞台，有个缝纫组，有个代销店，还有个合作医疗站。它也听说过七姑和瘦贵呢，但它从来没有见到过。偶尔的，它见到了一张糖纸，那是二翠丢下的，冲里的禾从来没有见过这东西，它的花纹是熟禾的颜色和泥的颜色交集在一起，稀奇地漂亮，禾就更向往代销店了。

但它没有脚。

没有脚它就去不了。如果生在大队门口的禾田里，离代销店就近得多些，每天能看见七姑和瘦贵，看见支书，看见赖四眼，看见孙大姑娘和孙二姑娘，看见知青，看见基干民兵。但它照样去不了代销店，照样不认识糖果和饼干。

近在咫尺，它就长在田里了。

但它是不怨的。

在六感，到处都是禾田，到处都是禾稻，大片大片的，小片小片的，还嫌不够，还要向山冲里发展。每年每季，要出秧就都出秧，要灌浆就都灌浆；要绿大家就一起绿了，要黄大家就一起黄了。

绿的时候，全六感都一起绿了，黄的时候，水冲水尾瓦上瓦下，也都一片片，一垌垌地黄了。这个世界，是禾稻的世界。

棉花几乎没有。

偶尔有一棵两棵的，也是在屋前屋后，谁家随手种下的。它开的花也是那么两三朵，三四朵，大是大朵的，却是单薄，是小气的，成不了气候的。

所以人人都要把它忘记了。它开了花，开了就开了；它又结了棉桃，结了就结了。其实它的花是开得正正经经的，蕊是蕊，瓣是瓣，颜色是淡黄的，却也没人在意它。它结的棉桃是尽了它最大的力气，所以是鼓鼓的，满满的，满得裂开了，露出洁白的棉花。

但也没人去采。采了也是没有用的，三几朵，五六朵，不能拿它怎么办。偶尔有小孩子采来玩，玩来玩去就脏了，脏了就丢掉了。

棉花在六感是孤寒的。

在水冲，在水尾，在瓦上，它都是孤寒的。

花生和红薯，说到它们，人人眉眼就开了，在地里刨出来就能吃的，除了红薯，就是花生，除了花生，也就是红薯。

所以人就让它们在坡地上呆着。

它们安心在坡地上，也不和禾稻争风头。它的果实都是藏在地下面的，偷偷地藏着，偷偷地长着。它们是那么自力更生，那么艰苦奋斗，不用施一点肥，自己就长着了，自己就在地下暗暗地长出果实，像雷锋一样无私。

花生要生出油来的，它更占风头。生产队有一个榨油房，一要榨油，花生就要一担担地担到油房里，一队人在田塍上走，挑着花生就像挑着嫁妆，左看右看，都是有些喜气洋洋。新娘是谁呢？不知道。油房里煞是热闹，闹热得热气腾腾的，七八条汉子，个个光着上身，下面也只穿了条裤衩，他们合力推着油榨的横杆，有锅口那么粗的圆木，推得嘎嘎响，听声音是快要断了，其实不可能断。榨出来的油只有一点点，汉子身上却是油光光的汗，也不像汗，像油，像是榨出来的油没掉进油槽里，倒统统跑到汉子的光膀子上了。

而红薯在地坪边、屋檐下都晾着了，剖成一条条的，把白心和红心都露出来。红薯干又是粮食，又是零嘴。

此外还有四季豆、蘑菇和烤烟。

叫做多种经营。这话说完整了就是：以粮为纲，多种经营。所以田垌里是大片大片的禾稻，地边上，坡地上，像花边的边，或馅饼里的馅，有几畦四季豆，几垄烤烟叶。

都要卖给国家。

四季豆要挑均称细长的，不嫩不老的，握在手掌里，是十分齐整的一把，长一点的短一点的都不要，一头粗一头细的不行，有虫眼的当然更不行，据说是要做成罐头。

种了几大畦，能挑出来的不到一个箩筐底。让人丧气，但也是无所谓的，是卖给国家，给公社做做样子，跟每家每户，是没什么关系的。

种烟，种烟要好一点。烤烟也长在坡地上，叶子肥阔，花在叶中是红的黄的一串，是比红薯和花生都要喜庆。除了淋粪水，所有跟烟有关的活都轻松，烟叶的性格真是好，它简直是和人做游戏呢。

烟叶它生来就是让人舒服的。摘烟叶，挑到晒场地坪的烤房，人人晃里晃荡的，像玩一样，再把烟叶编到竹竿上，这也像玩，大家坐在地坪上，你一句我一句的，从家长里短到四人帮，是比出墟还好玩的，墟是别人的，地坪是自家生产队的，出墟没有工分，编烟叶却有。

从烤房里取出来，生叶子就变干了，金黄，柔软，散发着醇香，更是招人喜。又要把它从竹竿上拆下，叠好，当天就送到公社去。知青混在地坪里干活，他第一年来，看什么都新鲜，他举着烟叶这把抖抖，那把又抖抖，旁的人就教他，别抖别抖。知青就问："怎么不能抖"。旁人不说，只是笑。知青左右想不通，又问："抖了就怎么啦?"问了有一会，才有人说给他，抖了那不就把烟叶上的泥沙抖丢了，不压秤啊！又有人说，人家是知青，哪像我们，他不欺骗自己父母的。意思是说，烟叶是卖给国家的，知青父母是吃国家粮食的人，占国家便宜就是占父母便宜。

这其中的道理如此曲折，知青又抖了好几竿才听明白。

蘑菇也是公社下来的计划。

虽如此，水冲却也是你情我愿的，就有点像生产队集体娶了新娘子，弄得人人都有点兴奋。

这新娘有点神秘，谁都没见过。先是派了知青到公社的培训班学习，学会了回来就由他指挥，他说，要堆禾秆，大家就在地坪上堆禾秆。他又说，要撒粪，队长就让大家撒粪。他又说，要洒上一点水；他又说，要用塑料膜盖上；他又说，要沤上几天。

又说，还要种上菌种。

这由他一人进行。怎么种呢，谁也不知道，愈发神秘的。过了几天，没有动静。又过了几天，还是没有动静。

大家就说，指不定是没配上种。又问知青，没种上菌种能不能长出蘑菇的。知青说：不可能。大家就笑，越笑越高兴，越笑越古怪，气氛既热烈又暧昧。关于配种、种菌种这件事，大家都有了广阔的联想。

有人说有头母猪没配种就下了猪崽，又有人说一头母牛配了好几次都没怀上。有人说：禾秆堆那么大，蘑菇那么小，这两样怎么配种呢？相当于一只狗跟一头牛××。还有人问，你们见过麻雀怎么××的吗，不××它怎么生蛋孵鸟呢？又有人说，那个蚂蚁那么点小，它怎么××的不知道。

晒场的上空，一时热气着，生动着，人和万物，都喜气洋洋似的。

此外还种了麦子，叫冬小麦。也是不用施肥管理的，种了就好了，隔一个冬天，再去收割就是了。

六感的麦子就是这样，它是可有可无的，在地边地缘的，是非主流的意思。经常有牛啃掉一角，啃就啃了，没人心疼的，它就光着，秃着，没被啃掉的就继续生长。

它长着，绿着，开了花，灌着浆，坚硬着。它绿着绿着就黄了，就金黄了，金黄金黄的，在阳光下，麦芒一根根，金光灿烂。

芋头和木薯，都是很好吃的，生产队却都不种，它们就成了奢侈品。各家的自留地种一点芋头，过节的时候做成芋头糕，送给亲戚，最是像样。木薯就在屋后种上几棵，也是零星，随意，不成气候的，它跟棉花一样孤单，却不是孤寒的，它有多种吃法，生的煮熟了，直接剥皮吃，把中间的一根苦筋抽掉就是了。或者煮熟了，切成片，用油炒，半透明的，闪着油光，肉质致密，却又粉糯，再放上葱段，加上猪肉，那就是世上少有的美味。也有切片晒干，打成粉，做成木薯粉的糍粑，或蒸或煎，都是很好的。

马铃薯和黄豆，生产队也是不种的，就各家凭喜好种上一星半点。水冲的清扬家种了半畦马铃薯，很旺，叶子是浓绿的，茁壮着，像个孩子那样结实。

达林家种了一点黄豆，黄豆晒在他们的地坪上，很小的一摊，很安静，静静地晒着，不吵也不闹，米白色的豆荚裂开了，黄豆掉在地坪上，也是静静的。

宛若处子，说的就是它们。

每家都养了鸡，大多数人家养了猪，有少数鸭和鹅从村边走过，不知道是谁的。它们是村里的边缘分子，但它们对此是毫无知觉的，鹅与鸭，都能从容，它们从容地走在地埂上，走过鸡窝、猪栏、地坪，又走过五色花和水井，就走到麦田里去了。

麦田里的麦子长着。

长着，绿着，开了花，灌着浆，坚硬着。它绿着绿着就黄了，就金黄了，金黄金黄的，在阳光下，麦芒一根根，金光灿烂。

下卷
人人都学一技之长

一把算盘飘荡在六感的上空

插队一年，每个人，心里就都有了打算。一把算盘，飘荡在六感的上空，像一个幽灵。这句式看上去有点像《共产党宣言》的开头，所不同的是，这个幽灵不是共产主义，而是与共产主义背道而驰的个人主义。

它跟个人的前程有关。

就这样，一把算盘，带着算盘珠子哗哗哗的喧响，像一个幽灵，飘荡在六感的上空。算盘珠子漆黑发亮，从四面八方奔赴，碰响在空中。其实也不是响在空中，而是在地上，也不止是地上，更在暗地里，是在心里的盘算。人人都已经明白，要早日招工招生，就早日学会一技之长。

特长永远都是好东西啊，现如今，小升初，初升高，大学，研究生，特长犹如一把长矛，劈荆斩棘。如果你是邓亚萍，上个哈佛耶鲁估计没问题；你是丁俊晖，上个上海交大没问题；你是赵薇，那你就考北京电影学院的研究生吧。能考上。

人间四月天，特长吃遍天。

要会打篮球，身手矫健，要像豹子一窜就把球抢到手，然后像袋鼠，带球飞奔在边线上，接着又像长颈鹿，把球顶进篮。果真练到这步田地，一个篮球高手就横空出世了，出世的高手美名传颂，传到厂矿，就会有人来招工了，叫做特招，如果厂矿不来招，部队就会来了。

有文艺特长更是一招鲜吃遍天，革命时代的文艺有着崇高地位，文艺演出如火如荼，宣传队像大大小小的蘑菇生长在树林里，大蘑菇是国家级的京剧团话剧团芭蕾舞剧团歌舞剧团，还有各部委，还有部队，铁道部文工团煤矿文工团全总文工团，广州军区文工团兰州军区文工团成都军区文工团二炮文工团总后勤部文工团，次大一点的蘑菇是省里的，亦有京剧团话剧团歌舞剧团，下来又有地市文工团县文艺队，每个学校，每个工厂，是最小的蘑菇。

可以用力处甚多。

可以唱歌，可以舞蹈。

吹笛子，《扬鞭催马送粮忙》。拉二胡，《草原上的红卫兵见到了毛主席》。拉京胡，《浑身是胆雄赳赳》。扬琴，《红棉花开红万里》。

手风琴小提琴口琴。

口技也可以，学鸟叫狗叫鸡叫鸭子叫牛叫猪叫，魔术杂技也可以。

人人都愿成为那个技压群芳的人，一旦薄技在身，离幸运就不远了。最幸运就是被部队招去，穿上军装，成为部队文工团的人。最差也能被招工到县水泥厂，当一个工人，一有汇演，就从车间抽来排练。每月都有工资领，一世都有工资领，生病有国家治，生是国家的人，死是国家的鬼。这样的前程，就像一块馅饼，像一条肉粽，像一只肉包子，从天上垂下来，挂在了所有人的面前。

所有的人，家长和孩子，没有孩子但亲戚有孩子的人，身怀绝技和自以为身怀绝技等着教给别人的人。

头悬梁锥刺股的事情，还没插队就早早发生了，张大梅练芭蕾舞，把三只脚趾头都练黑了，文良波学拉小提琴，每天关着门窗拉到深夜。

有人每个月都要到 N 城见老师。

有人每周都要到地区见老师。

坐汽车，坐火车，又坐火车，又坐汽车。

老师从各个角落被挖出来，从厕所，从食堂，他们一个个都是灰头土脸的，是脱帽右派，是犯过错误的人。他们在白天是扫厕所的，是烧开水和给食堂买菜的。他们沉默不语，你问一句他只答半句，你不说话他半天都不会说话。他们的眼睛是看地上的，不是看地就是看天，总之不看人，一旦看人，人是要发冷的，他们的眼睛里长着一块冰。

有谁能把他们认出来呢？

他们中的谁会愿意收学生呢？

学英语，学画画，还有人高中没毕业就要研究《资本论》，他大概梦想着有朝一日被特招到研究机构去。

大多数人都没有老师。但形势紧迫着，再不学些东西就荒废过去了。

汪小旗

忽然，汪小旗被地区水泥厂特招了，大家一阵慌乱。她是全六感第一个离开的，大家眼睁睁地看着她离开了。

谁都想不到，谁都被打了一记闷棍。

闷棍长了眼睛，它一个个打过去，打得最重的就是丁服。丁服，不打她打谁？人人都以为全六感最早出去的必是丁服，她最先进，最积极，她喊扎根农村喊得最嘹亮，历史的经验告诉我们，这样的人一定会早早就到一个好地方去。即使谁也不这样想，那也终将成为现实，或者它已经是现实，它隐藏在那里，用不了多久它就出来了。

汪小旗的篮球打得不算好，在初中她还不是校队的，到高中虽进了校队，却是个板凳队员，一场球下来，她上场的可能性只能寄托在两件事上面，一是我方有人扭了脚踝，一是我方大比分超过对方。这两样可能性都不大。所以无论是在我校打的主场，还是到外校比赛，汪小旗总是懒洋洋地坐在球场边的石凳上，坐累了她就站起来叉着腰扭上一扭，但她绝不做运动松脚筋，她不压腿，也不原地跑步。她的眼睛是眯的，像林忆莲，烟视媚行，睡眼惺忪，猛一看，她有一点妖气，再一看，她不过是慵懒。她兴致好的时候，也会当几分钟的拉拉队，喊上两声好，拍上几巴掌，她的声音是沙哑的，巴掌也拍得不够响。

纵然如此，汪小旗还是像一个打篮球的人。她长得高，她虽没有宁夏女篮的十号小姐和九号白牙那么高，但她比五号矮婆还要高一点，她在南流中学的女生中几乎是最高的。她高得也不像竹竿，身材是匀称的，站在人群里，一看也像是个篮球人。

插队后县里搞过一次运动会，汪小旗就到公社集训了十天，回来后也不出工，她本来就不想出工，干脆就不出了。

她是全六感第二懒。

安凤美是第一懒，这两个人，可以合称为六感的绝代双骄，但汪小旗的口碑好，安凤美的口碑差。汪小旗的特长是正当的，可以给集体带来荣誉，是健康而明亮的，安凤美的特长（如果魔术和武功算是她的特长的话）是不清不楚，时有时无，轻佻而晦暗，还加一个玄虚。

好在这两人不是两姊妹，否则定然要杀个人仰马翻，那必定是一个奇观，在六感的上空，冷兵器的碰撞声铮铮作响，一方把剑舞得幽光闪闪，一方把篮球大的铜锤耍得水泼不进。两人都可算作六感的美女，一个尖着声音喊："看剑！"另一个用豆沙喉应道："去你妈的！"她们扭腰突胯，横眉冷目，却又倾心倾意。如果两人穿上敦煌飞天的衣服，简直就会变作两只凤凰！

两个人都谈恋爱。

安凤美是多边恋，她心性鲜活，招蜂惹蝶，你有一个眼神她就丢给你一个鱼钩，那鱼钩很是锋利，又无诱饵，偏偏鱼都上钩了。我们的安凤美，她坐在水边，看到大鱼小鱼一尾接着一尾地游来，不由得心花怒放。她说她喜欢男人。

汪小旗是不会说出这么肮脏的话的。

她清冷。

她清冷着却又有一股妖媚气，她骨子里是媚的，冷媚。

所以有男人喜欢看她。陈戈亮每天下午放学后就不回家，他到大队，去看练投篮的汪小旗。陈戈亮是六感学校的体育老师，他不明白自己怎么就喜欢了看汪小旗。汪小旗投篮的姿势是很好看的，她眯着眼，抿着嘴，双手托球高举过头顶，球在她手里很轻似的，好像那不是篮球，倒是一颗夜明珠。总之，篮球到她手里就变了，变得亮而光，照着她的脸，球还省了一半的人事，它在她手里等着，蓄势待发。然后她就一踮脚，全身往上一弹，手腕同时一压，球就抛了出去，一头撞到了篮板。空心球是极少的，汪小旗的技术不够好，她永远也成不了十号小姐、九号白牙，更成不了五号矮婆。她做梦也去不了省队市队，她连县队都没资格。所以篮球又回到了她手上，她继续练。

旁边有一个陈戈亮在看，她是知道的，她不用回头看就知道，这样的女子，全身后背都长着眼睛呢。她就更加端正，更加无邪。

所以她的恋爱是别人单恋着她，她爱不爱别人，旁边人是不知道的，看不出来，她不跟人打闹，也不同进出，更不坐别人的自行车后架上。她也并不装着不知道有人喜欢她，她知道，她明白着呢。开知青会的时候高红燕会逗她说话，她说："汪小旗，我知道谁喜欢你呢!"汪小旗不答，只一笑，诡异，神秘，却也有一点自得，别人看着，完全摸不着头脑。

陈戈亮也摸不着头脑。他一时觉得他是有数的，一时又全没了数。正在拉锯之间，汪小旗就特招了。她个高，她会打点篮球，她是地区水泥厂子弟，地区正好要开运动会招兵买马，她有一个舅舅是水泥厂人保科的，等等。如果没有这些，她也是会特招的，她命好，有福，她的面相就是有福人的面相。陈戈亮就是这样看的。

草药五色花

那阵子我在生病。脚长泡了，化脓，红，肿，发烧。一双脚，整得我人也瘦了一圈，眼窝也陷了。

是谁让我用五色花洗烂脚的，我已经记不得。也许是大队合作医疗站的赖四眼，也可能是三婆。

这正合我意。

我热爱中草药，知道有火炭藤雷公筋月亮草鱼腥草芝麻草车前子，等等，县医院药房的地坪药香袅袅，屋前屋后的草药也都时不时地探出头来，但我总不曾亲手采药自己用过。小学时学校组织上山采集中草药，去了半日，手上腿上，刮了许多划痕，却只采了一束芝麻草。

五色花早就认识，是臭花，又出奇俗艳，是我最不喜的。但它忽然就要给我治病了，它在南流街上与我是不相干的，从沙街到公园的河边有许多，从沙街到陵城小学的小路上也有很多，它开在独石桥的桥头上，热闹得连朱砂石的石桥都显陈旧了，它在旧医院宿舍的屋后，在旧妇产科的后背，也都长得旺势。

却忽然它要给我治病了。原来它是药呢！恰恰水冲也有，水尾也有，全六感都有。在路边，政治粪屋和知青点旁，在灌木杂树丛中，看到星点几撮耀眼的明黄和大红，那就是它了，你心中一喜，欣喜着奔过去，两手并用，折下枝叶，夹着回到知青点。

五色花发出难闻的气味，它难闻着问："不嫌我臭啦？"

我讪讪。

它亮着小嗓门又问："也不嫌我俗艳啦？"

我又讪讪。

我讨好它说，不臭哪能当药呢！不臭哪有个性呢！不臭的植物都是平庸的（这句话有点过分）。俗艳？俗艳更是风格，如果你是个女人，就能当上个国际名模；如果是个画家，定是俗艳主义的开先河者，拿到纽约拍卖行去，拍出个一千万美元都未可知啊！

当然这番肉麻的话我没有说。

当时我根本不知道有国际名模俗艳主义和纽约拍卖行，这番话飘荡在将来的时光中，被五色花捕捉到了。它有点忸怩，忸怩着被我折断掰进了药锅，加了水，盖上盖，用生产队的禾秆烧了起来。

灶间里一时满是火烟和五色花的臭味。

水冲的五色花都被我扯光了，水尾的也被我扯掉了七八成，前后折腾了一个星期，到底也没治好脚。

那双脚已经很不成样子，膝盖以下直至脚面，长满了花生大小的水泡，有点痒，有点发红。刚开始我也不介意，却不料这水泡也不是好惹的，水泡虽小力量大，它也学了《愚公移山》，先是一个水泡化了脓，紧接着是一片水泡变成了脓包，我把双脚泡在热腾腾的五色花水里，用一条毛巾把草药水撩到腿肚子，又把毛巾拧到半干，敷在一片水泡上，还不够，要把水泡的皮搓破，洗掉脓水。

真是一件腌臜之事，但身在其中，并不觉得腌臜。我一只只地侍弄脓包，每一只都洗到，就像对待大小姐，手轻心细，稍有不慎，它们就会尖叫。这很费时间，等到把所有脓包都处理完毕，半天就过去了。

那段时间我不出工，每天待在知青点洗脚，一天两次。但我晚上洗了脚，第二天水泡里又生了脓，周而复始，丝毫不见好转。

我重新感到五色花又臭又俗艳了。

比原来还臭，臭得让人头昏。我的毛巾是脏黄色的，我的手也是脏黄色的，双脚更是惨不忍睹，既黄又黑，一片焦土，水泡们已经不能把皮长起来，水泡已经不复存在，在水泡的废墟上是没有遮盖的烂肉，粉红，溃败，没有好的希望。

我就发起烧来了。

高红燕用自行车把我驮回南流家里，我在家里待了半个多月。五色花完全放弃了，退烧之后，每天用一种黄色的药水洗脚，然后用同一种药水敷，小腿以下是东一块西一块的纱布，连凉鞋都穿不进，只能拖木鞋。这个样子出不了门，也不便走动，每天除了一天按时洗三次脚，其余时间就靠在躺椅上看书。

革命时代的书

那一年我不能确定我们县里有没有图书馆，我依稀记得是有的，在河边公园内一所白墙黑瓦式样简洁古朴的房子里，据说这房子是民国时代的国民党党部，我小时候常到这所房子周围玩耍，那里有两棵高大的玉兰树，树下有一眼六角形的水井，这该也是旧时代的，现在的水井都是四只角，四方形。

有时从六感回来我会到这所房子周围走走，房子多是虚掩着门，玉兰树叶落在门口的空地上，很久没人扫了。我从门缝看到厅里摆着一面古旧的大铜鼓，式样古怪，跟现在的铜鼓完全不一样，而且长满了锈。里面既没有人，也没看到书架。我绕着房子走了几个来回也没听见动静，于是我就回家了。

（我想起南流中学的图书室，后来我才知道，这间破旧的图书室收藏有两三书架的外国文学名著，高考前夕，雷朵帮我偷出一本很旧的《青铜骑士》，当时我大吃一惊，我以为校图书室从来只有黄继光雷锋邱少云这些革命读物，要不就是《人民画报》

《解放军画报》《红旗》杂志和《朝霞》丛刊，阅览室里常年摆的就是这些。

一九七六年的时候，雷朵的妈妈还没调到学校图书室，所以我就不知道还有《青铜骑士》这样的书。在我的印象中，七五年七六年是我最没有书看的年头，禁书已经读完了，所谓禁书，就是《青春之歌》、《苦菜花》、《林海雪原》、《红旗谱》、《野火春风斗古城》等等，现在看来都是些意识形态化的、没有什么文学价值、天经地义要被文学史淘汰得一干二净的东西，在我的少年时光，阅读的就是它们，它们的禁书色彩使我获得一种隐秘的快乐。

我不知道世界上还有另一种禁书，在我读《青春之歌》的年头，我后来的大学同学在读《新阶段》、《赫鲁晓夫主义》以及大量的俄罗斯文学名著，刚上大学的时候我听他们大谈托尔斯泰、陀思妥耶夫斯基、车尔尼雪夫斯基，从《战争与和平》、《复活》、《白痴》到《怎么办?》，又从巴尔扎克、罗曼·罗兰、梅里美、斯汤达到杰克·伦敦、海明威，但丁的《神曲》，歌德的《浮士德》，莎士比亚，古希腊悲剧，有人已经遍读无遗。班上有人入学前就自学了五门外语，有人译过两本书，这一切像一场劈头盖脸的冰雹，三下两下就把我打懵了。

更可怕的是，七七级历史系有一个王素，在上大学之前就已经通读了二十四史，背诵了三千多首中国古典诗词，三百多篇古代骈文、散文，编写过《张居正年谱资料汇编》、《中国自然史编年汇要》，还写过研究古天文学的文章。面对这一切，我目瞪口呆之后紧接着就是深深的恐怖与绝望，等于突然发现了自己在一个深渊之中，有万丈之深，即使用上毕生的精力也难以挣扎出来。这时候我才发现，读过《青春之歌》和《红岩》之类是一件既可笑又可耻的事情，我不能再提到它们。

唯有恶补。我的下铺要帮助我，她从家里带来一套《莎士比亚全集》借给我，又恨铁不成钢地带来一套文学大师头像的彩色图片，在一九七八年，彩色图片还十分稀奇，这套图片印刷精美，有简短的英文说明，不知她的家人从哪个国家买回来的。她举起一张图片，问我："这是谁?"我说："不认识。"她又举起另一张，问："这个呢?"我说："也不认识。"在十几张图片中我只认识普希金，我的下铺很高兴，觉得没白带图片。

她指点我辨认冈察洛夫，他的特征是头顶有点秃。我刚刚记住了冈察洛夫她马上又从书包里拿出一本沈祖棻的《涉江词》，告诫我沈祖棻是一名杰出的女词人，堪与李清照比肩，而《涉江词》是一本不可不看的书。

回想我大学时代的阅读生涯，各种书籍犹如乌云密布，层层叠叠地堆积在我的头顶，它们来自不同的方向，从老师同学的嘴里、课程表上，它们开始是空气，紧接着是声音，像风一样刮来刮去，文科图书馆外借处的老师总是高声说，《×××》，借完了！平添一种紧张的气氛，我身不由己，步履匆匆，在书籍密不透风的乌云下，我盲目、失语、缺乏判断与选择。

密不透风的阅读就像一场可怕的风暴，它疯狂地辗过，不给生长的心灵留下任何余地，这种阅读是摧毁性的，致命的，它极大地败坏了我的胃口。)

在没有书的日子里我感到一种悬空感，头昏，发困。这个时候我就会出门到街上去，我从东门口走到西门口，西门口有县城唯一的一家新华书店，我总是不知不觉就走到书店的门口，就好像这正是自己的家。

我一路走，街上的行人都是懒洋洋的，他们面无表情地走着路、骑着车、拿着东西或不拿东西，有个把人在街边打着蜂窝煤（蜂窝煤在七十年代是我们县城的一种时髦东西，就像今天的电磁炉），三几人在自家门前的青石板上劈柴，做蜂窝煤的铁模和劈柴的柴刀在阳光下起起落落，闪烁着不同的光泽，它们全都带有一种懒洋洋的气氛。现在想来，那就是一种星期天的味道。我常常在星期天的午后出门，从东门口走到西门口。我下乡插队后就不记得星期天了，只是每次回南流，心里才有休息日的感觉，这种感觉像雾一样笼罩在从家里到东门口的路上。过了东门口这种懒洋洋的感觉很快就消失了，因为很快就要到西门口了，西门口有新华书店，我可以到书店去。

革命时代新华书店的书永远那么单调，正中是马恩列斯毛专柜，文学类的架上有几种鲁迅的单行本，通常是《二心集》和《且介亭杂文》，我直到插队第二年才买到单行的《野草》和《朝花夕拾》。除鲁迅外有浩然的《金光大道》、不知谁的《沸腾的群山》、《征途》、《剑河浪》，诗歌有《理想之歌》、《张勇之歌》、《运河赞歌》，此外有一些简明的工具书，如《哲学名词解释》、《新华字典》、《汉语成语小辞典》，一些科普读物如《天文知识》、《自然界的奥秘》，还有一些实用的《怎样创作歌曲》、《怎样种红萍》、《科学养鱼》一类，最多的是科学种水稻，再就是如何写好钢笔字。

不记得那些书是开架陈列还是隔着柜台的了。好像这两种情况都有。有一个老头，他戴着眼镜，也许并不是老头，而是中年人，我十几岁的时候觉得人过了三十岁就老了，这个人，我想他一定很有学问，就是他把我放进柜台里的。

我站在柜台外，入迷地盯着那些书脊看，我够不着它们，这时候，面前的一扇与柜台一样高矮的木门打开了，我原以为它是一个屏障，它却突然变成了一扇门，这真像是一个奇迹，但我却一点都不吃惊，我径直走到那些书跟前，一本一本地抽出来，有趣的就看，没趣的就马上放回去。《自然辩证法》和《朝霞》，我都是在书店里逐期翻阅的。

有趣的书实在太少了！

我常常是挖地三尺也找不到一本好看的书。新书久久不来，来了也只有一两本可看的。我站着一会儿就翻完了，翻完了也就不用买下来了。我这种读书的方式养成了我浮皮潦草的阅读习惯，我很少反复读同一本书，精读、思考、追问，统统都谈不上。

新华书店既使我兴奋也让我失望，也许那种懒洋洋的感觉就是一次次的失望积累而成的。

失望还是要去，去了照样还是失望，我不知道除此之外还能到什么更有趣的地方去。有时我无聊地在书店里转圈，看那些挂在墙上的印刷画，基本上是两大类，一类是水粉宣传画，一类是摄影。宣传画的主题是工业学大庆、农业学大寨、全国学习人民解放军，还有教育革命，以粮为纲等等。画上的大标题干脆就是一句语录：“水利是农业的命脉，教育要革命”，等等，色彩鲜亮，画面上常常有一轮红日，或大或小，全部放射出一道道直线的光芒。这些红亮的宣传画一张张地别在绳子上，右上角标着大大的号码，这使新华书店有一点集市的味道。

与水粉宣传画相对的另一面墙是好些大幅摄影，也是印刷品，主要是革命样板戏的剧照，那些在舞台化的电影里出现的人物，是革命时代万众瞩目的偶像，他（她）们的声音、容颜与身姿，是革命时代最美好最鲜艳的花瓣，她们的转身、投足、怒目圆睁、咬牙切齿（这在革命样板戏里是一种必需的元素，是对敌人的恨，李铁梅的唱词里就有“咬碎牙，咬住恨”，她这样唱的时候就把她长长的独辫子摔到胸前紧紧地扯住，这样一幅剧照出现在各种宣传橱窗、邮票、信封、画册以及普通人家的墙上，是革命时代的经典画面），被分布在工矿、学校、部队、农村的毛泽东思想文艺宣传队里，被成千上万专业或业余的主角们无数遍地模仿，谁模仿得最像谁就最有才华，谁就最有前途。在革命时代的广大基层地区，对一个宣传队演员的评价标准就是像还是不像。中国京剧院、中国芭蕾舞剧院、上海芭蕾舞剧院，这些闪闪发光的名字就是革命时代举世瞩目的皇冠，李铁梅、吴清华、喜儿的扮演者则是皇冠上璀璨夺目的宝石。

宝石就是宝石，不管她们在哪里，她们的光芒无所不在，即使变成了印刷品，也会在她们的一个转身或造型中散发出永久的魅力。对我而言，将她们飞舞旋转变动不已的某一瞬间固定下来正是我的向往，我可以在同样闪动纷纭的幻想中找到一个切实的点，一个方向，就像我幻想中舞蹈着的自己奔向那个固定的画面，从而成为画中人。

我多年来幻想成为的那个人就是《红色娘子军》中的吴清华，我一直没有机会扮演她，在学校宣传队排演的序幕和第一场中，我只扮演了南霸天的四个小丫环之一，在台上一闪而过，只来得及做两个迎风展翅。吴清华全身红衣，像火焰一样掠过黑沉沉椰林的身姿是我铭心刻骨的惦记，在新华书店闲逛的那些无聊而失望的下午，我常常靠着柜台仰望这幅摄影。

我没有买这幅画，我买了《红色娘子军》这本书，里面有简谱和文字说明，有各场台上人物位置的示意图，最重要的是前面有彩色插页，选了多幅剧照，我最喜欢的那幅吴清华在黑暗的背景中倒踢金冠（这是一个足球术语还是一个舞蹈术语我一直没弄清楚，总之她腾空跃起，上身后仰，红色的衣服像火焰一样飘动）也在其中，我买这本书就是为了这幅剧照。

狂想另一种爱情

我待在家里很无聊，屋顶的亮瓦从墙壁移到地上，又移到另一面墙壁，时光漫长。我盼望吕觉悟雷红从天而降，但她们没有。吕觉悟在附城公社，雷红在民安公社，她们没有理由回来。

只有雷朵会忽然进来，像一团亮光。她热烈，兴奋，脸上有一层淡淡的红晕。她微笑着，嗓子眼里似乎放着一首新歌。她说她新认识了一个人，是男的，是一个大学生，来南流开门办学。她说他很成熟，有二十多岁了，也喜欢看书。

她说他叫韩北方。

韩北方就是这样出现的。他从雷朵的嘴里，然后到那些充满革命理想的信件。现在想来，这个恋爱如此乏味，只能怪自己不如安凤美懂风情。假如我是安凤美，一定不会这样浪费自己的初恋，事情必有另一个开头和另一个结尾。

如果我是安凤美，我一定不会等到双脚烂到不可收拾才回南流，长出第一个水泡我就走了，我将带上她的公鸡二炮，或者我们水冲的猪精刁德一，我们主仆二人或姐弟二人，背向着大队，背向着大队的合作医疗站，背向着水冲和水冲的五色花，一路向着六感河，向着香塘墟，向着通往南流的公路飞驰。

我骑在自行车上，公鸡二炮站在车头，猪精刁德一站在车尾，当然这俩畜生是不可能同时和我在一起的。这个场景稚趣盎然，有点卡通。但我骑在自行车上，觉得后架有点重，我虽车技良好，但从不带人，也不运物，所以后架上一有东西就感到重心被强行改变了，而公鸡二炮站在车头上，它的尾羽正好扫到我的脸，又痒又看不清前方，我不停摆头才使自己不至于骑到禾田里，这样我看上去就有点像《西哈努克亲王访问沈阳》或《西哈努克亲王访问桂林》里的宾努亲王，中医里称之为斜颈病。此外鸡屎的气味也越来越重，我怀疑二炮的屎比别的鸡的屎要臭，它既漂亮又聪明，如果没有一点缺点是不能站住脚的。

我忍着鸡屎味，斜着颈，摆着头，像宾努亲王那样骑到了六感河，我决定再也不能忍下去了。于是古怪的骑车图戛然而止，猪精小刁跳下车尾，二炮也不再站在车头，这样看上去就有点像电视剧《西游记》里的场面，“你挑着担，我牵着马，迎来日出送走晚霞”，我骑在车上，相当于唐僧骑在白龙马上，小刁相当于猪八戒，二炮则可比孙悟空。在早晨，日出之前，或者在黄昏，日落之后，六感到处都是山，山岭挡住了太阳，但挡不住光线，光线从山垭里射出，天空明亮，晚霞（或早霞）似锦，师徒三人行走在机耕路上，前面是公鸡，尾羽华丽，后面是猪，精瘦黢黑，中间是一个女知青，扎着两根短辫子，骑在一辆男式自行车上，这样一个画面，如果我不写出来，就永远不会有人知道。有朝一日等我学会了做皮影的手艺，一定要把这部《致一九七五》做成一部皮影戏。

过了十字铺就是柏油马路了，车轮轻盈，如梦如幻，月光透过疏朗的马尾松洒落在路面上，万籁俱寂，前无来人，后无来车。我们很有可能进入了一个特殊的时空，一时间，我、鸡、猪都意识到了这点，我们感到有一种嫩绿色的光进入了我们的身体里，自顶至踵。二炮开始唱起来，它唱道："世界是你们的，也是我们的，但是归根结底是你们的，你们年轻人，朝气蓬勃，好像早晨八九点钟的太阳，希望寄托在你们身上。"它边唱边在我的左上方飞翔，它飞得一点也不费力，好像它不是一只鸡，而是一只鸟，不是一只鸟，倒是一只凤凰。

小刁不出声，它认为边运动边说话会伤气，它跟在我的右后方奔起来，它跑得像一匹骏马，但比马轻盈，它是腾空的，四蹄基本上不着地，地球的重力场对它不起作用，路面和空气的阻力也都不知哪里去了。它如此轻盈，以至于它不再像骏马，而像一匹梅花鹿。

半夜三更，我忽然出现在韩北方的宿舍里，他们机械系，想必是住在机械厂的院子里，一间半空的仓库，角落里堆了一堆破铜烂铁，有七八张床，全是门板搭的，蚊帐低垂，电灯熄灭，只有韩北方一人坐在唯一的书桌前读书，他点着一把小煤油灯，豆大的火苗一跳一跳的，突然一阵风刮开了门，七八床蚊帐闻风飘动。我无声地飘到韩北方的跟前，我说："太晚了，歇了吧。"

"你是谁?"

我说"我是安凤美，"说着我就像狐狸精似的一笑，魅惑得韩北方一愣　愣的，而蚊帐无声地飘动。

但我又意识到我不是安凤美，我又说，"我是李飘扬啊，雷朵的朋友。”这样说着我不再有魅气，我傻愣愣地站着，因为出汗，头发沾在额头上，完全是一个不解风情的小女子。韩北方瞪着眼睛看我，他惊得一时不知说些什么好。

我一边出汗一边感到自己还是喜欢他的，所以我又说：“我是安凤美。”这样说着，我感到自己的嗓音有点嗲声嗲气的，狐狸精立即又灵魂附体了。一只狐狸精，生长在安凤美的身上，但在某一个晚上，它在我的身体里进进出出，我一会儿冲韩北方扭着腰肢飞媚眼，一会儿又垂眉低首像根木头似的站着，害得韩北方无法做出准确的判断，他揉了揉眼睛，变了，再揉揉眼睛，又变了。如此几次反复之后，他决定上床睡觉，他吹灭了灯，钻进了蚊帐里。但他受到了刺激，一时无法入睡，他就按亮了手电筒，在蚊帐里坐着看书。而我无计可施，只得站立在帐外黯然神伤。

这时公鸡二炮说：“走吧，天快亮了。”

二炮和小刁一直等在仓库门口，它们目睹了我一会儿是安凤美，一会儿是李飘扬的全过程，一只狐狸精在阴风拂动的仓库里无声地跳来跳去，这种场面在它们漫长的一生中见得多了。它们超然物外，如同一僧一道。公鸡二炮趁着夜露梳理它的羽毛，猪精小刁则趁机打坐养生。

但天的确快亮了。

我如梦初醒，当我再次骑车到了公路上，二炮已经不见，鸡屎的气味还若有若无，尾羽拂面的感觉犹在脸上，但二炮消失了，天已大亮，早霞在岭头挂着，天堂的归天堂，地狱的归地狱，公鸡二炮归了安凤美。至于小刁，它早就成了一匹特立独行的野猪，正在不知哪里的红薯地里刨红薯吃。

人人都要有一技之长

话说我正在家里跟雷朵闲扯，忽然听见一阵自行车的声音特别耳熟，那是车链碰到链盖的声音，车链有点松，它摩擦着链盖，发出噶嗒噶嗒的响声，节奏均匀，有些发闷。

我断定那是高红燕那辆缠着红白塑料条的男式二九自行车，自从我打完十支狂犬疫苗，这辆自行车就成了我的另一个密友，虽然后来我家给了我一辆旧自行车，我再也不用借高红燕的车了，但我和这辆花车的关系彼此秘而不宣。它刚出现在操场对面，我全身的神经就竖了起来，我背对着窗口坐着，但我的后背感到这辆花车的车轮正辗过操场边缘的老鼠脚迹和车前草，操场荒芜，草颇厚，车轮压在上面如同压在棉毯上，听起来像是一个人猛地被捂住了嘴巴。

我知道是高红燕来了。她带来了汪小旗的消息，她说："汪小旗招工到地区水泥厂了！"

汪小旗招工到水泥厂了！

犹如平地一声惊雷，雷声隆隆，我顿时觉得窗口有点发暗，空气中似乎也充满了雨的气味，右腿上被狗咬的伤疤有点发痒，双脚已经干爽的水泡好像又要鼓胀起来。

鲁迅说，"可悲的是梦醒之后无路可走"，我被汪小旗惊醒之后也同样感到无路可走，一连数日，我每天挖空心思，要为自己找到一样特长，好让天上的大馅饼，早些落到头上。

从此，六感河以北，牛角山，毛窝山，清水塘、水冲、水尾、瓦上、瓦上，学校和大队，凡是有知青路过的地方，都回响着一个声音：人人都要有一技之长啊！

人人都要有一技之长。

这个声音有点苍老，也有点稚嫩，有点浑厚，也有点尖细，有点男腔，也有点女腔，既大声，又小声，窃窃私语地走在路上，它看是看不见的，但它游走着，从南流的公路，一路走到六感。

蘑菇奔走相告

赵战略就起床了。

房间里浊气弥漫，赵战略像冬眠的动物一样出了洞，在屋檐下伸着懒腰，他现在不用跟大家一起出工了，他管生产队的蘑菇房。

赵战略管蘑菇之后蘑菇就蹭蹭地长了出来，它们对赵战略是亲的，一只只傻头傻脑的蘑菇都管赵战略叫赵哥哥，它们躲在温湿的稻草里，等着赵战略给它们喷水。赵战略一进屋，蘑菇们就奔走相告，这时谁都还没有长成蘑菇的样子，就跟一粒芝麻差不多，但它们也激动，把小胸脯鼓得像蚂蚁的肚子。

赵战略手持一把竹喷筒，比宋谋生给我做的那把粗，出水却比我的细密。我的竹喷筒只钻了五个出水孔，赵战略的足有三十个。一开始他用锥子钻了十个孔，水一喷，蘑菇们就娇声娇气地喊疼，声音尖的尖，软的软，一个个都喊道："疼死我了疼死我了。"赵战略就找三婆借了大号缝被针，用玉昭的风炉把针烧红，成功地补钻了十个孔，第二天又用小号缝衣针再补了十个小孔。这样一来，喷出的水就跟头发丝一样，又细又软，喷到身上一阵阵酥麻，连最娇气的蘑菇也都舒服得直哼哼。舒服过后它们就唱了起来，"如果没有天上的雨水哟，海棠花儿不会自己开，只要哥哥你耐心地等待哟，你心上的人儿就会来到哟喂”。

在革命时代，这种歌统称黄色歌曲，唱出来就是生活作风不好，赵战略要十几二十年后才会知道这首歌名叫《敖包相会》，他只知道语录歌和革命歌曲，最新的歌都在《战地新歌》里，但这曲子软绵绵的，听得身上亦是阵阵酥麻。

刚酥麻了一分钟，赵战略又觉得不妥，这样的软曲太像敌台了，在革命时代，收听敌台是现行反革命，他喝道：“别唱了!”蘑菇们就闭了嘴。它们闭着嘴眯着眼，以肉眼能看见的速度飞快地生长，长得嗖嗖的，一夜之间，一片新蘑菇就长出来了，一天下来，黄豆大的小蘑菇就长成了大蘑菇，胀鼓鼓的，再不摘就成次品了。赵战略把次品蘑菇带回知青点，看见蘑菇我们欢欣鼓舞，马上煮来吃，味道却怪得很，一点都不好吃。事情就是这样奇怪，蘑菇一只只白白胖胖，看上去肉厚味鲜，能比王母娘娘的仙桃，吃进嘴里却是一嘴稻草味，还不止，还有牛粪味。远不如白米饭好吃。赵战略不高兴，他不高兴我们怪蘑菇，只怪我们没有将猪肉和蘑菇配在一起。

天明时分，赵战略起床了，他要成为多面手，他要不光会种蘑菇，还要会做木工。在我看来，赵战略是全六感知青中最有头脑的人，他为自己设计了一条最为曲折隐晦的道路，这条道路伸手不见五指，唯有刨子木锯和凿子在闪着微光。赵战略的梦想是当兵，不只是当兵而是当一名营长或团长，有一次我们在毛窝山上打柴，赵战略一边砍草一边观察地形，他的脑子里出现了两套作战方案，一是正面强攻，另一套是两侧包抄，他的头发是立着的，全身肌肉已经收紧，拍上去会发出铜的音质，双眼比平时小，但比平时亮数倍，但它看不见柴禾，只看见一队队的士兵，头戴树叶编的头箍匍匐前进。

我们问他：“赵战略，你是不是特别想参军？”

他一咬牙就应道：“是又怎么样？”

再也没有人比赵战略更没希望参军的了，他又矮，又不是先进，又没有后门。一个身高只有一米六零的人，他怎么才能当上兵呢？除非他身怀绝技，按照赵战略一厢情愿的想法，只要他如何如何，部队就会远远听到风声，风雨兼程跑来将他特招。

有一天我告诉赵战略，我们学校上两届的李永青当兵了，部队在湛江，听说叫舟桥部队，是专门架设临时桥梁的。李永青，你知道吗？在《白毛女》里演唱大春的。但赵战略不理我，他对李永青不感兴趣，他们石窝公社高中不排《白毛女》，只排过《智取威虎山》里的《深山问苦》，他演过里面的小常宝的爹。他只对舟桥部队感兴趣，他像中了蛊，念叨着，他问我：“舟桥也有部队的吗？部队里也要人造桥的是吗？”

赵战略就去找了一把条凳。

就去借了刨和锯。

借了凿。

赵战略要学木工了。他去找了一把条凳，条凳是油榨房里的，油榨里的东西都是生产队的，赵战略把条凳扛到蘑菇房里，肩上压了一道油印，条凳是油腻腻的，散发着很厚的油味。他找三公借的刨和锯，他保证，一个月内买新的，一买到新的就还回。凿子找谁借的，不知道，可能是庆贵，庆贵走南闯北，见多识广，家里有一些乱七八糟的东西。

总而言之赵战略就自学木工了。

铁腥气弥漫

高红燕也从家里带来了一个麻包袋，麻袋七凹八凸地绑在自行车后架上，她推车上坡的时候铁器乱撞，麻袋里响成一片。但高红燕假装没有听见，她把自行车停在屋檐下，像拖死狗似的把麻袋拖进屋，放在了床底下。

我正想看看，她就从挎包里掏出一个大口玻璃瓶，她举着瓶子在我鼻尖晃了晃，她的意思是：有好吃的！一想到吃，我就把她的麻包袋忘记了。

玻璃瓶里装着猪脚炖黄豆，这是我最馋的食物，我已经很久很久没有见到过了，简直有两三年没见到了，过年的时候吃到了白斩鸡、慈菇炖猪肉、鱼和萝卜炖排骨，但没有吃到猪脚炖黄豆。我两眼发亮地紧紧盯着高红燕的玻璃瓶，正是下午两三点，还没到做晚饭的时候，我急得在屋里团团转，我走到屋檐看看又走回来，玻璃瓶还封着盖，但它的香气已经跑进了我的肠子里，它领着我的口水冲到了我的嘴里，我只好不停地用力咽回去。

这时我的眼前出现了一双筷子，高红燕说："算了，别等吃晚饭了。"我们两人站着，你一筷我一筷的，不到十分钟就把一瓶猪脚黄豆吃光了。知青点很静，屋前屋后都没有人，赵战略在蘑菇房，罗东估计是回家了。

吃完猪脚高红燕又让我吃牛甘果。

牛甘果是全世界最酸的水果，又酸又涩，一般不能直接吃，要用盐腌上几天，腌的时间越长越好，腌熟之后再吃，就会先酸后甘，越来越甘，跟橄榄差不多。虽如此，谁都不会没事就吃上一颗牛甘果，因为这东西刮油，刮得厉害，一颗吃下去，肚皮马上就会贴到后背。

但吃了猪脚，就可以吃牛甘果了，这时的牛甘果是甘的，吃得全身都甘。吃过牛甘果之后，事情就发生了变化，我觉得身体有点发飘，玻璃瓶变成了两只，屋檐下的自行车也变成了两架，我弯腰看床底下的麻包袋，麻包袋也是重叠的，颇有一点奇幻。

麻包袋说："看什么看，没见过啊！"它自己从床底下走出来，先给我一个白眼，然后"哗"的一声自己把麻袋里的东西倒了出来，原来也不过是家常的工具，计有：扳手、老虎钳、起子、铁丝、锤子，此外还有一盒像猪油一样的东西，也是黏糊糊的，但比猪油黄，闻起来有一股肥皂味。我正要细看，麻袋又呼的一下把工具收了回去。

从此以后，我们知青点的屋檐下就多了一个单车修理摊，高红燕一有空就坐在屋檐下，她把一辆自行车拆得七零八落的，车头在东，坐鞍在西，两只轮子重叠靠在柴屋的门口，车链像条蛇似的瘫在地上，她把滚轴拆开，把里面的滚珠掏出来，一只一只擦干净上面的黑垢，又一只只按在那盒黄油里。她的手是黑的，膝盖上铺了一块打了补丁的劳动布，那也腻得像模像样。

铁腥味弥漫着，柴屋里的柴禾惹上了铁腥味，鸡不喜欢，就不到柴屋下蛋了。灶间也有了铁腥味，水缸里的水、锅镬、灶台，也都有了铁腥味，高红燕洗了手淘米，米饭里也是一股铁腥味。我们吃不惯，后来又习惯了。

我们房间的味道最浓，明明是高红燕身上的铁腥味，却跑到了我的蚊帐上，这一来，蚊帐、被头，还有我的衣服袖子，似乎都成了车摊。

一开始不习惯，过几天就习惯了。

高红燕学起了修理自行车。她的父母都在县机械厂，这件事情顺理成章。高红燕的宏愿是给全队每架自行车都拆开大修一次，把所有的滚珠都上上她从家里带来的黄油，这样一来，全水冲的自行车都会转得飞快，走在路上滑溜溜的，一点杂音都没有，谁远远看过去都能辨认出水冲的车，因为这车不像是在机耕路上行走，倒是像在冰上滑行。有时她还进一步狂想，全水冲的车经过修理，架架腾空飞起，车钢闪闪发光，水冲的上空，车轮转成一片。而部队的同志，就会闻风而动，不远万里，来到六感，把人特招到空军当机械师。

当然这很像是赵战略的想法，高红燕的想法则很朴素，有一天她告诉我，她学修车是为了十年之后，如果她还不能从六感出来，她就到南流街上摆一个修车摊子。地点她都看好了，就在水浸社，公园路上去，县二招斜对面。

十年这样的话使我大吃一惊，太严重了，太严峻了，十年，简直让人看不到头，是一片大雾，一个深不见底的潭，你根本不知道那头是什么。高红燕居然想到了十年以后的事，这让我对她肃然起敬。

高红燕严肃地告诉我，听说以后知青统统扎根农村，一般情况就不招生招工了，除非有特长。因为现在时局动荡不稳，不知道以后会不会乱，一旦大乱，国家肯定顾不上我们了。

这话使我心里更加沉重。高红燕跟我推心置腹之后借了我的车，她自己的车被她拆得装不上，只得暂时堆在柴房里。

歌如潮，花如海

农忙一过就到大队排练节目，路上黑黢黢的，大狗吠过小狗吠。

大队如果不开会，也是黑乎乎的，谁到得早谁就摸到舞台侧面开灯，一百瓦的大灯泡，本来开大会才用，现在却夜夜亮着。“歌如潮花如海，欢迎朋友四方来，亚非拉人民心连心，友谊的花朵万年长”，我们要把这首名为《小小银球传友谊》的歌编成一个舞蹈节目，这是丁服的主意，她手里没有《战地新歌》，回忆高中时看过的电影，就敲定了这首《万紫千红》里的插曲，我们一致认为不错，《万紫千红》是纪录片，画面明亮，有许多瑰丽的色彩，当得起“万紫千红”这样的片名，总而言之，在革命年代，《小小银球传友谊》令人激动，它的旋律使我想起了高中的日子，我站在大队的地坪上，“歌如潮，花如海，万紫千红迎客来，亚非拉人民心连心，友谊的花朵遍地开。”我们唱着歌，不由得想起腐殖酸铵原子结构模型，《无机化学中充满了辩证唯物主义》，想起孙向明、麦大安、姚红果、邱丽香、赵细兰、蒋锦、张英敏、潘智、马远征，他们在过去的日子里连成一片，我们越唱节奏越慢，人人有点怀旧，一怀旧就唱得更慢，南流街、中学、操场、教室、厕所、水龙头、凤凰树，以及相干和不相干的人，这些莫须有的花朵随着我们越唱越慢的节奏，在暗中闪烁。

在大队的地坪上我意识到唱歌的节奏很重要，如果一个人有怀旧的心情就不可能把曲子唱得太快，在进行曲的节奏中所有的空间都是挤着的，根本没有空闲用来怀旧。我下乡之后就开始变成了一个喜欢怀旧的人，有事没事都会想念旧时光。在这种不合时宜的毛病中，我把所有的旧歌都唱得很慢，无聊时还做过一个试验，把一个正常节奏下比较丑陋的动作用想象中电影的慢镜头放出来，结果丑陋就变得十分优美了。

如此看来，节奏是一把切肉的刀子，它把时间切得一块一块的，节奏快，肉就切得碎，反过来才能有大块肉。所以快速是丑的，缓慢才够美。在大队的地坪上，我感到自己发明了一种缓慢美学。

所有的歌都是唱得慢好听。

就是这样，在革命时代，我们在大队的地坪上极慢极慢地唱着："歌——如——潮——花——如——海——"这首革命歌曲由于脱离了正常的节奏而变得一次比一次更像一首忧伤的丧歌。

开始的时候罗同志没在意，他站在一旁，看我们将一个动作极度分解，手和腿分开，上半截和下半截分开，我嘴里喊道："放慢——再放慢——"

没多久他就发现不对了，他开始绕着地坪踱步，背着手，有一点微型弓步，像小品明星赵本山在台上走路的样子。他与赵本山的另一个相同之处是帽子，他常年戴着一顶深蓝色的八角帽，但比赵的那顶新。

他背着手，一边踱步一边说："要欢快点，欢快点！"我们就故意唱得很快，但听起来却像是闹别扭，快而不欢！这种感觉更奇怪。罗同志说：不要用不健康的情调唱革命歌曲。不健康是革命时代比较严重的词，如：想家、怕苦、不乐观、思想复杂，都是不健康的表现。不健康就是落后，跟自毁前程相去不远。

于是我们就健康。

但无论如何，总有一个慢半拍的声音混在其中，这个声音高而细，好像是从嗓子眼里唱出来的，是尖的，又是裂的，像夏天水井里的水，很有点冷冽。我们唱："歌如潮啊——"这个声音就在我们换气的时候出来"潮啊——""花如海""海——""欢迎朋友四方来""方来——""亚非拉人民心连心""连心——""友谊的花朵""花朵——"

不用说，这个古怪的声音是安凤美发出的，她不愿意健康。

罗同志就说，“安凤美，你认真一点！”安凤美说，“我没有不认真啊，我很认真的。”她就不拖腔了，她的嘴一开一合，却不发出声音，像是演哑剧，但比哑剧还怪异，她的嘴形跟我们对不上，动作也对不上，她是舞蹈中的一个捣蛋精。

她不怕罗同志，她的脸皮反正是厚的。罗同志就把她换掉了，让她不要来，她又偏要来，她说她来大队玩，难道不行么？

她就来了，她扭着脖子，甩着头发，她是很爱洗头的，她的头发湿漉漉地披着，散发出茶麸的气味。她跟罗同志都在水尾村的知青点，但她不跟罗同志一起走，罗骑车走机耕路，安凤美步行走小路。水尾离大队是很近的，只需经过一户养了大狗的人家，我怕狗，安凤美不怕，鸡鸡狗狗跟她似乎都有某种奇怪的关系，这一点鸡和狗都知道，我们不知道。

在淡蓝的夜色中，安凤美走在一条坡地的小路上，路的两边不是禾田，而是散种的木薯和蓖麻，这两种植物都是有些妖娆的，跟安凤美的前世是姐妹。那时候公鸡二炮死了没有呢？如果没死，它就会跟着安，如果死了，它的魂魄也跟着。总而言之，二炮是一个法力够大的家伙。安凤美，她走在坡路上，月光皎皎，蓖麻娑娑，甚有诗意。大狗远远听到有人过路，喉咙里就发出呜噜呜噜的声音，它的毛竖起来，阴沉着嗓音说：“什么鸟人，受我一咬！”待到安凤美从蓖麻叶后露出来，大狗就不呜噜了，它说：“原来是这个姐姐，我面熟的。”它就换了一副贾宝玉的心肠，把安凤美送到路边的厕所，过了厕所，就到大队了。

我们正在台上“歌如潮花如海”，忽然二胡的伴奏有点不对，似乎弦突然松了似的，扭头一看，只见安凤美的人正从地坪的月光中浮出来，她披着的头发、她的脸、她的上身和腿，都一一在月光中皎洁着，像是另外一个安凤美，白天那个混世的安凤美到哪里去了呢？月光下诞生了一个新鲜美好的人，她洁净得像一个仙女，台上的男生女生全都瞪着她看。

她却开口说了话。

一说话，混世的气息又回到了她身上。她成了一个矛盾体，一半皎洁着，另一半混浊。

她请求罗同志让她表演一个魔术，这个魔术在全南流全地区都绝无仅有，除了她的师傅没人会演。

你见过魔术师变鸽子吗？她在月光中仰着头问罗同志，她说变鸽子不好，鸽子是资产阶级情调，不如公鸡，她说她的道具也简单，只一个竹箩筐，她用竹箩筐扇风，这头扇扇那头扇扇，竹箩筐里是空的，她伸手一抓，一只公鸡就在手上了。为了突出政治，她建议，让公鸡叼着一个卷轴，卷轴上写一标语："知识青年扎根农村大有作为。"或者："知识青年到农村去，接受贫下中农再教育，很有必要。"

但罗同志不为所动。罗同志有洞察力，他像孙悟空一样长着火眼金睛，他断定安凤美不会魔术，她也不会武功，也不会杂技，即使她会，她也不会好好排练，三头两日，就会不见人影，你要找她总是找不到的，她无聊了就会来缠你。即使她练好了，到了正式上台，她也有可能溜掉。罗同志早就把安凤美认作是不可信任的人，他只听着。

他不吭声。

凤美又逗李十四。

李十四是回乡知青，瓦上队的，跟丁服一个队，他会拉二胡，在公社高中读书的时候是校宣传队的，大队一要排练，丁服就把他挖掘出来。晚上走夜路，两人同进同出，李十四跟在丁服身后，活像保镖。

安凤美用又尖又细的声音喊道："李十四——李十四——"李十四就傻笑着看她，他觉得她真是好看，他就傻笑着走到她跟前了。

凤美说，"李十四，你的二胡拉得真好。"李说，"不好，不好。"凤美又说，"李十四，你还真谦虚呢！"李就说："不谦虚，不谦虚。"凤美笑过了就说："李十四，你教我拉二胡吧！"李十四腼腆着，忸怩了一会儿，才要答应安凤美，一抬头，她却转走了。

一只有着诗人和壮士双重灵魂的猪

我骑车走在机耕路上。

我的四周是一片浅紫色的雾气，星星有的发红，有的发白，但大多数都是黄色的，因为有雾气，它们就像是浮在天上一样，颤动而摇摆。路边和远处是形状不同的深灰、浅灰、深黑和浅黑的乌云，它们分别是水稻、树木、远处的房屋和更远处的山，它们在夜晚是颜色深浅不一的乌云，我在乌云里穿行，觉得自己也到了天上。浅紫色的雾气中有植物的气味，苦涩、清香，有一点辛辣，又有一点甜，如此混杂和漂浮不定，我说不出它具体的气味，它是密集而健康的植物散发出来的清香。

远处有狗吠，空气中有虫子的叫声，这使我想起小刁跟在身后的日子，它像一匹黑色的狗，神采奕奕地跟在我的车后，它穿行在禾田中，"昂昂"的叫唤声使远处的大狗小狗感到迷惘，但这样的日子已经不再有了。有时我会回过头去看看后面，后面空空荡荡，近处是浅灰的路和水稻，远处是深灰的房屋和山，小刁再也不会像箭一样冲到我跟前了。

我认为它是到山上当了野猪。

这样好，是英雄，有如梁山好汉。但如果它不跑掉，我更愿意它在知青点终老，我们会把它当成狗来养，永远不让它长胖，不让它被人杀掉吃到嘴里，将来它老死了，我们也不杀它，要把它埋在知青点后面的老荔枝树底下。一只猪，碰到了好的机遇，经历了非同凡响的一生，它一生都没有在猪栏里生活，它像一匹狗一样走遍了六感，它去过水尾水清塘，瓦上瓦下，毛窝山牛角山，它还多次跟我去过学校，它在红薯地里刨食，吃最最新鲜的红薯，它见识过麦地、黄麻地、甘蔗地，黄豆芝麻花生绿豆，木薯土豆芋头。地里的花开的时候，它不是在猪栏里，它在地头，它的时间不是用来睡觉长肉，而是用来赏花，黄豆花是紫的，紫中带蓝，有四瓣花瓣，绿豆花是粉黄的，只有两瓣花瓣，麦子的花和稻子的花都是白的，有灰尘的气味，红薯花像一只喇叭，喇叭口是白的，花心是紫的，南瓜花也像喇叭，金黄金黄的，一朵又一朵，跟猪嘴那么大朵。

“春风得意猪蹄疾，一日看尽长安花，”对一只猪来说，坡地禾田就是它的长安。别的猪一生一世只生活在猪栏里，闻着自己的屎尿，吃着隔夜发馊的猪食，只有我们的小刁，过着跟芸芸众生不同的生活，它是猪中的诗人、先知，和逸士。

各种树木它也认得，各种草它也认得，还尝过我们的蘑菇和四季豆，还咬过一嘴烤烟叶子，简直就是遍尝百草，如果它是人，除了当一个业余写诗的，它还应该是一名医师。会治儿童积食、风寒症、猪红腮，要比合作医疗站的赖四眼靠谱。

谁知道赖四眼跟小刁前世有什么恩怨呢?

他背着一个崭新的药箱就来了。他到公社培训班学习了两个月,学会了针灸,带回了一只药箱,药箱是木头做的,漆上了暗红的颜色,中间有一个鲜红的红十字,里面装着阿司匹林、四环素、黄连素、红霉素,还有紫药水和红汞水。赖四眼走在六感的机耕路上,不停地冲路边禾田里的人打招呼,他亮着喉咙说:“是新生事物呢,新生事物,知道不?”他就有了一个新的外号,叫新生事物,简称赖事物,赖事物觉得,这比赖四眼高级多了。

总而言之,小刁的失踪是赖事物造成的。

他要给小刁针灸,发誓要把一头僵猪,治成一头迅速长肉的肥猪。他意志坚强,觉得自己任重道远,他每天来一次,来了就坐在我们知青点的屋檐下抽水烟,抽完烟就要请赵战略和罗东帮他捉猪,罗东不在,他就找庆福,庆福不在,他就找庆水,有一次,他还让队长帮忙。猪若不在,他就等。

这样一来,小刁的末日就不远了。

谁能拦得住赖事物的好心呢?

小刁只有两条出路,一条是消极的道路,整日以泪洗面,不吃东西,用最后一口气跟南瓜花红薯花芝麻花黄豆花绿豆花告别,写一篇《葬花辞》,焚诗稿,然后到水多的禾田里打滚,把身体洗干净,再静静地躺到荔枝树下,不吃不喝,不接受慰问,它眼睛直直地望着天,等待魂魄慢慢飘出身体,再转世为人。另一种死法则够得上惨烈,即是写完《葬花辞》,焚诗稿,但不洗身,当着赖事物的面,一头撞死在墙脚。

作为一名诗意地生活过的猪,这两种死法都令人敬佩。

但小刁不死，它不撞墙，也不绝食，它说我凭什么死呀，我不死，要死也该赖事物先死，它选择一条积极的道路，趁着一夜天黑风高，就逃到了深山老林里。

我不知道小刁后来到哪里去了，我们找过它，没找到。有时看到红薯地或花生地被猪拱过的痕迹，我心里会一阵高兴，认为是我们小刁还活着的证据。它奔跑在坡地上，阳光晒着它的背，海阔凭鱼跃，天高任鸟飞，再没有一根针追着要扎它了，它的胃口越来越好，它的牙齿也越来越尖利，它会长出獠牙来么？

冬天到来的时候你就找一个稻草垛吧，在温暖的六感，冬天的野地里也有吃的，你比白毛女好多了。这样想着，我又会哼起那首《宁死不屈》里的插曲：“赶快上山吧勇士们，我们在春天里加入游击队。”

多年以后我看到一则报道，说的是部队里要杀猪，有一头猪誓死不从，无论如何都捉它不着，先是一个班的战士，后来加到一个排，这头猪力气过人，声东击西，把一排人调动得团团转，战术堪比四渡赤水。它还在一次将要落网的要紧关头模仿人的声音发出了嚎叫，明明是一头猪，却像是排长在喊，人人都惊得目瞪口呆，结果眼睁睁地让猪突出重围，跑得不见影踪。

有的猪是人转世的，三婆说得不错。反过来也一样。

我相信小刁现在已经转世为人了，作为一个有着诗人和壮士双重灵魂的人，生于一九七六年以后。它的魂魄会在六感飘荡，飘到南流、玉林、N城，或许还要飘到更远的地方，它要找到一个相貌清朗的人才愿意投胎，它飘呀飘，它要飘五六年，六七年才能找到一个人么？这样看来，小刁也可能是一个“八○后”，也未可知。自一九七六年后我经常读诗，看到诗人也倍感亲切，我希望在他们的脸上，看到当年小刁隐约的面容。

别扭的事

我骑车走在机耕路上，有时也坐在车尾上。有时我的车借给高红燕了，有时车胎漏了没补，总之有时我坐在车尾的后架上。

是罗同志的车尾。

罗同志抓文艺排练。他懂一点文艺。他骑车从水尾下大路，要经过水冲知青点。听见他的车下坡坎的声音，停在屋檐外的空地上，他对着灶间的门口说："要抓紧啊！"他既是顺路，也是督促。"任务很紧啊，"他说，"感冒不重的话还是去的好。"

我就坐到了他的车尾上。

在黑夜里的机耕路，两边只有禾田，远处只有房屋树木和山，没有人。我坐在一个男人的单车后架上，距离实在太近了，我闻到了他身上的烟草味，我的右手还碰到了他后背的衣服。

我全身紧张。我尽量坐端正。我知道紧张是不健康的。

我的紧张传给了罗同志，他似乎也有点紧张。空气很是滞重，车轮压得吱吱响。平时我跟罗同志就没话可说，我又没评上先进知青，就更是不想说什么了。

有一次连车带人摔了一跤，我的右乳撞着了罗同志，我一下感到乳房骤然肿大起来，它周围的皮肤立即绷得极紧，而皮肤里的肌肉组织却比平时软，好像它平日都是藏着的，现在却一下子凸起来了。我失声惊叫，像一只被人踩了一脚的猫，这声惊叫实在吓人，我把自己也吓了一大跳。我听见罗同志问：

“没怎么样吧？”

他一问我更是越发狼狈，乳房被撞本来就带来了一种裸露感，平时除了洗澡，我根本感觉不到什么乳房不乳房的，心理上有厚实的遮盖，而现在就跟一下子被撕开了一样，我又羞又怕，手掌本能地捂在右乳上。罗同志一问我赶紧把手放下，我说不出话，我觉得他这一问使我右边的胸脯完全裸露了。我全身一阵发热，手心里全是汗。

他又问：“你没怎么样吧？”

我更加难堪，感到这问话本身就说明了一种明察秋毫。他撞到的又不是一块石头！现在想起来成年男人真是老奸巨猾，处变不惊，若是换上一个同龄男生，一定也会同样惊叫起来，全身发热。

在后来的一段时间里，乳房被撞击的感觉还停留在我的身体里，有时在地里出工，忽然就会停下来，我觉得自己右边怪怪的，我便要停下来感觉感觉，看怪在哪里。那个季节摘烤烟叶，摘完之后用竹竿和绳子把烟叶编成一竿一竿的，再放进烤烟房烤。我被烤烟的气味包围着，神思有点恍惚，编着烟叶忽然就会感到右乳有点异样，而且在我注意它的同时马上会感到它肿大起来，有点发烫，隐隐地有点疼，仿佛是刚刚被撞着了，事实上这件事情已经过去了许多天。

晚上排练也如此，当我发现罗的眼睛扫到我，我的右边就会发热而且有凸起感。于是我有意含胸，这跟“歌如潮花如海”的舞蹈动作正好相反，在革命时代，所有的舞蹈动作都要挺胸收腹，以便斗志昂扬，充满革命的乐观主义精神。当我想含胸，却又需要伸展身体的时候，我总是左右为难。

多么别扭的青春期！

事实上我的乳房没有任何问题，它既不是被撞坏了，也没有因此得上肿瘤。在那些过分敏感的夜晚，我曾在蚊帐里用手电筒仔细照过，它跟以前没有任何两样，相反，由于我的夸大想象，它看上去更像一个从未被撞击过的懵懂的未发育的器官。

一九七五年的两只枕头

我的枕头和围巾，我现在想起了它们，我依稀感到，它们与我的什么器官有关系。事隔三十年，我的枕头套还在，白线勾花，月牙密密的花边，绿色的布衬着挑空的白色花朵，绿底白花，眉清目秀，仿佛有滔滔不绝的芬芳从春天一路奔来，我极喜欢。枕套是我母亲亲手钩的，她去百货公司买了布，用缝纫机做成了枕套，枕芯是木棉的，量着枕套的大小做成，木棉枕芯最好，永远都不会发硬。这是我上高中要住校，母亲特地给我准备的，很久以后我才意识到，在她眼里，上高中是人生一件重大的事情，所以要做一个新的漂亮的枕头，算是郑重的礼物。

还有我的方头巾，南流的女孩子每人都有一条，都是一样的花色，粉红的底，四角印着红花绿叶，四边有长穗，天冷的时候用来包头，不太冷就围脖子，春季夏季和秋季，则对折着，用来作枕巾。我的方头巾在小学就有了，我很爱惜，雷红会扯出上面的线织袜子，我从不扯，吕觉悟也不扯，我们的方头巾一直都是很新的。

到插队时我的头巾还很新。

方头巾铺在我叠着的衣服上，我的枕头用了另一条枕巾，这样看上去很像两只枕头并排摆着，我并不觉得有什么不妥，知青点又没有衣柜，日常换洗衣服肯定是放在床头最方便。

但水冲十八岁以上男女都看出了色情。喜坤来看我们洗脚，看到我的床就嘻嘻笑，喜坤说：“嘻嘻，床上两只枕头呢！”

喜凤也来看我们洗脚，喜莲也来看我们洗脚。

看到我的床头她们就嬉笑做怪脸，嘻嘻地说：“两只枕头呢！”

我一看，是像两只枕头，我就无辜地说：“是两只枕头啊！”她们一听，更加抿着嘴笑，笑得眼睛一阵乱眨，意味深长。我又认真告诉她们，是水尾的安凤美，有时住个一夜两夜的。

安凤美，我不知道她为什么要留宿水冲，她为什么不回她们水尾去。水冲和水尾只有一箭之遥，最多两箭，站在水冲知青点就能看到水尾的知青点。

但安凤美有几次要跟我蹭在一张床上。她说水尾不好玩，她说罗同志太啰嗦。

我快睡了，她忽然就来了。

高红燕总之不在，不知她去哪里了。我早已洗过，我插上门，把灯放在床沿上，我一边胡乱看书报，一边惦记着自己的一技之长，雷红跟家里大人商量了，准备学医，目前先看几本医书，吕觉悟来信说她爸爸建议她自学机械制图，但一时没有条件，就先学修理自行车。这都使我感到形势逼人。我觉得自己算是有点文艺特长，不如学写歌词，学编个小节目，以便成为一个多面手万金油，这样一想我就把新买的《战地新歌》拿在了手上。

大概就是这时候。

安凤美又细又尖的声音在门外喊我，她的声音像掺着沙子的雨水，有点奇怪。她站在屋子中间，她的辫子是编着的，编得很特别，只编了两三节，没有编的地方留得很长，她看上去要比白天漂亮。她说她不回水尾了，她就住在这里。然后她提着我的白铁桶，自己到灶间水缸打点冷水洗。天不冷，但没法洗澡。天特别热的时候我们在文莲家的厕所洗澡，她的厕所只有半截门（全水冲的厕所都如此，我以为全六感都是，有一次到瓦上队去，上了一次李十四家的厕所，他家的厕所是整扇完整的门），屋顶斜着，有一扇墙是没有的，两头的风吹过来，解手还能忍着，春秋天洗澡我们就只能到文莲家的柴房去，她家的柴房连着灶间，有下水口，有一小块灰沙地。

文莲早就睡了，大翠二翠也早就睡了，三婆还在纺纱，夜很静，隔着荔枝树能隐约听见纺车的吱扭声。安凤美冰冷的脚底碰到我，我全身一凛，同时哎哟了一声。屋里很黑，谁也看不见谁，我感到安凤美很兴奋，但不知道她兴奋什么。

她的另一只冷脚也碰到了我，碰到了大腿上，我正要说她，她却抢在我前头嘶嘶吸起了凉气，好像不是她冰着了我，倒是我冰着了她。她嘶出的气息喷到了我的耳朵根，有点痒。忽然嘶嘶声又变成了掺沙子的雨声，她说，“哎，我到你们队的蘑菇房去了呢！赵战略也喜欢我呢！”

话里又纯洁又诡异，我一时有点明白，一时又有点糊涂。我对男女的事完全生疏，安凤美却最愿意跟我说，她认为这是一件好事，一件最好的事，最舒服，最爽，在世间所有事情中顶级享受，所以她要讲给我听，让我也分享这里面的好，里面的舒服和爽。她常常说，当先进有什么好，有屁好！累掉半条命，谁赔？没人赔！丁服说她要扎根农村，谁信？鬼才信！连鬼都不信！她将来跑得要比拖拉机还快。还说，女人就是要懒一点，女人不懒，要男人干什么？有工就是要让男人去做，男人天生就是出力的，女人晒得又黑又瘦，男人看了都没精神。

安凤美最喜欢议论谁好看，谁不好看。她的审美跟六感群众毫无二致，白、胖、嫩是三大标准，一白遮百丑，白皮是最要紧的。但对第二个标准安凤美比较挑剔，她认为美女不能瘦，但也不能傻胖，所有腰不够细的人，安凤美就称为傻胖。用她的话说就是："肥要肥得对地方，不该长肉的地方猛长，不是傻肥是什么！"

她自己的腰就是很细的，胸比一般女孩高，走路的时候挺着，腰就更显细。据她说，要早早跟男人睡觉，身材就会好，皮肤也会好。这些话在高中的时候就听她说过，插队无聊的时候多，她就说得更多了，而且，更加直露，更加口无遮拦。

让人心惊肉跳

在黑暗中，那些让人心惊肉跳的话就是这样出来的。狗远远地吠着，三婆的纺车吱吱叫着，黑暗中一个又细又沙的女声（安凤美的高声部是尖的，低声是沙的）从蚊帐的一侧漫过来。他一碰我我就叫，他说别叫别叫，我舒服啊，人一舒服总是要出声的，我忍不住，我就闭着嘴唔唔叫，像一只狗受了委屈，他就叫我"细狗母"，细狗母细狗母，他一下一下地叫，我身上都是酥的。我不知道她在说谁，是李海军，还是长期借给她半导体的六麻供销社的陆一民，或者，是她十六岁那年，她父亲的朋友，农科所的那个男人，又或者，是赵战略。

她是很乱的，但她不觉得乱。不但不乱，反倒清楚得很，农科所的男人是初夜，是她上初中暑假的时候，李海军和陆一民是正在进行时，他们一个在六腊，一个在六麻，不是一处，又没在同一张床睡过，她的底线是不能三个人一起睡。男女睡觉天经地义，谁不睡觉，男的要跟女的睡，女的要跟男的睡，是人都要睡，不睡觉哪来的人？安凤美就是这样说的，她的性观念超前五十年，她是革命时代的李银河，比李银河更加身体力行。六感河的水从卵石上流过，流得哗哗响，他摸着芭蕉叶说这蕉叶又凉又滑又腻，就像女人的皮肤。两人垫着芭蕉叶，他说看看是你滑还是它滑。而月亮正高，兴致正好，睡不睡觉无所谓，第二天出不出工无所谓，李海军说，做不做流氓无所谓。他顺手摸到了一块巴掌大的卵石，上面长满了青苔，又湿又滑，苔丝细长柔软，就像她下体的体毛。他用这块卵石碰她，他说："这是什么？"他用这块青苔卵石磨她的身体，又把她的双腿掰开，蹭她的腿缝，边蹭边问："爽吗？爽不爽？你怎么不做声，不做声我又来了啊？"他一下又伏到了她身上。在黑暗中安凤美忽然坐起来，她解开乳罩，摸索着说，好像两边不是一样大的哎！她说你看看，你看呀！她把我的手捉着，迟疑了两秒钟，猛的一下放到她的乳房上，出奇的大，又软又凉又饱满，我惊得一下把手抽了回来。她不说话，又把我的手拿了过去。过了一会儿，她问道："大不大？"我惊魂未定，说不出话。她又问："大吗？"我略一点头，她又问："好么？"我迟疑着，不知该说好，还是说不好。

在黑暗中她说，我来看看你的。我用手肘护着胸，她说不要紧啊，摸摸就摸大了，大一点好看呢。我仍护着自己，一动不动。她又说，"你怕啊？有男的碰过你嘛呢？"她拿开我的手，用指尖捅了我一下，我叫道："凉死了！"她不吭声，整个手掌都抹了过来，我全身一凛，一阵酥麻顷刻传遍了我的全身。

有好几个夜晚都是这样过去的，我想起来，高红燕那段时间被抽到公社五业场了。五业场是个古怪的称呼，我一直搞不清为什么叫五业场，也不知高红燕去五业场干什么活，我后来去看过她一次，看到五业场就是一个普通的大院落，里面不过是养了很多猪，高红燕也不过是喂猪，我才放心了。

高红燕不在，安凤美正好方便搞流氓活动，但我认定我碰她一下，她碰我一下不算流氓活动，在我的概念中，男的和女的这样就算流氓，而一搞了流氓，女的就算失身，也是失足，十分丢脸，身价大跌，叫做一失足成千古恨。我母亲把韩北方的信扣压之后就心事重重地对我说，一失足成千古恨啊！所以，如果是韩北方，我是不会让他碰我的。大家都是女的就不同，女的碰女的，不等于自己碰自己么。

安凤美的声音在黑暗中，她的声音断断续续的。我到蘑菇房去就是想逗逗他，我想突然推门进去吓他一跳，但门推不开，大白天的他就在里头把门插上了，真奇怪！我说赵战略我是安凤美啊，他又过了会儿才开门，他看到我脸忽然红了，我就想笑，我一笑他就打结了，他说："安安安，安凤美，你你——找我做做什么？"我本来想说借他的自行车出趟墟，看见凳子上有几张报纸，我就说来看报纸。但我也不想看报纸，我就在蘑菇房里转，我就看见有两朵蘑菇特别大，有碗口那么大，这么大的蘑菇是不要收购的，真奇怪！我伸手正想摘一朵，赵战略"哎"了一声，我一扭头，他脸又红了，我再一看这蘑菇，有点脏，我就明白了，肯定是赵战略特意把这两朵蘑菇留大，把它们当成女人的什么使了。安凤美跟赵战略有这样一种关系使我大吃一惊，赵战略又矮又土又不爱说话，完全不招女孩喜欢。但话说回来，全水冲村的人都喜欢赵战略，说他有内秀，学什么一学就会，最明显是学蘑菇，一开始队长让罗东去学，因为罗东看着人聪明，只见罗东兴冲冲去，又兴冲冲回来，再兴头十足在地坪上指挥大家码稻草，结果蘑菇硬是不长出来。换了赵战略，他不用去学，他就看了书，蘑菇就密密麻麻地长出来了。连三婆都说，阿东是中看不中用，战略是不中看却中用。我闻到蘑菇房有一股腥味，比鱼腥味淡一点，有点像生黄豆的豆腥味，蘑菇怎么是这种气味呢？我凑近几朵蘑菇，一股沤烂的稻草味冲上来，并不腥。我一下想到这腥味是男人身上那种东西发出的，这你不知道我知道，我正好看到地上有一团揉皱的旧报纸，看上去黏糊糊的，肯定是他擦那什么用的。在黑暗中有阵阵狗吠，安凤美的身体像一只风炉散发出热气，我奇怪自己看到这热气在袅袅上升，这热气是淡金色的，它从安凤美身上发出，一直越过蚊帐顶，但它又不散走，它回到蚊帐里，再次缭绕着安凤美，她的身体也发出淡金的光，光线并不均匀，乳房的光明亮而结实，腰窝是暗的，小肚子的下面就更暗了。她看上去不像是安凤美，但不是安凤美她又是谁呢？这使我很困惑，我想用指头捅捅她，但我没捅。他很结实，有力，抱着贴身，空气里那种腥味让我受不了，我说这蘑菇怎么有点腥的，你用什么水淋蘑菇了？他不说话，我又弯腰闻蘑菇，我说有点闷，把领口的扣子解开了，我低头看到了自己的那个，我最喜欢看自己这些地方了，那么好，那么结实，还有一颗朱砂痣。他老实，不敢看，他不敢看又忍不住偷看。我说哎呀，有蜘蛛网掉到我身上了，又痒又黏，我让他帮我看看，他不动，我又说快点快点痒死人了！我扒着领窝让他看，他看了一眼说看不见，我说在里面呢你帮我拿掉。他喘着粗气不吭声，我一软，就倒在他身上了。

蘑菇房、六感河的芭蕉叶和长着青苔的卵石，还有供销社宿舍的阁楼，它们带着色情的意味在那些夜里时隐时现，填补了我的空白。这些事情在暗中生长，又在黑暗中消失，就像一些传说中的夜行动物，精力充沛，把本分的庄稼地弄得乱七八糟，到天亮它就钻到地底下了。我觉得安凤美有点像动物，但她又不像具体的动物，她不像母豹，也不像母羊，当然更不像母猪，她像一种雌性的动物，猛烈，无所顾忌，她跟大家不一样，但大家都拿她没办法。她未被驯服，她爸爸没把她关进笼子里，孙向明也没能把她教育好，罗同志就更不能了。

安凤美是一个女流氓么？

这是我常常想不明白的问题。

与胭蚌有关的爱情

她有时到六腊找李海军，然后两人泡在一起。她也去六麻供销社找陆一民，因为陆一民每次都给她东西，除了半导体、扇牌洗衣皂、发卡子、尼龙袜、雨鞋，他还给她很多吃的，花生糖、白鸽糖、饼干、瓜子，还有煎鱼和特别粉的木薯，还有炒黄豆和煮花生，还有话梅，这都是安凤美喜欢的。陆一民还带她去玩，他们去摸胭蚌。

（胭蚌是我生造的词，南流土名叫“燕”或“砚”或“胭”，反正就是这个音，但前两个字写出来都不像美味，还是胭比较好看，再加上它是一种蚌类，我觉得叫胭蚌不错。

有关六感河两岸的动植物，水里的和地上的，我认得它们，但我不知道它们叫什么，它们漂浮在四季里，通过太阳闪亮，通过空气飞动，通过雨水变为泥土。我问过它们的名字，它们被互相命名：月亮草、火炭藤、山芝麻、野皂角、猪母菜，但我很快就把它们搞混了。有的名字只有一个很难记住的音，而且这个音用哪一个字写下来都不妥，这种音节到了我这个外来人的脑子里，就像水泡一样一下破掉了，六感河两岸汹涌澎湃的植物像波涛一样涌来，修长的叶子、心形的叶子、扁圆的叶子、齿形的叶子，我叫不出它们的名字，它们就像水一样稍纵即逝。如果我将来有耐心，我就要编一部六感动植物辞典，把它们的学名和本地的名称勾连起来，像编织一张席子。

但我不可能编一本六感河动植物辞典，我现在已经记不全它们的形状了，除了与某些事情有特殊关联的动植物，比如胭蚌。

胭蚌，它曾经湿漉漉地停在我的手心里，像纽扣那么大，像指甲盖那么大，像蚕豆那么大，扁扁的、鼓鼓的，墨绿中透着黄色的色晕，像春天里刚发芽的叶子那种颜色，一道又一道弧形纹路，浅浅地凹进墨绿的颜色之中，并且完整地到达边缘。坚硬的角质，同时又富有灵性，堪称奇妙。这种在人类的秩序中被称为低等动物的胭蚌，以它的单纯（或叫低等）达到了美。

不知道这样小巧而完美的胭蚌是怎样变成的？某个世纪的一团软泥？或草根的裂缝？它们随着春洪到达河滩，在泥沙中翻滚，在河流里翻滚，在时间嘹亮的号角中成为一枚胭蚌。然后它们在水中变成黑色的鳗鱼，或者在沙上变成野生的水鸟、过路的大雁或当地罕见的鹤。)

我觉得安凤美就是一只胭蚌，她色彩斑斓，开合随意，坚硬、柔软，在河里闪烁。

脸盆、头发和河水，在阳光下一闪一闪。她站在浅水里，河水刚好没过脚背，阳光能把这层水照透，胭蚌就在这层浅水之下。有的在沙的表面卧着，像一只只墨绿色的眼睛；有的则钻到了沙层里，把薄薄的沙子顶得一鼓一鼓的。

她弓着身，瞪大双眼，一只手拿着盆，一只手摸下去，水暖暖的，沙的表面也有一点暖，但是手探到沙层里就很凉。浅水流得很慢，看上去一动不动，沙面十分平静。看到沙面有鼓起来的地方她就探下手去，第一次捞着一枚小卵石，第二次捞着了胭蚌，第三次摸着了一个暖暖圆圆的东西，原来却是自己的脚拇指。

陆一民嫌这样摸来摸去太慢，他用白铁桶掏河沙，一桶桶地运到河滩上，再从这堆沙子里捡出胭蚌扔脸盆里。这种做法甚有效率，但是毫不浪漫，在我看来，还是把手探进水里摸来摸去比较有诗意，这样摸出来的胭蚌更像胭蚌。

到了煮胭蚌的时候陆一民就开始变得有诗意了。一回到供销社，他就奔到公用厨房劈木柴，厚厚的刀背，刀刃闪光，青石板上，势如破竹。木柴四散，松脂的淡香充盈在厨房里。

他三下两下架柴点火，两截松光（即松明）引火，豪情万丈。松光是紧俏物资，谁舍得用两截呢，每截要破成细细的十几根，一次一根省着用。所以陆一民是大手大脚的，而一个男人大手大脚的时候是很性感的。

松光燃烧起来，纯黑的浓烟从灶的边缘窜出，金黄色的火焰在灶里奔涌，丰满而壮硕，它们左右扭动，呼呼地往上喷，我们（假设我也在现场，假设我像影子一样站在安凤美的身后）从未见过如此汹涌澎湃的火焰，它的美摄人心魄。松光地冒油，灶间充满了浓烈而干燥的松脂气味。

很快，白色的水蒸气升上来，由薄而浓，水响了，蒸气的力量在聚集，一眨眼，锅盖被顶起，一大锅滚烫的开水烧好了！锅盖一掀，屋子里满是浓厚的白雾，在影影绰绰中只听见哗的一声水响，更浓的白气升上来，一时什么都看不见。安凤美叫道："你在干什么名堂！"

过了片刻，水汽散开，只见陆一民蹲在一只大木盆跟前，木盆里是刚倒进去的滚水，胭蚌在里面全都张开了嘴，墨绿色的蚌壳也变成了灰色。陆一民让安凤美把蚌肉拣出来，他则趁火煮一小锅粥。他淘米添柴，找人要白酒，又到供销社后门的地里挖了一大坨生姜和一把葱，再用刀柄把生姜捣得烂碎。

粥快好的时候，蚌肉也捡完了。陆一民把半海碗的蚌肉腾的一下倒进激烈翻滚的粥锅里，又放进半碗烂碎的姜泥，又放进白酒和盐。鲜美的浓香随即升上来，光芒灿烂。

只一瞬间，就好了。他端上粥锅，说："再煮就老了。"他把一大把葱花撒在粥里，再一搅，碧绿的小葱点缀在乳白色的胭蚌粥里，香气静静跃动。安详，美好。

在这样色香味俱全的胭蚌粥里，不只安凤美，任是谁，也要馋出口水来。谈这样的恋爱多好，有这么多好吃的，陆一民还给安凤美做过花生粥和青菜粥，花生米要捣开，煮成之后粥是淡紫色的，面上汪着几星花生油，又香又滑，恰到好处。而青菜粥要把青菜切成丝，倒进滚粥里，翻几下，放进捣烂的生姜和盐，就好了。

她吃得饱饱的，满腹满肚，饱到了骨头里，连毛孔也喂饱了，饱得懒洋洋的，全身软软的，像中午时分晒着太阳，人也有点瞌睡。她就斜在厨房的竹椅上，她软塌塌地说："陆一啊，你背我上楼吧。"她现在简称陆一民为陆一，听起来，两人已经很亲密了。凤美软塌塌地搭在陆一背上，阁楼的楼梯吱扭吱扭响。她懒懒地往床上一滚，像猪一样瘫倒在床上，陆一是瘦的，像猴子，它爬到猪的身边说，"你这个懒猪！"

革命时代的爱情幻想

我意识到世界上有两种恋爱，一种是有好吃的，有好玩的，像猪和猴子一样，也像鱼和鸟一样，是热乎乎，湿漉漉的，也像水草，也像热粥，什么都像，就是不像木头；另一种恋爱是不吃也不喝也不玩，只读诗，读的是《重上井冈山》和《鸟儿问答》，看见引水沟，就要互相探讨如何来形容，而且答案出奇得一致，都管水沟里的水叫潺潺流水，男生和女生，都像木头一样呆傻，万一去了一个好地方，比如桂林，就会在漓江边唱《五星红旗迎风飘扬》。如果写情信，就要写革命理想，若谈人生，就要说人活着要做一颗螺丝钉。总而言之，革命时代的爱情是很另类的。

安凤美的恋爱史使我不甘，我是多么想吃胭蚌粥啊，我也想到河里摸胭蚌，光脚踩在河沙里，而胭蚌一只又一只，闪闪发光穿过黑夜，它墨绿淡黄的颜色出现在我的蚊帐顶上，鲜美的蚌肉粥从四面八方逶迤而来，一碗接着一碗，热腾腾的香气飘进我的鼻子里，带有一点姜酒的辛辣，我的涎水在奔涌，涎水说，“没有胭蚌粥，花生粥和青菜粥也行啊，”涎水又说，“没有菜粥，煮花生、炒黄豆都行啊！”

我愧对我的涎水。

我只在晚上发馋，我白天不馋，或者说，我要求自己不馋，艰苦朴素，严肃、正派，“接过雷锋的枪，雷锋是我们的好榜样”，希望有朝一日，能成为大队和公社的先进知青。

韩北方，那时他已经回N城了，他每周给我寄来一封厚厚的信，他的信封令人激动，玫瑰盛开，香气四溢，但信的内容却像报纸一样正经。他比我更愿意成为“一个正派的人，一个高尚的人，一个脱离了低级趣味的人。”六感河两岸的芭蕉叶和木瓜，河里的鹅卵石，卵石上绿色柔软像毛毛一样的青苔，我辜负了你们。胭蚌粥、花生粥、青菜粥，还有煎鱼和炒黄豆，机耕路和知青点，无尽的青春岁月，我一一辜负了你们。

我愿意有一个另外的韩北方。

我愿意他黧黑、瘦削、坚硬，骑着自行车，斜挎着挎包，吹着口哨。愿意深蓝色的天空有一轮月亮，月亮下有一个稻草垛。愿意在无尽岁月的青春年华，他的衣服跟我的衣服纠缠在一起。

在深蓝的夜里，我们漂浮在稻草上，我愿意我的身体曾经在稻草垛上漂浮，而韩北方的皮肤紧贴着我，他的身体坚硬、温润、充满爱意。我看见自己像一个大字躺在稻草垛上面，干稻草的气味从韩北方的身上散发出来。我从没有见过韩北方裸露的身体，在睡梦中或者幻想里，他永远穿着一件稻草颜色的衣服，介于米白和土黄之间，这件衣服我有些眼熟，是洗得发白的旧军装，孙向明在打球和劳动的时候就穿着它，他讲着梅花党的故事，在公园路上疾行，我们一群女生紧随其后，姚红果、邱丽香、吕觉悟、雷红和我，穿着旧军装的孙向明神采飞扬。这是革命时代最有魅力的衣服，在梦中，韩北方就永远穿着这样一件衣服。而我则裸露着，我的身体凸起的地方感觉到裸露，那儿有一点凉丝丝的，毛孔紧闭着挤在一起，形成一些细小的疙瘩。我的肚子、脖子、腿的外侧，我的肩膀、脚趾、手背，我一一感到它们凉沁沁的。深蓝的天空变得更加幽深，星星挂在头顶，白天温暖的阳光变成稻草干爽的气味，藏在纤维的深处。而月亮饱满地照耀我的全身，皮肤上闪着一层水的光泽。

我还愿意看到六感河两岸宽大的芭蕉叶，雨水像柔软的珍珠，飞快地滚动流淌，红色的六感河，满床的卵石，清澈的流水，岸上的木瓜树和番石榴树，以及各种低矮的灌木丛。而一个新的韩北方曾经在这里诞生，他穿着蓝色的中山装（事实上他从未穿过这样的衣服），腰间皮带挂着钥匙和小刀，头发整齐，笑容憨厚，这种模样的农村高中毕业生在七十年代南方农村比比皆是。

他像猴子一样敏捷地爬上树，从一棵树荡到另一棵树，折断树枝的声音喀嚓喀嚓响个不停，而我则像丰收的农妇，满怀喜悦地屁颠屁颠捡树枝，绿色的叶子洒了一地，一片狼藉，新鲜木汁苦涩的清香一阵又一阵涌来，令人陶醉。忽然他噌地一下降落到地上，手里举着最大的一杆树枝，树枝的顶端有四周伸展的枝叶，就像一杆天生的降落伞。气流把树叶向上托起，他头顶的头发也高高扬起来，气流摩擦发出呼呼的声响，我的脸颊也感到风的飞动。

能工巧匠韩北方，乘着巨大的树叶从天而降，他手持常青藤（有点像一条青皮蛇，又细又长，在他的脖子腰间到处弯曲跳荡，充满了活物的弹性），犹如手拿一根魔术棍，我怀里的树枝噗噗地自动跳到青藤上，青藤婀娜地扭动飞舞，像闪电般变幻。一眨眼，又一眨眼，散乱的树枝成为一扇整齐的栅栏，宁静且安详。韩北方，他抽出腰间的刀。刀锋发着冰凉的银光，刀锋的光芒在树枝的一端闪动，他飞快地把树枝削成了铁钎，铁钎鸡啄米，在泥土中竖起，一根两根三根，半人高的围墙就诞生了！树枝粗细不一，用一种藤编在一起，上下各编一道。然后，就封顶了！

满怀喜悦，小心翼翼地封顶，第一层是芭蕉叶，第二层是榕树叶，第三层，压着红色的卵石。我们满头大汗，穿梭往来。搬运、飞奔、喊叫，就像漫山遍野都长着耳朵，芭蕉、榕树、卵石，统统都在正午变成了忙碌的人群，啊呵，宽阔的工地，宏伟的宫殿。宫殿快要落成了，我出发去找鸡蛋花，这种白边黄心的花朵，是红色河岸上最恰当的装饰物，在我的臆想中，它务必成为我们树枝房子标志性的装饰，在漫漫的丛林部落里，有一些七零八落的窝棚小房子，如果你看见某一个房顶摆着一串白色的鸡蛋花，那就是我们。

我会把鸡蛋花挂得很高，让它随风飘荡，发出不可能的风铃的声音，我们则躺在树枝房子里，身下铺着厚厚的松针，我将在周围放上一圈臭草，它们会像一道咒语，挡住蚂蚁、百足以及地上的各种爬虫。

低矮的树枝房子里浓荫密布，香草袭人，远处近处，鸟叫虫鸣。有一对蚯蚓、一对蜜蜂、一对野鸭、一对星星、一对火焰、两滴水、两块卵石、两条鱼、两朵花，在树枝房子的松针上，它们头对头，尾对尾，中间对着中间，它们发出同样的声音、闪着同样的光、散发同样的气味，花朵闭拢又张开，石头在飞，鱼在飞，星星变成了蜜蜂、蚯蚓变成了野鸭，一切都在旋转闪烁，在飞动中头对头、尾对尾、中间对着中间！

明眼人一看就知道，这里搞什么名堂。或者不用看，嗅一嗅就知道，有一股豆腥味，弥漫在空气中，一阵又一阵。

明眼人，他在暗处，或者在明处，不管藏在哪里，总而言之，他知道这一切都没有发生。

隐秘的性幻想在革命时代十分吓人，它潜入梦中，模糊一片，支离破碎，莫名其妙。要到很多年以后，这些模糊的碎片才能再生。

故事

你们什么事都没有啊？连手都没拉啊？他给你的信全是写的革命

理想啊？那有个鬼意思！寡汤寡水的。雷声隆隆，从远处滚过，一直滚到蚊帐顶上。我十五岁就有这种事了，她忽然说。

我吓了一跳。

雷声隆隆，她的十五岁雷声隆隆，隆隆的雷声载着我们，向着她的十五岁飞奔，向着水泥厂，向着厂里的宿舍区。她说那天晚上她爸爸出去下棋，通宵不归，家里只有她一个人，那个农科所的男人来找她爸爸，他一直等到半夜，事情就发生了。其实也没真的怎么样，他搂着我，他说他难受，他让我碰碰他，他的身体特别烫。他小心翼翼，压了一小会儿，马上又下来了。他说他太重了，会把我压坏的。在安凤美的十五岁里，有一个农科所的男人，他在厂区宿舍后门那边，他在稻田里，在太阳下山的时候，他是稻田里的一件白衬衫，金色的稻田在晚风中摇晃着，像水面一样起伏不定，在稻田的中间，有一件白衬衫一点点地漂浮、移动，闪烁着白色的亮光。他给我话梅吃，还帮我洗头，我爸我妈都没帮我洗过头呢。他用一只搪瓷口盅往我头上冲温水，他边冲边问：爽爽的吗？他洗我的耳朵，揉我的耳垂，我就笑起来。有一天他们分头到山上去，山上有许多芒果树，山坡上夕阳正红，树叶犹如片片宽大的金箔在晚风中跳荡燃烧，又如金色的鸟儿跃跃欲飞。背阴的那面，树叶则如墨绿的乌云隐隐浮动。晚风在山坡上浩荡而过，安凤美穿过另一片坡地，那里种满了菠萝，芒叶遍地锋立，坚硬、锋利，整齐而密集，犹如一片密密麻麻的匕首默默朝天而立。安凤美，她走在菠萝地中间，就像走在遍地剑戟之中。

他们在山坡上汇合。

晚霞一眨眼就变灰了，夜色从四处弥漫过来。男人点燃了蚊香，星星出来了。山上的虫子在叫。

两人依偎着坐在竹棚里，听着远远近近虫子的鸣叫声，天地一片安静。他们依偎着，各自的身体互相找着了对方，肢体环绕，开始了长久的亲吻。他从她的头发开始，然后到她的耳垂、脖子。她的皮肤和体香使他迷醉不已。

当他的舌头碰到她的嘴唇的时候，一只不合时宜的牛蛙叫了起来，把他们吓了一跳。这种牛蛙声如震鼓，就像一个巨人喘着气叫道："你——我——你——我——"南流管这种牛蛙叫大水鬼，大水鬼一叫，天就要下雨了。

他们愣了一会儿便又接着亲对方，他从她的嘴唇亲吻到她的身体，渐渐地他们便听不到牛蛙的叫声了。两个人体内的血液被激荡起来，发出了另一种轰鸣的声音，这种声音从身体的深处鼓荡到末梢，它们一阵又一阵，像潮水一样起伏，完全覆盖了另外的声音。

鸣叫的大水鬼多了起来，"你——我——你——我——"的叫声此起彼伏，天地间充满了热烈的叫唤，既像凄厉的呼喊，又像忘我的最后狂欢。

在迷醉的恍惚间他们以为掠过的手电筒光是闪电的天光，两人没有马上分开。但是这道闪电在他们的脸上和身体上晃动起来，其中某一道光停留在女孩只穿着内衣的身体上。

这些人是水泥厂的工人纠察队，他们很高兴抓着了这两个人。农科所的男人以强奸少女的罪行被带回了水泥厂，女孩则由工会的女同志带到医院做妇科检查。检查的结果是，处女膜未受损伤。所以男人没有被判刑，改以猥亵少女的罪名原地劳动改造。女孩则由工会出面，联系转学。

猛兽，水分子，唢呐声

安凤美带给我的震动很快就过去了，她不再理睬赵战略，也很少来水冲，她在李海军和陆一之间游动，陆一给她好吃的，而李海军更勾魂。

高红燕也从五业场回来了，我们都以为她从此就抽到了公社，再也不用回水冲了。她重新又捡起了修车的工具，我们的屋檐下重新又摆满了自行车的五脏六腑，机油味和铁锈味，重新又爬上了我们的蚊帐和柴屋和灶台。

到了晚上我常常睡不着觉，我想肯定是吃的那个胎盘和打的鸡血针又起了作用，这个时候我的想象力就特别丰富，身体里的那只公鸡也变成了野鸡，尾巴很长，羽毛斑斓，飞得很高。

我感到罗同志是一只把路的猛兽，卡在通往南流的道路上。因为我和落后知青混在一起，因为我骄傲自满不找他汇报思想，因为他已经成功地让我当不上先进知青，所以他像一只把路的猛兽，豹子或者老虎，或者具备这两种猛兽特点的混合东西，现实中没有，但在我们的焦虑中活生生地存在，他隐藏在通往公社和县城的路上，平时你看不见他在那里，大路平坦空阔，阳光灿烂，完全是让人走的样子。这时候路是有嘴巴的，它微笑着和善地说："走吧，走吧，你想走就走吧。"然后我就拉出我的双杠自行车，我把我的白铁桶捆在后架上，里面放着我的枕头，那是我最奢侈的家当，绿色的底，白色的勾花，是上高中的时候我妈一针一线亲手做的，还带上我的书，计有《新华字典》、《战地新歌》、《天文知识》、《哲学名词解释》、《鲁迅在厦门》、《上海中小学生毛笔字作品选》，我在车把上挂上一个网兜，装上我的毛巾、搪瓷杯、牙刷、牙膏，然后挎上我的军绿帆布挎包，戴上笠帽，骑上自行车就动身啦！水冲村通向机耕路的小路我已经走了一千一万遍了，我放开车闸往下冲，震得链盖篷篷响，我的心都快要跳出来了。我像箭一样冲到了大路，与此同时，或者叫做说时迟那时快，那个既像老虎又像豹子的怪兽突然从天而降，落到了大路的中间，我想往左边逃，它就往左边挡，我要往右边逃，它就往右边拦。奇怪的是它为什么会戴着一顶灰色的八角帽？这顶帽子我眼熟极了，看见这顶帽子我就知道没有了希望，这顶帽子会变，变成一个人或一座山。

这样的情景常常像梦一样漂浮。

另一场恶梦是嫁给当地农民。高中临毕业那个学期，我们班搞了一个全校瞩目的活动，叫做下乡体验生活。全班自带铺盖饭费，到民安公社六腊大队体验生活，分成四人一个小组，每个小组下一个知青点，跟知青一起同生活同劳动。

就是那次，我看到了一个老知青，女的，又黑又胖，邋遢，又老，不是真的老，是一个十六岁的人看三十岁人的那种老。人未到就先听见其声，她的声音又大又沙，她说："我来看看这些南流街来的街仔街妹，"然后她就站到了堂屋的门口。她挑着一对空粪桶路过，她头发上全是灰尘，脸和门牙是黄的，手和脚是黑的。她问："有水浸社来的吗？"我们感到奇怪，一个农妇，看上去连字都不识的，问水浸社干什么呢。她又问："有吗？"她笑着，从容大方。我们便纷纷应道，没有没有，有东门口和西门口的，还有沙街和旧医院的，就是没有水浸社的。

她也不失望，她问："你们吃什么呢？"我们应道："吃水，嘴渴了。”她接上来说，水的分子式，我记得的，H_2O。

我们大惊，一个看上去不识字的农妇，竟能说出水的分子式，不得了！就问本组的知青，才知这个水分子哪里是什么文盲农妇，人家是正牌的老高中，老三届，插队七八年的老知青！她嫁了当地农民，生了四个孩子，她的外号就叫水分子。

一个水分子，变成了农妇，这是我不愿意的，说到底，我不愿意变得那么黑胖，那么邋遢，那么显老。

等到我也变得黑胖、邋遢、老（事实上，我已经又黑又胖了，有次回南流，我在街上碰到语文老师麦大安，他已经不认得我了，我叫他麦老师，他看我半天，说不出我的名字），等我知道自己再也回不了南流，更去不了玉林和N城，我连到公社五业场的机会都没有，我会不会嫁给一个当地农民呢？高红燕说她坚决不嫁，如果再过十年她还不能出去，她就自杀。那时候知青点一片荒凉，像被大火烧过，只剩下残砖断瓦，房梁斜搭着，断砖堆了大半个屋，门板也没有了，要门也没有什么用了。别的人都到哪里去了呢？她们都有地方去了。在半夜的时候有一个声音说："把你嫁给梁金华吧！”梁金华是谁呢？这个名字有点耳熟，但我想不起来他到底是谁，他长得什么样子，是高还是矮？是胖还是瘦？是黑还是白，他也许是大队团支书或者会计或者赤脚医生，总之是一个想娶女知青的人。

我一个人坐在门槛上，腿上围着我那条竖纹的棉被，那是很多年前，在知青办领取的下乡物品，我依稀记得，这跟一个叫李庆霖的人有关，跟“告御状”跟“三百元”，“无米之炊”有关。所有的下乡物品都散失了，只剩下这条破旧不堪的棉被，我围着这条唯一的棉被就像围着从前的许多日子，它们很快就会被扔掉，到时候谁都不会知道我是知青，连我自己都不会记得了。我记起在更早的年代，在高中快毕业的那年，我们到一个知青点体验生活，那个叫做水分子的妇娘。

在黑夜里又看见了她，水分子，她不知为何竟到水冲来了，她担着一对空粪桶，头发上全是灰尘，脸和门牙是黄的，手和脚是黑的，她嫁给了当地农民，生了四个孩子。我知道我天一亮就要变成水分子了，我的牙齿比她还要黄，我的头发比她还要脏，我很快就要生一串孩子了，一串是多少呢？五个还是六个？比母猪差不了太多，如果生的是女孩，还要继续生。有好吃的我就要让给家婆丈夫和孩子吃，自己瘦得皮包骨。我要等老母鸡下蛋，然后小心把蛋存起来，等到墟日拿去换盐，买完盐之后我会发愁没钱买卫生纸，我将反复盘算，卫生纸到底有没有必要买，我的想法和广大农村妇女一样，既然卫生纸不能当饭吃，就不要买了，连黄黄粗粗的草纸我都不买。这时候就要用一种草灰塞进布袋里垫着，两边的大腿都要被磨破，要磨出血，结了疤，要磨多少年才能不疼啊！

还有肥皂，根本就不会买了。肥皂的形状和气味在黑暗中晃来晃去，现在我才知道肥皂是一种多么好的东西，只要在衣服上轻轻蹭上一点点，再撩上水搓几下，白色浓密的泡沫升上来，脏东西就不见了。清香从干净的衣服上散发出来，真是凉爽舒服！我知道以后将没有钱买肥皂，永远都舍不得用肥皂。永别了，肥皂，永别了，卫生纸，永别了，牙刷！

天已经亮了，天亮得真是奇怪，黄黄的像是有一层黄色的雾，天和地都像是涂了一层黄色，树木、房屋和禾田全都是黄的，没有看见太阳，天亮得不够透，但到处都有黄色的光，它从空气里放射出去，又照回到空气里，它从泥土的深处散发，又照回到泥土的深处。我不知道这一天为什么会这样奇怪，我已经很久没有看到过这么奇怪的天了，有点像大暴雨前的天空，但是没有乌云，天上是一色的黄，一丝乌云都没有，也没有闪电，也没有雷声，也没有风吹过来，静得简直不像是人间。我仍然坐在门槛上，我的竖条纹棉被还在，这使我感到踏实。我不要逃跑，我知道我哪里也去不了，到了路上我还得回来，我知道没发生的事情终究要发生，谁都躲不过天。那件事就藏在黄色的天光里，从天的尽头不动声色地走到我的跟前。

这时我听见一阵唢呐声隐隐约约传过来，它从天的一道窄缝里传出来，时断时续，就像天是一张巨大的嘴，一张一合的，它张开嘴的时候唢呐的声音就被放出来，合的时候就没声音了。我坐在门槛上，我想这声音离我还远得很，我正想闭上眼睛靠一会儿，唢呐声忽然就到了跟前。我听出这是迎亲的唢呐，我小时候经常在路边听到这样的唢呐曲子，一队自行车开过来，一个新娘哭呀哭。现在自行车队就开到我的面前了，有十几辆，它们团团围住我，一把生了锈的大唢呐悬在惨黄惨黄的空中，晃晃荡荡的就像一个长长的吊死鬼，它一晃一晃发出的声音变得怪怪的，嘀嘟哈哒、嘀嘟哈哒，既像哭又像笑。不知从哪里来了一个老女人，她抓住了我的手，用一块又大又重的红布蒙住了我的头，这块红布实在是太大了，大得盖住了我的全身，我一下什么都看不见了。我想找我的竖条纹棉被，但我什么都看不见。

快要入洞房的时候这件事情就自动中止了，因为我知道，洞房是无论如何都是不能进的，那是一个最可怕的地方，可能跟地狱差不多，进了洞房一切就完蛋了，还不如去死！敌敌畏、六六粉、老鼠药，一眼水井，一根牢固的绳子，撞墙或者闷死在水缸里，死的办法真是不少呢！

但是我不要死，我决意自我奋斗，练出一个一技之长。我的动力比天大，因为我要让自己从罗同志的头顶飞过去！风呼呼地吹，像气垫托着我的整个身体。

二胡精

那把二胡，样子粗糙，用毛竹做的圆筒，用栗木削成的杆和把，弦是铁丝拧的，那块皮是蛤蟆皮，拉弓更加业余，是马尾须和驴尾须混在一起，丛竹弯得不顺，头尾都翘着。

总而言之，这不是一把正常的二胡，就像小刁，不是一头正常的猪，而是猪精，跳栏、不好好吃食、永远也不长肉，有着人的灵魂和追求自由的决心。我的二胡也是一把二胡精，由于它身上有蛤蟆皮、马尾须和驴尾须，它的灵魂也比小刁更为复杂。

现在我还记得，有一个下雨的夜晚，我正在屋子里绞尽脑汁，打算写一篇瓦上村妇女学阉猪的小通讯，争取在三八国际妇女节见报或者上县广播站，这篇东西很难写，是公社的陈记者提供的线索和思路，任务也是他下达的，题目他也出好了，叫《半边天阉猪》，他提醒我要到瓦上队去采访，我去了，五分钟就走了，因为没见到妇女阉猪，也没见到阉过猪的那妇女。我决定编几句她的豪言壮语，再编一个阉猪的场面，后者并不难，我见过阉鸡，写她大胆落刀，利索收尾完全没有问题，但写她的豪言壮语就太费脑筋了，“我一定要与旧的传统观念决裂，我要让自己成为妇女解放运动的先驱，”这样的话看上去无论如何都像是一个知青中的积极分子说的，怎么都安不上去。

我正在屋里枯坐苦想，却听见一只蛤蟆在我门口叫得欢，它越叫我越写不出，我开门出到屋檐下，从屋里漏出的弱光中看见一只蛤蟆，它样子丑陋，体积奇大，吓了我一跳，我从来没有见过这么大的蛤蟆，差不多有一只饭锅那么大，它背上的突起物有半只龙眼那么大，它的下巴一鼓一鼓的，涨得像气球，看见我出来，它就不叫了，它在屋檐的外面，雨不停地下，落到它的背上湿淋淋的像油一样发亮，油亮亮的，深棕和淡黄。它看了我一会儿，忽然又叫了起来，它叫道："你——我，你——我，你——我"

我不明白这是什么意思。有些蛤蟆就是这样叫的，它们是"你我大水鬼"。

过了不久，我决定学二胡，我还没觉得这跟蛤蟆有什么关系。又过了不久，我决定自己动手制作一把二胡，我请赵战略帮我逮一只蛤蟆，我才想起这件事。原来这只蛤蟆精提前知道了我们的缘分。

学二胡的决定做得太意外了，一开始我的雄心壮志是通讯报道，我觉得自己的作文不错，会写通讯将来也许可以调到县广播站，在革命时代，有线广播网通到每家每户，就像现在的电视，而广播站的编辑则相当于现如今的电视台编导，是一个风光无限的行当。

总而言之，我像任何一个涉世不深的大俗人，自以为是地定下了一个目标，我热血沸腾，在房间和屋檐下走来走去，摩拳擦掌地制订了行动计划。第一，每天仔细阅读《人民日报》和我们省的省报；第二，每周回南流县文化馆看更多的报纸；第三，建立一本新闻日记，每天练写一条报道；第四，把新闻日记拿给公社的宣传干事陈记者看。我脚踏实地，一步一步，很快就走到了陈记者那里，但我发现，有一个丁服已经在那里了。丁服就像一枚图钉，她噗的一下，就把我胀鼓鼓的气放掉了。

我的《半边天阉猪》惨败，她的《半边天阉猪》大获成功，我这才知道陈记者老奸巨猾，他让我和丁服同时写，两人对攻，谁写得好就用谁的，阉猪的妇娘正好是她们瓦上队的，我连人毛都没见着，她当然会写得好！

一次惨败足矣，从高中时代起丁服就是我的克星，有她在我就会诸事不顺，我怕她！我妈也知道我怕她，下乡之前就知道丁服也下香塘公社，她父亲属工交战线，母亲属商业战线，本以为她随母，商业战线下附城公社，和卫生战线下同一个公社，为了避开她我才报工交战线，结果偏偏又碰在了一起。我情绪低落，想让父母帮我调回卫生战线，这样我就下附城公社，跟吕觉悟在同一个公社，但是已经来不及了，大局已定。母亲安慰我说，其实理论好不见得临床也好。到了香塘才知道，我不但跟丁服在同一个公社，还分在了同一个大队。

“赶快逃跑吧勇士们，我们在春天里开始学二胡。”我不跟她挤，我日益意识到，新闻报道这个劳什子（这不是一个本地词汇，是从《红楼梦》里学来的，雷红雷朵喜欢用）不是我干的，要领会上面的精神，上面的报道要点和意向，不可越雷池半步，写完稿子还要拿到大队审查盖章，有好几重绳子捆着，像捆猪一样，这样的日子连小刁都不能容忍，我就更不能。

“一只蛤蟆叫得欢，一根马尾甩呀甩，一杆丛竹弯又弯，两轴栗木硬如铁。”不记得这个不伦不类的顺口溜是哪里来的了，它夹杂在“歌如潮花如海欢迎朋友四方来”的歌声里，我想起来，是我们在大队排练的时候，瓦上队的李十四告诉我，他手里的二胡是他爷爷自己做的，用一只竹筒，一只蛤蟆的皮，用栗木做杆和轴，用丛竹做弓背，马尾做弓须，铁丝或铜丝做弦。

一把手工制作的二胡就这样在黑暗中闪闪发光，它粗糙，难看，但它闪闪发光，它还不曾存在，但它事先闪闪发光，在我的蚊帐顶上，它像月亮一样照耀。吕觉悟要学机械绘图，雷红说她决意学医，她已经搬了几本医书下乡，每天晚上攻读，她说郑放歌都开始学拉手风琴了，雷朵也开始学画画，雷朵还没插队就开始学特长，她已经有文艺特长了还学画画，我更加意识到，光有一技之长还远远不够，要有两技之长、三技之长，越是多面手越是有出路。

235535312，《三大纪律八项注意》是革命时代最简单的二胡练习曲，1——5——多索弦，先在弦上找到5，再找到4、3、2、1，就行了，235535312，一句熟悉的旋律，生硬地出现在弦上，声音难听，像沙子摩擦在铁铲上，我想是因为我太用力了，于是我自说自话轻轻地拉，轻得像蚂蚁，2355，蚂蚁说，你学什么二胡哪，这么笨，要先学运弓，要拉满弓你懂不懂！我听不见蚂蚁的话，我仍轻轻地蹭着，我想等我会拉了，再拉大声就不会难听了。那段时间没有排练，我没有机会见到李十四，完全是自己胡乱摸索。

我又认为是二胡太老的缘故，人老了声音就会变哑，二胡一老也这样。我的二胡是到水尾借的，水枝家她爷爷的二胡，爷爷前几年不在了，就没人拉了。

做一把自己的二胡！

这个念头像炮仗在空中爆响，立即就像一节新生的竹笋，一节一节往上拱。一把二胡在上升，235535312，一把二胡在唱调，636323261，我所到之处，没有听说过任何一个知青学做二胡的，所有的特长都拥挤着千军万马，吹箫的人不计其数、拉手风琴的人、学画画的人不计其数，连冷门的机械绘图，吕觉悟和高红燕也都同时想到了。制作二胡，真叫别开生面！

我决意自己做一把二胡！

然后制作更多的二胡！

这样一想，我感到自己顿时成了多面手，县文艺队地区文工团省歌舞团话剧杂技团木偶剧团，南流的水泥厂瓷厂农机厂，玉林柴油机厂柳州钢铁厂南宁机械厂南宁棉纺厂，柳州铁路局玉林军分区，有谁又会表演又会拉二胡，还会做二胡的呢！肯定没有。这样一想，我觉得自己不但已经无师自通学会了拉二胡，而且还做成了一把二胡，蛤蟆呱呱叫，二胡做成了。这件事其实并不难，竹筒，简直是随地都有，刘家地坪，三公三婆的屋檐墙角，做杆和轴的木头，据李十四说要用栗木，如果没有栗木我就用枫树木，用线木，用核桃木、苦楝木，做弦的铁丝、铜丝或钢丝，可以让吕觉悟从五金厂弄一点，至于做弓背的丛竹就更多了，在屋背坡上，一丛一丛的，我将一根一根地挑，把节距最长，头尾最匀称的那根砍下来，不但如此，我还要找到最老的那根，嫩竹不堪重任，老竹才经得起火烤火烫，嫩竹是一个未经风雨的人，最容易变节当叛徒。

最难办的是蛤蟆皮。

最最难办的是马尾须。

但我不怕，我相信人定胜天，人有多大胆，地有多大产。我将满世界寻找大蛤蟆，要有我的巴掌那么大。我充分地估计了困难，但同时相信，二万五千里长征都能胜利，蛤蟆一定能够找到的。我沿着治烂脚找五色花的路线，水冲、水尾、大队、学校，屋前屋后，禾田里，水沟边，找过来，又找过去，我忽然想起《半边天阉猪》的那个雨夜，那只出现在屋檐下的大蛤蟆，我再也没有见过它，在此前和此后，我见过许多蛤蟆，但我没有见过它那样的眼神和叫声。

它是一只蛤蟆精么？当然，它跟猪精小刁、公鸡精二炮一样，前世为人，有着人的灵魂。这些怪物，它们是一些令人难以洞悉的生物，其智慧远超我们的想象。蛤蟆精，它知道我要捉一只大蛤蟆杀来做二胡，所以它再也不到知青点的屋檐下了，它躲在暗中，在树底下，土坎上，好几次我觉得它就在猪栏里，小刁已去，猪栏已空，蛤蟆在猪栏里叫唤。大雨即将来临，它的叫唤一阵又一阵，雨点由疏到密，我也将冒雨出门捉蛤蟆。我头戴笠帽，身披蓑衣，手里拎着一只捉鱼用的竹篓，事实上，蓑衣已经被塑料雨衣所代替，只有三公堂屋的墙上才挂有一领，但我坚持认为，蓑衣比塑料雨衣更值得我穿在身上，它如此自然、环保，重量适度，不会被风吹起来，比起轻飘飘的塑料，它雍容大方，富有诗意，所以我必须身披蓑衣头戴笠帽，像狗一样行走在湿漉漉的田埂上。七十年代的农村尚未广泛使用化肥农药，在雨后的地里，蛤蟆到处都是，它们又叫又跳，在雨中狂欢，一旦忘乎所以就会跳进屋子里，我小时候在龙桥街也经常看到过，它们和蚯蚓一起，一到下雨天就出洞，欣喜地走在青石板的街肚里。

捉到蛤蟆并不难，难的是杀蛤蟆。我可以参照杀泥鳅的办法，把蛤蟆放在一只瓦盆里，撒一大把盐，然后盖上锅盖，再用砖头压着，蛤蟆碰上盐，就像被火烧着了皮肤，它想逃走，猛烈跳动挣扎，但大门被关得死死的。等它跳得没力气了，再来砍它的头。

这样的事情我下得了手吗？

我决定把它交给庆昌，庆昌脸上有杀气，而我不看，君子远庖厨。让庆昌把蛤蟆杀了，把皮剥下来，肉归他。

给我一块蛤蟆皮就行了，要湿的，要把肉剔干净，连夜剥好就要连夜给我，越新鲜越好使。在某一个雨夜，一块湿腻腻、黏糊糊、略微带点腥味的蛤蟆皮来到我的手上，它有巴掌大，褐色，正中央有一道黑色纹路，头和腿都被去掉了。我心中狂喜，连夜到灶间煮糯米粥，糯米，这种世界上最黏的东西，没有人舍得吃它。（糯米是过节的时候用来做芥菜包的，不是包子，是芥菜包的糯米糍粑，糯米粉里包着切成小丁的肥肉、咸菜、豆腐干和花生米，外面再裹上芥菜叶子，在笼屉蒸熟，糍粑绵软，馅里的肉菜豆腐花生憋成浓香，却不外溢，让人忍不住赶紧咬上一口。还可以煮糯米饭，放一点腊肉，吃起来就像吃上了肉粽；又有糯米粥，黏稠得水和米不分你我，有落霞与孤鹜齐飞，秋水共长天一色之境界。总而言之，糯米是米中的贵族，属珍稀物品，因为不用交糯米公粮，队里只种了一点点，每人分到一斤。）我决定把我的糯米用到二胡事业上，我到米缸抓了一把糯米到灶台煮粥，这粥煮得一塌糊涂，因为用的是稻草，又是阴雨天，灶间浓烟滚滚，我流着泪（烟熏）凑近灶门，用吹火筒一次次地吹，稻草的灰烬又黑又飘，一片一片的，飞得满灶都是，落到我的头发、脸和衣服上。

深更半夜，一个小个子女生在烧火，她流着泪，弯着腰，手里拿着吹火筒，脸上头上都是黑灰，真像是电影里的童养媳。但她跟童养媳的凄惨完全不同，她兴头十足，心中燃烧着明亮的火光，比灶里的火旺多了。潮稻草时燃时灭，一点糯米粥煮得又煳又夹生，但是完全没问题，夹生的糯米粥仍是最好的黏合剂，糯米就是糯米！我把糯米粥涂在竹筒的外壳，又涂在蛤蟆皮上，让它们双方互相黏合，你情我愿，方能情意绵绵。光是一方有黏性是不可靠的，在黏蛤蟆皮的时候我感到自己悟出了这一真理，就像汪小旗和陈戈亮，光陈戈亮一头热乎是不够的，又如安凤美和赵战略，安凤美的黏性一消失，赵战略就见不着她了。我意识到，当你觉得什么东西不牢靠的时候，你就要用一根铁丝来扎定。

我不清楚谁更水性杨花，是蛤蟆皮还是竹筒？

蛤蟆皮干了之后会变得非常硬，敲起来邦邦响，面积大大收缩，色泽发黑，你根本看不出这曾经是一只生猛的蛤蟆。竹筒也变干收缩，变得小一点。

谁都免不了被时间打回原形。

我要做的就是用一根铁丝把已经被糯米黏牢的封口再加固，为了把铁丝嵌入竹筒，我又花了一整个晚上的时间，在竹筒上刻了一圈凹槽。

多年以后我仍不能相信，我这么笨的人，真的做成了二胡的胡筒，这个过程就像在梦里一样，但这只胡筒我一直留着，放在南流，在我家的一只旧箱子里，和韩北方的照片放在一起。很多年过去，我对这些旧物的记忆已经很稀薄了，我几乎已经忘记了它们。

二胡的胡弓始终没有做成。

我当时坚信它最终会做成。它是我青春期的狂想之一，如同一个能随时进出的梦幻，在我有事可干的时候，我就把它暂时搁置，一旦我空虚，我就会念想那把不知何年何月才能完成的二胡。

做弓背的丛竹我已经找到了两根，是很满意的两根，竹节很疏，头尾几乎一样粗细，竹身光滑，有安详之感。这两根丛竹我都很喜欢，我说不准自己更喜欢哪一根，所以两根我都留下来了。我把它们分插在蚊帐顶的两边，跟蚊帐杆插在一起，藏得如此刁钻，是我感到它们业已成为我的秘密和宝贝。

但怎样才能搞到马尾须或驴尾须呢？南流本地很少马，我只在路上见过两三次，是过路的，运着东西。另外听说我家对面的那棵杨桃特别甜，是因为曾经埋过一匹马，这是我跟马最近的距离。插队后我就再也没有见到过马。

我仍准备了一根长满刺的榨刺条，是用来偷拔马尾须的。也就是说，我要仗刺而行，四处流窜，在茫茫夜色中，骑着我的自行车，把榨刺条绑在横杆上，叉着腿骑行，从水冲到瓦上，又从瓦上到大队，沿着中间突起两边凹的机耕路一直骑到公社，再从十字铺骑上玉梧公路。只有大路才最有可能碰到马！我希望听到马蹄声声，有大群的马从路的一头奔驰而来，领头的一匹，高大健美，长鬃飘飘，它跑到我的跟前就自动停下来，它好像事先知道了我的下流勾当，但它毫不介意，这样高尚的马使我自惭形秽。大群的马匹立在我的周围，我希望赶马的是一名男知青，他说，你要马尾须？这好办啊。他说你剪吧，马尾须多的是。马群也在我的耳边纷纷说道："剪吧剪吧，别用刺条揪，太痛了！"

如果赶马的不是知青，而是一个陌生人，我将不和他说话，我会尾随马群来到他们过夜的地方，等那人睡着，我就把刺条向着马尾一甩，迅雷不及掩耳，猛地往回一抽，马尾须缠在刺条上，有几根算几根。我替马想了想，它会感到尾巴上被几只蚊子叮了一下，不算太大的痛苦。安顿好自己的良心我再次上路，玉梧公路上有猪屎牛屎和鸡屎，却始终没有出现马屎，这样一来，我就没有办法了。

唯物主义者都是没有办法的。我不能凭空变出马尾须，所以我的胡弓一直做不成，我的胡筒没有胡弓配它，就如同一个老姑娘，一世找不到配偶。

给大队支书送一只胎盘

秋天的时候我妈让我给大队支书送一只胎盘，我就拿去了。

她说你们大队支书的老婆来找我看病了，她常年妇科病，要补一补，我答应她一等到有靓胎盘就捎给她。

大队支书的老婆！我觉得母亲真是神通广大，竟然认识大队支书的老婆，这使我对自己的前途又有了一点幻想。母亲把剪好的胎盘倒进我家的饭盒里，只听见“咕噜”一声，饭盒就浸满了血水，肉质松脬的胎盘不停地冒出血水来，母亲按着饭盒倒了几次都没倒干净，倒得差不多时血水又冒出来，她找了两根橡皮筋箍实，又包了两层塑料纸，再用绳子勒上好几道，看上去就像一只枕头粽。

我一路骑车到六感，心里想着要尽快把这只胎盘交到支书手里，路过水冲的时候我连车都没停，直接就到大队去了。

支书的屋子开着门，但支书本人不在，却坐着学校的宋老师和张老师，宋老师是民办教师，教初二语文，接手我那个班的班主任就是他，张老师教高中物理，却是统筹教师（也称代课老师，待遇比民办教师低，没有工资，要在生产队记工分，每月五元补助津贴由大队统筹解决，教育革命后学校里有大量统筹教师），看到他们我很意外，我是第一次在大队碰到学校的同事。

宋老师说支书出去了，一会就回来。张老师也很客气，他推了推旁边的条凳，说，“坐着等吧”。平日我跟宋张二人都不太说话，一看他们对我友善，我就把饭盒放到了桌子上，我对宋张二人说，这是我妈妈让我带给支书的胎盘，给他老婆治病的。然后我就一屁股坐到了条凳上，没坐稳我又一下跳起来，手忙脚乱地解那上面的绳子，边解边喃喃道："捂了这半日，再不打开盖就要沤坏了。"绳子系成了死结，我从门角找到一块边缘较锋利的瓦片，锯了好几下才把绳子锯断了。塑料纸刚一打开，里面渗着的血水就流到了桌面上，有点腥，但我又觉得不怎么腥，同时我意识到这很讨人厌，我心慌意乱，一时不敢看宋张二人，我扯了一张旧报纸擦桌子，一边说："真不好，真不好。"我听见宋说不要紧的，不要紧的。这时我才抬头看他们，看到两人脸上都平和，没有让我难堪的意思，我才有些放心了。

我慌慌张张走出大队地坪门口，才想起来我家的饭盒还在里面，我家只有这一个饭盒，用了很多年。小时候母亲经常用这个饭盒带回来好吃的，夜班的夜宵，以及会议的剩菜。最好的是她开会带回的会议剩菜，都是在会议的最后一顿，在县二招的大食堂里，没有上漆的大圆木桌，我想那上面肯定摆了满满一桌菜，有扣肉，鱼，酸菜，烧猪肉，豆腐饼和炸豆腐，因为饭盒里就装了这些菜，但它们是混杂的，零碎的，有一块扣肉，已不完整，金黄酥松的扣肉皮和五花肉是散开的，有一块鱼，是鱼尾或鱼背，烧猪肉倒有两三片，但脆皮只有一小溜，酸菜有不少，豆腐饼也有不少，每一样菜都特别好吃，因为菜汁肉汁都混在一起，各种味道互相渗透，变得异常醇厚，尤其是酸菜叶子和豆腐饼，渗足了肉汁，简直比肉还好吃，那一种甘醇的美味，令我难以忘怀。我想象在县二招的大木桌上围着一桌县里的女干部，她们都有孩子，她们的孩子在家里饥肠辘辘，虽然隔着几条街，但她们看见自己的孩子像雏鸟一样，仰着脑袋，张着小嘴，眼巴巴地等着好吃的。所以中年女干部们纷纷招呼着坐在一桌，她们只吃一点点菜，剩下的肉菜大家分，你一块我一块的，夹进自备的饭盒里。

这样一只饭盒，是我从小到大的八宝箱，是宝葫芦，它装满了最美味的记忆，我一想到它就会想到扣肉、鱼、酸菜和豆腐，想到扣肉上面的那层又酥又软甘醇无比的肉皮，我就折回去，准备找一个东西腾空我的饭盒。

刚刚走到支书屋子门口，我就听见张老师大骂，什么腥臭的东西！弄到这里来，今天真衰！真是衰八代！宋老师也连连附和着，就是就是。我惊呆了，但我一脚已经踩进了门内，已经退不出去，他们也很诧异，不明白我怎么又折了回来。

我说不出话，我觉得我的身体是飘的，世界一片寂寥。他们也不说话，也不看我，只是坐着。空气很静，我听见自己喃喃说道：我回来拿我的饭盒。但我看不见饭盒，也看不见桌子，也看不见任何人。世界漂浮着，是空的。

走出很远我才发现自己已经走在了机耕路上，我身体的感觉一点点恢复，我看到禾田已经收割过，禾茬上面立着稻草人，脚下的路是硬的，有点发白，但我的手上，没有拿回饭盒。

解放台湾才剪头发

那一年令人不安，传说会有大地震，南流县城将会震成一片废墟。又传说要打仗，基干民兵开会说要做好打仗的准备，却不知要跟谁打，是打美帝，还是打苏修，抑或是要解放台湾。“背起哟猎枪哟唱起歌，我家住在珍宝岛，住在珍宝岛，英雄的土地英雄的人，屹立在反修的最前哨，最前哨。”这支小学时学的歌我们还能完整地唱出来，但苏联虽与我国接壤，却远在北方，跟南流隔着整个国土，美国就更远了，在地球的另一边，思来想去，高红燕认为是要解放台湾。

谁都认为，解放台湾是指日可待的事情，只要党中央毛主席一声令下，台湾就解放了，势如破竹，不费吹灰之力，五星红旗就会插遍台湾岛，而祖国版图下方的那片小小的芭蕉叶就会变成红色，这个图案叫做“全国山河一片红”，那枚著名的邮票就是因为白色的台湾岛而格外刺目。总而言之，在我们的意识里，祖国大陆是红色的，台湾宝岛暂时是白色的，但只要我们想把它染红就把它染红，轻而易举。

我们都是这样认为的。

解放台湾的事高红燕最积极，这我一点都没想到。她和我初中同班，既不是班干部，学习也不突出，又不是文艺队的，一切平平，只有她的外地口音引人注目。在人多的地方要人让路，我们都说：“吾该多谢，吾该多谢，行开一点喂。”高红燕却喊道：“闪开——”好像她正端着一盆滚水。闪开这个词是一个书面语，我们从来不用，尤其是闪字，南流话发出音来怪怪的，要咬牙切齿闭紧双唇，好像拉硬屎拉不出来。闪开，闪开，我们学着高红燕喊道，并给她取外号为“闪开”。

但士别三日，与高红燕别了高中两年，她一句话就改变了我对她的看法。插队第一天我们同到水冲村，我发现她跟初中相比已然大不相同，她的外地口音变成了南流话，她的小辫子也剪成了短发，超短，两边露出三分之二耳朵，后面的头发茬乱糟糟的，也是短得不能再短。我一看就有点想笑，在路上大家都不作声，我也不便问。到了水冲我和她一个屋子，等到队里帮忙的人走光，我就忍不住问她：“你为什么要把头发剪这么短呢?”

她骄傲地一笑，眼睛闪亮着。这令我大惑不解，头发剪短有什么好骄傲的，基本上像个锅盖，南流街叫煲吞头，难看得可以去演《小兵张嘎》了。却不料高红燕正色说道：“我要等到解放台湾才剪头发呢！”

解放台湾才剪头发！她的回答实在太震撼了，振聋发聩，太响亮了，简直就是“晴天响雷敲金鼓，大海扬波作和声”(《英雄儿女》里的歌词)，大海的波涛滚滚而来，从我们从未见过的台湾海峡，带着长长的椰树叶，连同大木船，一起涌到六感水冲。大木船千舸齐发，船上坐满了头戴斗笠的民兵，他们有男有女，腰扎子弹带，肩扛上了刺刀的步枪，刺刀闪闪发亮，直指湛蓝的天空，民兵们每人手持一把木桨，一个个撅着屁股拼命划。这样壮观的场面我从未想到过，但它一直在高红燕的脑海里激荡，她不但胸怀世界，而且还把自己的头发和台湾连在一起，我对她的敬佩油然而生。

但我立即又替她担心，这都快三十年了台湾还没解放，如果再要过三十年才解放台湾，那她的头发不是要拖到地上了吗？一个女孩子，然后是一个中年妇女，她一走路，头发就拖在身后，活像一条大尾巴，所到之处，尘埃滚滚，她一插田，头发就掉进水田里，她一骑车，头发就绞进车条里，如果碰上刮风天，她的头发就会吹到公路中间，来往的卡车嗖的一下就从她的头发上碾过去了，如果她的头皮够牢固，碾就碾，碾脏了回家费点茶麸水洗一洗，但事实上，谁都是血肉之躯，卡车绞着她的头发嗖的一下开过去，整个头皮哗的就被硬撕下来，血肉模糊，惨不忍睹。

我担心着问：“如果台湾一直不解放呢?”高红燕坚定地回答：“那我就一直不剪头发。”“你真的不剪吗?”我又问。她扭着脖子，更坚定地回道：“不剪，真的不剪。”

此后的一年多时间里，高红燕再没有提到过解放台湾的事情。她的头发生长着，而台湾在远处。

我以为高红燕早就把台湾忘了，但现在，一听说要准备打仗，高红燕的眼睛就立马亮了起来，她的头发也跟着亮了起来，头发跟着嚷嚷说："台湾，台湾，解放台湾。"高红燕认为解放台湾比打苏修美帝更重要，因为台湾是我国领土，相当于母鸡的一只小鸡崽，如果不回到母鸡的身边就会饿死。她一边说一边就真的着急起来，她走到屋檐下，手搭凉篷，向着大路眺望。她先眺望公社的方向，公社的武装干事怎么还不来呢？她又调转头向大队方向眺望，大队的民兵连长赖超英也没见人影。眺望过后高红燕表示，解放台湾这件事，根本不需要解放军出动，武装的基干民兵就能搞定。

赵战略却希望第三次世界大战能迅速打响，人民军队大范围征兵，从宽，从速，他好变成一颗子弹，呼啸着奔赴前线。再不打，他就要娶媳生子，扎根农村了。

他想起了自己的名字赵战略，战略战略，这实在是一名团长的名字呢！军用地图、望远镜、驳壳枪、通信员，同志们，我们必须在凌晨两点发起总攻，现在对表。歼灭战、阻击战，地雷战、地道战，信号弹划破夜空，号声嘹亮，红旗插上敌对方的山头。不管打哪里，快快开始吧！头脑里的子弹在水冲上空飞来飞去，它们不知道要飞向何方。

而蘑菇房里的日子停滞了，像塘里的水，它自己不流，你搅它就动一动，你不搅它它自己就很懒。

蘑菇在稻草床上冒出来，快一阵，慢一阵，抽风似的。有时一夜之间挤着出来，匀速前进，隔一日两日就要到公社送一趟，采蘑菇采得赵战略手都采酸了。有时候又一片一片的没有动静，不知犯了什么神灵。

安凤美不来，赵战略也没了心思，他看见我烧火，就会蹭过来挑水，他问我："安凤美来过吗？"我说："没有啊。"他又问："她怎么不来了？"我仍答："不知道啊。"他喃喃着说："她去哪里了呢？她去哪里了呢？"我不知道他是在问我，还是自言自语。他找不到答案，不知道应该问谁，他用扁担敲敲水缸，又敲敲水桶，他还挑了挑角落的一小堆稻草，好像安凤美会藏在稻草里，他用扁担一挑，安凤美就会露出来，她头顶稻草，脸上擦了黑锅灰，看见他就露出一口白牙。"赵战略甚至还敲了敲墙，难道安凤美会缩进墙缝里吗？"

一想到安凤美，赵战略头脑就不清楚了，智商基本等于零，他脑子里的神经活生生地搅成了一根筋，连稻草堆都捅过了他还不甘心，他从我们的门口来回过了好几遍，又绕到屋后背的窗口，以便从不同的角度看清楚我的床铺。蚊帐低垂，左右看不清楚，赵战略急坏了。

急坏了的赵战略快变成一名花痴了么？

他拿了一把手电筒往我的床铺乱照，我蚊帐里的两只枕头、内衣、草纸都被他照着了，说他不是花痴都没人信。我只好冲他当头一棒，我喊道："赵战略，你别到处乱撬了，安凤美早就跟李海军好了！"这一棍敲中了赵战略的脑心，敲得他眼冒金星，像一根木棍愣在了屋后背。

他站了很长时间。

脑子里的那一根神经慢慢松开了，其他神经慢慢复活，慢慢延伸，慢慢变得柔软。如同水里的根须。

他安静下来，不说话，和谁都不说。

四分之一的小日子

赵战略在分给知青的菜地上划出了四分之一的地，只有一小块，最多三张床大。这小块地是他的，他种上了土豆、花生和芥菜，还在地边种了一圈大蒜。芥菜郁郁葱葱，高而茁壮，土豆花生也都土松肥厚地浓绿着，绿叶间开出了黄色的小花。

知青的菜地上，四分之三都空着，长满了草。

对比得那一小块蔬菜异常茂盛，有如奇观。近看是旺势得喜气洋洋，远着看却又有点悲。它是孤独的，像一个独子，没有兄弟姊妹扶持的，看上去结实，却是空的。如果刮风下雨，蔬菜湿淋淋地挤在一起，七歪八倒的，真是尤感寂寞。

他还在自己的房间里搭起了灶，他找来两块砖，一边削掉一点，就能放锅了，锅是铝锅，是旧的，旧得不成样子，锅盖和锅都凹进去好几处，盖得也不合缝。他也打柴，他打来的柴码在柴屋的一角，是狼蕨草，又长又干爽，很是精神，我们胡乱揪来的生产队的稻草显得灰头土脸，不堪一比。他也挑水，绝不挑满一缸。挑两担他就不挑了，他用水不多，挑两担等于是赠送我们一担。

他看不起我们懒，认为懒成这样日子是没法过的。所以他自己做自己吃。我们把饭桌搬到外面吃饭，他目不斜视。他在自己的屋子里自己做来吃，滋啦一下，他往油锅里放青菜了，一股油烟从屋里冒出来；有时没有声音，却闻到一阵煮土豆的香味。罗东馋得探头探脑的，他也不招呼，装作看不见。

罗同志反对分灶，我们也反对。但没有用。赵战略铁了心肠，他也不是先进知青，他也不争当先进。罗同志说了也白说。

队里的人喜欢到赵战略的屋里抽烟，他的墙脚靠着两只竹烟筒，地上也是一地的水烟屎，还经常丢了一片瓜子壳，他把瓜子壳扫拢，堆在门角。有人来他就撮上两捧倒在灶肚里，再埋上两只红薯，点上火燃着，上面放上小半锅水煮着。瓜子壳的热灰烤着红薯，红薯埋在灶肚里，埋得严严实实的，一点香气都透不出来，但大家都觉得甜香气就浮在屋子里，每人心里都是踏实的，有着指望。水开了，瓜子壳也燃尽了，把红薯刨出来，皮是焦的，黑糊糊满身是灰，裂开处却隐约见有甜汁，一掰开，一阵热气涌上，香软浓甜。却烫，两只手倒着，吹着气，一人掰一段，吃着，吹着气。

庆贵就说，

庆禄庆福庆水就说，

庆文庆昌就说，

玉昭就说，

队长、三公三婆就说，

再好的亲兄弟也要分家呢喔！别说知青。还是各吃各的好。有的勤有的懒，还是各吃各的好。现在不分将来也要分，晚分不如早分。

瓜子是二翠拿来的，有南瓜子、西瓜子和葵花子。二翠在家里是个霸王，能吃的瓜子她都要占着，文莲切瓜炒菜，瓜瓤是断不能扔的，扔了二翠就会闹。二翠有一只专用的簸箕，专门用来晾瓜子，她把不管什么瓜子都掏出来摊在簸箕里，等到晾干就收进一只布袋里。

那是她的宝贝。

她的宝贝是要拿给赵战略的。她学村里的大人管赵战略叫战略，“战略——战略——”她喊道。赵战略要去蘑菇房，她就在后面追着问：“战略战略，你是要去蘑菇房吗？战略战略，你等等我。”

她跟着赵战略去蘑菇房，战略问她，“你去做什么?”二翠翻了翻眼皮答道：“系，我去做什么，我去做什么。”又像是答，又像是问。见到屋子里的木工凳，二翠又翻了翻眼皮，说让赵战略帮她做一副高跷，说是学校组织了高跷队，谁有高跷谁就可以参加，练好了去公社游行，庆祝华国锋主席一举粉碎“四人帮”。

赵战略说他不会做，二翠说会，就会。赵战略说不会，二翠说会，两人像吵架，又像斗嘴，二翠快活得嘎嘎笑。

第二天二翠又跟去蘑菇房。战略问，“你又来做什么?”二翠就说：“我来帮手啊!”赵战略说，“我不用你帮。”她就说：“好，我就不帮。”她跟着赵战略，战略停，她也停，战略走她也走，她看着赵战略采蘑菇，她也摘了一朵插在头发里，赵战略采完了蘑菇要运到公社去，她就站在地坪边，她叮嘱道：“早点回来啊!”然后她就一直站着，目送到赵战略的自行车走远。

二翠最愿意把她攒的瓜子送给赵战略。她抱着她的花布袋，一溜小跑地到了门口，上气不接下气，哗的一下就把瓜子倒在了战略的桌子上。她说：“战略战略，你吃瓜子啊!”战略要是不动手，她就急了，抓上一把硬塞到战略的手里。

二翠只有十四岁，却比大翠还高。

她有赵战略的耳朵那么高了！她跟在赵战略的身后，看着他的后脑壳，心里又高兴又迷糊，她不明白自己为什么喜欢跟着赵战略，找不到赵战略她就会无故发火。她把几朵蘑菇带回家，放在床头上，谁也不许碰。大翠不喜欢，说蘑菇有一股臭味，二翠就不理大翠。

二翠最爱听队里的人夸赵战略。她往人多的地方钻，听到有人议论知青她是要搭腔的，她连连说道：“就是就是，战略硬是比罗东聪明呢！”喜莲就要问她，你怎么知道战略比罗东聪明？二翠想了想，说罗东去公社学了一个星期还种不出蘑菇，战略没去学就种成了。喜莲就逗她说，那你嫁给赵战略吧！

又每天都要到赵战略的屋子转上几次，她搬了家里的矮凳去，先搬了一把，又再搬多一把。她把高点的那把让赵战略坐，自己坐矮的那把。她还帮战略烧火。她坐在矮凳上，两腿叉得很开，头和身子探下去，用一只吹火筒吹火。饭煮好了，她就回家，家里的饭还没好呢，她冲文莲发脾气，气冲冲地从灶间走进走出，喊道：“饿死了饿死了！”

她不在战略那里吃饭，却不时拿给赵战略吃的，一把炒黄豆，一条煎鱼，咸萝卜干，芋头、木薯、糯米，煎豆腐。她不让家里人看见，厨房没人的时候她就冲房梁一跳，嗖的揪下一张米粽叶。揭开盖，抓上两块煎豆腐，再盖好，几个动作在一分钟内完成，像猫一样迅猛轻捷。她把东西捂在衫袋里就跑，拐一个弯，越过几棵老荔枝树，一上台阶，就到了。

战略不要是不行的，在她看来，不要不是客气，是嫌她。她连连催促道：“你吃呀你吃呀。”赵战略说：“等一下。”过了一小会，二翠又催道：“快吃呀快吃呀。”赵战略不理她，她仍催：“快吃快吃！”她看着赵战略吃她带来的东西，脸上笑得像一只果子。

赵战略的小日子过得不差，脸是红润的，结实敦厚，长了一脸青春痘。玉昭就说要给战略说个妹娘（即姑娘）做老婆。

二翠听说很不高兴。

她找了一根刺条埋到玉昭家的菜地里，希望玉昭一脚就踩中。她还偷放玉昭家自行车轮的气，咒玉昭生大病出不了门。从此二翠成了一个警惕的女孩子，她成日竖起耳朵在村子里走来走去。她跟大翠不再吵架了，有点忧郁，有点发愁。像是有一块心事，压得她身上沉沉的。

她蹲在知青点后面的荔枝树下，用一根棍子在地上捅来捅去。她望望赵战略的窗子，窗子开着，门却关着，赵战略不在。

赵战略到哪里去了呢？

公鸡二炮

安风美的二炮死了！公鸡二炮死了！

二炮死在村头的竹丛里，它的冠子是黑的，青黑青黑地垂着，像是被谁摁在染缸里染了一道，它的脚是黑的，嘴是白的，羽毛仍是漂亮着，红的金黄色的漂亮着，但已经乱了，它从来没有这样乱过，是谁把它搞乱的？

二炮死后的魂魄没走远，它就在竹叶上，公鸡的魂魄停在竹叶尖上，它看见自己中午时分走在水尾村，它走过水尾的地坪和舂房，它听见村头的竹丛里有母鸡咕咕唱唤，歌声欢畅，风情冉冉，像迷香一样飘到了它的头顶，它脚下一时就轻飘了，它轻飘着走到竹丛边。

竹静地也静，地静天也是静的，天静得发蓝，竹叶静得又绿又细，母鸡的唱声奇怪地没有了，它升到天上去了吗？鸟的声音也没有，蚂蚁黄蜂，竹壳蛆和蜗牛，也都一概没声音。

二炮一脚踩在这静里，它听见自己的爪声踩在竹壳上，嘎吱嘎吱地响，在天地的静中响得惊惊的，响得天和地都像是惊着了，却又像是没惊着。

总之一切都奇怪着。

奇怪着它看到了一团米饭，米饭在竹根，是新鲜的，又软又润，它一头撞到这团米饭里。这奇怪的饭团像一根铁丝，两下就把它的血气卡断了。

饭团吃到一半的时候它才发觉不对劲，以往的饭粒都是妥帖的，像鱼游在塘里一样妥帖，它们顺着食道游到鸡嗉里，在嗉里安安稳稳地待着。这时却大大不同了，米饭一粒粒变了面目，它们一个个举起了家伙，或镰刀，或锄头，甚至有冲担，它们在鸡嗉里砍起来，二炮的身体又痛又痒又辣，有火烧着了，烧着了鸡嗉和颈子，又冲上了头，眼睛和冠，都烧着了。

二炮听见自己的肉吱吱响，天不是蓝的了，它一时变黑了，竹叶子也不绿了，也黑得奇怪，黑得又重又硬，铺天盖地黑着压下来，二炮就像秤砣一样倒下来了。它中毒了。

二炮就死了。死在村头的竹丛里，它的冠子是黑的，青黑青黑地垂着，像是被谁摁在染缸里染了一道，它的脚是黑的，嘴是白的，羽毛仍是漂亮着，红的金黄色的漂亮着，但已经乱了。

安凤美，从此她就孤单只影了。

真武阁

秋天的时候公社搞了一次运动会，有篮球、跑步和拔河三个项目，各个大队都是知青来参赛，众人打打闹闹嘻嘻哈哈一番，中午到公社食堂吃上一顿饱饱的饭菜。到了下午三四点，各项比赛就提前结束了。

我和安凤美趁机去了一趟容县。两人都没有比赛项目，是丁服叫来当拉拉队的，就只想着来运动会逛逛玩玩。人刚到公社中学就不耐烦了，各自在人堆里转了两圈，趁丁服一不留神就溜了出来。

从十字铺骑车去，容县并不很远，安凤美从小在容县上学，很熟。她说我带你去容县玩吧。容县，本是普通平常，但它一从安凤美嘴里说出来，又让人觉得那是一个很好玩的地方了。

容县，容县，我学着她的语调说出了这个地名，容，升调，县，升调，我顿时觉得容县就像一只橄榄，吃进嘴里味道平常，嚼着嚼着就变甘了。我雀跃着，快快地踩着车，嘴里念叨着："去容县！去容县！"

容县和南流一样，也是个县城，在南流人的眼里它却比不上南流，因为南流离玉林近，玉林是专区所在地，一样时尚从省城传下来，先到玉林，再到南流，然后才能到容县，比如一字领，比如打鸡针，喝红茶菌，甩手操。相比容县，南流人觉得自己是时尚的，容县是土的，容县话因而也是土土的，难听的。平心而论，玉林话最是难听，是提着嗓子说的，没有一个音节能舒展开，语气上也嚣张刁恶，不如容县话温婉平和，但玉林代表了高文化，是文明的高端，它携带着势能，所以它的话再难听我们也觉得好听。

我们隐约知道容县从前是有点名堂的，听说它从前叫做容州呢！凡是叫州的地方都是大地方，比如广州、杭州、梧州、柳州。它叫做容州的时候是很久很久以前，是我外婆十六七岁的时候。

六七十年前啊。

真是太远了，跟一百年前没什么两样。我外婆十六七岁的时候容州不得了，繁花似锦，样样事情得风气之先，有女子师范，有照相馆、电影院，街上还有自行车！一个南流乡下的女孩子，她要到容州上学，从乡下步行到南流街，在沙街的码头上船，顺流而下，从圭江到绣江，就到了容州，容州真是大，五光十色，学校里也是五花八门，一个上私塾的女孩子，就开始学国文、算学、英文、手工、体育、音乐、美术、修身。六七十年前，日子像花一样开放，现在外婆已经很老很老了，容州的繁华也已过去很久很久了，它平淡、萧疏，从容州缩成了容县，缩得连南流都不如了。

传说中，容县有一个真武阁，它悬在空中，四脚不着地，真是令人难以想象。空中楼阁，那竟是真的么？

一个空中楼阁，在革命时代保存完好，我和安凤美把手伸到大圆柱和地面之间的空隙里，我们的手臂扫过来又扫过去，一次次地验证了它的悬空，抬头仰望高大的楼阁，它复杂精美奇异，重重叠叠的木条，有一种坚硬的沉静，仿佛斧头都砍不散它们似的。此外整座楼阁没有一根铁钉，全是木榫连接。这是另一个奇迹。

真武阁周围有一圈相思树，长得异常茂盛，满树满树墨绿的叶子，细长细长的，中间开着淡黄色的小花。风吹过，小花飘飘摇摇地散落在地上，静极。

寂无人。

忽然安凤美说：“不知我妈妈怎么样了。”

忽然她又说：“不知我弟弟怎么样了。”

从未听她提起过她的妈妈和弟弟，她只说她的爸爸，她爸爸的朋友长脚，公鸡二炮，我以为她的妈妈早已不在，更不知道她还有一个弟弟。

安凤美出人意外地说起她家的事情，一切让我大吃一惊。她说她来南流的时候父母就离婚了，她爸爸是生活作风出了问题，被人抓到了，她妈妈坚决要离，就离了，她跟她爸爸在南流，弟弟跟她妈妈在容县。

我们坐在地上，背靠着一根悬空的大木柱。天有点变阴了，空荡荡的风旋在楼阁里，好像被困住了，它们不从宽阔的地方通过，非要钻窄小的缝隙，强拧着，发出呼呼的叫声，听起来颇有些阴冷。

正要问她是否要去看看她的妈妈，却发现她脸色很不好，双手捂着胸口。“不好啊么？难过不？”我连连问她，她摇头，不答。过了一会儿又干呕。我拍她的背，又连连问道：“有事嘛？到底有事嘛？”她仍不答。

片刻她停下来，喘过气之后她古怪地看着我，我有点害怕，而风仍在楼阁里空旋，像有一个看不见的人在转圈子。我站起来想走，她一把拖着我，她说先别急，我跟你讲件事。

我害怕。

她说没多大要紧的，你别吓着啊。

她这一说我就更害怕了。我害怕着看她，她的脸是黄的，像是涂了一层黄罂子水（黄罂子，一种植物，可作染料。我曾到山上采过黄罂子，在我家厨房做试验，把自己织的一双白线袜子染成了姜黄的颜色），这使她看上去不像是平时的安凤美，我一时怀疑她是不是真的安凤美，在真武阁这种奇怪的地方，阴风阵阵，发生什么怪事也说不定。

我木在那里，越看越觉得她不像安凤美。轮到她连连问我："你怎个不好啦？脸色差得不像人？"她碰碰我的手，她的手又凉又硬，把我惊得哇的一声大叫，把她也吓了一跳，她说："李飘扬你发什么癫，我没吓着你我倒吓着我了。"

她这么一说我才又觉得她是真的安凤美了。

她说她可能出事了。

出事，我立即想到是男女的事。出事这个词用得并不少，它像一个戏剧性的东西出现在我们的生活中，神秘，令人兴奋，隐隐不安，又让人幸灾乐祸。翟青青和工宣队长出事了，县文艺队的姚琼和大春出事了，三班的罗明艳出事了，二班的某某出了事就转学了。

但安凤美的事早就出过了。她跟李海军，跟赵战略，还有陆一民，我都知道，她还有什么事情好出呢？我眨着眼睛看她，并不明白。

她说她可能怀孕了。

怀孕。肚子里有一个胎儿。还没结婚。刚满十八岁。知青。前途未卜。打胎。刮宫。带队干部。知青办。人流证明。

这些字眼像更凉的风刮进了我们的身体，一阵一阵地往骨头里钻。我觉得头脑里钻进了一团麻，乱得不能再乱，而每个线头都在不停地长出麻来，麻越来越多，乱七八糟地把我们裹在里头。怎么办呢？

怎么办？

我想起了母亲，她不正是每天都要帮人刮宫引产的么。我母亲就像一把明亮的剪刀，她咔嚓一下就把这团乱麻剪开了，剪刀闪闪亮，照我去战斗，拨开乱麻见青天，我感到自己像沉到水底又冒出了水面，空气在流动，安凤美的事情讲给我听真是太对了，我将守口如瓶，像一名久经考验的地下党人，我要把安凤美藏在我家的蚊帐里，连雷红雷朵我都不告诉，万一告诉，我一定要让她们发誓严守秘密。然后，在一个风高月黑的夜晚，等到我母亲值夜班，半夜三点，值班室里没有第二个人，我就让安凤美坐在我自行车的后座上，把她推到妇产科的产房。十几分钟就解决问题了，最多不超过半个小时！

这片光明像闪电一样从我大脑掠过，我跟安凤美说，找我妈妈想办法。

安凤美看定我，她好像不明白我的意思。

我说现在就回南流，最多隔三天就轮到我妈妈值夜班了。她说先不着紧，她要到六腊找李海军，如果要我帮忙她就回六感找我。

安凤美的镇定使我深感意外，她的思路我永远都是搞不清的。我不好再说什么了。

天越来越阴，真武阁的木头也阴沉起来，周围变得异样，除了飒飒风声，连鬼都不见一个。我连连催她上车，她却不慌，好像风吹不到她身上，天阴下雨也淋不到她身上，她坐着，好像在看什么，好像又没在看。是什么把她罩着了呢？

刚回到玉梧公路就真的下起雨来了，雨很细，像牛毛一样细，玉梧公路灰蒙蒙的，已近傍晚。

到十字铺的时候我们的衣服都湿透了，贴在身上，又冷又饿，到了容县我们直接就去看真武阁，本想从真武阁出来再去吃碗米粉，结果天阴赶路，一时就忘了。我劝安凤美随我先回六感，待明天雨停再去六腊也不迟。她却不听，我们便在十字铺分手了。

我下车看她往右拐，她的刘海贴在额头上，辫子也变得又湿又小，衣服也成了深蓝，整个人跟往日很是不同。

她拐下小路的时候车一下陷进路中央的一个水坑里，水花溅起，她整个身子往上一弹，人没摔倒，我叫了一声，她却头也不回地去了。她从水花里冒出来，双手握着车头，重新坐得端端正正的，只一会儿，就已消失在灰蒙蒙的雨水中。

细雨蒙蒙，犹如时间的大雾。

三十年前的安凤美就这样消失了，如同水花飞溅。

尾篇
飞鸟各投林

秋天来到，有关高考的传说像风一样掠过每一个人，各种消息从四面八方疾驶而来，堆积在我们的头顶，它们如同闪电或乌云，有力地昭告着一场崭新的暴风雨就要从天而降，年轻的人们，将在新鲜的雨水中，再一次上路。

开始的时候，各种消息互相矛盾，它们密集地纠缠在一起，如同激战中敌我双方的火力，嗖嗖地互相来去，令人眼花缭乱，刚刚听说要普考，立即又有不同的消息说目前只是过渡时期，一切照旧，需经推荐才能参加考试；一分钟之前听说今年不招生，一分钟之后又听说下个月就要考试。每天都有不同的消息，还没来得及失望，新的希望就已经来到；或是希望刚刚抵达，失望却劈头盖脸地赶来。一切都乱成了一团麻，比麻还要乱。在一片乱云飞渡之中，不时有一些明亮的消息像烟花一样开放在夜空。我至今记得，那最大的一朵烟花就是十六字方针，叫做：**自愿报名，集中考试，择选优取，政治审查，**括号：全省名额三千。不知从何而来的十六字方针在天空中久久飘荡，明亮的流光瑰丽无比。有人开始请病假回城复习，众人各处搜寻复习资料。与此同时，街上开始出售高考复习资料，新华书店门口人山人海，一眨眼，每个人手里都有了两三份复习提纲，人人脸上露出了幸福的微笑，好像在最后的时刻抢到了天堂的车票。这个时候，却又听说高考报名要当地组织批准，每一个人心中再一次疑云四起。

就在这时，晴天一声霹雳，省里的报纸登出了消息，招生的专业、考试的日期和科目，全都白纸黑字，几个月的猜测，将信将疑，统统一扫而光，乌云散去，露出了青天。

还没来得及欢呼，我们就发现，离考试只有一个多月的时间了，白天还要下地干活，功课本来就没学多少，现在更是完全丢生，乌云重新集结，重新悬浮在我们的头顶。各种消息再一次来到，都是好的消息，极其要紧，家长们为了报告消息而专程赶到知青点，今天这个来说，有新精神，地委副书记表态了，可以允许报考青年利用适当的白天时间复习，明天那个来说，上级党委指示，不光要给时间复习，还要组织起来。这个时候，复习提纲的标准答案也由权威的学校搞出来了，天堂的车票再一次纷纷扬扬，它们日夜兼程，沿着各种秘密的通道，到达考生们的手里。母校也记起了自己的使命，召集毕业已久的学生，办起了高考辅导班，一时间，所有的人都进入了临战状态。报纸再次传达上级精神，提倡原地复习，工作复习两不误，带队干部重新将人马一个个叫回去。

在最后的日子里，领表、填表、照一寸相、领准考证，在一片混乱之中，高考的钟声敲响了！犹如自天而降的神祇，从传说中一路走来，真的站到了每一个人的面前。

大地顿时一片安静。

千军万马，披挂着各人的星宿，奔腾着进入十二月的寒气之中。

在水冲，我和赵战略、高红燕差不多是同时知道高考的消息。先是我，然后是赵战略，他有一个叔叔是公社高中的老师。接着是高红燕，她父母都是埋头上班的工人，但她有一个表姐，在东方红小学教语文，是一个头脑清醒、样样要强的人尖子，所以高红燕也有了一份复习资料。一时间，知青点一排房间有两间的灯光总是到半夜三更才熄灭，我和高红燕一人一盏小煤油灯放在床上，旧课本、复习提纲铺了一床，夜很静，远处偶有狗吠，灯花一跳一跳的，有烟和一点点煤油味。

赵战略房门紧闭，他的灯光比我们亮到更晚，白天他的眼睛通红，人像梦游一样。他变瘦了，显得坚毅沉默，他仍自己在房间里做饭自己吃，仍把他的柴米分开放，但他白天也关着房门，队里来串门的人日渐稀少，二翠进不了屋，她给赵战略攒的南瓜子已经装满了一布袋，她拍门，门不开，她又到后窗看，赵战略正在看书，他很不耐烦，一转身，把后背对了窗口。

二翠就把布袋挂在门闩上。一挂挂了一天。

蘑菇房里的蘑菇也不爱长了，它们像一些先知，知道赵战略的心已经不在它们身上了，这个人即使在蘑菇房里坐着，他的心也会从他的头顶跳出来，它跳出地坪，跳过一小片禾田，回到他屋子的旧课本上，更多的时候还要跳出水冲和六感，跳到南流以外的不知什么地方。蘑菇们先知先觉，它们事先看到了赵战略的屋子空了，李飘扬和高红燕的屋子也空了，连罗东的屋子都没人了，知青点空无一人，他们一个个骑着自行车，后架上绑着来时的铺盖行李，他们将头也不回地走掉，再也不会回来了。

蘑菇们叹了一口气，就枯掉了。队长说："算了算了，不做了。"玉昭说："留得了人也留不了心。"三婆说："崽想母来母想崽，谁家的崽儿回谁家。"二翠一天到晚不说话，她的心是空的，她的心守在荔枝木根下，正对着赵战略的窗口，那里的一豆光亮到半夜。

赵战略种的那一小片菜也日渐凌乱，秋雨一下，根就沤烂了，根一烂，菜心就软瘫了，菜叶泛着黄，最边上的已经流开了黄汤，而野草在疯长，已经长到芥菜那么高了。雨一停，风一吹，烂了根的菜再也站不稳，它们斜斜地支棱着，叶子枯瘦摇晃，披头散发似的。泥土又白又硬，踢它一脚，坚得像石头。

二翠把地翻了，点上了萝卜籽。她跑到赵战略的门口对着门缝说："我帮你种上萝卜了！"战略没听见，他到公社高中的补习班去了。

那段时间我已经不在学校代课，重新回到生产队出工。队里指派我和高红燕二人参加大队的水利专业队，每天去修水利，挑渠泥。渠泥是半湿的，又黏，特别压肩，还沾鞋，鞋底的泥有寸把厚，挑担走路像是绑有五斤重的沙袋，裤腿卷到膝盖，小腿又脏又冷，工地上四面来风，刮得脸生疼，鼻涕吹出来，不停地吸溜，冷风又吸进肚子里了。一天挑完泥，不光肩膀痛，脚趾、手脸，全身都是痛的，又酸又痛，晚上连报纸都看不进。咬牙坚持了几天，心里发愁，想请假，又想干脆溜掉算了。

正犹豫着，就听瓦上队的人说，丁服几个已经回家了，他们队的知青点里一个人都没有了。我和高红燕一听，立即把装了半畚箕的渠泥倒掉，众目睽睽之下就去拉自行车。我们疯骑着车，畚箕在后架上撞得篷篷响，一边骑一边怨自己太老实。我们回到水冲，把畚箕一扔，收拾了几本书就回南流，连口水都没有喝。

到家看到雷红也回来了，她比我早回了一天。我和雷红站在水沟边，你一句我一句的，聊得两人都很兴奋，我们说，这下可好了，就怕不考试，考试最公平，谁积极表现都没用，谁讨好带队干部都没用，谁走后门也没用。考试就是好就是好就是好！雷红说她要考医学院，我说我要研究动植物，也许应该报生物系。我们又说到吕觉悟，我估计她会报水利学院，因为她爸爸是水利局的，雷红则认为吕觉悟肯定要学机械。

到了傍晚，仍意犹未尽，我和雷红相约上又去了学校。有两年没回过学校了，一到校门口就亲得不行，凤凰树结了很大的豆荚，有弯刀那么粗，又厚又硬，一只只垂在树枝上，颇像果实累累。门房敲钟的胡佬仍在，啊，胡佬！见到胡佬就像见到亲人，我们连连叫道：胡佬！胡佬！胡佬不悲也不喜，他永远都是这么老，永远都是这样不悲也不喜。我们雀跃着叫他，他是我们回校见到的第一人，他就代表了整个母校，那些已经消失了的日子，操场、墙报，腐殖酸铵和原子模型，拔河、排球、晚会，学校池塘里的鱼和气象站的菜地，等等，一时全都在了胡佬的身上，见到了胡佬，我们就像与两年前的自己相遇，我们叫道："胡佬！胡佬！"声音充满了激情。胡佬受到了感染，他应道："噢，噢噢。"

我们上坡，左侧的墙报是满的，跟我们在校时一个样，往那边一看，水池和青苔俱在，木棉树也在，只过不是开花的季节。操场仍然辽阔，晚自习的铃声未响，球场有人打球，宿舍有人打水，样样都是熟的，样样又都是亲的。有老师行过来，有点胆怯，想躲，却不知如何躲，老师竟笑吟吟招呼道："回来了啊？又要考试了！努力复习吧。"这老师未曾教过我们，他是这样亲切，就像班主任对自己班的学生，我们连连点头，激动得不知说什么好。学校没有忘记我们呢！我们恨不得立即回到当年的教室，重新再上两年高中。

往左拐，一路走到尽头，两边有实验室、教具库、学生宿舍、厕所、食堂，我们闭着眼睛都能摸到。就到了郑放歌的家。门关着，没有人，我们叫她的名字，亦无人答应。难道郑放歌连我们都不理了么？这时候她妈妈从外面进来，她说郑放歌病了，在别的地方养病呢。什么病？胃病。

我们将信将疑，疑惑着，却又警醒，郑放歌，她很可能是躲在什么地方复习呢，最有经验的老师，全校的业务尖子，肯定正在给她用大力补课。这个郑主任的女儿，她的条件比我们好多了。

天已黑透，校园已安静，进门时的兴奋已消退，廊柱、水池、木棉树和凤凰树，它们的面容已不如黄昏时柔和，它们肃立着，站在灰黑中，灰黑中的影子奇怪而陌生，校园通过郑放歌，打开了它的另一面。

一路上我们不说话。

空气中渐渐有了不安，我们眼前已经看到了一条独木桥，此端是南流，彼端是无限辽阔的世界，有着我们前所未见的海市蜃楼，它漂浮着，散发着光芒。大学，这个神秘的东西从独木桥的那端升起，它是模糊的，有时也明晰，却变动不定，有一大片草坪，有大树浓荫，有高大的廊柱，落地的玻璃，有时有一排房子，有时有一幢楼，但这是不是大学呢。我们谁都没有见过大学，电影里也没有，图片上也没有，我们的亲戚父母也都没有见过大学，我们的老师，据说麦大安上过玉林师专，教英语的赵大眼上过桂林师专，正因为他上过桂林师专他就傲视群雄，不让我们叫他赵老师，而要称“梯墟赵”。而据说，玉林师专和桂林师专，都不是什么大学。只有我们的孙向明，他是上过正牌大学的。孙向明，我们再也找不到他了。

大学如此神秘，它本来远在天外，我们以为自己终其一生都不能到达，有谁想到自己有朝一日会长出翅膀，一眨眼就飞到天上去的呢！除非变成一只鸟。但现在它竟从天降落到了地，它就在那头，在我们视线可及的地方。有一个声音从我们头顶响起：全省录取三千名。这个声音是那样不容置疑，那样洪亮，我们想，南流会不会只招五十名呢，有十年没有高考，平均每届五名，这样一想，我们惊得心都提了起来，郑放歌、丁服、姚红旗、姚红果、吕觉悟、雷红和我，肯定有一大半人挤不过这条独木桥。

这使我们心情沉重。

第二天见到雷朵，她见到我特别高兴，连忙告诉我一个秘密，让我千万不要说给雷红听，说她爸爸从省城的亲戚处弄到了一份复习提纲上的标准答案，比书店里卖的答案更标准，她爸爸让雷红不要给我看。

雷朵比雷红只小一岁半，却有一种罕见的天真烂漫。她那时正在恋爱之中，身体轻盈，目光湿润，脸上有一层动人的光泽，整个人纯洁无邪，真让我喜欢。她站在水龙头旁。她替我着急，她说：“怎么办呢？怎么办呢？”

学校门口贴出了告示，各届同学都可以回母校上复习班。各路下乡知青和社会流散青年及其家长亲戚，纷纷奔走相告，大家就呼啦啦地赶来了，毕业了好多年的和刚刚毕业的，学习好的和学习差的，大青年和小年轻。大容山林场和地区水泥厂的，算是远道而来，借住亲戚家，一时间，学校门口人挤人车挤车的，竟不像是学校，倒像了电影院的门口，里面也不是放映平常电影，而像放映过路片。学校门口，真是轰轰烈烈的，盛况空前。

盛况空前的学校，一时间是叽叽喳喳的，像是全南流的鸟都飞到这里来了，一边飞一边叫着。黑压压的鸟群飞进学校，停在了礼堂里。

礼堂里都堆满了，一把条凳坐了五六个人，一把长椅也坐了四五个人，连阁楼上也坐满了，礼堂从来没有见过这么多的人，瓦顶嗡嗡的，人气热腾腾的，礼堂都快喘不过气了，它说："哎哟我的妈呀！"化学老师就来了，数学老师就来了，物理老师、英语老师都一个个地站到舞台上，人人心里都惊道："哎哟我的天哪！"谁都没有上过这么大的课，刚刚开了口，后面就有人喊听不见，他把嗓门加大，再加大；他开始板书，后面也看不见，他就把字写得有海碗那么大。

我和雷红吕觉悟挤在人堆里，各自东张西望，她们找她们一班的人，我也看见了我们班的丁服、赵细兰、蒋锦、姚红果、张英敏，男生中李卫星、潘智、魏嘉等，又看到文艺队的张大梅周青李小宇，医院子弟吕虹陈黎明，也都在礼堂里。每次抬头都看到熟人，真是谁都来了，连我们水冲的罗东也来了，他在人堆里，一脸茫然。

礼堂的外面也站满了人，是久别重逢的同学和师生，也都兴奋雀跃，纷纷相问，报理工科还是报文科，报上海广州还是报本省，仿佛人人都会手到擒来，无论文理都是囊中之物。一些人对另一些人说："苟富贵，勿相忘。"又有一些人对另外一些人说，考不上也不要紧，明年再考。

我把安凤美完全忘了。和雷红吕觉悟也都不串门，整日在家里做习题背答案，我伏在家里的缝纫机台面上，各种符号文字隆隆开进大脑，如同黑压压的乌云，把原有的天空完全遮住了，乌云一层又一层，层层叠叠，这科的公式定律还未记齐全，那科的又压了上来，身体里的空间统统塞满了，不但塞满，还胀了出来似的，胀得昏头晕脑，六感，水冲，那真是遥远极了，三公三婆，大翠二翠，远得简直就像是前世认识的人。偶尔想到安凤美，怀孕、阴沉的容县真武阁、雨中她的背影，这一切犹如梦中，有一种不真实的感觉，它们在脑子里一闪就消失了，我略一惊，还没明白自己惊什么就过去了。

有一个下午我母亲下班回来，她劈头就对我说："你的那个同学，来引产了。"我大惊，一时说不出话来，只听她说，都五个月了……她说再痛她都不喊……真的一声都没喊，真能忍！

这个消息把我身体里的乌云一下劈开了！浓密的单词公式定律答案中间撕开了一道口子，安凤美，她脸色苍白，躺在产床上，她光着下身，两腿叉开，冰冷的器具进入她的身体，她的上方有一具已经成形的胎儿，它滴着血，裂成了碎片。鲜血带着腥气在房间里涌动，这一景象把我吓木了，我好久说不出话来。

过了许久，我想起来问母亲，安凤美住在几号病房，我去看看她。母亲奇怪地说："不对呀，不是这个名字。"我说肯定是安凤美，难道还有别人不成。她说就是家在大园那个，以前你去过她家玩的。

原来不是安凤美。

是罗明艳，是她去引产，是她怀孕五个月，是她忍着一声都没喊。我和罗明艳高中不同班，关系早已疏远，但初中时我曾去她家借过小说，和她下塘摸过石螺，初中毕业的时候她还送过我一幅画，是新华书店里挂的印刷品，芭蕾舞剧《白毛女》剧照，喜儿的白发编成了长辫子，她穿上了绿裤子红上衣，双手持枪在胸前，尖着脚尖迎向红旗，而大春站在她的身边。整幅画喜滋滋的。

她的事情我一点都不知道。我既震惊又混乱，同时又暗暗庆幸。这样的事情，若在了自己的身上，定然是万丈深渊，永世不得翻身。

但安凤美在哪里呢？做人流，还是不做？若不做，那她又怎么办？孩子生下来怎么办呢？抛到河里淹死，或者送人，或者上街要饭，种种不着边际的可怕想法即生即逝，一下一下地烫着我，又一下一下地消失。

而安凤美一点消息都没有。我替她着急了一个晚上，到了第二天，黑沉沉的公式定律压过来，像乌云一样再次遮住了她的面容。无论安凤美还是罗明艳，她们的深渊和我隔着一层时空，犹如梦中，比梦还远，我飞快地越过这个噩梦，头也不回。我看见自己像一只兔子，背对着危险的方向，全速奔逃。

报名、填志愿、照相、领准考证，回公社考试。临走前的晚上母亲又给我炖了一只胎盘补脑，那天她下班很晚，到家时我们已经吃过饭了，吃的是平常的饭菜，有煎豆腐和萝卜丝，我吃得很饱。等母亲炖好胎盘，我差不多要睡觉了。

她让我吃一碗胎盘再睡。我不想吃。母亲又劝，说后天就要考试，关系重大，我营养长期跟不上，这一段又用脑过度，千祈要补一补。我不耐烦，连说不吃了不吃了，要睡觉。

母亲脸有点暗，她说一只胎盘等于三只鸡呢，还不吃！我听了就不再说话。我慢慢喝完了一碗胎盘汤，那里面的姜丝和酒，以及甘甜的味道，使我感到那真是一碗微烫的鸡汤。

宛如鸡汤。

在十二月的寒气中，知青点就空了。

水冲就空了，水尾就空了，瓦上瓦下，六感就空了。

香塘就空了。

全南流的知青点，也都空空的了。

高考过后有人回来，有人没回来，回来的过了一年半载也都走了。考不上大学的上了中专，上不了中专的上了技工学校，上不了学的也都逐步安排了工作，南流县的百货公司糖烟酒公司服务公司医药公司，各个公社的粮店供销社，还有建筑公司搬运社水运社，到处都是我们的人。考上学校的也无一人实现了理想，想上医学院的仅上了护士学校，想学生物的被测绘学校录取了，报了农学院的进了粮食学校。因为每个人都在志愿表上填写了服从分配，人人都担心被甩下来，人人担心政策有变。考试失手的好学生，也都一咬牙上了技工学校。

回城了。

不再种地了。

大风起兮，众鸟飞。有知青给村里人发了糖果，给队干部送了一幅画，画亦是新华书店的印刷品，上有标题：**知识青年到农村去，大**

有作为。或者是送一个本子，本子的扉页有最高指示：**知识青年到农村去接受贫下中农再教育，很有必要**。也有跟谁都不打招呼就走了的，她把录取通知书放在南流家里，空手回村，收拾好铺盖行李，连饭都不吃就走了。

三婆说："走了就走了。"

玉昭说："走了好。"

二翠点的半垄萝卜长得很旺，她埋了几次土粪，又勤捉虫松土淋水，萝卜叶子绿汪汪的，地底下的萝卜拱出了地面，露出滚圆的半截。萝卜在地底下生长着，发出簌簌之声。

一九九七年九月动笔

二〇〇七年八月完成于大连·国际写作中心

二〇〇七年九月二十六日定稿于北京东四十条

总人物表

（本书叙述者谈书中人物）

李飘扬，祖籍广西陆川县，客家人，记者兼专栏作家，徒步爱好者。年轻时曾只身漫游大西南。四十一岁参加黄河田野考察，二〇〇六年三月连续徒步十小时翻越云南高黎贡山，同年五月沿川藏线公路入藏，到达林芝派乡。二〇〇七年四月从江西婺源沱川乡理坑沿古栈道徒步五小时至虹关。

20 世纪五十年代，陆川青年李青河到南流县参加土改，之后，与县医院新法接生培训班学员章梅珍相识，并结婚。一九五九年，农历除夕，章梅珍在县医院生下一名女婴，当日天上飘着小雨，多日心绪不佳的李青河给头生女取名为李飘雨，后改为李飘扬。

吕觉悟，是我幼儿园、小学、初中的同班同学，在沙街的时候她家和我家一墙之隔。她爸爸是技术干部，家里订有月刊《科学实验》。吕觉悟一九七八年考上医疗器械学校，现在一家医疗设备公司任职。

雷红，我初中同班同学，在医院宿舍我们两家住同一幢平房。一九七八年考取医学院附属护士学校，毕业后留附属医院神经科当护士，后自动离职，先后在不同的城市生活，开过米粉店，做过勤杂工、保险推销员，现从事家政行业。

宋大印，剧作家。雷红的爱人。宋粒子，他们的儿子。

雷朵，雷红的妹妹，比我低一年级，一九七八年考取中等师范学校，毕业后任小学美术教师。几年后自动离职，她居无定所，没有人能找得到她。听说她住在桂林漓江下游的农民房子里，最近听说她搬到了昆明郊外。我不知道她以什么为生。

文良波，雷朵的初恋男友。

喻章，雷朵的爱人。

雷茉，雷红的二妹。**雷鸣**，雷红的弟弟，生下来就得了一种怪病，叫苯丙酮尿症，据说世界上只有很少很少的人有这种病，得了此病活不过二十岁。雷鸣十九岁病亡。

张英敏、张英树，我住防疫站时的玩伴，后防疫站、妇幼保健站合并到医院，我们同住医院的不同院子，我仍经常找英敏玩。高中时，英敏辗转到我们班，成为同班同学。她比我大一岁，英树大三岁，他们的父亲从部队复员，母亲柳阿姨是北京人。他们家订有《小朋友》、《红领巾》、《中国少年报》。

吕虹、陈黎明，都是医院子弟。

曾仰红、黎桂女，她们是卫校或医专分到南流县人民医院的年轻护士或医士，喜欢和张英敏张英树玩。

刘雅琴，退休助产士。**赖二**，医院杂役，是个孝子，终身未婚。**赖三婆**，赖二的母亲。**张婶**，专门洗病号服的。

老郭，也是杂役，也洗病号服，有时也埋死婴。**陈真金**，老郭的丈夫，无业，有时当临终陪护，有时也帮老郭埋死婴，八十年代成立了南流镇第一家殡葬服务公司，是南流镇少数先富起来的人之一。**地主婆**，陈真金的母亲，她穿香云纱，抽水烟筒，没有人知道她的经历。她不是南流人。**阿枇、哭猪**，老郭和陈真金的孩子。

单玉环，门诊部注射室护士，有四个女儿，大枝二枝三枝四枝，她的理想是生一个男孩。听说她家的床底下有一个木箱，里面装满了小说，但她谁都不借。以上各人都是住在泥砖平房里，和我们家使用同一个水龙头。

陈会计，是医院退休会计，七十岁了，他住的房子是谷壳房，没有窗户。**张司机**，开医院的救护车，他有四个女儿，大兰二兰三兰四兰，他们家住在旧医院食堂的仓库里，他的理想是生一个儿子。

李学术，X光室技师，复员军人，孩子们称他学术叔。**罗华年**，学术叔的妻子，妇产科医生。他们住的宿舍离我们很近，是旧车站址，砖房。他们家有小说《踏破东海万顷浪》、《金光大道》。

邹洁，是我母亲在妇幼保健站的同事。我看着她结婚，在她的新床上睡过一夜，看着她生了一个儿子，看着她的婴儿从三天长到五六岁。她有《红旗飘飘》和《大众电影》，我都翻出来看了。她最喜欢的电影演员是演《五朵金花》的杨丽坤。

蔡星，退休护士，我母亲最崇拜的人，我从未见过她。**章玉婵**，我的大姨婆，是与蔡星同时的老护士。

孙向明，湛江人，毕业于北京大学物理系，南流中学物理老师。他是我初中二年级和和高中一年级的班主任。后来调回湛江了。

安凤美，高一的时候转学到我们班，她经常旷课，插队时与我同在六感大队。她在水尾生产队。我一直不清楚一九七七年冬天她怀上的孩子后来怎么了，是生下来了，还是没有生，如果生了，是送人了还是丢弃了，一九九八年我见到她时几次想问都没能开口。

邱丽香，我的初中同学和高中同学。**姚红旗**，我的小学同学，**姚红果**，她的妹妹，我的高中同学。她们是南流县的干部子弟。**罗明艳**，我的初中同学，家住在大园，有果树菜地，养猪。**罗明亮**是她的弟弟。**李玉琪**，也是初中同学，家在豆腐社。

刘英雄、张少波，是小学同学。

张冬妮、赵菊花是幼儿园同学，她们后来都不见了。**赵兰花**是赵菊花姐姐，她是赵菊花的家长。**林园长、郑老师、黄老师、潘阿姨、庞婶婶**，她们都是幼儿园里的大人。

林南宁，小学的文艺老师。

丁服，与我高中同班，班长。插队时与我同在六感大队，她在瓦上生产队。丁务，她的弟弟，初中与我同班。**吴一梅、陈良勇、白小玲、赵细兰、郭小宁、潘智、刘国标、马远征、苏淑良、卢甲兰、张飞燕、蒋锦、邹一玲、李卫星、魏嘉**，都是我的高中同学。李卫星当上了外县的县委书记，魏嘉一九七七年考取北京钢铁学院，毕业后留校。刘国标是私企老板，郭小宁近年涉足房地产成功。白小玲现在山东东营农业银行。张飞燕在广东当游医。其余的，包括这里没有列出名字的，几乎全数下岗、转岗，陈良勇靠低保生活，每月七十元。苏淑良九十年代因车祸亡故。

麦大安，刘爱莲，赵大眼，是我们的高中老师，麦教高一语文，刘教高二语文，任班主任，赵是英语老师。

郑怀民，校革命委员会主任，郑放歌的爸爸。

张大梅、李永青、凌玲、李小宇、周青、杨海燕、王雪、童小萌、翟青青，都是校文艺队队友，他们比我高一到三届。

郑放歌、罗慕霞、崔鸽子、张二梅，是高中最后一个学期的文艺队队友，与我同届。郑放歌，郑怀民的女儿，插队时与雷红同一个生产队，一九七七年考上工程建筑学院，四十岁时获得博士学位，现在某大学任教，博士生导师，学科带头人。

张逸宁，玉林人，南流县文艺队员，一九七七年考上玉林师专艺术系琵琶专业。

赵战略、罗东、高红燕，与我同一个点的知青，高红燕与我是高中同班同学

刘屋的人：庆良，庆良四，刘庆良，队长，都是指同一个人，水冲称呼人名有时加上排行，如清扬六，喜坤四，宗勇二。

庆贵听说当过国民党兵，也听说当过志愿军去朝鲜打过仗，看上去更像前者。他没有老婆，经常不在村里。

庆福，三婆的儿子，长得很白，鼻子是红的。我们刚下乡时没地方住，就是住的他家的房子，我们的灶间也是他家的。

庆昌、庆水，是两兄弟，没有父母，都没有娶亲成家，两人要求进步，梦想参军，离开水冲。庆水是基干民兵。

庆禄，最大的梦想是给老婆治好病。

文莲，庆良的妻子，有初中文化，一个贤淑安静的女人。大翠二翠，她的女儿。

三公三婆，刘屋这边唯一的一对老人，是庆福的父母，庆昌庆水的叔婶。

覃屋的人：宗勇二（老勇），**玉昭**，这是两夫妻，玉昭是水冲女

人中唯一的高中生，有不育症。一个心高气傲的女人。**老用**，生产队的会计，兼管晒谷场和仓库，长年不说一句话。

清玉，丈夫在地质队工作，是水冲唯一一个吃国家粮的人。

喜莲、喜坤、喜凤、喜月，都是覃屋的年轻姑娘，除喜月上过小学，其余各人都是文盲，不识字，从未上学。她们管识字叫“识得黑哥”，喜坤说她们几个都不认识黑哥的，我不信，她说是真的。我还是不信，因为我外婆那个村子的年轻姑娘都是初高中生，有一大帮，她们整天唱歌，唱的是《英雄儿女》“风烟滚滚唱英雄，四面青山侧耳听，晴天响雷敲金鼓，大海扬波作和声”。后来才知道喜坤说的是真的，她们真的是文盲。

金锣，覃屋的后生，**阿刮**，覃屋的光棍。

覃七，覃达林，覃清扬，他们也姓覃，应该算是覃屋的，但他们跟覃屋的主流不在一起，单独把房子盖在村头，他们一户是富农，一户是地主。覃七是老光棍，有五十多岁了，一直未娶。

覃达林和覃清扬是表兄妹，他们两人是全村气质最好的青年，清扬初中毕业，谈吐不俗，她知道自己没有前途，但她不怨，不卑。我跟她面对面说话，她的眼睛是清亮的。

覃达林更优秀，高大英俊，聪明，是水冲青年中唯一的高中毕业生，他不在生产队劳动，而在大队的茶场，我很少看得见他。有时他从茶场出来，走在路上，脚上穿着一双白球鞋，步伐很有韵律感。听说他会打篮球。全村人都为他可惜，说他如果不是出身不好，定会有大出息。他娶新娘的时候我和高红燕去了，新房里点着一盏长明灯。房间里只有新娘坐着，不见达林的人影。新娘皮肤白里透粉，少有的好看，全村人都认为是全六感最好看的女人，本村的姑娘比不上，知青妹比不上，孙大孙二统统都比不上，唯有水尾队的水枝，她们是不相上下。新娘婚后三朝就出工，每天，她和覃七都早早就坐在门墩上眺望，她从不迟到，从不缺勤，很少说话，很少笑。她安静，也闷，有时发愁。

郑长进（大木）郑长水（二木），两兄弟，都是郑屋那边的，郑屋是独门独户，除了两兄弟，还有一个叔叔。大木是复员军人。

老梁婆，孤寡老人，五保户。刚下乡时学雷锋做好事，我们就去给她挑水。连罗东也给她挑过水。但我们只做了一次好事，平时老梁婆自己挑水，她很吃力，只挑一点点。村里的刁人不准她到私人的粪坑大小便，她就只好到生产队的粪坑去。她很老了，一颗牙都没有。

水枝，水尾村的大美人，也是六感的大美人。地主成分。也在大队的茶场。

赖四眼，大队合作医疗站的赤脚医生，又称“赖事物”。

七姑，大队缝纫组的，是团支书金华的母亲。

寿贵，是个侏儒，大队代销点卖东西的。

赖超英，大队基干民兵连连长，积极分子。

学校的老师：**孙大姑娘，孙二姑娘，陈戈亮，罗昭，陈老师，宋老师**（民办），**张老师**（统筹），孙大和孙二都是很不错的，素质很好。罗昭老师最有学问，他和陈是公办教师，宋是民办教师，张是统筹教师，也就是在生产记工分，由大队每个月补助五元钱生活费。

宋谋生，李红娟（李诗娟），梁淑英，都是我当班主任的那个班的学生。

陆一民，民安供销社职工，安凤美的男朋友。

李海军，我幼儿园和小学的同班同学，南流的干部子弟，混世魔王。八十年代因流氓罪被严打重判，坐牢十年，同案的主犯被枪毙。出狱后做了一个医科大学的假文凭，到广东买通一大医院院长，承包肝病诊所，用六味地黄丸冒充祖传秘方，暴富。安凤美的恋人，结婚十七年后离婚。

罗同志，六感知青带队干部。

汪小旗，地区水泥厂子弟，插队在六感大队水清塘，会打篮球，一年后招回厂里当工人。

宋喻、乔苇、陈栋梁，都是我插队时通信的信友。

韩北方，桂林人，工农兵大学生，与我通信两年，可视为我的初恋男友。一九七八年以后再也没有联系，不知他今在何方。

说明：十一年前的《漫游革命时代》有十多万字，未能终稿。有杂志约，便以短篇发表。这次完成的《致一九七五》，有极少量旧稿片断融在其中，为认真的读者考虑，列出目录，如下：

《枪，或以梦为马》、《木瓜与裸体的关系》、《知青与剑，与马，与恋人，与红薯》、《菠萝地》、《文学青年米卫东》。散见《作家》、《钟山》、《山花》、《红豆》等杂志。

后记

林 白

想写这样一部书由来已久。上个世纪八十年代，就感到这是一部将来比如要写的小说，但我不知道自己何时动笔，会写多长，大致会写成什么样子。那时候年轻，难免不受时流的影响，如果写了，或许就会是一部时兴的“伤痕文学”吧。九十年代初至中期，也常想着，写完手头的小说，下一部，就写。但似乎，手头总是有东西在写着。

直到一九九九年九月，写完长篇《说吧，房间》半年后，我开始动笔写这部小说，用的是原来单位写便条的小信笺，手写，每写六七十页就用针线缝一本，一共写了十一本，最后一本是用二百四十格的稿纸的反面写的，册末注明“一九九八年七月三日中午十二点半，未完成”。这算是一个草拟稿，也就是我第一次写了十几万字未能完成的小说，心里觉得是写废了，对将来能否捡起来完全没有底。

同年十月我回广西老家，之后陆续写出了中篇《米缸》，长篇《玻璃虫》、《万物花开》、《妇女闲聊录》，还有跨文体的《枕黄记》，一路下来，我把这部未完成的草拟稿几乎忘得一干二净。直到二〇〇五年八月，我再次回到家乡。在南宁开往北流的高速公路上，天上飘起了小雨，两旁的红色泥土越来越鲜艳，农田、树木、房屋和水塘，也在雨中飘动起来，情景和一九九八年那次完全相同。这时候，所有忘记已久的感觉在瞬间复活。回到北京，我立即找出那十一本草拟稿，重新开始写作，至二〇〇七年九月完成。

如此，历时十年。

第二次写作的两年间，我去了一次西藏，在云南连续徒步十小时翻越高黎贡山，经历了女儿的中考，装修了汉口的房子，把家从武昌东湖租住的房子搬到汉口竹叶山三村，得了一次急性胃炎，右手患了网球肘，打封闭，理疗，做小针刀，用左手敲打键盘，用左手记下将要写到的细节的关键词。在我的创作笔记本上，留下了许多歪歪扭扭的字，这使我感到，这部长篇小说有一半是左手写成的。

本书的上部《时光》，在原稿是前言，初稿有十七万字，如此冗长的前言。

上部和下部，因而风格完全不同，但我觉得，这样也是很别致的，叫做“别具一格”。

十年间，这部书有许多个名字，其中之一，叫《漫游革命年代》，之二，叫《致一九七五》。首发在《西部华语文学》时，责任编辑兼执行主编林建法坚持后者，最终定为《致一九七五》。

有时候觉得，只有经过回忆才能使生活获得灵魂。同时还觉得，没有狂想的生活不值一过。这是我写《致一九七五》想到的两句话。

二〇〇七年十月九日北京东四十条